WORLD OF WARCRAFT®

실 바 나 스

크리스티 골든 지음 / 양유신 옮김

제우미디어

실바나스

초판 1쇄 | 2022년 8월 26일

지은이 | 크리스티 골든
옮긴이 | 양유신

펴낸이 | 서인석
펴낸곳 | 제우미디어
출판등록 | 제 3-429호
등록일자 | 1992년 8월 17일
주소 | 서울시 마포구 독막로 76-1 한주빌딩 5층
전화 | 02-3142-6845
팩스 | 02-3142-0075
홈페이지 | www.jeumedia.com

ISBN | 979-11-6718-176-3
• 파본은 구입하신 서점에서 교환해드립니다.

제우미디어 트위터 | twitter.com/jeumedia
제우미디어 페이스북 | facebook.com/jeumedia

만든 사람들
출판사업부 총괄 손대현 | **편집장** 신한길 | **책임 편집** 지승재 | **기획** 신은주, 민유경, 장재경
디자인 총괄 디자인 수 | **영업** 김금남
도움 주신 분 블리자드코리아 현지화팀, 홍보팀, 커뮤니티팀, 마케팅팀, 웹서비스팀

이 책은 본질적으로 출생과 선택을 통해 이루어지는
가족에 관한 이야기입니다.

그래서 저 또한 가족에게 이 책을 헌정하고 싶습니다.
돌아가신 아버지 제임스 R. 골든,
어머니 엘리자베스 C. 골든,
언니 리잰 골든과
오빠 제임스 R. 골든 주니어 (우린 '칩'이라 불렀죠).
모두 사랑합니다.

WORLD OF WARCRAFT

SYLVANAS

프롤로그

실바나스 윈드러너는 계단 꼭대기에 잠시 서 있었다. 아래쪽 룬 마법진 안에서 서성거리는 어린 왕이 미래의 먹잇감이 될지, 아니면 협력자가 될지 아직은 알 수가 없었다. 모든 건 두 사람에게 달려 있었다.

네 뜻대론 안 될 거다. 한때 새끼 사자는 그녀 앞에 무릎을 꿇고 이렇게 말했다. 터무니없는 소리였다. 그때, 안두인 린은 암흑 마법을 엮어 넣은 사슬로 단단히 묶여있었다. 그는 나락살이가 가할 수 있는 최악의 고통을 겪었음에도 무너지지 않았다. 심지어 그 차갑게 조각난 역경의 영역에서 빛을 발하기까지 했다. 그는 그 모든 것을 견뎌내면서도, 남을 돕고 치유하려는 의지를 버리지 않았다. 그리고 그런 모습이 간수의 눈길을 끌었다. 이 고통의 영역을 지배하는 자, 실바나스와 손을 잡은 그가 안두인에게 흥미를 느꼈다.

간수는 새롭게 얻은 검의 능력을 즉시 사용해 보고 싶었다. 하지만 밴시 여왕의 안에서 무언가 설명할 수 없는 것이 꿈틀거렸다. 최강의 숙적이 자신에게 제발로 돌아서는 모습을 보려는 자만심 때문일까?

강한 신념을 가졌을 때 놈이 어떤 능력을 발휘할 수 있는지 똑똑히 보지 않았나.

첫 번째 만남은 그리 성공적이지 않았다. 허나 이번에는 조금 더 나은 결과를 볼 수 있으면 좋겠다는 생각이 들었다. 간수는 그녀의 요청에 따라 '일말의 인내심'을 허락해 주었다. 허나, 영원히 기다리지는 않을 것이다.

안두인은 그녀의 발소리를 듣고 서성거리던 걸음을 멈췄다. 그리고 돌아서서 실바나스를 바라봤다. 그의 푸른 눈이 감정이 없는 그녀의 얼굴에서, 그녀가 들고 있는 쟁반으로 떨어졌다.

"그게 뭔지, 또 어디에서 구한 건지 알고 싶은데."

"어둠땅에 필멸자가 너 하나라고 생각하나?"

그의 눈이 조금 커졌다. "…그래, 내 친구들도 아직 여기 있는 모양이지. 말실수를 했군, 실바나스."

실바나스는 계속 계단을 내려갔다. "그렇지 않아. 전에도 얘기했었지. 이제는 비밀도, 거짓도 없다."

"난 언제나 상대방의 긍정적인 면을 보려고 노력하지만, 너에게만큼은 전쟁 전에 이미 희망을 버렸다."

그 말에는 조금 놀랐지만, 그녀는 아무 내색도 하지 않았다. "여긴 희망을 품을 곳이 아니다, 새끼 사자여. 이성을 찾아야 하는 곳이지. 넌 지나치게 착하고 믿음이 헤프지만, 난 네가 바보라고 생각하지는 않는다."

"그렇군. 날 설득해서 간수를 돕게 하려는 거겠지. 생명과 죽음의 순환을 파괴하는 일 말이야." 그는 고개를 절레절레 저으며 희미하게 웃었다. "그래, 네 말마따나 여기서 바보는 *내가* 아닌 것 같군."

실바나스는 안두인의 감옥을 둘러싸고 있는 보이지 않는 경계에 도달했다. 물론 그녀는 마음대로 감옥을 드나들 수 있었고, 손에 들고 있던 음식과 물 접시도 쉽사리 그 경계를 통과했다.

그가 온종일 물을 마시지 못했고, 음식은 그보다 더 오래 맛보지 못했다는 걸 그녀는 이미 알고 있었다. 하지만 안두인은 음식에 흘긋 눈길만 던지고는 다시 가늘게 뜬 눈으로 실바나스를 바라봤다.

실바나스는 애써 언짢은 감정을 억누르며, 그의 비웃음에 대해 매섭게 받아치고 싶은 말을 삼켰다. 그러고는 돌바닥에 털썩 주저앉아 한쪽 눈썹을 추켜올리며 안두인을 바라봤다. 새끼 사자는 그녀의 행동에 조금 놀란 기색이었다.

"먹어라. 독을 넣지는 않았다. 애당초 그런 것에 의지할 필요가 없지. 내게 널 해치려는 마음이 있다면, 어차피 넌 막을 수 없을 테니까."

"거절한다."

정말 이럴 수밖에 없는 걸까. 어떻게 되든 그녀에게는 아무 상관 없었다. 그는 어차피 오갈 데 없이 그녀의 말을 들어야 했고, 그녀도 하고 싶은 말이 많았다.

"전에도 얘기했지만, 우리는 네가 자의로 합류하길 바란다. 네가 공감과 연민의 마음이 강하다는 건 알고 있다. 그게 네 약점이고, 강점이기도 하니까. 그러니, 이제 내가 왜 간수와 협력하게 되었는지… 그리고 왜 너 또한 그래야 한다고 생각하는지 얘기해 주겠다. 지금까지 그 누구에게도 하지 않은 이야기를 네게 해주겠다."

그녀가 감수할 건 없었다. 안두인은 어차피 그들을 섬길 것이고, 그러지 않는다면 이용당할 것이다. 어느 쪽이든, 이 어두운 전당 안에서 그녀가 한 이야기가 다른 필멸자에게 전해질 일은 없었다. 그녀의 승리가 코앞으로 다가온 지금은 더더욱 그랬다.

안두인은 고개를 갸웃거리며 잠시 그녀의 표정을 살폈다.

마치 실바나스를 조롱하기라도 하려는 듯, 그는 기품 있는 몸놀림으로 갑옷을 찰그랑거리며 자리에 앉았다. 그리곤 물잔을 손에 들고 그녀에게 건배한 후 마셨다.

"그럼 말해봐라, 실바나스 윈드러너. 지금까지 그 누구에게도 이야기하지 않은 진실을 내게 말해라. 어차피 지금 내게 허락된 건 시간뿐이니까."

제 I 부

사랑과 용기로.

— 베라스 윈드러너

제 1 장

“나 좀 보여줘! 나도 좀 보여달라고!” 베리사가 애원했다. 백조의 목덜미처럼 굽은 하얀색 발코니 벽이 너무 높아서, 키가 작은 그녀는 밖을 내다볼 수가 없었다. 실바나스는 한숨을 쉬었다. 그녀는 아래쪽에 모여든 군중을 향해 마지막으로 갈망하는 시선을 던진 후, 재빨리 방안으로 달려가 의자를 가져왔다. 신이 난 베리사가 의자 위로 올라섰고, 실바나스는 다시 밖으로 시선을 돌렸다.

부모님이 사람들을 모아 작은 회합을 열고 있었다. 아버지는 때때로 그런 행사를 개최하는 것이 ‘신중한’ 일이라고 입버릇처럼 말하곤 했지만, 늘 그렇듯 이번에도 규모가 그리 크진 않았다. 베라스 윈드러너 경은 아나스테리안 국왕이 가장 신뢰하는 조언자 중 하나이고, 그의 부인인 리리사는 실버문의 순찰대 사령관이었지만, 솔직히 살데릴 경 같은 호사스러운 하급 귀족들도 이보다는 훨씬 더 화려한 연회를 열곤 했다. 하지만 자매의 어머니 리리사는 가식이나 정치에는 거의 관심이 없었고, 이는 조용하지만 명민한 아버지인 베라스 역시 마찬가지였다. 베라스에게 있어 멋진 저녁이라는 건, 양초 불빛 아래에서 포도주 한 잔을 곁들이며 좋은 책 한 권을 읽는 시간이었다.

하지만 오늘은 모든 것이 달랐다. 첨탑 아래쪽에 모인 사람 중 일부는 윈드러너 가문과 같은 귀족이었지만, 다른 사람들은 한때 평민으로 간주되던 자들이었다. 그들은 탁월한 신체 능력이나 민첩성, 불가사의하다고 할 정도의 사격 및 추적술 덕에 일종의 귀족으로 승격되었다. 실바나스와 자매들은 원정순찰대에 대한 존경심과 경외감에 가까운 감정을 품고 성장했다. 단순히 귀족 가문에서 태어났다는 이유로 칭호가 부여되는 사람들과 비교하더라도, 원정순찰대원들을 더 존경하지 못할 이유는 없었다.

실바나스도 지금까지 이런저런 이유로 원정순찰대원을 많이 만나봤지만, 그들은 보통 순찰대 사령관인 어머니의 소환에 응해 찾아올 뿐, 나머지 가족들과는 교류가 별로 없었다. 그중 실바나스의 눈에 가장 익은 사람은 로르테마르 테론이었다. 아마도 하얀 머리카락 때문이겠지만, 그는 실제보다 나이가 더 들어 보이는 이들 중 하나였고, 실바나스가 아버지에게서 느끼는 것과 똑같은 조용하고 우아한 위엄을 갖추고 있었다. 실바나스가 만나본 적이 있는 또 한 명은 비교적 최근에 합류한 할두런 브라이트윙이었다. 그는 생기 가득한 웃음과 제멋대로 뻗은 풍성한 금발이 눈에 띄는 엘프였으며, 그녀와 베리사를 보면 언제나 반갑게 인사를 해 주었다. 할두런과 마찬가지로, 꼬마 지리도 비교적 최근 원정순찰대에 합류한 엘프였다. 첨탑에 왔다는 사실에 잔뜩 흥분해서 두리번거리는 모습을 보면 나이가 꽤 어린 게 분명해 보였다. 순찰자 보르아실의 짙푸른 머리카락은 금빛과 은빛만이 넘실거리는 인해 속에서 특히 두드러져 보였다. 모여든 인파 너머에서는 부관 헬리오스가 순찰자 레스발린 및 살리사와 조용히 이야기를 나누고 있었고, 순찰자 토마스렌은 참을성 있게 헬리오스의 대화가 끝나기를 기다리고 있었다.

탈스레사르, 렐리안, 아우릭 선체이서, 알레리아의 친구 베라나까지, 아는 이들이 참 많았다. 실바나스의 심장이 마구 뛰었다. 지금부터 일어날 일이 어찌나 기대되는지, 시험을 치러야 하는 장본인이 지금 말없이 어머니 곁에 서 있는 언니 알레리아가 아니라 자기 자신인 것만 같았다.

평소 어머니와 언니는 이상하다고 할 만큼 닮아있었다. 녹아내린 금붙이처럼 긴 머리카락이 두 사람의 등 뒤로 흘러내렸고, 웃을 때면 둘의 입꼬리가 똑같이 구부러지곤 했다. 호리호리한 체격부터가 똑같았는데, 유일한 차이점은 알레리아의 다리가 망아지처럼 길고 조금 더 건강미가 느껴진다는 점뿐이었다. 하지만 지금은 리리사의 배가 둥글게 부풀어 올라있다는 점이 또 달랐다. 그 안에서 자라는 아이가 몇 주 내에 축복 속에 세상에 모습을 드러낼 예정이었다. 그러나 지금 이 순간, 두 여자의 얼굴에서는 미소를 전혀 찾아볼 수 없었다. 너무나도 중요한 일이 기다리고 있기 때문이었다.

실바나스는 리리사가 알레리아를 향해 고개를 돌리고 끄덕이는 모습을 봤다. 두 사람이 앞으로 나서자, 원정순찰대원들이 두 모녀를 중앙에 두고 둥글게 원을 그리며 사방으로 물러났다.

순찰대 사령관으로서, 리리사의 목소리는 치열한 전투의 한가운데에서도 명령을 전달하고 병사들이 따르게 할 수 있을 만큼 강인하고 명료했다. 그녀의 연설은 왕국 최고의 순찰자들로 구성된 정예 부대에 확실하게 전달되었다.

“내가 어렸을 때, 나의 어머니 알레리아 님은 장녀였던 내게 순찰대 사령관에 어울리는 훈련을 시켜 주셨다. 그녀의 어머니께서도 그러셨던 것처럼 말이다. 이제는 내 어머니의 이름을 물려받은 딸에게 자기 가치를 증명할 기회를 주려 한다. 공식 훈련은 그 이후가 될 것이다. 알레리아와 내가 순찰대 사령관이라는 지위에 수반되는 의무와 그 엄중함을 이해하고 있음을 모두에게 알리고자, 오늘의 도전을 준비했다.”

리리사는 딸을 향해 고개를 돌렸다. 하지만 연설을 이어가는 어머니의 굳은 표정은 조금도 풀어지지 않았다.

“알레리아 윈드러너. 평시와 전시 모두에 원정순찰대를 이끌 준비가 되었나?”

“그렇습니다.” 어린 나이에 비해 무척이나 진중한 알레리아의 목소리에서는 아무런 감정도 드러나지 않았다.

"그렇다면 도전을 받아들이는 것으로 간주하겠다. 잘 들어라. 갈기발 스라소니 한 마리를 네 목표로 지정해두었다. 서식지는 황금안개 마을과 원정순찰대 초소 사이로 알려져 있다. 그 야수를 찾아내서 단 한 발의 화살로 처치하고, 현장에서 손질하고, 오늘의 마지막 빛이 저물기 전에 가죽을 내게 가져와라. 그중 어느 하나라도 실패하면, 이번 도전 전체가 실패로 끝날 것이다."

순찰대 사령관은 화살 하나를 알레리아에게 건넸다. "이게 네 화살이다. 목표에 적중하길."

그건 리리사의 화살이었다. 원정순찰대를 상징하는 초록색과 윈드러너 가문의 색상인 금색, 그리고 황금빛 깃털이 포함된 화살 깃이 달려 있었다. 그 깃털은 리리사가 과거의 전설적인 전투에서 획득한 전리품이었다. 알레리아는 잠깐 주저하다가 화살을 받아들었다.

다른 사람들은 그녀의 주저함을 알아채지 못했을 것이다. 하지만 실바나스는 언니를 너무 잘 알고 있었고, 그래서 눈살을 살짝 찌푸려야 했다. 알레리아는 조용하지만 자신감 넘치는 여성이었다. 그녀는 최상급의 사격 능력을 갖추었고, 필요한 경우 지칠 줄 모르는 추적자가 될 수 있었다. 그러니 이번 시험은 그녀에게 있어 아주 쉬운 일일 것이다. 물론 경험이 없는 사람에게는 갈기발 스라소니가 위험한 상대일 수도 있었겠지만, 윈드러너 가문의 딸들은 모두 어린아이용 활의 시위를 당길 힘이 생기는 순간부터 사냥 훈련을 시작했다.

그렇다면 알레리아는 뭘 저렇게 걱정하고 있는 걸까? 그냥 단순히 긴장했기 때문일 수도 있었다. 그야 이건 평범한 사냥이 아니니까. 순찰대 사령관뿐 아니라 모든 원정순찰대원이 지켜보는 가운데 임무에 실패한다는 건 정말 수치스러운 일일 것이다.

알레리아는 빈 화살통에 화살을 넣었다. 실바나스는 동료가 하나도 없는 외톨이 화살이 무척 쓸쓸해 보인다고 생각했다.

그리고 리리사는 알레리아에게 칼을 건넸다. 아름다운 칼이었다. 알레리아의 손 한 뼘 정도 길이의 칼날은 넓고 날카로웠다. 가죽으로 감싼 칼자루는 황금색 실로 박음질되어 있었다.

"이 칼로 가죽을 벗겨라." 리리사는 말했다. "*오직* 가죽을 벗기는 일에만 사용해야 한다. 사냥감을 공격하는 데 사용할 수는 없다. 사냥이 끝난 후 내가 직접 가죽을 검토할 것이다. 이 칼을 공격에 썼다면 내가 놓칠 리 없어."

알레리아는 고개를 끄덕이고는 칼을 받아 칼집에 넣었다. 마지막으로 리리사는 작은 자루를 딸의 손에 쥐여 주었다.

"물과 빵, 말린 고기다." 그녀는 말했다. "한 끼 정도는 충분할 거야. 배가 고플 경우 식량을 채집하는 건 허용하겠다."

알레리아는 그 자루를 허리띠에 단단히 묶었다.

작고, 따뜻하고, 멜론 주스 때문에 조금 끈적끈적한 손이 실바나스의 손을 붙잡았다. 의자에 올라서서도 언니의 눈높이에 미치지 않는 베리사가 이마를 잔뜩 찌푸리고 물었다. "큰 태양님은 괜찮을까?"

"당연하지." 실바나스는 동생의 손을 꼭 잡으며 대답했다. "알레리아는 잘 해낼 거야. 겨우 스라소니잖아. 그 정도라면 너도 잡을 수 있을걸."

동생의 눈이 환하게 밝아졌다. "나도? 정말 그럴까?"

"뭐… 지금 당장은 아니더라도, 곧 그럴 수 있을 거야."

베리사는 활짝 웃으며 아래쪽 사람들을 향해 시선을 돌렸다. 리리사는 장녀의 어깨에 손을 얹었다. 애정 어린 몸짓은 아니었지만, 확고한 의지가 담겨 있었다.

"이 임무에 성공하면, 훈련을 시작하자."

알레리아는 어깨를 똑바로 폈다. "갈기발 스라소니, 너는 내 사냥감이다." 그건 원정순찰대의 공식적인 서약이었다.

리리사는 뒤로 물러선 후 주먹을 심장 위에 얹어 원정순찰대식 경례를 했다. 그 즉시 다른 원정순찰대원들도 사령관과 같은 경례를 했다. 모두의 경례가 정확히 같은 순간에 조화를 이뤄, 실바나스에게는 주먹이 가슴과 만나는 쿵 소리가 단 한 번만 들렸다. 알레리아는 반짝이는 금발 위로 두건을 뒤집어 쓰고 숲을 향해 달렸다. 사냥꾼들의 원이 갈라지며 그녀를 배웅했고, 숲이 그녀의 호리호리한 체구를 삼킬 때까지 아무도 입을 열지 않았다.

베리사는 언니가 자기를 붙잡아줄 거라는 완벽한 믿음을 바탕으로, 의자에서 실바나스를 향해 뛰었다. 그런 기대에 부응한 실바나스는 뛰어드는 베리사를 꽉 끌어안았고, 동생의 부드러운 은발 머리를 다정하게 헝클어뜨리며 테라스에 내려놓았다.

머릿속에 묘한 생각이 스쳐, 실바나스는 장난기 넘치는 웃음을 감출 수가 없었다. "가자. 알레리아를 기다리면서 원정순찰대원들과 얘기나 하자고."

두 자매는 베리사의 짧은 다리가 허락하는 한 가장 빠른 속도로 경사로를 달려 내려갔다. 실바나스는 꼭 잡은 동생의 손을 놓지 않았다. 완벽한 원을 그렸던 원정순찰대원들은 이제 뿔뿔이 흩어져 몇몇씩 따로따로 모여 있었다. 작은 탁자에 준비되어 있는 다과를 먹거나, 두런두런 이야기를 나누는 이들도 있었다. 베라스는 앞서 원정순찰대의 의례가 진행되는 동안에는 방해하지 않으려는 듯 발코니 아래에서 가만히 딸을 지켜보고 있었지만, 이제는 앞으로 나와 손을 뻗어 리리사의 손을 잡았다. 그리고 아내를 안심시키려는 듯 손을 꼭 쥐었다. 그녀도 그런 남편의 손을 꼭 잡았고, 이내 한숨을 내쉰 후 놓아주었다. 실바나스가 지금까지 보아온 바로는, 순찰대 사령관은 남편과 함께할 때만 잠시나마 긴장을 푸는 것 같았다.

베리사가 종종걸음으로 부모에게 다가갔고, 베라스는 허리를 숙여 딸을 안아 올렸다. 하지만 실바나스는 가족보다 원정순찰대에 훨씬 더 관심이 있었다. 그녀는 경사로 아래쪽에 놓아두었던 활을 들어 어깨에 메고는 무심한 척 할두런과 로르테마르, 지리를 향해 다가갔다. 그들은 다가오는 그녀를 향해 고개를 돌렸다.

"실바나스 양." 로르테마르가 인사하며 먼저 고개를 숙였다. 조금 놀란 듯 그의 눈썹이 살짝 올라갔다. "마지막으로 만난 이후로 활을 바꿨군. 아주 좋은 무기인 것 같소."

사실이었다. 로르테마르가 마지막으로 첨탑을 방문했을 때, 실바나스는 여전히 어린아이용 활로 연습을 하고 있었다. 지난번 생일에 선물로 받은 새 활은 리리사가 쿠엘탈라스의 유명한 조궁장에게 부탁해서 제작한 것이었다. 흑갈색의 나무를 깎아 반짝일 때까지 연마한 후, 소용돌이치는 금박 무늬로 그녀의 이름을 새겨 넣었다.

"네, 아름다운 활이죠." 그녀는 애써 태연한 목소리로 말했다. "하지만 그보다 더 중요한 건 시위가 비단처럼 부드럽게 당겨지고 손잡이가 편안하다는 거겠죠. 사격하는 걸 보시겠어요?"

"지금은 사양하겠소." 로르테마르가 말했다. "그대의 실력이 뛰어나다는 건 이미 알고 있소. 어머니께서도 어린 나이부터 탁월한 실력을 보여주셨다고 하더군. 여기 있는 사람들은 대부분 일곱 화살의 전투에 참전했었고, 다들 지금도 그때 어머니께서 보여준 경이로운 실력에 대해 이야기하곤 하오." 그의 눈에 영웅을 숭배하는 감정 같은 건 없었다. 로르테마르는 그러기에는 너무 현실적인 사람이었다. 하지만 그는 잠시 존경심이 가득 담긴 눈빛으로 리리사를 바라봤고, 다시 실바나스를 향해 시선을 돌렸다. "그대는 어머니의 차분한 손을 물려받았소." 그는 희미한 미소를 지어 보였다. "아마 궁수로서의 실력도 뛰어나겠지."

어머니가 치렀다는 일곱 화살의 전투는 물론 경이로운 이야기였고, 그게 사실이라는 점이 더더욱 놀라웠다. 하지만 그 얘기를 너무 많이 들어야 했던 실바나스에게 그날의 이야기는 이제 아무 감흥도 없었다.

"음." 실바나스는 실망감을 감추며 대답했다. "제가 원정순찰대에 합류하면 다들 *저에 대한* 이야기를 하게 될 거예요."

로르테마르는 예의 바르게 고개를 숙였지만, 할두런은 싱긋 웃었다. "먼 미래의 일이겠군."

"그렇게 오래 걸리진 않을 거예요." 실바나스가 쏘아붙였다. "여러분도 그렇게 늙은 것 같지는 않으니까요."

보르아실은 애써 쓴웃음을 참았다. "그대가 졌소." 로르테마르가 말했다. "실바나스, 우리는 지금 알레리아를 기다리고 있소. 그녀가 돌아오기 전까지는 아무도 여길 떠나지 않을 거요."

왜지? 실바나스는 생각했다. 알레리아는 사냥감을 추적하고, 화살로 처치하고, 가죽을 벗기고 돌아오기까지 여러 과제를 완수해야 하므로 앞으로도 몇 시간은 걸릴 게 분명했다. 그렇다고 하더라도, 그녀는 아버지의 외교술을 오랫동안 보아왔기 때문에 고집을 부리지 않아야 할 때가 언제인지는 아주 잘 알고 있었다. 게다가 로르테마르의 말이 옳다면, 원정순찰대원 중 그 누구도 조만간 이 자리를 떠날 일은 없을 것 같았다. 그러니 그녀는 누구와도 자유롭게 이야기를 나눌 수 있을 터였다.

그들은 왕국의 주력군이었고, 모든 이들에게 존경받는 대상이었다. 실바나스는 적어도 *그들이* 사격하는 모습이라도 보고 싶었지만, 그냥 대화를 하며 그들의 이야기를 듣는 것만으로도 많은 걸 배울 수 있을 것 같았다.

시간이 흘렀다. 점심 식사가 제공될 즈음, 실바나스는 마음속 영웅들 모두와 대화를 마친 후였다. 이제는 배도 고프고 모든 게 지루해지려 하고 있었다. 알레리아의 시험이 왜 이렇게 오래 계속되는 걸까?

리리사도 이제는 자리에 앉아 커다랗게 부풀어 오른 배를 멍하니 쓰다듬으며 알레리아가 사라진 곳을 바라보고 있었다. 실바나스는 아버지에게 다가갔다. 베리사가 풀밭에 앉은 아버지의 무릎을 베고 누워 있었다. 아버지는 검지 손가락을 입술에 대어 보였고, 실바나스는 고개를 끄덕였다. 베리사가 잔뜩 흥분해서 밤새 한숨도 자지 못했다는 걸 그녀도 잘 알고 있었다. 실바나스도 잠을 제대로 자지 못한 건 마찬가지였지만, 겉으로 드러내지는 않았다. 나른한 기색을 애써 밀어내고, 그녀는 빵과 치즈 한 조각을 우물거리며 베라스 옆에 털썩 앉았다.

"얼마나 걸릴 것 같으세요?" 실바나스가 속삭였다.

"엄마가 여러 가지 일을 맡겼잖니." 베라스는 말했다. "아무리 알레리아라 해도 한참 걸릴 거야." 아버지의 시선은 아내가 그렇듯 알레리아의 모습이 사라진 곳으로 향해 있었다.

실바나스는 얼굴을 찌푸렸다. "그럼 그동안 전 뭘 해야 하죠?"

"기다리렴." 그는 차분하게 말했다. "아니면 뭐든 하고 싶은 대로 해도 된다. 넌 원정순찰대원이 아니니까, 원한다면 어디든 가도 좋아."

"그럼 그냥 그럴까 봐요." 실바나스는 대답했다. 그녀는 아버지의 시선을 따라갔다. "아빠…. 알레리아 언니가 성공할 거라고 생각하시죠?"

"네 언니는 맡은 일이라면 뭐든 아주 탁월하게 해내지." 베라스는 말했다.

"제대로 된 대답이 아니잖아요."

"그래, 아니지." 그도 동의했다.

"전 외교관으로서의 아버지보다는 그냥 우리 아버지가 더 좋아요." 실바나스가 말했다. 알레리아의 말을 빌리자면, 아버지가 '조언자의 로브를 뒤집어썼을 때'에는 무슨 말을 해도 소용이 없다는 걸 그녀는 이미 오래전에 깨달았다.

"내가 외교관이자 아버지라는 사실이 네겐 도움이 될 텐데." 그는 싱긋 웃으며 윙크했다. 그건 사실이었다. 실바나스는 리리사와 다른 사람들의 대화가 뜨겁게 달아오를 때면, 아버지가 부드럽게 그 사이에 끼어들어 중재를 하는 모습을 지금까지 여러 번 보아왔다. 아버지에게서 더 알아낼 게 없다는 사실을 깨달은 실바나스는 끙, 하고 실망감을 표하며 일어섰다. 그리곤 가벼운 식사를 입에 밀어 넣고 섬세한 유리잔에 담긴 과일 감로주와 함께 꿀꺽 삼켰다.

그녀는 가족 무기고로 가서 화살통과 화살 한 줌을 집어 들었다. 가만히 기다리기에는 몸이 너무 근질거렸다. 아름다운 황금색 잎으로 뒤덮인 하얀 나뭇가지 사이를 이리저리 오가며, 언니와 똑같이 은밀한 추적과 정확한 사격 능력을 시험해 보고 싶었다.

실바나스는 남들 눈에 띄지 않게 자리를 떠났다. 그리고 모여 있는 원정순찰대원들의 눈을 벗어났다고 생각한 순간, 앞서 알레리아가 달려 들어간 쪽으로 재빨리 향했다. 뭔가 일어나고 있었다. 실바나스는 무슨 일이 벌어지고 있는 건지 정확히 파악하고 싶었다. 사람들 사이에는 잔뜩 억눌려있다고는 해도 분명히 긴장감이 존재했다. 시험이 끝나기 전까지 모두 대기할 거라는 로르테마르의 말이 호기심을 자극했고, 베라스의 회피하는 듯한 태도는 의혹을 키우기만 했다. 리리사도 평소 같지 않게 불안해하는 것처럼 보였다.

실바나스는 언니와 마찬가지로 정확히 어떤 갈기발 스라소니가 알레리아의 사냥감인지 알지 못했다. 알레리아는 어떻게 목표물을 찾으려는 걸까? 그것만 해도 불가능하고 도저히 성공할 가망이 없는 일 같았다. 아무래도 윈드러너 첨탑에서 가장 가까이에 있는 스라소니 무리부터 확인해 보는 것이 가장 합리적일 것이다. 아무리 어머니라고 해도 딸이 실패하기를 바란 게 아니라면 서부 성소처럼 멀리 떨어진 곳에 있는 야수를 사냥하라고 하진 않았을 것이다. 실바나스는 어머니가 알레리아로 하여금 장녀의 권리를 누릴 수 있게 하는 일에 열심이라는 걸 잘 알았고, 그렇다면 역시 가장 가까이에 있는 무리일 것이라고 판단했다.

오늘은 화창한 날이었지만, 어젯밤에는 비가 내렸다. 숲에서는 축축하고 깨끗한 흙냄새가 났고, 정확히 뭘 찾아야 할지 알고 있었던 실바나스는 알레리아가 지나간 흔적을 찾아냈다. "자취를 너무 빤히 남기는 거 아냐, 큰 태양님." 그녀는 그렇게 중얼거렸지만, 솔직히 알레리아가 자기 흔적을 감추느라 귀중한 시간을 낭비해야 할 이유는 없었다. 실바나스는 계속 알레리아의 흔적을 따라가다가 우뚝 멈춰 섰다. 발자국의 간격이 넓어지고, 이제는 발끝 자국만 찍혀 있었다. 알레리아는 달리고 있었다. 그 이유를 확인했을 때, 실바나스는 심장이 쪼그라드는 듯한 서늘함을 느꼈다.

그녀가 지금껏 본 것 중 가장 커다란 갈기발 스라소니의 발자국이 알레리아의 발자국을 따라 함께 뛰고 있었다. 그녀의 언니는 사냥꾼이 아니라 사냥감이었다. 너무나도 거대한 야수가 언니를 쫓고 있었다.

실바나스는 달리기 시작했다.

앞서 들었던 말이 그녀의 머리를 때렸다. *다들 알레리아가 돌아오기를 기다리고 있소.*

네 언니는 맡은 일이라면 뭐든 아주 탁월하게 해내지.

그녀는 이렇게 대꾸했었다. *제대로 된 대답이 아니잖아요.*

하지만 그건 제대로 된 대답이었다. 아버지는 알고 있었다. 실바나스와 베리사만 빼고 *모두가* 알고 있었다. 갑자기 치솟은 분노에 그녀의 발이 빨라졌다.

무언가 덤불을 스치는 소리가 들렸다. 오해의 여지가 없는 으르렁 소리가 뒤따랐다. 커다랗고 잔뜩 성난 무언가가 그녀를 향해 돌진하고 있었다.

거리, 거리를 벌려야 해.

실바나스는 높이 도약해 나뭇가지를 붙잡고 위로 올라갔다. 그리고 혹시나 손을 놓치더라도 스라소니에게 붙잡히지 않도록 더 높이 올라갔다. 가슴 속에서 심장이 쿵쿵 뛰고 호흡이 빨라졌다. 실바나스는 재빨리 화살통에서 화살을 꺼내 활시위에 걸었다.

야수가 시야에 뛰어들자, 실바나스는 헉, 숨을 들이켰다.

커다란 발자국만 봐도 몸집을 가늠할 수 있었지만, 실제로 보는 느낌은 완전히 달랐다. 마을에서 '싸움꾼'이라 불리는 야수가 분명했다. 엘프 고기 맛을 아는 괴물이라는 소문이 파다한 녀석이었다. 실바나스는 왠지 그 말이 사실인 것 같았다. 한순간 공포심이 그녀를 뒤덮었지만, 한편으로는 마음이 차분히 가라앉았다. 정밀하고, 소원하고, 냉철한 감정이 앞으로 나섰다.

심장이 단 한 번 뛰는 사이 그녀는 정말 많은 것을 파악했다. 적의 크기, 적의 속도, 노랗게 물든 이빨과 달리는 동안 지면을 짓찢는 발톱까지.

옆구리에 박힌 화살 한 발은, 야수를 일격에 처치할 수 있는 심장과는 너무 멀리 떨어져 있었다. 화살이 적중한 지점과 사냥용 손칼의 흔적으로 보이는 자상으로부터 황금빛 털을 타고 피가 흘러내렸다.

야수는 지상에서 달아나는 사냥감을 추적하고 있지 않았다. 그것이 쫓는 대상, 알레리아는 지금 나뭇가지에 매달려 있었다. 언니는 붉게 달아오른 얼굴로 가쁜 숨을 몰아쉬며, 목숨을 부지하려고 나뭇가지를 그러쥐었다.

실바나스는 공포에 질린 눈으로 언니가 끔찍한 실수를 저질렀음을 깨달았다. 알레리아는 싸움꾼의 도약 범위를 벗어나기에는 너무 낮은 곳에 있었고, 야수는 지금 뛰어오르려고 몸을 웅크리는 중이었다.

실바나스의 화살이 스라소니의 오른쪽 눈을 꿰뚫고 피투성이가 된 채 두개골 아래쪽으로 튀어나왔다. 야수는 쓰러졌다. 온몸이 경련을 일으켰고, 네 발을 버둥거리다 이내 축 늘어졌다.

추적의 불협화음이 끝난 숲은 부자연스러울 정도로 고요했다. 새들도 섣불리 지저귈 수 없는 듯 부리를 다물었다. 바람마저 감히 나뭇잎을 흔들지 못하는 것만 같았다.

거칠게 헐떡인 탓인지 실바나스의 입이 바싹 말라왔다. 활시위처럼 팽팽하게 당겨졌던 긴장이 풀어지면서 온몸이 부들부들 떨렸다. 그녀는 깊이 숨을 들이쉬고 마음을 가라앉힌 후, 나무에서 뛰어내렸다.

알레리아도 나무에서 내려왔다. 두 자매는 아무 말 없이 야수를 내려다봤다.

한참이 지난 후, 실바나스가 입을 열었다. "사냥감이 이 녀석이라는 걸 알았어?"

알레리아의 황금빛 머리카락이 좌우로 흔들렸다. 그녀는 사체에서 눈을 떼지 못했다. 한 손으로는 활을 붙잡고, 다른 손으로는 피로 얼룩진 칼을 움켜쥐고 있었다. 그제야 실바나스는 알레리아가 다리에서 피를 흘리고 있다는 걸 알았다.

"언니, 다쳤잖아!" 실바나스는 그렇게 외치고는, 소매를 찢어 붕대를 만들며 언니에게 다가갔다. 다행히 싸움꾼의 공격이 대동맥을 비껴 간 것 같았다.

하지만 당황스럽게도 알레리아는 몸을 움츠리며 뒤로 물러났다. 그녀는 잔뜩 화가 난 눈빛으로 실바나스를 노려보고 있었다. "건드리지 마!" 그녀는 날카롭게 말했다.

실바나스는 두 눈을 껌뻑였다. "언니 다쳤잖아. 그럼—"

"이미 할 만큼 하지 않았어?"

"난 언니 목숨을 구하려 한 거야!" 당황스럽고 아린 마음이 어느새 뜨거운 분노로 변질되었다. "고맙다고 얘기하는 게 맞는 거 같은데."

"내 몸은 내가 챙길 수 있어." 알레리아는 망토를 거칠게 떼어낸 후 화가 난 듯 바닥에 내동댕이치고 단검으로 마구 찔렀다.

단 한 발 할애되었던 화살이 싸움꾼을 성나게 했을 뿐 아무 효과도 없었기 때문에… 그 야수에게 쏟고 싶었던 분노를 표출하는 것만 같았다.

실바나스는 헉, 숨을 들이쉬었다. 그제야 자기가 무슨 짓을 했는지 깨달음이 찾아왔다. 그녀가 간섭한 탓에 알레리아는 시험을 통과하지 못했다.

하지만 내가 화살을 쏘지 않았더라도 이미 실패한 거였잖아, 실바나스는 생각했다. 알레리아는 단 한 발의 화살로 야수를 처치하지 못했다.

"알레리아," 그녀는 이번에는 조금 더 차분한 목소리로 입을 열었다. "내가 화살을 쏘지 않았더라도—"

"입 다물어!" 알레리아는 이제 고함을 치고 있었다. 그녀는 거칠게 암녹색 망토를 찢어낸 후, 분노와 수치심을 해소하기라도 하려는 듯 다친 다리를 단단히 묶었다.

실바나스는 말없이 가만히 서 있었다. 알레리아의 말을 따르려는 게 아니라, 너무 당황스럽고 마음이 아파 도저히 입을 열 수 없는 거였다.

알레리아는 조심스럽게 다친 다리를 디뎌 보았다가 얼굴을 찌푸리며 칫 소리를 냈다. 이번에도 실바나스는 언니를 도와주려고 움직였지만, 역시 알레리아가 저지했다. 알레리아는 불과 몇 시간 전에 자신에게 주어진 아름다운 활을 집어 들고는, 그걸 지팡이로 사용하며 천천히 집으로 돌아가는 길에 올랐다.

* * *

"대체… 어떻게 된 거지?"

언뜻 보기에, 리리사의 얼굴은 차분해 보였다. 하지만 자녀들은 어머니의 눈 뒤에 숨은 분노의 불길을 또렷하게 볼 수 있었다.

"한 발로 처치하지 못했습니다." 알레리아는 차분한 목소리로 말했다. 하지만 어머니만큼 표정을 감추지는 못했다.

"그렇겠지. 손상되지 않은 털가죽은 가져오지 않았으니까."

알레리아의 미간이 꿈틀거렸다.

"그래도 싸움꾼은 죽었겠지."

"죽었습니다." 알레리아가 대답했다. 실바나스는 아무 말도 하지 않았다. 어머니는 알레리아가 야수를 쓰러뜨렸다고 생각해야 했다. 그래야 두 사람 모두에게 그나마 일이 쉬워질 것이다.

언니의 시선이 잠시 실바나스에게 향한 뒤, 다시 리리사에게 돌아갔다. "하지만 제가 처치하지는 못했습니다. 전 나무로 피해있었고, 실바나스가 화살을 적중시켰죠."

실바나스의 두 눈이 휘둥그레졌다. 지금 알레리아가 무슨 짓을 한 거지?

이제 어머니의 이글거리는 분노가 실바나스에게 향했다. "사실이니?"

실바나스는 거짓말을 하고 싶은 마음이 간절했다. 알레리아가 입만 다물고 있었으면 최악의 폭풍을 피할 수 있었을 것이다. 하지만 그녀는 자발적으로 아무도 요구하지 않은 정보를 밝혔고, 이제 두 사람 모두에게 어머니의 불쾌감이 쏟아지고 있었다. 이젠 거짓말을 해 봐야 상황이 악화되기만 할 것이다.

실바나스는 몸을 꼿꼿이 펴고 어머니의 눈을 똑바로 바라봤다. "네. 알레리아의 목숨이 위험했어요. 기회를 놓칠 수 없어 활을 쐈죠."

"알겠다." 리리사가 말했다. "네 언니에게서 *그것마저* 빼앗아 버렸구나."

실바나스는 얼굴이 뜨겁게 달아오르는 걸 느꼈다. "그 괴물이—"

"무슨 일이 일어났을지는 아무도 모르는 거야." 리리사가 잔혹하리만큼 날카롭게 실바나스의 말을 잘랐다. "물론 알레리아는 실패했다. 화살 한 발로 야수를 처치하지 못했으니까. 그래도 그 야수를 처치할 수는 있었을 거다. 그러고 돌아왔다면 다시 한번 위험한 생물을 상대로 실력을 증명할 기회를 요청할 수도 있었겠지. 넌 대수롭지 않게 생각한 것 같지만, 이런 의례는 아주 민감한 일이다, 실바나스. 네가 언니 목숨을 구했을 수도 있겠지만, 이제 우린 내막을 알 방법이 없어. 여기 있는 우리 모두가 *알 수 있는* 건, 알레리아가 직접 상황을 처리할 수 있는 기회를 네가 앗아갔고, 그로 인해 네 언니는 임무를 완수할 수 없게 되었고, 알레리아가 이끌어야 하는 사람들 앞에서 네가 언니를 모욕했다는 것뿐이다."

실바나스는 입술을 꽉 깨물어 터져 나오려는 눈물을 참았다. 상처를 받긴 했지만, 그것 때문은 아니었다. 끔찍하리만큼 *화가 났기* 때문이었다. 언니가 아무것도 모른 채 그토록 위험한 임무를 맡았다는 사실에 화가 났다. 그저 도우려 했을 뿐인 자기를 알레리아가 원망했다는 사실에 화가 났다. 실바나스가 아니었다면 지금 이렇게 그녀를 공공연하게 비난하는 것이 아니라 장녀의 장례식을 준비하고 있었을 거라는 사실을 어느 누구도 모르고 있다는 사실에 화가 났다. 그녀는 입을 열고 소리치려 했다. *이건 불공평해요!* 하지만 그때 차분한 목소리가 들려왔다.

"순찰대 사령관," 베라스가 아내에 대한 존경심이 가득한 목소리로 입을 열었다. "그대가 말한 것처럼, 실바나스는 아직 어려서 이해하지 못하는 게 많소. 그대가 실바나스에게 여기 가만히 있으라고 지시했다면, 분명히 그렇게 했을 거요."

실바나스는 그렇게 생각하지 않았지만, 그래도 입을 다물고 있어야 한다는 건 알고 있었다.

"실바나스와 베리사를 데리고 잠깐 바람이나 쐬고 오겠소. 그동안 그대가 원정순찰대원들과 상황을 논의해보시오. 내가 이번 일의 정확한 의미를 실바나스에게 설명해 주겠소."

리리사는 남편의 말을 듣자 눈에 띄게 차분해지는 것 같았다. 그녀는 말없이 고개를 끄덕였고, 잔뜩 찌푸렸던 이마도 조금씩 풀어졌다.

아버지가 딸들과 어머니 사이의 논쟁을 우아하게 중재하는 건 이번이 처음이 아니었고, 아마 마지막도 아닐 것이다. 리리사는 성미가 급하고 말투가 사나웠지만, 용서하고 잊는 것도 빨랐다…. 아니, 보통은 그랬다. 아무래도 이번에는 그녀가 실버문까지의 산책을 마치는 것보다, 어머니와 알레리아가 화해를 하는 데 더 오랜 시간이 필요할 거라는 생각이 들었다.

그리고 어쩌면 순찰대 사령관과 차녀 사이의 서먹한 분위기가 사라지기까지가 그보다 더 오랜 시간이 걸릴 것 같았다. 실바나스는 자기 매타조를 준비하면서 걷잡을 수 없는 분노를 느꼈다. 아버지는 깔깔대는 베리사를 쿠엘도레이 군마에 태워 주었고, 수석 마부 탈바스는 윈드러너 가문의 막내딸을 향해 자애로운 미소를 지으며 고삐를 붙잡아주었다. 반짝이는 하얀색 털, 검은 갈기와 꼬리, 독특하게 구부러진 외뿔이 돋보이는 그 군마는 아나스테리안 국왕이 고위 관계자나 아주 특별한 개인에게만 수여하는 야수로, 그녀의 부모님은 각각 한 마리씩 소유하고 있었다. 베라스는 숫말인 협상마, 리리사는 암말인 쏜살마였다. 베리사가 태어나기 전에만 해도 말을 타는 베라스의 앞에 앉는 건 실바나스였다. 협상마는 부드럽게 달려야 할 때를 알았고, 주인의 아이가 함께 탔을 때는 언제나 흔들리지 않게 조심해 주었다. 이제 그곳은 베리사의 자리였다. 실바나스는 깨물이라는 이름을 붙여 준 자기 매타조를 좋아했고, 그 야수를 혼자서 탈 수 있게 된 날을 자랑스럽게 기억했다. 하지만 가끔은 말 그대로 등 뒤를 지켜 주는 아버지의 따뜻한 편안함이 그리워지는 때도 있었다. 오늘이 바로 그런 날이었다.

깨물이의 긴 다리가 빠르게 움직였고, 베라스는 커다란 용매에게서 너무 떨어지지 않으려고 협상마의 속도를 부드러운 구보 정도로 낮췄다. 실바나스는 조용히 씩씩거렸고, 아버지도 이를 다그치지 않았다. 윈드러너 마을과 달의 성소를 지나 트랜퀼리엔 한가운데에 이르러서야 실바나스는 입을 열었다.

"엄마는 공정하지 않았어요."

"어떤 점에서 말이니?" 아버지가 물었다.

"*전부 다요.* 알레리아가 평범한 갈기발 스라소니만 잡으면 된다고 생각하게 한 것도 그렇고, 화살을 하나만 주고 칼자국도 없어야 한다고 말한 것도 그렇고요. 언니를 지켜볼 사람을 함께 보내지 않은 것도 그렇죠. 게다가," 그녀는 가장 큰 상처가 되었던 일을 마지막으로 털어놨다. "언니의 목숨을 구했을 뿐인데 제게 화를 냈잖아요."

베라스는 고개를 끄덕였지만 아무 대답도 하지 않았다. 시간이 지난 후 그는 말했다. "엄마는 알레리아에게 항상 엄격해야 한단다. 그 이유를 알고 있니?"

그냥 그러고 싶으니까요, 실바나스는 생각했다. 하지만 그런 생각이 온전하게 떠오르기 전부터도 실상은 그렇지 않다는 걸 이미 느끼고 있었다. "모르겠어요." 그녀는 솔직히 말했다.

"순찰대 사령관은 우리 왕국을 지키는 일의 핵심에 있다고 말할 수 있다. 왕국의 군주를 제외하고 유일하게 세습되는 지위이기도 하지. 이 나라에서 순찰대 사령관의 자리는 언제나 사령관의 자녀 중 한 명이 맡아 왔단다. 그리고 지난 수천 년 동안, 실버문의 순찰대 사령관은 언제나 윈드러너 가문의 첫째가 맡았어."

"그건 저도 알아요." 실바나스가 부루퉁하게 답했다.

"그래, 하지만 그런 지식을 바탕으로 지금 상황을 이해하고 있지는 않지."

부드러운 목소리였지만, 그건 실바나스가 아버지에게서 들은 것 중 가장 날카로운 질책 중 하나였다. 어느새 그녀의 두 볼은 붉게 물들었다.

"그렇다면," 그녀는 지기 싫은 마음에 말했다. "엄마가 원한다면 알레리아가 아무리 형편없는 사냥꾼이라 해도 그냥 그 자리를 넘겨줄 수 있는 거 아닌가요?"

"그렇지. 만약 그렇게 한다면 무슨 일이 생길까?"

"원정순찰대원들이 화를 내며 비난하겠죠…." 갑작스러운 깨달음이 밀려들었다. "그래서 엄마가 언니를 그렇게 압박해야 했던 거군요. 단순히 알레리아가 우리 가문의 장녀이기 때문에 그 자리를 계승하는 게 아니라, 정말 그 지위를 차지할 자격이 있다는 걸 원정순찰대원들에게 보여주기 위해서요. 엄마가 알레리아를 조금이라도 봐준다면, 사람들은 사령관이 편파적이라고 생각할 테니까요."

"바로 그거야." 아버지가 대답했다. "알레리아가 그런 부담까지 짊어져서는 안 된다. 원정순찰대를 온전하게 이끄는 것만 해도 충분히 어려운 일이니까. 엄마가 알레리아에게 싸움꾼을 처치하라는 임무를 맡긴 것만 봐도, 네 언니의 실력을 믿고 있다는 걸 알 수 있겠지." 베라스는 말을 이었다. "이번 의례는 각각의 과제를 수행하는 능력을 보는 게 아니라, 그렇게 위험한 임무 앞에서 알레리아가 어떻게 행동하는지를 보는 거였어. 단순히 통과하느냐 그러지 못하느냐가 문제가 아니란 말이야. 리리사는 알레리아가 살아남을 거라고 믿고 있었고, 실질적으로 어떤 결과가 나타나든, 알레리아가 자기 행동을 통해 자신의 강점과 약점을 보여줄 거라고 생각했단다. 일단 그걸 정확히 파악하기만 한다면, 리리사가 강점을 보완하고 약점을 제거하는 걸 도와줄 수 있으니까. 그걸 위한 일종의 평가였다고 생각해도 좋아."

새롭게 드리운 깨달음에, 방금까지 치밀어오르는 분노로 빠르게 뛰던 실바나스의 심장이 갑자기 철렁 내려앉았다.

"그러면… 화살 한 발로 처치하지 못했다 해도 알레리아가 시험을 *통과하지 못한 건 아니었군요.*"

"그래, 아니었지." 아버지의 부드럽고 상냥한 목소리에는 연민이 가득했다. 그녀는 아버지를 바라보지 않았지만, 그의 따스한 시선이 자신에게 향하고 있다는 걸 알 수 있었다.

"하지만 제가 싸움꾼을 처치했기 때문에, 시험은 완전히 망쳐진 거고요."

"그래."

실바나스는 잠시 가만히 앉아 이번 사건의 모든 순간을 돌이켜봤다. 어머니의 날카로운 말이 되돌아왔다. *넌 대수롭지 않게 생각한 것 같지만, 이런 의례는 아주 민감한 일이다, 실바나스.* 한참이 지난 후, 그녀는 말했다. "하지만 그런 일이었다면, 엄마가 저한테도 얘기해 줬어야 해요."

"나도 그렇게 생각한다."

그녀는 기쁘고 놀란 표정으로 아버지를 바라봤다. "정말 그렇게 생각하세요?"

"너도 이제는 어린아이가 아니야, 실바나스. 네 엄마도 네게 이 시험이 얼마나 중요한 건지 제대로 얘기했어야 했어. 그랬다면 너도 다 이해했을 거 아니니?"

"그랬겠죠." 실바나스도 그렇게 말하며 마침내 아버지를 바라봤다. "그래도 다들 알레리아에게 너무 잔인하게 굴었다고 생각해요. 그리고 제가 화살을 발사한 걸 *후회하지도 않아요.* 아빠는 거기 안 계셨잖아요. 갈기발 스라소니는 나무를 기어오를 수 있고, 알레리아는 그 야수를 피해 더 높은 가지까지 올라갈 상황이 아니었어요. 제가 옳은 일을 했다고 생각해요."

아버지는 두 눈을 반짝이며 키들키들 웃었다. "그 얘기는 맞기도 하고, 틀리기도 한 것 같구나. 공정한 것과 불공정한 게 주관에 따라 달라지는 것처럼 말이야. 하지만 결국, 중요한 건 단 하나뿐이다."

그녀는 고개를 갸우뚱했다. "뭔데요?"

"네 행동을 결정한 건 사랑과 용기였어. 거기 있던 사람들 전부, 물론 순찰대 사령관도 마찬가지로, 그 점만큼은 분명히 알고 있단다."

"아닌 것 같은데요." *절 보시던 표정은 그렇지 않았어요.*

"혹시나 지금은 그렇지 않더라도, 조만간 알아줄 거야. 내가 그랬듯이."

가슴의 응어리가 풀어지기 시작한 실바나스는 아버지에게 감사하며 미소를 지어 보였다. 아버지는 딸이 상처투성이가 되어 말썽을 피울 때에도 그 마음을 이해해 주었다. 딸이 부모의 말을 거역하고 잘못된 행위를 할 때도 마찬가지였다. 그는 딸의 마음과 의도를 모두 알았고, 직접 꾸짖어야 할 때도 딸의 본심을 결코 잊지 않았다.

실바나스는 고개를 들어 푸른 하늘을 올려다보며, 숲의 깨끗하고 포근한 공기를 깊이 들이쉬었다.

"우리가 실버문으로 간다는 얘기를 엄마한테는 하지 말지 그러셨어요." 그녀는 엘프의 대도시를 그리 좋아하지 않았다. 그 도시는 너무 크고 화려했다. 온통 빨갛고 금빛으로 휘황찬란했다. 사방에 조각상이 가득했고, 거리를 가득 채운 귀족의 의상 값은 작은 마을 주민들을 모두 배불리 먹일 수 있을 정도였다. "차라리 아빠랑 다른 지역을 탐험하는 게 좋았을 것 같은데요."

"지금 같은 시기에 엄마에게 걱정거리를 더해주면 안 되지 않겠니."

실바나스는 얼굴을 찌푸렸다. 그 말이 옳았다. "가끔 보면 아빠는 너무 답답해요." 그녀가 중얼거렸고, 아버지는 웃음을 터뜨렸다.

"이렇게 하자. 우선은 엄마한테 약속한 대로 실버문으로 가자. 하지만 언제든 멈춰 쉬어도 돼."

실바나스는 안장 위에서 고개를 돌려 아버지를 바라봤다. 기분이 바로 풀리는 것 같았다. "우리가 좋아하는 곳에서요?"

"우리가 좋아하는 곳에서."

"반딧불이가 나올 때까지 거기 있어도 돼요?"

"미안하지만 오늘은 안 되겠다. 하지만 잠시간은 머물러도 될 것 같구나."

두 사람은 마주 보며 싱긋 웃었고, 실바나스는 태양을 가렸던 그림자가 마침내 물러나는 것만 같은 기분을 느꼈다.

두 사람 사이에 기분 좋은 침묵이 내려앉았다. 실바나스는 두건을 벗고 창백한 금발을 바람에 흩날렸다. 알레리아는 실바나스를 큰 달님이라고 불렀다. 알레리아는 큰 태양님, 베리사는 작은 달님이었다. 실바나스는 자기 머리색이 조금 창백하기는 하지만 그래도 금발로 봐야 한다고 주장했다. 알레리아는 이렇게만 대답했다. "금색보다는 하얀색에 가깝잖아. 그리고 넌 큰 달님이 되고 싶니, 아니면 작은 태양님이 되고 싶니?" 당연히 실바나스는 전자를 선택했고, 그 덕분에 베리사는 작은 달님이 되었다.

그리고 조만간 윈드러너 가족에 새로운 일원이 추가될 것이다. 실바나스는 멍하니 동생의 머리는 어떤 색일까 생각했다. 아버지의 머리카락과 달처럼 하얀색일까? 어머니의 머리카락과 태양처럼 황금빛일까? 밤하늘처럼 검은색일까? 그녀의 매타조처럼 붉은색일까?

그런 생각을 하고 있으려니 기분이 좋아졌다. 그녀는 장난기 어린 눈빛으로 아버지를 바라보며 불쑥 말했다. "경주해요!" 그리고 깨물이를 전속력으로 달리게 했다.

"경주! 경주! 경주! 베리사도 협상마의 갈기를 꼭 잡으며 즐거운 목소리로 외쳤다. 베라스는 언제나 그렇듯 실바나스가 먼저 달리게 해주었다. 하지만 그녀는, 언제나 그렇듯, 결국엔 아버지가 이길 거라는 사실을 알고 있었다. *네게 일부러 져 줄 생각은 없단다.* 그는 이렇게 얘기했었다. *너도 그런 건 좋아하지 않을 테니까.*

그 말이 옳았다. 그녀가 경주에서 진다고 해도, 그게 중요한 건 아니었다.

중요한 건 그 과정의 기쁨이었다.

윈드러너 가족이 '좋아하는 곳'이란, 아무것도 모르는 사람에게는 별로 특별할 것도 없어 보였다. 하지만 그들 가족에게 그곳은 수많은 행복한 추억을 상징하는 곳이었다. 의지가 강하고 열정적이었던 한 여성과, 가슴 가득 사랑을 품고 살던 궁정의 떠오르는 스타. 어머니는 그 시절의 아버지가 나이에 비해 훨씬 더 원숙한 기지와 직관의 소유자였다고 말하곤 했다. 둘은 만남을 가졌고, 열렬히 사랑한 끝에 어머니가 아버지에게 청혼했다. 윈드러너 가족이 좋아하는 곳의 추억은 그 시절까지 거슬러 올라갔다.

"난 언제나 도시의 아이였다." 베라스는 리리사와 세 아이를 강가의 이 작은 풀밭에 처음으로 데려왔을 때 실바나스에게 이렇게 말했다. 알레리아는 무릎까지 차오르는 차갑고 깨끗한 물 안에 서 있었고, 실바나스는 아버지의 품에 안겨 있었으며, 아직 어렸던 베리사는 어머니의 품에 안겨 있었다. "하지만 숲과 네 어머니에게 동시에 사랑에 빠지고 말았지. 한편으로는 생기 넘치고 아름다운 단 하나의 상대와 사랑에 빠지는 것 같은 기분이었다."

베라스는 아내를 바라봤다. 그녀 역시 그의 시선을 느끼고는 고개를 들어 부드러운 미소를 지었다. 실바나스는 두 사람을 번갈아 바라보면서도 부모 사이에 오가는 말 없는 대화를 이해하지는 못했지만, 그들이 서로를 사랑하고 있고 지금 그곳이 정말로 안전한 곳이라는 걸 충분히 인지하고 있었다.

오늘, 그 뼛속까지 시린 물속에 뛰어들어 작은 은빛 물고기들이 발가락을 오물거리는 것을 느끼며 즐겁게 깔깔대고 있는 건 실바나스였다. 베리사는 햇볕에 따스해진 바위 위에 앉아 꽃으로 왕관을 만들고 있었다. 서툰 손놀림에 꽃이 엉망이 되었지만, 그녀는 전혀 개의치 않았다. 베라스는 긴 다리를 쭉 뻗고 느긋하게 풀밭에 앉아 하얗고 몽실몽실한 구름을 바라보다가, 갑자기 눈살을 찌푸리며 몸을 곧게 세웠다. 시선은 여전히 하늘에 고정되어 있었다.

실바나스도 고개를 돌리고, 손으로 눈을 가리며 목을 길게 뻗었다. 하늘에는 작은 점이 있었다. 두 개였다. 태양을 배경으로 검은 점으로 보이는 형체가 가까이 다가왔고, 어느새 날개가 펄럭이는 것이 보였다.

"베라스 경!"

"할두런!" 베라스의 외침과 함께 할두런과 지리, 용매들이 가족 앞에 도착했다. 감정을 억제하려고 애를 쓰는 게 눈에 보였지만, 늘 웃음을 잃지 않았던 지리가 지금은 창백하고… 공포에 질린 듯했다.

"군주님, 즉시 첨탑으로 돌아가셔야 합니다." 지리는 말했다. "리리사 님의 진통이 시작됐습니다!"

실바나스는 아버지가 이렇게 당황하는 모습을 처음 보았다. "예정일은 아직 몇 주 남았을 텐데—"

"뱃속 아기에게는 아무도 그 사실을 알려주지 않은 모양이죠." 할두런이 짓궂게 말했다. 하지만 긴장을 풀어 보려는 그의 시도에 응답한 건 걱정스러운 침묵뿐이었고, 베라스는 말없이 베리사를 그에게 건넸다. 할두런은 아이를 조심스럽게 자기 앞에 앉혔다. 지리는 용매에서 미끄러져 내렸고, 베라스와 실바나스가 그 자리에 탔다.

실바나스는 자기 동생 이외의 아이들에게는 그다지 관심이 없었고, 아이를 낳고 싶다는 생각도 해본 적이 없었다. 아이를 낳아야 하는 사람은 다음 순찰대 사령관을 계승할 알레리아뿐이었다. 그녀는 아버지 뒤에 앉아 두 팔로 아버지의 허리를 감싸고 그의 등에 볼을 가져다 댔다. 베라스의 반응이 그녀를 불안하게 했지만, 그녀는 최선을 다해 걱정을 머릿속에서 지웠다. 어머니라면 분명 새로운 가족이 원래 일정보다 빨리 세상에 발을 들이려 한다는 사실을 깨닫자마자 이 대륙 최고의 치유사들을 불러모았을 것이다.

실바나스와 베라스는 용매가 땅에 착륙하기도 전에 뛰어내렸다. 할두런은 베리사를 아버지에게 다시 건넸고, 베라스와 실바나스는 계단을 달려 올라갔다. 예민한 아이였던 베리사는 팽팽한 긴장감을 감지하고는 첨탑으로 향하는 길에 오르자마자 울음을 터뜨렸고, 깜짝 놀란 할두런을 뒤로 하고 어느새 엉엉 흐느껴 울고 있었다. 그런데 위쪽에서는 처음 세상의 공기를 들이쉬며 쏟아져야 할 아이의 울음소리가 들리지 않았다. 실바나스는 평생 진짜 두려움을 느껴본 적이 없었지만, 갑자기 자신을 옥죄는 차가운 공포를 느꼈다. 그녀는 비틀거리며 달렸다.

훌쩍이는 막내까지 안고서도 베라스는 실바나스보다 먼저 도착했고, 곧바로 아내와 함께 사용하는 숙소 안으로 사라졌다. 잠시 후 도착한 실바나스는 최악의 사태에 대비했다.

하지만 그녀가 본 것은 성난태양 첨탑에 걸린 그림처럼 너무나도 아름다운 광경이었다. 따스한 햇살이 열린 창으로 쏟아져 들어와 어머니와 그녀 품 안의 포대기로 감싼 아이를 새하얀 금빛으로 뒤덮었다. 창문 위쪽의 스테인드글라스 채광창이 무지갯빛 색조를 드리웠다. 베라스는 리리사의 붉게 상기된 얼굴을 두 손으로 감쌌다. 안도감에 후들거리는 다리를 끌고 방 안으로 들어선 실바나스 앞에서, 두 사람은 아주 길고 달콤하게 입을 맞춘 후 서로 이마를 마주 댔다. 베라스의 볼에는 눈물이 흘러내리고 있었다. 실바나스는 아버지가 그렇게 기쁜 표정으로 웃는 모습을 본 건 처음이었다.

알레리아는 벽에 기대서서 미소를 짓고 있었고, 그런 언니를 보자 방금까지 잊고 있었던 걱정거리가 사라져갔다. 알레리아의 시험 결과에 대한 문제가 벌써 잊혀지고 있다니, 아무래도 새로운 가족이 이미 기적을 일으키기라도 한 모양이었다. 리리사는 남편의 품에서 벗어났지만, 여전히 남편의 볼에 손을 얹고 있었다.

"다 괜찮아." 그녀는 아이들을 안심시켰다. "우리 막내아들이 더는 기다릴 수가 없었던 것 같구나."

아들. 세 자매의 남동생. 실바나스는 아이가 여동생일 거라고 막연히 생각하고 있었지만, 그렇지 않다는 사실이 왠지 기뻤다. 여자 넷은 너무 지루할 것 같았다.

베리사도 어느새 울음을 그치고 부모님 사이를 비집고 들어섰다. "나 좀 보여줘! 나도 좀 보여달라고!" 베리사가 의례 중이던 알레리아를 보여달라며 그와 비슷한 얘기를 했던 게 겨우 반나절 전이었던가? 그 뒤로 평생이 지난 것 같은 기분이었다.

실바나스는 조용히 문간을 벗어나 침대 발치에 서서는 방을 가득 채운 이 짜릿한 기쁨이 언제쯤 자신에게까지 미칠지 생각했다. 리리사가 실바나스를 향해 고개를 돌렸고, 어머니의 얼굴에는 따뜻하고 진솔한 미소가 피어났다. "너도 한번 안아 볼래, 실바나스?"

실바나스는 고개를 끄덕였다. 목이 메어와 말은 할 수가 없었다. 그녀는 아래로, 리리사는 위로 손을 뻗었고, 실바나스는 작고 따뜻한 포대기를 품에 안았다.

아기가 꿈틀거렸고, 고개를 비틀어 온몸을 감싼 포대기를 흐트러뜨렸다. 실바나스는 가쁜 숨을 몰아쉬며 마침내 동생의 얼굴을 바라봤고, 따끔거릴 정도로 휘둥그레진 두 눈에 빠르게 눈물이 차올랐다.

아이는 완벽했다. 새롭게 주조한 동전처럼 찬란하게 반짝이며 하늘거리는 황금색 머리카락이 머리를 감싸고 있었다. 두 볼은 장밋빛이고, 짙푸른 두 눈은 실바나스를 똑바로 바라보고 있었다.

맹렬한 기쁨이 갑작스럽게 밀려들었다. 온 세계가 지금 이 순간, 이 작은 존재를 향해 수렴되었다. 실바나스는 포대기 속의 작디작은 형체에 지금껏 경험한 적 없는 애정을 느꼈다. 그녀는 품 안의 동생을 조심스럽게 옮긴 후 얼굴을 쓰다듬었다. 너무나도 부드럽고, 또 너무나도 완벽한 피부였다.

"이름이 뭐예요?" 경외감에 가슴이 벅차 속삭임에 가까운 목소리로, 그녀는 물었다.

"리라스." 리리사는 말했다.

"리라스." 실바나스는 그 이름을 되뇌어 보았다. 베리사의 이름이 그랬던 것처럼, 막내의 이름도 어머니와 아버지의 이름을 조합해서 만든 것이었다. 혀에 기분 좋게 감기는 이름이었다. 말도 안 되는 일이겠지만, 리라스도 자기를 부르는 말에 대답하듯 까르륵거렸다. "리라스, 언젠가 우리 가족이 좋아하는 곳으로 데려가 줄게. 마음껏 물을 첨벙거려도 좋고, 우리와 함께 춤을 추거나 아빠처럼 가만히 세상의 풍경을 바라봐도 좋아. 어서 빨리 네게도 반딧불이를 보여주고 싶다."

그녀는 고개를 숙여 아직 태양도 슬픔도 닿지 않은 동생의 부드러운 이마에 입을 맞췄다. 그리고 고개를 들려는 순간, 아기가 통통한 손을 휘두르고 작디작은 손가락으로 그녀의 머리카락을 몇 가닥 붙잡았다.

"네 머리카락이 마음에 드는 모양이다, 큰 달님." 알레리아가 말했다. 따뜻하고 포근한 목소리였다. 지금 이 순간 여기에서만큼은 모든 것이 따뜻하고 포근한 것 같다고, 실바나스는 생각했다.

"응." 실바나스는 대답했다. 손에 잡힌 머리카락에 매혹된 듯한 아기를 바라보는 그녀의 작은 목소리에는 아직 경외감이 가득했다. "언니처럼 황금색 머리카락이네, 큰 태양님. 그럼 얘는 작은 태양님이 되어야 할 것 같은데."

"태양이 둘, 달도 둘!" 베리사가 깍깍 소리치며 사방으로 뛰어다녔다.

"꼭 잡아라, 실바나스." 리리사가 말했다. "아기가 다치면 안 돼."

실바나스는 언젠가 아버지가 해주었던 말을 떠올렸다.

널 다치게 하지 않을 거야. 절대로. 어느 누구도 그러지 못하게 하겠어. 사랑과 용기로, 언제나 널 지켜줄 거야.

제 2 장

두 눈이 휘둥그레진 살데릴 경은 미동도 없이 리라스의 공연을 바라보고만 있었다. 몸을 들썩이게 하는 음악, 마음을 움직이는 음악, 그리고 가슴을 아프게 하는 음악까지, 살데릴은 실바나스마저도 감탄을 금할 수 없는 집중력으로 귀를 기울였다.

윈드러너 가족의 구성원은 다들 예술을 사랑했다. 부모는 어린 시절부터 자녀들에게 아름다움이 없는 세상은 살아갈 가치가 없다고 가르쳐왔다. 음악과 조각, 시, 고요함, 그리고 이들이 불러일으키는 영감이야말로 리리사와 원정순찰대가 전장에서 수호하고, 아버지가 궁정에서 지켜내온 것들이었다. 실바나스 생각에도 마법이 생활에 도움이 되는 건 사실이었지만, 대마법학자 벨로비르가 만들어내는 그 무엇도 그보다 훨씬 단순한 예술 작품의 아름다움에는 견줄 수 없는 것 같았다. 그렇게 세 딸은 다른 아이들과 함께 춤을 추고 노래를 불렀다. 하지만 실바나스의 작은 태양님, 아니, 이제 그리 작지 않은 태양님은 진정한 음악적 영재로 성장하는 중이었고, 그의 목소리를 직접 들은 사람은 모두 듣기 전보다 더 나은 사람이 되었다.

리라스의 음악과 노래에 대한 불가해한 재능은 윈드러너 마을과 인근 지역

너머까지 소문이 퍼졌고, 결국에는 우아하고 완벽한 삶을 추구하는 살데릴 경의 귀에까지 들어가게 되었다. 살데릴 경은 언제나 지나치리만큼 화려한 파티를 여는 것으로 유명, 아니, 악명이 높았다. 그는 그 젊은이가 소문처럼 그렇게 실력이 뛰어날 거라고 생각하지는 않았지만, 그래도 베라스에게 관심이 있다는 이야기를 꺼냈다. 베라스는 살데릴 경을 초대해서 직접 아들의 공연을 볼 자리를 마련해 줬고, 그는 직접 리라스의 공연을 본 순간, 다른 모든 사람이 그랬듯, 단번에 매혹된 것이 분명했다.

실바나스는 리라스가 성장해가는 모습이 자랑스럽기도 했지만, 자그마했던 꼬마가 성인이 되어가는 모습을 보는 게 왠지 조금 슬프기도 했다. 그녀는 문간에 기대서서 아쉬운 표정으로 미소를 지으며 그의 공연을 바라봤다. 이미 천 번은 반복되었던 순간이었고, 그때마다 그래왔듯, 리라스는 이번에도 그녀를 깜짝 놀라게 했다.

그건 실바나스가 가장 먼저 알아본 재능이었다. 리라스는 말을 하기 전부터 이미 스스로 자장가를 부르고 있었다. "그냥 옹알이를 하는 거야." 리리사는 그렇게 말했었다. "너희 셋도 다들 그랬어."

"아니에요, 곡조가 있어요." 실바나스는 주장을 꺾지 않았다. 정말 그랬다.

리라스가 자라는 동안에는 윈드러너 첨탑이 노래로 가득 차는 일이 무척 많았다. 그리고 남동생은 어떤 악기든 손에 잡기만 하면 순식간에 연주하는 법을 익혔다. 윈드러너 가문의 일원답게, 그는 늘 실력을 키우려 했고, 성실하게 연습을 멈추지 않았다. 한 번은 그의 류트 줄이 빨갛게 물든 것이 실바나스의 눈에 띈 적이 있었다. 리라스가 손가락에 피가 날 때까지 류트를 연주하고도 아무 말도 하지 않은 것이었다.

살데릴 경의 넋이 나간 시선을 한몸에 받으며, 리라스는 류트와 리라, 팬파이프와 플루트, 만돌린과 하프를 모두 능숙하게 연주하여 가슴을 울렸다. 그 다음 그는 하프를 옆에 내려놓고 잠시 조용히 서 있었다. 그리고 고개를 들더니 실바나스가 가장 좋아하는 악기였던 자신의 목소리로 연주를 이어나갔다.

빛의 이름으로
태양빛의 이름으로
피의 후손들
적들이 침입하네
피의 후손들
빛의 이름으로
사라지는 피의 후손들
적들이 침입하네
피의 후손들
태양빛의 이름으로
사라지는 피의 후손들
적들이 침입하네
피의 후손들
태양빛의 이름으로
태양

일만 년도 전에 만들어진 '명가의 애가'는 약 삼천 년 전 트롤 전쟁과 아마니 제국의 붕괴 이후 수정되었다. 쿠엘도레이는 아라소르의 인간과 손을 잡았고, 그들에게 큰 빚을 졌다. 그 일을 기념하여 매년 왕국 전체에서 의례와 행사가 열렸지만, 이 노래는 기운을 북돋는 승전가라기보다는 그러한 승리를 거두기 위해 희생되어야 했던 수많은 생명에 초점을 맞추고 있었다.

실바나스는 리라스가 그 노래를 홀로 부르는 것이 좋기도 했고, 싫기도 했다. 윈드러너 가족의 아이들이 함께 노래할 때면, 실바나스는 주로 화음을 넣는 것에 집중하며 그 노래가 불러일으키는 감정에 거리를 두었다. 하지만 리라스가 단 하나의 목소리로 그 고대의 노래에 생명을 부여할 때, 그의 순수한 고음이 솟아오르고 다시 부드럽게 퍼질 때면, 그 노래의 아픔은 방금 일어난 것처럼, 여전히 상처가 아물지 않아 피가 흐르는 것처럼 느껴졌고, 그게 늘 실바나스를 조금씩 무너뜨렸다.

괜한 자책에 얼굴을 찌푸리며, 실바나스는 손바닥으로 두 눈에 고인 눈물을 닦았다. 그리고 고개를 드니 언제나 심드렁하고 냉소적이기만 했던 살데릴 경이 황급히 손수건을 감추는 모습이 보였다.

그는 단정한 용모를 가다듬은 후 자리에서 일어나며 박수를 쳤다. "정말 잘했소, 젊은이. 굉장한 연주였소." 그리고 베라스를 향해 말했다. "솔직히 얘기하자면… 저 소년을 향해 쏟아지는 찬사가 지나치다고 생각하고 있었소. 그런 실력을 보이는 음악가라면 아무래도 저 아이보다는 훨씬 나이가 많을 테고, 실버문에서 활동하고 있을 테니까. 그러나 이건 정말이지 인정하지 않을 수 없겠군. 베라스, 그대 가족은 정말 굉장한 재능과 실력을 겸비하고 있는 것 같소. 그대야 말할 것도 없지만, 순찰대 사령관과 알레리아, 이제는 어린 리라스까지."

실바나스와 베리사는 짜증스러운 시선을 교환했다. 살데릴 경은 그들 두 딸은 존재하지도 않는 것처럼 이야기하고 있었다. 물론 실바나스도 살데릴의 관심을 받고 싶은 마음은 없었다.

"약소하지만 내 고향인 안식처에서 그대 아들이 데뷔할 수 있는 연회를 열고 싶소." 귀족은 말을 이었다. "엄선된 인사만 초대해서 사적인 소규모 연회를 열 생각이오. 아주 우아한 자리가 되겠지." 그는 잠시 말을 멈췄다가 베리사와 실바나스를 흘긋 보며 덧붙였다. "물론 그대의 가족은 모두 참석해도 좋소."

3일 후, 실바나스는 소박한 드레스를 입고 있었다. 살데릴의 연인인 엘리사라 선스트라이커는 그 드레스에 대해 '투박한' 매력이 있다고 평했다. 엘리사라가 굳이 청하지도 않은 의견을 제시하기 전까지 정말 많은 사람이 칭찬을 아끼지 않았다는 점을 고려하여, 실바나스는 그냥 엘리사라의 질투심을 즐기기로 했다. 지금 그녀는 살데릴의 안식처에 있는 나무에 느긋하게 기대서서, 그 '*엄선된 인사*'들 앞에서 리라스가 공연을 하는 모습을 지켜보고 있었다. 평상시의 실바나스라면 리라스가 엮어내는 매혹적인 음악에 기꺼이 온몸을 맡기곤 했지만, 오늘 밤 그녀는 관객들을 살펴보고 있었다. 그들이 거드름을 피우는 모습은 하나 같이 우스꽝스러웠다. 다들 자기가 특별하고 이 세상에서 하나뿐인 존재라고 믿는 듯했지만, 사실은 전부 똑같았다. 화려한 옷을 차려입고, 얼굴 가득 오만한 표정을 짓고, 겉으로만 예의 바른 척하며 상대방에게 상처를 줄 만큼 날카로운 말들을 내뱉었다. 하지만 상식적이고, 상냥하고, 실바나스가 생각하기에는 오랫동안 고통을 견뎌내 온 듯한 아버지 베라스는 편안한 모습으로 사람들 사이를 오갔다. 그러면서 아이가 태어나고, 상을 받고, 더 높은 지위로 승격된 것을 축하한다거나, 아니면 그냥 오늘 옷차림이 멋지다며 모든 이들에게 능숙한 인사를 건넸다.

대체 어떻게 하시는 거지? 그녀는 궁금했다. 어떤 마법학자라도 아버지와 같은 마법을 쓸 수는 없었다. 그러니 지나치게 활기찬 가족 구성원들을 상대할 때에도 끝없는 인내심을 보여줄 수 있는 것이리라.

살데릴이 리라스의 공연을 보고 돌아간 날 이후로 상황은 급변했다. 얼마 지나지 않아 리라스는 살데릴의 저녁 파티에서 정기적으로 공연을 하게 되었다. 당연한 얘기지만 리라스의 공연은 인기가 많았다. 단순히 인기가 많은 것을 넘어, 솔직히 파티가 좋아서가 아니라 리라스를 보러 살데릴의 안식처를 찾는 이들이 더 많을 정도였다. 데뷔하고 6개월이 지난 후, 살데릴의 안식처에서 윈드러너 첨탑으로 돌아온 리라스는 잔뜩 흥분하고 어안이 벙벙한 모습이었다.

"거기 우리 큰 달님 아니세요?" 그는 발코니에서 손을 흔드는 실바나스를 향해 외쳤다.

"거긴 우리 작은 태양님 아니세요?" 그녀도 동생을 향해 외쳤다.

"이리 내려와 봐! 할 얘기가 있어!"

실바나스는 서둘러 첨탑을 내려갔다. 얼굴이 벌개져서 가쁜 숨을 몰아쉬는 동생의 모습에 조금 불안한 기분이 들었다. "너 괜찮아?" 그녀가 물었다.

"아, 큰 달님…. 이보다 좋을 수는 없어. 살데릴이 내게 *캘타스 왕자님* 앞에서 공연을 해달라고 했어!"

이제 깜짝 놀라 어안이 벙벙해지는 건 실바나스 차례였다. 캘타스 선스트라이더는 대부분의 시간을 마법사들의 도시 달라란에서 보냈다. 고향을 찾아오는 일은 거의 없었다. 그녀는 남동생을 와락 끌어안았고, 그제야 동생의 키가 어느새 자기만큼 자랐다는 사실을 실감했다. 버드나무처럼 여린 동생을 꼭 껴안고, 두 사람은 웃음을 터뜨렸다.

"역시 네가 우리 가족 중에서 최고의 인재야." 실바나스는 그렇게 말하며 동생을 놓아주고는 머리를 잔뜩 헝클어뜨렸다. 리라스가 다시 얼굴을 붉혔다.

"난 그렇게 생각하지 않아. 분명히 영광스러운 일이고 들뜨기도 하지만, 그냥 음악일 뿐이니까."

"아, 그래. 뭐, 그렇지. 어차피 듣는 사람도 *그냥* 캘타스 왕자님일 뿐이고 말이야." 그녀는 리라스의 말투를 흉내 내며 말했다. 그러나 벅차오르는 흥분을 끝까지 막진 못했다. "왕자님이 실버문을 방문할 때는 아무리 우리 아버지라고 해도 보통은 미리 약속을 잡아야 겨우 얼굴을 볼 수 있다고. 그런데 그런 왕자님이 직접 *네* 공연을 보러 온다는 거잖아!"

갑자기 리라스의 얼굴에서 핏기가 사라졌다. "오," 그가 말했다. "오…."

"뭐야? 왜 그래?"

"실바나스 누나…. 내가 다 망치면 어떡해?"

"그럴 리가 없어. 넌 다른 사람 모두에게 그랬듯, 왕자님도 매혹할 수 있을 거야."

"하지만, 난 한 번도—"

"어머니와 아버지도 그 자리에서 널 응원해줄 거야."

그는 조금이나마 긴장이 풀어지는 듯했지만, 그래도 마음이 완전히 놓인 것 같지는 않았다. "다행이네. 그런데 어떻게 내가 망치지 않을 거라고 확신하는 거야?"

"왜냐하면," 실바나스는 대답했다. "네가 부끄러운 모습을 보일 가능성이 조금이라도 있었다면, 솔직히 가뭄에 콩 나듯 이곳을 방문하는 캘타스 왕자님을 살데릴이 호기롭게 초대했을 것 같아?"

그 말이 긴장감을 누그러뜨린 듯, 동생도 마침내 웃었다. "역시 누나와 말싸움을 할 수는 없어. 늘 누나가 이기잖아."

"언제나 이기는 사람은 나야, 작은 태양님. 절대로 잊지 마."

* * *

"가지 않겠다니, 무슨 말씀이세요?"

화가 난 실바나스의 목소리는 잔뜩 날카로워져 있었다. 리리사는 딸의 말투에 눈살을 찌푸렸다.

"네 아빠와 나는 언제나 개인적인 용무보다는 의무가 우선이잖니. 리라스는 너보다 어린데도 우리 마음을 이해하는 것 같은데."

"물론이죠, 어머니." 리라스는 말했다. 그의 목소리는 언제나처럼 차분하고 듣기 좋았으며, 얼굴에는 미소까지 띠고 있었다. 하지만 누구보다 동생을 잘 아는 실바나스는 리라스의 긴장한 자세를 보며 그가 크게 실망했다는 사실을 알 수 있었다.

베라스는 몇 시간 전에 '시급한 문제'로 아나스테리안의 부름을 받았다. 그 직후 가족을 찾아온 전령은 그가 밤늦게까지 국왕과 함께 있어야 할 거라는 소식을 전했다. 이제 리라스가 살데릴 경의 안식처로 떠나야 할 시간이 가까워졌는데, 이번에는 할두런 브라이트윙이 나타나 순찰대 사령관에게 트롤 영토 인근에서 사고가 발생한 것 같다고 보고했다.

"그러면 알레리아라도 가게 해 주세요." 실바나스는 말했다. 그녀는 자기와 베리사가 '너무 어려서' 그런 자리에 참석할 수 없다는 사실에 이미 화가 잔뜩 나 있었다. "우리 가족이 *누구라도* 함께 있어 줘야죠."

"알레리아는 내 후계자야." 리리사는 인내심을 발휘하며 말했다. "내가 자리를 비운 동안에는 알레리아가 순찰대 사령관 역할을 맡아야 해. 그러니 여기 남아서 만일의 사태에 대비해서 원정순찰대를 관리하고 있어야지."

리리사의 네 아들딸이 모두 윈드러너 첨탑 아래에 모여있었지만, 그녀는 알레리아가 그 자리에 없는 것처럼 말했다. 장녀는 무표정한 얼굴로 팔짱을 끼고 있었지만, 두 눈은 무척 차가웠다.

실바나스는 할두런 브라이트윙을 노려봤고, 그는 자기도 어쩔 수 없었다는 듯 어깨를 살짝 으쓱했다. 이건 불공평했다. 시급한 상황을 제외하면 보통 이런 상황에서는 로르테마르 테론이 리리사를 대신했지만, 하필 그는 지금 살데릴의 파티에 참석하러 떠난 후였다. 리라스는 당당한 표정을 짓고 있었으나 잔뜩 긴장한 기색이 역력했고, 관객들 사이에 가족이라도 함께 있어줘야 그나마 힘을 얻을 수 있을 터였다.

"사령관님." 할두런이 말했다. "이제 가셔야 합니다."

"그래." 리리사는 용매에 올라탔다. 그녀는 다시 리라스를 바라봤고, 표정이 조금 부드러워졌다. "오늘 일이 이렇게 돼서 정말 유감이구나. 급한 일만 아니었다면 네 아빠도 나도 네 공연을 보러 갔을 거야."

"알아요." 리라스는 그렇게 얘기했지만 어머니의 시선을 외면했다. "조심하세요."

"물론이지." 리리사는 말했다. 그러고는 잠시 주저하다가 덧붙였다. "너라면 잘 해낼 거라고 믿는다, 아들." 평소 딱딱했던 어머니의 얼굴에 진솔한 미소가 피어났다. 그리고 용매는 하늘로 날아올랐고, 그대로 어머니와 함께 사라졌다.

알레리아는 한숨을 쉬었다. "가자." 그녀는 동생들에게 말했다. 실바나스와 리라스는 제자리에 가만히 서 있었고, 베리사는 걱정스러운 눈빛으로 형제자매를 번갈아 바라보다가 알레리아와 함께 첨탑으로 돌아가고자 몸을 돌렸다. 실바나스는 아무 말 없이 어머니가 시야에서 사라지는 모습을 지켜보고 있었다.

"정말 미안해, 작은 태양님." 그녀는 작은 목소리로 말했다.

"괜찮아."

"다음에 또 기회가 있겠지, 안 그래?" 분명히 그럴 것이다. 하지만 캘타스 왕자가 언제쯤 쿠엘탈라스를 다시 방문하게 될지조차 아는 사람이 없었다. 몇 년 후일 수도 있었다. 그녀는 고개를 돌려 동생을 바라봤다. "너라면 분명히 왕자님께 좋은 인상을 남길 수 있을 거야. 다음번 공연은 왕궁의 모든 사람이 참석한 자리에서 하게 될 게 분명해."

"아니야, 큰 달님. 정말 괜찮아. 우리 부모님은 워낙 바쁘셔서 가만히 앉아서 내 공연을 구경할 시간은 없으시잖아." 리라스의 목소리에는 체념의 고통이 가득했고, 실망한 동생을 보며 실바나스는 가슴이 아려오는 걸 느꼈다.

아니, 그렇지 않아. 그녀는 고집스럽게 불합리한 생각을 계속했다.

"알레리아까지 여기 남아 있어야 한다고 하신 건 정말 너무했어." 그녀가 말했다. "혹시 무슨 문제라도 생기면 전령이 바로 안식처로 가서 원정순찰대에 알리면 될 거 아냐."

"누나도 그게 진짜 이유가 아니라는 거 알잖아." 리라스가 말했다. 실바나스도 알고 있었다. 알레리아와 어머니는 알레리아의 훈련 문제로 최근 다툼이 잦았다. 리리사가 그런 명령을 내린 건 이곳을 지배하는 게 순찰대 사령관이고, 알레리아도 그 명을 따라야 한다는 사실을 상기시켜주려는 의도였다. 리리사가 '만일의 사태에 대비해서' 딸에게 남아있으라는 지시를 내린 건 이번이 세 번째였다.

그건 잔인하고도 옹졸한 처사였으며, 이번에는 아무 잘못이 없는 리라스에게도 상처를 주는 일이었다.

"우린 다들 널 사랑하고, 네가 자랑스러워." 실바나스는 말했다.

"나도 알아. 난 그냥… 아니야."

실바나스는 동생을 꼭 껴안은 후 놓아주었다. 그리고 안장을 얹은 자기 매타조를 찾아 마구간으로 가볍게 뛰어가는 모습을 지켜봤다. 마음이 굳어졌다. 이건 옳지 않았다. 작은 태양님이 이런 대접을 받을 수는 없었다.

갑자기 뭔가 생각이 떠올랐다. 대담하고도 위험한 생각이었다. 그녀는 미소를 지었다.

이제 필요한 건 큰 태양님을 설득하는 것뿐이었다.

"절대 안 돼!" 알레리아가 딱 잘라 말했다. "계속 그렇게 장난을 치다가는 조만간 진짜로 혼나는 일이 생길 거야."

"꼭 아빠처럼 얘기하네. 솔직히 누가 곤란해진 적도 없었잖아."

알레리아는 한쪽 눈썹을 추켜올리곤 아무 말 없이 실바나스를 노려봤다.

"…그래, 하지만 딱 *한 번이었어.* 겨우 요리에 소금 대신 설탕을 넣은 것뿐이었다고. 그런다고 사람이 다치지는 않잖아?"

지난 몇 년간, 실바나스는 초대받지 않은 곳에 몰래 들어가는 장난에 몰두했고, 가끔은 '사냥 기술을 연습'하는 거라고 핑계를 대며 크게 해가 되지는 않을 함정을 설치하여 아무것도 모르는 무고한 사람들을 골탕 먹이기도 했다. 아버지는 차분한 목소리로 양동이에 담은 얼음물을 쏟아부어서 적을 처치할 수는 없다고 지적했다.

"그래도 경계를 무너뜨릴 순 있죠." 하지만 실바나스는 이렇게만 대답했다.

베라스는 한숨을 쉬었다. "사랑하는 딸아, 가끔 난 똑똑한 게으름뱅이가 이 나라를 망칠 것 같아 걱정스러운 기분이 드는구나."

실바나스는 그때의 기억이 떠올라 미소를 지으며 말을 이었다. "언니, 솔직히 언니가 불려갈 일은 없다는 거 알잖아. 늘 그렇듯이 여기 남아 베리사와 함께 화살이나 쏘면서 엄마가 돌아오시기를 기다리면 돼."

항상 냉철한 태도를 보이는 것에 익숙한 알레리아도 그 말에는 얼굴을 찌푸렸다.

이제는 내가 잔인하게 굴고 있네, 실바나스는 생각했다. 희미한 후회의 고통이 가슴을 찔렀지만, 지금은 그렇게 가혹한 말을 해야 할 필요가 있었다.

"말썽을 피우지는 않을게." 그녀가 말했다. "난 살데릴의 멍청한 파티에 한 번도 참석한 적 없으니, 날 알아보는 사람도 없을 거야." 실바나스는 그 파티장에 로르테마르가 먼저 가 있다는 사실을 알레리아가 잊었기를 바랐다. "몰래 들어가서 리라스가 연주하는 걸 좀 보고, 끝나는 대로 빠져나와서 바로 집으로 올게."

가족의 평화를 유지해 주는 상냥한 베리사가 언니들 사이에 끼어들어 두 언니의 손을 각각 잡았다. "리라스가 원하는 건 누군가 개를 사랑하는 사람이 관객석에서 공연을 지켜봐 주는 것뿐이야." 베리사는 진지하게 말했다. "언니들도 캘타스 왕자님 앞에서 공연을 할 일이 있으면 그러지 않겠어?"

알레리아는 베리사와 실바나스를 번갈아 바라본 후 한숨을 내쉬었다. "그래. 나라도 그러겠지. 좋아, 큰 달님, 네가 이겼어. 비밀은 지켜줄게. 제발 너무…" 알레리아는 말을 골랐다. "…*너답게* 굴지는 마."

실바나스는 콧방귀를 뀌며 웃음을 터뜨렸다. 언니가 무슨 얘기를 하는 건지는 정확히 알고 있었고, 그래도 전혀 기분이 나쁘진 않았다. "완벽하게 여성스럽게 굴어줄게. 약속해. 자, 엄마 드레스를 한 벌 빌려야 할 것 같은데, 도와줄래?"

윈드러너 가의 여자들은 드레스를 별로 좋아하지 않았다. 사람들은 그들 자매가 아름답다는 이야기를 자주 했고, 실바나스도 그런 칭찬을 즐기긴 했지만, 솔직히 그런 아부가 자매들에게는 별다른 의미가 없었다. 적의 공격을 막아줄 경화 가죽 방어구가 반짝이는 새틴 드레스보다 훨씬 좋았고, 섬세하게 제작된 균형 잡힌 화살이 그들이 선호하는 장신구였다. 하지만 아무리 그렇다고 해도, 부모의 지위를 고려했을 때, 가끔은 자매들도 함께 참석해야 하는 사교적인 행사가 있기 마련이었다. 리리사에게는 평소의 실바나스라면 절대로 입을 일이 없는 화려한 로브가 있었다. 실바나스는 콧잔등을 잔뜩 찡그린 채 알레리아와 함께 지나치게 많은 단추와 고리, 끈을 고정하느라 낑낑댔다.

"대체 *이런 걸* 어떻게 입는 거야?" 그녀는 투덜거렸다. "그리고 *왜* 입는데?"

"언니 발이 엄마보다 큰데." 베리사는 부모님의 침대에 앉아 낯선 광경을 지켜보며 아랫입술을 깨물고 있었다.

"그래, 하지만 엄마 키가 크니까 드레스가 신발을 숨겨 줄 거야." 실바나스가 대답했다.

"그럼 밑단이 더러워질 텐데."

실바나스는 웃었다. 실바나스가 무모한 장난을 친다는 얘기에 동생도 잔뜩 들뜬 게 분명했지만, 한편으론 혹시나 들킬까 봐 걱정하고 있는 듯했다.

"내가 빨아놓을게." 실바나스가 동생을 안심시켰다. 지금은 어서 가고 싶은 마음뿐이었다. 아버지의 의회 업무가 일찍 끝날 수도 있고, 리리사가 당장이라도 트롤 귀를 전리품으로 들고 돌아올 수도 있었다. 알레리아가 그녀의 머리를 땋기 시작했지만, 실바나스는 더 기다릴 수가 없었다. "그 정도면 됐어." 그녀는 그렇게 선언하며 모자를 썼다. 그리고 거울 앞에 서서 자매의 솜씨를 보았다.

거울 속에는 처음 보는 사람이 서 있었다. 평상시에는 머리카락도 온통 헝클어져 있고, 풀잎과 얼룩으로 뒤덮인 바지와 튜닉을 즐겨 입었다. 하지만 거울에 비친 우아하고 품위 있는 젊은 여인은 긴 초록색 드레스와 창백한 금발 위에 얹은 챙이 넓은 모자까지, 무척 세련된 모습이었다. 실바나스는 미소를 지으며 무릎을 굽혀 인사했다. 거울에 비친 자신도 그 모습을 따라 했다.

그녀의 미소가 더 커졌다.

완벽해.

제 3 장

실바나스는 살데릴의 안식처에서 흘러나오는 류트 곡조에 집중하며 걸음을 재촉했다. 리라스가 벌써 공연을 시작한 걸까? 하지만 다행히 다른 악기가 합류하는 소리가 들려왔다. 그녀는 안도감에 긴장을 풀었다. 다른 음악가들이 분위기를 조성하는 동안에는 파티 참가자들의 잡담과 치근덕거림이 계속될 것이다. 하지만 동생의 연주가 시작되면 모두의 주의를 독차지할 것이다.

그녀는 관객을 빠르게 둘러보며, 혹시라도 자기를 알아볼 사람이 있을지 확인했다. 그녀의 시선이 화려한 옷과 반짝이는 머리카락, 현란한 모자의 바다 위를 떠돌다가 하얀색 머리카락 위에서 멈췄다.

"로르테마르로군." 실바나스가 중얼거리며 슬며시 돌아서서 군중의 반대편으로 스며들었다.

"안녕하십니까." 누군가의 목소리가 들려왔다. 깜짝 놀란 실바나스가 고개를 돌려보니 우스꽝스러운 실크햇 때문에 한층 더 커 보이는 훤칠한 남자가 서 있었다. "처음 뵙는 분 같군요. 잠깐 제 소개부터 하겠습니다. 전 비전술사 셰이나스렌이라고 합니다."

실바나스는 턱을 당겨 모자의 넓은 챙으로 얼굴을 더 가렸다. "반갑습니다. 전 레나리아라고 합니다. 제 사촌인 엘라나는 혹시 알고 계실까요?"

그녀는 즉석에서 이름을 만들어냈다. 실존하는 사람의 이름을 빌리는 것보다는 그쪽이 더 안전했다. 셰이나스렌은 잠시 이맛살을 찌푸렸지만, 곧 얼굴이 환해졌다.

"아, 네." 그가 말했다. "엘라나 양 말씀이시군요."

실바나스는 웃음이 비어져 나오려는 것을 억지로 참았다. "오늘은 날씨가 참 따뜻하군요, 레나리아 양." 최선을 다해 다정한 말투로 남자가 말했다. "시원하게 마실 거라도 한 잔 가져다드릴까요?"

"그래 주시면 정말 감사하겠어요." 실바나스는 말했다. 그는 고개를 숙여 인사하고는 실크햇을 이리저리 흔들거리며 사람들을 뚫고 갔다. 그가 돌아서자마자 실바나스는 반대 방향으로 향했다. 파티에 참석한 사람이 어찌나 많은지 그녀는 깜짝 놀랐고, 그만큼 몰래 잠입하기로 한 게 다행이라는 생각이 들었다. 리라스의 실력이 뛰어난 건 사실이었지만, 이렇게 많은 사람들 앞에서 공연하는 건 처음이었다. 동생도 무척이나 반가워할—

"실바나스!"

날카롭게 속삭이는 소리에 그녀는 등골이 서늘해지는 것을 느꼈다. 황급히 돌아섰지만, 말을 건 사람은 다름 아닌 리라스였다. 그는 화창한 여름 한낮처럼 푸른 눈을 휘둥그렇게 뜨고 그녀를 바라보고 있었다.

"쉬이이, 목소리 낮춰."

"여기서 뭘 하는 거야? 그거 엄마 드레스 아니야? 어딘가… 이상해 보이는데."

"그런 건 신경 쓰지 마. 내가 뭘 하고 있는 것 같아? 당연히 널 보러 왔지!"

리라스는 한숨을 내쉬었지만, 입술에 떠오르는 미소를 감추진 못했다. "이러다 큰일 날 거야."

"괜찮아. 공연은 언제 시작해?"

"몇 분만 있으면 돼. 난 음료수나 한 잔 마시려고. 입이 바싹 말라서 말이야!"

실바나스는 동생을 안아 주고 싶은 마음이 굴뚝같았지만 애써 두 팔을 단속했다. "어서 가. 나는 걱정하지 말고."

그는 한참 동안 누나를 바라봤다. 실바나스는 동생이 그렇게 행복해하는 모습은 처음 보는 것 같았다. "괜히 목이 메서 노래를 못 하는 일이 있어선 안 돼." 그녀는 조금 엄한 목소리로 말했다.

"누나가 지금 돌아가더라도 난 탈라시안 붉은찌르레기처럼 노래할 수 있어." 그는 대답했다. "나 때문에 이렇게까지 해 줘서 정말 고마워. 역시 난 누나가 제일 좋아."

"다른 누나한테도 다 그러잖아."

"뭐, 그래, 그건 사실이야. 그래도… 누나가 더 좋아."

실바나스는 오히려 자신의 목이 메는 것을 느꼈다. 그녀는 감정이 북받치는 걸 참고 대답했다. "그냥 노래 몇 곡만 듣고 돌아갈게."

"좋아. 다행이네. 그러는 편이 더 안전할 거야."

리라스는 실바나스를 보며 활짝 웃고는 음료가 놓인 탁자로 다가갔다. 그때 요란하고 불쾌한 웃음소리가 그녀의 주의를 끌었다. 조금 떨어진 곳에서, 히죽거리는 남자 한 명과 그를 둘러싼 네 명으로 이루어진 무리가 낄낄대고 있었다. 다들 볼이 발그레하고 통통했으며, 손은 굳은살 하나 없이 매끈했다. 어린 나이지만 다른 귀족들과 마찬가지로 화려한 옷을 차려입고 있었다. 그중 한 명이 술병을 들어 홀짝였고, 그걸 슬그머니 서로에게 건네며 전부 한 모금씩 마셨다. 붉어진 얼굴과 조금 비뚜름한 자세를 보면, 술병의 술을 거의 다 마셨거나, 병을 한 번 이상 채운 것으로 보였다. 그중 두 명은 살로나 가문의 색으로 이루어진 옷을 입고 있었다.

"아니, 저 녀석 좀 보라고." 히죽거리는 남자가 말했다. 실바나스는 그가 누군지 알아볼 수 있었다. 젊은 귀족 아라반이었다. 그는 음료수 탁자 쪽으로 고개를 까딱였다. 그가 가리킨 곳에서는 리라스가 멜론 주스를 국자로 떠서 담고 있었다. "내가 어깨를 건드리기라도 하면 그대로 나자빠져버릴 것 같은데."

실바나스는 입을 앙다물며 어떻게든 반박하고 싶은 마음을 억눌렀다. 하지만 꽉 움켜쥔 두 주먹은 풀어지지 않았다. 그녀는 자기 쪽으로 돌아오는 리라스를 흘긋 봤다. 동생은 어느새 훌쩍 커서 이제는 가족 중에서 아버지 다음으로 키가 컸다. 그리고 그는 약하지 않았다. 아직 체격이 키를 따라잡지 못한 것뿐이었다.

하지만 아라반은 입을 다물지 않았다. "집에서 전투를 가르쳤는데 도무지 소질이 없었대. 그야말로 재능이 전혀 없었다던데."

리라스가 우뚝 멈춰 섰다.

"저 녀석 엄마가 순찰대 사령관 아니야?" 다른 소년이 물었다.

"그래! 그러니까 최악이지. 가족들이 얼마나 부끄럽겠어."

리라스는 천천히 어깨를 펴고 앞쪽 무대로 걸어나갔다. 실바나스의 심장 박동이 귀를 쾅쾅 울렸고, 온몸이 활시위처럼 팽팽하게 긴장했다.

"아, 그래도 플루트 연주를 할 줄 알잖아." 아라반의 동생인 렌드리스가 말했다. "결투에서 *아주 큰* 도움이 되겠네."

"어휴, 저 녀석은 *싸울 필요가 없다니까!* 그냥 전투에 관한 슬픈 노래나 부르면 그만이야!"

그 말은 사실이라 더 아팠다. 리라스는 싸우는 법을 *배우지 못했다.* 플루트를 연주하며 춤을 출 때는 누구보다 능숙한 몸놀림을 보여주던 아이가, 악기를 무기로 바꿨을 때는 모든 게 서툴러졌다. 리라스의 수치심과 아픈 마음이 실바나스 자신의 감정처럼 그녀를 매섭게 휩쓸었다. 그 뒤로는 뜨겁고 위험한 분노가 밀려오고, 다시 얼음장처럼 차가운 감정이 가슴에 자리를 잡았다.

그녀는 몸에 꽉 끼는 드레스가 허용하는 한 가장 크게 숨을 들이쉬고는, 깔깔대는 남자들을 다시 한번 바라보며 그들의 얼굴을 머리에 새겼다. 그리고 사람들 사이를 비집고 별관 쪽으로 향했다.

그들이 동생의 마음을 아프게 한 것에 대한 대가를 받아낼 생각이었지만, 지금은 아니었다. 동생의 평정심을 더 악화시킬 일을 할 수는 없었다. 그녀는 저 해충 같은 녀석이 뱉어낸 증오 가득한 말에 리라스가 낙담하지 않기를 바랐다. 저런 녀석들 때문에 작은 태양님이 왕가의 일원 앞에서 데뷔 무대를 망칠 순 없었다.

전술가의 능력을 십분 발휘하여, 그녀는 전장의 상황을 파악했다. 로르테마르는 한 귀족을 향해 미소를 내비치고 있었다. 그녀의 사냥감은 여전히 취기가 잔뜩 올라 키들거리며 거들먹거렸다. 불쌍한 셰이나스렌은 과일 음료 두 잔을 들고 두리번거리며 애타게 그녀를 찾는 중이었다.

실바나스는 가장 어둡고 출구가 가까운 뒤쪽 좌석에 앉았다. 처음엔 동생과 약속한 대로 첫 번째 연주가 끝난 후 바로 떠날 생각이었다.

하지만 지금은 해야 할 일이 생겼다.

그때, 갑자기 엄청난 환호성이 터져 나오며 모두가 자리에서 일어났다.

"캘타스 왕자님! 캘타스 왕자님!"

마침내 그가 나타났다. 실바나스는 그를 보며 마지못해 감탄했다. 햇빛을 받아 반짝이는 그 황금빛 머리카락과 붉은색과 금색으로 치장된 옷. 전에도 먼발치에서 언뜻 본 적이 있긴 했지만, 이렇게 가까이에서 보는 건 처음이었다. 많은 귀족들이 저마다 자기 존재감을 드러내려고 고개를 높이 쳐들고 있었고, 그만큼 모두의 오만한 표정이 더욱더 두드러졌다. 그들은 우아하게 움직였지만, 다들 연극 무대의 배우처럼 과장되게 고개를 숙였고 팔을 너무 넓게 벌렸다. 아나스테리안의 아들이자 쿠엘탈라스 왕좌의 후계자인 캘타스는 그런 잔재주 없이도 모두의 주목을 받았다.

그는 몸에 익은 우아한 태도를 잃지 않았다. 주위를 둘러보며 모여든 모든 사람과 눈을 맞추고, 아는 사람들에게는 웃으며 고개를 끄덕여주었다. 마침내 왕자가 자리에 앉고 나서야 다른 사람들도 자기 자리에 앉았다. 왕자는 호사스럽게 조각된 금도금 의자에 앉아 손을 흔들었다.

"신사 숙녀 여러분," 살데릴이 사람들을 향해 입을 열었다. "제가 준비한 파티에서 다들 즐거운 시간을 보내고 계시기를 바랍니다. 아시다시피 제 파티에서는 최고의 음식과 음료, *귀빈*들을 만날 수 있는 것으로 알려져 있지요 …." 그는 잠시 말을 멈추고 키들거리는 관객들 앞에서 자애로운 미소를 지었다. "…또한 왕궁 밖에서 가장 품격 있는 여흥을 제공하는 것으로도 유명합니다. 얼마 전, 저는 리라스 윈드러너라는 청년에게서 참으로 대단한 재능을 보았습니다. 네, 다들 귀에 익은 이름일 겁니다. 우리 친애하는 조언자님과 순찰대 사령관님 댁의 막내이지요. 춤을 추셔도 좋고, 웃으며 박수갈채를 보내주셔도 좋습니다. 하지만 손수건이 필요할 수도 있으니 주의하십시오."

리라스가 열광적인 박수갈채를 받으며 앞으로 나섰다. *너무 말랐네, 가냘프잖아.* 조금 전의 그 잔혹했던 말들을 떠올리며, 실바나스는 무대에 선 리라스가 너무나도 외롭고 약해 보인다고 생각했다. 그는 우아하게 허리를 숙여 인사한 후 플루트를 입술에 대고 연주를 시작했다.

스산하게 아름다운 곡조가 몇 마디 울려 퍼지자마자, 그는 관객 모두를 사로잡았다. 모든 사람이 입을 다물고 부채를 흔들면서 매혹된 표정으로 무대를 향해 몸을 기울였다. 앞서 못된 이야기를 했던 녀석들조차 지금은 아무 말도 하지 못했다.

실바나스는 희미한 미소를 지었다. 그건 리라스만이 할 수 있는 일이었다. 아라반 패거리가 마침내 동생의 진짜 힘을 알게 된 것 같아 다행이었다.

하지만 그런다고 그들이 용서받을 일은 없었다.

첫 번째 곡이 끝나고, 실바나스는 뒤쪽 그림자 사이로 사라졌다. 아무도 그녀의 움직임을 눈치채지 못했다. 그녀는 성가신 치마를 들어 올리고 매타조를 향해 달려갔고, 지금 필요한 물건을 빼놓지 않았기만을 바라며 안장주머니를 열었다.

작은 가죽 주머니가 손에 잡혔다. "이거면 뚫린 입이라고 아무 말이나 뱉어서는 안 된다는 걸 배울 수 있겠지." 그녀는 그렇게 말하며 깨물이를 토닥였다.

그녀가 연회장으로 돌아왔을 때, 리라스는 잠시 공연을 멈추고 쉬고 있었다. 실바나스는 적지 않은 사람들이 동생의 주위에 모여들어 있는 걸 보며 기분이 좋아졌다. 그녀는 잠시 애정 어린 눈빛으로 그를 바라보다가, 임무를 수행하기 위해 돌아섰다.

그들은 모두 합해 다섯 명이었다. 다섯. 근육보다는 머리를 더 잘 쓴다는 이유만으로 남을 깔보고 조롱하며, 그저 싸울 줄 모른다는 이유로 그녀의 작은 태양님을 모욕한 혓바닥의 수.

음식과 음료가 놓인 탁자가 몇 군데 있었다. 실바나스는 가장 사람이 적은 탁자에 다가간 후, 자신을 보는 사람이 없는 것을 확인하고 일을 시작했다.

그녀는 재빨리 섬세한 유리잔 다섯 개에 연초록색 음료를 채웠다. 그리고 작은 주머니를 열어 가루를 한 자밤씩 잔에 넣고, 주머니는 재빨리 드레스 속에 감췄다. 웨이터에게 부탁해서 음료를 그 소년들에게 전해주면 일이 쉬웠겠지만, 실바나스는 그 즐거운 과정을 다른 사람에게 맡기고 싶지 않았다. 실바나스는 일단 준비한 컵을 옆으로 치워 둔 뒤, 그중 두 잔을 들고 소년들에게 향했다.

그들은 아무 관심도 없어 보이는 젊은 여자 두 명에게 치근덕거리고 있었다. 실바나스가 다가가자 두 여자가 그녀를 노려보았지만, 그녀는 여자들을 무시하고 소년들을 향해 미소를 지었다. "저쪽에서 보고 있었는데, 달콤한 음료가 좀 필요하실 것 같더라고요."

"고맙습니다." 아라반이 말했다.

"네, 안 그래도 목이 마르던 참입니다."

실바나스는 어여쁜 미소를 지어 보이고는, 그들의 실망한 기색을 무시하고 사람들을 헤치며 음료 탁자로 돌아가기 시작했다. 하지만 우뚝 멈춰 설 수밖에 없었다. 그녀의 두 눈이 휘둥그레졌다.

살데릴 경과 그의 연인 엘리사라가 그녀가 음료를 만들었던 탁자 옆에 서 있었다. 아주 잠깐 자리를 비웠을 뿐인데, 어느새 두 사람 손에는 실바나스가 만든 나머지 음료 세 잔 중 두 잔이 들려 있었다.

실바나스는 그들을 막으려고 입을 열었다. 늘 잘난 체하고 오만하긴 했지만, 그래도 살데릴은 그녀의 가족과 특히 리라스에게 많은 도움을 주었고, 그건 실바나스에게도 큰 의미가 있었다. 그때 엘리사라가 얼굴을 찌푸리며 장갑 낀 손으로 입을 막았고, 실바나스는 이미 늦었음을 깨달았다.

그녀 뒤쪽에서 비명소리와 함께 컵이 돌바닥에 떨어져 깨지는 소리가 뒤따랐다. 실바나스는 빙글 돌아섰다. 심각한 상황이었지만, 실바나스는 웃음을 참지 못했다. 아라반은 당장이라도 울음을 터뜨리거나, 기절하거나, 아니면 둘 다 하려는 것 같은 표정이었다. 그는 뭔가 말하려 했지만 입에서는 침만 주르륵 흘러나왔다. 커다랗게 부풀어 오른 혀가 입 밖으로 축 늘어졌다.

내 동생에게 막말을 했으면, 입으로 대가를 치러야지.

실바나스는 다시 돌아서서 살데릴을 바라봤다. 끔찍하게도, 그는 지금 그녀를 똑바로 바라보고 있었다. 그는 손가락을 들어 그녀를 가리키며 잔뜩 화가 난 목소리로 명령을 내렸다. 하지만 무슨 말인지 알아들을 수가 없었다. 실바나스는 우스꽝스러운 모습에 자기도 모르게 키들키들 웃었다. 당황한 그가 허둥대며 뭔가 말하려 했지만 이해할 수 없는 웅얼이만 입 밖으로 새어나왔다.

건장한 병사들의 손길이 그녀의 팔을 붙잡았고, 리라스의 음악연주는 중단되었다. 실바나스는 벗어나려고 버둥거렸지만 상대는 화가 난 파티 참석자가 아니라 훈련받은 경비병들이었다. 그녀는 고개를 숙인 채 살데릴 앞으로 끌려갔다.

그는 침이 줄줄 흐르는 입을 손으로 가리고 있었고, 무척 불분명하지만 그래도 알아들을 수는 있는 말을 몇 마디 뱉었다. "무흔 지흘 항 거야? 캘타흐 왕자힘을 모욕하다니!"

웃지 마. 웃지 말라고.

몇 번이고 속으로 되뇌었지만, 그녀는 웃음을 참을 수 없었다. 그러자 다른 파티 참가자들도, 적어도 그 음료를 마시지 않은 사람들은 함께 웃기 시작했다. 살데릴은 기다란 귀까지 온통 진홍빛으로 물들었다.

"제 잘못입니다."

경비병 두 명에게 양팔을 붙잡힌 채 실바나스는 고개를 돌렸다. 창백하게 굳은 표정으로, 리라스가 사람들을 헤치며 다가오고 있었다.

"제가 누나에게 와 달라고 부탁했어요."

"군주님, 그렇지 않아요." 실바나스는 말했다. "리라스는 제가 여기 오는 줄도 몰랐어요. 제 잘못 때문에 동생을 나무라지는 말아 주세요. 전부 제 잘못이에요." 그녀는 그저 동생을 도와주고 싶을 뿐이었지만, 그를 모욕하던 녀석들에게 화가 나서 판단력이 흐려지고 말았다.

살데릴 경의 얼굴은 당장이라도 터져 버릴 것 같았다. 그는 리라스와 실바나스를 손가락으로 가리킨 후, 다시 연회장 입구를 가리켰다. 그는 애써 비교적 똑바른 발음으로 말했다. "다히는 내 누아페 나타나지 마!"

"살데릴 경!"

그건 로르테마르 테론의 목소리였다. 어느새 그가 실바나스 옆에 서 있었다. 그는 그녀를 바라보지는 않았다.

"한 시간 후면 다들 괜찮아질 거라고 내가 보장하겠소. 실바나스 양이 상처나무 가루를 음료에 섞은 모양이오. 맛은 별로 없지만 해가 될 건 없으니, 어른스럽게 그 정도 장난은 용서해 주는 게 어떻겠소? 실바나스는 아직 어리고, 리라스는 이번 일과 아무런 관계가 없소. 조언자님과 순찰대 사령관님도 고맙게 생각하실 거요." 그는 부드러운 목소리로 은근히 두 명의 직책을 강조했고, 살데릴도 그걸 놓치지 않았다.

마음 아픈 얘기였지만, 실바나스는 입술을 깨물고 아무 말도 하지 않았다. 로르테마르가 그녀가 무슨 짓을 했는지 알아챈 건, 지극히 당연한 일이었다. 순찰대원들은 언제나 상처나무 가루를 몸에 지니고 다녔다. 그건 결정적인 순간에 생사를 가를 수 있는 도구였다. 상처나무라는 이름이 붙은 건 그 잎을 말리고 액체와 섞으면 마취 연고를 만들 수 있기 때문이었다. 그걸 상처 부위에 바르면, 일시적으로 고통이 사라져 안전한 곳으로 탈출할 시간을 벌 수 있었다.

살데릴은 몸을 꼿꼿이 세우고 뭐라고 말을 꺼내려 했다.

"나도 테론의 생각에 동의한다." 그때, 어디선가 우아하고도 명료한 목소리가 들려왔다. 실바나스의 탈출로를 막고 있던 사람들이 빠르게 좌우로 갈라지며 왕자에게 길을 내주었다. "윈드러너 가문은 여러 세대에 걸쳐 선스트라이더 가문을 성실하게 섬겨왔다. 왈가닥 소녀의 악의 없는 장난 정도는 얼마든지 용서해 줄 수 있겠지. 게다가," 캘타스는 기분 좋은 말투로 덧붙였다. "나도 저 소녀의 음악이 빠지면 *무척이나* 아쉬울 것 같거든."

실바나스는 아주 잠시 동안 살데릴 경이 왕자의 말에 숨겨진 명령을 거부할 거라고 생각했다. 하지만 그는 마지못해 입을 다물었다. 그리고 리라스를 바라보며 고개를 끄덕였고, 리라스는 안도의 한숨을 내쉬었다. 그리고 살데릴은 서늘한 시선을 실바나스에게로 돌렸다.

"넌," 입이 어느새 정상으로 돌아온 그가 말했다. *"당장 사라져라."*

실바나스는 경비병들에게 이끌려 연회장을 떠났다. 두 볼은 붉게 달아오르고, 수많은 감정이 뒤섞였다. 집으로 돌아가는 대신, 그녀는 깨물이를 나무에 묶고 바위 위에 걸터앉았다. 그리고 몇 시간을 기다린 끝에, 리라스가 다가오는 걸 보았다.

동생이 매타조의 고삐를 당겼고, 두 사람은 서로를 바라봤다.

"내가 왕자님 앞에서의 데뷔 무대를 망쳤어." 실바나스는 말했다. "그런 걸 바란 건 아니었는데."

늘 솔직했던 리라스의 얼굴에 지금은 속을 알 수 없는 조심스러운 표정이 떠올라있었다. "그 말이 진심이라는 거 알아."

"이제… 괜찮은 거야?"

"그래." 그는 말했다. "왕자님은 정말 상냥하셨어." 마침내 실바나스가 그토록 갈망하던 미소가 동생의 입술 끝을 미세하게 구부렸다. "다시 연주해달라고 하셨거든."

"다행이다, 리라스. 정말 미안해."

리라스는 한숨을 쉬며 고개를 끄덕였다. "뭐," 그는 대수롭지 않은 투로 말했다. "누나는 쫓겨났잖아. 그러니 비긴 걸로 하자고."

동생의 목소리가 달라진 것을 반기며, 실바나스는 미소를 지어 보였다. "그런 건 아무 상관 없어. 어차피 그 사람 파티를 두 번 갈 생각은 없으니까." 실바나스는 깨물이를 풀어주고 올라탔다. 그리고 두 사람은 집을 향해 출발했다.

"살데릴이 조금… 제멋대로이긴 해." 리라스는 말을 조심스럽게 골랐다. "그런데 대체 왜 그 사람 음료에 상처나무를 넣은 거야?"

"그 사람에게 먹일 게 아니었어. 정말 우연히 그 잔을 집은 거야. 그건 나도 *정말* 미안하게 생각하고 있어. 그래도 재미있었잖아."

"그럼 *누구에게* 먹일 거였는데?"

그녀는 바로 대답하지 않았다. 침묵이 길어졌고, 리라스가 문득 깨달은 듯 입을 열었다. "아…."

실바나스는 고개를 끄덕였다. "그 녀석들이 너를 보고 그런 말을 했는데 그냥 넘어갈 수는 없었어." 그녀는 말했다. 그녀의 목소리는 어느새 당당한 태도를 되찾은 듯했다. "게다가 네가 그 얘기를 들었잖아. 하마터면 왕자님 앞에서 공연을 망칠 뻔했어. 그 녀석들이 헛소리를 중얼거리면서 침을 줄줄 흘리는 꼴을 봤으니, 쫓겨난 것도 아쉽지만은 않아. 솔직히 그걸로는 부족하다고."

"그 사람들이 독을 마셨다고 생각했다는 거 알고 있지?"

그녀는 몸을 돌려 동생을 바라봤다. 그녀의 충격받은 표정이 그 질문에 대한 대답이었다. 리라스가 말해주기 전까진 거기까지 생각하지 못했었다. 돌이켜 생각해 보니, 그저 쫓겨나기만 한 건 오히려 다행이었다.

"그럴 줄 알았어." 리라스는 그렇게 말해주었다. "큰 달님, 가끔 보면 누나는 너무 시야가 좁아. 그러다간 사람들이 진짜로 다칠 수 있다고."

그 말이 옳았다. 언제까지고 그렇게 서툰 장난을 하고 있을 수는 없었다.

"조심할게." 그녀는 동생을 보며 약속했다. "그래도 대충 잘 해결됐잖아. 넌 공연을 계속할 수 있고, 난 지루한 파티에 참석하지 않아도 되고."

실바나스는 동생이 쿡쿡 웃어줄 거라고 생각했지만, 리라스는 입을 다물었다.

땅거미가 지고 있어서 이젠 리라스의 얼굴이 잘 보이지 않았다. "실바나스 누나." 그는 말했다. 왠지 훨씬 더 나이가 든 목소리였고, 묘한 연민이 느껴졌다. "내가 그런 이야기를 들은 게 처음이라고 생각하는 거야?"

그녀의 두 눈이 휘둥그레졌다. "아, 리라스, 그건…"

"공연을 할 때마다 듣는 얘기야. 늘 관객 중 누군가가 내가 우리 가족의 수치라는 이야기를 해. 내가 너무 약해서 아무것도 할 수 없다고. 그런데…" 그는 잠시 말을 멈췄다. "그게 사실이면 어떻게 하지?"

어떻게 그런 생각을 할 수 있는 걸까? 자기 음악이 사람들에게 얼마나 깊은 감명을 주는지 왜 모르는 걸까? 자기 가족이 그의 뛰어난 솜씨에 늘 감탄하고 있다는 것도 정말 모르는 걸까?

"아니. 리라스, 절대 그렇지 않아!"

"훈련을 더 하는 게 나을 것 같아. 싸우는 법을 배워서 나 자신과 자기 몸을 지킬 수 없는 사람들을 보호할 수 있어야지. 누나들처럼 순찰대원이 되는 게 좋겠어. 솔직히 멍청한 악기나 연주하는 것보다는 사람들을 구하는 일이 훨씬 더 중요하잖아."

실바나스의 온몸이 부들부들 떨렸다. 리라스가 트롤과 맞서 싸우고, 알레리아가 그랬던 것처럼 야수에게 쫓기다가 부상당하고, 심지어 죽을 수도 있다는 생각만 해도… 아니, 그런 건 견딜 수 없었다. 그에게는 그녀가 흉내조차 못 낼, 경탄할 만한 재능이 있었다. 리라스의 따스한 온기와 친절함은 언제나 그녀와 가족을 보듬어주었고, 그의 노래와 연주를 들은 사람들, 그리고 심지어 그의 미소를 본 사람들까지 상처를 치유해주었다. 리라스는 그런 재능을 갖고 태어났을 뿐 아니라 실바나스가 그랬던 것처럼 열정적이고 끈질기게 실력을 갈고닦았다. 그의 재능은 음악이었고, 그녀는 궁술이었다. 이제 그의 입으로 직접 이야기를 듣고 나니, 실바나스는 동생이 평화로운 장소에서 안전하고 행복하게 자기 재능을 모두와 공유하는 삶을 사는 걸 자신이 얼마나 바라는지, 아니, 그런 삶이 적어도 그녀 자신에게 얼마나 필요한지 깨달을 수 있었다.

"그 녀석들은 시간과 돈이 너무 많아서 먹고, 마시고, 진짜 실력이 있는 다른 사람들을 비난하는 것 말고는 할 줄 아는 게 없는 오만방자한 멍청이들이야." 그녀는 날카로운 목소리로 말했다. "그런 녀석들 말에 신경 쓸 필요 없어. 우리 집에서 순찰대원이 되는 건 특별한 게 아니야. 음악가가 되고 훌륭한 공연으로 캘타스 왕자까지 네 편으로 끌어들이는 것이야말로 특별한 일이지. 네가 하는 일의 가치를 과소평가하지 마, 리라스. 사람들을 구하는 방법은 한 가지가 아니야. 평화와 아름다움을 전함으로써 걱정과 공포를 덜어 주는 것도 분명히 다른 사람을 구하는 방법이라고. 리라스, 우린 네가 정말 자랑스러워."

그는 그녀의 말에 안심한 듯 고개를 끄덕였다. 이에 옥죄어 있던 실바나스의 가슴이 한결 풀어졌다. 순찰대원이 되어야겠다는 리라스의 이야기는 이번이 마지막이리라. 그런 삶은 그에게 어울리지 않았고, 그 또한 그런 삶에 어울리지 않았다.

그녀는 동생을 보며 방긋 웃었다. "내가 살데릴의 파티에 참석하지 못하더라도, 우린 함께 할 일이 아주 많을 거야. 윈드러너 가문의 사람이라면 놀 거리는 얼마든지 찾을 수 있어. 나는 다른 무엇보다도 우리 넷이 함께 춤을 추고, 헤엄치고, 새로운 게임을 만들어내는 시간이 더 좋아. 그냥…" 그녀는 어깨를 으쓱했다. "그냥 너랑 함께 있는 시간이 더 좋아. 하지만 작은 태양님, 한 가지만 약속해 줘."

이제는 그도 웃음을 머금고 있었고, 그것만으로도 그녀는 모든 게 좋았다. "뭐든 얘기만 해."

"너무 유명해져서 나를 위한 연주를 해줄 수 없다고 하면 안 돼."

그는 햇살처럼 달콤하고 환한 소리로 웃었다. "그럴 일은 없어, 큰 달님. 절대 없다고." 실바나스는 무거운 짐을 벗어 던진 것처럼 오늘 사건의 무게가 사라지는 걸 느끼며 안도의 한숨을 내쉬었다. 그녀와 리라스는 말없이 첨탑의 경사로를 올라갔다. 따스하고 편안한 침묵이었다.

하지만 날카로운 목소리가 채찍처럼 그들을 후려치며 가까스로 되찾은 저녁의 고요함과 평온함을 깨뜨렸다. "농담이겠지. 그건 네 천부의 권리다, 알레리아! 윈드러너 가문의 첫째는 언제나 순찰대 사령관이 되었어!"

"가장 먼저 태어났다는 이유만으로 주어지는 걸 받고 싶지는 않아요. 뭐든 제가 직접 손에 넣고 싶다고요!"

알레리아의 목소리가 커졌다. 실바나스는 리라스의 눈치를 봤다. 온종일 그토록 많은 일을 겪은 리라스가 또 이런 걸 감당하게 하고 싶지는 않았다. 그들은 재빨리 안으로 들어갔다. 말다툼 중인 두 사람의 눈에 띄지 않고 각자 방으로 갈 생각이었다. 실바나스가 그들의 방이 있는 곳을 바라보자, 빼꼼 열린 문 옆에 앉아있는 작은 형체가 보였다.

베리사가 검지를 입술에 댄 후 그들을 손짓해 불렀다. 조용히 방으로 간 후 윈드러너 가문의 세 아들딸은 어머니와 알레리아가 다투는 소리를 들었다.

"네가 실패하기를 바랐기 때문에 내가 그렇게 어려운 시험을 준비했다고 생각하니?"

"아뇨, 당연히 아니—"

"그럼 왜겠어? 너 자신의 가치를 스스로 느껴보게 하고 싶었던 거야. 모든 사람에게 보여주고 싶었다고."

실바나스는 얼굴이 붉어지는 걸 느꼈다. 아무리 선의에 의한 것이었다고 해도, 명백히 그녀의 잘못이었던 일이 이제는 잊혔기를 바라고 있었다. 하지만 아직 그럴 수는 없는 모양이었다.

"그냥 전 이게 다 잘못된 일 같아요." 알레리아는 조금 작아진 목소리로 말했다.

리리사는 한숨을 쉬었다. “그래, 겁이 날 수도 있어. 하지만 의문을 품을 이유는 없어. 네겐 천부적인 능력이 있어. 실제로 이 역할을 맡아보면 알 수 있을 거야. 나도 그랬거든.”

엿듣던 세 사람은 당황한 표정으로 서로를 바라봤다. 그렇다면 리리사도 순찰대 사령관이 되는 걸 원치 않았던 때가 있었다는 말인가?

“어머니가 하시는 일은 정말 중요해요. 저도 알아요. 하지만 드넓은 *바깥 세상이* 기다리고 있어요. 어머니는 한 번도 보여주지 않으셨지만요. 다른 사람과 다른 문화, 쿠엘도레이에도 큰 도움이 될 다양한 생각들로 가득한 세상이 저 밖에 있다고요! 인간들의 도움이 없었다면 우리 왕국은 이미 수천 년 전에 폐허가 되고 말았을 거예요.”

“우리는 우리를 도와준 인간들에게 보답하는 의미에서 마법을 가르쳐주고 있어. 그 정도면 어떤 빚이라도 충분히 갚을 수 있을 것 같은데. 만약 트롤이 승리했었다면 인간들 역시 힘겨운 상황이 되었을 거라는 사실을 절대 잊지 마라. 바깥세상은 너희 아버지와 다른 의원들에게 맡기면 돼. 네가 필요한 사람들은 바로 여기에 있어. 그들을 보호해 주는 게 바로 너의 일이다, 알레리아.”

“제가 죄책감을 느끼게 하지 마세요, 어머니.” 알레리아의 목소리가 더 작아지고, 조금 부드러워지기까지 했다. 실바나스와 베리사 사이에 앉아있던 리라스가 몸을 움찔했다.

실바나스는 방으로 갈 걸 그랬다고 생각했다. 적어도 리라스는 그의 방으로 보냈어야 했다. 그에게는 조화로운 환경이 필요했다. 다른 사람을 감화시키는 그의 재능은 음악만이 아니었다. 그가 화를 내고 좌절하는 모습을 보고 있으려니 뱃속이 불편해졌다. 그렇다고 그를 탓할 수는 없었다.

베리사가 동생의 변화를 즉시 감지했다. *가족의 평화를 지켜 준 동생,* 실바나스는 생각했다. 마치 첫째와 둘째는 어머니의 활력과 예리함을 물려받고,

셋째와 넷째는 아버지의 조화와 평온함을 물려받은 것 같았다. *그래도 둘씩 이라 균형은 맞네,* 실바나스는 생각했다.

"괜찮을 거야, 리라스." 베리사가 속삭였다. "엄마와 언니가 좋은 방법을 생각해내겠지. 가자. 이제 자러 가야지."

리라스는 베리사의 손에 이끌려 자기 방으로 갔지만, 가슴 아플 정도로 슬픈 표정을 지으며 어깨너머로 실바나스를 바라봤다. 오늘은 *그의* 날이어야 했는데, 결국엔 그를 *제외한* 다른 사람들의 날이 되고 말았다. 부모님은 모두 일 때문에 자리를 비우고, 실바나스는 하마터면 그의 하루를 망칠 뻔했다. 게다가 이제는… 어머니와 알레리아가 그 중심에 서 있었다.

실바나스도 자러 가야 할 시간이 된 것 같았다. 이대로 어머니를 만나 살데릴의 파티에 영원히 출입이 금지되었다는 소식을 전하고 싶지는 않았다. 하지만 그녀는 벽에 등을 기대고, 무릎을 가슴 앞으로 모아 두 팔로 끌어안은 채 그 자리에 남았다.

실바나스는 가끔씩 열띤 말다툼이 벌어지는 건 싫지 않았다. 그녀 역시 그런 말다툼에 참여하거나, 직접 그런 다툼을 시작하는 경우도 적지 않았다. 하지만 이번 일은 어딘가 달랐다. 그냥 단순한 논쟁이 아니었다. 두 여자가 걸어갈 길과 가족 전체에 영향을 주는 문제였다. 게다가 원정순찰대와, 어쩌면 왕국 전체에까지 영향을 줄 수도 있었다. 알레리아가 순찰대 사령관이 되는 걸 거부하면 어떻게 될까? 살데릴이 실바나스에게 그런 것처럼, 어머니가 알레리아를 추방하기라도 할까?

마침내 두 사람의 목소리가 중얼거리는 소리로 잦아들었고, 실바나스는 이야기를 들으려고 귀를 기울여야 했다. 두 사람 다 지친 목소리였다. 지금까지의 다툼으로 기력이 소진된 것 같았다. 이제 실바나스도 들키기 전에 방으로 들어가야 했다.

실바나스는 숨을 깊게 들이쉬고 방으로 향했다. 몇 분 후, 이불을 턱까지 끌어올려 덮은 그녀는 옆으로 누워 창밖 검푸른 하늘에 흩뿌려진 별들을 바라봤다. 내일이 오면 리라스의 기분을 풀어줘야겠다고 그녀는 생각했다. 함께 가족이 좋아하는 곳으로 소풍을 가서 반딧불이가 나타날 때까지 머물고 싶었다. 기억이 꿈틀거렸다. 네 살 정도 된 리라스가 노래를 흥얼거리고, 연보라색 황혼을 배경으로 반딧불이들이 깜빡이며 날아다니던 기억.

"저기 봐, 큰 달님!" 리라스가 외쳤다. "별들도 춤을 추러 왔어!"

"정말로 별들이 춤을 추러 왔다면," 실바나스는 속삭였다. "아마 널 보러 온 걸 거야, 동생아. 너만을 보러 왔을 거라고."

제 4 장

"다시." 베라스는 말했다.

"에어리아 선파이어는 태양샘이 탄생하는 과정을 직접 경험하고 기술한 것으로 가장 잘 알려져 있다—"

"아니야. 그는 태양샘에 관한 기록을 남긴 것이 아니라 트롤의 역사를 기록했지. 5권부터 7권까지. 그의 증조부인 선대 선파이어가 1권부터 4권까지를 썼는데—"

실바나스는 잔뜩 짜증이 나서 끙, 소리를 냈다. "고대의 전투를 공부해야 하는 이유는 알아요." 그녀는 말했다. "전략이 중요하니까요. 우리 왕국의 지리를 익혀야 하는 이유도 알고요. 하지만 그 후대, 선대, 1세, 15세, 저 초상화에 있는 파란색 망토를 입은 사람 등등, 그런 걸 대체 어떻게 전부 외우라는 거예요? 그런 게 무슨 의미가 있는 건데요?"

"그 얘기는 이미 했었잖니." 아버지는 포도주를 두 잔 따르고 그중 하나를 건네며 말했다. "하이 엘프는—"

"—혈통에 대한 자부심이 극단적이다." 실바나스는 중얼거렸다.

"그러므로 그런 유산을 이해하고 인정해 줌으로써—"

"—협상에 유리한 분위기를 조성할 수 있다."

실바나스는 포도주를 한 모금 마시고 손바닥으로 눈을 문질렀다. "그건 그냥…" 그녀는 적절한 말을 찾았다. "다른 사람의 자존심을 세워주려고 아부하는 거잖아요."

"얘야," 베라스는 입술에 닿은 포도주잔 너머의 두 눈을 반짝이며 말했다. "정치가 뭐라고 생각하니? 사람들을 협상 테이블에 앉히지 못하면 아무것도 이룰 수 없어"

"활과 화살만 있어도 많은 걸 이룰 수 있어요." 실바나스는 대답했다. "전 이제 공식적으로 원정순찰대원이 됐다구요. 그냥 그걸로 충분하지 않아요?"

"전에도 얘기했지만, 게으른 사람에게는 항상 말썽이 생기기 마련이지." 그는 언제나처럼 다정하고 솔직하게 대답했다. "그리고 알레리아도 지금은 저러지만 결국에는 순찰대 사령관이 될 거야. 너도 내가 원정순찰대를 깊이 존경하고 있다는 사실은 알고 있겠지, 실바나스. 이 땅을 지키는 일에 있어 그들보다 뛰어난 능력을 발휘할 이들이 없다는 것에 난 목숨까지 걸 수 있단다. 하지만, 얘야, 넌 무작정 다른 이를 따르는 사람이 아니야. 지도자의 그릇을 가져라. 그저 하나의 원정순찰대원으로만 살아가려 한다면, 결국에는 실망스러운 현실에 반발하게 될 수도 있어."

실바나스는 눈살을 찌푸렸다. 아버지의 말이 옳았다. "하지만," 그녀는 야생 동물을 사냥할 때처럼 조심스럽게 꼭 맞는 말을 찾았다. "제 영혼이 있을 곳은 저 숲이에요." 평소 말투에 비하면 낯간지러운 표현이었지만, 그래도 그게 사실이었다. 그녀는 사냥감을 쫓을 때 가장 생기 넘치는 기분을 느꼈다. 표적을 조준할 때 가장 탁월한 집중력을 발휘했다. 윈드러너 첨탑도 아름다웠지만, 그녀에게는 영원노래 숲이 더 아름다웠다. 나무와 풀, 꽃, 생명의 향기로운 내음이 그녀를 이 세계에 결속시켜주었다.

"우리는 고향의 아름다운 숲 이름을 따서 네 이름을 지었다. 넌 지금까지 우리 선택이 옳았다는 걸 증명해 줬지. 네게 원정순찰대를 떠나라는 얘기를 하는 건 아니다." 그가 장난스럽게 공포에 질린 표정으로 두 손을 들어서, 실바나스는 키들키들 웃었다. "그래도 가끔은 내가 일하는 곳에 함께 가 주지 않겠니? 네가 내 일에 대해서도 배웠으면 좋겠다." 베라스는 실바나스가 어렸을 때 그랬던 것처럼, 그녀의 머리를 살며시 토닥였다. "이제부터는… 상황이 조금 달라질지도 모르겠구나."

"그 문이요?" 실바나스가 물었다. "커다란 초록색 괴물들이 마법 관문에서 쏟아져 나온다는 정찰병들의 허무맹랑한 얘기 말씀이세요?"

"나처럼 오래 살다 보면, 아무리 허무맹랑해 보이는 정보라도 조사해 볼 필요는 있다는 사실을 알게 될 거다. 물론 상황을 회의적으로 보는 시선 역시 나쁜 건 아니야. 네 그런 날카로운 정신은, 새로운 생각에 열려있기만 하다면 이 왕국에 큰 도움이 될 거다. 하지만 그 날카로운 혀는," 그는 두 눈을 반짝이며 덧붙였다. "침묵이 금이라는 사실부터 배워야 할 것 같구나."

"이제 제가 이런 일에는 어울리지 않는다는 사실을 *확신하게* 됐어요." 실바나스가 대꾸했고, 그는 웃음을 터뜨렸다.

"전혀 그렇지 않아." 아버지는 대답했다. "왕의 주위에는 그가 듣고 싶어 하는 말만 해 주려는 사람이 많단다. 사실, 너무 많지. 다행스럽게도, 현명한 아나스테리안 왕은 진실을 말할 용기가 있는 사람을 소중히 여길 줄 안단다. 그래서 그를 훌륭한 왕이라고 하는 거야."

하지만 그녀가 걱정하는 건 아나스테리안이 아니었다. 왕은 나이가 많았지만 여전히 명민하고 강했다. 그만큼 경험도 많았고, 적어도 그녀가 듣기로는 좋은 국왕이라고 모두가 인정하는 사람이었다. 그녀가 싫어하는 건 왕의 환심을 사려는 궁중 사람들이었다. 화려한 사치품을 뽐내며 까불거리기만 하는, 꼭 살데릴 경 같은 자들이었다.

실바나스는 한숨을 쉬었다. "아나스테리안 왕의 궁정으로 가볼게요." 그녀는 말했다. "왕에게 쫓겨나면 어쩔 수 없지만요."

* * *

실바나스는 아버지가 바라는 성실한 학생의 모습을 보여주기 위해 정말로 최선을 다했다. 하지만 그보다 더 재미있는 활동이 그리워지는 건 어쩔 수 없었다. 몰래 그 자리를 벗어나 내키는 대로 정찰 임무나 사냥, 아니면 그저 궁술 훈련이라도 하고 싶었다. 특히 마음이 잘 맞는 원정순찰대원 두 명과 함께 시간을 보내고 싶었다. 사람들은 그 세 명을 '삼인조'라 불렀다. 그들은 순찰대 사령관의 지시에 복종하고, 그 후계자에게 예의를 차리면서도, 나름 별개의 무리로 활동하고 있었다. 세 사람의 서로 다른 성격이 서로를 보완해 주었다. 로르테마르는 생각이 깊고, 할두런은 활기차고, 실바나스는 장난기가 많았다.

그녀가 보기에, 다음 순찰대 사령관도 그와 비슷한 일을 하고 있는 것 같았다. 알레리아를 중심으로 베라나, 렐리안, 탈스라사르, 아우릭 등의 무리는 기회가 생길 때마다 몰래 밖으로 빠져나가곤 했다. 실바나스는 그들이 뭘 하는지는 알 수 없었지만, 리리사를 따르는 이들과 알레리아에게 끌리는 이들 사이에 미세하고 조심스러운 균열이 생겨나고 있는 건 분명해 보였다.

삼인조와 함께 보내는 시간을 대신할 수 있는 건 리라스가 연습과 공연 사이에 잠깐 시간을 낼 수 있을 때뿐이었다. 그녀에게 약속했던 것처럼, 리라스는 실바나스를 위해서라면 언제든 시간을 내주었다. 실버문에서 아주 바쁜 시간을 보내고 있을 때도 그랬다. 캘타스는 리라스를 위해 예술가의 처소에 숙소를 마련해 주고 정식으로 견습 생활을 시작하게 해 주었다. 실바나스는 조만간 동생에게 왕실 음악가라는 칭호가 수여될 거라고 예상했다.

가끔씩 그들은 영원노래 숲에 있는 가족만의 공간을 찾아갔고, 또 가끔은 첨탑 아래의 해변을 찾기도 했다. 날씨가 화창하면 헤엄을 치고, 그렇지 않을 때는 산책을 하며 조가비를 주웠다.

어느 날, 뜨거운 오후의 열기 속에서, 그들은 시원한 바다로 가서 신발과 외투를 벗었다. 썰물 때였기 때문에, 리라스는 늘 그렇듯 조수 웅덩이에 남겨진 동물이 없는지 확인했다. 오늘도 한 마리 있었는지, 리라스는 오목하게 모은 두 손으로 파닥거리는 작은 물고기를 조심스럽게 들어 바다로 데려갔다.

그녀는 동생이 새롭게 구조한 물고기를 바다에 풀어주고, 그 물고기를 따라 걷다가, 뛰다가, 다시 밀려오는 파도를 향해 몸을 던지는 모습을 바라봤다.

우리는 동물을 사냥하고, 실바나스는 생각했다. *저 아이는 구해 주네.* 그녀는 서늘하고 포근한 바다로 잠수했다가, 모래사장에 누워 팔다리를 쭉 뻗고 몸을 말렸다….

그녀는 눈을 감고 상념에 잠겼다. 몇 주 후면 트롤 전쟁의 마지막 전투가 있었던 날을 기리는 추모식이 열릴 것이다. 아나스테리안 선스트라이더가 강력한 마법검 펠로멜로른을 휘두르며 수많은 트롤을 학살해서, 피의 해일이 줄아만의 장벽을 넘었다고 하는 날이었다.

실바나스는 언제나 그런 전투에서 직접 싸웠다면 어땠을지 생각하곤 했고, 여러 밤을 지새우며 그날 써봤을 만한 전략을 아버지와 논의하곤 했다. 아쉽게도, 추모식에서 그녀가 경험한 유일한 '전투'는 차라리 드레스가 더 잘 어울릴 행사였다.

그녀가 두 눈을 번쩍 떴다. 실바나스는 당황한 표정으로 아름다운 저녁노을을 바라봤다. 어느새 옷도 다 말라 있었다. 잠깐 쉬려고 했지 낮잠을 자려던 건 아니었다. 리라스와의 소중한 시간을 해변에서 코를 골며 낭비했다는 사실에 짜증이 났다.

그녀는 자리에서 일어나 모래를 털며 동생을 찾았다. 어디에도 보이지 않았다. 그녀가 졸고 있는 것을 보고는 혼자서 첨탑으로 돌아간 걸까? 그건 왠지 리라스답지 않았다. 스멀스멀 걱정스러운 마음이 꿈틀거렸고, 실바나스는 맨발로 파도가 부딪히는 해안으로 갔다. 그리고 손을 눈 위에 올려 햇빛을 가리고 은빛 푸른 바다를 바라봤다.

움직이는 게 아무것도 없었다.

리라스는 그녀에게 아무 말도 하지 않고 돌아갈 사람은 아니었다. 만약 그랬다면 걱정하게 한 대가로 한바탕 잔소리를 해줄 생각이었다. 실바나스는 겉옷과 신발을 가지러 가다가 퍼뜩, 멈춰 섰다.

리라스의 신발이 거기 있었다.

갑자기 입이 바싹 말랐다. "리라스?" 그녀가 갈라진 목소리로 동생의 이름을 부르며 두 발이 축축한 모래에 닿지 않을 정도로 빠르게 달려 물가로 돌아갔다. 어디에서든 동생이 팔을 들어 자기가 무사하다는 사실을 알려주길 바랐다—

무언가 물 위에 떠 있었다. 무언가 아무런 움직임 없이 수면 위에 둥둥 떠 있었다. 밝은 금발 머리카락이 흐르는 황금빛 파도처럼 넘실거렸다.

리라스!

공포가 실바나스를 뒤덮었지만, 그녀는 재빨리 억누르며 몸을 움직였다. 그녀는 물속으로 몸을 던졌다. 공포가 그 어느 때보다 빨리 그녀를 앞으로 밀어붙였다. 리라스는 물에 엎드린 채, 무서우리만치 미동도 없이 떠 있었다. 시간이 느리게 흘렀다. 그녀는 동생 앞에 도달해 그의 몸을 뒤집었고—

—리라스의 푸른 눈이 열렸다.

"구해줘서 고마워, 큰 달님." 그는 짓궂은 목소리로 말했다.

공포가 피처럼 흘러나갔다. 한순간 안도감에 온몸에 힘이 빠졌지만, 이내 공포가 물러난 자리를 분노가 채웠다. 실바나스는 동생을 놓아주고 노려보았다. 리라스는 그녀 앞에 둥둥 떠서 웃고 있었다. 물에 빠진 것이 아니었다. 그녀는 주먹으로 그의 어깨를 때렸다.

"아야!" 그는 어깨를 어루만지면서도 웃고 있었다.

"네가 무사해서 다행이야." 실바나스가 말했다. "내 손으로 물에 빠뜨려 버리고 싶으니까. 무서워 죽을 뻔했어, 이 자식아. 대체 어떻게 그렇게 오랫동안 숨을 안 쉴 수 있는 거야?"

"관악기를 매일 몇 시간씩 연주하다 보면 폐가 어떻게 될 것 같아?" 그는 그녀 앞에서 걸으며 물었다. "정말 완벽한 장난이지?"

"정말 형편없는 장난이었어, 작은 태양님. 다시는 나한테 그런 장난치지 마."

실바나스는 아무렇지 않은 투로 말하려 했지만, 그녀를 너무 잘 아는 동생은 실바나스가 정말 큰 충격을 받았다는 걸 알아볼 수 있었다. "미안해." 그는 상냥한 눈빛과 목소리로 말했다. "누나가 이렇게 놀랄 줄은 몰랐어."

그 말과 함께, 분노와 고통은 모두 잦아들었다. 실바나스는 팔을 뻗어 동생을 안으며 잠시 그의 어깨에 얼굴을 묻었고, 바닷물로 서늘해진 피부를 느끼고, 숨소리와 심장 박동을 들었다. 리라스도 그녀를 마주 안아주며 사과의 말을 속삭였다. 실바나스는 상처나무를 음료에 넣던 때를 떠올렸다. 그 소년들은 겁에 질려 자신들이 중독되었다고 생각했었다. 갑자기 그때 일이 재미있게 느껴지지 않았다.

그녀는 동생을 놓아주고는 깊이 숨을 들이쉬었다. "있잖아," 그녀는 말했다. "그냥 우리 둘 다 앞으로 장난은 치지 않기로 하는 게 어떨까."

"그게 낫겠어." 그도 동의했다.

"물론 정말로 혼쭐을 내줘야 하는 사람이 있을 때는 빼고."

"당연하지." 리라스는 그녀와 함께 해변으로 돌아가며 대답했다. "그때만 빼고."

* * *

"내가 마지막으로 드레스를 입고 파티에 참석했을 때는 상당히 곤란한 일이 생겼었는데." 실바나스가 지적했다. 그녀는 자매들과 어머니와 함께 마차를 타고 있었다. 그 집 여자들에게는 흔치 않은 일이었다. 실바나스는 자매들은 전부 용매를 타고, 어머니는 아나스테리안 왕이 직접 수여한 아름다운 말을 타고 가자는 주장을 폈지만 리리사가 고집을 꺾지 않았다. 모두 적절한 탈 것을 타고 이동해서 함께 도착해야 한다는 조건은 협상의 여지가 없었다.

"또 얘기하게 하지는 마라." 리리사가 말했다. "아버지가 모두 함께 오라고 하셨으니, 다들 같이 가는 거야. 어차피 우리 중에서 이런 걸 좋아하는 사람은 없지만, 우리에게는 왕가에 충성을 보일 의무가 있는 거란다."

어머니의 시야에서 벗어난 곳에서 실바나스는 어이가 없다는 듯 눈을 굴렸다. 베리사는 키들거리며 새어 나오는 웃음을 참았다. 그래도 어머니는 딸들이 원하는 스타일과 색상의 드레스를 선택할 수 있게 해주었다. 알레리아는 초록색을, 베리사는 붉은색을, 실바나스는 파란색을 선택했다.

전부 긴 드레스였다. 알레리아의 드레스에는 망토가 붙어 있었고, 베리사 것에는 상체 부분이 자수로 장식되어 있었다. 하지만 실바나스는 소박한 민소매 드레스를 요구했다. 방어구를 착용할 수 없다면, 적어도 불편한 천을 최대한 줄이기라도 하자는 의미였다.

리리사는 실바나스나 베리사를 꾸짖지는 않았다. 그녀의 얼굴에는 묘한 표정이 떠올라 있었다. 실바나스가 지금껏 한 번도 보지 못한 부드러운 슬픔이었다. 베리사는 역시 눈치가 빨랐다. "무슨 일 있어요, 어머니?"

"아니야." 리리사는 말했다.

실바나스는 두 눈을 깜빡였다. 어린 시절에는 사랑을 받았던 기억이 희미하게 남아 있었고, 리리사가 리라스를 얼마나 다정하게 대하는지도 오랫동안 봐왔지만, 어머니의 얼굴에 엄격한 표정이 아닌 것이 떠올라 있는 걸 보는 건 정말 오랜만이었다. "왠지 좀 슬프구나. 이제는 리라스도 포함해서 너희 모두 성인이 됐잖니. 내 마음의 눈에는 너희가 여전히 어린아이로만 보이는데, 이젠 아이라고 할 수가 없구나."

베리사는 어머니 곁에 앉아 리리사의 팔에 팔짱을 끼고, 비단옷으로 덮인 어머니의 어깨에 머리를 얹었다. "그래도," 베리사는 말했다. "이렇게 함께 있잖아요. 우린 어머니 곁을 떠나지 않아요."

실바나스는 아무 말 없이 알레리아를 흘긋 쳐다봤다. 둘의 눈이 마주쳤고, 알레리아는 고개를 돌려 창밖을 바라봤다.

두 사람 다 아무 말도 하지 않았다.

* * *

아버지가 태양 궁정으로 이어지는 계단 앞에서 그들을 맞이했다. "이런," 베라스는 웃음을 머금고 가족을 바라보며 말했다. "늘 흙투성이인 모습만 보다 보니 이런 모습은 정말 낯설구나. 다들 참 예쁘다."

실바나스도 그렇게 생각했다. 알레리아는 아름다운 금발을 등 뒤에서 우아하게 하늘거리는 초록색 망토 위로 길게 늘어뜨리고 있었다. 베리사는 달빛처럼 창백한 머리카락과 드레스에서 별처럼 반짝이는 보석을 뽐내며 귀족 같은 우아함을 온몸으로 표현하고 있었다. 실바나스는 두 팔을 드러낸 것만으로도 모두의 눈길을 끌었지만, 쏟아지는 관심 속에 허영심이 조금 커진 것을 제외하면 사람들의 시선에 아무 관심도 없었다.

"리라스를 보러 가도 돼요?" 실바나스가 물었다.

"아직 안 돼." 리리사가 대답했다.

실바나스는 등을 똑바로 펴고 자신을 바라보는 사람들에게 미소를 보여준 후 부모님을 따라 안으로 들어갔다. 당연히 수많은 엘프가 줄지어 서서 손님을 맞이하며 인사를 하고 있었다. 실바나스는 그게 정말 싫었다. 어차피 다들 아는 사람들이었다. 하지만 오늘은 아버지에게 매우 중요한 날인 만큼, 부끄럽게 굴고 싶지 않았다. 아나스테리안의 그 유명했던 전투를 기리는 연회인 만큼, 국왕은 위압적인 자태를 뽐내고 있었다. 우아하고 침착한 태도에, 보석으로 장식된 진홍빛과 금색 로브를 입고 하얀색 머리를 등 뒤로 길게 늘어뜨린 국왕의 모습은 그야말로 찬란하게 빛났다. 그리고 그의 옆구리 칼집에는 전설의 검, 펠로멜로른이 잠들어있었다.

물론 중요한 자리인 만큼 마법사들도 여럿 모여있었다. 막강한 살로나 가문의 대마법학자 벨로비르는 언제나 신뢰하는 동료 롬매스와 다르칸 드라시르를 비롯한 수많은 사람들을 몰고 다녔다. 로르테마르는 다르칸을 좋아했지만, 실바나스는 왠지 모르게 그가 불편했다. 그가 자신을 보는 시선이, 모자의 넓은 챙이 드리운 그림자 속에서 빛나는 두 눈이 마음에 들지 않았다. 그건 매력적인 상대를 바라보는 것이 아니라, 집어삼킬 먹잇감을 노려보는 시선이었다.

"늘 그렇듯 눈이 부시도록 아름답군요, 실바나스 양." 다르칸은 깊고 유려한 목소리로 말했다.

"마법학자님도 하나도 변하지 않으셨네요." 정중한 말투였고, 그래서 자기중심적인 다르칸은 칭찬으로 받아들였지만, 실바나스의 말이 의미한 건 분명 칭찬이 아니었다.

롬매스는 그녀를 향해 고개를 끄덕였다. "실바나스 양." 그가 인사했다.

"롬매스 마법학자님." 그녀도 마주 인사한 후 지나갔다. 롬매스는 다르칸보다는 낫긴 했지만 그래도 지나치게 냉혹하고 진지했다. 여러 귀족과 궁정 구성원들로 줄은 길게 이어졌고, 실바나스는 입은 계속된 억지웃음 탓에 욱신거릴 지경이었다.

그래도 궁정 예술가들을 만날 차례가 되자 그녀의 표정이 한층 밝아졌다. 대부분은 그녀를 '리라스의 누나'로 알고 있었고, 그 사실에 묘하게 가슴이 따스해졌다. 물론 음악가들은 지금 바삐 연주를 계속하고 있었지만, 기회가 되면 리라스와 만날 일이 있을 거라고 실바나스는 기대했다. 긴 줄이 끝나자, 그녀의 환심을 사려는 구혼자들, 그리고 그녀의 가문과 가까워져 보려는 여자들이 깔깔대며 밀려들었다. 마지막은 윈드러너 가문의 멀고 가까운 친척들이었다. 그중에서 예술가들을 제외하고 실바나스가 유일하게 관심이 있는 건 여사제 리아드린뿐이었다. 물론 언제나 온화하기만 한 그녀의 성품이 가끔씩 실바나스의 신경을 건드리기도 했다.

연회가 계속되는 사이, 베리사와 베라스의 음료를 찾던 실바나스는 우연히 살데릴 경 옆에 서게 되었다.

"살데릴 경," 그녀는 최대한 상냥한 목소리로 말했다. 살데릴은 오랜 연습을 통해 얼굴에 박힌 기분 좋은 미소와 함께 고개를 돌렸지만, 그녀를 보자 솔직하게 잔뜩 화가 난 표정으로 바뀌었다.

"이렇게 뵙게 되어 정말 반갑습니다." 실바나스는 말했다.

살데릴은 그렇게 생각하지 않는지, 그의 얼굴에 패인 주름살이 깊어졌다. 그는 실바나스 곁을 스쳐 지나가며 말했다. "실례하겠소." 그는 말했다.

하지만 실바나스의 용건은 끝나지 않았다. "여전히 그렇게 멋진 파티를 열고 계신가요?" 그녀는 음료를 마저 마시며 말했다. "그랬으면 좋겠네요. 물론 갈 일은 없겠지만요. 리라스가 거기서 연주를 하지 않은지도 꽤 됐고, 우린 다들 궁정의 일로 너무 바빠서 말이죠."

"그런데도," 그녀 뒤쪽에서 부드러운 테너 목소리가 들려왔다. "궁정에서 한 번도 마주치지 못했다니 이상한데. 마지막으로 만난 후로 키가 얼마나 컸는지, 못 알아볼 뻔했어."

살데릴의 얼굴이 울그락불그락해졌다. "저하." 그는 허리를 깊이 숙여 인사했다.

쿠엘탈라스의 왕자는 웃으며 고개를 끄덕였지만, 그의 시선은 실바나스를 떠나지 않았다. 금색 쟁반에서 포도주 한 잔을 집어 든 왕자는 잔을 들어 실바나스에게 인사했다. 그의 입가에 미소가 아른거리고 있었다. "이 잔에는 상처나무가 안 들어있겠지."

"이번에는 없어요," 실바나스가 말을 받은 후 재빨리 덧붙였다. "저하." 그녀는 새 잔을 두 개 들고 무릎을 구부려 인사했다. "실례하겠습니다. 아버지와 동생이 마실 걸 기다리고 있어서요."

"조금 더 기다리라고 하자고." 캘타스가 말했다. "네 부모님은 참으로 훌륭한 분들이시다. 사실 일곱 화살의 전투는 모르는 사람이 없지만, 너희 아버지가 이 왕국을 위해 얼마나 큰일을 해주고 있는지는 아는 사람이 별로 없지."

"트롤과 싸우는 게 다른 정치가들과 싸우는 것보다는 확실히 눈에 띄니까요." 실바나스는 대답했다. 어머니의 전설적인 위업을 또 한 번 들어 치밀어 오른 짜증은 가까스로 드러내지 않을 수 있었다.

"아, 하지만 가끔은 편안한 회의실 안에서 다과와 음료를 앞에 두고 치르는 전투가 훨씬 더 중요하고 오랜 영향을 미치는 경우도 있지. 쿠엘탈라스에 너희 부모님이 계시다는 건 정말이지 축복과도 같은 일이야. 게다가," 그는 금발이 찰랑이는 머리를 우아하게 숙이며 말했다. "부모를 꼭 닮아 이렇게 멋진 자녀들을 키워주셨으니 말이야. 남동생을 자주 초빙할 수 있게 해줘서 정말 고맙군. 그 친구는 요즘 궁정에서 아주 인기가 많거든."

"후원해 주셔서 가족 모두 감사하고 있습니다." 실바나스는 정중하게 말하고는 이렇게 덧붙였다. "리라스 실력이 워낙 뛰어나서 말이죠."

"너희 모두 마찬가지지. 너도 전도유망한 외교관이 되고 있다고 아버지가 말씀하시던데."

그녀는 웃었다. "죄송하지만 저희 아버지는 늘 지나치게 긍정적이시죠. 제게 외교적 재능 같은 건 없어요."

캘타스는 그녀의 말을 대수롭지 않게 받아넘겼다. "내 아버지는 특별한 이유 없이는 왕국을 떠나는 일이 거의 없지만, 난 인간, 노움, 드워프 등 다른 종족을 만나는 걸 좋아한다. 달라란에서 다른 마법사들과 함께할 수 있어서 영광이라고 생각하기도 하고. 분명 우리나라는 참으로 아름다운 곳이고, 나 또한 이 왕국을 깊이 사랑한다. 하지만 아제로스에는 그보다 훨씬 더 많은 것이 있어. 아름다운 곳도 많지만, 위험하기 때문에 맞서 싸워야 하는 곳도 많다."

왕자는 말을 이었다. "넌 아직 국정에 관해 배워야 할 게 많을 거야. 내 생각에는 거기에도 사냥과 비슷한 기술이 필요할 것 같은데. 타이밍을 재고, 준비하고, 인내심을 발휘하는 것."

실바나스는 피어오르는 웃음을 참지 못했다. 그리고 솔직한 태도로 말했다. "함정을 놓는 법은 어때요? 아니면 깨끗하게 처치하는 법? 가죽을 벗기는 법?"

그녀의 지나치게 솔직한 말에 왕자는 조금 당황한 것 같았다. 그리고 아주 오랫동안 그 농담에 웃음을 터뜨릴지, 어찌 보면 심각한 질문일 수 있는 말에 정중하게 대답할 방법을 찾아야 할지 고민하는 듯한 눈치였다. 실바나스는 그가 어느 쪽을 선택할지 확인하고 싶었지만 이내 그만두기로 했다. 앞서 살데릴까지 상대해야 했기 때문인지, 사냥꾼과 외교관 모두에게 필요한 '인내심'이라는 능력이 어느새 바닥나 버린 것이다. 그녀의 솔직해 보이는 입가에 미소가 번져 나왔고, 끝내는 웃음을 터뜨렸다.

캘타스도 여전히 조금은 불편한 표정으로 따라 웃었다. "넌 윈드러너 가문이라는 걸 감안하더라도 정말이지 특별한 여자군, 실바나스." 그가 도전적으로 말했다.

"칭찬이라고 생각하겠어요, 저하. 그런데 이제 정말로 가봐야 해요." 실바나스는 다시 한번 인사를 하고, 왕자가 어디에서 무엇을 하든 주위로 몰려드는 사람들 사이를 통과하려 했다.

누군가 실바나스를 떠밀었다. 그녀는 비틀거리다가 가까스로 균형을 잡았지만, 잔에 든 포도주가 조금 쏟아지고 말았다…. 하필이면 쏟아진 곳이 쿠엘탈라스 왕자의 로브 위였다.

그녀가 휘둥그레진 눈을 들어 올려다봤다. 캘타스는 얼룩진 로브를 내려다보고 있었다. 화가 났다기보다는 즐거워하는 표정이었다. "저하, 정말 죄송합니다." 그녀는 솔직하게 말했다. 그리고 입을 다물었어야 했지만, 자기도 모르게 농담이 튀어나왔다. "그래도 로브와 색이 같아서 다행이네요!"

키들거리는 소리가 주위의 사람들에게서 번져갔다. 다들 왕자가 흘긋 바라보기만 해도 입을 다물 준비가 되어있는 듯했다. 하지만 솔직히 포도주와 로브 색이 똑같아서, 물을 쏟은 것과 다를 게 없었다. 금색과 붉은색이 왕자를 상징하는 색상이었다. 실바나스는 그것과 달라란 마법사의 보라색 로브 외에 왕자가 다른 색상의 옷을 입기는 하는 걸까 궁금했지만, 지금은 그런 걸 물어볼 때가 아니었다. 그녀는 황급히 그 자리를 떠났고, 그 뒤로 살데릴이 말하는 소리가 들려왔다. "오, 왕자 저하, 저 윈드러너 가문의 아이는 늘 저렇게 허둥댑니다! 분명히 장담하지만, 베라스 경은 아이들을 *야생 동물처럼* 방목하는 게 분명합니다!"

그렇게 가시 돋친 말을 듣자, 실바나스는 파티를 떠날 시간이 이미 지났다는 걸 깨달았다. 그녀는 아버지와 베리사가 있는 곳으로 돌아가서 주위를 둘러봤지만, 두 사람은 음료를 포기하고 어느새 춤을 추고 있었다. 실바나스는 희미하게 웃었다. 하얀색 머리카락 아래로 상냥한 두 눈을 반짝이는 두 사람이야말로 가족 내의 외교관들이었다.

익숙한 목소리가 들려왔다. "'연약한 영감 작전'이라고 하는 거야." 할두런이 말하고 있었다. 실바나스는 그가 무슨 이야기를 하는지 알아채고는 미소를 지었다. 그는 알레리아가 갈기발 스라소니 사냥을 떠나던 때엔 신병이었던 지리, 그리고 보르아실와 얘기하고 있었다. 지리는 여전히 어려 보였고, 할두런의 이야기에 크게 관심을 보였다.

"그렇게 얘기만 들어선 하나도 무섭지 않은데." 보르아실이 말했다.

"그게 중요한 거야!" 할두런이 외쳤다. "일단 낡고 해진 망토를 몸에 둘러. 그리고 머리까지 두건을 뒤집어쓰고, 허리도 구부정하게 구부리고, 힘겨운 몸짓으로 창을 지팡이처럼 짚고 서 있는 거지. 트롤들은 그런 모습을 한 나를 쉬운 먹잇감이라고 생각해. 하지만 놈들이 공격을 시작하면… 사실 내게 접근하기도 전에 절반 정도는 온몸에 화살을 맞고 나뒹굴 수밖에 없어—"

"오, 나무에 원정순찰대원을 숨겨두는 거군요!" 지리는 말했다.

"그래!" 할두런이 유쾌한 목소리로 말했다. "그 순간 나도 망토를 벗어 던지고 창으로 트롤을 꿰뚫어 버리는 거야."

보르아실이 믿지 못하겠다는 표정으로 두 눈을 가늘게 떴다. "아주 정교한 준비가 필요할 것 같은데. 늘 효과가 있는 건가?"

할두런은 싱긋 웃었다. "글쎄…. 살아남아서 그 속임수를 조심하라는 얘기를 동족에게 전한 트롤이 한 마리도 없었다는 것만 얘기해 주지."

"그렇게 자랑을 늘어놓으려면 목이 참 마르겠소, 할두런." 로르테마르가 놀리듯 말했다. 실바나스는 곁으로 다가서는 그를 보며 미소를 지었다. 하지만 그가 그녀 손의 음료 두 잔을 들어 지리와 할두런에게 건네자 조금 짜증이 났다.

실바나스는 한숨을 쉬었다. "뭐, 아버지와 베리사가 기다리지 않았으니 어쩔 수 없지." 그녀는 그렇게 말하며 할두런의 잔을 가로채 한 모금 마신 후 다시 친구에게 건넸다.

"캘타스의 빨간색 얼룩이 조만간 엄청난 유행이 될 것 같은데." 로르테마르는 무표정한 얼굴로 말했다. 실바나스는 눈살을 찌푸렸지만, 이내 미소를 지었다.

"요즘 떠도는 소문이 있는데," 로르테마르가 말했다. "도무지 믿음이 가지 않더군."

"오, 얘기해 주세요." 실바나스가 짓궂게 말했다.

"조만간," 그는 말을 이었다. "귀족들이 모두 모이는 왕실 혼례가 있을 것 같다고 하오. 아무래도 위대한 두 가문이 결합한다고 해서 그렇게 소문이 무성한 것 같은데…. 우리 왕자님께서 사랑에 빠진 상대가… 실바나스 윈드러너 양이라고 하오."

"*뭐라고요?*" 자기도 모르게 한 마디 외친 후, 실바나스는 목소리를 잔뜩 낮췄다. "말도 안 돼요!"

"글쎄, '*실바나스 왕비*'라니, 입에 착 감기는 것 같은데." 로르테마르는 진지한 표정으로 말했다.

"물론 그대가 공식적인 행사나 무의미한 잡담 같은 걸 얼마나 싫어하는지는 알고 있지만—"

"그러지 말아요." 실바나스는 신음소리를 냈다. "좋은 분이시라는 건 알아요. 게다가 우리 가문에 참 많은 도움을 주셨죠. 특히 리라스에게요. 그것만큼은 언제나 감사할 거예요. 하지만 제 생각에 왕자와 결혼하는 건 가장 끔찍한 운명이에요. 음료를 앞에 두고 지루한 이야기나 계속하는 삶을 위해 숲을 떠난다고요? 왕족이 팔에 차는 장신구 같은 존재가 되라고요? 내가 원하는 나와는 전혀 다른 사람이 되어, 그의 것과 같은 천박한 예복만 입고 다니고, 멍청한 파티에서 잘 훈련된 동물처럼 이리저리 끌려다니기만 해야 한다면—"

실바나스가 말을 뚝 멈췄다. 순찰대원 두 명 모두 그녀를 바라보고 있지 않았다. 그리고 두 사람 다 눈에 띄게 창백해져 있었다.

아, 이런.

"우리 둘 모두에게 다행스러운 일이지만, 실바나스 양," 부드러운 목소리가 들려왔다. "나도 뜬소문 같은 것에는 관심이 없다. 나 또한 그런 환상 속의 행사를 기대하고 있지는 않으니 안심해도 좋아. 아무래도 그대는 파티를 즐기지 못하는 것 같으니, 원한다면 언제든 떠나도 좋다. 오늘 저녁에는 이미 왕가를 위해 충분히 많은 일을 해줬으니 말이야."

실바나스의 두 볼이 뜨겁게 타올랐다. 그녀는 재빨리 무릎을 구부려 인사를 하고 돌아서 떠나려 했다. 캘타스가 잠시 그녀의 팔을 잡고, 그녀에게만 들리게 작은 목소리로 말했다. "내가 그대에게 청혼을 한다 해도… 지금의 그대 모습을 바꾸려 하지는 않을 거다."

그리고 그는 사라졌다. 실바나스는 그 어느 때보다 끔찍한 기분을 느꼈다. 아까는 단순히 부끄러운 기분 때문에 얼굴이 붉어졌었지만, 지금은 수치심 때문에 뜨겁게 달아올랐다. 그녀는 어색한 연민이 담긴 친구들의 눈빛이 자신에게 쏟아지는 걸 느꼈다. 그녀가 왕자를 싫어하는 건 아니었다. 솔직히 말해서, 그럴 만큼 왕자를 잘 알지도 못했다. 그저 궁정의 가식적인 삶과 겉치레, 과도한 기대가 싫은 거였다. 하지만 실바나스는 그걸 제대로 설명할 수 없었다. 그래서 그냥 "실례합니다."라고 중얼거린 후 그 자리를 떠났다.

제 5 장

첨탑에 도착한 실바나스는 아름다운 드레스를 벗었다. 왕자의 로브를 붉게 물들인 포도주를 그 드레스는 어떻게 피할 수 있었던 건지 실바나스도 도통 알 수가 없었다. 그리고 편안한 튜닉과 셔츠, 가죽 방어구로 갈아입었다. 그녀는 안도의 한숨을 내쉬고, 거울 속 자신에게 고개를 끄덕여 보인 후, 원정순찰대원인 신디아, 리아나와 함께 황혼 녘의 궁술 훈련을 하러 떠났다. 그녀는 궁정에서의 낭패를 잊기 위해 유쾌한 사람들과 함께 익숙한 활동을 하며 몇 시간가량을 보냈다. 정말이지 굉장한 '추모식'이었다. 실바나스는 그날을 언제까지라도 잊을 수 없을 것 같았다.

그녀는 최대한 늦은 시간까지 밖에서 시간을 보내며 적당한 때를 기다렸다. 부모님보다 먼저 집에 들어가거나, 두 사람이 잠자리에 들기 전에 돌아가고 싶지는 않았다. 실바나스는 조만간 부모님에게 지독한 잔소리를 들어야 할 것을 잘 알고 있었다. 하지만 늘 그렇듯, 결국 두 사람은 그녀를 용서할 것이다. 다음번에 또 같은 일이 벌어질 때까진.

놀랍게도 집에서 그녀를 기다리고 있는 사람은 아버지도 어머니도 아닌 리라스였다. 실바나스는 생각에 잠겨 서성거리고 있는 그를 부르며 손을 흔들었고, 그대로 남은 길을 달려 올라갔다. 그의 표정을 보니 걱정스러운 기분이 들었다.

"무슨 문제 있어, 작은 태양님?" 그녀가 물었다.

그가 눈을 가늘게 떴다. "그러지 마. 지금은 안 돼."

그녀는 눈을 깜박였다. "알았어." 그리곤 조금 기다리는 척 하다 곧바로 말했다. "왜 그러는데?"

리라스는 웃었다. 그는 화를 내는 소리도 음악 같았다. "당연히 그러겠지. 누나는 늘 그렇게 자기 자신과 누나가 필요한 것, 원하는 것, 하고 싶은 것에만 관심이 있으니 아예 모르는 거겠지."

"왜 그러는지 알았다면 이렇게 물어보지도 않을 거 아냐. 혹시… 내가 떠나서 화가 난 거야?"

"아니. 그때쯤에는 누나가 떠나서 다행이라는 생각이 들었어."

그녀에게 상처를 주려는 잔인한 말이었다. 정말로 아팠다. 그녀는 그 말에 물리적인 공격을 받은 것처럼 깜짝 놀라 두 눈을 깜빡였다. "왜 그렇게까지 얘기하는 거야?"

"그렇게 눈치 없는 척하지 마. 누나가 우리 중에서 제일 똑똑하다며!"

그는 일부러 그녀의 신경을 긁고 있었다. 이제 그녀도 화가 나기 시작했다. "왕궁에서 그런 거나 배우고 있는 거야? 사람들을 모욕하고 상처 주는 법 같은 거?"

그는 단 두 걸음으로 그녀와의 거리를 좁혔다. "그거야. 바로 그런 거. 내가 모욕하고 상처 주는 법 따위를 배우고 싶었다면 누나를 찾아왔을 거야. 누나가 오늘 한 일이 바로 *그런* 거니까. 누나는 왕가의 귀빈으로 파티에 참석해서, 쿠엘탈라스의 왕좌를 이어받을 후계자의 신경을 건드리고, 등 뒤에서 그를 모욕한 다음에 멋대로 모험을 하겠다며 떠나버렸어. 사태를 수습하는 건 남은 우리에게 전부 맡겨버리고. 그런 모습을 보고, 사람들이 우리 가족을 어떻게 생각하겠어? 나는?"

마지막 말에 그의 목소리가 갈라졌고, 그제야 실바나스는 화가 나서 쏟아내는 거친 말 아래에 감춰진 것이 그의 상처 입은 여린 마음이라는 걸 알았다. 그녀의 태도가 누그러졌다.

"작은 태양님—" 그녀가 입을 열었다.

"그만하라고 했잖아! 난 이제 작은 꼬마가 아니야, 실바나스. 날 어린아이처럼 대하는 건 그만둬."

"뭐?" 그녀는 말했다. "넌 지금 못된 어린아이처럼 굴고 있잖아." 이제는 그녀의 말이 그에게 상처를 주고 있었다.

리라스는 눈에 띄게 몸을 움츠렸다. "왕자 저하는 윈드러너 가문, 그중에서도 특히 내게 많은 도움을 주셨어. 그리고 왕자님은 살데릴의 파티에서 누나가 저질렀던 무모한 장난까지 너그럽게 용서해 주셨어. 그건 잊어버린 거야?"

캘타스는 분명히 가족에 큰 도움을 주었고, 이전에 살데릴이 실바나스를 처벌하려 했던 것도 막아 주었다. 리라스의 말이 옳았다. 오늘 밤에 그녀가 한 행동은 확실히 선을 넘었다. 그녀는 누군가를 모욕하고 상처를 주었다. 동생의 말이 옳았기 때문에, 분명 그녀가 잘못했고 그 사실이 너무 싫었기 때문에, 실바나스는 오히려 강하게 밀어붙였다.

"난 널 지키려고 한 거였어!"

리라스는 콧방귀를 뀌었다. "*날 지킨다고?* 아라반과 렌드리스가 정말로 날 괴롭힐 생각이었다면, 누나가 그런 장난을 친 후에는 괴롭힘을 그만두는 게 아니라 오히려 더했을 거야. 날 지켜줄 필요 없어, 실바나스 누나. 내 싸움은 내가 알아서 할 수 있다고."

피가 끓어올라 실바나스의 귀가 쾅쾅 울렸다. 그녀는 깊이 숨을 들이쉬었다. 그녀가 날카롭게 반박하려는 찰나, 누군가 외쳤다. "그만해!"

실바나스와 리라스는 깜짝 놀라 고개를 돌렸다. 베리사가 거기 서 있었다. 그녀는 여전히 우아한 드레스 차림이었다. 머리카락을 단정하게 빗어내리고 반짝이는 보석으로 장식한 모습이었지만, 어딘가 부스스해 보이기도 했다. 베리사는 두 주먹을 움켜쥐고, 드레스와 똑같은 빨간색으로 물든 얼굴에 눈물을 흘리고 있었다. "그만하라고! 두 사람 다!"

두 사람은 입을 다물었다. 베리사는 한참을 뛰어온 듯 거친 숨을 헐떡였다. "계속 이렇게 살 수는 없어." 그녀는 먹먹한 목소리로 불쑥 말했다. "아버지는 늘 안 계시고, 어머니와 알레리아는 한자리에 모이기만 하면 매번 언성을 높이며 싸우고, 이제는 두 사람까지 다투고 있잖아. 대체 *뭐가 문제야?* 모든 게 지금과는 달랐던 때가 기억나지 않아? 다들 모두가 좋아하는 곳에 함께 가서, 웃고 떠들며 춤을 추고, 게임을 하고, 그렇게, 그렇게…."

실바나스의 얼굴은 여전히 뜨거웠다. 오늘 하루 두 번째로 피어나는 수치심이 그녀의 얼굴을 덥히고 있었다. 리라스가 고개를 숙였고, 얼굴은 보이지 않았지만 어깨의 긴장이 풀어지는 게 보였다. 두 사람은 아무 말 없이 돌아서서 베리사에게 다가갔고, 함께 팔을 뻗어 그녀를 안아 주었다. 베리사는 실바나스에게 머리를 기대고 흐느꼈다. 그리고 잠시 후, 형제자매에게서 벗어나 손으로 얼굴을 문질러 닦았다.

"정말 미안해." 베리사가 말했다.

"그럴 필요 없어." 리라스가 재빨리 말했다. 그는 평상시의 따뜻한 목소리로 돌아와 있었고, 얼굴에는 걱정스러운 표정이 떠올라 있었다.

"리라스 말이 옳아. *우리가* 미안해. 네가 화를 내는 것도 당연해."

베리사는 마음을 가라앉힌 듯했다. "이젠 누가 *옳은지도* 관심 없어." 그녀는 중얼거렸다. "그냥 다 *끝났으면* 좋겠어."

실바나스는 하얀 머리카락을 뒤로 쓸어넘겼다. "그럴 거야. 언젠가는. 전부 다 터져버릴 테니까."

베리사는 떨리는 목소리로 웃었다. "이제야 우리 실바나스 언니답네. 늘 위로가 되는 얘기를 해준다니까."

실바나스도 웃었다. "하지만 모든 건 달라지기 마련이지. 영원히 똑같은 건 없어, 베리사. 아무리 그러길 바라도, 아니, 그렇게 바랄 때는 더더욱 그래."

그녀는 자기 목소리에 담긴 슬픔을 들을 수 있었다. 그 말은 사실이었고, 실바나스도 자기 마음을 괴롭게 하던 것이 무엇인지 이제야 깨달을 수 있었다. 리라스의 말이 모든 면에서 옳았다. 그는 이제 '작은' 태양님이 아니었다. 그녀는 온전한 성인으로 원정순찰대의 일원이 되어있었다. 베리사도 곧 순찰대에 합류할 것이다. 모두에게 각자의 운명이, 나아갈 길이 있었다…. 하지만 그게 정말 그들이 원하는 것일까? 알레리아가 자기를 위해 준비된 길을 원하지 않은 것만큼은 분명했다. 베리사는, 적어도 가족이 옥신각신하지 않을 때는 나름 만족한 것처럼 보였지만, 어쩌면 그건 가족 내의 평화를 유지하는 일을 떠맡는 것에 지쳤기 때문인지도 몰랐다. 그리고 실바나스는 여전히 자기 길을 찾아내려 애쓰고 있었다.

적어도 리라스만큼은 지금의 일을 하기 위해 태어난 것 같았다.

"너무 긴 하루였어." 베리사는 말했다. "난 잘 거야."

"나도." 리라스도 곧바로 오늘 하루와 그 모든 소란을 잊어버리고 싶다는 듯 말했다. 하지만 실바나스는 생각이 달랐다.

"리라스, 잠깐 얘기 좀 할까?"

베리사가 입술을 굳게 다물었다. "또 싸우면 양동이를 갖다가 물을 부어버릴 거야."

애처로운 농담이었지만 세 명 다 키들키들 웃고 말았다. "걱정하지 마." 실바나스는 두 동생 모두에게 말했다. "잘 자, 베리사."

실바나스와 리라스는 베리사가 그들의 이야기가 들리지 않는 곳으로 갈 때까지 아무 말도 하지 않았다. 리라스는 고개를 돌려 실바나스를 바라봤다. 횃불 빛 아래에서도 두 눈에 남은 경계하는 눈빛이 또렷하게 보였다. 그런 눈빛을 남긴 게 자기 자신이라는 생각에, 실바나스는 또 한 번 날카로운 아픔을 느꼈다.

"왜?" 그는 조심스럽게 말했다.

실바나스는 바다와 나무, 수풀 내음이 가득한 밤공기를 깊이 들이쉬었다. 마음이 차분해졌다. 리라스에게 따라오라고 손짓한 후, 그녀는 파도의 포근한 리듬이 반복되는 해변으로 향했다. 불화로 가득한 지금의 첨탑에서 멀어지고 싶었다. 실바나스가 마지막으로 여기 왔던 때도 리라스와 함께였다. 파도를 맞으며 뛰어놀고 조가비를 줍는 게 얼마나 만족스러웠던가. 그가 익사했다고 생각했을 때 얼마나 끔찍한 공포에 질렸었던가.

그녀는 곰곰이 생각하며 말을 골랐다. 하지만 함께 걷다 보니, 해안에 밀려드는 파도처럼 하고 싶은 말이 저절로 흘러나왔다.

"미안해." 달빛 아래 검푸른 은빛으로 반짝이는 바다를 바라보며, 실바나스는 말했다. "내가 캘타스에게 너무 무례하게 굴었어. 그럴 분이 아니셨는데. 내가 화가 난 건 왕자 때문이 아니었어. 왕자가 상징하는 거, 그러니까… 내가 뭘 해야 하고 하지 말아야 하는지 지시를 받는 게 화가 났던 거야. 가끔은 돌아서기엔 너무 멀리까지 온 게 아닐까 두렵기도 해. 아버지께서는 원하시는 게 있고, 어머니는 관심도 없고, 난 또 완전히 다른 걸 원하는 것 같아. 문제는 그게 뭔지 모르겠다는 거고." 그녀는 곁에 있는 리라스의 기척을 느꼈지만, 그를 바라보지는 않았다. 지금 그의 얼굴을 보면, 그 말을 할 용기를 내지 못할 것 같았다.

"내가 있어야 할 곳을 모르겠어, 리라스." 그녀의 부드럽고 쓸쓸한 목소리는 무척이나 작았다. "외교관? 난 전략이나 정치 같은 걸 배우고 있긴 하지만, 별로 좋아하지도 않고 참을성도 별로 없어. 원정순찰대와 함께할 때는 자유로운 기분을 느끼지만, 가슴 뛰는 도전이 없어. 성장해야 할 필요성이 느껴지지 않아. 멈춰있어서는 안 되는데. 난 언제나 지금보다는 더 발전하기 위해 노력해야 해. 더 나은 사람이 되어야 한다고."

그제야 실바나스는 위험을 무릅쓰고 동생을 바라봤다. 찌푸린 얼굴과 팽팽한 긴장감은 어느새 사라지고, 이제는 솔직하고 상냥한 얼굴로 귀를 기울이고 있었다. 그녀가 예상했던 그대로였다.

"알레리아와 어머니 일이 어떻게 될지는 모르겠어." 실바나스는 말을 이었다. "베리사는 모두의 다툼을 중재하느라 비쩍 야윈 것 같고. 아버지를 제외하면, 우리 중에서 안정적인 사람은… 너뿐이야. 네겐 재능이 있고, 그런 재능을 마음껏 발휘하고 있고, 다들 널 사랑해."

실바나스는 슬픔을 억누르며 미소를 지었다. "물론 내가 제일 사랑하지. 넌 네가 뭘 하고 싶은지도, 네가 있어야 할 곳도 정확히 알고 있잖아."

리라스의 표정이 차분해졌다. 이번에는 그가 시선을 외면했다. "전혀 그렇지 않아."

"뭐?"

실바나스의 입이 딱 벌어졌다. 그녀가 이 세상에서 진실이라고 생각한 모든 건, 적어도 그녀의 작은 태양님 리라스만큼은, 주위의 모든 존재가 걷잡을 수 없는 상태가 되더라도 안전하게 모두의 사랑을 받을 거라는 생각에 기반을 두고 있었다.

그는 불편한 듯 몸을 움직였다. "난 공연을 좋아해. 음악도. 노래를 하고 사람들을 즐겁게 할 때 행복한 기분을 느껴. 그때 살데릴의 파티에서 재앙이 일어난 후에 우리가 했던 얘기 기억해?"

그의 진지한 목소리와 예상치 못한 단어 선택에 실바나스는 자기도 모르게 웃고 말았다. "*진짜* 재앙이었지." 그녀도 웃으며 동의했고, 이내 침울한 표정이 되었다. "나도 기억해. 넌 다 잊어버린 줄 알았는데."

"우리 가족이 거의 다 원정순찰대원인데, 내가 어떻게 잊을 수 있겠어?" 그는 대답했다. 그는 조용한 목소리로 차분하게 말했지만, 그의 말에는 슬픔이 담겨 있었다. "아버지께서도 우리 왕국에 무척 중요한 일을 하고 계셔. 난 그저 춤이나 추고 예쁘게 노래나 부르는 게 전부지."

실바나스는 그의 자조적인 말에 하마터면 울음을 터뜨릴 뻔했다. 그녀는 두 손으로 그의 손을 잡았다. 포대기 속 발그레한 볼과 푸른 눈을 처음 보았을 때 느꼈던 강렬한 충격이 떠올랐다. 그 작은 손가락들이 뻗어 나와 그녀의 머리카락을 붙잡으며, 새로운 세계의 경이를 탐색하던 모습이 떠올랐다. 바로 그 손가락이 피투성이가 될 때까지, 실력을 키우고 싶다는 일념 하나로 끝없이 연습을 반복하던 리라스의 모습이 떠올랐다.

그녀는 그를 올려다봤다. "우린 둘 다 생명을 중시해. 내가 사람들을 보호하는 훈련을 받는 건, 네가 그들이 기쁨을 찾는 걸 도와줄 수 있게 해주려는 거야. 난 위험에 빠진 사람들을 구하지만, 넌… 그들에게 살아야 하는 *이유*를 주고 있어. 그리고 그걸 알기 때문에, 난 계속 강해질 수 있는 거야. 내겐 싸워야 할 *이유가* 있으니까."

실바나스는 목소리가 갈라지거나, 두 눈에 눈물이 차오를 거라고는 생각하지 못했다. 자기 두 눈에 비친 달빛이 갑자기 더 밝게 빛나고, 그가 그녀의 어깨를 감싸고 꽉 끌어안을 거라고는 정말 생각도 못했다.

"평생 이렇게 말다툼을 한 건 *처음이네.*" 리라스가 말했다. "정말 싫다."

"나도 그래." 실바나스도 동생을 지켜줄 방패가 되려는 듯 동생을 꽉 끌어안았다. 리라스가 어린아이였을 때는 그의 우는 소리가 듣기 싫었다. 그리고 그가 자라고 나선, 어떤 종류든 그가 아픔을 느끼는 걸 보고 싶지 않았다. 지금도 마찬가지였다.

위험의 경계에 서 있는 건 제가 할게요, 그녀는 생각했다. *숲을 뛰어다니는 건, 땀과 피와 악취와 고통을 감당하는 건 제가 할게요. 동생은 따뜻한 불가에서, 늘 안전하게 어떤 노래를 할까만 고민하는 사람이 되게 해주세요.* 그녀는 그게 기도일까 잠깐 생각했지만, 어차피 아무 상관이 없다는 결론을 내렸다.

그들은 이제 뒤로 물러나 서로를 보며 웃었다. 실바나스는 언제나 말싸움을 할 준비가 되어있었고, 필요하다면 얼마든지 주먹을 날릴 수 있었지만, 리라스와는 그럴 수가 없었다. 리라스와는 절대로 그럴 수 없었다.

"늦었어." 실바나스가 말했다. "부모님이 돌아오시기 전에 자러 가지 않으면, 앞으로 십 년은 잠을 못 잘 것 같은데."

"최소한 십 년이겠지." 리라스는 아주 심각한 목소리로 대답한 후 싱긋 웃었다.

아무 말 없이, 기분 좋은 우정을 느끼며, 두 사람은 첨탑으로 돌아왔다. 첨탑은 늘 그렇듯 평화롭게 별들이 흩뿌려진 고요한 밤하늘을 향해 높다랗게 서 있었다.

제 6 장

실바나스는 다음 날 아침 일찍 부모님 눈을 피해 몰래 빠져나가는 데 성공했다. 쿠엘도레이에 정말 큰 의미가 있는 태양이 미처 지평선 위로 고개를 내밀기도 전, 온 세상이 칙칙한 회색빛이고 밤새 내린 이슬이 주위를 촉촉하게 채운 시간이었다.

잠을 자도 쉰 것 같지가 않았기에, 그녀는 서늘한 회색빛 추위를 반기며 이슬로 미끌거리는 풀밭 위를 달렸고, 금색 잎으로 뒤덮인 나뭇가지 위를 붉은 다람쥐처럼 가볍게 뛰어올랐다. 그녀는 가지에서 가지로 오가며 달렸고, 목표로 고른 나무 몇 그루에 연달아 화살을 발사해 꽂아 넣었다. 그녀는 동이 트고 한 시간쯤 지난 후 돌아왔다. 얼굴은 붉게 달아오르고 숨은 거칠었지만, 머릿속에는 차분한 고요함이 돌아와 있었다.

그러나, 거친 고함이 그 작은 선물마저 빼앗아갔다.

"하지 않겠어요!"

실바나스는 멈춰섰다.

그래, 결국 그 말을 하고 말았다. 알레리아는 실바나스를 비롯한 모두가 필연적이라고 믿었던 일, 순찰대 사령관의 책무를 받아들이지 않으려고 핑계를 대고, 회피하고, 시간을 끄는 게 지긋지긋하다고 생각한 모양이었다. 실바나스는 바싹 마른 입술을 핥고는 계속 걸음을 옮겼다. 고함 소리가 더 커졌다.

"이번에는 내 뜻을 거역할 생각 하지 마라, 알레리아! 그건 신성한 의무이고, 거부하는 걸 용납할 순 없어!"

실바나스는 두 사람에게 가까이 다가갈수록 얼굴이 무표정해지고, 온몸이 긴장감으로 욱신거리는 걸 느꼈다.

"제 동료를 이끌고 떠나겠어요." 알레리아는 대화의 열기를 누그러뜨리려는 듯 말했다. "몇 명만요. 베테랑은 남겨둘게요. 전 우리 왕국의 군대를 지휘하고 싶은 게 아니라, 그냥 돕고 싶은 것뿐이에요. 우리가 아닌 다른 사람들을 돕는 일을 하고 싶다고요, 어머니. 우린 이 세상의 중심이 아니에요. 조만간 그 사실을 깨닫지 못하면 우리 사회는 썩어버리고 말 거예요!"

자연과 동물들의 소리로 가득했던 실바나스 주위의 세계가 침묵으로 내몰렸다. 실바나스 자신의 발소리가 그녀의 귀에 천둥처럼 울렸다. 그녀는 일정한 보폭을 유지했다.

"수백 년 전부터 다른 사람들이 찍어 놓은 발자국을 그대로 따라가고 싶지는 않아요. 제 앞길은, 제 운명은 제가 직접 만들어가고 싶어요." 알레리아는 애원했다.

"끔찍한 실수를 하는 거다."

"그래도 *제가 선택한* 실수잖아요! 어머니는 지금까지 제가 아무것도 선택하지 못하게 하셨어요. 어머니께 전 순찰대 사령관이라는 자리의 후계자일 뿐 아무것도 아니었다고요. 제 이름까지도 어머니의 어머니께 물려받은 거고요. 전 단 한 번도 *저였던* 적이 없어요."

"넌 언제나 너였어. 유치한 자기 연민은 적당히 해라."

실바나스는 자기도 모르게 몸을 움찔했다. 이번에는 달랐다. 어머니와 언니가 말다툼을 하는 일은 원래도 적지 않았지만, 이번에는 날 선 말이 더 깊이 상대의 피부를 파고들어 뼈를 찔렀고, 다리가 꺾일 만큼 고통을 주었다.

"여기엔 제가 있을 자리가 없어요." 알레리아의 목소리가 차갑게 식어갔다. 그 차가운 결의가 어머니의 경멸과 맞부딪혔다. "제 영혼이 *갇혀있는* 것 같아요, 어머니. 어머니께서 가르쳐주신 것으로부터 도망치는 건 아니에요. 전 그 모든 걸 기억하고, 그걸로 사람들을 돕겠어요. 어머니가 그러시는 것처럼요. 단지 다른 사람들을 돕겠지만요."

"우리에게 등을 돌리겠다는 거냐?"

"전 누구에게든 등을 돌리려는 게 아니에요." 실바나스가 이마를 찌푸렸다. 알레리아의 그렇게 굳건하고 확신에 찬 목소리는 처음이었다.

아버지를 꼭 빼닮은 목소리였다.

"그저 다른 쪽을 바라보려는 거예요. 언젠가 어머니도 그런 마음을 알아봐 주시면 좋겠어요."

"지금 내 눈앞에 보이는 건, 동족을 저버리고 모험을 찾아 도망치려는 고집스러운 아이뿐이구나."

"우리 중에 활을 쏠 수 있는 게 저 하나는 아니잖아요." 알레리아는 말했다. "실바나스도 이미 오래전부터 저만큼 실력이 좋았어요. 아니, 저보다 더 나았죠. 제가 영원히 따라잡을 수 없을 정도로요."

실바나스는 멈춰섰다. 네 명의 형제자매는 원래부터 서로를 사랑하고 애정 어린 표현도 아끼지 않았지만, 알레리아가 자기를 칭찬하는 걸 듣는 건 처음이었다. 알레리아가 동생이 더 나은 궁수라고 생각했다고?

하지만 그보다 더 놀라운 건 어머니가 알레리아의 말을 부정하지 않았다는 사실이었다. "걔가 활을 더 잘 쏘는 건 아무 상관이 없어. 실바나스의 성격은 지도자에 어울리지 않아. 충분히 헌신적이지도 않고. 그 아이는 궁정에서 아군을 만들 기회가 수도 없이 많았지만, 어리석은 장난으로 그 좋은 기회들을 모두 짓밟아버리고 말았다."

실바나스의 두 볼에 열기가 피어올랐다. 어머니는 어젯밤 일을 이야기하고 있는 게 분명했다.

"이젠 지푸라기라도 잡고 싶으신 모양이네요. 실바나스 곁에는 할두런과 로르테마르가 있어요. 원정순찰대원 중에도 형식과 가식을 거부하는 실바나스를 좋아하는 이들도 많고요. 제 기억에는 지금까지 실바나스가 이겨내지 못한 도전은 하나도 없었던 것 같네요. 걔한테 지도자의 마음가짐을 기를 기회를 주시면, 아마 어머니의 기대를 뛰어넘을 거예요. 어머니가 바라는 순찰대 사령관은 실바나스예요, 제가 아니라."

실바나스는 자신 방향으로 빠르게 걸어오는 소리를 들었지만, 뒤로 물러나지 않았다. 평상시 언제나 침착했던 알레리아가 지금은 언쟁을 피하는 데 급급한 나머지 하마터면 실바나스와 부딪힐 뻔했다. 알레리아는 얼굴을 붉혔지만, 그와 동시에 실바나스가 지금껏 보아온 그 어느 때보다 침착하고 결의에 찬 얼굴이 되었다.

한순간, 침묵이 흘렀다. 그리고 알레리아가 말했다. "진심이었어, 너에 대한 말은."

실바나스는 날카롭게 숨을 들이쉬었다. 알레리아는 돌아섰다.

조금 전까지 미동도 하지 않고 서 있던 실바나스, 미래의 순찰대 사령관이 손을 뻗어 알레리아의 손을 붙잡았다. 둘은 서로를 바라보지도 않은 채 잠시 그렇게 서 있었다. 실바나스는 어머니를 바라보며 앞으로 나아가려 했고, 알레리아는 그녀에게 등을 돌렸다. 둘의 손가락이 깍지를 끼고, 서로의 손을 단단히 붙잡았다. 그 몸짓 속에 말없이 수많은 이야기가 오갔다. 그리고 알레리아는 마지막으로 동생의 손을 꼭 쥐었다가 놓아주었다.

실바나스는 온몸이 떨렸다. 딛고 선 땅이 흔들리는 것만 같았다. 아니, 어쩌면 정말 그랬던 건지도 몰랐다. 아직 손바닥에 남아있는 언니 손의 온기를 느끼며, 그녀는 앞으로 나서 어머니를 바라봤다.

"용서해 주마, 알레리아. 하지만 이번만이다."

리리사의 목소리는 실바나스가 들었던 그 어느 때보다 차가웠다. 하지만 분노가 아닌 슬픔과 실망감으로 날이 무뎌져 조금이나마 부드러워져 있었다. 그녀는 실바나스를 등지고 서서, 어깨를 축 늘어뜨린 채 깊은 한숨을 내쉬었다. 실바나스는 손바닥에 남아 있는 알레리아의 온기를 영원히 붙잡으려는 듯 주먹을 쥐었다. 그녀는 부드러운 목소리로 말했다.

"저예요, 어머니."

그녀가 보는 앞에서 리리사의 모습은 달라졌다. 어머니는 등을 꼿꼿이 세우고, 어느새 어머니가 아닌 군인의 자세를 취했다. 리리사가 돌아섰을 때, 눈물로 촉촉해진 순찰대 사령관의 얼굴에는 절대 꺾이지 않을 결의가 새겨져 있었다.

그리고 갑자기 언니의 손이 남겼던 온기는 아침 햇살 아래의 밤이슬처럼 스러지고, 그것이 의미했던 따스한 사랑과 힘까지 모두 소멸해버렸다. 실바나스가 다시 입을 열었을 때, 그녀의 말은 어머니의 말과 똑같이 냉정했지만 고통의 흔적은 보이지 않았다.

"제가 어머니의 두 번째 후보였을 순 있지만," 실바나스 윈드러너는 말했다. "제 실력이 두 번째는 아니라는 걸 아시게 될 거예요."

* * *

윈드러너 가문은 혼란에 휩싸여있었지만, 기쁨이 함께했던 때와 마찬가지로 시간은 거침없이 흘렀다. 알레리아는 순찰대원들을 선별했고, 베리사는 원정순찰대에 입대했다. 리리사는 원정순찰대원들에게 알레리아가 새로운 임무를 받게 되었다고 전했다. 새 순찰대 사령관이 되는 대신, 알레리아는 리리사의 결정에 따라 원정순찰대가 그 이름에 담긴 의미를 상기할 수 있도록 다시 한번 국경 너머의 세계를 살펴보기로 했다고 전했다. 그리고 그에 따라, 알레리아 대신 실바나스가 순찰대 사령관이 될 거라고도 했다. 그 이야기를 들은 원정순찰대가 아무도 놀라지 않고, 오히려 다행스러운 일이라고 받아들이는 걸 보고 리리사는 충격을 받은 듯 했다. 어머니는 알레리아와 그 일행이 떠나는 즉시 실바나스의 훈련이 시작될 거라고도 말했다. 윈드러너 가문에서 언제나 희망의 빛이 되어주었던 리라스도 그날 실버문에서 돌아와 자기가 공식적으로 왕실 음악가가 되었다는 소식을 전했다.

늘 탁월한 외교관이었던 베라스가 아들을 첨탑으로 데려온 것이었다. 그와 함께 아버지는 아나스테리안이 직접 하사한 햇살 깃든 포도주 몇 병을 가져왔다. 베라스는 그게 어찌나 오랫동안 지하 저장고에 보관되어 있었는지, '그 포도주를 갖고 올라온 순간 모두가 재채기를 했다'고 주장했다. 실바나스는 어이가 없다는 듯 눈을 굴렸지만, 포도주를 보니 아버지의 이야기가 과장이 아닐 수도 있겠다는 생각이 들었다.

파티는 기분을 전환할 완벽한 기회였다. 오후에 첨탑에서는 소수의 친구와 친지를 초대할 것이다. 그리고 황혼이 내리면 손님들은 떠나고, 밤의 남은 시간을 가족끼리 조용히 보낼 수 있을 것이다.

알레리아와 어머니 사이에 지난 몇 년 동안 이어져 온 얼음장 같은 냉기도 어느새 조금씩 누그러지는 것 같았다. 그 모습을 반기면서도, 실바나스는 순찰대 사령관의 칭호를 얻는 게 자신에게 어떤 의미일지 생각하지 않을 수 없었다.

베리사는 큰언니가 떠나는 모습을 보고 슬퍼해야 할지, 아니면 모든 것이 결정되고 마침내 논쟁이 멈췄다는 사실에 기뻐해야 할지 모르는 것 같았다. 리라스는 새로운 역할을 맡은 것에 무척이나 기뻐하는 것으로 보였다. 하지만 그건 많은 사람들이 그를 찾기 때문이 아니라, 재능 있는 새 음악가들을 훈련시킬 수 있는 자격을 갖추게 되었기 때문이었다. 하지만 실바나스는 해안에서 했던 대화를 떠올리며, 그의 미소 아래에 어떤 감정이 숨겨져 있을지 생각했다.

그리고 실바나스는? 그녀가 '충분히 헌신적이지 않다'는 어머니의 생각과 달리, 실바나스는 그 책무를 매우 심각하게 받아들였다. 그날 밤, 해변에서 리라스에게 처음 이야기했던 것처럼, 원정순찰대원이 되었다는 것만으로는 그녀에게 가슴 뛰는 도전이 될 수 없었다. 다른 건 몰라도, 어머니의 훈련이 가혹한 것임은 분명했다. 다른 사람들에게는 이상하게 느껴질지 몰라도, 그녀는 오히려 그 점이 기대가 됐다.

그날 저녁, 베라스는 예복을 입지 않고, 보라색 비단 바지와 가죽 장화, 하얀색 셔츠를 입고 목깃 단추를 풀고 있었다. 리리사도 평소의 '제복'인 경량 가죽 방어구를 벗고, 놀랍도록 잘 어울리는 소박한 하늘색 드레스를 입고 있었다. 그 모습은 왠지 온화해 보였다. 방어구를 입을 때나 공식 예복을 입을 때와는 달랐다.

리리사가 그렇게 열정적으로 다른 이들을 몰아붙이지 않았다면, 모두가 어떻게 달라졌을까? 그들의 세계도 조금 더 온화해질 수 있었을까? 리리사가 순찰대 사령관이라는 역할을 물려받지 않았다면, 지금 하늘색 드레스를 입고 환한 미소를 짓고 있는 여성이 윈드러너 가문 아이들의 사랑을 받는 어머니가 될 수 있었을까?

하지만 그런 건 전부 어리석은 몽상이었다. 그들 중에서 어머니의 진정 온화한 모습을 본 사람은 리라스뿐이었다. 남동생은 자매들과 다른 길을 걸었기에, 리리사의 가끔은 과할 때도 있는 교육열을 피할 수 있었다.

실바나스는 그가 그런 길을 걷는 게 다행이라고 생각했다. 리라스는 원정순찰대원이 되고 싶다고 했지만, 그는 다른 일을 하기 위해 태어난 것이 분명했다. 그는 다른 이들을 지켜주는 사람이 아니라, 그들의 상처를 치유해주는 사람이었다. 그녀는 리라스가 어머니의 의지가 만들어낸 모루에서 가혹하게 단련되며 다른 자매들처럼 성장하는 걸 보고 싶지 않았다.

알레리아는 제복을 모두 갖춰 입고 있었고, 그녀와 함께 떠날 예정인 베라나, 렐리안, 아우릭, 탈스레사르도 마찬가지였다. 나머지 원정순찰대원들은 그들의 바람대로 평상복 차림의 친구 신분으로 그 자리에 참석했다. 물론 오늘의 주인공은 알레리아와 그녀의 일행이었다. 실바나스는 황금안개 마을의 젊은 여성들이 윈드러너 가문의 장녀 앞으로 나서, 그녀가 고향을 떠난다고 하니 마음이 무너져내리는 것 같다고 재잘거리는 모습을 보며 애써 웃음을 참았다.

"뭐가 그렇게 재미있소?" 할두런이 슬며시 그녀 곁에 서며 물었다. 로르테마르도 다가와 실바나스 옆에 섰다. 실바나스는 알레리아가 두 사람에게 함께 떠나자는 부탁을 하지 않은 것이, 아니, 어쩌면 그런 부탁을 했더라도 두 사람이 거절한 것이 생각보다 더 기뻤다. 그들은 여전히 여기 남아 있었고, 삼인조가 해산할 일은 없다는 사실이 새삼 고마웠다.

"살로나 가문 여자들이요." 그녀는 말했다. "꼭 자기 *자매가* 떠나는 것처럼 굴고 있잖아요. 마지막으로 알레리아를 본 지도 몇 년은 지났을 것 같은데." 그녀는 콧잔등을 찡그렸다. "도무지 입을 다물 줄을 모르네요!"

"그러게나 말이오. *진짜* 자매는 언니를 그리워하지도 않을 것 같은데."

"아, 로르테마르, 그렇지 않다는 거 알잖아요."

"어머니의 훈련이 본격적으로 시작되면 금세 언니가 그리워질 거요." 할두런이 말했다.

"제가 싸움꾼 스라소니를 어떻게 잊겠어요?" 그녀는 대꾸했다. "걱정하지 마세요. 평생을 준비해왔으니까."

그 순간, 흐느끼던 여자들은 정중히 인사하고 자리를 떠났다. 알레리아는 한숨을 내쉬고는 고개를 돌려 자기를 보는 실바나스와 눈을 마주쳤다. 실바나스가 어이가 없다는 듯 눈을 굴리는 걸 보며 알레리아는 웃음을 참아야 했고, 리리사와 베라스에게 잘 보이고자 가슴 아픈 척 비통한 마음을 늘어놓는 다음 사람 앞에서 최대한 심각한 표정을 짓고 있었다.

실바나스는 알레리아가 새벽에 떠나기 전, 조금 더 조용한 시간에 작별 인사를 할 생각이었다. 태연한 척은 했지만 언니가 그리울 것이다. 알레리아는 리라스나 베리사처럼 그녀와 가깝진 않았지만, 그래도 실바나스는 언니를 사랑했고, 그녀가 떠난 빈자리는 쉽게 채워지지 않을 것이다.

"정말 괜찮소, 실바나스?" 언제나 주위 사람들의 감정을 잘 읽어내는 로르테마르가 말했다.

그녀는 그를 슬쩍 밀었다. "언제는 안 그런가요?" 그녀는 농담처럼 말했다. 그게 거짓말인 걸 아는지 로르테마르가 눈을 가늘게 떴다. "물론 언니가 그리울 거예요. 하지만 언니도 가끔은 돌아오겠죠. 그러지 않으면 어머니께서 언니를 쫓아갈 거니까요."

황혼이 내리고, 파티 참석자들은 주최자에게 감사 인사를 하고 떠났다. 일부는 다른 곳에서 조금 더 소란스럽게 연회를 계속할 테고, 나머지는 집으로 돌아가 가족의 의무를 다할 것이다. 일부는 적당히 예의를 갖춰 자리를 떠나긴 했지만, 다들 햇살 깃든 포도주를 마음껏 마신 듯했다.

윈드러너 가족을 제외한 모든 사람이 떠나자, 연회는 첨탑 아래쪽, 영원노래 숲의 가족이 가장 좋아하는 장소에서 계속되었다. 많은 걸 챙겨 가지는 않았다. 과일 한 그릇, 햇살 깃든 포도주 몇 병, 리라스의 팬파이프와 류트, 작은 소고뿐이었다.

실바나스는 지난 몇 달 동안의 긴장감이 이 작고 친밀한 시간을 망쳐놓지 않을까 걱정했다. 하지만 그럴 필요는 없었다. 타들어가는 나무에서 알싸한 향기를 풍기는 연기와 함께, 리라스의 목소리는 반짝이는 별들을 향해 솟아올랐다. 세 자매는 대자연의 한가운데로 나서 어린 시절부터 계속해온 즉흥적인 춤을 추었다. 모두 손을 맞잡고, 환한 미소로 얼굴을 채우고, 훈련을 통해 연마되고 햇살과 별빛 아래에서 살아오며 단련된 날렵한 몸놀림으로, 자매는 아무 말 없이 서로 조화를 이루며 버드나무처럼 우아하게 움직였다. 그러던 어느 순간, 실바나스가 보는 가운데 베라스는 자리에서 일어나 리리사를 향해 깊이 허리를 숙여 인사하고 손을 내밀었다.

리리사는 미소를 지었고, 실바나스는 시간과 의무감에 짓눌려 사라졌던 소녀 시절의 어머니 모습을 처음으로 엿보았다. 리리사는 파트너의 손을 잡았고, 이제는 두 사람도 부드러운 풀밭 위에서 오직 서로의 눈만을 바라보며 익숙한 춤을 추기 시작했다.

왜 이런 생활을 그만두었던 걸까? 갑자기 실바나스는 그런 생각이 들었다. 가슴이 아려왔다. *왜 알레리아가 떠난다는 결정이 내려진 후에야 가족이 다시 하나가 될 수 있었던 걸까?* 생각은 꼬리를 물고 이어졌다. *우리가 다시 한 가족이 될 수 있을까?* 하지만 실바나스는 황급히 그 생각을 머릿속에서 지웠다.

완벽한 연보라색 황혼이 내려앉는 순간, 반딧불이들이 나타났다. 실바나스는 리라스와 눈을 맞췄고, 그의 얼굴이 햇살처럼 밝은 미소로 뒤덮였다. "저기 봐, 큰 달님." 그가 말했다. "별들도 춤을 추러 왔어."

그녀도 마주 웃을 수밖에 없었다. 리라스가 연주를 끝낸 후, 베라스는 건배를 해야 한다며 모두 잔을 채우라고 했다. 다들 준비를 마치자 그는 잔을 들어 올렸다.

"이토록 경이로운 가족의 일원이라는 사실이 정말 자랑스럽다." 그는 말했다. "사랑하는 나의 아내는 순찰대 사령관으로, 자신을 존경하는 부하들을 이끌고 승리에 승리를 거듭했고, 이런 내 마음도 영원히 가져갔지."

"내가 경험한 최고의 전투였다고 할까." 리리사가 따뜻하게 눈을 빛내며 말했다.

"확실히 제일 쉬운 전투였겠지." 베라스는 놀리듯 답했다.

그리고 알레리아를 향해 돌아섰다. "우리 장녀는 너무나도 오랜 기다림 끝에 바깥 세상을 실버문의 관문으로 이끌어올 여정을 떠나려 한다. 알레리아는 한 번 진 빚은 절대 잊어버리지 않고, 새로운 우정을 쌓으면서도 옛 아군을 잊는 법이 없는 사람이지. 딸아, 네가 너만의 길을 직접 열려 한다는 사실이 정말 자랑스럽구나. 그래도 집으로 돌아오는 길을 잊는 일은 없었으면 좋겠다."

베라스가 말하는 동안 알레리아는 리리사를 흘긋 봤지만, 어머니는 이미 내려진 결정을 받아들인 듯 평온해 보였다.

"우리 가장 열정적이고 똑똑한 둘째 딸은 어머니의 발자취를 따라 미래의 순찰대 사령관이 되겠지. 이제는 예전처럼 궁정을 자주 찾을 일은 없겠지만, 실바나스, 그래도 내게서 벗어났다고 생각하지는 마라. 외교의 기술은 몰라도, 전략을 결정하는 네 탁월한 본능에는 나도 의지하고 있으니까."

실바나스는 아버지의 말에 웃음을 터뜨렸고, 베라스는 살짝 윙크한 후 막내딸을 바라봤다. "우리 사랑스러운 협상가, 베리사. 우리 가족의 평화를 유지하는 데 있어서 우리 모두에게 네가 얼마나 소중한 존재인지 넌 모를 거다. 솔직히 우리는, 뭐랄까, 다들 의지가 너무 강하잖니. 네 덕분에 우리 모두가 한 가족이라는 사실을 잊지 않을 수 있단다. 난 네가 그런 능력을 바탕으로 우리 왕국의 수많은 마음을 하나가 되게 해줄 거라고 확신한다."

베리사는 두 볼이 발갛게 상기되며 활짝 웃었다. 두 눈이 행복의 눈물로 아른거리고 있었다. "그리고 리라스. 내가 뭐라 말할 수 있을까? 넌 우리 모두에게 축복이었다. 이제는 쿠엘탈라스에서 가장 영예롭고 독보적이라 평가받는 네 음악이 우리 집에 매일 행복을 가져다주었고, 네 목소리처럼 순수한 영혼이 우리 모두의 마음을 깨끗하게 해주었지. 진정한 아름다움이란 시장에서 사들일 수 없는 거란다. 대자연 속에서 소리소문없이 흘러나와, 우리 같은 평범한 사람들은 보지도 못하는 것을 포착할 수 있는 극소수의 사람들을 통해 이 세상에 발현되지. 그런 네가 이제는 최연소 왕실 음악가가 되었구나. 네 놀라운 실력과 상냥한 마음씨가 앞으로의 세월에서 널 어디까지 이끌어줄지 어서 빨리 보고 싶구나."

리라스는 아버지의 말에 감정이 벅찬 듯 보였다. 그는 오랫동안 말을 고르다가, 한참이 지나서야 간단히 이렇게만 말했다. "고마워요, 아버지. 자랑스러운 아들이 될게요."

그들은 환호성을 외치며 건배를 했다. 포도주가 모두의 가슴을 따뜻하게 해주었다. 하지만 어머니도 뭔가 하고 싶은 말이 있는 듯해서, 실바나스는 마음을 다잡았다.

"나를 비롯해서 우리 가족은 전부 다 딱딱한 정장이나 요란한 파티, 보석 같은 걸 좋아하지 않아." 리리사가 입을 열었다. 실바나스는 형제자매를 둘러봤다. 다들 그녀처럼 당황한 표정이었다. "물론 우리는 싸우기도 많이 했지." 그녀가 알레리아의 눈치를 살폈다. 알레리아는 입술을 깨물었다.

제발요, 어머니. 실바나스가 속으로 간청했다. *이 밤을 망치지 마세요.*

리리사는 말을 이었다. "하지만 얼마 전, 그 모든 게 행복했던 순간이 있었어. 지금이 평화로운 시절이라 사치도 누릴 수 있다는 걸 보여주는 예복. 늘 함께해 주는 가족. 그리고 그날 밤, 그토록 아름답던 내 아이들. 난 내 딸들이 입었던 드레스를, 왕궁의 모든 사람들 앞에서 공연하던 내 아들이 골랐던 예복을 모두 기억하고 있단다. 그래서 너희 아버지와 나는 알레리아가 그날 밤과 가족을 언제까지라도 기억할 수 있도록 뭘 좀 준비했다."

베라스가 리리사에게 작은 주머니를 건넸고, 순찰대 사령관은 그 안에서 목걸이를 꺼냈다. 루비와 사파이어, 에메랄드까지, 보석 세 개가 걸려 있는 사슬 목걸이였다. 리리사는 자기 후계자가 되어야 했을 아이, 알레리아에게 다가갔다.

"세 보석은 내 딸들을 의미한다." 그녀는 말했다. "그리고 내 아들이 바로," 그녀는 눈물이 고인 듯 희미하게 아른거리는 두 눈 아래로 활짝 웃었다. "보석 셋을 하나로 묶어주는 아름다운 사슬이지. 이걸 네게 주마, 알레리아. 네 가슴이 널 저 먼 곳으로 이끌더라도, 가족을 기억해 주렴."

알레리아는 웃었다. "아무리 멀리 떠나더라도, *언제까지나* 기억할 거예요."

아름다운 순간이지만 조금 어색하기도 했다. 시간이 길어질수록 어색함은 더 커져만 갔다. 그때, 아무런 예고 없이, 리라스는 어여쁜 여종업원과 사냥꾼과 군인이라는 두 명의 구혼자에 대한 무척이나 경박하고 우스꽝스러운 선술집 노래를 연주하기 시작했다. 노래를 듣자마자 가족 모두가 웃음을 터뜨렸다.

리리사까지도 박수를 치며 종업원과 구혼자가 주고받는 가사를 따라 불렀지만, 실바나스는 뒤로 물러나 나무에 등을 기대고, 먼지투성이 병에서 따른 알싸한 포도주가 가득 찬 술잔을 홀짝였다.

베라스가 그녀 곁에 와 섰다. 둘은 잔을 챙강, 부딪히고는 모닥불 빛에 주황색과 노란색으로 물들어 활짝 웃고 있는 가족들을 바라봤다.

“알레리아가 떠나는 게 전부가 아닌 것 같아요.” 실바나스가 나지막한 목소리로 말했다.

실바나스의 두 눈이 웃으며 노래를 부르고 있는 리라스에게로 향했다. “어린 시절 저 아이는 언제나 저만 따라다녔어요.” 실바나스는 아쉬운 목소리를 감추지 못하고 말했다. “그런 우리 작은 태양님이, 이제 가족을 벗어나 국왕 폐하 앞에서 연주를 한다니.”

“변화를 피할 수는 없단다, 얘야.”

“저도 알아요, 하지만… 전 아직 세상의 변화를 받아들일 준비가 되지 않은 것 같아요.”

“이 세상은 우리가 원하는 것에는 관심이 없다. 변해야 하는 건 우리야. 그러지 못하면, 남은 건 홀로 남겨져서 영원히 신물을 삼키는 것밖에 없지.”

그는 그녀를 향해 돌아서며 애정 어린 미소를 지었다. “우리 모두 그걸 느끼고 있지만, 아마도 네가 가장 많이 느낄 거야. 오늘 밤은… 무언가의 끝이다. 내일이면, 다른 것이 시작될 거야.” 그는 돌아서서 춤추는 가족을 바라봤다. “그래서 내가 그런 얘기를 한 거다. 그래서 알레리아에게 목걸이를 준 거고. 다들 나이를 먹을 만큼 먹었으니 너도 영원한 건 없다는 걸 알았을 테고, 그러니 지금 이 순간을 마음껏 음미해야지. 그래…. 다 괜찮을 거야.”

“그렇겠죠.” 실바나스는 한껏 과장된 태도로 한숨을 내쉬었다. “모든 게 항상 똑같다면 얼마나 *지루하겠어요.*”

베라스는 웃었다. “그래야 내 딸이지.”

막간

안두인은 말없이 실바나스의 이야기를 듣고 있었다. 그녀가 어린 시절 이야기를 이렇게 자세하게 돌이켜 본 건 정말 오랜만이었다. 지금도 그 시절 기억 중 일부가 이토록 생생하다는 사실이 정말 깜짝 놀랄 지경이었다. 기억을 떠올리자 익숙한 고통과 분노가 가슴 속에서 깨어났다. 하지만 그녀의 생애에서 그토록 끔찍하고 잔혹하게 잘못되었던 모든 일을 바로잡을 순간이 손에 잡힐 듯 가까워졌기 때문인지, 그런 기억은 예전처럼 아프지도, 크나큰 분노를 유발하지도 않았다. 그녀는 이 길을 걸으면서 정말 많은 것을 포기했고, 그런 기억의 무게 또한 포기한 것의 일부인지도 몰랐다.

그녀는 입을 다물었다. 아직은 가족 간, 친구 간의 긴밀한 유대감이 형성되고, 희망이 가득한 미래가 펼쳐지려 하던 순간의 기억을 되짚어보고 싶지 않았다. 두 사람 사이의 침묵이 길어졌다. 침묵을 깨뜨린 건 안두인이었다. 그는 장갑을 낀 손가락으로 요란하게 긁히는 소리와 함께 쟁반을 밀어 반쯤 마법진 밖으로 밀어냈다.

"왜 내게 이런 얘기를 하는 거지?" 그는 조용한 목소리로 물었다.

"너는 몰랐던 이야기니까." 실바나스는 말했다.

"내 동정심을 자극하고 싶은 건가? 사랑이 넘치는 가족의 이야기를 들으면 내 마음이 바뀔 거라고 생각했나?"

물론 그녀는 그렇게 생각했었다. 사실상 자기 의도를 거의 말해준 것이나 다름없었다.

안두인의 딱딱하게 굳은 얼굴에서 표정이 사라졌고, 실바나스는 자리에서 일어서는 그를 보며 그가 던진 말 아래에서 분노가 이글거리는 소리를 들을 수 있는 것만 같았다.

"네 수많은 첩자들이 내 어린 시절에 관한 이야기를 샅샅이 뒤졌을 테지만, 혹시나 모르는 게 있을지 모르니 내가 다시 한번 상기시켜주지." 안두인은 말했다. "어린 시절, 우리 어머니는 피에 굶주린 폭도의 손에 살해당했다. 어머니께서 지키려 했던 바로 그 사람들 손에. 너도 분노에 찬 사람이 던진 돌을 머리에 맞으면 어떻게 되는지는 알고 있을 테지."

실바나스는 알고 있었다. 그녀는 입을 열지 않았다.

"넌 너희 어머니가 얼마나 널 치열하게 몰아붙였는지 기억한다고 했지. 난 애당초 우리 어머니를 전혀 기억하지 못해. 아버지께서는 그 일을 직접 보셨고, 그로 인해… 망가지셨다. 내가 자라는 동안, 아버지는 내 얼굴을 똑바로 바라보지도 못하셨지. 어린 시절을 돌이켜 보면, 아버지와 따뜻하고 진솔한 대화를 나눠 본 기억조차 없어. 그리고 아버지는 내가 열 살 때 사라지셨고, 난 하루아침에 스톰윈드 국왕이 되어야 했다. 넌?" 그는 콧방귀를 뀌었다. "그 나이에, 넌 아직 어린아이용 활을 쓰고 있었지."

그는 차분한 목소리였지만, 뜨겁게 분노하며 상처를 보듬고 있었다. 안두인 말이 옳았다. 그녀는 안두인의 짧은 삶의 모든 순간을 낱낱이 알고 있었지만, 지금까지 그 모든 건 그저 차가운 사실의 집합에 불과할 뿐이었다. 실바나스는 그가 무슨 말을 할지 이미 알고 있었지만, 갑자기 듣고 싶지 않다는 생각이 들었다.

"아버지는 분노로 가득 찬 채 돌아오셨다. 우리가 다시 가까워지기까지 정말 오랜 시간이 걸렸지만, 결국엔 조금이나마 가까워질 수 있었어." 그는 혼잣말을 하듯 부드러운 목소리로 다시 말했다. "그리고 그때… 부서진 해변에서의 일이 일어났다. 뭐, 너도 잘 알고 있겠지만."

"그래." 실바나스는 그렇게만 말하고, 미끼를 물지는 않았다.

"네 삶은," 안두인은 나직하게 말했다. "풍요로 가득했다. 난 한 번도 경험하지 못한 삶이지. 네 세계는 안전하고 명료한 곳이었다. 해로울 것 없는 장난과 쉬운 용서가 가능한 곳이었어. 넌 부모님 두 분을 모두 알았고, 자매들과 형제도 있었지. 네 어린 시절은 은총과 웃음, 아름다움과 사랑, 지지와 우정으로 가득했어. 그래, 우리 모두에게 있어, 그 세계가 더는 존재하지 않는다는 건 나도 알고 있다. 하지만 적어도 넌 그 모든 게 사라지기 전에 맛볼 기회가 있었다."

실바나스도 자리에서 일어섰다. "날 부러워하지 마라, 새끼 사자야. 분명히 넌 많은 걸 잃었다. 하지만 그것도 내가 잃은 것과 비교하면 아무것도 아니다."

"그럼 나이트 엘프가 잃은 것에 비한다면 어떨까? 아니, 네가 그들에게서 빼앗은 것이라고 해야 할까?"

그녀가 지금껏 기다리던 말이었다. 불타버린 텔드랏실. 실바나스는 안두인이 그 얘기를 꺼낼 줄 이미 알고 있었지만, 그 시점이 이렇게 빠를 거라고는 예상하지 못했다. "내 행동에는 모두 이유가 있었다. 그 무엇보다 중요한 이유가 있었어!" 그녀가 미처 자제하기 전에 목소리가 커지고 말았다.

"넌 도살자가 됐다, 실바나스. 그리고 독선적인 거짓의 이름으로 무고한 이들을 학살했어!"

그건 어린아이의 심통 사나운 외침이 아니었다. 온 세계가 알고 있는 선인의 정당한 분노의 표효였다. 아직은 그에게서 공감을 이끌어낼 수 없었다. 그녀는 안두인이 *'도살자'*라는 말을 의도적으로 선택한 걸까 궁금했다. 하지만 그토록 많은 일을 겪은 지금 이 순간에도, 그가 그렇게 잔인해질 수 있다고는 생각되지 않았다.

그들은 오랫동안 서로를 바라봤다. 실바나스는 애써 분노를 억눌렀다. "적당한 때가 되면 이야기해 주마. 어쩌면 알레리아가 쿠엘탈라스를 떠난 후에 일어난 일들을 이야기하면 네 기분이 나아질 것도 같구나. 아니, 그러면 나를 그리 부러워하는 일은 없을 것이다."

그녀는 다시 돌바닥에 앉으며 그에게도 앉으라는 손짓을 했다. 그는 그러려 하지 않았다. "필요하다면 서 있어도 좋아. 하지만 난 당분간 여기 있을 거고…" 실바나스는 의기양양한 미소가 새어 나오는 걸 참지 못했다. "너도 어차피 여길 벗어날 수는 없다."

제 2 부

강해져라. 분노해라.

— 실바나스 윈드러너

제 7 장

"그대에게 정찰 임무를 맡겼다니, 정말 믿을 수가 없소!" 할두런은 투덜거렸다. "이런 일은 훈련병들이 맡는 것이 마땅하오. 그분은 그대가 순찰대 사령관이 되는 것에 대해 어떻게 생각하는지 모르겠지만, 그대는 이럴 사람이 아니오."

"저도 놀랐다고 할 수 있으면 좋겠군요." 실바나스는 오늘 하루 필요한 짐들을 챙기며 대답했다. "아니…. 솔직히 *놀랐어요.* 정확히는 이렇게 오래 걸렸다는 사실에 놀란 거지만."

"그분이 그대에게 엄격하실 거라는 사실은 다들 알고 있었소." 로르테마르는 말했다. "누구 한 사람만 편애할 수는 없을 테니까."

"물론 그렇죠." 실바나스는 대답했다. "저도 다른 사람과 똑같은 대접을 받기를 원하는 거예요." 알레리아는 전통을 무시하고 모두를 동요시켰지만, 실바나스는 다른 사람과는 달랐다. 리리사는 그녀가 어떤 방식으로든 대가를 치르게 하기로 결심한 것 같았다. 모든 가르침은 시험이자 함정이었다. 실바나스는 하고 싶은 얘기가 많았지만, 징징대는 어린아이처럼 보이고 싶지는 않았다.

알레리아가 떠난 후 리리사의 태도는 달라졌다. 남편과 함께 사랑스러운 춤을 추고, 장녀에게 가문의 상징을 선물로 주었던 찰나의 다정한 모습은, 알레리아가 집을 나서면서 함께 떠나 버린 것만 같았다.

리리사는 언제나 냉혹했고, 실바나스도 그 이유를 알 것 같았다. 하지만 실바나스의 훈련이 시작되자, 어머니는 그녀의 얼굴에서 웃음이라는 걸 없애 버리기 위해 최선을 다하는 것처럼 대했다. *아무래도 성공하실 것 같은데.* 실바나스는 씁쓸한 미소를 지으며 생각했다.

그래서 실바나스는 지금 여기서 마치 신병처럼 맡은 임무를 수행하고 있었다. 그녀는 과일과 육포, 물, 붕대를 넣고 군장을 챙겼다. 앞서 떠났던 정찰병들이 돌아오는 대로 떠날 생각이었다.

"아나리스와 렌데반은 아직 안 돌아왔나요?"

화살에 깃을 달고 활에 시위를 거는 데 열중하고 있는 다른 원정순찰대원들은 고개만 가로저었다.

실바나스는 잠시 몸의 무게를 다른 발로 옮긴 후 말했다. "그냥 가겠어요." 어디든 여기가 아닌 다른 곳으로 가야만 했다. 친구와 동료 순찰자들의 원치 않는 연민의 시선을 더는 견디고 싶지 않았다.

"나도 같이 가겠소." 깜짝 놀란 실바나스는 로르테마르를 바라봤다. 그녀는 할두런이 나서줄 거라고 반쯤 기대하고 있었지만, 로르테마르가 더 빨랐다.

"순찰대 사령관님께서 혼자서 가라고 했을 텐데요." 그녀가 그에게 상기시켜 주었다.

"*난* 그런 얘기는 듣지 못했소." 그는 그렇게 말하며 활을 들었다.

쿠엘탈라스 동쪽에는 아마니 트롤이 영원한 위협으로 남아 있었지만, 최근에는 그들의 활동도 크게 눈에 띄지 않았다. 베리사는 아직 전투를 경험해 보지 못했고, 실바나스도 지금까지 한 번뿐이었다. 정찰병들도 보고할 만한 일이 없는 경우가 더 많았다. 정찰병은 전통이나 형식상의 절차, 때로는 징계의 일환으로 유지되고 있을 뿐이었다.

그녀와 로르테마르는 편안한 침묵 속에서 터덜터덜 걸어 표식을 향해 갔다.

"그대도 알레리아와 같은 시험을 치르게 될 거라고 생각하오?" 로르테마르가 물었다.

실바나스는 얼굴을 찌푸렸다. "그럴 거라고 생각했어요. 하지만 지금 상황을 보면, 적어도 당분간은 그럴 것 같지 않네요." 상대가 로르테마르였기에, 그녀는 잠시 주저한 후 덧붙였다. "어머니는 저를 미래의 순찰대 사령관이라고 원정순찰대원들에게 소개해주고 싶지 않은 것 같아요."

입 밖에 내놓고 보니, 그 말은 생각했던 것보다 더 아팠다.

로르테마르는 고개를 끄덕였다. "그보다는 그대가 이미 순찰대 사령관으로 낙점되었다고 보는 게 나을 것 같소. 리리사 님도 그대라면 그런 시험이 필요하지 않다고 생각하는 것일 테지."

실바나스는 걸음을 우뚝 멈추고 그를 바라본 후, 두 팔을 좌우로 벌렸다. 지금 자신이 얼마나 하찮은 일을 하고 있는지 보라는 의미였다. "글쎄요. 지금 이 임무를 보면 제 생각이 옳은 것 같지 않아요?"

로르테마르는 조금은 슬픈 기색으로 웃었다. "그대 말이 옳은지도 모르겠소. 리리사는 알레리아의 결정에 실망했다는 사실을 감추지 않았으니까."

실바나스는 다시 걷기 시작했다. "상관없어요. 어머니께서 필요하다고 생각하는 일이라면 해야죠. 하지만 제가 물러나는 걸 바라시는 거라면, 제대로 명령을 내리셔야 할 거예요. 제가 스스로 하지는 않을 테니까요."

"그건 이미 알고 있소."

그들은 첫 번째 아마니 표식에 다다랐다. 커다란 석판에 의식용 가면이 걸려 있었다. 일종의 제단이 경고 역할을 하고 있었다. 이 지점을 넘어서면 아마니 영토에 들어서는 셈이라는 의미였다. 촛불은 거센 바람을 피해 잘 관리되고 있었다. 누군가 바친 공물이 놓여 있었다. 개중에는 사냥감들의 두개골도 있었다.

실바나스는 이미 수도 없이 그 제단을 통과한 적이 있었다. 리리사가 처음 어린 아이였던 그녀를 여기 데려왔을 때는 불안한 마음이 적지 않았다. "이들이 우리의 적이다, 실바나스." 어머니는 이렇게 말했다. "잔혹하고, 자비를 모르는 자들이지. 아주 오래전에 우리가 이들을 물리쳤지만, 해충들이 늘 그렇듯, 완전히 박멸시키기는 쉽지 않구나. 혹시나 이들을 마주치게 되면, 곧바로 도망쳐라."

실바나스는 제단에 놓인 두개골들을 바라봤다. "전 싸우고 싶어요."

"곧 그렇게 될 거야." 리리사는 말했다. "그리고 그때가 되면, 너도 싸울 준비가 되어 있을 거다."

어머니에 대한 좋은 기억이었고, 문득 그런 기억이 더 있으면 좋겠다는 생각이 들었다. 그 지점을 통과할 준비를 하는 사이, 아마니 표식의 무언가가 그녀의 시선을 끌었다. 로르테마르도 그걸 보았다.

렌데반이 양반다리를 하고, 차갑고 높다란 석판에 등을 기대고 앉아 있었다.

그의 머리가 다리 위에 놓여 있었다.

두 원정순찰대원은 아무 말 없이 각자 본능과 훈련의 기억으로 하나 되어 움직였다. 두 사람 다 수신호는 알고 있었다. 팔을 뻗으면 엎드리고, 손바닥을 위로 들면 현재 위치에 멈추고, 가슴에 손을 올리면 사격 준비를 해야 했다. 하지만 지금은 그럴 필요조차 없었다. 찰나의 순간 두 사람 모두 손에 활을 들고 화살을 시위에 걸었다.

두 사람은 등을 맞대고 귀를 쫑긋 세우며 렌데반을 도살하고 사체를 이토록 끔찍한 형태로 전시해 놓은 트롤들이 아직 근처에 있는 흔적이 없는지 주위를 둘러봤다. 긴장된 순간이 한참 동안 이어졌다. 실바나스가 오른손을 내려 손가락을 활짝 폈다. *무기를 내리고 사격을 중단하라.* 그녀는 사체를 손가락으로 가리킨 후 손가락 두 개를 들어 보이고, 다시 눈 옆을 두드린 후 허공에 원을 그렸다. *먼저 떠난 원정순찰대원은 두 명이었다. 두 번째 대원을 찾아 주위를 수색하라.*

로르테마르는 고개를 끄덕이고는 그녀의 말을 따랐다. 실바나스는 아마니 표식에 다가가 숨겨진 함정은 없는지 확인하고는, 사망한 원정순찰대원 곁에 무릎을 꿇고 앉았다. "두 사람 다 아무것도 모르는 신병이었는데." 그녀는 조용한 목소리로 말했다. "삶을 맛볼 기회도 누려 보지 못한 채 이렇게 목숨을 빼앗겨 버렸구나."

그녀는 사체를 눈으로 살피며 독을 의미하는 얼룩이나 자국이 없는지 확인한 후 일어섰다. 너무 빨리 빼앗겨버린 목숨에 대해 슬픔과 분노가 치열하게 다투고 있었지만, 지금은 그중 어느 감정에도 빠져들 수 없었다. 실바나스가 로르테마르를 향해 한 걸음 다가서며 입을 여는 순간, 습관적으로 그녀의 시선이 표식 반대편에 쌓여 있는 두개골 더미로 향했다.

그녀는 우뚝 멈춰 서야 했다. 아나리스를 계속 찾을 필요는 없을 것 같았다. 그 끔찍한 더미 위에 가장 최근 더해진 것이 바로 그녀의 두개골이었다. 피가 아직 흥건했다. 그 주위에서 파리떼가 윙윙거리며 날아다녔다.

우리가 너희를 지켜주지 못했어.

"로르테마르." 실바나스는 자신을 바라보는 아나리스의 크고 휑한 눈구멍에서 억지로 시선을 떼어내며 말했다. "저들을 데리고 돌아가—"

끔찍한 포효가 대기를 가르고, 트롤들이 돌격해왔다. 실바나스는 화살을 시위에 걸고 발사해 적 하나의 목을 정확히 꿰뚫었다. 그 트롤은 쓰러지고, 비명은 쿨럭거리는 소리로 변해갔다. 휘잉 소리가 들려 그녀는 풀쩍 옆으로 뛰었다. 독을 바른 투척 단검이 귓가를 스쳐 날아갔다. 가볍게 착지한 실바나스는 시위를 당겨 발사하고, 또 시위를 당겨 발사했다. 그녀 뒤쪽에는 트롤 두 명이 죽어 있었다. 로르테마르도 바삐 움직인 모양이었다.

그의 발치에는 트롤 주술사가 또 하나 쓰러져 있었고, 그는 지금도 다른 트롤과 드잡이를 하고 있었다. 트롤은 뒤틀린 창으로 로르테마르의 손에서 활을 날려 버리고, 낄낄 웃으면서 최후의 일격을 준비하려 뒤로 물러났다.

갑자기 화살이 트롤의 한쪽 눈에서 솟아 나왔고, 적은 돌덩이처럼 무너져 내렸다. 실바나스는 빙글 돌며 다음 화살을 시위에 걸었고, 화살이 날아온 잡목림 너머를 응시했다.

"쏘지 마십시오!" 거칠고 굵은 그 목소리는 분명히 트롤의 것은 아니었다.

실바나스는 움직이지 않았다. "활을 버리고 내가 볼 수 있는 곳으로 나와라!"

하얀 나무의 가지 위에서 활이 떨어졌다. 그리고 한 남성이 두 손을 들어 무기가 없음을 알리며 지상으로 내려왔다.

실바나스는 두 눈을 깜빡였다.

"넌… 인간이군." 그녀는 말했다.

"아, 어떻게 아셨습니까?"

실바나스도 인간을 처음 보는 건 아니었다. 간혹 인간 전령이 왕이나 왕자, 때로는 그녀의 아버지를 찾아오는 일이 있었다. 인간은 다들 태도가 대동소이해서, 그녀의 머릿속에는 전부 하나로 뭉뚱그려진 이미지가 남아있을 뿐이었다. 어느 누구도 기억에 남을 만큼 인상적인 사람은 없었다.

그자는 훤칠하고 건장한 체격에 야전 전투복을 입고 있었다. 화살통은 등 뒤에 묶고, 경화 가죽 조끼에는 그 깊이와 형태로 보아 아주 다양한 무기에 의해 만들어진 상흔이 잔뜩 남아 있었다. 장화는 진흙으로 덮여있고, 망토 끝자락은 오랜 얼룩으로 짙게 물들었다. 실바나스는 눈을 가늘게 뜨고 그를 바라봤다. 대부분은 오랜 얼룩이었지만… 검고 축축한 새 흔적도 남아 있었다. 혹시, 피일까?

게다가 그는 실바나스가 본 것 중 가장 못생긴 인간이었다. 그의 얼굴은 여러 차례 두들겨 맞기라도 한 듯 울퉁불퉁했고, 부러졌던 뼈들이 제대로 아물지 않은 흔적이 곳곳에 남아 있었다. 덥수룩하고 검은 눈썹 아래에서 작고 검은 눈동자가 빼꼼히 그녀를 바라보고 있었다.

그래도 실바나스는 활을 내리지 않았다. "로르테마르, 전부 해치웠나요?" 그녀가 물었다.

"그런 것 같소." 그가 대답했다. "내가 빚을 진 것 같군, 인간."

이방인은 불편한 듯 자세를 바꿨다. "신경 쓰지 마십시오." 그는 말했다. 겉모습과 어울리게 거친 쇳소리 같은 목소리였다. "그냥 운이 따랐던 겁니다."

"운이 따르긴 했지만 우연은 아니었겠지." 실바나스가 말했다. "우릴 염탐하고 있었던 건가?"

남자는 한숨을 쉬었다. "이제 팔을 좀 내려도 되겠습니까?"

"아직은 안 돼. 내가 질문을 했을 텐데."

"네. 염탐하고 있었습니다. *저들을요.*" 그는 고개를 까딱여 널브러진 트롤 사체를 가리켰다. "전 트롤의 동태를 관찰하고 본부에 보고하는 임무를 맡고 여기 왔습니다. 로데론에서는 트롤이 호드와 협력하고 있거나, 적어도 암묵적으로 호드가 이 지역까지 진출하는 걸 허용하고 있다고 생각했기 때문에, 정확한 현재 상황을 파악할 필요가 있었습니다. *그런 전갈*을 들고 당신들의 왕을 찾아가던 중에, 트롤들이 당신네 원정순찰대원 두 명을 기습하면서 몸을 숨겨야 했습니다. 참, 전 나타노스 매리스라고 합니다."

"난 네 심장에 화살을 겨누고 있는 사람이다."

"그건 저도 압니다."

둘의 눈이 마주쳤다. 실바나스는 잠시 기다리다가 활을 내렸다. 다른 세계에서 나타난 초록색 괴물들이 남부에 있는 인간들을 위협하는 문제 때문에 여러 인간 왕국이 함께 논의를 하고 있다는 이야기는 아버지와 언니에게 들은 적이 있었다. 알레리아 역시 그들의 대의에 협력하고 있다는 것도 알고 있었다.

실바나스는 주위의 풀밭 위에 널브러진 사체들을 바라봤다. 여섯 구에 원정순찰대의 화살이 박혀 있었다. 세 구에는 초록색과 갈색 깃이 달린 화살이 박혀 있었다.

나타노스는 로르테마르를 확실히 끝장낼 수 있는 트롤을 해치웠을 뿐 아니라, 그 외의 트롤 두 명도 쓰러뜨렸던 것이다.

"우리 친구들을 집으로 데려가게 도와줘." 그녀는 말했다. "그러면 국왕 폐하께 데려다주지."

*　*　*

"그들을 구하지 못했어요." 실바나스가 나지막히 말했다. 차가운 목소리였다. 로르테마르와 나타노스는 희생자의 유해와 함께 원정순찰대 산장으로 돌아왔다. 실바나스는 내내 그들의 몇 걸음 앞에서 걸으며 또 다른 적이 공격해오지 않을지 주위를 경계했다. 하지만 다른 공격은 없었고, 희생된 정찰병 두 명은 석조 바닥에 조심스럽게 안치되었다. 산장에 있던 원정순찰대원들은 엄숙하게 사체를 염습하고 장례를 준비했다.

"앞으론 정찰병이 적에게 쉽사리 노출되지 않도록, 때때로 정찰 경로와 시간을 변경해야겠어요. 지금은 정찰병들의 도착 시간이 시계처럼 정확하니까요." 그녀는 잠시 생각에 잠겼다가 고개를 끄덕였다. "그 인간은 제가 궁정으로 데려가겠어요. 그자는 왕에게 필요한 말을 전하고, 그동안 전 순찰대 사령관님과 이번 일에 관해 이야기해봐야겠어요. 여기 계세요, 로르테마르. 제대로 그들의 장례를 치러 주세요."

로르테마르는 고개를 끄덕였다. 그리고 그녀는 인간을 향해 말했다. "따라와."

산장 밖에서 용매 몇 마리가 따뜻한 바람을 온몸에 받으며 하늘거리고 있었다. 편안한 모습이 꼭 잠을 자는 것만 같았다. 실바나스는 용매들 앞에서 멈춰 섰다. "이걸 타본 적 있나?" 그녀는 나타노스에게 물었다.

"아니요."

"본 적은 있고?"

"…없습니다."

그녀는 한쪽 눈썹을 추켜올렸다. "이게 뭔지는 알고 있어?"

"용매잖습니까." 인간의 목소리에는 날이 서 있었다.

"로데론에서도 가르치는 게 있기는 한 모양이군. 타라." 실바나스는 그렇게 말하며 자기 용매 위에 올라탔고, 그 옆에 있는 야수를 향해 손짓했다. 놀랍게도 나타노스는 주저하지 않았다. 그의 엉덩이가 안장에 닿자마자, 용매는 하늘로 솟구쳐 올라갔다. 얇은 막 같은 날개를 펄럭이며, 용매는 지시를 기다리는 듯 공중에 떠 있었다.

실바나스는 인간도 말을 타거나 간혹 그리핀 등에 올라타는 것 정도는 익숙하다는 걸 알고 있었다. 하지만 반은 사자, 반은 독수리를 닮은 그리핀은 등이 넓고 평평했으며, 필요한 경우 깃털 달린 목을 붙잡을 수도 있었다. 하지만 용매의 비늘은 아주 매끈하고… 미끄러웠다. 안장 없이 용매를 탈 수 있는 사람은 많지 않았다. 실바나스는 확실히 가능했고, 그녀는 그걸 자기만 할 수 있길 바랐지만, 할두런이 데려온 부하들도 능력이 출중했다.

"그냥 나만 따라와." 그녀는 자기 용매 위에서, 펄럭이는 날갯소리 사이에서도 들릴 수 있게 큰소리로 외쳤다.

잠시 후, 실바나스와 나타노스는 태양 궁정 앞에서 용매로부터 뛰어내렸다. 실바나스는 최대한 조심하려 했지만, 나타노스는 용매에서 내리는 순간부터 모두의 이목을 집중시켰다. 아이들은 그를 가리켰다. 어른들은 가던 길을 멈추고 그를 흘끔거리거나, 아예 드러내 놓고 쳐다보기도 했다. 오직 왕궁 경비병들만이 오랜 훈련으로 체득한 침착함을 바탕으로 움직이지 않고 서 있었다. 궁정 안으로 들어선 실바나스는 경비대 사령관과 조용한 목소리로 대화했다.

"의원 회의실로 안내하겠습니다." 그는 즉시 말했다.

"길은 나도 알고 있어." 실바나스가 대답했다.

나타노스는 그녀와 함께 걸으며 호기심을 감추지 않았다. 그는 줄지어 꽂혀 있는 고대 마법서와 다양한 조각상, 아름다운 미술 작품, 마법으로 보존된 채 액자에 담겨 벽에 걸려 있는 역사적 문서들을 정신없이 바라봤다.

"실버문은 정말 경이로운 도시야." 실바나스는 말했다.

"제가 하고 싶었던 말은 그게 아니지만, 네, 그 표현도 나쁘지 않은 것 같군요."

그녀는 자기도 모르게 희미한 미소를 지었다. 더럽고, 악취를 풍기고, 무례한 인간이었지만, 평소 궁정에서 겪을 수 있었던 경험과는 다른 신선한 기분이었다.

실바나스가 대회의실에 들어갔을 때 아나스테리안과 대마법학자 벨로비르, 그의 부관인 롬매스, 그리고 그녀의 부모님은 이미 커다란 지도가 놓인 탁자 앞에서 무언가 논의하는 중이었다. 대화가 중단되고, 모두가 시선을 돌려 회의실에 새롭게 들어온 두 사람을 바라봤다.

"폐하, 마법학자님, 순찰대 사령관님, 수석 조언자님. 이쪽은 로데론에서 온 순찰대 대장 나타노스 매리스입니다."

나타노스는 놀랍도록 우아한 태도로 허리를 숙여 인사했다.

"호드의 위협이 증가하고 있다는 우려 때문에, 아마니 트롤의 활동을 감시하기 위해 왔다고 합니다." 실바나스는 말을 이었다. "이 자가 로르테마르의 목숨을 구했고, 트롤의 매복 공격에 맞서 저희와 함께 싸웠다는 사실도 알고 계셔야 할 것 같습니다."

"아나리스와 렌데반은 어떻게 됐지? 오늘 아침 그 지역 정찰 담당은 두 사람이었을 텐데."

실바나스는 음울하게 고개를 가로저었다. 그녀는 나중에 어머니와 함께 그 문제를 다시 논의할 것이고, 트롤에게도 그에 합당한 메시지를 전할 생각이었다.

"원정순찰대는 이 왕국의 안전을 지키기 위해 많은 것을 희생했다." 아나스테리안 국왕이 말했다. "때로는 모든 것을 희생해야 할 때도 있었지." 그의 목소리와 표정은 엄숙했다. "쿠엘탈라스가 기억할 것이다."

원정순찰대는 백성의 수호자였다. 공무 집행 중에 죽을 수 있다는 건 다들 잘 알고 있었다. 그래도 희생은 언제나 마음이 아팠다. 기나긴 일생에 걸쳐 수많은 이들의 죽음을 보아 온 아나스테리안도 언제나 대원들의 죽음에는 조의를 표해주었고, 그게 실바나스가 그를 존경하는 이유 중 하나이기도 했다.

국왕은 나타노스를 향해 고개를 돌렸다. 수 세기의 무게가 어깨를 짓누르고 있었지만, 여전히 매서운 눈빛이었다. "네가 올 거라는 얘기는 듣지 못했다, 순찰자 매리스. 우리가 알았다면 호위대를 미리 보냈을 텐데."

"외람된 말씀입니다만, 폐하, 그런 호위대라면 지나치게 눈에 띌 것이 분명하기 때문에, 얼라이언스에서도 사전에 알리지 않은 것입니다. 전 정보를 전하러 왔고, 실버문으로 오는 길에도 가능하면 추가 정보를 입수하라는 명령을 받았습니다."

그는 낡은 가죽 주머니를 두드렸다. "아마니의 활동에 관해 우리 인간들이 확보한 모든 정보가 여기 있습니다. 선의를 표하는 의미로 여러분에게도 전해드리겠습니다. 또한 경고할 것도 있습니다. 호드의 활동이 증가하고 있는 것으로 보입니다. 호드에서 아마니를 영입하려는 징후가 드러나고 있습니다. 그런 일이 현실화될 경우, 여러분의 왕국이 실질적인 위험에 처하게 됩니다."

"그게 사실이라면 놈들이 대담하게 우리 정찰병들을 살해한 것도 납득이 됩니다." 실바나스는 말했다. "한동안 조용히 지내던 적이 갑자기 이런 행동을 보이는 건, 아무래도 우리 측의 경솔한 대응을 유도하려는 것 같습—"

리리사가 날카로운 표정으로 딸의 말을 잘랐다. "무릇 전술가라면 사실을 제대로 확인하기 전에는 성급히 결론을 내리지 않는 법이다."

실바나스가 뭐라고 대꾸하려고 입을 열었지만, 국왕이 손을 들었다. 연로한 두 눈에 언뜻 언짢은 기색이 비쳤다. "서신을 읽어 보면 자세한 얘기를 알 수 있겠지." 국왕은 말했다. "순찰자 매리스, 너와 그 정보 모두 환영하겠다. 쿠엘도레이를 위해 싸워준 것에 대해서도 감사하고 싶다. 푹 쉬면서 식사도 충분히 해라. 우리 원정순찰대원과 동행하기만 하면, 실버문 내에서는 마음껏 이동해도 좋다."

"제가 그에게 직접 이 도시를 안내하겠습니다." 실바나스가 말했다. 그리고 어머니의 시선이 강렬해지는 것을 느끼며, 실바나스는 덧붙였다. "현재 상황을 고려했을 때, 로데론에서 순찰자들이 어떤 훈련을 받는지 알아보는 것도 나쁘지 않을 것 같습니다."

아나스테리안은 고개를 끄덕였다. "좋아. 너무 멀리 가지는 마라. 물어봐야 할 게 있을지도 모르니까."

실바나스는 고개 숙여 인사했고, 나타노스도 따라했다. 나머지 의원들을 향해 목례하며, 실바나스는 지저분한 순찰자의 팔을 붙잡고 대회의실을 떠났다.

나타노스는 태양 궁정을 벗어나기 전까지 아무 말도 하지 않았다.

"제게 거부할 수 없는 매력이 있다는 건 알지만, 이건 좀 갑작스럽지 않습니까?"

실바나스가 우뚝 걸음을 멈췄다. "내가 실수를 했군." 그녀는 가르랑거리는 고양이처럼 가식적이게 상냥한 목소리를 냈다. "다른 원정순찰대원을 붙여주지."

"그 *얘기*는 아닙니다." 나타노스가 대답했다. "그래도 제 팔은 놓아주시죠."

실바나스는 대회의실을 떠난 이후로 자기가 줄곧 그의 손목을 움켜쥐고 있었다는 사실을 그제야 깨달았다. "미안하군." 그녀는 그렇게 말하며 그의 팔을 놓아주었다. "하지만 예의를 좀 갖추는 게 좋겠는데."

"전 워낙 다재다능하지만," 나타노스가 말했다. "솔직히 예의가 부족한 건 사실입니다. 그래도 전 원정순찰대원 한 명을 구출했고, 당신은 절 지루한 삶으로부터 구출해 주셨죠. 그러니 비긴 걸로 합시다. 전 아무 여관이나 찾아서 다음에 부를 때까지 이 도시의 훌륭한 와인을 즐기고 있겠습니다."

"난 국왕 폐하의 명령을 거역할 생각이 없어. 너도 그런 일은 없어야 하고." 실바나스가 대답했다. "게다가 넌 전령을 제외하면 내가 처음으로 만난 인간이니까, 너희 군대의 궁술 수준이 어느 정도 되는지도 알고 싶은데."

그는 천천히 미소를 지었다. "아마 깜짝 놀랄 겁니다."

"순찰대 광장은 조금만 가면 돼." 실바나스가 말했다. 두 사람은 긴 경사로를 따라 아래쪽의 아름다운 분수를 향해 내려갔다.

나타노스는 눈살을 찌푸렸다. "*저게* 그 유명한 태양샘입니까?" 그는 콧방귀를 뀌었다. "저것보다는 훨씬 더 굉장한 모습일 거라고 생각했습니다만. 전설적인 마법의 샘이라기보다는, 동전을 던져 넣는 관광 명소 같군요."

실바나스는 입을 떡 벌렸다. "그런… 어쩌다가 너 같은 무지렁이가 첩자 임무를 맡은 거지? 태양샘이 있는 곳은 여기가—"

그때 무표정한 얼굴과는 달리 그의 두 눈이 반짝이고 있는 것이 보였다. 그제야 자기가 속았음을 깨달은 실바나스는 부끄러운 마음에 씩씩거렸고, 그 모습이 화가 난 것처럼 보이길 바랐다.

"태양샘은 쿠엘다나스 섬에 있지요." 나타노스는 지금 실버문을 안내하고 있는 게 실바나스가 아니라 자기인 것처럼 아무렇지 않은 목소리로 말을 이었다. "제가 방금 만나봤던 국왕의 선조가 추방되는 길에 영원의 샘물 한 병을 훔치는 데 성공했고요. 재미있는 일이죠. 도둑질을 해도 아주 좋은 물건을 훔치면 국왕이 될 수 있다니."

"그래도, 그게 이룩한 걸 봐라." 그녀는 주위의 아름다운 도시를 향해 손짓했다. "우린 모두 거의 완벽한 건강을 유지하고 있어. 그 무엇도 뚫을 수 없는 마법 국경이 수천 년 동안 이 땅을 지켜주었고. 게다가—"

"—당신들의 조상이었던 나이트 엘프보다 단명하게 만들었지요." 나타노스는 말했다.

실바나스는 우뚝 멈춰 섰다. 조금 언짢은 마음이 들었지만 그보다는 즐거움이 더 컸다. 물론 그런 기분을 드러내지는 않았다. "입 다물어." 그녀는 경고했다. "아니면 내가 다물게 해줄 테니까."

"과연 어떻게 하실—"

그가 미처 말을 끝맺기 전에, 그녀가 손바닥으로 그의 입을 막았다. 나타노스는 항복이라도 하듯 장난스럽게 두 팔을 들어 올렸고, 실바나스는 손을 뗐다.

두 사람은 묘하게 편안한 침묵 속에서 계속 걸었다. 실바나스는 그를 이끌고 분수를 지나쳐 구불거리는 계단을 따라 광장으로 내려갔다. 원정순찰대원을 비롯한 다른 병사들이 전투 기술을 연마하는 곳이었다. 훈련용 허수아비와 표적이 설치되어 있었다. 일부 직업 상급자들이 그곳을 내려다보며 제자들을 주시하고 있었다. 또 다른 상급자들은 자세가 흐트러지는 제자가 있으면 언제든 앞으로 나설 수 있게 아래쪽에서 머무르고 있었다. 순찰자 날리스가 신병 중 하나인 리아나를 가르치다가, 다가오는 실바나스를 보고 차려 자세를 했다. 현장에 있던 다른 이들도 즉시 그를 따라 했다.

실바나스는 그 모습이 나타노스에게 어떻게 보일지 생각하며 잠시 기다리다가 말했다. "쉬어."

날리스가 고개를 숙여 인사했다. "안녕하십니까, 실바나스 님. 뭐 필요한 게 있으십니까?"

"활과 화살, 과녁만 빌리면 돼." 그녀가 대답했다. "그리고," 그녀는 덧붙였다. "조금만 비켜 주고."

날리스가 다른 이들을 향해 손짓했고, 다들 그의 지시에 따라 이동하며 실바나스와 나타노스에게 널찍한 공간을 마련해 주었다. 그리고 그들은 주위에 모여든 군중이 두 사람에게서 물러나게 해주었다. 그리고 그는 나타노스에게 말했다. "필요하면 내 활과 화살통을 사용해도 좋아."

나타노스는 고개를 가로저었다. "아니, 사양하겠습니다. 이게 제 손에 가장 잘 맞거든요."

"궁수라면 어떤 활이나 화살로도 정확한 사격을 할 수 있어야지." 실바나스는 말했다. "게다가 쿠엘탈라스에서 만들어진 활이라면 그 성능을 의심할 필요는 없어."

"예쁜 활과 화려한 깃이 달린 화살을 사용한다 해도 형편없는 궁수가 명사

수가 되진 않습니다."

실바나스가 한쪽 눈썹을 추켜올렸다. "네가 형편없는 궁수란 얘긴가?"

"아시다시피," 그는 입을 열었다. "로데론에서는 하이 엘프야말로 이 세상 최고의 궁수들이라고 이야기합니다."

"뭐, 그건 사실이지." 엘프의 신체 능력은 탁월했다. 호리호리한 체격에 유연성이 뛰어나고, 시력과 반사 신경이 뛰어나서 내리치는 번개라도 피할 수 있었다.

"그리고 로데론에서는," 그가 턱을 쓰다듬으며 말을 이었다. "하이 엘프야말로 가장 잘난 척하고, 오만하고, 자기중심적이고, 허영심 많은 녀석들이라고도 이야기하죠."

"양쪽 다 맞는 얘기야. 우리 무기를 써 보고 싶나?"

"이미 거절했습니다." 나타노스는 말했다. "엘프는 귀가 엄청나게 기니까 청력도 뛰어날 줄 알았는데요."

실바나스는 혀를 끌끌 차고는 땋아 내린 머리를 바로 그런 귀 뒤쪽으로 넘겼다. "시샘하지 마라. 네 청력도 인간치고는 나쁘지 않은 것 같은데."

그는 한숨을 쉬었다. "귀는 작지만 잘 알아들었습니다. 제게는 허접한 활과 초라한 화살밖에 없지만, 그래도 당신의 도전을 받아들이겠습니다."

희미한 미소가 그녀의 입술에 번졌다. "현재 상황을 그렇게 명확하게 이해하고 있다니 정말 다행이네." 그녀는 말했고, 이제 그도 미소를 감추려 애를 쓰고 있었다.

이거… 재미있는데. 그녀는 생각했다. 서로에게 상처를 줄 걱정 없이, 이렇게 장난스럽게 날 선 말을 교환해 본 지 얼마나 되었던가. 확실히 알레리아가 떠난 후로는 그럴 일이 없었다. 언니가 데려간 건 원정순찰대원 몇 명만이 아니었다. 어머니의 꿈과 자매들의 기쁨까지 모두 가지고 떠나버렸다.

하지만… 꼭 그렇지만은 않은 것도 같았다. 어쩌면 실바나스의 기쁨은 그녀 자신의 것이었고, 다른 이들이 그 기쁨을 빼앗을 수 있는 건 그녀가 허락할 때뿐인지도 몰랐다.

"제가 어디에 서면 되겠습니까?"

"따라와." 실바나스는 그와 함께 과녁 반대쪽으로 똑바로 걸어가, 광장 반대편에 도달한 후 돌아섰다. 그 거리에서라면 곰도 손톱만 하게 보일 거라는 사실을 그녀는 알고 있었다. 물론 과녁은 곰보다 훨씬 더 작았다.

"정말 멀군요." 나타노스가 말했다.

"지금 항복해도 좋아. 무시하지는 않겠다."

"아뇨, 무시하실 걸 압니다. 게다가 제가 승리하면 당신이 어떤 표정을 지을지 꼭 한번 보고 싶군요."

"그러려면 꽤 오랫동안 기다려야 할 텐데." 그녀는 과녁을 향해 우아하게 손짓했다. "자, 먼저 쏴 주시지."

그는 얼굴을 찌푸렸고, 그러자 울퉁불퉁한 얼굴이 더 흉해졌다. 그는 잠시 과녁을 바라본 후 자세를 잡았다.

그리고 나타노스는 화살을 쏘기 시작했다. 군더더기 없이 매끈한 움직임이 눈길을 사로잡았다. 화살통에서 화살을 꺼내고, 시위에 걸고, 당기고, 조준하고, 시위를 놓는다. 단 몇 초 만에 다섯 개의 화살이 과녁에 박혔다.

그토록 먼 거리에서 발사했음에도 나타노스의 화살들은 과녁 중앙에 오밀조밀 모여 있었다. 실바나스는 애써 아무런 내색도 하지 않으며 그와 함께 말없이 과녁을 향해 걸었다.

과녁에 도착했을 때, 실바나스는 그가 화살을 과녁 가운데에 모아 놓은 정도가 아니라 그중 하나를 정중앙에 박아 놓았다는 걸 알 수 있었다.

물론 리리사의 실력 역시 그만큼 뛰어나다고 할 수 있었다. 알레리아도 비슷한 수준은 됐다. 실바나스도 할 수 있을 테지만, 원정순찰대원들은 아름답고도 정확한 엘프의 활과 화살을 사용한다는 이점이 있었다. 나타노스는 인간이 만든 활로 해냈다. 그녀는 그를 다시 바라봤다. 물론 수학적으로 완벽한 궁술을 뽐내는 것보다는 전투에서 깨끗하게 화살을 적중시키는 것이 훨씬 더 가치 있었다. 나타노스는 두 가지 측면에서 모두 뛰어난 실력을 발휘했다.

지금 그는 얼굴 가득한 웃음을 감추려 하지 않았다. 이렇게 놀라운, 아니, 믿기 힘든 실력을 보고 나니, 지금까지 그에 대해 짐작했던 모든 것을 다시 생각해 봐야 할 필요가 있었다.

으스대긴.

"나쁘지 않은데." 실바나스는 최대한 무심한 태도로 말했다.

나타노스는 콧방귀를 뀌었다. "당신 실력도 한번 보여주시죠." 그는 그렇게 말하며 손을 뻗어 과녁에서 화살을 빼내려 했다.

실바나스는 장갑 낀 손을 그의 팔에 얹었다. 그는 그녀를 향해 고개를 돌렸지만 팔은 빼내지 않고 가만히 기다렸다.

"그냥 둬." 그녀는 말했다.

조금은 당황한 표정으로, 그는 고개를 끄덕였다. "여군주님의 말씀에 따르겠습니다." 그는 말했다. "그런데 화살이 좀 상하겠군요."

그녀와 나타노스는 사격 위치로 돌아갔다. 실바나스는 화살통을 어깨에 메고 자기 활을 들었다.

그녀는 과녁을 조준하고 줄을 당겼다. 그리고 첫 번째 표적을 고른 후, 손가락을 놓았다.

화살은 경쾌하게 대기를 가르고 나타노스의 화살 하나와 만났다. 그리고 그 살을 스쳐가는 것이 아니라 그대로 통과했고, 쪼개진 그의 화살은 바닥으로 떨어졌다.

나타노스가 어깨를 으쓱했다. "운이 좋군요. 그럴 때도 있죠. 제 화살 하나를 망가뜨리셨고, 당신 화살도 아마 무사하진 않을 겁니다."

"실력을 운으로 착각하지 마." 실바나스는 만족스러운 목소리로 말했다.

"뭐, 한 번 더 그렇게 하려면 운이 많이 따라줘야 할 겁니다. 그렇게 실력이 좋은 사람은 없지요."

실바나스는 장난스럽게 한쪽 입꼬리를 올리며 웃었다. 그녀는 네 번 더 조준하고 시위를 놓았다. 화살 네 개가 날아갔다. 그리고 과녁을 확인하러 갔을 때, 그녀와 나타노스는 화살 세 개가 더 부서져 있는 걸 확실히 볼 수 있었다. 게다가 그 중 두 개는 나타노스의 화살을 단순히 부순 게 아니라, 그의 화살 끝에 똑바로 박히며 기다란 화살 한 줄을 만들었다. 놀라운 실력으로 만들어 낸 게 아니었다면 우스꽝스럽다고도 할 수 있는 모습이었다.

실바나스와 나타노스는 잠시 동안 아무 말도 하지 않았다. 잠시 후, 나타노스는 훌쩍거리며 실바나스를 외면한 채 장갑 낀 손으로 코를 문질렀다.

"하나 놓치셨군요." 그는 심드렁한 목소리로 말했다.

"한 발 정도는 네 명예를 지켜 줘야지." 실바나스가 말했다. 그녀는 겹쳐 있던 화살 한 쌍을 뽑아내 다시 둘로 나눈 후, 뒤쪽이 쪼개진 화살을 나타노스에게 건넸다.

"그게 최선입니까?"

"아니. 내가 최선을 다하는 모습을 볼 수 있는 사람은 많지 않아."

긴 침묵이 이어졌지만, 이상하게도 그리 어색하지 않았다. 한참이 지나고, 그가 말했다. "전 도전을 좋아합니다."

"그렇게 보이는군. 하지만 실패하더라도 너무 자학하지는 마."

"아. 그게, 그러니까… 실패하는 건 *싫어합니다.*"

실바나스는 잠시 생각에 잠겼다. "고향에 지금 당장 네가 필요한 일이 있을까?"

"만약 그렇다면 절 찾는 사람을 이리로 부를 겁니다."

그녀는 웃었다.

제 8 장

실바나스는 집을 향해 맹렬히 달렸다. 가슴 속에서 심장이 쿵쾅거리고, 머릿속에서는 생각이 끊이지 않았다. 서둘러야 했다. 그러지 않으면 너무 늦을 것이다.

경사로를 달려 올라가려 하는 순간, 여동생이 눈에 띄었다. "베리사," 실바나스는 헐떡이며 말했다. "리라스는 왔어?"

베리사는 분노에 가까운 반감을 두 눈에 가득 담고 그녀를 바라봤다. "그래, 왔어. 넷이 즐겁게 밥도 먹었고. 리라스가 악보를 담아 다닐 수 있게 내가 가죽 두루마리 통을 만들어줬어."

실바나스는 속으로 투덜거렸다.

"무슨 얘기 안 해? 어디로 간다는 얘기도?"

"안 했어." 베리사는 리라스와의 만남을 놓친 실바나스의 아쉬움을 달래줄 만한 이야기는 할 생각이 없는 듯했다. 당연한 일이었다. 동생의 탄생일, 처음 그 아이를 만나고 그녀의 영혼에 동생의 모습이 각인되었던 날을 대체 어떻게 잊을 수 있었던 것일까? 가족 전체가 그날을 함께하기 위해 모두 각자의 일정을 조정하기까지 했는데?

그녀는 황급히 아래쪽 마구간으로 달려가 용매 고삐를 붙잡고 실버문으로 날아갔다. 아래로 빠르게 스쳐 지나가는 지면을 보며, 낯선 죄책감이 그녀를 뒤덮었다.

왕궁으로 들어서는 그녀를 알아본 경비병들이 목례를 했다. 윈드러너 가문의 일원으로 사는 건 상당히 부담스러운 일이었지만, 분명한 이점도 있었다. 그녀의 가족은 왕가의 개인실만 제외하면 성난태양 첨탑이나 심지어 마법학자의 정원까지 언제든 마음껏 드나들 수 있었다.

그녀는 예술가의 처소를 바로 찾아갔고, 동생의 방 입구에 다가서기 전, 그의 음악을 들었다. 플루트가 부드럽고 외롭고 아련한 애가를 연주하고 있었다. 그 소리를 들으니 비참한 기분이 들었다.

그녀는 잠시 그의 방문 앞에 멈춰 기다리다가 조용히 노크했다. 아름다운 곡조가 멈췄다.

"네?" 그가 말했다.

"리라스, 나야." 실바나스는 말했다. 침묵이 돌아왔다. "문 좀 열어 줘."

한참 동안 문이 열릴 것 같지 않다는 두려움이 밀려들었다. 하지만 결국엔 나직한 발소리가 들렸다.

리라스는 감정을 감추는 것에 익숙하지 못했고, 그의 섬세한 얼굴에 어려 있는 지치고 슬픈 표정을 보니 실바나스의 심장에는 더 큰 균열이 생겼다.

"정말 미안해." 그녀가 말했다. "잠깐 얘기 좀 할 수 있을까?"

"지금 하고 있잖아."

"밖에서." 험담을 좋아하는 하인들에게서 벗어나서. 궁중의 딱딱한 격식을 벗어나서. 우리가 숨 쉴 수 있는 밖에서.

리라스는 고개를 숙이고 한숨을 쉬었다. "좋아."

두 사람은 역시 눈에 띄었다. 그들이 어디를 가든, 다들 고개나 허리를 숙여 인사했다. 간혹 순수한 친밀함 때문에 말을 걸어오는 이들도 있었지만, 실바나스가 눈을 가늘게 뜨고 노려봐 모두 입을 다물게 했다. *밖에서 얘기하자*

고 한 게 실수였나.

마침내 그들은 도시의 외딴 구석에 도착했다. 성년이 되어 그녀보다 머리 반 개 정도가 커진 멀쑥한 리라스는 팔짱을 낀 채 할 말이 많은 눈빛으로 그녀를 내려다봤다. 그는 왠지 다른 사람 같았다. 분노로 입을 굳게 다물어 가늘어진 입술, 찌푸린 얼굴에 이마를 뒤덮은 주름살, 어느새 그녀보다 훨씬 더 길어진 머리카락은 금빛 폭포처럼 그의 넓은 어깨에 떨어져 내리고 있었다. 이 이방인은 누구지? 그토록 잘 웃고 상냥했던 동생은 어디로 간 거지?

"머리가 많이 길었네." 실바나스는 불쑥 말했다.

그는 고개를 갸웃거리며 그녀를 바라봤다. "뭐라고?"

"그냥… 미처 몰랐어."

"이주일 넘게 날 본 적도 없으니까 그렇지!" 그 말이 채찍처럼 실바나스를 후려쳤고, 잠시 상념에 잠겨있던 그녀는 퍼뜩 차가운 현재로 돌아왔다.

"누나는 집에서 살잖아." 리라스는 덧붙였다. "난 여기에서 살아야 해. 다들 언제든 날 만나러 와도 되는 거였어. 전에는 자주 왔는데, 어느새 전부 그만둔 것 같네. 내 생일도 그냥 넘겼고. 하지만," 그는 씁쓸한 듯 덧붙였다. "왜 그런 건지는 나도 알고 있어."

부끄러운 마음에 실바나스의 두 볼이 뜨겁게 달아올랐다. 그녀도 알고 있었다. 실바나스는 자기가 도시와 캘타스 왕자를 싫어한다는 사실을 감추지 않았다. 솔직히 말해서, 그런 불편한 감정은 대부분 지난번 추모식에서 마지막으로 그를 만난 이후 생겨난 것이었다. 그녀는 이런저런 핑계를 대며 궁정의 연회나 파티에 참석하는 걸 피했고, 대신 편안한 숲에서 사냥감을 추적하는 일에만 몰입했다. 한때 행복한 곳이었던 집도 성역은 아니었다. 어머니가 거기 있는 한 그럴 수는 없었다.

또 다른 이유도 있었다. 나타노스가 머무는 기간은 며칠에서 몇 달로 길어졌고, 그는 끊임없이 재치 있는 말과 솔직한 태도로 그녀를 즐겁게 해주었다. 두 사람은 사냥에서도 좋은 팀을 이루었고, 실바나스도 둘이 함께 보내는 시간을 점점 더 즐기게 되었다. 분명히 그녀에게 어울리는 건 궁정에서의 삶보다는 그 사람이었다. 부끄럽지만, 궁정에 리라스가 있다는 사실을 고려하더라도 그랬다.

"네 말이 맞아." 그녀는 작은 목소리로 말했다. "나는 실버문에 오는 걸 *피했었어.* 그렇다고 널 보고 싶지 않았다는 건 아니야."

"나도 그 말을 믿고 싶어." 그렇게 말하는 리라스의 목소리는 차분하고 상냥하며 노래처럼 곡조가 어린 그의 원래 목소리로 돌아와 있었다. "하지만 숨 쉴 시간조차 없을 만큼 바쁘신 어머니와 아버지도 두 분 다 기억해 주셨단 말이야."

그녀는 거짓말을 하고 싶었다. 트롤이나 훈련, 아니면 그 무엇이든 이야기를 꾸며 내고 싶었다. 그의 생일을 단순히 잊어버렸다는 사실을 감추기 위해 뭐든 핑계를 대고 싶었다. 이번은 처음으로 알레리아 없이 맞이해야 했던 기념일이었다. *게다가,* 그녀는 씁쓸하게 생각했다, *나도 없었지.*

"누나는 날 잊어가고 있어." 그는 부드럽고 슬픈 목소리로 말했다.

"아니야." 실바나스는 대답했다. 그것만큼은 솔직하고 확고한 목소리로 말할 수 있었다. "*절대* 널 잊을 순 없어, 리라스."

그는 무력하게 두 팔을 벌렸다. "그런데 이렇게 됐잖아." 그는 말했다. "누나는 날 두고 떠났어, 누나뿐만이 아냐. 다들 날 두고 떠났다고. 도무지 얼굴들을 볼 수가 없어. 베리사는? 오늘 몇 달 만에 보는 거였어. 내가 있을 때는 집에 잘 들어오지도 않고, 날 보러 오지도 않았잖아. 그나마 가끔이라도 볼 수 있는 건 아버지뿐인데, 요즘은 아버지도 웃음을 모두 잃은 것 같아."

"난 원정순찰대원이야," 실바나스는 단호한 목소리로 말했다. "우리 백성을 위협하는 존재를 막아내려고 온종일 시간을 쏟아야 하는 게 마냥 좋기만 하다고 생각하는 거야?" 여러 지역이 침략을 받았다는 소식이 점점 더 자주 들려왔다. 수수께끼의 '호드'가 빈번하게 언급되었다. 살상의 욕구로 움직이는 거대한 초록색 괴물들.

"어머니가 내게 얼마나 거칠게 화풀이를 하는지 정말 모르는 거야?" 그녀는 말을 이었다. "어머니가 언니를 얼마나 매섭게 몰아붙였는지 너도 알잖아. 분명히 얘기하는데, 어머니는 알레리아 언니 때보다 두 배는 더 강하게 날 밀어붙이고 있어." *어머니가 원하던 게 내가 아니니까. 내가 여기 남고 알레리아는 떠났다는 사실에 화가 났으니까.*

"누나가 결정한 일 때문에 어머니를 비난하지는 마." 리라스는 갑자기 너무나 냉정한 목소리로 말했다. 그 차가운 말이 얼음 칼처럼 그녀의 심장을 꿰뚫었다.

그 순간, 실바나스는 베리사가 너무나도 그리웠다. 베리사라면 지금 이 순간 나타나 애원하는 눈빛과 따뜻한 말로 마음을 가라앉혀줬을 것이다. 그리고 베리사가 두 사람을 꼭 끌어안으면, 그들도 서로를 안아주고, 모든 것이 괜찮아질 것이다.

하지만 지금은 진정하라고 말해 줄 베리사도, 현명한 조언을 들려줄 아버지도 곁에 없었다. 여기에는 실바나스와 그녀가 이 세상에서 가장 사랑하는 리라스, 그리고 둘 사이의 분노와 방어적인 태도만 남아 있었다. 그녀는 지금 이 순간까지의 모든 감정을 그에게 얘기해 주고 싶었다. 그가 태어나던 날, 그녀의 삶은 근본적으로 달라졌다는 것을. 그녀가 반드시 동생을 지켜주겠다고 다짐했다는 것을. 맨손으로 트롤 일천 마리와 싸워야 하더라도, 동생이 다치는 일은 없게 하겠다는 것을.

그녀가 리라스보다 더 사랑하는 사람은 없다는 것을.

하지만 아무리 애를 써도 그 말은 쉽게 나오지 않았다. 게다가 그녀가 속내를 모두 드러냈을 때, 동생이 그 마음을 거부한다면 도저히 살아갈 수조차 없을 것만 같았다.

그래서 자신의 약점을 모두 드러낼 말도, 화살처럼 동생을 꿰뚫어 두 사람 모두에게 돌이킬 수 없는 상처를 남길 말도 하지 못하고, 실바나스는 그냥 돌아서서 달렸다.

*　*　*

"우울한 모양이군요." 나타노스는 말했다.

그녀가 무슨 일이 있었는지 이야기한 건 아니었지만, 나타노스는 뭔가 알아챈 모양이었다. 그는 눈치가 빨랐다. 가끔은 재미있을 때도 있었지만, 언짢게 만드는 일이 더 많았다.

"아니야."

"솔직히," 할두런은 꼬챙이에 꿰어 불 위에서 지글거리는 통구이를 쿡쿡 찌르며 말했다. "맞는 것 같소, 실바나스."

그녀는 콧방귀를 뀌고 아무 대답도 하지 않았다. 사실 그녀는 우울해하고 있었다. 좋은 사람들과 함께하는 것을 비롯한 그 무엇으로도 그런 기분을 떨쳐버릴 수가 없었다.

리라스와의 말다툼 이후, 그녀는 의원 회의실로 가서 아버지와 이야기를 해보려고 했지만, 베라스의 부관에게 아직 아버지를 방해할 수 없다는 말을 들었을 뿐이었다. 아나스테리안과 의원들 사이의 회의가 길어지고 있는 모양이었다.

그녀는 분수로 가서 한참 동안 멍하니 앉아 자갈을 던져 넣었다. 베라스라면 이런 상황에 무슨 말을 할까? 앞으로는 다른 사람들의 입장을 더 생각해 보고, 필요한 경우 사과도 잊지 말라고 분명히 말할 것이다. 하지만 그녀는 이미 사과하러 갔었고, 퇴짜만 맞았다.

그게 뭐 어떻다는 거니? 아버지라면 이렇게 말할 것이다. *다시 해 보렴. 네가 잘못을 했을 때는, 실바나스, 어떤 변명을 하더라도 네 행동이 옳은 것이 되지는 않아. 그래도 네 말이 사실이라면, 잘못을 이해하고, 또 어쩌면 용서할 수 있게 되기는 하겠지.*

실바나스는 그렇게 했다. 그녀는 옳았다.

얘야, 가끔은 말이다, 베라스는 회색 눈을 가린 창백한 금발을 뒤로 넘기며

이렇게 말하곤 했다. *옳은 것보다는 상냥한 게 더 나을 때도 있단다. 그게 단순히 품위 있는 행동이기 때문만이 아니라, 언젠가는 그에 대한 보답으로 다른 사람이 베푸는 상냥함에 감사할 날이 올지도 모르기 때문이야.*

이 얼마나 어리석은 말다툼이었나. 물론 실바나스는 너무 바빴지만, 다른 사람들도 모두 바빴고, 오직 그녀만 그의 생일을 잊어버렸다. 남동생이 한 말은, 너무 화가 나서 뱉은 말이라 실바나스도 그게 동생의 본심이 아니라는 건 알고 있었다. 리라스에게 잔인한 심성 같은 건 없었다.

그럼에도 그는 실바나스에게 화가 많이 난 상태였다. 두 사람은 지금까지 그 어느 때보다 심하게 말다툼을 했고, 그럴 만한 이유가 있었다는 건 실바나스도 인정할 수밖에 없었다. 두 사람 다 숨 쉴 틈이, 생각할 여유가 필요했다. 곧 아침이 되고, 두 사람은 어차피 다시 얼굴을 마주하게 될 것이다.

부모님이 얼라이언스와의 회담을 위해 새벽에 떠난다고 했다.

실바나스는 기뻐해야 할 일임을 알고 있었다. 내일은 어머니가 처음으로 원정순찰대를 그녀에게 맡기는 날이었다. 리리사가 후계자라 불리는 실바나스에게 처음으로 신뢰감 같은 걸 보여주는 날이 될 것이다. 하지만 그녀는 질투를 느꼈다.

수수께끼였던 '호드'를 둘러싼 소문은 아직 사라지지 않았다. 그들은 전쟁을 시작했고, 대도시를 파괴했고, 얼라이언스가 어떻게든 몰아내도 언제나 더 강하게 돌아왔다.

실바나스는 지난 몇 달 동안 평생 보아온 것보다 더 많은 얼라이언스 전령을 본 듯 했다. 아버지는 며칠씩 지속되는 회의 때문에 왕궁에서 잠을 자기 일쑤였다. 왕궁을 자주 방문하는 것도 아니었지만, 실바나스는 존경받는 아나스테리안 국왕이 중요한 결정을 적시에 내리지 못하는 일이 점점 늘어나고 있다는 걸 알 수 있었다. 그리고 조심스럽게 이 문제에 관해 아버지와 이야기를 해보았고, 아버지 또한 그녀의 의심이 틀리지 않았다는 걸 조심스레 확인해 주었다. 실바나스의 생각으론, 아버지의 지속적인 압박에 지친 국왕이 그에게 대사 일을 맡긴 듯 했다. 그렇게 그가 최근 있었던 적의 공격과 진짜 위험에 대해 자세한 정보를 알아내는 임무를 수행하게 된 것이다.

리리사는 남편과 함께 가야 한다는 고집을 꺾지 않았고, 그러면서 나이와 경험이 모두 많은 원정순찰대원 몇 명을 함께 선발했다. 모두 인간의 정치와 그 지도자들에 대해 어느 정도 알고 있는 대원들이었다.

"우리는 위기를 피하려는 거지, 인간과의 새로운 불씨를 피우려는 게 아니야." 어머니는 말을 고르지도 않고 실바나스에게 이야기했다. 실바나스는 짜증과 실망감을 동시에 느꼈다. 우정? 추파? 연애? 나타노스 매리스와 함께 할 때면, 뭐라 불러야 할지 알 수 없는 감정이 조금씩 커져만 갔다. 그와 만난 이후 실바나스의 안에선 인간에 대한 호기심의 불꽃이 피어올랐고, 그와 함께 인간의 대도시를 직접 탐험해 볼 기회가 있으면 좋겠다고도 생각했다.

나타노스는 *자기도* 인간의 대도시가 싫다고 투덜거렸다. 그래서 도시에서 멀리 떨어진 가족의 농장에서 시간을 보내는 걸 좋아한다고 했다. 그래도 실바나스는 언젠가 그와 함께 인간의 도시를 찾아가서, 거기가 그렇게 싫은 곳인지 직접 확인해 볼 거라며 놀려댔다.

그녀와 베리사는 하늘이 부옇게 밝아오려 하는 이른 새벽녘에 밖으로 나와 탈바스와 하인들이 말에 안장을 얹는 모습을 지켜봤다.

"이 녀석들도 오랜만에 몸을 움직이니 기분이 좋을 겁니다." 탈바스가 말했다. "이 말들이 국경을 넘는 일은 거의 없으니까요."

잠시 후, 용매를 타고 실버문에서 출발한 리라스가 도착했다. 그가 용매에서 내려 가족들을 향해 다가올 때, 실바나스는 애써 남동생의 눈을 피했다.

리리사는 마지막 순간까지 이런저런 명령을 내리고 있었다. 베라스는 하인들 한 명 한 명과 차례대로 오랫동안 대화하고 악수하면서, 부부가 돌아올 때까지 첨탑을 잘 보살펴달라고 당부했다.

"얼마나 오랫동안 가 계실 거예요?" 리라스가 물었다.

"너무 오래는 아니었으면 좋겠다." 그는 대답했다. "하지만 일이 끝날 때까지는 돌아오지 못할 것 같구나."

"알레리아 언니를 만나실 기회가 있을까요?" 베리사는 기대감에 찬 목소리로 물었다.

"글쎄. 알레리아는 도시에 없을 수도 있어. 혹시 만나면 네가 안부를 물었다고 전해 주마."

아버지는 그들을 번갈아 바라봤다. "아나스테리안 국왕 폐하께서도 우리 가족 모두에게 감사를 표한다고 하시면서, 우리가 자리를 비운 동안 필요한 게 있으면 뭐든 궁에 요청하라고 하셨다."

실바나스는 본능적인 불쾌감으로 콧잔등이 찌푸려지는 걸 참을 수 없었다. "걱정하지 마세요, 아버지." 그녀는 말했다. "우린 괜찮을 거예요. 물론 아버지가 보고 싶겠지만요." 실바나스는 자기를 끌어당겨 품에 안는 아버지에게 몸을 맡겼다. 아침에 면도를 하지 않은 듯 볼에 닿는 아버지의 볼이 까끌까끌했다.

그녀는 아버지의 품에서 벗어났다. "수염을 기를 생각은 아니시겠죠." 그녀는 말했다.

그가 장난스러운 눈빛으로 두 눈을 반짝이며, 생각에 잠긴 듯 까슬한 턱을 문질렀다. "흐음. 딱히 그럴 생각이 있었던 건 아니지만, 네 얘기를 듣고 보니 …."

"그렇게 멋진 얼굴을 수염으로 가리긴 너무 아깝잖아요." 베리사가 말했다.

리라스는 웃었다.

"글쎄." 실바나스가 장난스럽게 말했다. "얼굴을 가리시는 게 *나*을 것 같아. 너무 잘생긴 외모에 인간들이 위기감을 느낄 수도 있으니까."

"아니, 수염을 기르면 안 돼." 리리사가 말했다. "인간들 앞에 서서 아나스테리안 국왕 폐하의 뜻을 전해야 하는데, 네 인간 애완동물처럼 너저분하고 단정하지 못한 모습을 보이면 안 되잖니."

'네 *인간 애완동물*'이라고? 실바나스는 자기도 모르게 두 볼이 붉게 달아오르는 걸 느끼며, 아직 날이 밝지 않아 다행이라고 생각했다. 나타노스는 그녀의 것이 아니었고, 그녀 또한 절대로 *그의 것*이 아니었다.

"인간들이 위기감을 느낀다면, 그건 역시 내 용맹한 부인, 당신 때문일 거야." 베라스가 놀리듯 말하자 리리사의 얼굴에 희미한 미소가 떠올랐고, 다행스럽게도 순찰대 사령관은 자기 후계자에게서 시선을 돌렸다.

"이제 가야겠네." 리리사가 말했다. "실바나스, 여기 일은 이제 네게 맡기겠다. 네 책임에 걸맞은 행동을 해줄 거라고 기대하고 있으마."

"네, 어머니." 실바나스는 재치 있는 농담을 하고 싶은 생각을 애써 참아냈다.

"베리사, 실바나스가 명령하면 반드시 따라라. 실바나스는 이제 네 언니가 아니라 지휘관이다. 그리고 리라스…." 늘 그렇듯, 아니, 그를 마주하는 모두가 그렇듯, 리리사의 태도가 부드럽게 누그러졌다. 그는 어머니를 꼭 껴안았고, 어머니도 아들을 마주 안아주며 볼을 톡톡 두드렸다. "우리 모두 네가 자랑스럽다. 어서 빨리 돌아와서 네 새로운 곡을 들어보고 싶구나."

"오크에 관한 5행 희시를 작곡하고 있어요." 그는 말했다. "'초록'하고 각운이 맞는 게 아주 많더라고요."

가족은 모두 함께 웃음을 터뜨렸고, 리리사는 말의 안장에 올라탔다. 베라스가 부인의 뒤를 이어 막내딸에게 아무 걱정하지 말라며 이마에 입을 맞추었다. 그리고 어느새 자기보다 키가 더 자란 아들을 끌어안고, 마지막으로 다시 한번 실바나스를 바라봤다.

"이번이 기회다." 그는 그녀만 들을 수 있게 작은 소리로 말했다. "너희 어머니는 좀처럼 감동하는 법이 없지만, 너라면 할 수 있을 거야. 딸아, 너 자신을 믿으렴. 아빠는 언제나 널 믿고 있단다."

마지막으로 서늘한 밤을 달래주는 따뜻하고 포근한 이불처럼 둘째 딸의 이마에 입을 맞추고, 아버지는 군마에 올라탔다. 그렇게 그와 리리사, 그리고 엄선된 원정순찰대원들은 길을 떠났다.

세 아이는 탈라시안 길에서 시선을 떼지 않았다. 부모의 모습이 작은 점으로 줄어들고, 어느새 실바나스의 예리한 시력으로도 보이지 않을 정도로 멀어진 후에도 다들 한참 동안 눈을 돌리지 못했다.

"벌써 두 분이 보고 싶어." 베리사는 그렇게 말하며 가족의 온기를 찾으려는 듯 리라스 옆에 섰다. 슬픔과 걱정이 가득한 표정이었다.

"나도." 리라스가 슬픈 목소리로 맞장구쳤다.

서늘한 아침 기운 속에서, 세 엘프는 어색한 침묵에 휩싸인 채 서 있었다.

"감옥." 실바나스는 말했다.

리라스는 당황한 표정으로 그녀를 바라봤다. "뭐라고?"

"감옥." 그녀는 다시 말했다. "'초록'하고 각운이 맞잖아."

그의 얼굴이 부드럽게 풀어지고 미소가 떠올랐다. 그녀의 가슴도 조금은 편안해졌다. 리라스도 그녀의 뜻을 이해했다.

"그러네." 그는 그렇게 말하며 한 손으로는 베리사의 어깨를 감싼 채 다른 손을 활짝 펼쳐 실바나스를 불러들였다. 아무 말 없이 그녀도 동생에게 몸을 맡겼고, 리라스의 어깨에 머리를 얹자 가슴을 옥죄던 긴장감이 어느덧 스르르 사라지는 듯했다.

절대 널 잊을 순 없어, 작은 태양님.

"'새록새록'." 베리사는 그렇게 말하고는 고개를 가로저었다. "아니, 지금까지 들은 얘기로 미루어보면, 그런 말은 오크와 어울리지 않는 것 같아."

"기록." 실바나스는 말했다. "순록. 관록. 꼬르륵."

마지막으로 리라스가 웃음을 터뜨리고, 세 남매는 모두 함께 웃었다. 실바나스는 그걸로 만족했다.

제 9 장

실바나스뿐 아니라 윈드러너 가문의 자식들은 모두 어머니가 없는 생활에 익숙했다. 물론 아버지가 없는 생활도 드물지 않았다. 그렇지만 부모가 이토록 오랫동안 왕국의 국경 너머로 떠나있는 건 그들의 기억에는 처음이었다. 이미 집을 떠나 사는 삶에 익숙했던 리라스에게는 큰 문제가 아닌 듯했지만, 베리사는 어딘가 불편해 보였다. 아무래도 가족 모두가 안전한 환경에 함께 있어야 마음이 놓이는 듯했다.

실바나스는 자유로운 기분을 느꼈다. 지금까지 어머니의 엄격한 가르침을 받으며 자신이 얼마나 강하게 단련되었는지 인지하지 못한 것 같았다. 그녀는 여전히 자신을 거칠게 몰아붙였고, 똑같이 이른 시간에 일어났지만, 그 모든 것이 지금까지의 경험보다 한결 수월했다.

그리고 전에는 경험해 보지 못했던 감정이 생겨났다. 시간과 인내심이 부족해서 지금껏 느껴보지 못한 감정이었다. 솔직히 말하면, 그건 관심이었다. 늘 비뚤어진 눈빛에 명민하고 불손한 나타노스 매리스는 그녀의 관심을 끌었다.

실바나스는 원정순찰대의 일을 게을리하지 않았지만, 가끔은 너무나도 오랫동안 자신에게 허락하지 않았던 일, 자유로운 *놀이에* 빠져들었다.

그녀가 즐거움을 느끼고 관심을 보이는 대상은 거의 언제나 나타노스였지만, 실바나스만큼이나 매서운 그의 혀는 예리하고 통렬한 말을 던지는 걸 주저하지 않았다.

그 기분 좋고, 가슴 뛰게 자극적인 경험이 실바나스는 아주 좋았다.

한 번은, 실바나스가 나타노스를 그녀가 좋아하는 길로 데려가 태양의 성소에서 별들을 상징하는 보주들이 회전하는 모습을 보여주고, 다시 그 뒤쪽으로 사람의 발길이 닿지 않은 길을 따라 해넘이 봉우리로 올라갔다. 처음 절반 정도는 어렵지 않았지만, 그 이후로는 단순히 산을 오르는 정도가 아니었다.

"그래서," 나타노스는 고대의 나무 아래에 털썩 주저앉으며 말했다. "이런 생고생에 대한 대가는 뭡니까?" 그는 물주머니의 물을 한 모금 마시고는 팔을 베고 길게 누웠다.

실바나스는 아래쪽에 펼쳐진 숨 막히게 아름다운 풍광을 향해 손짓하며 말했다.

"이거지." 그곳에서, 남쪽으로는 태양의 성소가 보였고, 북서쪽으로는 트랜퀼리엔까지 언뜻 엿볼 수 있었다. 그와 더불어 아름다운 일몰을 배경으로 서 있는 윈드러너 첨탑과 고요한 호수까지, 모두 한눈에 담을 수 있었다.

"난 그냥 혼자서 여기 올라와 있는 게 좋아. 여기라면 내게 필요한 거나 원하는 게 있다고 하는 사람이 아무도 없으니까. 누군가를 데려온 건 네가 처음이야."

나타노스는 그 말에 깜짝 놀란 듯, 이번에는 재치 있는 말대꾸도 하지 않았다. 실바나스는 그의 옆에 앉아 무릎을 감싸 안았다. 침묵이 부드럽게 번져나가고, 꽃향기를 머금은 산들바람이 두 사람의 머리카락을 헝클어뜨렸다.

"왜 접니까?" 나타노스가 조용한 목소리로 물었다. 가식도 비꼬는 투도 없는 솔직한 질문이었다. "누구라도 고를 수 있었잖습니까. 상대가 누구였더라도, 저보다는 나은 동반자가 됐을 겁니다."

실바나스는 웃음을 참지 못했고, 아름다운 성소로 시선을 돌리며 한숨을 쉬었다.

"우리를 둘러싼 것들을 봐. 여기, 실버문… 그 밖의 모든 곳까지. 눈에 보이는 건 전부 아름답기만 할 거야. 우리의 조각상은 전부 매끈하고, 음악은 전부 우아해. 무기는 찬란하게 빛나고 아름답지. 엘프는 누구나 모두 빠져들 것 같은 눈망울과 오똑한 콧날, 잡티 하나 없는 피부를 갖고 있어. 전부 정말 너무 예쁘단 말이야."

실바나스는 동족을 사랑했지만, 쿠엘도레이가 기본적으로 성격의 저변에 오만과 우월 의식이 흐르고 있다는 사실을 부인할 수는 없었다. 그녀는 동료와 윗사람들의 잔뜩 올라간 자존심의 콧대를 꺾는 일에서 크나큰 즐거움을 느꼈고, 남을 괴롭히는 자들은 경멸했다. 하지만 그들의 콧대를 꺾는 건 꺾는 것이라고 해도, 필요하다면 기꺼이 목숨을 바쳐 동족을 지킬 준비가 되어 있었다.

실바나스는 나타노스를 향해 고개를 돌렸다. 그의 검은 눈이 그녀의 얼굴을 바라보고 있었다. "하지만 이 세상은 완벽하지 않아, 나타노스. 그리고 오직 그 사실을 아는 사람들만, 그걸 진정으로 이해하는 사람들만 밖으로 나서 세계에 맞서려 하지. 코앞에서 트롤이 으르렁거릴 때나, 가까스로 부상을 입힌 갈기발 스라소니가 네 배를 갈기갈기 찢으려 할 때의 모습은 결코 아름답지 않아."

실바나스는 말을 이었다. "그게… 원정순찰대가 다른 모두와 다른 점이라고 생각해. 우리는 두 눈을 크게 뜨고 이 세상을 보고 있으니까. 다른 모두는 편안하고 안전한 세상을 살아가고 있어. 우리는 단순히 위험으로부터 그들을 보호하는 게 아니야. 이 세계의 진정한 모습으로부터 보호하는 거지."

실바나스는 한숨을 쉬고는 자리에 누워 한쪽 팔꿈치로 몸을 세웠다. "내가 보기에, 아름다운 건 너무 평범하고, 완벽한 건 지루해. 그리고—" 실바나스는 나타노스의 텁수룩한 갈색 머리카락을 이마에서 쓸어넘기며 희미하게 웃었다. "나타노스 매리스, 넌 내가 지금껏 만난 사람 중에서 가장 아름답지 않고 가장 지루하지 않은 사람이야. *그게…*" 그녀의 목소리가 작아져 속삭임에 가까워지고, 그녀는 몸을 기울여 얼굴을 그의 얼굴에 가까이 가져갔다. "…내가 널 좋아하는 이유지."

나타노스는 굳은살이 잔뜩 박혀 기분 좋게 거친 손을 들어 그녀의 보드라운 볼에 올렸다. 그 몸짓은 놀랄 만큼 부드러웠고, 그의 눈에 담긴 경외감이 실바나스의 심장을 더 빨리 뛰게 했다.

"실바나스 님," 그는 거칠게 속삭였다. "당신처럼 똑똑한 분이 그렇게 멍청한 소리를 할 줄은 몰랐습니다."

그녀는 얼굴에 번지는 미소를 막지 못했고, 두 사람이 처음 서로를 만났던 날 했던 말을 떠올렸다. "입 다물어. 아니면 내가 다물게 해줄 테니까."

나타노스의 눈이 환하게 밝아졌다. 그 역시 그날의 일을 기억하고 있었기에, 웃음기 가득한 목소리로 대답했다. "과연 어떻게 하실—"

그리고 그 순간, 실바나스의 입술이 그의 입술을 덮었다. 그는 강인하고 커다란 손으로 그녀의 뒤통수를 감싸고, 다른 손으로는 실바나스의 허리를 감쌌다. 나타노스는 그녀를 단단히 붙잡았고, 실바나스는 그가 언제까지라도 절대 그녀를 놓아 버리지 않을 것 같다는 느낌을 받았다.

* * *

궁중에서 소환 명령이 내려왔을 때, 실바나스와 베리사는 은거지에서 바삐 곰 가죽을 무두질하고 있었다. 전령은 풀밭에 펼쳐진 끔찍한 광경을 보고 핼쑥해진 얼굴로 말했다. "베리사 님, 실바나스 님. 지금 즉시 국왕 폐하 앞으로 출두하시라는 명이 내려왔습니다."

두 자매는 서로를 바라봤다.

"언니, 또 무슨 짓 했어?" 베리사가 물었다. 비난이 아니라 그냥 태연한 질문이었다.

실바나스는 화를 내지 않았다. 그렇게 추정하는 것도 당연한 일이었다.

"믿기 어렵겠지만, 아니야." 실바나스는 눈살을 찌푸렸다. 전에도 궁중에서 때때로 그녀를 소환하는 경우는 있었지만, 보통은 그녀가 다음 순찰대 사령관이기 때문이었다. 베리사까지 함께 오라는 지시가 내려왔다면, 그건 뭔가 위험한 상황이라는 의미였다. 실바나스는 전령을 향해 돌아서며 물었다.

"원정순찰대 일인가요?"

"유감이지만 이유는 저도 전달받지 못했습니다. 그저 가능한 한 빨리 두 분을 모시고 오라는 지시만 받았습니다."

부모님이 조만간 적의 공격이 있을 거라는 소식을 전해온 건지도 몰랐다. 어쩌면 오크가 마침내 쿠엘탈라스를 노리기 시작했고, 전쟁의 시간이 다가온 건지도 몰랐다. 그런 생각이 머리를 스치는 사이, 실바나스는 기다리고 있는 용매를 향해 달려갔고, 베리사도 그녀의 뒤를 바싹 따랐다.

실바나스는 회의가 한창인 군사 회의실에 들어갈 거라고 예상했지만, 당혹스럽게도 두 자매는 조금 더 작고 아늑한 대기실로 안내를 받은 후 왕이 곧 올 거라는 말을 들었다.

두 사람 다 방안에 놓인 의자에 앉지 못했다. 베리사는 벽에 기대어 서서 허리의 칼집에 찬 검을 만지작거리고 있었다. 당장이라도 검을 뽑아 뛰쳐나올 적을 공격하고 싶은 기세였다. 실바나스는 우리에 갇힌 짐승처럼 방안을 돌아다녔다. 무슨 일인지 생각하느라 머리가 쉴 새 없이 돌아갔고, 뭐든 하고 싶다는 생각에 온몸이 근질거렸다.

문이 열리고, 아나스테리안 선스트라이더 국왕이 방으로 들어섰다. 하지만 윈드러너 자매들의 시선은 국왕이 아니라 그의 곁에 함께 있는 사람에게 향했다.

리라스.

그 섬뜩한 찰나의 순간, 그들 모두 알 수 있었다.

원정순찰대 문제가 아니었다.

가족의 문제였다.

아니야, 그럴 리 없어. 뭔가 다른 일일 거야.

아나스테리안의 얼굴은 조금 무뚝뚝하긴 했지만, 그 안의 솔직한 슬픔을 충분히 엿볼 수 있었다. 국왕은 손을 내저어 그들 모두를 자리에 앉게 했다. 실바나스는 국왕의 지시를 따랐다. 움직이는 법을 잊어버리기라도 한 것처럼, 온몸이 이상하게 뻣뻣했다. 앉고 싶지도, 듣고 싶지도 않았다. 그녀는 국왕이 무슨 말을 할지 이미 알고 있었다. 그리고 그 말이 입 밖으로 나오는 순간, 모든 게 현실이 되어 그녀의 세상이 무너져내릴 것만 같았다.

"조금 전 보고가 들어왔다." 국왕은 말했다. "너희에게 이런 말을 해야 하는 나 또한 가슴이 부서지는 것 같구나. 너희 부모님과 수행원 모두가… 사망했다."

실바나스의 심장이 철렁 떨어져 내렸고, 그 끔찍한 순간, 그녀는 혼절할 듯 아찔한 기분을 느꼈다.

"모두라고요?"

그 짧은 말에 담긴 끔찍한 고통과 충격, 공포가 어찌나 큰지, 리라스의 갈라진 목소리가 실바나스의 가슴에 커다란 구멍을 뚫었다.

"그래, 참으로 비극적인 일이구나. 두 사람은 너희 모두를 진심으로 자랑스럽게 생각했다. 이번 사건은 너희 가족만의 비극이 아니라, 이 왕국 전체의 끔찍한 손실이야. 이 왕국의 모두가 두 사람을 존경하고, 또 사랑했다."

두 분 모두, 어머니와 아버지가, 그냥 그렇게 세상을 떠났다. 그럴 순 없었다. 뭔가 착오가 있는 게 분명했다. 부모님은 눈앞의 국왕처럼 나이가 많지도 않았다. 엘프의 수명은 길었다. 윈드러너 가족은 수십 년… 아니, *수 세기*를 함께할 수 있어야 했다. 앞서 긴장과 걱정으로 팽팽하게 굳었던 실바나스의 몸이 이제는 꽁꽁 얼어붙은 것만 같았다. 리라스와 베리사는 온몸의 피가 다 빠져나가버린 듯 창백했다.

아나스테리안이 뭔가 말하고 있었지만, 실바나스는 이해할 수가 없었다. 그의 말이 귀에는 닿았지만, 조금씩 왜곡된 탓에 아무런 의미도 받아들일 수가 없었다.

집중해, 실바나스. 그녀는 자신을 타일렀다. *지금은 강해져야 해.*

그녀는 떨리는 숨을 길게 들이쉬고, 억지로 아나스테리안의 말에 집중했다. "일행은 저녁이 되어 야영지를 마련하는 도중에 적의 기습 공격을 받았다. 아직 공격자의 정체는 확인하지 못한 상황이다."

실바나스는 두 눈을 깜빡였다. 잘못 들은 게 분명했다.

"*기습 공격이요?* 그럴 수는 없어요." 그녀는 무감각한 목소리로 말했다. 사고였다면 차라리 쉽게 이해할 수 있었을 것이다. 갑작스러운 폭풍이나 화재라면, 대자연의 변덕이라면 불굴의 어머니를 꺾을 수 있었을지도 모른다. 살아있는 적이 그럴 수는 없었다. 리리사는 다른 건 몰라도 절대로 경계를 늦추는 법이 없었다. 특히 아버지의 목숨이 걸린 상황이라면, 단 한 순간이라도—

"뭔가 오류가 있는 거예요. 어머니는 *절대로* 기습 공격 같은 것에 당할 사람이 아니에요. *리리사 윈드러너라고요!*"

그리고 불현듯, 그녀는 리리사가 이룩한 신적인 업적에 관한 이야기를 끝없이 듣는 게 얼마나 싫었던지가 떠올랐다. 이제 실바나스는 뭐든지 할 수 있을 것만 같았다. 리리사가 친구들과 함께 둘러앉아 웃음을 터뜨리고, 미소를 지은 남편이 그녀의 손을 꼭 잡은 가운데, 그 이야기는 제발 좀 그만두라고 손을 내젓는 모습을 볼 수만 있다면.

아나스테리안은 동정하는 눈빛으로 그녀를 바라봤다. "믿기 힘들어하는 마음은 이해한다. 나도 이런 일이 있을 거라고는…." 그는 고개를 가로저었다. "상상할 수 없는 일이지만, 변변치 않은 증거가 모두 그런 상황을 가리키고 있구나."

그제야 실바나스는 어머니가 사망한 지금, 그녀가 새로운 순찰대 사령관이 되었다는 사실을 깨달았다. 직책에 어울리게 행동해야 했다.

"폐하." 그 칭호를 입 밖에 내놓는 것이 도움이 됐다. 그러자 다시 눈앞의 상대가 국왕으로 보였다. 개인적인 슬픔에 잠겨있긴 했지만, 그래도 그는 단 한 번의 끔찍한 사건으로 순찰대 사령관과 수석 조언자를 한꺼번에 잃은 이 나라의 지도자였다. "'변변치 않은 증거'라 말씀하신 게 정확히 무엇입니까?"

실바나스 자신의 목소리가 너무나도 냉정하고 무심하게 들렸다.

"안타깝게도," 아나스테리안은 대답했다. "사체를 발견했을 땐 이미 야생 동물들이 다녀간 후였다."

아나스테리안은 애써 말을 골랐지만, 실바나스는 오랜 사냥꾼 가문의 후예였다. 야생 동물들이 사체에 무슨 짓을 하는지는 이미 잘 알고 있었다.

"그러면 그분들이라고 특정할 수는 없는 거네요." 베리사도 힘겨운 목소리로 믿을 수 없다는 듯 말했다. 리라스는 조각상처럼 파리해진 얼굴로 아무 말 없이 앉아 있었다.

아나스테리안은 수심 어린 눈빛으로 그녀를 바라봤다. "베리사, 사체를 발견한 건 윈드러너 가문의 가신이었다."

일말의 희망이 촛불처럼 순식간에 꺼져버렸다. 부모님의 목숨처럼, 그리고 그들을 지키다 죽어간 원정순찰대원들의 목숨처럼. 윈드러너 가문의 자녀들을 제외하면, 가문의 가장과 그 부인을 확실히 알아볼 수 있는 사람은 바로 평생을 곁에서 함께해 온 가신들뿐이었다.

"동행했던 일행은 모두 확인됐다. 공격자들은 값어치가 있어 보이는 물품은 모두 가져갔어. 얼라이언스 지도자들에게 보낸 비밀 정보까지 포함해서 말이야."

"그렇다면 이건 단순 강도의 소행이 아닙니다." 실바나스가 말했다. 그녀는 오랜 규율과 훈련에 절박하게 매달리며 마음을 차분히 가라앉혔다. 두 동생이 그녀를 바라보고, 다시 서로를 바라봤다. 두 사람 또한 마음을 가라앉히려 최선을 다하고 있었다. 실바나스는 동생들이 자랑스러웠다. 특히 그녀와 베리사처럼 죽음과 관련된 경험이 많지 않은 리라스의 의연한 모습이 그랬다.

"그래, 아닐 거야." 아나스테리안도 동의했다. "우리의 오랜 적, 아마니 일족의 소행이라고 생각된다. 아군의 움직임에 대한 정보라면 놈들이 그토록 관심을 보이는 것도 당연하겠지."

"알레리아도 알고 있습니까?"

"전령을 보내긴 했다만, *윈드러너 가문의 최연장자*를 추적하는 건 쉬운 일이 아니더군."

윈드러너 가문의 최연장자. 그건 이제 알레리아를 가리키는 말이 되었다.

부모님은 세상을 떠났다. 두 분 다 세상을 떠났다.

"정확히 무슨 일이 있었던 건지 알아내야 합니다." 실바나스의 목소리는 자신의 귀에도 여전히 이상하고 부자연스럽기만 했다. "제가 현장으로 가겠습니다."

"다른 대원들이 이미 가 있다." 아나스테리안이 말했다. "테론도 거기 있어."

하지만 전 아니잖아요! 머릿속에서 비명이 울려 퍼졌다. *제가 순찰대 사령관입니다. 그리고 희생자는 우리 부모님과 우리 원정순찰대입니다. 이번 사건을 저보다 더 철저하게 조사할 사람은 없어요.*

그녀의 고통스러운 분노의 외침을 듣기라도 한 듯, 국왕은 이렇게 덧붙였다. "로르테마르가 현장을 철저히 수색하겠다고 약속했다. 그라면 쉬지 않고 꼼꼼히 조사에 최선을 다할 거야. 그쪽 일이 끝나면, 모두의 유해를 고향으로 옮겨서 적절한 장례를 치러 주겠다." 그는 잠시 말을 멈추었다가, 다시 친절한 목소리로 덧붙였다. "두 사람의 죽음이 뭔가 기이하고 낯선 일 때문이라고 생각하고 싶은 마음은 이해한다. 멍청한 트롤들 때문이 아니라, 암흑 독수리처럼 심대한 위협으로 인한 거였다고 생각하고 싶겠지. 하지만 우린 수천 년 동안 적과 마주한 채로 살아왔다. 비난할 대상을 찾아내는 건 어려운 일이 아니야. 비극적인 이번 사건에서 가장 잔인한 부분은 다른 동료들에게 맡겨라.

지도자에게 가장 중요한 덕목은 위임이 필요한 때를 아는 것이다. 나도 리리사와 베라스 윈드러너를 최대한 빨리 데려와, 두 사람에게 어울리는 예의를 갖출 수 있게 최선을 다할 것이다. 그건 너희도 알고 있지 않더냐."

"순찰대 사령관으로서의 첫 임무에서 최선을 다하고 싶습니다. 누가 이토록 비겁한 방식으로 궁정의 요인 두 명과 원정순찰대원들을 해쳤는지 반드시 알아내겠습니다. 국왕 폐하, 부디… 이번 조사를 제게 맡겨주십시오. 저희 세 명 모두 윈드러너이며, 절대 저희 의무를 소홀히 하지 않겠습니다. 그게 아무리 고통스러운 일이라 해도요."

실바나스는 순찰대원의 기술을 대부분 어머니에게 배웠지만, 베라스에게 배운 것도 있었다. 그리고 그중 한 가지는 궁정 안쪽이 황야보다 훨씬 더 위험할 수 있다는 사실이었다.

야수를 움직이는 건 굶주림이나 지배욕 같은 단순한 본능이었다. 트롤을 움직이는 건 순수하고 담백한 증오였다.

하지만 선스트라이더 궁정의 포식자들을 움직이는 건 그보다 훨씬 더 끔찍한 탐욕과 자존심, 오만이었고, 그런 굶주림은 영원히 채울 수가 없는 것이었다.

실바나스는 모두가 자기를 좋아하지는 않는다는 걸 알고 있었고, 지금 약한 모습을 보이면 거대한 표범 앞에 널브러진 부상당한 사슴 같은 운명을 피할 수 없으리라는 걸 너무 잘 알았다. 마지못해 한 일이었지만, 그녀의 어머니는 실바나스를 자기 후계자로 선언했다. 실바나스는 *어느 누구도* 그 지위를, 그 영예를 빼앗아 가게 하지 않을 생각이었다. 특히 리리사의 죽음을 그녀의 딸이 사령관 역할에 어울리지 않는다는 증거로 이용하는 건 절대 허용할 생각이 없었다.

아나스테리안은 한동안 아무 말이 없었다. 실바나스도 너무 과도하게 밀어붙인 건 아닐까 하는 생각이 들었다. "이게 옳은 선택이 아니라는 건 알지만," 한참이 지난 후에야 왕은 입을 열었다. "허락하겠다. 왕국을 대표하여 네 헌신에 감사를 표하고 싶구나. 하지만 항상 조심해라, 순찰대 사령관. 정의를 실현하려는 욕망에 사로잡혀 앞으로 밝혀낼 진실에 눈을 감아선 안 된다." 그는 자리에서 일어났고, 리리사와 베라스의 아이들도 그 뒤를 따랐다.

"다시 한번 말하지만, 삼가 조의를 표하고 싶다." 국왕은 말했다. "순찰대 사령관, 내일 출발하는 것으로 하자."

"폐하, 혹시 허락해 주신다면, 지금 당장 떠나겠습니다."

"언니, 나중에 해도 돼." 베리사는 말했지만, 실바나스는 고개를 들어 왕의 눈을 바라봤다.

"아니. 정의는… 처벌은 미룰 수 있는 게 아니야, 베리사." 실바나스는 말했다.

수 세기 동안 연습을 통해 굳어진 아나스테리안의 품위 있는 얼굴에 언짢아하는 기색이 언뜻 스쳤다. "좋을대로. 그러면 여기서 다들 작별 인사를 하는 게 좋겠군. 준비가 끝나면 대회의실로 와라. 이번 임무의 모든 정보를 알려주겠다. 천천히 와도 좋아." 그는 그렇게 덧붙이고는 문을 닫았다.

베리사의 얼굴이 무너져내렸다. 리라스는 여전히 충격에서 헤어나오지 못한 채, 눈을 깜빡이며 누나들을 번갈아 바라봤다. 그리고 그제서야 이제부터 무슨 일이 일어날 것인지 깨달은 듯했다.

"큰 달님," 그는 떨리는 목소리로 말했다. "떠나지 마. 아직은 안 돼. *부탁이야*" 그는 평생 그 무엇도 애원해 본 적이 없었지만, 지금만큼은 그럴 필요가 있었다. 실바나스의 심장이 조금 더 갈라졌다.

"가야 한다는 거 알잖아." 그녀는 말했다. 그녀는 조금 더 상냥하게 굴고 싶었다. 고아가 되기엔 아직 너무 어린 집안의 막내를 꼭 껴안아 주고 싶었다. 아니, 그들 모두 아직 너무 어렸다. 그래서 화가 치밀어 올랐다. 그녀는 지금 이 순간 꼭 필요한 힘을 바로 그 감정에서 찾았다.

"우리도 알아." 베리사가 말했다. "사람들이 우릴 본보기로 생각할 거야. 다들 겁에 질리고 걱정하겠지. 우리가 강인한 모습으로 모두를 안심시켜야 해."

이런 상황에도 베리사는 다른 사람들을 달래려 했다. 실바나스는 여동생을 맹렬히 사랑했다.

"나도 알아." 리라스는 말했다. "하지만 아직 혼자가 되고 싶지는 않아."

"그럴 일은 없어." 베리사가 서둘러 덧붙이며 동생을 끌어안았다. 실바나스는 하지 않을, 아니, 할 수 없는 위로였다.

실바나스는 씁쓸한 마음으로 지금 해야만 하는 말을 하지 않을 방법이 있으면 좋겠다고 생각했다. "베리사," 실바나스는 말했다. "다른 고위 원정순찰대원들은 대부분 우리 부모님과 함께 있었어. 나머지도 아마 사건 현장에서 조사에 참여하고 있을 거야. 내가 돌아올 때까지, 네가 여기 실버문에 남아서 우리 가족의 대표로 원정순찰대를 맡아 줘."

베리사는 침울한 표정으로 고개를 끄덕였다. 리라스는 입술을 깨물었지만, 반대하지는 않았다. 그렇다는 건 결국 베리사도 그와 함께할 수 *없다*는 의미였다. 그들은 윈드러너 가문의 아이들이었고, 그래서 이해했다.

"그들을 위한 애가를 써 줘, 리라스." 문득 실바나스가 말했다.

남동생이 그녀를 물끄러미 바라봤다. "나는… 못해…."

"아니, 너라면 할 수 있어. 모두에게 아주 큰 의미가 있을 거야. 그리고… 우리에게도." 그녀는 덧붙였다. *정확히는 내게도. 난 그토록 끔찍한 비극을 누군가 아름다운 예술로 바꾸고 있다는 걸 알 수 있겠지. 그로부터 힘을 얻을 수 있을 테고.* "그들의 정의를 실현해줄 수 있는 사람은 너뿐이야."

마지막 문장을 말할 때는 실바나스의 목소리도 갈라졌다. *정의.* 그녀가 반드시 부모님의 정의를 실현할 것이다. 지금 당장 떠나야만 했다. 그러지 않으면 슬픔에 굴복하고 말 것 같았다. 그래서 그녀는 동생들을 향해 한 번 더 고개를 끄덕였다. 두 사람은 이 세상이 조금 더 친절했던 어린 시절 그랬던 것처럼 서로의 손을 꼭 붙잡고 있었다.

그녀의 첫 번째 과업은 모든 내용을 철저히 보고받는 것이었다.

두 번째는… 나타노스 매리스를 찾는 것이었다.

* * *

그에게 모든 걸 이야기하는 건 실바나스가 생각했던 것보다 훨씬 더 어려운 일이었다. 그녀는 나타노스에게 모든 사건을 간략하게 요약해 주었다. 부모님을 지칭할 때도 '어머니'나 '아버지', 혹은 두 분의 이름이 아닌 '순찰대 사령관'과 '수석 조언자'라는 호칭으로만 불렀다. 그러는 편이 나았다. 그 감정과 어느 정도 거리를 두어야 살인자를 찾아내는 일에 집중할 수 있을 것 같았다.

나타노스는 본능적으로 그녀를 품에 안으려 했지만, 실바나스가 한 걸음 물러났다.

순찰대 사령관과 그녀가 이끄는 대원들이라면 트롤 정도는 충분히 처리할 수 있었을 거야. 그녀는 나타노스에게 말했다. *호드의 활동을 의심해야 할 것 같으니, 나와 함께 가자. 너라면 이 왕국의 누구보다 그자들에 대해 잘 알고 있을 테고, 그 지역에서 자라기도 했으니까. 우리라면 놓칠 수 있는 부분이라도 네게는 보일지 몰라.*

물론이죠, 그는 대답했다. *잘 생각했습니다. 어서 가시죠.*

사건 현장은 얼라이언스의 북부감시 탑으로부터 몇 킬로미터가량 남쪽에 있는 동쪽 숲이라는 곳이었다. 두 사람은 각자 용매를 타고 말없이 그곳으로 날아갔다. 실바나스의 머릿속에는 수많은 생각이 소용돌이치고 있었다. 그 중 절반 정도는 도움이 될 것도 같았지만, 나머지 절반은 그녀를 무너뜨릴 기회를 호시탐탐 노리고 있었다.

다른 무엇보다 사체가 가장 먼저 눈에 띄었다. 여덟 구가 천으로 덮여 있었다. 실바나스는 절망에 빠진 가신들을 비난할 수 없었다. 모두가 본능적으로 희생자들에게 예의를 베풀어주고 싶었을 테니까. 하지만 슬픔으로부터 기인한 그 행동은 명백한 실책이었다. 가족과 친구들의 훼손된 사체를 직접 보아야만 하는 건 너무나도 힘겨운 일이었을 테지만, 그로 인해 핵심적인 증거들이 이미 파괴되었을 수도 있었다.

그녀는 땅에 놓인 형체들에서 억지로 시선을 돌렸다. 아래쪽에 있는 로르테마르와 할두런, 그리고 다른 낯익은 원정순찰대원들의 모습을 보니 옥죄어 있던 가슴이 조금이나마 풀어지는 걸 느꼈다. 현장에는 쿠엘리시엔 오두막의 사냥꾼들과 그들의 지도자인 순찰대장 렌타르 호크스피어까지 나와 있었다. 왕실 의복을 입은, 그녀가 알아볼 수 없는 누군가도 거기 있었다. 왕의 특사였다.

실바나스는 눈살을 찌푸렸다. 아나스테리안이 자기에게 직접 보고할 수 있는 사람에게 사건 현장을 직접 확인해 보라는 명령을 내리는 건 어찌 보면 당연한 일이었다. 하지만… 그것이야말로 원정순찰대의 임무였다. 실바나스에게 사건 현장을 직접 확인하는 일은 피하라고 거듭 강조하던 국왕의 모습이 떠올랐다. 물론 그 말의 일부는, 아니, 그런 뜻의 대부분은 자신에 대한 솔직한 연민 때문이었을 거라는 사실을 실바나스는 의심하지 않았다.

하지만 왕의 그 말엔 드러나지 않은 속내가 있었고, 국왕을 상징하는 색상의 옷을 입은 호리호리한 엘프가 바로 그 증거였다.

용매가 하강을 시작하자, 익숙해서 더 끔찍한 부패의 악취가 그들을 향해 피어올랐다. 지상에 착지한 그녀는 용매에서 미끄러져 내린 후 친구들에게 다가갔다. 그리고 할두런을 향해 목례한 후 로르테마르에게 시선을 돌렸다. 왕의 특사에게는 눈길조차 주지 않았다. 그는 도움을 주려는 게 아니라 그저 관찰하기 위해 거기 와 있는 거였다. 그러니 관찰할 수 있게 해줘야 했다.

"보고해 줘요." 그녀가 말했다. "제가 아무 얘기도 듣지 못했다고 생각하세요. 두 사람은 이번 일을 어떻게 보고 있죠?"

로르테마르는 나타노스를 흘긋 봤다. 장황한 설명으로 낭비할 시간은 없었기에, 그녀는 딱 잘라 말했다. "동쪽 숲이 그의 고향이에요. 이번 사건이 호드의 소행이라면, 우리 중 누구보다 내막을 잘 알고 있을 거예요."

로르테마르는 고개를 끄덕인 후 그녀와 똑같이 냉철한 태도로 지금까지의 모든 일을 설명해 주었다.

이틀 전, 리리사와 베라스가 탔던 백마 중 한 마리가 첨탑에 나타났다. 그 말은 다친 곳은 없었지만 너무 불안해하고 있었기에, 가신들은 최악의 상황을 예상했다. 그리고 그들의 걱정은 현실이 되었다.

야생 동물들이 사체를 훼손한 이상, 정확한 사망 시간을 알아내는 건 쉬운 일이 아니었다. 하지만 원정순찰대는 희미한 부패의 단서까지 모두 이용하여 공격이 이루어진 것이 일주일이 채 되지 않았고, 아마도 사흘이나 나흘 전에 일어난 일일 거라고 추정했다.

로르테마르는 두 사람을 이끌고 사건 현장 주위를 둘러보았다. 실수로 증거를 밟는 일이 없도록 주의해야 하는 것 옆에는 모두 작은 표식이 놓여 있었다. 하지만 그러기에는 이미 너무 늦어버린 것 같다고 실바나스는 생각했다. 유용할 수 있었던 증거도 이미 다 짓밟혔고, 최근에 내린 비가 상태를 악화시키기까지 했다.

"발자국은 많지 않았소." 로르테마르가 조용한 목소리로 말했다. "하지만 지금까지 확인한 바로는 모든 게 트롤을 가리키고 있는 것 같소." 그는 북동쪽을 가리켰다. "줄마샤르에서 공격 기회를 포착한 것인지도 모르겠소."

"이끼껍질부족은 수가 예전 같지 않아요." 실바나스가 말했다. "이렇게 대담한 공격이라면 아마 아마니 짓일 거예요. 그런데 그들이 왜 쿠엘탈라스에서 이렇게 멀리 떨어진 곳까지 왔을까요?"

"사냥감의 값어치가 그런 여정을 감수할만했던 건지도 모르겠습니다." 누군가의 목소리가 들려왔다. 렌타르 호크스피어가 다가와 고개 숙여 인사했다. 다른 엘프들보다 키가 크고 근육질인 렌타르는 당당한 지휘관의 용모를 뽐냈다. 검은 머리카락은 정수리 위로 상투를 틀었고, 얼굴은 강인하고 매서운 표정이었다. "순찰대 사령관님," 그는 말했다. "유감입니다. 다른 용무로 여기 오신 거라면 좋았을 텐데요."

"우리 모두 그렇죠." 실바나스는 대답했다. "맞아요. 하지만 우리 사절단은 관문을 향해 가는 동안 사실상 그들 곁을 스쳐 지나간 셈이죠. 그런데 이렇게 멀리까지 추격해서 공격하는 건 지독하게 비효율적인 전략이에요. 아마니 일족은 다른 건 몰라도, 전략만큼은 확실히 이해하는 자들이죠."

실바나스는 고개를 가로저었다. "역시 아닌 것 같아요, 렌타르. 아무리 생각해도 앞뒤가 맞지 않아요." 그녀는 사체 한 구가 놓여 있는 곳으로 걸어갔다.

"실바나스!" 할두런이 재빨리 말했지만, 너무 늦은 경고였다. 실바나스는 이미 사체를 덮은 천을 걷었다.

그 천 아래에서 원정순찰대원의 얼굴을 보게 될 거라고, 그것만으로도 충분히 끔찍하다고 생각했다. 하지만 거기서 드러난 건 온몸에 화살이 박힌 원정순찰대의 지도자였다.

리리사 윈드러너의 얼굴은 창백했고, 사후 경직으로 온몸이 굳어 있었다. 실바나스는 한 대 얻어맞은 듯한 기분이었지만, 그와 함께 슬픔 외의 감정이 치밀어오르는 것을 느꼈다. 자부심이었다. 어머니는 자신의 맹세에 따라 다른 이들을 지키다가 죽어갔다. 최후까지 부하를… 가족을 지키려고 했다. 어머니는 평생 그랬듯 영웅으로 살다 죽었다. 하지만 이번에는 그런 희생이 헛된 일인 것만 같았다.

이대로 끝내진 않겠어요. 실바나스는 생각했다. *어머니도 제가 이런 짓을 한 범인을 찾아내기를 바라시겠죠. 약속할게요. 꼭 그럴 거예요.*

그녀는 입을 굳게 다물고 억지로 정신을 집중했다. 화살이 너무 많았다…. 그녀는 그중 하나를 뽑아내고, 촉에 독이 발려 있는 걸 확인했다. 분명히 트롤 것이었다.

아나스테리안의 말이 옳았던 걸까? 어머니가 방심하다가 적에게 당하고 만 걸까?

그녀는 사체를 샅샅이 훑어보며, 복수를 도와줄 단서를 뭐든 드러내 달라고 어머니에게 말없이 부탁했다. 그리고 곧, 그녀의 시선이 멈췄다.

가죽 방어구에는 화살에 뚫린 구멍이 두 개 더 있었지만, 누군가 거기서 화살을 *뽑아낸* 흔적이 남아 있었다.

나타노스가 그녀 곁에 다가와 섰다. 아무 말도 하지 않았지만, 든든한 존재감을 드러내고 있었다. 실바나스는 일어섰다. "순찰대 사령관님이 몸에 박힌 화살을 뽑아내진 않았을 거예요. 전투가 한창인 상황에서는 절대 그러지 않았겠죠. 누군가 자기 화살을 회수해 간 거예요."

"궁수는 다들 그러지 않습니까?" 특사가 끼어들었다. "화살을 낭비하지 않으려고 전부 가져가지 않습니까?"

"대부분은 그렇죠." 실바나스는 말했다. "그런데 그렇다면 화살을 왜 전부 가져가지 않은 거죠? 왜 일부만 남겨 두고 나머지만 회수한 걸까요?"

"아무래도," 로르테마르가 옆으로 다가오며 말했다. "우리가 이 화살들을 *알아봐 주기*를 바란 것 같소."

어느새 할두런도 다가왔고, 삼인조는 서로의 얼굴을 바라봤다. 그들과 나타노스는 이제 그곳에서 무슨 일이 일어난 건지 알고 있었다. 하지만 그들이 본능적으로 같은 사실을 감지했다는 것만으로는 국왕을 설득할 수 없었다. 증거를 찾아야 했다. 실바나스는 어머니의 사체 옆에 무릎을 꿇고 앉았다.

"고마워요, 어머니." 그녀는 속삭였다. "놈들을 찾아낼게요. 그리고 우리 백성을 지킬게요. 이제 편히 쉬세요. 어머니는 의무를 다하셨어요."

그녀의 시선이 쓰러진 리리사의 몸에 깔린 화살통으로 향했다. 화살 세 개가 남아 있었다. 실바나스는 입술을 깨물고 손을 뻗어, 조금 납작해진 화살통에서 어머니의 화살을 꺼냈다. 그녀는 잠시 동안 화살을 바라봤다. 윈드러너의 색과 원정순찰대의 색, 그리고 그 상징적인 황금빛 화살깃을 바라봤다. 그리고 그녀는 자리에서 일어서서, 그 화살들을 자기 화살통에 넣어 어머니의 유산을 받아들였다.

그녀는 아직 공식적으로 순찰대 사령관에 임명된 건 아니었지만, 그녀의 지금 행동을 본 모든 원정순찰대원들이 존경심을 가득 담아 고개를 숙였다.

나타노스는 잠시 그녀를 바라보며 실바나스의 눈을 찾았다. "제게 생각이 있습니다. 같이 가시겠습니까?"

"그래." 그녀는 즉시 대답했다.

"저도 가겠습니다." 렌타르가 말했고, 로르테마르와 할두런도 고개를 끄덕였다.

"아니," 실바나스는 말했다. "여기 남아서 계속 단서를 찾으세요. 우리가 알지 못하는 무기가 남긴 상흔이 없는지 찾아봐요. 아니면… 일반적인 것보다 훨씬 더 큰 무기로 생긴 상처도요. 곧 돌아오겠어요."

세 명 다 못마땅한 표정으로 나타노스를 바라봤다. 그에게 목숨을 빚진 로르테마르도 예외는 아니었다. "조사를 마무리해야 하지 않겠소?" 로르테마르가 물었다.

"아직 안 돼요."

"그대의… 부모님과 두 분 곁에서 싸우다 죽어간 이들에게 제대로 예의를 갖춰줘야 하오."

"우리 부모님과 두 분 곁에서 싸우다 죽어간 이들에게 정의를 실현해 줘야죠." 실바나스의 목소리는 생각했던 것보다 더 거칠었다. "오래 걸리진 않을 거예요."

* * *

두 사람은 대화를 할 수 있도록 용매 한 마리에 함께 탔다. 실바나스는 안장을 붙잡았다. 나타노스에게 손을 댔다간 힘겹게 버티고 있는 감정이 붕괴할 것만 같았다. "어디로 가는 거야?"

"행복했던 시절의 저희 집 농장입니다. 여기서 남쪽으로 가면 됩니다."

"그래…. 그런데 거기서 뭘 하려는 거지?" 그녀는 말했다. 장난기 넘치던 예전의 그녀가 고개를 내밀고, 오늘 있었던 수많은 일들로 인해 침울해진 분위기를 바꿔 보려고 절박하게 애를 쓰고 있었다.

“사실, 제 사촌 동생인 스테판을 소개해 드리고 싶습니다.” 나타노스는 진지한 목소리로 말했다. 그녀는 희미하게 웃었다. 그는 언제나 그녀에게 필요한 게 뭔지 알고 있었다.

“하지만 오늘은… 정찰을 해야겠습니다. 원정순찰대를 무시하는 건 아니지만, 인접한 지역을 제외하고는 단서를 찾을 생각이 없는 것 같군요.”

두 사람 사이에 침묵이 길어졌다.

“호드였지.” 그건 질문이 아니라 단정이었다.

“네, 그런 것 같습니다. 화살을 몇 개만 뽑는 경우는 없습니다.”

“자기 정체를 드러낼 수 있는 것들만 뽑았겠지. 오크의 화살. 일부러 트롤 화살만 남겨둬서 모든 게 트롤의 독자 행동인 것처럼 보이게 한 거야.” 단호하고 냉정한 목소리였다. 놈들은 대가를 치를 것이다.

“흔적도 잘 지웠고, 비가 내린 것도 도움이 됐죠.” 나타노스가 말했다. “그래서 그 녀석들이 남쪽으로 내려간 후에는 조금이나마 부주의해지지 않았을까 하는 겁니다.”

그들은 말없이 날았다. 실바나스는 지면에서 눈을 떼지 않았고, 나타노스는 펄럭이는 날개가 땅에 닿을 듯 용매의 고도를 낮게 유지했다.

“저기,” 그녀가 말했다. “왼쪽이야.”

나타노스는 용매의 머리를 돌렸고, 야수는 서쪽으로 방향을 틀었다. “저도 봤습니다.” 그는 말했다. “하지만 발자국의 윤곽이 명확하지 않습니다. 트롤의 발자국이 비 때문에 넓어진 것일 수도 있습니다.”

“어떻게 된 일인지는 다들 알고 있어.” 실바나스는 말했다. “할두런, 렌타르, 로르테마르…. 우린 전부 알고 있다고.”

원정순찰대원이라면, 아니, 화살을 쏴 본 경험이 있는 사람이라면 누구나 아는 사실이었다. 전장에서 화살을 뽑아내는 일은 없었다. 그로 인한 출혈이 화살 그 자체보다 훨씬 더 위험하기 때문이었다. 혹시 화살을 제거할 기회가 있다면, 화살촉의 갈고리가 피부를 찢는 일이 없도록 화살대를 둘로 잘라야 했다.

"네," 나타노스는 음울한 목소리로 말했다. "호드의 화살에는 다른 깃이 달려 있고, 크기도 조금 더 큽니다."

"이 오크 녀석들은 바보가 아니었어." 실바나스가 중얼거렸다. "걱정했던 대로 트롤과 협력하고 있었던 거야. 오크는 사절단이 지원을 받을 수 없을 만큼 멀리 떨어지기를 기다린 후 공격을 시작했고, 트롤도 곧바로 합류했어. 왕의 말이 맞았어. 기습 공격에 당한 거야."

나타노스는 한참 동안 아무 말도 하지 않다가, 실바나스 외에는 아무도 듣지 못한 부드러운 목소리로 말했다. "당신도 그들을 구할 방법은 없었습니다."

그녀는 고통을 삼키며 눈을 감았다. "아무도 모르는 일이야. 그래도 시도는 해 봤겠지."

"그러지 않아서 다행입니다."

두 사람은 계속해서 그 지역 상공을 비행하며, 그곳의 길을 오가는 일반 시민들의 발자국 사이에서 눈에 띄는 것이 없는지 찾았다. 아무것도 없었다. 사체 한 구도, 과도하게 큰 마차의 흔적도, 발자국 하나조차 없었다.

"돌아가야겠어." 한참이 지난 후 그녀가 말했다. "트롤의 소행이 아니라는 증거는 하나도 없잖아."

"죄송합니다. 하지만 당신이 그들을 구하지 못한 건 아닙니다. 때로는 적들이 이길 때도 있지요. 오늘이 바로 그런 날이었을 뿐입니다. 이번 일의 끝을 보기까지는 아주 오랜 시간이 걸릴 테지만, 우리가 그 궁극적인 결과를 바꿔 놓을 수 있을 겁니다."

"반드시 그럴 거야." 그녀는 그렇게 말하고, 입을 다물었다.

현장으로 돌아간 실바나스는 로르테마르와 렌타르, 할두런에게 말했다. "전 이게 호드의 짓이라고 생각해요." 그녀는 말했다. "트롤과는 싸워본 적이 있어요. 전투 이후에 남겨진 것들도 봤죠. 여긴 근본적으로 뭔가 잘못됐어요. 하지만 국왕 폐하께 보여드릴 증거가 없는 상황에서는…" 그녀는 잠시 말을 멈추고 침을 꿀꺽 삼켰다. "이제 조사를 마무리하는 수밖에 선택의 여지가 없을 것 같군요."

로르테마르와 할두런은 연민이 가득한 눈빛으로 그녀를 바라봤다. 렌타르는 눈살을 찌푸렸다. "별로 마음에 드는 얘기는 아니군요. 물론 당신이 제일 그렇겠지만요."

"그래요. 혹시라도 다른 증거가 발견되면, 쿠엘리시엔 오두막에서 즉시 내게 보고할 거라고 믿고 있겠어요."

"지체 없이 그렇게 하겠습니다." 그는 단언했다.

"나도 그대와 같은 생각이오—" 로르테마르는 잠시 주저했다. "이제 그대를 어떻게 불러야 하겠소? 순찰대 사령관? 순찰대장?"

그 질문을 들으니 호드의 화살에 꿰뚫린 것처럼 아팠다. "어느 쪽도 아니에요. 지금은… 그냥 실바나스라고 불러줘요." 그녀는 어깨를 똑바로 폈다. "망자들에게 조의를 표해야겠어요. 그다음에는 사체를 최대한 조심스럽게 고향으로 데려가 주세요."

"그렇게 하겠소." 할두런은 말했다.

그녀는 다시 한번 현장을 둘러보며, 천으로 덮인 시신 하나하나 앞에서 잠시 걸음을 멈췄다. 원정순찰대원들은 다들 그녀보다 훨씬 나이가 많은 사람이었다. 말 그대로 수 세기 동안 경험을 쌓은 대원들도 있었다. 호드가 몇 명이나 있었기에 그들을 제압할 수 있었을까? 실바나스는 생각했다. 그 괴물들이 자기네 시체는 몇 구나 수거해야 했을까?

뭘 찾아야 하는지를 알고 다시 보니, 거의 모든 사체에서 화살을 뽑은 자국을 확인할 수 있었다. 그리고 원정순찰대원 두 명의 시체에서는 트롤이 소지하는 것보다는 훨씬 더 무거운 무기에 베인 듯한 깊은 상처도 볼 수 있었다.

하지만 실바나스는 그것만으로는 아무것도 바꿀 수 없다는 걸 알았다.

그리고 그녀는 마지막 사체 앞에 멈춰섰다. 아버지의 유해였다. *아버지.* 그분의 운명이 이런 것일 수는 없었다. 아버지는 앞으로도 오랫동안 후손을 만나고, 언제나 포도주 한 잔과 좋은 책 한 권을 곁에 두고 말년을 보내야 했다. 실바나스는 아직 아버지를 보낼 준비가 되지 않았다.

그녀는 주저했다. 아버지의 모습을 보면, 모든 게 현실이 될 것만 같았다. 성격이 불같고 까다로웠지만 영웅적이었던 어머니를 잃은 것뿐 아니라, 상냥하고 현명하고 유머러스했지만 나름의 방식으로 아내만큼 강인했던 아버지와의 이별도 현실이 될 것이다.

실바나스는 자기도 모르게 아버지 곁에 무릎을 꿇고 앉았다. 두 눈에 눈물이 끓어올랐지만, 눈물이 흘러내리는 것만큼은 끝까지 참았다. 떨리는 것을 도저히 감출 수 없는 손으로 천을 벗기고, 이제는 머리카락처럼 하얗게 바랜 사랑하던 아버지의 얼굴을 바라봤다. 마지막으로 아버지를 만났을 때 자매가 놀렸던 까칠한 수염을 말쑥하게 면도한 모습이었다. 마음이 그토록 사소해 보이는 일들을 놓지 못하고 있는 것이 참 이상했다.

제가 무슨 짓을 하든, 아버지는 언제나 절 사랑해 주셨죠. 벌을 주더라도 언제나 합리적이고 공정하게, 제게 가르침을 주셨고요. 어머니는 국왕 폐하에 대한 의무 때문에 언제나 위험한 삶을 사셨죠. 아버지도 그러실 줄은 몰랐어요.

"두 분을 위해 싸울게요." 그녀는 속삭였다. "두 분이 언제나 사랑했던 쿠엘탈라스를 위해서요."

친구들은 혼자서 슬픔에 잠길 시간을 마련해 주고자 실바나스 곁을 떠났다. 그녀가 그들에게 돌아갔을 때는 이미 굳건한 결의를 되찾은 상태였다. "제가 국왕 폐하께 직접 말씀드리겠어요." 그녀는 말했다. "그리고 가는 길에 윈드러너 첨탑에 들러 감사를 표하고, 제가 할 수 있는 한 가신들을 위로할게요." 가신들은 뼛속 깊이 충격을 받은 상태였다. 그들은 대부분 평생 윈드러너 가문을 섬겨 왔고, 그중 몇몇은 이 땅에서 가장 유명한 가문에서 일하는 선대로부터의 전통을 이어가고 있었다.

실바나스는 할 수 있는 일을 했고, 나타노스는 밖에서 기다렸다. 한참이 지나 마침내 모습을 드러낸 그녀가 말했다. "한 군데 더 들를 곳이 있어. 괜찮으면 같이 가자."

윈드러너 가문의 탈것을 관리하는 이들은 전부 나타노스를 알고 있었고, 대부분 그를 좋아했다. 쏜살마를 보자 오늘 수없이 반복되어 온 고통이 다시 한번 되살아났다. 그 암말은 실바나스를 알아보고는 머리를 부딪쳐 왔고, 그녀는 그 부드러운 하얀색 갈기를 부드럽게 쓰다듬어 주었다.

"실바나스 님!" 수석 마부인 탈바스가 외쳤다. "정말 기적 같은 일입니다!"

이토록 끔찍한 순간에 하기에는 너무나도 이상하고 잔인한 말이라고 생각한 실바나스는 뒤늦게 그의 말뜻을 알아챘다. "그래요." 그녀는 말했다. "그래도 쏜살마는 무사하네요. 당신이 지금껏 이렇게 잘 보살펴 온 말인데—"

"아닙니다, 실바나스 님! 물론 이 말도 그렇지만, 일단 이리 와서 보십시오!"

실바나스와 나타노스는 탈바스를 따라갔다. 그리고 곧 그녀의 심장이 덜컥 내려앉았다. 마구간 뒤에는 백마가 한 마리 더 있었다.

협상마!

하지만 기쁨은 오래 가지 않았다. 말의 오른쪽 옆구리에서 피가 뚝뚝 떨어지고 있었다. 그녀가 뭐라고 말을 하기 전에, 탈바스가 그녀를 안심시켰다. "말은 괜찮을 겁니다, 실바나스 님. 독은 없었고, 저희가 아주 조심스럽게 화살을 제거했습니다. 지금은 상처를 소독하는 중이라, 조금 아프긴 할 겁니다만."

실바나스는 주머니를 더듬거렸다. "자요," 그녀가 말했다. "상처나무예요."

탈바스는 뭘 해야 할지 정확히 알고 있었다. "감사합니다! 말도 고마워할 겁니다."

실바나스는 천천히 말을 향해 다가갔다. 나타노스는 탈바스를 따라 걸으며 뭔가 조용히 말했다. 협상마는 콧구멍을 벌름거리며 고개를 숙였고 그녀에게 부드러운 코를 맡겼다. 익숙한 손길이 느껴지자 말의 떨림이 서서히 줄어들었다.

어떻게 된 일인지 몰라도, 말은 두 마리 다 살아남아 집으로 돌아왔다…. 주인들은 그러지 못했지만. 분명 기적 같은 일이었다.

그녀는 협상마를 타고 달리던 때, 아버지의 따스한 등에 기대어 말의 조심스러운 움직임을 느끼며 얼굴에 쏟아지는 햇살을 만끽하던 수많은 나날을 떠올렸다.

"실바나스."

그녀가 고개를 돌리자 나타노스가 서 있었다. 그녀는 그의 얼굴을 바라보고, 다시 그가 손에 들고 있는 물체를 바라봤다.

그 화살은 트롤의 것이 아니었다. 실바나스는 헉, 숨을 들이쉬었다. 독은 없었다….

"그건 혹시…?"

"네. 호드 화살입니다."

실바나스는 협상마의 목을 부둥켜안았다. 그녀는 미신을 믿는 사람은 아니었지만, 왠지 부모님이 어디에 있든, 안식을 찾았을 것 같았다.

고마워요, 아버지. 제게 마지막 선물을 주셨네요. 저도 약속을 지킬게요.

국왕에게 도전하는 건 용기가 필요할 것이다. 아나스테리안이 그녀의 결론에 동의하지 않는다면, 그녀는 벌을 받을 수도 있었다. 원정순찰대에서 추방당할 수도 있었다.

그녀의 볼이 말의 따뜻한 목을 눌렀다. 아버지의 목소리가 마지막으로 들려오는 것 같았다.

딸아, 너 자신을 믿으렴. 아빠는 언제나 널 믿고 있단다.

* * *

실바나스는 따뜻한 환대를 받았다. 왕궁에 도착하자마자, 그녀는 전에 본

적이 없는 방으로 안내를 받았다. 그 별실은 다른 커다란 방들에 비해 더 포근하고 아늑했다. 두꺼운 양탄자가 돌바닥 위에 깔려있었고, 초상화와 조각상들로 장식되어 있긴 했으나 그 크기는 훨씬 더 작았다. 스무 명이 함께 앉을 수 있는 광활한 탁자 대신, 작은 탁자와 편안해 보이는 의자 두 개, 포도주 디캔터, 유리잔 두 개만 놓여 있었다. 벽난로에는 따스한 불이 타고 있었다. 아른거리는 불길과 깜빡이는 촛불의 빛으로 가득 찬 그 방은 아주 안락한 공간이었다. 마음에 그토록 큰 상처를 받지 않았더라면, 지금의 임무가 그토록 시급한 게 아니었다면, 실바나스도 금세 기분이 아늑해졌을 것이다. 하지만 그렇지 않았기에, 아나스테리안이 의자를 향해 손짓했을 때 그녀는 대답했다. "감사합니다, 폐하. 하지만 실례가 안 된다면 서 있고 싶습니다."

"앉아 주면 고맙겠는데." 그가 말했다. "고통스러운 임무를 수행했을 테니."

상냥한 말과 목소리였지만, 실바나스는 그게 명령임을 알았기에 잠자코 지시에 따랐다. 국왕은 자기가 마실 포도주를 한 잔 따랐다. "한잔하겠나? 원한다면 차나 음료를 가져오게 하겠다."

"감사합니다만, 전 괜찮습니다." 그녀는 말했다.

"그러면 본론으로 들어가지." 국왕은 말했다. "지금까지 알아낸 정보와 네 결론을 말해다오."

실바나스는 그렇게 했다. 그는 유쾌하고 관심 있는 표정으로, 단서를 찾아 헤맨 과정과 트롤의 짓임을 가리키는 증거, 그리고 그렇지 않은 증거에 대해 이야기하는 그녀의 말에 귀를 기울였다.

"저도 처음엔 폐하의 말씀에 동의하고 있었습니다." 그녀는 말했다. "하지만 그때 아버지의 말이 돌아왔습니다…. 옆구리에 이게 박힌 채로요."

그녀는 하얀색 천을 두 사람 사이의 탁자 위에 놓고 펼쳤다.

아주 오랫동안, 국왕은 화살을 바라봤다. 그리고 자리에서 일어선 그는 불가로 천천히 걸어가서는 그녀에게 가만히 앉아 있으라고 손짓을 했다. 그러고는 그녀를 향해 등을 돌리며 불씨를 물끄러미 바라봤다. "네 아버지는 늘

너를 높게 평가하셨지. 참으로 어려운 상황에서도, 넌 임무에 대한 결의와 헌신을 보여주었다. 네 부모님은 지금까지의 모습 그대로 국왕을 섬기고, 왕국을 보호하고, 백성을 위해 최선을 다하다가 돌아가셨다."

그리고 그는 실바나스를 향해 돌아섰다. "너도 그럴 거라고 믿는다."

"저도 그렇게 하리라고 다짐합니다, 폐하."

국왕은 고개를 끄덕이고는 화살을 가리켰다. "내가 좀 봐도 되겠나?" 그녀는 고개를 끄덕였고, 국왕은 조심스럽게 화살을 들어 올렸다. 거기엔 지금도 협상마의 피가 말라붙어 있었다.

"철저히 조사했군. 그리고 이건 분명히 이번 학살의 배후에 트롤만이 아니라 호드가 존재한다는 걸 확인해주는 증거다. 하지만… 우리에겐 아무 소용이 없어. 백성들에게 있어 최선의 결과가 무엇일까 생각해 보면, 이런 증거는 아무 쓸모가 없단 말이다."

아나스테리안은 손안의 화살을 불길 속으로 떨어뜨렸다.

실바나스는 본능적으로 자리에서 벌떡 일어나, 진실을 드러내 줄 화살의 일부라도 건져내려고 벽난로를 향해 달려들었다. 아나스테리안의 손이 그녀의 손목을 붙잡았다.

"대체 *뭘* 하시는 겁니까?" 그녀가 외쳤다. "저게 있어야 사건의 진실을 밝힐 수 있습니다!"

국왕은 그녀의 외침을 무시하고 차분한 목소리로 말했다. "난 전쟁을 보았다, 실바나스. 네 부모도 마찬가지고. 그건 정말 끔찍한 행위야. 트롤의 공격으로 우린 상당한 타격을 입었다. 백성들의 목숨을 잃었을 뿐 아니라, 우리가 자신들을 지켜줄 거라고 생각했던 그들의 믿음까지. 이건 우리의 전쟁이 아니다."

"이젠 우리 전쟁입니다!"

"우리가 그렇게 선택해야만, 우리 전쟁이 된다."

그녀는 믿을 수 없다는 눈빛으로 국왕을 바라봤다. 그리고 무모하게 말했다. “전에 아버지에게, 현명한 국왕 폐하께서는 진실을 말할 용기가 있는 사람을 소중히 여길 줄 아신다고 들었습니다. 아버지가 거짓말을 했던 걸까요?”

국왕의 얼굴에 불쾌한 감정이 스쳤다. 그녀는 자기가 과도하게 밀어붙이고 있음을 알았지만, 도저히 멈출 수가 없었다.

“거짓말이 아니야. 이런 진실을 밝혀낼 수 있었던 널 아끼는 마음은 그대로다. 그래도 네게는 진실을 말해주고 싶구나. 수수께끼의 괴물이 침공해온다며 백성들에게 공포를 불러일으키는 건, 결국 이 왕국에 해가 될 뿐이다. 우리는 안전하다, 실바나스. 놈들은 절대 우리 땅을 빼앗을 수 없어. 태양샘이 우리를 보호하고, 나는 혹시나 문제가 생길 경우 너희 원정순찰대가 우릴 지켜줄 거라고 믿고 있다. 너희 부모는 언제나 왕국의 국민들에게 최선의 길을 택했다. 본인들이 그 길을 동의하지 않는다고 하더라도 말이다. 너 또한 그 유산을 이어가겠느냐? 아니면 네 국왕의 명을 거역하겠느냐?”

정말 끔찍하게도 불공정했다. 분명히 잘못된 일이었다.

하지만 최악인 건, 그녀가 아나스테리안의 결정을 이해한다는 사실이었다. 왕국은 정말로 잘 보호되고 있었다. 위험을 감수하지 않고도 정보를 수집하고 비상사태에 대비할 방법이 있었다. 그녀의 심장이 저항했지만, 실바나스는 정치와 전쟁에 관한 문제라면 자기보다 국왕이 훨씬 더 익숙하다는 사실을 인정해야 했다. 게다가… 부모님 또한 그 사실을 이해하고, 국왕의 명령에 따랐을 것임을 알았다.

그녀도 그래야만 했다.

“적어도 정찰 인원을 두 배 늘리는 건 윤허해 주시겠습니까? 그리고 추가 병기와 보급품을 허가해 주시겠습니까? 위험이 도사리고 있다는 걸 알았으니, 원정순찰대도 대응할 채비를 갖춰야 합니다!”

“그런 조치가 필요할 것 같지는 않은데.” 아나스테리안은 말했다. “너희 부모는 태양샘에서 너무 멀리 떨어졌었다. 두 사람의 운명은 나도 정말 유감이지만, 네 약속부터 받아야겠다, 순찰대 사령관. 이 일은 아무에게도 이야기하지 마라. 내가 네 충성심을 확신하지 못해서, 늘 어깨 너머를 경계하고 있을 수만은 없으니."

그녀는 고개를 숙였다. "폐하의 의중을 이해하며, 저 또한 부모님의 본보기를 따라 국왕 폐하의 충직한 시종이 되겠습니다."

국왕은 긴장을 풀었다. "이건 네 생각보다 훨씬 더 가치 있는 일이다. 지금의 이 선택은 네가 이 왕국의 백성을 진실로 섬기는 길임을 명심해라."

실바나스는 고개를 숙이고 물러났다. 방금 한 약속은 지킬 생각이었다. 하지만 그녀는 아주 신중하게 말을 골랐다. 이제는 이번 사건에 대해 공공연히 이야기하는 일은 없을 것이다. 그래도 그건 병사들이 다가오는 폭풍에 대비할 수 있도록, 그녀가 나름의 방식으로 정의를 실현할 방법을 찾지 않겠다는 의미는 아니었다.

*　*　*

다음 며칠은 자비롭게도 흐릿하게만 느껴졌다.

사망한 순찰대 사령관과 대사이자 조언자였던 이의 장례식은 그 본질에 충실하게 고인들을 기리고, 아픈 슬픔을 감내하고, 수많은 의미를 기억하는 행사로 치러졌다. 사체는 윈드러너 가문의 색상으로 짜인 수의에 개개인의 이름을 금실로 조심스럽게 수놓아 감쌌다. 다양한 색상의 꽃들이 사체와 그들이 담긴 관을 장식했다. 베라스와 리리사 윈드러너는 그들이 평생을 봉사해온 백성들이 조의를 표할 수 있도록 하루 동안 거기 남아 있을 예정이었다.

실바나스, 베리사, 리라스는 상복을 입고 가문의 휘장을 착용한 채, 수의로 둘러싸인 부모님 곁에 서 있었다.

알레리아는 참석하지 않았다.

아나스테리안이 윈드러너 가문의 아이들을 불러 모아 끔찍한 소식을 전했던 그날 이후, 실바나스는 리라스와 대화한 적이 없었다. 남동생은 너무나도 초췌했고, 검은 상복 때문에 파리한 얼굴이 더 창백해 보였다. 그는 아직 어렸고, 자신의 감정을 감출 줄 몰랐으며, 여기에서 머무는 시간이 매 순간 고통스럽다는 걸 온몸으로 드러내고 있었다. 한 시간쯤 지난 후, 그는 뭔가 결정을 내리기라도 한 듯, 자기 자리를 벗어나 실바나스에게 다가왔다.

늘 높고 당당하게 솟아 있던 광대뼈가 오늘은 피부를 뚫고 나오기라도 하려는 것 같았다. 푹 꺼진 두 눈이 아른거렸다. 자세도 달라져 있었다. 늘 훤칠하고 당당했던 동생이 지금은 조금 구부정하게 허리를 굽히고 있었고, 온몸을 웅크려 아예 사라져 버리고 싶은 듯한 태도였다.

실바나스는 마지막 남은 연민을 담은 눈길로 동생을 바라보며, 위로하고, 달래 줄 준비를 했다. 하지만 리라스는 깜짝 놀랄 말을 했다.

"훈련시켜 줘."

지난 몇 년 동안 리라스가 실바나스에게 늘 했던 얘기였다. 하지만 이번에는, 그게 단순히 어린아이의 애원이나 청년의 불안감을 드러내는 말은 아니었다. 그건 가장 잔혹한 방식으로 원치 않게 성인이 되어야 했던 사람의 정당한 요구였다.

그녀는 남동생의 팔을 부드럽게 잡고 계속해서 밀려드는 조문객들을 피해 한적한 곳으로 갔다.

"나중에 다시 얘기하자." 그녀는 말했다.

"아니, *지금* 얘기해야 해."

그녀는 눈을 깜박였다. 리라스에게서 지금껏 본 적 없는 굳은 의지가 보였다. "충격을 받았다는 거 알아." 그녀가 말했다. "그래도 이 얘기는 전에 했잖아."

"이제 모든 게 달라졌어." 그는 거친 목소리로 말했다. "전에 같은 얘기를 했을 땐, 힘들 것 하나 없는 세상이었어. 포도주와 노래, *가족의* 웃음으로 둘러싸인 채 특권을 누리던 세상이었지. 그 세상은 이제 사라졌어. 다시는 돌아오지 않을 거야. 누나, 알레리아, 베리사…. 적어도 누나만큼은 두 분을 빼앗아간 자들에게 복수를 할 수 있잖아!"

적어도 그건 옳았다. 하지만 틀린 점도 있었다. 실바나스는 비록 슬픔에 잠식되어 있었지만, 그 힘들 것 하나 없는 세상이, 노래로 가득한 세상이 영원히 사라졌다고는 생각하지 않았다. 세상이 달라진 건 사실이었다. 하지만 쿠엘도레이는 살아남았다. 리라스는 적응할 것이다.

다들 그럴 것이다. 실바나스는 자매들보다 남동생에게 더 많은 것을 바랐다. 윈드러너 가문의 딸들은 이미 이 세상이 극도로 잔혹하고 거친 곳이라는 걸 알았다.

세 자매는 그 어둠, 그 힘겨운 진실을 가로막고 서서, 왕국의 백성이 회복하고, 웃고, 다시 노래할 수 있게 지켜주었다. 실바나스는 리라스만큼은 그런 짐을 짊어지지 않도록 할 생각이었다.

"지금은 모든 게 공허해. 너무 바보 같다고. 어머니와 아버지가 돌아가셨는데, 난 내 삶을 낭비하고만 있어. 두 분이 *그런 걸* 바라셨을 리가 없잖아!"

실바나스는 도저히 참을 수가 없어서, 하마터면 동생에게 소리를 지를 뻔했다. 하지만 그녀는 애써 숨을 깊이 들이쉬었다. "리라스," 그녀는 최대한 상냥하고 조용한 목소리로 말했다. "딸들이 모두 어머니의 뒤를 따랐다는 사실 때문에 두 분이 얼마나 힘들어하셨는지 알아? 우리가 언제 죽을지 모르는 위험한 길, 폭력의 길을 따라갔다는 사실 때문에? 우리 중 *한 명이나마* 안전한 삶을 택했다는 걸 알고 안도의 한숨을 내쉬셨을 거라는 거 정말 모르겠니? 알레리아와 베리사, 나도 그렇다는 걸 모르는 거야?"

그는 얼굴을 온통 일그러뜨리며 고개를 돌렸다. 그래도 입은 여전히 꾹 다문 채였다.

"어머니와 아버지를 땅에 묻고 장례를 치르는 것만으로도 충분히 힘든 일이야. 내가 너까지 묻어야 하겠어? 네 장례를 치러야 하겠어? 그럴 순 없어. 그러지 않을 거야. 그래서 네게 훈련을 시켜주지 않으려는 거야."

오랜 침묵이 지나간 후, 리라스는 어깨를 펴고 누나를 돌아봤다.

"다른 사람은 몰라도, *누나만큼*은 날 믿어줄 줄 알았어. 그렇진 않은 것 같네."

그는 뭔가 다른 말을 하려 했지만, 그냥 입을 다물고는 차갑고 무뚝뚝하게 고개를 끄덕였다. 무서웠다. 마치 리라스 안의 무언가가 갑자기 부서진 것 같았다.

"그렇진 않은 것 같아." 그는 혼잣말처럼 다시 말했다. 그리고 다른 말 없이 돌아서서 그녀를 등진 채 사람들을 헤치고 멀어져 갔다. 실바나스는 그를 쫓아 달리고 싶었지만, 그럴 수 없었다.

화를 내도 좋아. 오랫동안 온전하고 안전하게 살아가는 동안 날 미워해도 좋아.

베리사가 리라스를 눈으로 좇으며 언니에게 다가왔다. "베리사…. 리라스를 따라가. 지금은 혼자 두면 안 될 것 같아. 네가 동생 곁에 있어줘. 난 안 될 것 같아."

리라스에겐 내가 아니라 네가 필요해. 동생은 날 원하지 않을 거야. 미안해, 작은 태양님. 넌 기억하지 못하겠지만, 난 약속했어. 사랑과 용기로, 언제나 널 지켜줄 거야.

베리사는 언니의 눈에서, 직접 가고 싶으면서도 자신의 지위 때문에 동생을 대신 보내야만 하는 아픔을 읽었다. "알았어." 베리사는 조용히 대답하고는 돌아서서 남동생을 따라갔다.

실바나스는 두 발을 굳게 딛고 서서, 점점 커지는 낮의 열기와 반가운 저녁의 서늘함을 견뎌내고, 다시 밀려드는 조문객들의 홍수가 시냇물처럼 가늘어지는 한밤중까지 버텨냈다. 달과 별이 하늘을 지배하는 때가 되어서야, 인파는 마침내 잦아들었다.

"실바나스."

무뚝뚝하고 화가 난 듯한 목소리였다. 하지만 실바나스는 그 말을 한 사람을 워낙 잘 알고 있었기에, 그 목소리에 담긴 걱정하는 마음을 충분히 느낄 수 있었다.

나타노스가 불편한 표정으로 그녀의 곁에 다가왔다. 천으로 덮인 접시를 들고 있었다.

"뭐지?" 실바나스는 접시를 흘긋 보며 물었다.

"트롤 머리입니다." 그는 짜증 난 목소리로 말했다. "농담입니다. 뭐겠습니까? 먹을 것입니다. 어제부터 아무것도 안 드셨죠. 아무래도 내일 순찰대 사령관으로 공식 임명될 때 온 세상이 보는 앞에서 코를 박고 자빠지고 싶은 모양이군요, 순찰대 사령관님."

지금 그녀를 웃게 할 수 있는 건 그의 말뿐이었다. 그 말이 옳았다. 그녀는 하루 종일 서 있으면서, 먹을 것과 마실 것에는 손도 대지 않았다. 그녀는 주저했다. 부모님은 다시는 이렇게 소박한 즐거움도 느낄 수 없는데, 자기만 배를 채운다는 것이 무례하게 느껴졌다.

나타노스는 꿰뚫어 보는 듯한 눈빛으로 그녀를 살폈고, 늘 그렇듯, 그녀의 마음을 이해했다. 그는 부드럽게 그녀의 등에 손을 올리고 관에서 멀어지게 했다. 수의를 입고 달빛에 휩싸인 유해에서 멀어진 그녀는 접시를 받아 들고는 목이 마르다고 말하려 했다. 하지만 나타노스는 이미 물주머니를 손에 들고 그녀 앞에 서 있었다.

실바나스는 고개를 끄덕여 감사를 표하고 물을 마셨다. 엘렌다르 강에서 방금 떠온 듯 시원하고 깨끗한 물이었다. 그 물을 마시자 수많은 아픔에도 불구하고, 그녀는 자신이 살아 있으며 더는 육체적 욕구를 참아낼 수만은 없다는 사실을 체감할 수 있었다.

"집으로 모셔다 드리겠습니다." 나타노스가 말했다.

실바나스는 고개를 가로저었다. 윈드러너 첨탑으로 돌아간다는 건 생각조차 견딜 수 없었다. 이제는 아버지의 따스한 웃음도, 어머니의 따끔한 꾸짖음도 들을 수 없었다. 가족 모두가 좋아했던 그 포근한 장소에서 리라스의 연주와 노래를 들으며 춤을 추는 일도 더는 있을 수 없었다. 부모님이 서로를 품에 안고 상대방의 눈을 바라보며 상냥하고 사랑이 가득한 표정으로 춤을 추는 모습은, 이제 영혼으로 남겨진 두 분의 추억으로만 떠올릴 수 있을 뿐이었다.

부모님의 마지막 고통이 얼마나 오랫동안 계속되었을지 궁금했다. 어머니가 적을 얼마나 많이 데려갔을지, 아버지의 최후는 고통스러웠을지 궁금했다. 두 분 중 누가 다른 한 쪽이 죽어가는 걸 지켜봤을지가 궁금해졌다.

갑자기 실바나스는 먹고 싶지도, 마시고 싶지도 않았다. 그저 지쳐 쓰러질 때까지 아무것도 하지 않고 먼저 죽어간 가족들 곁을 지키고 싶었다. 하지만 정확히는 그걸 원하는 것도 아니었다. 그녀는 잠을 자고 싶지 않았다. 잠에서 깨어날 때는, 부모님이 존재하지 않는 또 다른 세상에서 처음 눈을 떠야 할 테니까.

그런 잔인한 새벽이 다가오는 걸 지연시킬 수만 있다면 뭐든 하고 싶었다.

"식사를 하고 쉬셔야 합니다." 나타노스가 말했다.

"난 괜찮아."

"그렇게 어리석은 분은 아니실 텐데요." 그는 말했다. "제가 당신을 제압하고 억지로 먹여야 하겠습니까? 필요하다면 그럴 겁니다."

그녀가 웃지도, 뭐라고 반박하지도 않자, 그는 얼굴을 찌푸리며 이마를 깊은 주름으로 뒤덮었다. "이쪽으로 올 사람은 없습니다. 여긴 우리뿐입니다." 그는 조금 잦아든 목소리로 말했다. "앉아서, 드십시오."

실바나스는 그러려고 했지만, 너무 오랫동안 같은 자세를 유지하고 있던 사지와 관절은 아찔한 고통과 함께 움직이기를 거부했다. 슬픔에 짓눌려 구부정한 자세로, 그녀는 나타노스의 손에 몸을 맡기고 자리에 앉아 그가 건네는 빵과 치즈, 물을 받아 들었다. 바싹 마른 빵에서는 아무런 맛도 나지 않았고, 치즈는 도저히 삼킬 수 없을 것만 같았지만, 그녀는 억지로 음식을 밀어 넣었다.

그러던 한순간, 너무나도 지치고 외로운 마음에 실바나스의 온몸이 축 늘어졌다. 그러나 그녀에겐 아직 가족과 원정순찰대, 삼인조, 나타노스가 남아 있었다. 그녀는 몸을 기울여 나타노스의 어깨에 머리를 기댔다.

잠깐만, 눈을 감겠어.

지난 며칠은 그녀의 일생에서 가장 괴로운 시간이었다. 그래도 내일은 조금이나마 수월해질 것이다. 그렇다면 그다음에는? 앞으로의 나날은 정해진 대로 흘러갈 것이다. 하지만 그 무엇도 그녀를 꺾을 순 없을 것이다.

결국, 잠이 그녀와의 싸움에서 승리했다. 다행히 아무런 꿈도 꾸지 않았다.

제 10 장

실바나스는 자기 침대에서 깨어났다. 한순간, 그녀는 반은 자고 있고 반은 깨어있는 몽롱한 상태에서 무언가 정신의 뒤쪽을 쿡쿡 찌르는 것을 느꼈다.

기억이 망치처럼 그녀를 때렸다. 몸을 움찔한 그녀는 온몸을 공처럼 웅크리고 온 세상을 차단하고 싶었다. 하지만 굳은 의지로 그런 욕구를 거부했다. 부모님, 특히 리리사 덕분에, 지금 그녀는 그 어느 때보다 강해져 있었다. 실바나스 윈드러너는 유약한 순찰대 사령관으로 역사에 남고 싶지 않았다.

누군가 그녀의 옷을 골라 놓았다. 하인이었을까? 지금의 그녀에게 다른 누군가 다가오는 건 나타노스가 허락했을 것 같지 않았다. 분명히 그가 직접 한 일일 것이다. 게다가 오늘 그녀에게 어떤 방어구가 필요할지 아는 것도 나타노스뿐이었다.

그녀는 당당히 고개를 들고 원정순찰대 산장에 도착했다. 얼굴이 조금 창백하긴 했지만, 거기에 여린 감정은 전혀 드러나지 않았다. 나타노스는 원정순찰대원이 아니었으므로 그녀와 동행하지 않았다. 실바나스는 방어구를 착용하고 참석한 베리사를 보자 마음이 조금 놓이는 것 같았다. 왠지 슬픔이 그녀를 더 아름답게 만들어 준 것만 같았다. 실바나스는 자신이 슬픔으로 인해 어떻게 달라졌는지 알 수 없었지만, 그녀는 그런 것에 개의치 않았다. 이미 슬픔은 그들의 일부였다. 갑작스러운 소환이었지만 연락이 닿은 원정순찰대원은 모두 모여있었다. 하지만 알레리아는 없었다. 어쩔 수 없는 일이었다.

실바나스를 제외하면 가장 고위 원정순찰대원인 로르테마르가 취임식을 주최할 예정이었다. 그는 실바나스를 안심시키려는 듯 미소를 지어 보였다. 조금 늦게 온 사람들까지 합류하고, 이제 그 자리에 참석할 수 있는 사람들은 모두 모였다.

로르테마르가 앞으로 나섰다. "새로운 순찰대 사령관을 임명하는 건 언제나 슬픈 일입니다." 그는 말했다. "우린 새로운 사령관을 맞이할 준비를 하기 위해 이 자리에 섰지만, 결국 그건 우리가 사령관을 잃었다는 의미입니다. 그러니 의례를 시작하기 전에, 잠깐 리리사 윈드러너 님에 관해 이야기하고 싶습니다. 여러분 중에도 많은 분이 평생 그분을 섬겼습니다. 그분은 용맹하고, 냉철하고, 강직하고, 담대했습니다. 그 소식을 들었을 때, 아마 여러분도 저처럼, 그토록 강대한 영혼이 스러졌다는 사실을 믿을 수 없었을 겁니다. 그분의 용맹함과 뛰어난 실력에 대해 수많은 이야기가 전해집니다. 하지만 그 무엇과도 비교할 수 없는 이야기가 하나 있습니다. 리리사 님의 전투 능력뿐 아니라, 그분이 자신의 원정순찰대를 얼마나 깊이 사랑했는지 잘 보여주는 이야기지요. 이 중에서 그 전투의 시작을 함께했던 분들이 누구십니까?"

네 명이 손을 들었다. 실바나스는 갑자기 어머니에게 직접 얘기를 듣고 싶어졌다. 리리사는 너무 겸손했다. 이제는 모든 걸 전설로만 들을 수 있었다.

"그러면 우리에게 그때 이야기를 해주십시오. 보르아실, 그대부터 시작해주시겠습니까?"

보르아실이 고개를 끄덕였다. "영광입니다. 그때 아마니 일족은 한동안 조용했습니다. 하지만, 그 누구도 예상하지 못하던 때, 갑자기 침공을 시작했습니다. 단순한 습격이 아니라, 사전에 치밀한 계획을 세우고 실행한 공격 작전이었지요. 일족 최강의 전사들과 함께, 무시무시한 괴수가 선봉에 섰습니다. 오랫동안 고통받은 듯한 그 괴수는 한때 독수리였던 생물이었습니다. 하지만 트롤들은 암흑 마법으로 그 생물을 뒤틀어, 진짜 괴물로 바꿔 놓았지요."

그는 잠시 말을 멈췄다. 렐리안이 이야기를 받았다. "그때 대응할 수 있는 건, 그 지역으로 사냥을 하러 나갔던 리리사 님의 부대뿐이었습니다. 그때 그분과 함께 있었던 우리 네 명은 아직 이렇게 살아 있습니다. 우린 고작 일곱 명에 불과했고, 사냥을 하는 과정에서 화살도 많이 소모한 후였습니다. 우리는 목표 지점으로부터 5 킬로미터가량 떨어진 곳에 전선을 구축했고, 많은 트롤 전사들을 쓰러뜨렸습니다. 하지만 그때 사용한 화살을 회수하지 못했기에, 머지않아 우린 화살이 부족해지기 시작했습니다. 우린 남은 화살을 모두 사용한 후, 맨손으로 싸우는 한이 있더라도 우리 동족을 지킬 생각이었습니다. 하지만 리리사 님은 그것을 용납하지 않았습니다."

실바나스도 그때의 일을 이미 잘 알고 있었지만, 경험 많은 정예병들이 이토록 진심 어린 목소리로 하는 이야기를 듣는 건 처음이었다. 그녀 안에서 수많은 감정이 끓어올랐다. 슬픔, 존경심, 사랑…. 그리고 원정순찰대를 어머니처럼 잘 이끌지 못할 것 같다는 걱정이 앞섰다. *실망시켜드리고 싶지 않아요.*

렐리안 옆에 서 있던 살리사가 다음으로 입을 열었다. "리리사 님에겐 화살이 하나 남아 있었습니다. 그리고 우리 모두에게 화살을 하나씩 달라고 하셨죠. 그다음에는 우리에게 퇴각해서 마을을 지키라는 명령을 내리셨고, 그대로 돌아서서 혼자서 적을 상대하셨습니다. 우린 그분이 자기를 희생해서 우리를 탈출시키려 한다고 생각하며 모두 절망했죠. 하지만… 그분은 리리사 님이셨습니다. 그분의 뜻을 넘겨짚을 필요는 없었습니다."

아우릭 선체이서가 헛기침을 했다. "가까스로 방어선을 구축하고 마을 주민들에게 전투 준비를 시키자마자 트롤들이 나타났습니다…. 하지만 거대한 암흑 독수리는 없었습니다. 그리고 놈들 앞에는 리리사 윈드러너 님이 있었습니다. 그때… 모두의 사기가 얼마나 치솟았는지 말로는 다 표현할 수 없습니다. 그런 광경은 그 전에도, 그 후로도 본 적이 없습니다. 잠시 후 도착한 트롤들은 너무나도 맹렬하고 거센 저항에 부딪혔고, 가까스로 살아남은 자들은 모두 달아나 버렸습니다. 엘프는 단 한 명도 목숨을 잃지 않았죠. 승리를 거둔 후, 리리사 님은 우리를 전장으로 데려갔습니다. 거기에는 무시무시하게 거대하고 흉측한 암흑 독수리가… 죽어 있었습니다. 괴수의 두 눈과 목에 화살이 한 발씩 박혀 있었고, 심장 위에는 네 발이 한 자리에 박혀 있었습니다. 전 저도 모르게 소리쳤습니다. '혼자서 이 괴물을 처치하셨군요!'라고요."

그는 고개를 들어 실바나스를 향해 미소를 지었다. "그러자 리리사 님은 괴수의 사체에 박혀 있는 화살 일곱 개를 가리키셨습니다. '아니.' 우리가 드린 여섯 개도 거기 박혀있었죠. '내가 이길 수 있었던 건, 너희가 힘을 빌려주었기 때문이다.'"

전 순찰대 사령관을 향한 존경의 마음이 담긴 침묵이 주위에 내려앉았고, 잠시 후 로르테마르가 침묵을 깨뜨렸다. "리리사 님을 대신할 수 있는 사람은 없습니다. 하지만 다행히 그 자리를 그분의 따님에게 계승하게 되어, 오래도록 계속되어 온 윈드러너 순찰대 사령관의 전통이 이어질 수 있을 것 같습니다." 그는 집결한 원정순찰대원들을 향해 돌아섰다. 대원들은 로르테마르와 실바나스를 중심으로 원을 그리며 서 있었다. "우리는 전통을 존중하지만, 모두의 자유 의지 또한 존중합니다. 우리는 이 왕국의 백성을 섬기지만, 노예는 아닙니다. 지난 수천 년 동안 그래왔듯, 제가 여러분에게 묻겠습니다. 실바나스 윈드러너를 따를 것인지, 그녀의 어머니에게 그랬던 것처럼 지지하고 복종할 것인지, 대답해 주십시오."

로르테마르는 할두런을 보며 고개를 끄덕였고, 젊은 순찰대원은 쩌렁쩌렁한 목소리로 외쳤다. "네, 따르겠습니다!" 주위를 둘러싼 모두가 차례대로 그 대답을 따라했지만, 헬리오스는 아무 대답도 하지 않았다.

로르테마르는 눈살을 찌푸렸다. "헬리오스, 그대는 뭐라고 대답하겠소?"

헬리오스는 실바나스에게서 눈을 떼지 않은 채 대답했다. "그대는 지난 수백 년 동안 우리가 윈드러너 가문의 지휘를 받아온 것이 전통이라고 이야기했소. 하지만 지금까지 순찰대 사령관의 장녀가 원정순찰대를 지휘하는 것 또한 우리의 전통이었소. 어떤 전통이 우선이겠소? 우리 중에는 지금도 알레리아에게 이 지위가 주어져야 한다고 믿는 이들이 많소."

실바나스는 충격을 받았다. 모두가 자기를 사랑하지는 않는다는 건 이미 알고 있었지만, 원정순찰대만큼은 두 번째 가족이라 생각하고 있었는데…. 헬리오스가 전통을 언급하는 건 그가 전통을 중시하기 때문은 아니었다. 그저 *그녀*를 원하지 않았기 때문이었다.

그녀는 두 주먹을 움켜쥐었다. 뱃속에서 새하얗게 분노가 타올랐다. 어제의 절망적인 무기력함과 고통에 비하면 무척이나 달가운 감정이었다. 그녀는 자신을 변호할 생각에 입을 열었지만, 훨씬 더 차분한 목소리가 먼저 들려왔다.

"*나는*," 로르테마르 테론이 말했다. "그게 그릇된 생각이라고 믿소."

할두런이 앞으로 나서 로르테마르 곁에 섰다. "나도 그렇게 생각하오," 할두런이 말했다. "알레리아 윈드러너가 이 지위를 받아들였다면 나도 기꺼이 그녀를 따랐을 것이오. 하지만 그러지 않았고, 자신의 선택을 감추지도 않았소. 그로 인한 갈등이, 결국에는 원정순찰대를 분열시키기도 했소. 실바나스는 그것이 자기 책무가 아님에도 그 지위를 받아들였고, 흔들리지 않고 자기 자리를 지켰소."

"부모의 변고에 대해 알게 된 후, 실바나스가 채 한 시간도 지나기 전에 그 죽음의 진실을 조사하러 현장으로 떠났다는 사실을 그대들은 알고 있소?" 로르테마르가 말했다. "우리 또한 순찰대 사령관님과 조언자님의 사망으로 인해 깊은 슬픔을 느끼고 있소. 그녀의 기분은 어땠겠소? 하지만 실바나스는 자신의 감정은 단속하고 이 위협의 실체를 알아내는 데 전념했소. 가족의 정의를 실현하기 위해서만이 아니라, 우리 모두를 지키기 위해서였소.

알레리아, 그리고 그녀와 함께 떠난 이들은 아직까지도 소환에 응답하지 않고 있소."

실바나스는 온몸을 부들부들 떨었다. 두 눈에 눈물이 차오르려 했다. 그녀는 알레리아와 리리사 사이의 균열이 지금껏 비밀로 잘 감춰져 있었다고 생각했지만, 모든 걸 듣고 보는 훈련을 한 사람들에게 그런 비밀을 감추는 건 애초에 불가능했던 모양이었다. 법정 앞이든, 사람들 앞이든, 동료 원정순찰대원 앞이든, 할두런과 로르테마르는 우정 때문에 그런 이야기를 하는 게 아니었다. 두 사람 모두 자기가 하는 말을 믿고 있었기에, 실바나스를 옹호하는 것이었다. 그들은 그녀가 괴로워하는 모습과 그녀의 결의를 모두 보았고, 다른 이들도 그 모습을 봐 주기를 바랐다.

"그대가 말했듯, 알레리아 님은 아직 응답하지 않았소." 헬리오스는 침착하게 말했다. "그분에게도 거절할 기회를 드려야 하오. 이 지위는 애당초 그분이 물려받아야 했던 것이니까."

"이미 몇 년 전에 거부했던 일일 텐데," 로르테마르가 덧붙였다.

"그 당시에는 원치 않았을 수도 있소. 하지만 지금은? 글쎄. 모든 게 달라졌소. 그분과 연락이 닿을 때까지 취임식은 연기해야 하오."

로르테마르는 눈살을 찌푸렸다. "나는 실바나스야말로 어머니의 실력과 성품, 그리고 아버지의 지혜를 모두 갖춘 엘프라는 사실을 단언할 수 있소. 알레리아는 더 넓은 세계를 선택했소. 존경할 만한 결정이었지만, 그녀의 마음이 어디에 속하는지를 드러냈다고 할 수 있소. 그리고 실바나스는," 그는 고개를 돌려 그녀를 바라봤다. "*우리*를 선택했소."

"그래, 난 더 넓은 세계를 선택했어." 익숙한 목소리가 들려왔다. "실바나스는 그대들을 선택했고."

실바나스의 심장이 한순간 멈췄다. 웅성거리는 소리가 모두에게 번지고, 현장에 모여 있던 모두의 시선이 얼룩진 방어구에 땀투성이 얼굴로 나타난 알레리아 윈드러너에게 쏟아졌다. 그녀는 눈 주위가 짙게 그늘져 있었지만,

두 눈은 여전히 맹렬하게 타오르고 있었다.

"그게 우리 둘과 원정순찰대, 쿠엘탈라스에게 더 옳은 결정이었어."

알레리아는 원정순찰대 산장으로 들어섰고, 당당히 걸음을 옮겨 실바나스 곁에 나란히 섰다. 베리사는 아무 말도 하지 않았지만, 미소를 감추지 못했다.

"최대한 빨리 왔어." 알레리아는 실바나스만 들을 수 있게 작은 목소리로 말했다. "내가 곁에 있어줘야 했는데. 미안해."

실바나스의 가슴을 옥죄고 있던 차가운 분노의 매듭이 한꺼번에 풀어졌다. 슬픔과 고통이 물러나는 데는 시간이 더 걸릴 테고, 아마 완전히 사라지는 일은 없을 것이다. 하지만 곁에 없는 알레리아 때문에 생겼던 상처는 이제 그녀를 괴롭히지 못했다.

"지금은 여기 있잖아." 실바나스는 말했고, 알레리아는 눈을 깜빡여 어느새 고인 눈물을 지웠다.

윈드러너 가문의 장녀는 집결한 원정순찰대원들을 향해 돌아서서 입을 열었다. "나는 여기로 오면서, 어머니께서 여러분을 대표하여 선택한 지도자와 함께 하나가 된 원정순찰대를 볼 수 있을 거라 생각했습니다. 그런데, 다들 철없는 어린아이처럼 옥신각신하면서, 내가 이 자리에 없다는 사실을 핑계로 개인적인 불만만 늘어놓고 있군요. 우리는 그런 사람이 아닙니다." 헬리오스는 못마땅한 표정으로 입을 굳게 다물었다. 알레리아는 그 모습을 놓치지 않고 말했다. "내가 응답할 때까지 표결을 연기하자고 했습니까? 그래서 이렇게 왔습니다, 헬리오스. 그리고 분명히 말하겠습니다. 나는 지금 이 땅에 가장 큰 도움이 될 수 있는 곳에서 활동하고 있고, 내 여동생 또한 그렇습니다. 내 동생이 여기에서 쿠엘탈라스를 지키고 있다는 사실이 너무나도 고마울 뿐입니다…. 오래전 동생이 날 지켜주고, 내 목숨을 구해줬을 때처럼요."

실바나스는 도저히 믿을 수가 없었다. 모두의 앞에서, 그것도 그날 그 자리에 있었던 수많은 사람들 앞에서, 알레리아 윈드러너는 동생에게 규칙을 어겨 줘서, 시험을 망쳐줘서 고맙다고 말하고 있었다. 하지만 새로운 시대의 여명 속에서, 실바나스는 이제 그때 그 순간을 조금 다른 관점에서 볼 수 있었다. 바로 그 순간이 알레리아를 그녀가 애초부터 걸어야 했던 운명으로 이끌었던 것이다.

"공식 투표를 요청할 사람이 또 있습니까?" 알레리아가 물었다. "그렇다면 내가 가장 먼저 동생에게 찬성표를 던지겠습니다."

단 한 명도 손을 들지 않았다. 실바나스는 헬리오스의 편을 든 원정순찰대원들이 부끄러운 표정을 짓는 걸 만족스러운 시선으로 둘러봤다.

그녀는 어깨를 당당히 펴고 로르테마르를 향해 돌아섰다. "준비됐습니다."

* * *

순찰대 사령관이 새롭게 취임하면, 대원들을 '보살핀다는' 상징적인 의미로 치즈와 과일, 빵으로 구성된 간단한 식사를 준비하고, 언젠가 전장에서 이끌게 될 순찰대원 모두에게 음식이 담긴 쟁반을 하나씩 주는 것이 원정순찰대의 전통이었다. 늘 사려 깊은 베리사가 언니를 위해 음식을 준비해 두었지만, 헬리오스의 반발과 알레리아의 갑작스러운 등장 이후 원정순찰대 산장의 분위기는 동지애와는 거리가 멀었다. 늘 그렇듯, 삼인조의 나머지 두 명이 슬쩍 끼어들어 음식을 나눠주는 일을 도맡았고, 세 자매는 용매가 묶여 있는 곳으로 향하며 서로 허심탄회하게 이야기할 수 있는 귀한 기회를 만끽했다.

"제때 알았다면 나도 거기 갔을 거야." 알레리아가 말했다. "함께해 주지 못해서 미안해. 둘 다 괜찮은 거야?"

실바나스는 씁쓸하게 웃었다. "당연하지. 윈드러너라면 그래야 하니까."

베리사는 말했다. "이렇게라도 보니 반갑다, 알레리아 언니. 잠깐이라고 해도 말이야. 정말 조금 더 머무를 순 없어?"

"국왕 폐하께 보고도 해야 하고, 그 뒤에는 바로 로데론으로 돌아가야 해. 그래도 예술가의 처소에 들러서 리라스는 보고 갈게. 어쩌면 국왕 폐하께서 내 얘기를 들어 주실지도 몰라."

"별로 그럴 것 같지는 않은데." 실바나스는 말했다. 그녀는 우뚝 멈춰 섰다. 베리사와 알레리아도 걸음을 멈추고 조금은 놀란 눈빛으로 실바나스를 바라봤다. 아나스테리안은 아무에게도 얘기하지 말라고 지시했다. 하지만 이들은 자매였고, 그중 한 명은 순찰대 사령관이 될 뻔했던 장본인이었다. 실바나스는 자매들이라면 자신의 목숨과 비밀까지 모두 맡길 수 있었다. 그녀는 조용한 목소리로 두 자매에게 조사를 통해 알아낸 정보와 자신의 결론, 그리고 아나스테리안이 그녀의 의견을 거부한 것까지 모두 이야기했다. "폐하는 아직 아무것도 확실하지 않은 상황인 만큼, 왕국 백성들에게 공포를 불러일으켜 봐야 아무 도움이 안 된다는 입장이야. 트롤은 다들 잘 알고 있지만, 호드는… 모르니까."

"그건 조금…" 알레리아는 말했다. "실망스러운 얘긴데. 그보다는 나은 사람일 거라고 생각했는데. 어쨌든 시도는 해봐야지."

"나한텐 그런 얘기 안 했잖아, 실바나스 언니." 베리사가 조용히 말했다.

"그 사실을 알아낸 이후 단 한 순간도 너와 둘만 있을 시간이 없었잖아." 실바나스가 아주 조금 날카로운 목소리로 말했다. "로르테마르와 다른 사람들도 현장에 있었어. 물증이 없어도 다들 호드의 짓이라는 걸 알았지. 내가 증거를 찾아냈을 땐 나타노스만 나와 함께 있었어. 국왕에게는 계속 충직한 시종이 되겠다고 약속했지만, 두 사람에게는 적어도 진실을 알려야 한다고 생각했어."

알레리아는 침울한 표정이었다. "그 소식을 처음 들었을 때, 나와 내 동료들은 최악의 상황이 발생한 것 같아 두려웠어."

"여기 쿠엘탈라스도 언니 친구들의 아군이야. 조만간 더 많은 아군이 생길 수도 있겠지."

"그런데… 리라스는 어떡해?" 베리사가 물었다. "얘기할 거야?"

실바나스는 눈을 내리깔았다. "언젠가는 그래야 하겠지. 하지만 지금은 안 돼. 괜히 얘기하면 더 큰 상처만 받거나, 아니면 직접 무기를 들고 호드 전체를 상대하겠다고 달려들 것 같아."

알레리아는 동생의 눈치를 살폈다. "정말 괜찮겠어? 두 분은 리라스의 부모님이시기도 했어. 걔도 알아야 해. 그리고 리라스가 정말 싸우고 싶어 한다면, 제대로 훈련을 시켜 주는 게 낫지 않겠어?"

"장례식이 끝난 뒤에 나보고 리라스 곁에 있어 주라고 했었지?" 베리사가 말했다. "그 애도 우리처럼 두 분을 그리워하고 있어. 그래도 우리에겐 서로와 원정순찰대가 있잖아. 우리에겐 복수를 할 기회가 있다고. 리라스는 그렇지 않아."

실바나스는 희미하게 웃었다. "아직 적을 한 번도 처치하지 못한 대원치고는 참 용감한 얘기를 하네."

베리사가 얼굴을 붉혔다. "리라스는 소속감을 원하는 거야." 그녀는 말했다. "자기에게 아직 가족이 남아있다고 믿고 싶은 거라고. 알레리아, 언니는 이제 우리 곁을 떠나서 다른 길을 걷고 있어. 실바나스와 나는 그래도 늘 서로의 얼굴을 보지만, 리라스는 실버문에 혼자 있잖아."

아찔한 죄책감이 실바나스를 덮쳤다. "걔도 알레리아 언니를 보면 많이 기뻐할 거야. 나도 나중에 만나러 갈게. 우리 둘 다 그래야지, 베리사. 그래도 어머니와 아버지 얘기는 하지 마."

"난 그래도 네가 훈련은 시켜줘야 한다고 생각해." 알레리아가 말했다. "리라스는 똑똑하고 민첩해. 이제 나이도 들었으니 빨리 배울 수 있을 거야."

알레리아와 베리사는 실바나스만큼 남동생에 관해 잘 알지 못했다. 그 아이가 태어나던 날, 실바나스의 가슴에 얼마나 큰 기쁨이 차올랐는지 알지 못했다. 벅찬 가슴을 안고, 그녀가 작은 목소리로 속삭였던 약속을 알지 못했다. 그 아이에게 끔찍한 적이 아제로스에 나타나 부모님을 도살했다는 이야기를 하라고? 지금껏 파이프와 하프만 들어온 손에 검과 활을 쥐여 주라고? 살해당한 부모님이 땅 위에서 굳어가는 모습을 본 자매들의 고통을 생각하면 마음이 아팠다. 하지만 리라스가 부모님의 그런 마지막 모습을 본다는 건, 도저히 생각조차 할 수 없었다.

"안 돼." 그녀는 무감각한 목소리로 말했다. "이미 상처는 충분히 겪었어."

알레리아는 한숨을 쉬었다. "리라스도 성인이야. 스스로 결정을 할 수 있는 나이라고. 훈련을 시킬지 말지는 네가 알아서 해. 어쨌든 난 걔한테 이번 공격에 대해 이야기하진 않겠어. 그 얘기는 네가 직접 해야 할 것 같다, 실바나스. 잘 생각해 봐. 제대로 훈련을 시켜 주는 것도 한번 생각해 보고."

"그럴게." 실바나스는 말했다. 그녀는 가뜩이나 세상이 뒤집힌 상황에서, 그냥 지금 이 순간을 모면하고, 그들 사이의 긴장감을 떨쳐버리고 싶었다. 생각은 이미 충분히 해봤다. 리라스는 자기 몸을 지켜야 할 필요가 없었다. 그건 그녀의 몫이었다.

세 자매는 서로를 끌어안았다. 실바나스는 따스한 햇살 아래서 맨발로 춤을 추던 시절을 떠올렸다. 부모님의 보호 아래에서 아무런 두려움 없이, 리라스의 노래를 들으며 온 세상이 은총과 마법과 수수께끼로 가득하다고 생각하던 때를 생각했다.

그리고 알레리아는 용매에 풀쩍 올라탔고, 그대로 떠나갔다. 그들의 눈앞에 놓인 진실을 거부한 도시를 향해, 무지가 백성을 지켜줄 거라고 믿는 국왕을 향해.

* * *

"*뭘* 하고 싶다고 했소?"

로르테마르는 결코 목소리를 높이는 법이 없었다. 당혹스러운 목소리를 내는 경우는 더더욱 없었다.

“나타노스를 원정순찰대 대원으로 받아들이고 싶어요.” 실바나스는 침착한 목소리로 말했다.

“그건…” 할두런은 긴장된 목소리로 너털웃음을 웃었다. “농담이겠지.”

“아니, 난 진지해요.”

“하지만… 그는 *인간이오.*” 로르테마르는 비논리적인 요구의 여파에서 벗어나지 못한 채 말했다.

“우리 조직 규범에 쿠엘도레이인만 원정순찰대원이 될 수 있다는 조항은 없어요. 그는 두 사람만큼이나 좋은 궁수이자 추적자예요. 그것만 해도 자격은 충분하죠. 게다가 우리에게 익숙한 것과는 전혀 다른 정보와 기술, 경험까지 갖고 있으니, 우리에게 큰 도움이 될 거예요. 그건,” 그녀는 빠르게 말을 이어나갔다. “두 사람도 이미 경험했겠죠. 아나스테리안 국왕 폐하는 국민을 공포에 떨게 하고 싶지 않다고 하지만, 그렇다고 우리가 이 오크들에 대한 정보를 알아내지도 말아야 한다는 얘기는 아니죠….” 그녀는 잠시 말을 멈추고 깊이 숨을 들이쉬었고, 자기도 모르게 꽉 움켜쥐고 있던 주먹을 풀었다. “그 오크들은 우리가 소중히 여기는 것들, 타국과의 외교와 국민에 대한 보호에 타격을 줬어요.”

“좋소, 그러면 그자에게 알고 있는 걸 우리에게 가르쳐 달라고 하시오. 아니, 로데론으로 돌아가서 누구든 다른 사람을 대신 이쪽으로 보내주는 게 더 나을 것 같소.” 로르테마르는 마침내 충격에서 벗어난 듯 말했다. “그는 허세 가득한 폭력배일 뿐이오. 이미 너무 오랫동안 여기 머물렀소.”

“그 사람이 당신 *목숨*을 구했어요.” 실바나스는 그의 말을 정정해 주었다. “그 보답이 이렇게 그를 조롱하는 건가요?”

“감사는 표했소.” 로르테마르가 대답했다. “여러 번. 하지만 목숨을 한 번 구해줬다고 해서 언제까지고 특별한 대접을 받아야 하는 건 아니오. 자신의 동료를 지켜주는 걸 그렇게 대단한 행위라고 할 필요는 없소.”

“실바나스,” 할두런이 로르테마르보다는 침착한 목소리로 말했다. “그대가 어떤 칭호나 지위를 수여한다 해도, 나타노스가 받아들여지는 일은 없을 거요. 그가 인간이라서가 아니라, 그 사람이기 때문이오. 이제는 알게 되었겠지만, 지금도 그대의 기반이 안정적이라고 말할 수는 없소. 헬리오스 외에도 그대가 실패하는 모습을 보려 하는 자들이 많소."

"제가 정말로 실패한다면, 그들도 마냥 웃지만은 못할 거예요. 그들이 죽지 않게 지켜주는 게 바로 저니까요."

"*우리요,* 실바나스. 우리가 그들을 지키는 거요." 할두런이 말했다. 그도 조금씩 화가 나는 듯했다. 흔치 않은 모습이었고, 더더군다나 그런 분노가 실바나스에게 향하는 건 지금까지 본 적이 없었다. "원정순찰대는 이미 충분히 큰 고통을 겪었소. 부디, 쓸데없이 불필요한 일은–"

"쓸데없이? 불필요한 일?" 실바나스가 다른 곳으로 분출하려 했던 분노가 어느새 끓어 넘치려 했다. "나타노스는 *쓸데없는* 뜨내기가 아니에요, 로르테마르. 지금 우리에게 꼭 필요한 사람이라고요."

'내게' *꼭 필요한 사람.* 나는 그가 필요해. *그를 얼라이언스에 양보하지 않겠어. 부모님이 존재하지 않는 세상이 차가운 회색빛 여명과 함께 시작될 때, 할두런과 로르테마르는 곁에 있어주지 않았어….*

"국왕 폐하와 왕자님도 그런 걸 허락하지는 않을 거요." 로르테마르가 주의를 주었다. "그대도 두 분과 충돌한 경험이 있으니, 충분히 예상하고 있겠지."

"캘타스는 엘프보다 인간들과 보내는 시간이 더 길어요. 아마 왕자의 생각은 다를 걸요." 사실, 그녀는 그렇게 생각하지 않았지만, 굳이 친구들에게 드러내고 싶진 않았다. 선스트라이더 사람들은 나중에 상대할 작정이었다. 어떻게든 할 수 있을 것이다.

"사람들이… 수군거릴 거요." 로르테마르는 그녀의 아버지가 수많은 상황에서 보여줬던 모습처럼, 신중하게 말을 골랐다.

실바나스는 결심을 굳혔다. "그러라고 하죠." 그녀는 말했다. "그래도 하겠어요. 지금은 손에 넣을 수 있는 무기라면 전부 활용해야 해요." 그녀는 동원할 수 있는 수단을 모두 활용하여 어떤 가족도 그녀와 같은 슬픔을 감당하는 일이 없도록 할 생각이었다. 그러려면 나타노스가 필요했다. 못생기고, 무뚝뚝하고, 냉소적이지만, 리라스를 비롯한 그 누구보다도 그녀를 잘 이해하고 있는 듯한 그가 필요했다. 그는 고통과 분노, 잔혹함에 대해 참 많이 알고 있었고, 그녀 또한 시시각각 그런 감정에 익숙해져가고 있었다.

"나타노스는 여기 남아서 원정순찰대원이 될 거예요. 이건," 실바나스는 더 이상의 논의를 저지하려는 듯, 딱 잘라 말했다. "명령이에요."

* * *

"절 원정순찰대에 넣어 달라고 부탁드린 적은 없는 것 같습니다만." 며칠 뒤 그녀가 그 소식을 전해 주자 나타노스는 이렇게 말했다. 그들은 손을 잡고 엘렌다르 호수 둘레를 걷고 있었다. 발걸음이 어찌나 가벼운지 주위 동물들도 그들의 기척을 눈치채지 못하는 듯했다.

"알아. *내가* 널 원정순찰대에 넣고 싶었어. 나아가 순찰대장으로 임명할까도 생각해 봤지."

"*네? 왜죠?*"

"넌 실력이 뛰어나. 우리에겐 네가 필요해." 실바나스는 말했다.

"그런 말을 믿을 생각은 없습니다."

"좋을 대로." 그녀는 말했다.

"왠지," 나타노스는 웃음기 어린 목소리로 말했다. "그러지 않았다간 제가 떠날 거라고 생각한 것 같군요. 그런 생각을 했다는 건 제 지적 능력과 뛰어난 판단력에 대한 모욕입니다."

그 말에 실바나스는 웃음을 터뜨렸다. 그가 원정순찰대원이 되려 한다는 확신에, 적어도 그녀가 아끼는 누군가가 죽음이나 무관심 때문에 실바나스를 저버리려 하지 않는다는 사실에 마음이 놓였다. 나타노스가 그녀를 버리지 않을 거라는 사실은 이미 여러 차례 확인한 적이 있었다. 그리고 그가 원정순찰대원이 된다는 건… 할두런과 로르테마르는 애써 부정하려 했지만, 나타노스는 이미 그들과 동등한 수준이었다. 전투에서 쓰러지는 일은 없을 것이다.

부모님을 향한 공격 이후로, 실바나스는 가족 모두가 함께했던 시절의 삶을 떠올리게 하는 일은 되도록 피했다. 베리사에게는 자신으로부터 멀어질 수 있는 곳의 임무를 할당했고, 시의적절하게 돌아와 줬던 알레리아의 말과는 달리, 아직 리라스에게 연락할 생각은 하지 않았다. 남동생을 덮칠 고통의 무게에 함께 짓눌리는 위험을 감수할 수는 없었다. 그랬다가는 두 사람 다 무너져 버릴 게 분명했다. 실바나스는 궁정에 리라스를 아끼는 친구들이 있다는 사실에서 위안을 찾았다. 왕자 또한 그런 친구 중 하나였고, 요즘은 베리사도 남는 시간을 동생과 함께 보내는 일이 많았다. 지금은 그것만으로 충분했다.

바람의 방향이 바뀌고, 달갑지 않은 희미한 냄새가 실려 왔다. 연기였다. 나타노스도 냄새를 맡은 듯했다. "불입니다." 그가 말하는 순간, 낮고 긴 경고음이 울려 퍼졌다.

그때 실바나스는 이미 원정순찰대 초소를 향해 달리고 있었다. 나타노스도 그녀의 뒤를 따랐고, 몇몇 원정순찰대원들도 이미 용매에 올라타고 같은 방향으로 날아가는 중이었다.

그녀의 머릿속은 바삐 움직였다. 태양샘이 쿠엘탈라스를 보호하고 이 땅을 마법으로 뒤덮고 있긴 했지만, 모든 사고를 막아 주는 건 아니었다. 간혹 모닥불이 걷잡을 수 없이 커지는 경우도 있었다. 잘못 떨어진 번개가 평범한 나무를 치명적인 횃불로 만드는 때도 있었다. 하지만 실바나스는 지금의 불이 그런 흔치 않은 사고로 인해 발생한 것이 아니라는 걸 이미 알고 있었다. 언니가 경고한 후로 시간이 얼마 지나지도 않았는데, 너무 빠르게 화재가 일어났다.

남쪽으로 날아가면서, 그녀는 엘렌다르 강 남쪽에서 한 개도 아닌 네 개의 불길이 피어오르는 모습을 보았다. 짙고 검은 연기가 구불거리며 하늘로 솟아올랐다. 방화에 의한 화재가 분명했다.

실바나스에게 전투는 낯설지 않았다. 그녀와 알레리아 모두 어머니의 지시에 따라 트롤과의 소규모 교전에 여러 차례 참여한 적이 있었다. 하지만 이제는 그녀가 부하들을 이끌어야 했다. 그 시기가 이렇게 빨리 찾아오리라고는 아무도 생각하지 못했다.

한편으로는 그런 책임감이 두려웠다. 하지만 다른 한편으로는 정면으로 맞서고 싶었다.

제가 어머니의 두 번째 후보였을 순 있지만, 제 실력이 두 번째는 아니라는 걸 아시게 될 거예요.

그토록 오만한 말을 하다니. 그 이야기를 한 것이 너무나도 오래전 일 같았지만, 이제는 그 말이 사실이라는 걸 입증해야 했다. 더는 그녀의 이야기를 들을 수 없는 어머니가 아니라, 그녀 자신에게.

"공격받고 있어요!" 실바나스는 그렇게 외치고 용매를 착륙시켰다. "화재가 네 곳에 발생했어요. 하나는 정남쪽, 두 곳은 남서쪽, 나머지 하나는 남동쪽 태양왕관 마을 근처예요. 시민들을 대피시키는 게 최우선 과제예요. 화재뿐 아니라 그 불을 지른 자도 숲 가장자리에 숨어있을 테니, 그쪽도 함께 정리해요."

"할두런, 로르테마르, 서쪽에 있는 두 곳을 처리해요. 창병 부대를 데려가요. 헬리오스, 남쪽으로 가세요. 두 눈 똑바로 뜨세요. 트롤의 단독 행동이라고 생각되지는 않아요."

"호드의 짓이라고 생각하시오?" 헬리오스가 물었다. 실바나스는 헬리오스뿐 아니라 친구들까지 모두 나타노스를 바라보고 있다는 걸 눈치챘다. 암울한 시기였지만, 나타노스를 받아들이려 하지 않는 그들이 적어도 그의 말에 귀를 기울이고는 있다는 사실에서 위안을 느꼈다.

하지만 그들의 순찰대 사령관은 어디까지나 실바나스였고, 그래서 그녀가 대답해야 했다. "트롤의 공격이라고 생각하기엔 너무 대담해요." 실바나스가 말했다. "나타노스, 헬리오스와 함께 가. 서둘러." 그는 무뚝뚝하게 고개를 한 번 끄덕였고, 헬리오스, 할두런, 로르테마르와 함께 재빨리 멀어져 갔다. 실바나스는 잠시 그들의 뒷모습을 바라본 후, 딱딱하게 굳은 얼굴로 부모님을 살해한 괴물들을 상대할 준비를 했다.

* * *

그녀가 갈망하고 동경하던 순간이 머지않아 찾아왔다.

그녀도 자신이 직접 충고했던 것처럼, 한 무리의 순찰대원을 이끌고 화재가 발생한 방향이 아닌 그 반대 방향으로 이동했다. 호드는 엘프가 숲을 보호하기 위해 움직일 거라고 예상하고는, 그들을 유인하기 위해 불을 피웠다. 하지만 그 초록색 괴물들과 트롤은 쿠엘도레이 엘프들을 얕봤고, 실바나스는 그 대가를 치르게 해줄 생각이었다.

그녀는 누구보다 빨리 그들의 소리를 들었고, 빠르게 수신호를 했다. 원정 순찰대원들은 나뭇잎도 거의 흔들리지 않을 정도로 날렵하게 나뭇가지 위로 뛰어올랐고, 오크들이 그 자리를 향해 다가왔다. 다들 왁자지껄 떠들며 웃고 있었다. 실바나스는 머릿속으로 자기도 모르게 그 괴물들이 부모님을 향해 다가가는 모습을 떠올렸다.

어머니도 그들을 이길 수 없었어. 내가 상대가 되기는 할까? 난 일곱 화살의 전투로부터 힘을 얻을 수도 없는데. 하지만 그 유약한 생각이 다른 생각으로 이어졌다. *난 어머니의 가르침을 받았잖아. 어머니의 핏줄을 이어받았고. 그리고 태양샘의 이름으로, 어머니의 의지를 물려받았어.*

그녀가 신호를 보내자 황금빛 나뭇잎 뒤에 몸을 숨긴 대원들도 조용하고 재빠르게 주위로 전파했다. *목표를 골라라.*

실바나스는 즉시 목표를 정했다. 가장 크고 가장 추악한 모습으로 당당히 걷는 야수, 불로 아름다움을 파괴하고, 학살로 희망을 짓밟는 것에 자부심을 가진 괴물이었다. 그녀는 짧은 노란색 엄니와 작고 잔혹한 눈을 지닌 이 괴물의 화살이 어머니를 살해했을 거라고 상상했다.

그녀는 시위를 당기고, 그 잔혹한 눈 하나에 화살 한 발을 깨끗하게 꽂아 넣었다. 실바나스는 두 번째 오크를 찾았다. 다른 오크들과 함께 갑작스럽게 방어 태세를 취한 그자는 커다란 두 주먹에 그녀 키만 한 검을 하나씩 들고 있었다.

이건 우리 아버지 몫이다.

영원처럼 느껴지는 시간 이후, 호드의 모든 구성원은 죽거나 죽어가고 있었다. 그녀의 부대에도 사상자가 두 명 있었다. 한 원정순찰대원은 무기를 놓치고 땅으로 쓰러졌다. 그녀는 도끼날에 맞아 쓰러졌지만, 실바나스는 대원을 살해한 자도 초록색 피부 위에 화살을 잔뜩 맞고 쓰러지도록 해주었다. 다른 한 명은 부상을 당하긴 했지만, 목숨에는 지장이 없었다. 그는 거세게 저항했지만, 실바나스는 그를 전투에서 열외 시키라고 명령했다.

이후 몇 시간은 곳곳에서 솟아오르는 불길과 함께 피와 열기로 채워졌다. 물론 호드는 전투만으로 만족하지는 않았다. 그들은 손 닿는 모든 것을 파괴하려 했다. 아름다운 모든 것을 더럽히려 했다. 그녀는 얼마 전 나타노스에게 이런 얘기를 했었다. *우리가 사람들을 보호할 때, 우리는 단순히 위험으로부터 그들을 보호하는 게 아니야. 이 세계의 진정한 모습으로부터 보호하는 거지.* 다른 세계의 진정한 모습이 그녀 눈앞에 최악의 방식으로 나타났다. 그 세계는 어떤 악몽보다 더 흉측하고 음흉했다.

실바나스는 계속 남쪽으로 진격했다. 호드를 계속해서 후방으로, 관문 밖으로 밀어낼 수 있게 모든 수단을 동원했다. 적을 영광스러운 고향 밖으로 내몰았다. 다른 부대의 원정순찰대원들도 실바나스의 지시에 따라 행동했고, 검은 연기가 자욱하게 번진 공기는 숨을 쉬기도 어려웠지만, 아무도 흔들리지 않았다. 오크들이 원정순찰대의 저지선을 돌파한다면 어떤 결과가 따를지 다들 알고 있었다.

실바나스는 친구와 친척들로 가득한 작은 마을을 생각했다. 리리사와 베라스의 운명을 전해 들은 이후로 여전히 비통함의 눈물을 흘리는 이들이 가득한 가족의 고향을 생각했다. 그리고 리라스가 종종 불렀던 옛 노래를 생각했다. 동생이 달콤한 목소리로 가슴 아픈 절망을 노래하던, 수천 년 전 사라진 이들에 대한 애가를 떠올렸다. 리라스는 부모님께도 애가를 헌정했을까? 그녀는 알지 못했다. 실바나스는 이번 일이 다 끝나고 쿠엘도레이가 다시 한번 승리하면, 남동생을 찾아가 꼭 안아줄 거라고 결심했다. 엘프는 수 세기 동안 살아갈 수 있었다. 하지만 그렇다고 모두가 그렇게 긴 시간을 살 수 있다는 뜻은 아니었다. 끔찍한 오늘 하루가 그 잔혹한 증거였다.

민간인 대피를 가장 우선하라고 강조한 실바나스의 명령이 많은 엘프의 목숨을 구했고, 그것만큼은 기뻐할 수 있었다. 하지만 아름다운 건물들이 수도 없이 파괴되었고, 강 남부의 드넓은 숲이 모두 불타고 말았다. 다행히 천연 방화벽인 엘렌다르 강이 황금안개 마을 근처의 불길이 크게 번지지 않게 막아 주었고, 트롤과 오크의 전진까지 저지해 주었다.

실바나스는 전 부대원을 강둑에 배치했다. 최대한 길게 늘어서서, 어리석게 강을 건너려 하는 호드를 모두 제거하라고 명령을 내렸다. 이 땅의 북부는 지킬 수 있을 것 같다는 일말의 희망이 생겨났지만, 숲 남부를 복구하려면 아주 오랜 시간이 필요할 것 같았다. 그래서 가슴이 아팠다.

반대쪽에서 움직임이 보여, 실바나스는 즉시 경계 태세를 취했다. 엘프로 보이는 두 명이 강을 향해 전력으로 뛰고 있었다. 그들 뒤에서, 끔찍하게 킬킬거리는 소리를 내며 웃는 괴물들이 나뭇잎 사이에 몸을 숨기고 가지에서 가지로 뛰는 바람에 나무가 휘청이며 흔들렸다.

실바나스는 두 눈을 깜빡였다. 달려오는 엘프들은 낯이 익었다. 베리사와… 알레리아였다.

사냥감이 강으로 탈출하는 걸 막기 위해, 트롤들은 지상으로 내려왔다. 실바나스는 움켜쥔 주먹을 아래로 내렸다. 그 신호에 부대 전체가 화살을 발사하기 시작했다. 실바나스도 함께 화살을 발사했고, 거대하고 추악한 형체들이 마침내 쓰러지는 모습을 보며 만족감을 느꼈다.

실바나스는 인사라도 하듯 활을 높이 들어 올리며 외쳤다. "잘 왔어, 알레리아 언니! 대체 어떤 놈들을 끌고 온 거야?"

"내가 끌고 온 게 아니야, 실바나스." 알레리아가 마주 외쳤다. "따돌릴 수 있을 거라고 생각했는데. 하지만 우릴 구원할 방법이 있어. 의회와 얘기해야 해."

실바나스는 고개를 가로저으며 지난번 언니가 예고 없이 고향의 숲을 찾아왔던 때 했던 경고를 반복했다. "얘기를 들어줄 것 같지는 않은데."

"아니, 들어줄 거야." 알레리아는 말했다. 실바나스는 언니의 목소리에 담겨 있는 분노를 들을 수 있었다. "선택의 여지를 주진 않겠어. 그들에게 보여줄 게 있어." 그녀는 뭔가 둥글고 무거운 게 담긴 자루를 들어 올렸다. 자루 바닥은 피로 축축하게 젖어 있었다. 실바나스는 그게 뭔지 알 것 같았다.

"오크야?" 그녀는 기대하는 목소리로 물었다.

"트롤이야." 알레리아는 대답했다. "하지만 이걸로 충분할 거야. 그리고 나 혼자 온 게 아니야. 투랄리온이라는 성기사가 지휘하는 얼라이언스 병력이 호드를 잡으러 여기까지 따라왔어."

성기사라고? 나타노스도 그들에 관해 얘기한 적이 있었다. 성기사란 빛의 힘과 더불어 튼튼한 망치와 검까지 모두 사용할 수 있는 전사 겸 사제라고 했었다. 실바나스는 왠지 그 조합이 마음에 들었다.

"지금은 어디 있어?"

"남서쪽에." 알레리아가 대답했다.

"우리 부대도 그쪽으로 합류할게." 실바나스가 대답했다. "언니에게도 용매를 내어줄게. 행운을 빌어. 필요할 거야."

* * *

로르테마르와 할두런은 이미 부대원들과 함께 얼라이언스 병력이 집결한 장소에 도착해 있었고, 놀랍게도 알레리아가 아나스테리안에게 요청한 전사들도 합류한 상태였다. 실바나스는 날카롭고 고통스러운 분노를 느꼈다. 불과 얼마 전, 아나스테리안은 그녀의 눈을 바라보며 이런 전투는 절대 일어나지 않는다고 했었다. 호드가 감히 쿠엘탈라스의 국경을 위협하는 일은 없을 거라고, 부모님이 누리지 못한 정의를 실현하는 건 평화를 깨뜨릴 만큼 가치 있는 일이라고 단언했다. 그때 이후로 실바나스는 국왕의 반대를 무릅쓰고 추가적인 지원과 정찰 확대 등을 지속적으로 요구했지만, 계속 그렇게 의회의 방침에 저항하면 가만히 있지 않겠다는 은근한 경고만 돌아올 뿐이었다. 그런데 모두를 버리고 떠났던 알레리아가 돌아오자마자, 늙은 왕은 그녀의 말에 귀를 기울이고… 병력까지 내주었다.

하지만 실바나스는 얼른 그 생각을 밀어냈다. 이제는 백성들 모두 왕국이 절대적으로 안전하다는 생각은 버린 후였다. 만약 아나스테리안이 의회와 함께 알레리아를 만난 거라면, 이미 문 앞까지 찾아온 적과의 전투를 거부하는 건 분명 어리석은 일이었을 것이다.

그녀는 전장을 빠르게 훑어본 후 공격을 시작했다. 투랄리온 경이라는 젊은 성기사는 전략에 익숙한 사람이었다. 얼라이언스 병력은 빠르게 전열을 정비했다. 궁수는 오밀조밀 모여있는 오크들에게 화살의 비를 쏟아부었고, 창병이 그 뒤를 이어 적을 마무리하고, 적의 한가운데에서 검을 휘두르는 보병들을 지켜냈다. 적은 죗값을 치르듯 학살되었고, 그 모습을 보는 실바나스는 기뻤다.

그림자가 드리웠다가 다시 사라졌다. 실바나스는 고개를 들었다. 하늘을 배경으로, 드워프를 태운 그리핀들이 날고 있었다. 그중 하나가 빠르게 강하하고, 드워프가 망치를 던졌다. 망치는 아주 만족스럽게 오크의 머리를 때린 후 드워프에게 돌아갔다.

전투의 흐름이 바뀌는 것 같았다.

그때, 알레리아가 활을 높이 들어 퇴각 신호를 보내는 것을 보며 실바나스는 흠칫 놀랐다.

실바나스는 순간적으로 당황했고, 그때 또 다른 그림자가 숲 가장자리에서 싸우는 이들을 뒤덮었다. 실바나스는 다시 고개를 들었고, 이번에는 깜짝 놀라 숨을 헐떡여야 했다.

그것의 윤곽이 아주 오랫동안 태양을 뒤덮었다. 박쥐 같은 강인한 날개를 펄럭이고, 목과 꼬리를 길게 뻗은 거대한 형체였다. 그녀도 그 생물을 본 적이 있긴 했지만, 그건 그림 속이나 아주 평범한 고서의 책장을 열어 봤을 때뿐이었다. 그것이 하늘 높이 솟아올랐다. 햇빛을 받아 온몸을 뒤덮인 붉은색 비늘이 반짝였다.

그건 아름다웠고, 동시에 끔찍하게 공포스러웠다. 실바나스는 충격에 휩싸여 미동도 할 수 없었다.

붉은 용이었다.

그때 야수의 움직임이 그녀를 깨웠다. 야수는 고개를 흔들며 기다란 목을 둥글게 구부렸다. 실바나스는 이제 곧 무슨 일이 일어날지 깨달았다.

"퇴각! 퇴각해!" 그녀는 외쳤다.

얼라이언스가 하늘에서 쏟아지는 불의 세례를 피해 달아나며 한바탕 소란이 일어났다. 용은 공중에서 몸을 돌려 다시 아군을 향해 돌아왔다. 하늘이 연기로 가득 차고, 나무들이 사라졌다. 불타는 것이 아니라 그냥 잿더미가 되어버렸다. 아까의 화재가 그렇게 큰 피해를 준 것, 그리고 사방에서 솟아오르는 듯하던 불길의 기세가 그제야 이해가 되었다.

용이 머리 위를 지나갈 때, 실바나스는 그것의 등 위에 작은 형체가 앉아 있는 걸 보았다.

금속을 액체로 바꿔놓을 만큼 뜨거운 불길을 뿜어내는 강대한 용이, 너무나도 강대해서 그 이름을 언급하는 것만으로도 적에게 경외감을 불러일으킬 괴수가 오크 한 명의 명령을 따르는 듯했다.

차원문에서 기어나온 이것들을 뭐라고 불러야 할지 모르겠지만, 실바나스는 으스스한 생각을 했다. *괴물이란 말로는 부족해.*

실바나스는 이토록 짧은 시간에 불가능한 존재를 둘이나 보고받은 충격을 머리를 흔들어 떨쳐 버렸다. 그녀는 전사와 성기사, 원정순찰대원들이 모여 있는 곳으로 달려가며 알레리아와 투랄리온을 찾았다. 실바나스는 군중을 둘러보다가 말에 타고 있는 성기사를 발견했다. 곁에 다가온 자매들 및 로르테마르와 걸음을 맞추고, 실바나스는 그들을 향해 다가갔다.

"적은 이미 퇴각하고 있습니다." 투랄리온이 말했다. "그들은 실버문을 돌파할 수는 없다는 사실을 이미 알고 있었습니다. 그래서 본래의 목적대로, 현지 주민들의 사기를 낮추고 공포의 씨앗을 뿌려두려 했던 겁니다."

하지만 그들이 한 일은 그것만이 아니었다. 그들은 윈드러너 세 자매 모두에게 용의 불길처럼 뜨거운 증오를 불러일으켰다.

"쿠엘탈라스조차 적의 침략을 피할 수 없다면, 안전한 곳은 어디일까요?" 실바나스가 물었다.

대답하는 이는 아무도 없었다.

* * *

자제력을 마지막 한 방울까지 끌어내고서야 겨우 실바나스는 호드의 퇴각을 허용했지만, 사실상 그들이 할 수 있는 건 없었다. 병력이 너무 줄어들어 있었고, 남은 인원은 전부 피해를 확인하고 마을과 숲을 집어삼키려 하는 화재를 진압하는 일에 투입되어야 했다.

투랄리온은 호드가 마침내 로데론의 수도로 진격할 준비를 마친 모양이라고 생각했다. 다들 지쳐있다고 해도 쉴 시간은 없었다. 실바나스가 보는 앞에서 얼라이언스 병사들은 잠시 붕대를 감을 동안만 기다린 후, 쿠엘탈라스에서 동쪽 숲으로 이어지는 길을 향해 돌아가기 시작했다.

"먼저 가 봐." 알레리아는 투랄리온에게 말했다. "나중에 따라갈게."

"그래." 성기사는 금발을 휘날리며 실바나스를 향해 살짝 고개 숙여 인사했다. "얼라이언스를 대표하여, 오늘의 지원에 진심으로 감사하고 있습니다."

실바나스는 그가 떠나는 모습을 보며 알레리아를 보는 그의 표정과 언니의 입가에 어린 희미한 미소를 눈치챘다. 언니의 마음이 향하고 있는 곳이 어디일지 조금 걱정이 되긴 했지만, 그녀를 비난할 수는 없었다. 어차피 실바나스도 지금은 인간과 가까운 사이가 되어 있었다. 물론 그녀의 상대는 투랄리온처럼 인기 있어 보이는 사람이 아니었지만.

"그럼 여기에 더 있을 수는 없다는 거겠지?" 베리사는 말했다.

알레리아는 아쉬운 듯 고개를 가로저었다. "여기 올 때마다 급하게 떠나야 할 일이 생기는 것 같네. 우리 가족은 이미 호드가 얼마나 잔혹한지 경험했지만, 가능하면 다른 가족까지 그 같은 운명을 맞이하는 일만큼은 없게 해야지. 로데론에 제때 경고해 주려면, 여기서 지체할 시간이 없어."

실바나스는 이해했다. 그녀는 자매들 중에서 유일하게 리리사와 베라스가 쓰러진 현장을 직접 보았다. 그녀의 두 동생은 염을 하고, 팔다리를 온전하게 정리하고, 충격을 조금이나마 줄일 수 있도록 흉측한 상처를 예복과 희미한 환영 마법으로 가린 후의 사체만을 보았을 뿐이었다. 실바나스는 자기가 견뎌내야 했던 고통을 그 누구도 겪게 하고 싶지 않았다.

"호드가 우릴 피해 달아나고 재집결할 기회를 줄 수는 없어." 알레리아가 말했다.

"그럼 어서 가 봐, 언니." 실바나스는 그렇게 말하고 언니를 얼싸안았다. 베리사도 큰언니를 꼭 끌어안고는 놓지 않으려 했고, 알레리아는 부드럽게 동생의 품에서 벗어났다. 그녀는 무언의 질문에 답하듯 고개를 끄덕이고는, 희미한 미소를 지으며 젊은 성기사와 함께 멀어져 갔다.

실바나스는 베리사가 전투에서 피를 본 건 이번이 처음이라는 사실을 알고 있었다. 여동생이 그 경험을 너무 곱씹고 있으면 안 될 것 같았다. 감정을 다스리는 건 나중에도 할 수 있을 것이다. 지금 베리사는 자신이 도움이 되었다고, 자신에게 사명이 있다고 생각해야 했다.

“동료들을 찾아 봐.” 실바나스는 말했다. “소규모 부대로 나눠서 지원이 필요한 곳의 화재 진압 임무를 맡겨줘.”

베리사는 실바나스가 생각했던 대로 고개를 끄덕였다. 지금 일어난 일을 잠시나마 잊을 수 있게 된 것이 고마운 듯했다. “난 해안을 따라 정찰을 할게.”

“베리사.”

여동생은 돌아섰다. “오늘은 정말 잘했어. 어머니도 아주 자랑스럽게 생각하셨을 거야. 물론 나도 그렇고.”

베리사는 예의 그 달콤한 미소를 지었다. “어머니라면 우리 모두를 자랑스러워하셨을 거야. 우리가 함께 싸우는 모습을 보셨으면 참 좋았을 텐데.”

“그래, 윈드러너 자매들은 누구 하나 만만치 않으니까.” 실바나스도 동생의 말에 동의했다. 다만 큰딸이 활을 얼라이언스에, 마음을 젊은 성기사에게 바친 게 너무 아쉬울 따름이었다.

실바나스는 많이 지쳤지만, 전투의 긴장감 때문에 여전히 정신이 또렷했다. 자매들 중 누구도 말을 꺼내진 않았지만, 윈드러너 마을과 첨탑 모두가 트롤이나 오크, 붉은 용의 불길에 공격을 받았을 가능성이 컸다. 리리사가 가신들에게 비상시의 대피 훈련을 시켜두었기 때문에, 실바나스는 첨탑이 무사하지는 않아도 그 안에는 아무도 없을 거라고 생각했지만, 마을에 관해서는 두려움이 앞섰다.

마지막 전투가 그녀가 생각했던 것보다 더 집에서 가까운 곳에서 벌어져 집으로 찾아가는 길이 멀지는 않았다. 여전히 연기가 자욱해서 집안이 잘 보이지 않았다. 땅에는 잿더미가 두텁게 쌓여 있어, 눈밭처럼 발걸음 소리를 죽였다.

실바나스는 마을에서 멀리 떨어진 곳에 배치된 정찰병들의 공격을 받을 걸 예상하며 걸음을 늦췄다. 숲을 샅샅이 훑어봤지만, 그녀의 날카로운 눈은 아무것도 보지 못했고, 귀는 아무 소리도 듣지 못했다. 실바나스는 뿔피리를 입에 대고 길고 애처롭게 불었다. 메아리가 잦아들었다. 아무도 응답하지 않았다.

어쩌면 그들은 이미 좋은 소식을 들었고, 고향 땅을 뒤덮은 불을 끄려고 바삐 움직이고 있는 건지도 몰랐다. 하지만 뭔가 이상했다. 그 느낌이 그녀의 목덜미를 자꾸 따끔따끔 찔러대서, 그녀는 다시 경계 태세를 취했다.

봉긋 솟아오른 초록색 언덕을 더럽힌 기이한 덩어리에 그녀의 시선이 이끌렸다. 햇살이 금속에 반사되어 흩어졌고, 그녀는 수풀과 땅에서 자라는 것들의 선하고 자연스러운 색이 아닌 초록색 물질을 언뜻 보았다.

오크였다.

갑작스러운 공포가 거대한 파도처럼 그녀를 때렸고, 알 수 없는 이유로 실바나스는 다리가 허락하는 한 최대한 빨리 달리기 시작했다. 심장이 마구 뛰는 것을 느끼며, 그녀는 머릿속을 때리는 끔찍한 공포를 부정하려고 애썼다.

발을 옮길 때마다 열 구, 스무 구, 그 이상의 사체들이 나타났다. 발이 수풀 위를 날 듯이 스쳐서 땅에 닿지도 않는 것만 같았다. 그때, 실바나스가 바라지 않던 일이 일어났다. 다른 사체들이 눈에 띄었다.

호리호리한 체형의 사체들. 한 명은 원정순찰대 방어구를 착용하고 있었다. 제이디아였다. 다른 사체는 방어구를 군데군데 일부만 착용하고 있었다. 최후의 순간, 침입자들을 막아내기 위해 손에 잡히는 대로 몸에 걸친 게 분명했다. 그녀의 가족이 수백 년에 걸쳐 지켜냈던 마을에 가까이 다가가자, 이제 화려한 색상의 옷들이 보이기 시작했다. 민간인과 예술가, 권력의 사다리를 타고 오른 정치가들까지. 그들은 이제 음악을 들을 수도, 예술 작품을 완성할 수도, 다른 이들의 운명을 결정할 수도 없었다. 아니, 이제는 자기 자신의 운명조차 결정할 수 없을 것이다.

뭔가 움직임이 눈에 띄어 그녀는 빙글 돌아섰다. 포도주처럼 붉은색의 긴 드레스를 입은 여자였다—

제발, 생존자가 있기를—

그녀는 달렸다. 희망이 밀려들어 그녀의 등을 밀어주었다. 하지만 그 여자의 곁에 무릎을 꿇고 앉았을 때, 실바나스는 자신이 착각했음을 깨달았다. 길고 헝클어진 머리카락이 바람에 실려 나부낀 것뿐이었다. 주인이 밤새 춤을 추고 술을 마시고 웃음을 터뜨리는 동안 보드랍게 부스럭거렸을 짙은 붉은색 비단이, 지나치게 많은 혈액이 흘러나와 생긴 진홍색 얼룩을 감춰 주고 있었다.

실바나스는 다시 자리에서 일어나, 아찔하고 슬픈 공포에 사방을 둘러봤다. 부모님이 목숨을 잃으면서까지 가르쳐주려 했던 교훈을 그녀는 제대로 배우지 못한 모양이었다. 호드는 모두의 예상보다 훨씬 더 영리하고 잘 준비되어 있었다. 그들의 흔적을 그녀가 얼마나 놓쳤던 걸까? 적은 철저한 정찰을 통해 이곳의 지형을 끔찍하리만치 잘 파악했을 것이다. 순찰대의 감시를 피해 충분한 수의 괴물들이 여기까지 침입할 수 있었던 이유는 그것뿐일 것이다.

실바나스는 자리에서 일어나 살육의 현장에서 생존자를 찾기 시작했고, 그 음울한 수색 동안 알고 지내던 사람들을 여럿 찾아냈다. 알레리아에게 야단스럽게 작별 인사를 건넸던 벨라리아 살로나르. 이제는 너무나도 오래전 일로 느껴지는 살데릴의 파티에서 상처나무 가루가 든 음료를 마셨던 아라반과 렌드리스.

또 하나의 엎드린 형체가 축 늘어져 있었다. 키가 크고 생전에는 호리호리했을 몸매에, 긴 금발 머리는 마치—

리라스?

실바나스는 갑작스럽게 치솟은 아드레날린이 사라지는 것을 느끼며 온몸을 부들부들 떨었다. 리라스일 리가 없었다. 그 남자는 왕실 음악가의 길고 화려한 로브가 아닌, 궁수의 가죽 방어구를 착용하고 있었다. 짧고 흉측한 오크의 투척용 도끼가 그의 등에 박혀 있었다. 흥건하게 고인 피가 햇살을 받아 반짝였다. 그 엘프는 공격당한 후에도 한동안 살아있다가 결국 상처에 목숨을 빼앗긴 것 같았다.

새롭게 주조한 동전처럼 금빛으로 반짝이는 그 머리카락은….

그녀는 불안하게 비틀거리는 다리로 사체를 향해 다가갔다. 그리고 그 옆에 무릎을 꿇고 앉아 잠시 기다렸다.

용기가 부족한 게 아니라는 건 알고 있었다. 의지가 부족한 것도 아니었다. 그녀가 무모하리만큼 용감하다고 말하는 사람들도 있었지만, 지금 그녀는 아무런 용기를 느낄 수 없었다. 그저 작고, 두렵고, 길 잃은 존재가 된 기분이었다.

실바나스는 도저히 그를 바라볼 수가 없었다. 그녀는 어머니와 아버지의 사체를 덮었던 천을 차례로 벗기던 때를 떠올렸다. 그 순간보다 더 가슴 아픈 순간이 있을 거라고는 생각조차 하지 못했다.

그 생각이 얼마나 애처롭게 잘못된 것이었단 말인가. 그리고 이런 아픔을 감춰두었던 운명은 얼마나 그녀를 비웃었을까.

실바나스는 처음 세상에 태어난 그를 안아줄 때 그랬던 것처럼, 부드러운 손길로 그를 돌려 눕혀 주었다. 죽음이 그에게 무슨 짓을 해놓았을지 도저히 보고 싶지 않았다. 죽음과 함께 리라스의 얼굴은 평온한 표정이 되어 있었지만, 여기저기 찢어진 손과 그의 뒤에 남겨진 혈흔을 보면, 동생이 생명이 사그라지는 동안 살아남기 위해 얼마나 애를 썼는지 알 수 있었다. 실바나스는 굳어버린 그의 얼굴에 살며시 손을 얹어 흙과 풀을 털어내 주었다. 그녀는 너무나도 차갑고 뻣뻣해진 그를 품에 안았다. 황금빛 머리를 무릎에 얹고, 한쪽 팔로 그를 감쌌다. 그녀는 동생을 보듬었다. 그가 아기였을 때처럼. 그의 푸른 눈이 그녀의 눈을 똑바로 바라보고, 그녀가 마음속 깊은 곳에서 맹세했을 때처럼.

널 다치게 하지 않을 거야. 절대로. 어느 누구도 그러지 못하게 하겠어. 사랑과 용기로, 언제나 널 지켜줄 거야.

실바나스는 그 맹세를 두 번이나 어겼다. 이 끔찍한 날이 오기 전에도, 그녀는 말로 그에게 상처를 줬었다. 그녀는 약속과 동생을 지키지 못했을 뿐 아니라, 윈드러너 마을 사람들도 지키지 못했다. 처음으로 맞는 실전에서, 그녀는 평생 유일하게 알았던 찬란한 희망과 평화의 등대를 빼앗기고 말았다. 그녀가 그렇게 실패했기 때문에, 동생과 화해하고, 따뜻한 웃음을 터뜨리며 서로를 얼싸안을 기회는 영원히 날아갔다. 리라스는 영원히 침묵해야 했다. 영원히 움직일 수 없었다.

실바나스는 망가진 한쪽 손을 향해 손을 뻗었다. 아직은 깍지를 낄 수 있을 만큼 손가락이 움직여 주었다. 깨진 손톱과 흙, 피 속에서 플루트 구멍 위를 날아다니고 류트의 줄을 켰던 가느다란 손가락만이 보였다. 그녀는 눈을 감았고, 바람결에 실려오는 세상 가장 달콤한 목소리를 들었다.

우리 작은 태양님.

실바나스는 이 잔인한 세상이 동생을 삼키는 일이 없게 하려고 부단히 노력해왔다. 하지만 어떤 노력을 해도 그는 결국 그런 위험으로 내몰리기만 했다. 그의 목숨을 구하기 위해서라면 실바나스는 자기 목숨이라도 기꺼이 바쳤을 테지만, 지금은 그 생각이 틀렸었다는 사실을 도저히 인정할 수가 없었다.

이건 사실이 아니었다. 이럴 수는 없었다. 리라스는 너무나도 활기차고, 재치있고, 생기가 넘쳤다. 어떻게 한 건지는 몰라도, 이건 속임수일 것이다. 짓궂은 장난일 것이다. 그가 물에 빠져 죽은 것으로 위장하여 그녀를 속였던 때처럼. 하지만 세상은 냉혹하게 계속되었고, 그는 여전히 침묵한 채 가만히 누워있었다.

실바나스는 흐느낄 수조차 없었다. 그리고 움직일 수조차 없었다. 그녀는 찬란한 오후 햇살 아래에 앉아, 이 세상에서 가장 사랑했던 사람을 품에 안고 살며시 흔들어 어르면서, 그를 위해 해줄 수 있는 유일한 일을 했다.

그녀는 떨리는 숨을 깊이 들이쉬었다.

빛의 이름으로
태양빛의 이름으로
피의 후손들
적들이 침입하네
피의 후손들
빛의 이름으로
사라지는 피의 후손들
적들이 침입하네….

제 11 장

실바나스는 정신과 심장을 단단히 닫고 자신을 완전히 봉인했기에 겨우 살아남을 수 있었다.

그녀는 동생의 사체를 최선을 다해 닦았다. 포식 동물에게 몸 일부를 뜯어먹힌 부모님의 사체 모습이 그녀의 마음속 눈에 뜨겁게 각인되어 있었기에, 그녀는 최선을 다해 동생의 유해를 보살폈다. 그리고 그녀는 초소로 갔다. 전장에서 초소로 돌아온 원정순찰대원들은 리라스의 피로 얼룩진 실바나스의 방어구와 무표정한 잿빛 얼굴을 보자마자 무언가 잘못된 일이 일어났다는 걸 명확하게 깨달을 수 있었다.

베리사는 어디 있는 거지? 실바나스는 생각했다. 작은 달님에게 먼저 이야기해야 했다. 아니, 전투에서 목숨을 잃은 사람은 또 있었고, 다들 동생과 같은 보살핌이 필요했다. 어쩌면 나중에 동생과 둘이서만 조용히 얘기하는 게 나을지도 몰랐다.

실바나스는 원정순찰대원들에게 무슨 일이 있었는지를 마치 이방인들의 이야기를 하듯 객관적으로 설명했다. 적이 윈드러너 마을에 침입해서 그곳 주민들을 대부분 도살했다고 말했다. 그녀는 사체의 신원을 대부분 식별할 수 있었지만 전부 확인한 건 아니었기에, 희생자의 유해를 회수해서 염습한 후 적절한 장례를 치러 줘야 한다고 원정순찰대원들에게 이야기했다.

"그건 어렵지 않을 거요." 할두런이 음울한 목소리로 말했다. "우리도 다들 누군가를 잃었소."

그들은 침울한 표정으로 윈드러너 마을 인근의 사체들 사이를 천천히 거닐었다. 실바나스를 비롯한 모두가 과거에도 죽음과 상실을 경험했고 또 앞으로도 그러할 테지만, 다들 그토록 많은 사망자가 발생했다는 사실에 충격을 받은 표정이었다.

"실바나스," 아무 기척도 없이 그녀의 옆에 나타난 나타노스가 말했다. "같이 가시죠. 저기… 저긴—"

"알고 있어." 그녀는 나직한 목소리로 말했다. "누가 덮어 줬을까?"

실바나스가 지금껏 알아 왔던 나타노스는 말문이 막혔던 적이 단 한 번도 없었지만, 지금은 벙어리가 되기라도 한 듯 입도 벙끗하지 못하고 있었다. 그녀는 알레리아의 시험이 치러지던 날, 그녀와 가족들이 가장 좋아하던 곳에서 시간을 보내고 있던 베라스와 베리사, 실바나스를 첨탑으로 데려가려고 할두런과 지리가 찾아왔던 날을 떠올렸다. 아니, 그때를 생각할 순 없었다.

"그는 훈련을 받고 있었어." 실바나스는 말했다. 그 말에는 거의 아무런 감정이 실려 있지 않았다. "궁수의 방어구를 입고 있더군. 몸에 잘 맞고 새것도 아니었지만, 달리 손상된 곳은 없었지."

낯익은 오랜 적 트롤들과 함께 괴물들이 해일처럼 밀려들기 전까진. 그의 채 끝나지 않은 훈련이 그에게 거짓 자신감을 심어주기 전까진.

원치 않는 자매들의 말이 다시 떠올랐다.

리라스가 정말 싸우고 싶어 한다면, 제대로 훈련을 시켜 주는 게 낫지 않겠어?

우리에겐 서로와 원정순찰대가 있잖아. 우리에겐 복수를 할 기회가 있다고. 리라스는 그렇지 않아.

하지만 그는 그 기회가 찾아왔을 때 붙잡았다. 실바나스였어도 그랬을 것이다.

이제 나이도 들었으니 빨리 배울 수 있을 거야. "그래도… 충분히 빠르진 않았지." 그녀는 자기에게, 그리고 혹시라도 여기에 남아 있을 남동생의 영혼에게만 들릴 작은 목소리로 속삭였다.

어린 시절부터 훈련을 받았다면, 리라스는 제대로 싸우거나, 적어도 수적으로 불리한 상황이라는 걸 깨달을 수는 있었을 것이다. 그래서 살아남을 수 있었을지도 몰랐다. 차라리 이전처럼 아무 훈련도 받지 않았더라면, 그는 실버문 안에서 안전하게 머물렀을 것이다. 그녀는 잠시 두 눈을 감았다가 떴다.

"누군가 전사가 되고 싶다는 리라스의 꿈을 자극하지 않았다면, 내 동생은 아직 살아있었을 거예요." 실바나스는 단검처럼 날카롭고 잔인하고 단단한 말을 뱉었다. "누가 이런 짓을 했는지 몰라도, 동생의 죽음에는 오크뿐 아니라 그 사람에게도 책임이 있어요."

뒤쪽에서 날카롭게 흐느끼듯 헐떡이는 소리가 들려와 실바나스는 빙글 돌아섰다.

여동생이 휘둥그레진 눈으로 천에 덮인 사체를 뚫어져라 내려다보고 있었다. 그 순간, 베리사의 창백한 얼굴과 하얀 머리카락은 어머니가 한때 소유하고 있었던, 아름답고 여리지만 섬세했던 도자기 조각상을 떠올리게 했다. 그 조각상은 윈드러너 가문의 아이들이 언제나처럼 활기차게 놀던 어느 날 깨지고 말았다. 그녀는 지금 모든 걸 잊고 있었지만, 어느새 기억이 불과 몇 년 전 일어났던 일처럼 명확하게 돌아왔다.

우리는 윈드러너 가문의 아이들이야.

우리는 약하지 않아. 우리는 부서지지 않아.

"베리사. 날 봐." 여동생은 그 말을 따랐다. 두 눈에 눈물이 글썽였다.

"실바나스 언니," 베리사의 떨리는 목소리는 거의 들리지 않을 만큼 희미했다. "제발 아니라고 해 줘…. 제발, 아니라고…."

"리라스야." 충격을 줄일 이유는 없었다. 동생을 애도하는 건 나중에 해도 된다. 하지만 지금 두 사람은 리라스의 머리에 어리석고 치명적인 꿈을 채워 준 것이 누구 짓인지 알아내야 했다.

베리사의 몸이 흔들렸다. 실바나스가 여동생을 붙잡았다. 그녀의 손톱이 베리사의 팔 위쪽을 파고들었고, 그녀는 거칠게 상대를 흔들었다. "내 앞에서 이러지 마." 실바나스는 거친 숨을 뱉어내며 말했다. "강해져. 분노해."

두 사람의 시선이 마주쳤다. 베리사의 두 눈에 차오른 눈물이 볼을 타고 흘러내렸다. "우리 작은 태양님…." 그녀는 속삭였다.

"그만." 실바나스는 딱 잘라 말했다. 그녀의 목소리는 금방이라도 자신을 배신할 듯 떨리고 있었다. "지금은 안 돼. 무슨 말인지 알겠어?"

사체는 묻을 수 있었다. 그게 리라스라고 하더라도. 하지만 실바나스는 지금 어린 시절을 생각하기라도 하면, 그녀가 동생을 품에 안고 그 이름을 불러주었던 순간을 떠올리면, 해야만 하는 일을 할 수 없으리라는 걸 알았다. 그녀는 이런 짓을 한 오크뿐 아니라, 리라스에게 그가 전장에서 싸울 힘이 있다는 생각을 심어준 사람까지도 찾아내 처벌해야 했다.

베리사는 고개를 끄덕이고 침을 꿀꺽 삼켰다. 그녀는 실바나스의 무심함을 따라 하려 했다. 실바나스가 실상 그렇게 침착한 태도를 유지하기 위해 얼마나 절박하게 애를 쓰고 있는지는 모르는 듯했다.

"베리사, 내 얘기 잘 들어. 우리 동생의 정의를 실현해 줘야 해. 개를 훈련시킨 자를 찾아내야 해. 너도 그렇게 생각하지?"

베리사는 떨림을 멈추고 눈을 깜빡여 눈물을 삼켰다. 그녀는 입을 굳게 다물었다. "그렇게 생각해." 그녀는 명료하고 강한 목소리로 말했다.

그리고, 베리사는 무릎을 꿇었다. 아니, 무너져내렸다고 하는 편에 가까웠다.

"다 내 잘못이야."

한순간 동안, 실바나스는 베리사가 무슨 말을 하는 건지 이해하지 못했다.

당연히 동생도 책임감을 느낄 것이다. 실바나스도 그랬으니까. 두 사람 다—

하지만 그때 베리사의 눈을 들여다본 실바나스는 그 안의 진실을 보고 동생의 말을 이해했다.

"너—"

"내가 훈련시켰어, 실바나스 언니. 리라스가 죽은 건 전부 내 잘못이야."

그때, 나타노스가 강한 힘으로 실바나스의 손목을 붙잡아 아프도록 움켜쥐었다. 로르테마르가 베리사를 붙잡아 공격 범위에서 끌어냈고, 이제는 고통과 연민, 분노가 뒤섞인 표정으로 실바나스를 바라보고 있었다.

"여기는 화를 낼 자리가 아닙니다." 나타노스가 조용한 목소리로 말했다.

"아니, 맞아." 실바나스는 으르렁거리듯 말을 뱉었다. 어째서 그녀의 심장이 이토록 많이 깨져야 하는 걸까? 그런데도 어째서 계속 뛰어야 하며 그렇게나 많은 상실의 고통을 끝없이 겪어야 하는 걸까?

"제 눈을 똑바로 보고 동생이라면 어떤 말을 할지 얘기해 보십시오." 나타노스가 속삭였다.

"네가 *어떻게* 그따위 말을!" 실바나스는 외쳤지만 이미 너무 늦어 있었다. 그 모습이 그녀의 머릿속에서 씨를 내렸고, 그녀는 이제 리라스의 얼굴을 보지 않을 수 없었다. 멈추라고, 생각 좀 해보라고 말하는 남동생의 소리 없는 말을 듣지 않을 수가 없었다. 그들 모두 한 가족이라고, 베리사도 그저 실바나스가 그런 것처럼 사랑과 용기 때문에 행동했을 뿐이라는 사실을 외면할 수 없었다. 미칠 것만 같은 한 순간, 그녀는 리라스가 미웠다.

로르테마르는 덜덜 떠는 베리사를 데리고 그 자리를 떠났다. 그는 비난이 아닌 걱정이 가득한 시선으로 실바나스를 돌아봤다.

"내게서 떼어놔요, 로르테마르." 실바나스가 외쳤다. "*멀리* 떼어놔요."

지금은 멀리 떼어놔요. 아니, 영원히 멀리.

베리사를 위해, 그리고 실바나스 자신을 위해.

* * *

리라스는 부모님과 함께 가족 묘지에 묻혔다. 국왕과 왕자 모두 그를 위해 국가장을 치러주겠다고 제안했지만, 실바나스는 이를 거절했다. 부모님은 두 분 모두 공인이었던 만큼, 장례식 또한 공개적으로 치러야 했다. 하지만 리라스는 왕실 음악가였다. 그의 장례식은 가족과 친구들이 참석하는 가운데 조용히 치르고 싶었다. 부모님을 땅에 묻으며 겪은 고통을 이렇게 빨리 반복할 수는 없을 것 같았다.

많지 않은 사람들이 모였다. 실바나스와 원정순찰대원 몇 명, 그리고 이상하게도, 살데릴 경도 장례식에 참석했다. 실바나스는 본능적으로 그의 참석을 거절하고 싶었다. 그러나 아무리 많은 잘못을 했다고 하더라도, 살데릴은 리라스를 아꼈고 동생이 자기 길을 찾아가는 과정에 큰 도움을 주었다. 왕실의 인장이 찍힌 편지가 도착했다. 캘타스나 아나스테리안이 보낸 편지일 것이다. 실바나스는 어느 쪽인지 신경 쓰지 않았고, 봉투를 열지도 않았다.

그 후, 실바나스는 그때 일을 거의 기억하지 못했다. 그녀가 기억하는 건 세 개의 무덤에 아직 풀이 자라지 않았다는 사실뿐이었다. 부모님이 돌아가신 지 얼마 되지도 않아 리라스까지 살해당하고 말았기에, 아직 부모님의 봉분이 풀이나 꽃으로 뒤덮일 시간이 없었다.

실바나스는 어머니와 아버지의 죽음을 막을 수는 없었다는 걸 알고 있었다. 두 분은 각자의 의무를 따르고 있었고, 싸울 준비를 하고 떠났다. 그저 그땐 아무도 이 위협의 진짜 본성을 이해하지 못했을 뿐.

하지만 리라스는 달랐다. 리라스는 전투에 나서야 할 의무가 없었고, 제대로 된 훈련을 받은 경험도, 그럴 능력도 없었다.

조문객들이 조금씩 줄어들자, 뒤쪽에서 귀에 익은 목소리가 그녀의 이름을 불렀다.

베리사는 유령 같은 모습이었다. 창백한 얼굴은 핼쑥하고, 두 눈은 푹 꺼지고, 새하얀 머리카락은 이제 달빛 같은 윤기를 잃고 지저분하게 헝클어져 있었다. 실바나스는 자기 모습도 비슷할 거라고 생각했다. 여동생은 고개를 숙인 채 말없이 그녀 앞에 섰다.

나타노스가 두 사람 사이에 끼어들었다.

"나타노스," 실바나스가 말했다. "괜찮아. 얘기 좀 할게."

"전 두 분이 마지막으로 이야기하던 때의 일 때문에 아직도 팔이 저립니다." 그가 말했다.

"내가 알아야 할 게 있어." 실바나스가 답했다.

지금 그녀가 자기 여동생 얘기를 하고 있는 걸까? 실바나스는 자신의 말이 너무 이상했지만, 지금으로선 다른 길이 하나도 보이지 않았다. 나타노스는 그들 곁을 떠났고, 무덤가에는 두 자매만 남았다.

"왜 그랬어?" 실바나스는 하고 싶은 말이 천 가지는 있었지만, 그때 입술을 벗어난 건 그 말뿐이었다.

"걔한텐 우리가 필요했는데, 우린 곁에 없었으니까." 베리사는 부드러운 목소리로 말했다. "리라스는 언제나 자기가 다르다고 느꼈어. 우리와 어울리지 않는다고 생각했어. 우리가 하는 일이 더 중요하고, 어떤 의미로는… 그게 윈드러너로서의 삶이라고 생각했어."

실바나스는 아무 말도 하지 않았다. 그냥 가만히 귀를 기울였다.

"알레리아 언니가 아무렇지도 않게 너무 당연한 일처럼 얘기했잖아…. 실바나스 언니도 생각해 보겠다고 해서, 난…."

실바나스는 이를 갈았다. 그녀가 분명히 그런 말을 하긴 했지만, 언니나 동생이 그걸 동의한 것으로 받아들일 거라고는 생각지도 못했다. 한참이 지나서야 말이 나왔다. "내가 리라스 걱정을 했다는 거 *알잖아.* 늘 안전하기만을 바랐고, 리라스는 안전해야만 했다는 거, 너도 *알잖아.*"

"난… 몰랐어." 베리사가 말했다. "언니가 어떤 생각을 하고 있는지 드러내지 않았잖아. 나도 리라스의 몸과 마음 모두 안전하게 지켜주고 싶었어. 실력이 나아지기 시작할 때 걔 표정이 얼마나 밝아졌는지 언니는 모를 거야."

그래도 큰 달님, 가끔 보면 누나는 너무 시야가 좁아. 그러다간 사람들이 진짜로 다칠 수 있다고.

리라스도 알고 있었다. 그리고 결국, 그가 대가를 치러야 했다.

사람에 대한 확신을 바탕으로 가족을 벗어나 성장한 알레리아. 평화를 지키고 조화만을 원했지만 결국 동생의 죽음을 초래한 베리사. 그리고 그녀, 실바나스. 그녀는 자신이 그들보다 더 죄가 크다는 걸 마음속에서 인지하고 있었다.

그 사실은 지금도, 앞으로도 도저히 감당할 수 없을 것이다. 어쩌면 언젠가, 그녀와 작은 달님이 다시 이야기를 나눌 수 있는 때가 올 것이다. 둘 사이에 아무런 그늘도 없이, 리라스가 원하는 것처럼.

하지만 아직은 그럴 때가 아니었다.

"순찰대 사령관으로서 명령하겠어. 여기 남아서 계속 순찰대원으로 활동하고 싶다면 그렇게 해도 좋아. 어떤 이유로든, 우리 동족을 지켜줄 인원을 줄일 수는 없으니까. 하지만 언니로서 부탁하는데… 내겐 다가오지 마."

"그럴게." 베리사의 그녀의 부드럽고 쓸쓸한 목소리는 무척이나 작았다. 패배감에 젖어 있었다. "다시 언니를 찾진 않겠어. 어차피 아무 소용이 없는 것 같으니까. 언니나 나나, 이제 더는 상처를 입거나 서로를 받아들여 줄 마음이 남아있는 것 같지 않아."

* * *

그 순간부터 실바나스는 모든 감정을 일에 쏟았다. 그녀는 두세 명의 원정 순찰대원으로 이루어진 작은 무리를 이끌고 트롤 영토를 급습했고, 눈에 보이는 적은 모두 도살했다. 그녀는 음식, 물, 길 탐색 도구는 전혀 주지 않고 맨발로 그들을 황야에 몰아넣었으며, 옷도 셔츠와 바지밖에 허락하지 않았다.

그녀는 부하들이 쓰러지기 직전까지 행군하다가, 그대로 돌아서서 쉬지도 않고 복귀하곤 했다. 한 번은 행군의 중간 지점쯤에서 병사들의 음료에 약한 진정제를 탄 뒤에, 정찰 작전을 끝까지 완수하지 못하는 부하는 강등시켜버리기도 했다.

"실바나스," 이에 대해 알게 된 로르테마르가 말했다. "그만하는 게 좋겠소."

"뭘 그만하라는 거죠?"

"그대를 비롯한 모든 사람에게 벌을 내리진 말라는 거요. 아무리 그런 일이—"

"그만해요." 실바나스의 목소리는 날카로웠다.

"이들은 그대의 부하들이오. 그대 병사들이오. 이들은 그대와 그대의 왕국에 충성하기 때문에 여기 모인 것이오. 그들을 이런 식으로 대해선 안 되는 거요."

"그런데 그 최고 중의 최고라 하는 병사들과 *우릴 도와준 얼라이언스*는 오크들이 이 나라의 심장부까지 진입해 수백 명을 살해하기까지 뭘 했죠? 그 수백 명 안엔 리라스도 포함되어 있었어요. 내가 부하들에게 요구하는 건 전부 저 자신에게도 요구하는 거고, 당신도 그 사실은 알고 있을 거예요. 그들은 강해요. 싸울 줄 알아요. 그래서 *싸울 거예요*, 로르테마르. 그렇게 싸우다 일부는 죽기도 할 테죠."

그녀는 남동생의 피와 재로 뒤덮인 고향 집을 떠올리며 이를 갈았다. "전 아무런 부족함이 없게끔 훈련을 시키겠어요. 예상할 수 없는 일을 예상하는 법을, 자신을 한계 너머까지 밀어붙이는 법을 가르쳐주겠어요. 모든 분야에서 탁월해지는 법을 가르쳐주겠다고요. 오직 극소수의 병사들만이 내 뜻을 이해할 수 있다고 해도, 난 그러지 못하는 일천 명이 아닌 그 사람들만 데리고 전장에 나서겠어요."

실바나스는 잠시 말을 멈춘 후 계속했다. "당신을 포함해서요, 옛 친구."

긴장되고 불쾌한 침묵이 한참을 이어지고, 마침내 로르테마르는 고개를 끄덕였다. "순찰대 사령관의 지시에 따르겠소."

상관없다. 다들 떨어져 나가라지. 등 뒤에서 수근거리라지. 실바나스는 개의치 않았다. 그녀는 그들의 친구가 아닌 지도자였다. 여기 남는 자는, 그녀의 지시와 명령을 끝까지 따르는 자들은 전설이 되리라. 그 무엇도 막을 수 없는, 죽지 않는 자가 되리라.

아무 소리도 들리지 않았지만, 그녀는 뒤쪽에서 나타노스의 기척을 느꼈다. "돌아가." 실바나스는 말했다.

"그러고 싶지 않습니다."

"지금은 네가 필요 없어."

"필요해 보입니다."

두 사람 다 움직이지 않았다. 그때, 실바나스는 아무 말 없이 돌아서 달리기 시작했다. 그가 뒤를 따라왔다. 그녀는 나무 밑둥 사이를 지그재그로 달리고, 나무에서 나무로 뛰어넘었다. 지친 근육이 부들부들 떨리며 그녀에게 저항했다. 그래도 그녀는 멈추지 않았다. 그리고 나타노스, 어쩌면 가족들보다 그녀를 더 잘 이해하는 듯한 그 묘한 인간도 멈추지 않았다.

마침내 밤도 새벽도 아닌 순간, 실바나스는 땅에 드러누운 채 하늘을 올려다봤다. 맹목적으로 달린 끝에, 가족이 제일 좋아하던 곳에 이르렀다는 사실을 알 수 있었다. 달라진 건 이제 그 가족이 더는 존재하지 않는다는 사실뿐이었다. 어머니도, 아버지도 없었다. 작은 달님도, 큰 태양님도, 작은 태양님도 없었다. 이제 남은 건 그녀뿐이었고, 다시는 여기서 춤을 추지 않을 것이다.

작은 소리가 들려와 그녀는 깜짝 놀랐다. 실바나스는 그게 자신이 낸 소리라는 걸 깨닫지 못했다.

지독한 상실감과 고통으로 인해, 가슴 깊은 곳에서 스며 나온 짧고 날카로운 흐느낌이었다. 실바나스는 몸을 둥글게 말았다. 그토록 힘겹게 억눌러왔던 고통이 와르르 쏟아져나오려 했다. 한 번 더 흐느끼고, 다시 한번 더 흐느끼자 갑자기 얼굴에 눈물이 흘러내리고 목이 콱 메어왔다.

튼튼한 두 팔이 몸을 감싸는 걸 느끼며, 그녀는 나타노스에게 매달렸다. 온 세상을 삼킨 혼돈과 감정의 소용돌이 속에서, 단단하게 매달릴 수 있는 상대는 오직 나타노스뿐이었다. 그는 실바나스를 꽉 안아주었다. 위로의 말을 건네지도, 달래 주지도 않고, 아무것도 묻지 않으며 그녀가 필요한 만큼 거기 그렇게 서 있었다.

실바나스는 자신이 광기로 내몰리고 있다는 걸 알았다. 그녀의 일부는 기억, 사랑, 찬란하고 선한 모든 걸 부술 광기에 몸을 맡기길 원하고 있었다. 하지만 나타노스는 예의 그 단순하고 단단한 피와 육신으로 그녀가 매달릴 현실, 감정을 분출할 창구가 되어주었다.

그녀는 그가 내민 생명줄을 꼭 잡았다.

실바나스는 눈물로 얼룩진 얼굴을 들어 그를 바라봤고, 그는 두 볼의 물기를 닦아내주었다. 하지만 지금 그녀가 원하는 건 부드러운 손길이 아니었다. 슬픔보다 크고 절망보다 깊은 걸 원했다. 그 끔찍한 무감각의 고통을 거칠게 쇄도하는 감각으로 대체하고, 그로써 그녀가 살아 있음을 실감하게 하는 무언가를 원했다. 아니, 누군가에게 온몸을 내어주고 싶었다. 실바나스는 맹렬하게 그에게 입을 맞췄고, 나타노스도 적극적으로 응하며 거칠게 그녀를 끌어안았다. 그렇게 실바나스 윈드러너는 두 개의 달이 지상을 내려다보고 온 세상이 고요해진 그 순간, 잠시나마 자신에게 망각의 선물을 허락했다.

막간

안두인은 실바나스가 이야기를 끝낸 후에도 한동안 말이 없었다.

"전쟁은 끔찍한 일이야." 그는 그렇게 입을 열었다. "네가 고통을 받았다고 해서 내가 기쁠 건 없다. 어떤 대의를 위해 무엇을 얻었든, 잃은 것이 함께 있기 마련이니까. 가끔은, 전쟁이 우리를 조종하기도 하지. 너와 너희 가족이 그토록 큰 고통을 견뎌내야 했던 것은 진심으로 유감이다."

역시. 실바나스는 생각했다. 그는 그녀의 고통에 달가워할 사람이 아니었다. 안두인은 그런 사람이 아니었다. 영원히 고통의 비명을 벗어날 수 없는 여기, 이 상상할 수조차 없이 잔혹하기만 한 장소에서도 그는 다른 사람의 고통에서 기쁨을 찾을 만큼 가혹해지지 않았다. 상대가 자기 자신에게 그토록 큰 고통을 가한 존재라 해도 그런 태도는 달라지지 않았다.

"다들 상냥한 사람들 같은데." 그는 혼잣말처럼 말했다. 그리고 그의 시선이 그녀에게 돌아왔다. 그는 희미하게 웃고 있었지만 얼굴은 조금 굳어진 것 같았다. "심지어 너도 그렇다, 실바나스. 참 이상한 얘기지?"

그녀는 시선을 외면했다. 물론 그에게 모든 이야기를 다 한 건 아니었다. 가장 어둡고 가장 씁쓸한 순간들은 오직 그녀만의 기억으로 남을 것이다.

그리고 그의 말이 전혀 이상하지 않다는 얘기 또한 *절대* 하지 않을 것이다.

어린 왕은 오랫동안 앉아 있었던 탓에 뻣뻣해진 몸을 일으킨 후, 원을 그리며 빙빙 돌았다. 팔을 쭉 뻗어 기지개를 켜고, 고개도 빙빙 돌렸다.

"내가 가장 흥미를 느끼는 건," 그는 잠시 말을 멈추고 그녀를 바라봤다. "나타노스야."

그녀의 온몸이 뻣뻣하게 굳었다. "그가 왜?"

"네가 그를 그만큼 아꼈다고 생각한 사람은 아무도 없었어."

"내게는 쓸모 있는 자였다."

안두인은 언뜻 짓궂어 보이는 미소를 지으며 고개를 끄덕였다. "아, 그래. 그게 전부였겠지." 그리고 이내 사뭇 진지한 목소리로 덧붙였다. "아마 그 *일* 이후에는…" 그는 잠시 말을 멈췄다. "…그 말이 사실이 되었을 테고. 하지만 넌 네 생각만큼 그렇게 읽기 힘든 사람이 아니야." 그러더니, 상냥하다고 해야 할 만한 목소리로 말했다. "얼굴에 다 드러나더군."

그녀는 안두인이 사람의 마음을 읽는 능력이 얼마나 뛰어난지 잊고 있었다.

"그리고 그 모든 일을 겪은 후에도… 나타노스에 관해 이야기할 때 뭔가 느껴지는 게 있다면, 그건 네게 필멸자의 마음이 아직 남아있고, 그걸 통해 그와의 관계가 유지되고 있다는—"

"네가 나에 대해 뭘 안다고 지껄이는 거냐." 실바나스는 그렇게 말하며 자리에서 일어났다. "그럼 얘기해 봐라. 죽는 순간 그 모든 관계가 영원히 단절된다면, 생명과 기쁨, 사랑의 가치가 무엇이냐? 그런 것들엔 아무 가치가 없다! 기억이라는 행위로 인해 고통을 초래하는 것 외에는 아무 의미가 없단 말이다."

"그래서 네가 간수와 함께 그 문제를 해결하겠다는 거겠지." 안두인은 말했다. 그의 목소리에는 경멸과 동정이 뒤섞여있었다. 두 가지 다, 실바나스 마음에 들지 않는 감정이었다.

"그렇다." 그 말에 담긴 확신이 실바나스의 귀에도 전해졌다. 조바알에게는 지식이 있었고, 매장터에 도달하면, 현실을 재형성할 힘도 얻게 될 것이다. 필멸자의 정신으로 이해하기에는 지나치게 광대한 개념이겠지만, 실바나스는 충분히 이해하고 있었다. 그래서 그가 그녀에게 손을 내밀었던 것이다. 그녀는 그 행위가 얼마나 엄청난 것인지를 받아들이고, 그 계획에 따르는 어마어마한 대가 역시도 받아들일 수 있었다.

"네 삶은 참 잔혹했지." 그녀는 말했다. "무엇이 널 계속 나아가게 했나? 빛? 희망? 네가 어둠땅을 믿고 섬기면, 이 땅은 네 기억을 지우고 네 존재를 바꾸어줄 것이다! 누구나 원하는 삶을 선택할 권리가—"

믿기지 않는다는 너털웃음이 그녀의 말을 잘랐다. "이제 제대로 보지도 못하는구나, 실바나스. 넌 눈이 멀었어."

"뭘 보지 못한다는 거지?"

"네 위선의 깊이다. 네가 얼마나 많은 영혼의 삶을 종결시켜 그들의 선택할 권리를 빼앗았는지 아나? 어떻게 내 앞에 서서, 너의 그런 행동에 정의로운 목적이 있었다고, 네가 다른 도살자들보다 나을 게 있다고 이야기할 수 있는 거냐? 네가 지금껏 해온 짓을 보면, 너도 아서스와 다를 게 없어!"

오랫동안 기다렸던 말이었다.

아무래도 안두인이 머릿속에서 그 말을 아주 오랫동안 곱씹고 있었을 거라는 생각이 들었다. 최대의 효과를 누릴 수 있도록 그 말을 뱉을 가장 적절한 순간을 기다리고 있었을 것이다. 그녀의 아버지라 해도 어린 왕의 전술적 감각을 충분히 인정해줬을 것 같았다. 하지만 생명과 죽음이 얼마나 부당한 것인지 보여주기 위해 그토록 고통스러운 기억을 되짚으면서, 실바나스는 자신을 재무장하고 있었다. 그런 만큼, 왕의 예상은 완전히 어긋났다. 이제 그 증오스러운 이름은 번쩍이는 강철 판금 갑옷을 맞고 튕겨 나가는 칼날처럼 그녀의 정신에 박히지 못하고 흘러내렸다.

"아서스 또한 그저 내가 거쳐야만 하는 여정의 디딤돌이었음을, 나도 이제야 알게 되었다. 지금 나를 정의의 낭떠러지로 인도하는 바로 그 여정이다."

제3부

우리는 빼저린 고통의 노예가 아니더냐?

— 실바나스 윈드러너

제 12 장

어둠. 따뜻하고 포근한 것.

묘목이 다시 자라나게 해주는 비옥하고 풍요로운 토양과 같은 것. 지친 마음과 몸을 달래주는 반가운 잠깐의 잠과 같은 것. 두려워할 건 없었고, 받아들여야만 했다. 고요함. 조용한 기쁨. 육신을 놓아주는 것.

나는 만족한다. 이제—

갈가리 찢기는 고통이 나와 함께한다. *안 돼, 안 돼, 안 돼—*

기억의 조각들, 깨진 영상들, 누군지 기억나지 않는 이들이 내뱉는 문장의 단편들.

—준엄하고, 우아한 얼굴. 길고 하얀 머리카락. 매캐한 연기 냄새가 허공을 맴돈다. '왕'이라는 칭호. "얼라이언스는 호드를 추적하기 위해 로데론으로 퇴각했고, 우리는 홀로 아마니와 싸워야 했다. 줄진은 버려진 것에 대한 분노를 우리에게 쏟고 있다. 절대 잊지 않겠어."

아마니. 트롤… 호드… 그래…. 그건 기억할 수 있었다. 불이 타오르고, 불과 다시 무언가가—

고통. 아니, 이건 아직 기억할 수 없었다.

다시, 섬광.

—두 번째 우아한 남자, 창백한 은발…. 차분하고 외교술이 뛰어났던… 아버지? 아니, 아니야, 친구다. 로르테마르. 아마니에게 붙잡히고 고문까지 받았던 친구.

—"그를 잃었소." 그 엘프는 격분하고 있었다. 길고 헝클어진 머리카락이 지금껏 견뎌내야 했던 전투 때문에 한층 더 제멋대로가 되어 있었다. "우리는 줄진을 붙잡았소…. 그를 사슬로 구속했는데… 자기 팔을 자르고 탈출했소."

그… 엘프의 분노한 모습은… 어딘가 익숙지 않았다. 그리고 이름과 함께 깨달음이 찾아왔다. 할두런. 그래, 그는 거의 항상 웃고 있었으니까.

—자매들. 두 명? 이름들. 지금 어디에 있지?

—알레리아. 큰 태양님. 언니. 지금은 여기 없어, 오래전 가 버렸다. 얼라이언스로. 아니, 아니야— 죽었나? 아니, 죽음의 땅으로 간 건 아니다. 문, 아니, 차원문을 통해 다른 세계로 갔다. 그래도 잃어버린 건 마찬가지야. 영원히 잃어버렸다, 아, 언니—

이제 알레리아도, 그녀의 금발 인간 연인도 더는 볼 수 없을 것이다. 두 사람 사이에 아이가 태어났었다…. 아들이었다. 그는 어디에 있지? 무사할까?

—작은 달님, 평화를 지켜 주었던 아이. 그녀는 슬펐다. 뭔가 돌이킬 수 없는 일을 했었다—

전투. 트롤, 피. 오직 이것만이. 훈련…. 원정순찰대원들. 순찰자들. 그들을 밀어붙였다. 온 세계가 그들이 세계 최고의 병사라는 걸 인정할 것이다. 그 사람들은 전설이 될 것이다.

내 사람들은….

그녀는 마침내 자기가 누구인지 부분적으로나마 생각해냈다. 순찰대 사령관, 쿠엘도레이— 하이 엘프.

윈드러너. 나는 실바나스 윈드러너다.

그러한 자각이 수문을 터뜨리기라도 한 것처럼, 기억의 조각들이 해일처럼 그녀의 머릿속으로 쏟아지기 시작했다. 기억이 그녀를 뒤덮고 휩쓸었다.

—망자가 살아 있지 않은 존재로 바뀐다. 왕자, 왕, 죽음의 기사.

—아서스 메네실.

그 이름과 함께 또 다른 기억이 떠올랐고, 그 기억은 뜨겁게 타오르는 증오 때문에 앞서 엿보았던 과거보다 훨씬 더 선명했다.

—정찰병은 소문이 사실임을 확인했다. 왕자가 어둠의 맹약을 맺었고, 아름다운 대지로 몰려든 그의 병사들은 망자였지만… 마치 산 것처럼 그 땅을 거닐었다. "그 누구도 우리 땅을 침공할 수 없다. 그자는 침입하지 못할 것이다. 두려워하지 마라. 태양샘의 힘을 믿어라, 친구여…. 우리 동족의 힘과 의지를 믿어라."

—그는 뼈와 바싹 마른 살점으로 이루어진 말을 타고 나타났다. 그는 거대한 룬검을 등에 메고 있었고, 망자는… 스컬지는… 그의 변덕스러운 지시를 따랐다.

서리한. 증오스러운 그 검의 이름은 잔인하리만큼 쉽게 머릿속에 떠올랐다….

그녀 휘하의 원정순찰대원들은 그녀가 생각했던 것보다 훨씬 더 용맹하게 싸웠다. 동료가 적의 손에 쓰러지고, 육신이 부서지고, 꼭두각시 사체로 되살아나 자기 자신을 도살한 적 부대의 일원이 되어 자의식 없이 다시 싸움을 계속하는 동안에도 그랬다.

—"여기는 네가 올 곳이 아니다."

지금껏 활과 검을 들었던 거의 모든 순찰대 사령관의 피가 그녀에게 흘렀고, 실바나스는 지금 이 순간이 그녀가 태어난 이유라는 걸 갑작스럽게 깨달았다. 그녀는 선조들의 용기와 자부심과 용맹함을 계승하여 역사상 가장 끔찍한 공격으로부터 고향 땅을 지켜낼 것이다.

"지금 돌아서는 게 좋아." 그녀는 외쳤다.

—"죽음이 너희 땅을 찾아왔다." 새하얀 그 얼굴에서, 회색 입술이 미소를

지었다—

—"어디 해봐라!"

아, 그는 정말 그렇게 했다.

가장 어둡고 절망적인 순간은 부하 순찰대원들이 쓰러지는 모습과 영원토록 아름다웠던 대지가 더럽혀지는 모습을 보던 때가 아니었다. 아서스가 계속해서 진군하여, 그를 저지해야 했던 관문을 그대로 통과하는 모습을 보며, 쿠엘도레이가 배신당했음을 깨닫는 순간이었다.

이제 알레리아에 관해 남은 거라곤 옛 기억뿐이었고, 이제 조만간 실바나스 또한 그렇게 될 것이다. 언제나 가족이 함께 어울리며 살아가는 걸 원했던 베리사는 결국 모두를 잃고 말 것이다.

—적들이 침입하네—

이 노래, 내가 왜 이 노래를 알고 있는 걸까….

—언데드의 주인은 그녀를 향해 서리한을 들어올리고는, 삐딱한 태도로 경의를 표했다. "네 용기에 경의를 표하겠다, 엘프. 하지만 이제 추적은 끝났다."

"그러면 난 여기에서 최후까지 싸우겠다, 도살자. 아나랄라 벨로레."

태양빛의 이름으로, 너무나도 침착하게, 순찰대 사령관 실바나스 윈드러너는 망자를 이끄는 창백한 왕자에게 마지막까지 저항을 선포했다. 그리고 차가운 얼음과 죽음으로 뒤덮인 서리한이 자신을 꿰뚫는 것을 느끼며 전장에서 최후를 맞았다.

죽음. 살아있는 모든 존재에게 보장된, 끝이 찾아왔다.

그때… *아니, 안 돼. 기억하고 싶지 않아!*

—고통, 고통— 평온은 손이 닿지 않을 만큼 멀어져만 갔다. 그치지 않는 허기가 안식을 빼앗았다. 룬검의 허기가 그녀의 영혼을 육신에서 뜯어내고, 영혼이 가야 할 곳에서 끌어냈다—

—*내가 갔어야만 하는 곳에서…!*

그리고 순찰대 사령관의 죽음과 함께 무언가 다른 것이 태어났다.

과거와 현재가 울부짖으며 충돌했다. 아기의 첫 울음과도 같은 그 소리와 함께, 어두운 분노의 존재가, 부서지고, 불완전하고, 공포에 떨며 공포를 안기는 존재가 태어났다.

아서스는 그녀를 보며 웃었다. “밴시.” 그는 말했다. “내가 널 만들었다. 네 고통을 말로 표현해라, 실바나스. 그 정도는 허락해 주마. 그것만 해도 다른 자들보다는 훨씬 더 나은 운명일 것이다. 그리고 그리 함으로써, 다른 자들에게 고통을 주어라. 성가셨던 순찰대여, 이제는 나를 섬겨라.”

“안 돼.” 실바나스는 생명을 잃고 널브러진 자신의 육체 위를 맴돌며 대답했다. “절대 널 섬기진 않겠어.”

그는 손가락을 구부렸다. 그러자 그녀는 무력하게 그의 뒤를 따랐다. 그녀는 마치 밧줄에 묶이기라도 한 것처럼, 아서스 메네실 곁에 둥둥 떠올랐다. 그녀는 바람에 실린 잎사귀처럼 하늘거렸지만, 그런 와중에도 가슴 속 무언가가 계속해서 기억하기 위한 싸움을 이어가고 있었다. 자신이 누구였는지 잊지 않기 위한 싸움을.

실바나스는 고향 땅 전체가 이제 흑백과 회색으로 물들어, 썩은 살점과 부패한 체액에 어울리는 곳이 된 것을 보았다. 그녀는 색을 기억해 보려고 애를 썼다. 어머니가 주었던 목걸이를 알레리아가 셋으로 나눠 만들었던 목걸이의 파란색과 빨간색, 초록색 보석을 잊지 않으려고 안간힘을 썼다. 넓은 하늘과 건강한 잎사귀들의 색깔을 떠올리려 했다.

하지만 이젠 물질도, 색상도, 숨결도, 생명도 없었다. 그저 고통의 그림자만 허공에 머물러 있을 뿐이었다.

용맹한 힘이라는 것이 결국에는 얼마나 가치 없는 것이었던가.

사랑과 용기가 얼마나 허무한 것이었던가.

그녀는 절망에 휩싸여 그의 뒤를 따라갔다. 아무리 떠올려 봐야 오직 고통만 남을 뿐이라는 걸 너무나도 잘 알고 있으면서도, 생각과 기억을 외면하려는 마음을 거부하며 억지로 부여잡았다. 전투는 계속되었다. 그녀의 동족은 쓰러졌고, 짓밟히거나 되살아나거나 혹은 두 가지 일을 모두 겪었고, 분쇄되어 죽은 흙이 되거나 그 위를 걸었다. *산들바람,* 그녀는 생각했다. *그 이름을 기억해라. 동부 성소.* 그녀가 사랑했던 곳들도 이제 곧 그녀처럼 죽고 버려질 것이다.

병력은 거대한 관문 앞에 멈춰 섰다. 여긴 어디지?

실버문. 태양샘의 힘으로, 아름다운 사명과 안위를 위해 만들어진 그곳. 그녀의 머릿속에 하나의 영상이 떠올랐다. 우아하고 친절했던 사람, 늘 두 눈에 유쾌한 장난기를 담고 있던 사람. 베라스 윈드러너. 아버지. 여기에서, 아버지는 국왕—

—아나스테리안—

—에게 실버문 의회의 일원으로서 조언을 했다.

아버지—

아서스의 신이 난 목소리가 기억의 흐름을 깨뜨렸다. 그녀는 거친 손길에 이끌려 공중으로 솟아올랐고, 그대로 문 너머에 있는 반짝이는 도시를 바라봤다.

"너희가 그토록 자랑하던 순찰대 사령관을 보아라!" 아서스가 외쳤다. "너희 군대에서 도태되어 내 휘하에 합류한 순찰대원들을 보아라. 이게 너희 모두를 기다리는 운명이다. 이를 원치 않는다면 어서 문을 열고 목숨을 부지해라."

그녀는 저항할 수 없었다. 그녀는 자신의 것이 아닌 오직 아서스의 의지에 따라 돌진하고 강하했다. 그녀가 한 일은 아니었지만 그래도 수치심이 그녀의 가슴을 가득 채웠다. 수치심과 분노, 슬픔 외에는 아무것도 느낄 수 없었다.

실바나스는 엘프의 국왕이 그녀가 더는 구분할 수 없는 화려한 색상으로 빛나는 갑옷을 착용하고 문 위에 서 있는 모습을 보았다. 그의 목소리가 그녀가 있는 곳까지 전해지지는 않았지만, 귀도 없는 그녀는 모든 것을 들을 수 있었다.

"저건 우리의 순찰대 사령관이 아니다. 실바나스는 쿠엘도레이의 영웅으로서 전장에서 쓰러졌다. 우리는 항복하지 않는다. 네가 우리 국민의 존엄성을 더럽히려 한다면, 우린 기꺼이 목숨을 버릴 것이다."

"모두 너희가 자초한 일이다." 아서스는 짐짓 체념하겠다는 투로 한숨을 길게 내쉬며 말했다. 그는 건성으로 금속 장갑을 낀 손가락을 까딱였다.

실바나스는 새처럼 높이 솟아올라 문을 넘고, 실버문 거주민들의 머리 위로 떠올랐다. 아래쪽에는 그녀가 익히 알고 있어야 하는 얼굴들이 보였지만, 그녀는 끝내 알아보지 못했다.

아서스의 목소리가 그녀만 들을 수 있는 말을 속삭였다. "무고한 자들을 먼저 죽여라. 모든 희망이 사라지면 나머지는 머지않아 항복할 것이다."

안 돼.

그러지 않겠어.

아니, 증오스러운 목소리가 그녀의 마음속에 속삭였다. *그래야 할 거다.*

그녀는 그의 말을 따랐다.

실바나스의 유령 같은 입이 크게 벌어지고, 울부짖는 살육의 노래가 터져 나왔다. 아서스는 어떻게 이런 짓을 할 수 있는 걸까? 그는 어떻게 하면 그녀 안의 너무나도 깊은 곳에 손을 뻗어, 부서진 채 두근거리는 유령의 심장을 끄집어낼 수 있는지 아는 듯 했다.

끔찍하고, 치명적이고, 섬뜩했지만, 그건 여전히 노래였다. 고통과 공포와 슬픔의 노래. 중독되고 배신당하고 파괴된 사랑의 노래이자 끝없는 강처럼 눈물을 쏟아내는 흐느낌의 노래였다. 실바나스는 입을 다물 수도, 곡조를 바꿀 수도 없이 무력하게 노래하며, 감미롭고 순수했던 팬파이프 소리를 떠올렸다. 누가 연주했던 걸까? 이름은 몰랐지만 화사하게 웃는 얼굴과, 아무리 무뚝뚝한 사람이라도 눈물을 흘리게 할 만큼 깊은 감동을 주는 그의 노래가 떠올랐다. 가슴 저미고 강렬한 사랑과 용기, 희망과 상실의 노래.

아이들이 먼저 죽었다. 전쟁이 무엇인지 알지도 못했던 소중한 존재들은, 이제 그 밖의 다른 어떤 것도 알 수 없게 되었다. 그녀의 목소리가 자장가이기라도 한 것처럼, 아이들은 비명을 지르며 애원하는 어미들의 품에서 축 늘어졌다. 조금 큰 아이들은 영원히 창백하고 딱딱하게 굳어진 얼굴로 제자리에서 조용히 무너져 내렸다.

다른 이들도 죽음의 음악에 취약한 모습을 드러냈다. 치유사와 사제들. 예술가들. 음악가들. 무고한 이들, 우아하고 포근한 아름다움을 인식하고 예술이나 상냥한 치유의 손길로 다른 이들에게 위안을 주던 무고한 이들을, 그녀의 노래가 죽이고 있었다. *실바나스가* 그들을 죽이고 있었다. 그녀가 끊임없이 싸우고 또 하루 살아남아야 했던 이유를, 그 희망을 그녀 스스로 도살하고 있었다.

팬파이프.

노래.

리라스.

처음 태어나던 날, 그녀의 가슴 가득 기쁨을 채웠던 남동생. 그는 마법사들이 태양샘의 힘을 이끌어내는 것처럼 음악을 이끌어냈고, 귀를 기울이는 모든 이들을 따뜻하게 위로해 주었다. 그의 목소리, 그의 웃음. 모든 것이 해일처럼 밀려들었다.

절대 널 잊지 않을 거야, 작은 태양님.

하지만 그녀는 잊었다. 안 그런가? 그렇다면 그건 그녀가 지금껏 억눌러왔던 기억이었기 때문이다. 그건 그녀 자신이 다시 떠올리기를 거부했던 기억이었다. 그 혼돈과 절망의 순간에도, 실바나스는 그게 다른 어떤 기억보다 더 아플 것임을 알고 있었다.

결국 되찾은 기억들이 밀려들고, 그 고통은 끔찍한 노래가 되어 그녀에게서 쏟아져 나왔다. 그제야 실바나스는 자기가 무슨 수를 썼더라도, 리라스가 그녀의 손에 죽을 운명이었을 뿐이라는 공포스러운 사실을 깨달았다. 그녀는 그를 훈련시키기를 거부했고, 그래서 그는 오크를 상대할 때 자신을 지키지 못했다. 설사 리라스가 살아남아 여기 실버문에 '안전하게' 머무르고 있었다고 해도, *그녀의* 노래가 그의 생명을 앗아갔을 것이다.

리라스는 실바나스 곁을 떠나갈 운명이었다. 그 깨달음에 그녀의 노래는 더더욱 어두워져만 갔다.

아주 오랫동안, 실바나스 윈드러너 또한 세상 밖에 있었다. 그녀는 스스로 엮어낸 고통의 소용돌이에 휩쓸렸다. 마치 시간을 벗어나, 지금의 이 유령 같은 모습에서 벗어나, 다른 누군가, 다른 무언가의 도살을 멀리서 바라보는 듯한 기분이었다.

그렇게 생각하는 것이 조금이나마 나았다. 모든 희망을 포기하고, 자신을 그저 무력한 존재라고 믿는 것. 자신이 얼마나 부서졌는지를 인정하고, 달라질 수 있다는 생각조차 저버리고 고통을 잊는 것. 자신의 약점을 받아들이고, 자기가 희생자라고 생각하고, 자유조차 거짓이었다고 생각하는 것이 더 쉬웠다.

하지만 그런 자기 연민이 그녀를 강타한 순간, 실바나스는 거칠게 몸을 움츠렸다. 그녀는 아서스가 강요하는 행위를 중단하지는 못했지만, 온 힘을 다해 다짐했다.

그는 날 무너뜨리지 못해. 난 그의 파멸이 될 거야.

서리한의 냉기가 본토와 쿠엘다나스 섬 사이의 해협을 얼렸고, 그녀는 아서스를 따라갔다. 그는 그녀의 왕을 죽였다. 태양샘을 더럽혔다. 그는 한때 인간 마법사였던 켈투자드의 유해에 끔찍한 언데드의 생명을 부여했다.

단 하나의 침범이 이 모든 피해와 공포를 초래하다니. 실바나스는 생각했다.

오직 배신으로 인해 가능했던 침범이었다. 그녀는, 아니 그녀의 동족 모두는, 태양샘이 언제나 자신들을 보호해줄 거라고 믿었다. 배신이라는 행위는 생각조차 해본 적이 없었다. 그것도 로르테마르 테론을 비롯한 이들의 존경을 받던 자가 그럴 줄은 몰랐다. 실바나스가 단 한 번도 믿지 않았던 다르칸

드라시르. 그는 아서스에게 대학살을 선사했다. 빛나는 도시의 백성들뿐 아니라 왕국과 대지 그 자체의 죽음을 선물했다.

그 배신자 또한 배신당해 죽어가는 모습을 보며 실바나스는 자신의 고통을 조금이나마 덜 수 있었다. 아서스는 정복의 영광을 그 누구와도 함께 나눌 생각이 없어 보였다.

* * *

시간은 실바나스가 이해할 수 없는 방식으로 늘어났다. 창백한 왕자의 뒤를 억지로 따라가면서, 그녀는 괴수 같은 언데드를 만들어낸 그의 진짜 계획을 알아냈다. 모든 것이 어느 강대한 악마의 지배를 인도하기 위해서였다.

전투 사이사이, 아서스는 즐거운 듯 그녀에게 고통을 가했다. 쿠엘탈라스에서의 학살만으로는 만족할 수 없었는지, 아니면 그저 실바나스를 쥐락펴락하고 싶었는지는 몰라도, 그는 그녀의 순찰대원들을 여럿 밴시로 되살리기도 했다. "살아있을 때 이들에게 오랫동안 명령을 내려왔으니, 죽어서도 그러는 게 좋을 것 같다고 생각했다."

그녀와 이들 유령 순찰대원들 사이에는 조금 차이가 있었다. 아서스가 그녀의 영혼을 차지했기 때문이었을까? 죽음의 순간에 그녀가 조금 더 치열하게 저항했던가? 그건 알 수 없었지만, 그들의 운명을 슬퍼하면서도 실바나스는 순찰대원들을 지휘했다.

아서스는 그녀의 부하들 중 일부는 육신이 온전한 상태로 되살렸다. 한때 윤기가 흘렀던 그들의 피부는 이제 생기를 잃고 창백해졌고, 푸르게 반짝이던 두 눈은, 아서스의 표현대로라면, 끓어오르는 분노의 진홍빛으로 바뀌어 있었다. 이들 암흑사도는 생전에 지녔던 힘을 왜곡하여 스컬지를 섬겼다. 한때 원정순찰대원이었던 이들은 어둠 순찰자가 되어 이 땅을 누볐고, 쓰러진 마법사들은 혈마법에 귀의했다. 모두가 악의에 찬 왕좌와, 머나먼 얼음 왕좌에서 아서스를 지배하는 주인의 의지에 결속되어 있었다.

그 모든 것을, 실바나스는 기다리고 지켜봤다. 기회가 왔을 때 그들이 준비되어 있어야 했다. 물론 그 기회가 무엇을 의미하는지는 실바나스도 아직 알 수 없었다.

아서스는 언제나 그녀의 움직임을 통제했지만, 간혹 그녀가 말을 할 수 있게 허락하는 때도 있었다. 보통은 그의 기분이 좋을 때였고, 그가 '자유'를 허락하는 건 다른 이유가 아니라 그냥 그런 모습을 즐기기 위해서였다. 아서스는 그녀의 죽음과 동족을 거의 말살시킨 자기 정복의 여정을 바라보면서도 아무것도 하지 못한 그녀의 무력감에 대해 장황한 이야기를 늘어놓곤 했다. 때때로 그는 그녀 사체의 행방에 대해 넌지시 실마리를 남기곤 했다. 실바나스가 마지막으로 자신의 사체를 본 건, 다른 이들과 함께 아서스의 병력이 이끄는 시체 수레 위로 내던져지는 모습이었다.

"너는 한때 아름다웠다." 천하무적이라 이름 붙인 미라화된 말에 올라탄 아서스는 곁에 떠 있는 그녀에게 이렇게 말하곤 했다.

"너도 그랬겠지. 역겨운 하얀색은 네게 잘 어울리지 않아."

"손에 잡히지 않는 투명함도 네게 잘 어울리지 않지." 그는 대꾸했다. "손으로 만질 수 있던 때가 그립나, 실바나스? 느낄 수 있던 때가? 맛을 보고 냄새를 맡을 수 있던 때?"

"여기에서는 아니야." 그녀는 말했다. "네 곁에서, 네 끔찍한 악취를 맡고 싶은 생각은 없어."

"네 사체는 어떻게 됐다고 생각하지?"

그때 그녀는 잠시 말문이 막혔다. "죽음은 삶의 일부다. 내 육신은 대지로 돌아갈 거야." *내 가족이 그랬듯이….*

"아니. 네게 평화는 없다, 밴시. 땅속에서 영원한 잠을 자는 평화도 네겐 허락되지 않아."

그 말에 그녀는 깜짝 놀라며 상처를 입었고, 그래서 자기도 모르게 말이 튀어나왔다. "내게 무슨 짓을 한 거지?"

"다음에 또 심심한 날이 있으면, 내가 보여주겠다. 어렸을 때 친구나 가족, 아니면 누군가 특별한 사람과 함께 춤을 춘 적이 있나, 실바나스? 네 사체가 춤을 출 수 있게 해주겠다. 그 모습을 보면 네 기분이 조금 나아지고, 손에 활을 들고 얼굴에 햇살을 느끼던 시절, 네 혈관에 피가 흐르던 시절을 다시 떠올릴 수 있을지도 모르지."

저기 봐, 큰 달님! 별들도 춤을 추러 왔어!

그녀의 형체 없는 목이 아려오고, 분노와 비탄으로 가득한 밴시의 비명을 내뱉고 싶어졌다. 하지만 그 사실을 아서스에게 알릴 생각은 없었다. 그러면 그가 그녀를 조종할 테고, 그녀는 따를 수밖에 없을 테니까.

"아름다운 여인이여, 너는 뚫을 수 없는 탑 안에 놓인 돌 위에서 잠자고 있다. 강철 감옥에 영원히 갇힌 네 육신은 살아있던 때처럼 고운 모습으로 잘 보존되고 있다…. 색조는 조금 달라졌을 수 있겠지만. 꼭 동화 같은 이야기 아닌가."

그는 웃음을 터뜨렸고, 그녀는 깊은 증오를 느끼면서도 그의 말에 귀를 기울였다.

"네 가족의 영혼이 어디로 갔든, 네 영혼은 가족과 함께할 수 없을 것이다. 넌 이제 리치 왕의 소유니까. 네 가족이 어디에 잠들어있는지는 모르지만, 네 육신이 그들과 함께 흙이 되는 일은 없을 것이다. 내가 그런 운명 또한 거부했으니까. 아무도 널 찾지 못할 것이다. 그리고 다들 잊어갈 것이다…. 어차피 네 동족은 이제 얼마 남지도 않았으니. 아니, 어쩌면 널 기억하고, 의무를 다하지 못한 네게 저주를 퍼부을지도 모를 일이지."

실바나스가 수치심을 느낄 거라고 생각했다면, 그건 아서스의 크나큰 착각이었다. 전혀 그렇지 않았다. 실바나스는 자기가 최선을 다했음을 잘 알고 있었고, 아서스가 그녀의 영혼을 가로채기 직전에 느꼈던 희미한 일말의 평온함이 그런 사실을 증명해주고 있었다. 그토록 오랫동안 하이 엘프를 섬겼지만 결국 허무하게 죽어가야만 했던, 아서스를 향한 저항을 선포했던 국왕은 실바나스가 무력하게 아서스의 곁에 떠 있을 때도 그녀를 칭송했다. *실바나스는 쿠엘도레이의 영웅으로서, 전장에서 쓰러졌다.*

그때… 아서스는 속삭였다. *무고한 자들을 먼저 죽여라.*

"불쌍한 실바나스 윈드러너는 그 누구와도 함께할 수 없는 곳…. 심지어 생전에 사랑했던 대자연과도 함께할 수 없는 어둡고 차가운 곳에 홀로 누워 있다. 내 명에 따라 네 사체를 보살피고 있는 게 누구인지 알려줄 수 있다면 참 좋으련만."

그 말이 아서스가 예상한 것과 같은 충격을 주지는 않았지만, 실바나스는 그냥 그런 척했다. 저 오만한 바보는 지금 자신이 꺼내는 모든 말들이 단서가 되고 있다는 걸 모르고 있었다. 하지만 그곳을 어떻게 찾아가야 한다는 말인가? 그녀는 아서스의 손아귀에서 풀려나기 위해 여러 번 시도해 보았다. 하지만 그의 의지가 없이는 손가락 하나조차 움직일 수 없었다.

하지만 아서스도 *그녀의 의지*를 꺾지는 못했다. 그건 애초에 불가능한 일이었을 것이다. 그녀는 그가 마음껏 떠들고, 웃음을 터뜨리고, 잘난 체하고, 우쭐한 기분을 느끼도록 내버려 둘 것이다. 그러다 보면 아서스도 하지 않아야 할 말을 꺼내고 말 것이다. 실바나스는 어떻게든 육체가 숨겨진 곳을 찾아내고, 그걸 부모님의 곁으로 옮겨 놓을 생각이었다. 리라스의 곁으로.

그리고 그날이 올 때까지, 분노와 증오를 더욱더 날카로운 검으로 연마하며, 그녀는 기다릴 것이다.

제 13 장

아서스와 그가 섬기는 리치 왕, 그리고 무시무시한 불타는 군단은 아제로스에 대한 정복과 침탈을 아직 멈출 생각이 없었다. 군단은 수많은 악마와 타락한 종족들로 구성된 대규모 세력이라고 했다. 그들의 목표는 모든 곳에서 모든 생명을 파괴하는 것이었다. 박살 내야 할 대륙과 도시는 아직 많이 남아 있었다. 자의식이 없는 언데드 스컬지로 바꿔놓아야 할 존재가 아직 많았고, 그런 목표를 달성하기 위해 합류하는 악마도 많았다.

실바나스는 이 거대한 기계에 비자발적으로 추가된 톱니바퀴였다. 아서스가 명령을 내리면, 그녀는 복종했다. 한때 그의 눈엣가시였던 그녀가 지금은 그의 최정예 하수인이 되어있었다. 실바나스는 아서스가 악마 공포의 군주 중 가장 강한 힘을 지닌 아키몬드와 대화할 때 함께 있었고, 악마가 강대한 도시 달라란을 파괴할 때에도 아서스 곁에 서 있었다. 그 모든 과정에서 실바나스가 느낀 유일한 기쁨은, 주인의 신경을 긁어 그 죽음의 기사가 달라란의 몰락에 대해 일말의 후회를 느끼고 있다는 사실을 끌어낸 것뿐이었다.

아서스가 지배자의 명에 따라 칼림도어 대륙으로 떠났을 때, 실바나스와 켈투자드는 뒤에 남아 수도를 지키라는 지시를 받았다. 군단 또한 발나자르,

데서록, 바리마트라스 등 공포의 군주 삼인조를 대표로 파견했다. 실바나스는 고통의 원흉이 자리를 비운 몇 달이라는 시간을 음울한 좌절이나 무익한 분노로 헛되이 보내진 않았다. 이제 리치 왕이 그녀의 머릿속에서 말을 하는 일은 거의 없었다. 그는 다른 곳에 주의를 쏟고 있었고, 그녀는 잠시 안식을 얻을 수 있다는 사실을 반겼다.

아서스는 자기도 모르게 그녀에게 사명을 주었고, 그녀는 열정적으로 받아들였다. 그녀는 자신의 육체가 어디에서 썩지도 않고 홀로 보존되어 있을지 알아내는 것에 전념했다. 밴시가 되어서도, 실바나스는 치열한 사냥을 즐겼다.

아서스가 기분이 내킬 때면 입을 다물고 있지 못할 거라는 실바나스의 추측은 정확했다. 아서스는 술독에 빠진 주정뱅이처럼, 자기가 영리하다는 생각에 함몰되어 있었다. 그리고 그런 주정뱅이가 포도주를 너무 많이 마셨을 때처럼, 그는 자기 생각보다 더 많은 정보를 흘렸다.

시간이 흐르고, 그녀는 계속해서 자기가 아는 정보를 분석했다. 뒤엉킨 실타래를 한 올씩 풀어나가다 보니, 조금씩 윤곽이 드러나기 시작했다. 아서스도 그녀의 육신을 제대로 처리하기에는 시간이 부족했을 것이다. 여기 쿠엘탈라스 어딘가에 있는 게 분명했다. *차가운* 돌이 무엇을 의미하는지는 알 수 없었다. 강철 상자… 석관일까? 그리고 그는 그녀가 자기 육신을 지키는 자를 경멸할 거라고도 이야기했다.

그녀의 육신을 트롤에게 준 걸까?

그 생각에 어찌나 뜨거운 분노가 치밀어 올랐는지, 한순간 그녀의 머릿속은 백지가 되고, 그 빈 자리를 증오와 복수심이 채웠다. 그러나 곧 이성이 회복되기 시작했다. 아니, 트롤일 수는 없었다. 그들이라면 실바나스를 산산이 조각내고 싶은 욕망을 절대로 다스릴 수 없었을 테니.

그녀는 일단 그 수수께끼를 잠시 내버려 두기로 했다. 생명을 잃은 자신의 육체가 증오스럽게 그녀의 동족을 수천 년 동안 학살해 온 자들의 손에 들어갔다는 사실을 생각만 해도 침울해지고 결의가 흔들렸다.

그녀의 사체는 홀로 어둠 속에 누워 있었다. 탑의 돌바닥에 놓인 강철 관에 갇혀 있었고… 그 육신을 지키는 건 실바나스가 경멸하는 존재였다.

실바나스의 또 한 가지 기쁨은 공포의 군주들을 지켜보며 그들의 말에 귀를 기울이는 것이었다. 그 흉측한 존재는, 발굽과 뿔, 박쥐를 닮은 날개를 제외하면 인간과 비슷해 보였다. 그녀는 그들의 대화를 몇 번 엿들은 적이 있었다. '폐하', '고향', '손님'과 같은 표현이 드문드문 들렸지만, 그들이 하는 말을 제대로 이해할 수는 없었다. 아서스에게 예의를 갖추는 것을 보긴 했지만, 실바나스에게 그들은 믿을 수 없는 존재였다.

그리고 그건 아서스 역시 마찬가지인 것 같았다. 아서스는 아키몬드를 도와주러 칼림도어로 갔지만, 켈투자드는 실바나스에게 '우리 왕'이 악마들을 공격했고, 군단을 철저히 패퇴시켰다고 말해주었다. 여러 달 후, 작은 언덕 위에서 그 악마 세 명이 대화하는 걸 들어보니, 공포의 군주들은 아키몬드가 왜 명령을 내리지 않는 것인지 궁금해하고 있었다.

하지만 오랫동안 자리를 비운 후 돌아온 아서스는 그들에게 군단이 패배했으며, 이제 그들도 죽을 때가 되었다고 알렸다.

"이게 끝이라고 생각하지는 마라, 인간!" 데서록이 외쳤다. 역겨운 지옥 마법의 빛이 그들의 형체를 둘러쌌고, 이내 공포의 군주들은 사라졌다.

켈투자드는 황급히 흠모하는 주인을 맞이했고, 실바나스는 마지못해 그의 뒤를 따라갔다. 아서스는 변한 게 없었다. 그는 여전히 자신감이 넘쳤으며 자기중심적이었다. 아서스는 그들에게 자기가 '그리웠느냐고' 말하며, 이제 공포의 군주까지 쫓아냈으니 자기를 왕이라 불러야 한다는 사실을 상기시켰다. 모든 게 예전 그대로였고, 한순간 실바나스는 상황이 달라질 수 있기는 한 것인지, 잠시 음울한 기분에 빠졌다.

그러던 중 그 일이 일어났다.

아서스가 얼굴을 찌푸리며 고통에 몸을 움츠린 것이다. 언데드 군마 뒤에서 몸을 잔뜩 구부리던 그는, 참지 못하고 순수한 고통의 비명을 내질렀다.

"아서스 폐하!" 켈투자드가 외쳤다. "도움이 필요하십니까?"

실바나스가 들어본 그 어떤 것보다 달콤한 소리였다. 아서스가 고통받는 모습이 보기 좋을 거라는 사실은 이미 알고 있었지만, 그녀가 초래한 고통이 아닌데도 아서스의 그런 모습은 예상했던 것보다 훨씬 더 만족스러운 광경이었다. 물론 그녀 또한 그 죽음의 기사에게 무슨 일이 일어나고 있는 건지는 알 수 없었다. 그저 그 고통이 아주, 아주 오랫동안 계속되기를 바랄 뿐이었다.

하지만 그는 너무나도 빨리 회복했다. 그리고 켈투자드를 향해 말했다.

"고통은 이제 사라졌다. 하지만… 힘이… *약해졌다.*"

실바나스는 깜짝 놀랐다. 그런 일이 가능한 걸까? 그가 정말로 약해질 수 있는 걸까? 왜지? 그게 무슨 뜻일까? 그건 그에게… 또 그녀에게 어떤 의미일까?

아서스의 애완 리치가 재빨리 그에게 쉴 곳을 찾아주었다. 그녀는 두 사람이 떠나는 모습을 지켜보며, 기쁨과 기대감이 온몸을 채우는 것을 느꼈다.

실체는 없지만 막대한 피해를 줄 수 있는 그녀의 손가락이 움찔했다.

그리고 하나씩 접혀 주먹이 되었다.

실바나스는 웃었다.

* * *

아서스의 통제를 벗어난 듯한 이 자유가 언제까지 유지될지는 알 수 없었다. 자세한 정보를 알아내야 했다. 그녀는 악마들이 아직 멀리 가지는 못했을 거라고 확신했다. 그래서 밴시를 보내 공포의 군주들을 찾았고, 실바나스가 예상했던 대로, 미끼를 문 악마들은 할 얘기가 있다며 그녀를 초대했다. 그녀는 정찰병이 알려준 길을 따라갔다. 은빛소나무 숲의 대지를 뒤덮은 솔잎과 이끼 위에 떠올라, 스산하고 역겨운 빛을 향해 다가갔다.

발나자르가 궁정에 새로 합류한 자 특유의 과장되게 정중한 태도로 그녀를 맞이했다. 뭘 해야 할지는 알아도, 어떻게 해야 할지는 모르는 듯 보였다. "실바나스. 이렇게 와줘서 정말 고맙다."

하지만 실바나스는 그런 경박한 예의는 실버문에서 이미 충분히 경험했었다. 그녀는 악마들과 시답잖은 농담이나 할 생각은 없었다. 그래서 생전에 그랬듯, 재빨리 회담의 주도권을 장악했다

"내가 안 그럴 수 있었을까? 무슨 이유인지는 몰라도, 지금은 머릿속에 리치 왕의 목소리가 들리지 않는다. 내 의지가 다시 내 것이 되었다. 너희 공포의 군주들은 그 이유를 아는 것 같던데."

바리마트라스는 웃음기를 감추지 못하며 대답했다. "리치 왕은 힘을 잃고 있다! 그에 따라, 너와 같은 언데드를 조종하는 능력 또한 약해지고 있지."

나와 같은 존재는 나뿐이다, 그녀는 생각했지만 굳이 입 밖에 내놓지는 않았다. "아서스 왕의 힘은? *그의* 힘은 어떻게 됐나?"

공포의 군주 중 가장 우아한 발나자르가 말했다. "그의 룬검 서리한에는 강력한 마법이 담겨 있지만, 때가 되면 아서스의 힘도 사라져갈 것이다. 그건 필연적인 일이야."

그녀는 그 말이 마음에 든다고 생각하며, 자신의 목숨을 빼앗아간 그 룬검을 떠올렸다. 검을 휘감으며 새겨진 룬은 창백한 푸른 빛으로 빛났다. 실바나스도 그 룬을 읽을 수는 없었지만, 종종 그 검을 바라보며 룬의 형태를 외워두었다.

이제 악마들이 극단적인 행동을 한 이유를 명백히 알 수 있었다. "너희는 그를 폐위시키려 하고, 그러려면 내 도움이 필요하다는 거군." 실바나스가 말했다.

발나자르는 가장 우아한 반면, 데서록은 가장 어리석었다. 그의 커다란 배는 다른 두 악마의 건장한 체격과 비교하면 상대적으로 물러 보였지만, 그의 작은 눈은 아서스에 대한 분노와 증오로 타올랐다. 데서록의 온몸에서 풍겨

나오는 격렬한 감정은 실바나스만큼이나 강했다.

"군단은 패배했을지 몰라도, 우리는 나스레짐이다! 건방진 인간 따위에게 농락당하지는 않을 것이다. *아서스는 죽어야 한다!*"

발나자르가 끼어들어, 나긋나긋하고 이성적인 목소리로 말했다. "이제 공격할 때가 되었다. 리치 왕이 주인의 길에서 벗어났고, 아서스는 오만과 야망에 사로잡혀 더는 필요한 도구가 되지 못하고 있어. 혼란에 빠져 집중력을 잃었으니, 둘 다 쉽게 제압할 수 있을 것이다. 하지만 이 흔치 않은 기회를 낭비해서는 안 된다. 그 리치, 켈투자드는 워낙 충성스러운 존재라 주인을 배신하지 않을 것이다. 하지만 *너는*…." 그는 잠시 말을 멈췄다. 그토록 노골적인 말은 우아한 자기에게는 어울리지 않는다고 생각하는 듯했다.

실바나스는 그런 건 개의치 않았다. "그자를 증오하지." 그녀는 말을 뱉었다. 오랫동안 머릿속으로만 생각해왔던 말을 입 밖으로 내놓으니 정말 기분이 좋았다. 그녀에게도 그런 감정을 느낄 이유가 있었다. 아서스가 실바나스의 동족을 살해했고, 그녀를 지금의 괴물로 바꿔 놓았다고, 그녀는 이야기했다.

복수에 조금씩 다가감에 따라, 그녀는 점점 더 그 끔찍한 날과… 실버문의 관문에서 불렀던 노래를 생각하고 싶지 않아졌다. "너희 저열한 쿠데타에 함께하겠다." 그녀는 그 과정에 유혈이 낭자하기를 기대하며 덧붙였다. "하지만 내 나름의 방식으로 할 거다."

그녀는 아무 말 없이 떠났다. 지금은 그럴 시간이 없었다. 지금은 시간이 가장 귀하고 예측하기 어려운 자원이었고, 그걸 낭비할 생각은 없었다.

실바나스는 자신의 병력을 모두 취합해야 했다. 아서스가 조롱하듯 그녀에게 준 밴시들이 아니라, 그가 허락하지 않았던 부하들이 필요했다. 그녀는 생전에 순찰자들을 이끌었다. 이젠 언데드로서 그들을 이끌 것이다.

실바나스는 숲에서 배회하는 순찰자들을 찾아냈다. 그들은 사후에도 숲과 자라나는 것들에 이끌리는 듯했다. 일부는 임무에 파견되었고, 답을 찾아 대도시로 돌아왔다. 또 몇몇은 가만히 제자리에 남아, 누군가 자매들을 찾아 도시를 수색해 주기를 기다리고 있었다.

예전에는 실바나스와 다른 지휘관들에게 퇴각 또는 공격 시작을 알리는 뿔피리가 있었다. 하지만 지금 실바나스에게 남은 건 목소리뿐이었고, 그녀는 그걸 이용해서 모두에게 알렸다. 고통과 갈망과 분노가 가득한 목소리가 밤을 가르며 울려 퍼졌다.

내게 돌아와라, 그녀는 노래하며 생각했다. *돌아와. 내가 너희를 이끌 테니, 나를 따라라. 함께 이 세상에 공포를 알려주자.*

그리고 그들은 행동으로 답했다. 부하들은 화살통을 등에 메고, 활을 손에 들고, 강인한 두 다리로 아무 소리도 내지 않고 달려왔다. 실바나스는 그들의 머리 위로 떠올랐다.

"우리의 정신이 다시 우리 것이 되었다." 그녀는 말했다. "나는 너희를 불렀고, 너희는 내 부름에 응답했다. 우린 우리에게 이런 짓을 한 자를 멈추고 자유를 되찾을 것이다. 그리고 나는… 다시 너희 곁에서 함께 사냥할 것이다, 자매들아…. 하지만 그런 순간이 오기 전에, *내가* 감당해야 하는 사냥이 있다. 복수와 끝맺음의 사냥이다. 나와 함께하겠나?"

모두의 외침이 나무들을 뿌리까지 뒤흔드는 듯했다.

승리와 자유가 손에 잡힐 듯 다가왔다.

실바나스는 수수께끼를 풀었다. 그녀는 마지막 두 개의 단서를 기억했다. 아서스는 그녀의 사체가 색조는 조금 달라졌어도 여전히 고운 모습으로 보존되어 있다고 말했었다.

지금 그녀 앞에 모인 어둠 순찰자들을 보니 그 말의 의미를 이해할 수 있었다. 그녀처럼 망자가 된 순찰자들은 회색 피부에 두 눈을 빛내고 있었다. 아서스가 그들을 변형시키기 위해 사용한 어둠의 주문이 그녀의 사체에도 사용된 게 분명했다. 유일한 차이점은, 끔찍한 밴시가 된 그녀의 정수가 그 육체와 결합되지 않았다는 것뿐이었다.

실바나스는 이제 확신할 수 있었다. 아서스가 그녀의 사체를 트롤에게 주지 않았다면, 그녀가 떠올릴 수 있는 다른 인물은 단 한 명뿐이었다. 쿠엘탈라스의 배신자 다르칸 드라시르…. 그는 지금 자신의 탑에 있을 것이다.

실바나스는 너무나도 오랫동안 자의로 움직이지 못했지만, 그동안에도 늘 귀를 기울이고 있었다. 아서스는 그녀가 곁에 있을 때에도 멋대로 이야기를 지껄이곤 했다. 그러지 않을 이유가 없었을 테니까. 두 사람 다 그의 힘이 줄어드는 날이 올 거라고는 예상하지 못하고 있었다. 그녀는 아서스가 태양샘을 차지한다는 목적을 달성한 후, 배신자 다르칸을 직접 살해하고 언데드로 되살렸다는 사실을 알아냈다. 이제 그 과거의 마법학자는 아서스가 데솔름이라고 이름 붙인 곳에서 언데드를 지배하고 있었다. 그는 저주받은 자의 탑에 머무르며, 아서스가 군대가 필요하다고 말하는 즉시 행동할 준비를 하고 있었다.

실바나스와 그녀의 추종자들은 다르칸의 눈 역할을 하는 유령 수호자를 담대하게 지나쳐갔다. 그녀가 아서스의 장군이라는 건 다들 알고 있었다. 하지만 그녀가 더는 죽음의 기사에게 조종되지 않는다는 걸 아는 존재는 없었다. 밴시와 어둠 순찰자들 역시 어차피 언데드였으므로, 탑에 들어가는 것에 대한 어떠한 저항도 없었다. 시간이 꽤 걸렸지만, 결국 실바나스는 아서스가 그녀의 사체를 숨겨 둔 곳을 찾아냈다. 그가 설명한 그대로였다. 그녀의 육신은 어둠 속 차가운 돌 위에 놓인 강철의 관 안에서, 애도하는 이 하나 없이 방치되어 있었다.

자매들이 강철 감옥을 파괴하고, 실바나스는 미동도 없이 단정한 모습을 유지하고 있는 자신을 바라봤다. 그의 말은 거짓이 아니었다. 그녀의 몸은 자매들과 똑같이 보존되어 있었다.

"너는 너무나도 많은 걸 빼앗아갔다, 메네실. 하지만 오늘, 내가 그 일부를 돌려받겠다."

그녀는 마법이 아니라, 순수한 의지와 증오로 그 목표를 이룰 것이다. 실바나스는 움직이지 않는 자신의 육신에 정신을 집중하고, 얼마 전까지만 해도 그토록 아팠던 기억, 그 모든 기쁨과 슬픔이 자신에게 되돌아올 수 있도록 했다.

어린 리라스의 부드러웠던 곱슬머리와 매끈했던 볼. 무더웠던 날 그녀의 피부에 시원하게 와 닿았던 서늘한 물의 감촉. 음식의 맛, 그리고 나뭇가지나 지상에서 빠르게 걸음을 옮기고, 도약하고, 강타하고, 몸을 굴릴 때의 느낌.

내 머리를 스치는 바람이, 그녀는 생각했다. *느껴지는 것 같다. 웃는 게 어떤 기분인지, 손에 활을 쥐는 게 어떤 느낌인지. 나무껍질의 질감과 나뭇잎의 부드러움까지.*

마음이 놓이게 해 주었던 포옹…. 스쳐갔던 입맞춤.

황혼 아래에서 추던 춤, 맨발 아래에서 사각거리던 풀, 자매들의 손을 붙잡았던 따스한 손길, 그리고 남동생이 연주하는 음악을 들으며 찬란한 햇살 아래에서 유쾌하게 웃으며 춤추던 기억.

실바나스는 이제 가슴 아픈 고통을 느꼈다. 슬픔으로 거칠어진 목구멍이 쓰라렸다.

내 고통을 붙잡을 것이다. 단단히 부여잡을 것이다. 그건 오직 나만이 느낄 수 있는 고통이니, 마음껏 느낄 것이다.

그녀는 실체 없는 주먹을 움켜쥐었다. 흉포한 예전 주인을 향해 처음으로 독립을 선포하는 행위였다.

그녀의 손가락 끝이 손바닥을 스쳤다.

느껴졌다…. 감각이 *느껴졌다!* 온 세상의 상처나무를 모두 삼킨 듯 온몸의 나른한 무력감이 느껴졌다. 그녀는 마비되어 있었고, 한순간 지금까지의 노력이 모두 물거품일 수도 있다는 생각이 들었다. 그녀는 결의를 다잡았다. 그리고 엄청난 노력 끝에, 마침내 실바나스는 눈을 떴다.

세상의 색이 돌아왔다. 역겨운 노란색과 갈색뿐이었지만 그래도 반가웠다. 조만간 푸른 하늘과 초록색 풀, 노란 태양까지 모두 볼 수 있을 테니까. 살아 있던 때는 눈을 깜빡이고, 숨을 쉬고, 말을 하는 것이 모두 아무것도 아니었다. 하지만 지금은 마치 진흙에 갇히기라도 한 듯 모든 것이 느리게, 너무 느리게 움직였다.

그래도 그녀는 *움직이고 있었다.*

그녀의 육체를 다시 그녀가 통제하고 있었다.

실바나스는 억지로 몸을 똑바로 세워 앉았다. 머리를 이리저리 돌려보고, 폐를 부풀려 성대로 말하는 데 필요한 공기를 채웠다. 그녀를 도와줄 반사 신경이 작동하지는 않았다. 육체는 예상했던 대로 다른 어둠 순찰자와 같은 회색이었고, 실바나스는 자기 눈도 그들처럼 붉은색으로 빛나고 있음을 알고 있었다. 거의 백발에 가까운 옅은 노란색 머리카락이 얼굴 앞으로 흘러내렸다. 그녀는 어색하게 손을 들어 머리카락을 뒤로 넘겼다.

그녀는 아서스에게 승리를 거뒀다. 앞으로도 그럴 것이다.

"나는 그자의 파멸이 될 것이다." 어린아이처럼 입술과 혀, 볼을 움직이는 법을 새롭게 배우며, 실바나스는 선언했다. 그녀의 목소리에는 마치 메아리가 울려 퍼지는 듯한 공허한 울림이 있었다. 하지만 그건 그녀가 직접 만들어 낸 소리였고, 그 소리를 물리적 귀로 들을 수 있었다. 그녀 옆에는 활과 화살 몇 개가 들어 있는 화살통이 놓여있었다.

"오, 아서스. 내게 무기까지 남겨줬구나."

실바나스는 어색한 몸을 움직여 자리에서 일어섰다. 무릎이 꺾였고, 그녀는 손을 움직여 석판의 가장자리를 붙잡았다. 그리고 그녀는 다시 한번 시도했고, 조금 비틀거리긴 했지만 이번에는 똑바로 일어설 수 있었다.

실바나스는 천천히 입술을 움직여 만족스러운 미소를 지었다.

오, 아서스 메네실. 경이롭게 어리석은 자여.

너는 내 사냥감이다.

* * *

본격적으로 아서스를 공격하기 전에, 세 악마에게 물어볼 것이 있었다. 하지만 어느새 각별히 잔혹한 방식으로 복수를 실현할 계획이 떠올라있었다.

눈을 뜬다는 단순한 행동조차 힘겹게 실패할 뻔했던 순간부터, 한 가지 생각이 실바나스 안에서 자라났다. 마음대로 움직일 수 없을 때의 무력감과, 그럴 때 적이 이용할 수 있는 다양한 선택지까지.

스스로에 대해 되짚어 보는 일은 때때로 고통을 수반했다. 그녀는 상냥함과 사랑을 기억했지만, 더는 그런 감정을 느낄 수 없을 것 같았다. 하지만 그녀의 기억 속에는 아직 파헤쳐 볼 것들이 남아있었다. 그녀는 살데릴의 파티와 트롤과 싸우던 때를 기억했다.

그런 기억은 그녀가 앞을 나아가는 데에 큰 도움이 되어 줄 것이다.

독액을 만들어 화살에 바르기까지 시간이 오래 걸리진 않았다. 상처나무는 열대 식물에서 얻을 수 있는 마취제였다. 하지만 그걸 몸속 깊은 곳에 주입한다면 어떻게 될까? 물론 그건 아무도 몰랐다. 애초에 그런 용도가 아니었으니까.

트롤들은 타르와 같은 검은 물질을 만들었고, 쿠엘도레이는 해독제를 만들고자 그 물질을 연구했었다. 그 물질을 똑같이 만들어 보겠다는 생각은 한 번도 해본 적이 없었다. 아니, 불과 얼마 전, 아무것도 무너지지 않은 그 영광스럽던 나날에, 엘프들은 그런 수단이 너무 저열한 것이라고 업신여겼다. 하지만 예전 순찰대 사령관이었던 그녀도 이토록 비참한 존재가 되어 한동안 살아본 끝에, 그런 도덕성이나 단순한 우월성 같은 건 미덕이 아니라 오히려 장애물이라는 걸 깨달았다. 어떤 정보와 도구, 소문이라 해도 조금만 비틀어 주면 얼마든지 자신에게 유리하게 이용할 수 있었고, 아서스 메네실을 최대한 잔인한 방식으로 처치할 수만 있다면 그 무엇이든 가릴 생각이 없었다.

그래서 그녀는 지금의 적을 제거하기 위해, 한때 사랑하는 이들을 치료하는 데 사용했던 상처나무와 오랜 적이 만들었던 독을 섞었다. 아서스는 마비될 것이다. 그리고 실바나스가 그랬던 것처럼, 그녀 앞에서 무력하게 누워 있게 될 것이다. 그리고 그는 실바나스보다 훨씬 더 지독한 고통을 느껴야 할 것이다. 아서스에게 있어 그녀의 고통은 그저 여흥에 불과했지만, 실바나스에게 있어 아서스의 고통은 광대한 상실의 바다에서 그녀가 찾아낸 유일한 목표였으니까.

그녀는 새로운 물질을 다양한 동물에게 시험해 보았다. 그다음에는 역병에 걸린 동물들에게까지 시험해 보며, 대상을 빠르게 쓰러뜨린 후 최대한 오랫동안 움직이지는 못해도 살아는 있는 상태로 유지시킬 수 있는 분량을 찾아냈다. 실바나스는 신중하게 혼합물의 비율을 조정하여 만족스러운 비율을 도출했고, 마침내 돌진해오는 곰에게 그 물질을 사용해 보았다.

야수는 포효하며 그녀에게 달려왔지만, 화살이 어깨에 박힌 후 세 걸음만에 그대로 쓰러졌다. 실바나스는 곰을 지켜보며 기다렸다. 곰은 계속해서 호흡하며 으르렁거렸지만, 사지와 상체는 전혀 움직이지 못했다.

실바나스는 그 옆에 쪼그려 앉았다. 조금 불편한 기분이 느껴졌다. 예전이라면 즉시 목표를 처치하기 위해 화살을 쐈을 것이다. 그녀는 어떤 생물이든 불필요한 고통을 받는 걸 원치 않았고, 더더군다나 지금부터 해야만 하는 일 같은 걸 직접 할 생각은 해본 적이 없었다.

하지만… 그자는 반드시 고통받아야 해. 마침내 기회가 왔을 때 실패하는 일이 없도록, 확실히 연습해둬야 해. 이 야수의 고통과 죽음도 헛된 것이 아니라, 아서스를 제거한다는 더 큰 사명에 이바지하는 일일 거야.

곰의 육체는 힘겨운 호흡을 계속하며 들썩거렸다. 그리고 실바나스는 천천히 조심스럽게 야수의 살을 가르기 시작했다. 곰은 지독한 고통에 신음 소리를 냈다.

그 소리는 아주 오랫동안 계속되었다.

한참이 지나고, 마침내 실바나스는 자리에서 일어나 피투성이가 되어 버린 참혹한 현장을 내려다봤다.

이제 아서스 메네실을 상대할 준비가 끝났다.

* * *

왕을 붙잡는 함정은 실바나스가 만든 것 중에서 가장 섬세하거나 영리한 건 아니었지만, 지금은 실바나스가 이용할 수 있는 자원이 너무나도 부족했다. 그녀는 순찰대원들에게 모습을 드러내지 말고 죽음의 기사를 치밀하게 미행하고, 언제든 기회가 생기면 여군주에게 유인하라고 지시했다.

서툰 계획이었다. 그라면 속셈을 꿰뚫어볼 수 있을 것이다. 하지만 왠지 아서스는 공격받았을 때에도, 또 밴시 순찰자들이 그를 '구출하러' 나타나 실바나스에게 데려가주겠다고 약속했을 때에도 아무런 의심을 하지 않았다. 어떻게 된 걸까? 자만심에 눈이 멀어 지금껏 자기가 한 짓을 실바나스가 모두 잊어버렸을 거라고 생각한 걸까? 확실히 자기도취적이고 피에 굶주린 그가 사라진다면 이 세상은 더 나은 곳이 될 것 같았다.

밴시들은 왕을 드문드문 서 있는 나무를 제외하면 넓고 탁 트인 평원으로 이끌어, 함정이 있을지 모른다는 의혹을 원천적으로 차단했다. 민첩하고, 조용하고, 치명적인 실바나스는 평생 뛰어난 사냥꾼이었다. 죽음에 대한 경험은 그녀의 그런 면모를 더욱더 강력하게 만들어 주었다. 활을 발사하기 위해 아서스 가까이 접근해야 할 필요는 없었다—

—스치듯 기억이 떠올랐다. 삶에 대한, 나타노스에 대한 기억. 그의 화살을 딱 하나만 빼고 모두 갈랐던 기억—

실바나스는 그 생각을 밀어냈다. 방해만 될 뿐이었다. 그녀는 죽음의 기사에게 더 가까이 다가가서, 여흥의 두 번째 단계를 더 빨리 시작하고 싶었다. 아서스가 실바나스를 보거나 그녀의 소리를 듣지 못한 건 분명했지만, 그는 뭔가에 놀란 듯 크게 소리치며 갑주를 착용한 손으로 가슴을 움켜쥐었다. 언데드 군마는 그의 아래에서 깜짝 놀란 듯 껑충거렸다.

리치 왕. 그가 아서스에게 경고한 것이다. 하지만 이미 늦은 후였다.

그는 기절하기라도 하려는 듯 두 눈을 깜빡이며 정신을 집중하려 애를 썼다. 실바나스는 호리호리한 나무 뒤에서 모습을 드러내, 예전과 똑같지만 새로워진 자신의 육체를 아서스에게 보여주었다. 그는 믿기지 않는다는 표정으로 그녀를 바라봤다. 실바나스는 미소를 지으며 활을 들어 올렸다. 거기엔 이미 암흑 독수리 깃털로 만든 깃이 부착된 화살이 걸려 있었다. 실바나스가 돌아가신 어머니의 화살통에서 가져온 몇 안 되는 소중한 화살 중 하나였다. 화살촉에는 독이 흠뻑 묻어 있었다. 그녀는 경멸과 만족감이 가득한 목소리로 말했다.

"제 발로 걸어 들어왔구나, 아서스."

실바나스가 검지와 중지를 폈고, 해방된 화살은 목표를 향해 날아가 그녀가 원한 곳, 죽음의 기사 어깨에 정확히 명중했다. 그가 혼란스러워하는 모습에 그녀는 커다란 쾌감을 느꼈다. 마음속 깊은 곳에 파묻혀 거의 인식할 수조차 없던 묵직한 고통이 씻겨나가는 듯했다.

아서스는 곧바로 손을 들어 화살을 뽑아내려 했지만, 독은 이미 검고, 아름답고, 가학적인 효력을 발휘하고 있었다. 빠르게 굳어가는 손가락은 화살대를 붙잡지 못했고, 그는 가련한 개처럼 화살을 더듬기만 했다. 아서스는 숨을 헐떡이며 땅으로 떨어져 확실한 죽음을 피하려는 듯 말의 목에 몸을 기댔다.

"내게 무슨 짓을 한 거지?"

언데드가 진격해 오고 있다는 소식을 들은 이후 처음으로, 실바나스는 기쁨에 가까운 감정을 느꼈다. 분노가 섞인 잔혹한 감정이었지만, 그래도 기쁨이었다.

"너만을 위해 만든 특별한 독화살이다." 그녀는 고양이처럼 가르랑거리는 목소리로 말했다. 그리곤 활을 다시 등에 메고 창백한 왕을 조각조각 잘라낼 단검을 꺼냈다.

두 사람 사이 언쟁이 몇 차례 오갔지만, 실바나스가 그에게 고통을 안기기 시작하려는 지금 이 순간엔 그 어느 것도 큰 의미가 없었다. 그러던 중 아서스가 요구했다. "그렇다면 이제 끝내라."

오, 그럴 순 없지. 지금껏 그녀에게 행해진 일들의 빚을 다 갚지 못했다. 실바나스는 한땐 아름다웠을지 모르나 이제는 일말의 아름다움도 남아있지 않은, 그 역겨운 얼굴부터 일을 시작해야겠다고 생각했다. "너도 나처럼 고통을 느끼게 될 거다. 도망칠 수 없을 거야. 그 화살 덕분에 말이지."

아서스의 두 눈이 휘둥그레졌고, 실바나스는 처음으로 그 안에서 진정한 공포를 보았다. 그녀가 살아있었다면, 심장이 벅찬 기대감에 두근거렸을 것이다.

실바나스는 단검을 위로 쳐들었다. 하지만 그때, 공포스럽게도 회색 안개가 그녀의 손을 붙잡아 뒤틀었고, 힘이 빠진 손에서 칼이 떨어졌다. 안개가 흔들렸고, 윤곽이 조금씩 선명해지자 실바나스는 그게 어린 여자의 유령이라는 걸 알 수 있었다. 아서스가 로데론에서 모두를 도살했던 때, 아주 어린 소녀로 죽어갔던 존재였다.

그 작은 그림자가 웃고 있었다. 왕을 도울 수 있어서 행복해하는 듯했다.

예상치 못한 일이었지만, 아서스를 향한 실바나스의 분노는 더욱더 뜨겁게 타올랐다.

길 잃은 영혼은 그 소녀만이 아니었다. 켈투자드가 나타나 그 혐오스럽고 음침한 목소리로 왕에게 격려의 말을 외쳤고, 곧바로 지원군이 몰려들었다. 마법으로 새롭게 소환되기라도 한 듯, 도살과 혼돈만을 위해 만들어진 썩어가는 언데드 무리가 두 눈을 빛내며 아서스에게 달려왔다. 실바나스는 투덜거리며 어린 유령을 떨쳐내고 죽은 육신들을 향해 화살을 발사하기 시작했다. 그녀는 끔찍한 실수를 했다. 승리를 확신한 탓에 주의를 기울이지 못하고, 아서스에게만 온 신경을 집중했다.

몇 초 동안 그녀는 싸움을 계속했다. 지금의 자신을 만들어낸 괴물을 처치하기 위해 절박하게 움직였다. 하지만 결국 실바나스는 자신과 추종자들이 수적으로 지나치게 불리하다는 사실을 인정해야 했다. 실바나스는 이글거리는 눈빛으로 아서스를 다시 한번 노려봤다. "아직 끝나지 않았다, 아서스! 언제까지고 널 사냥하는 걸 멈추지 않겠다!"

실바나스는 밴시들과 함께 달아났다. 아직 되찾은 육신에 완전히 적응하지는 못했지만, 그래도 스컬지 생물들 정도는 쉽게 따돌릴 수 있었다. 그녀의 몸은 여전히 자신의 일부라기보다는 조작하고 통제해야 하는 별도의 물체인 것처럼 느껴졌다. 피부가 아니라 장갑에 가까운 듯했다. 아서스를 처치하면 감각이 되살아날 것만 같았다. 그녀는 악마 군주들에 대해 생각했다. 그들에게 합류해야 할까? 아서스는 리치 왕과 켈투자드, 스컬지의 보호를 받고 있었다. 실바나스는 동료가 필요했지만, 그들은 아니었다. 반드시 필요한 경우가 아니라면.

나를 살해한 벌레를 처치하지 않는 한, 온전한 자유를 얻을 수는 없다. 우리는 언제나 사슬로 묶여있을 것이며, 나는 그 사슬을 끊으려 한다.

갑작스럽게 위험하지만 명료하고 확실한 생각이 떠올랐다. 희미한 공포가 뒤따라 느껴졌지만, 그녀는 그 불필요한 감정을 밀어냈다. 그래, 비록 달라지긴 했어도, 그래도 여전히, 그녀는 실바나스 윈드러너였다.

그렇지 않은가?

제 14 장

실바나스는 언제나 실패를 싫어했다. 아서스를 원하는 곳으로 끌어들이고도 결정적인 순간에 승리를 빼앗긴 지금은 더더욱 그랬다. 그렇게 완벽한 기회를 다시 얻을 가능성은 거의 없었다. 아서스, 그리고 그를 조종하는 리치 왕은 그녀의 사냥감이었지만, 이 사냥은 혼자서 끝낼 수 있는 게 아니었다. 그녀의 밴시, 즉 순찰자들은 제 몫을 다했으나, 그들만으로는 아직 부족했다.

어려운 일이고, 그런 만큼 성과가 없을 수도 있지만, 실바나스에게는 신뢰할 수 있는 아군이 필요했다. 그녀처럼 그 죽음의 기사를 증오하고 그를 제거하고자 하는 존재를 찾아야 했다. 그녀는 망자들 중에서는 그런 아군을 찾을 수 없다는 사실을 깨달았다. 어떻게든, 무슨 수를 써서든… 산 자를 설득해야 했다.

정말이지 힘겨운 과업임이 분명했다. 하지만 온전한 정신을 유지하는 것 또한 그랬다. 창백한 왕의 잔혹한 손아귀에서 벗어나는 일…. 자신의 육신을 찾아내고 되찾는 것도 마찬가지였다.

실바나스에게도 한때 친구가 있었다. 절대 깨지지 않을 만큼 친밀한 우정이 있었다. 아서스가 그녀의 세계를 그렇게 파괴하면서, 그런 우정까지 함께 깨지고 말았을까? 그러지 않았기를 바라야 했다. 만약 그렇다면 마지막 남은 희망의 빛줄기가 사라지는 것과 마찬가지였기에, 실바나스는 그런 생각을 애써 거부했다.

실패의 아픔에서 벗어나지 못한 채, 실바나스는 다시 한번 쿠엘탈라스로 향했다. 이번에는 육신을 되찾기 위해서가 아니라, 친구들을 되찾기 위해서였다. 지금까지 벌어진 모든 일과, 그녀가 이제는 망자가 되었다는 사실에도 불구하고, 자신이 예전 그대로의 실바나스라는 이야기를 들어줄 사람이 두 명은 있을 것 같았다.

물론 그들도 처음에는 의심할 것이다. 아서스와 그를 지배하는 왕에게 조종받는 동안 했던 일들을 그냥 묻어둘 수는 없었다. 실바나스는 속수무책으로 공중에 떠올라, 그 끔찍한 행동을 멈추는 것은 고사하고 시선을 외면하지도 못한 채, 자신의 목소리가 대규모 학살의 무기로 이용되는 것을 지켜봐야만 했던 그 공포스러웠던 순간을 다시 떠올리고 싶지 않았다. 하지만 어떻게든 설명해볼 수 있을 것이다. 열심히 설득한다면 그들은 그녀가 어떤 고통을 받았는지 이해할 것이고, 나아가 아제로스에서 가장 찬란했던 대지 위에 끔찍한 흉터를 남긴 괴물이 누구인지도 깨달아줄 것이다. 그렇게 지금의 상황을 이해한다면, 그들은 그녀가 예전에 지휘하던 조직에 다시 합류하는 것을 허락해줄 것이다. 어쩌면 다시 그들을 이끌 수 있도록 허락해줄지도 모른다. 그렇게 큰 희망을 품는 건 무모한 일이겠지만, 실바나스는 어차피 소심한 것과는 거리가 멀었다.

실바나스는 원정순찰대 산장을 둘러싼 숲으로 갔다. 한때 두 개의 달 아래에서 은빛으로 빛났던 낯익은 나뭇가지들 사이를 마치 그림자처럼 조용히 움직였다. 하지만 이제는 피어오르는 연무 때문에 하늘에서 빛나는 달들도 흐릿하게만 보였고, 잎사귀는 모두 고운 가루로 덮여 있었다. 매캐한 공기에는 불타 버린 육체의 악취가 남아있었다. 실바나스는 친구들을 설득하는 게 어렵지 않을 거라고 거의 확신했다. 그건 모두에게 이익이 될 합리적인 방안이었고, 그들은 그 누구보다 그녀에 대해 잘 알았다. 밤의 생물들을 제외하고는 숲에서 움직이는 건 아무것도 없었기에, 그녀는 자리를 잡고는 돌처럼 미동도 없이 기다렸다.

새벽이 찾아왔지만, 실바나스가 기다리는 이들은 보이지 않았다. 하지만 그녀는 기다릴 수 있었다. 마침내 늦은 오후가 되어서야, 실바나스가 기대했던 것처럼 그들 두 사람이 나타났다. 그녀는 그 즉시 나무에서 뛰어내리고 싶었지만, 마음 속에서 무언가가 그녀를 붙잡았다. 자신의 새로운 모습을 드러낼 방법과 시간을 신중하게 골라야 했기에, 그녀는 때가 되기를 기다렸다.

실바나스는 부드럽게 흔들리는 잎사귀들 사이로 그들의 모습을 가만히 지켜봤다. 두 사람의 움직임은 마치 노인처럼 뻣뻣하기만 했다. 로르테마르가 그녀가 있는 방향으로 고개를 돌렸을 때, 실바나스는 그의 한쪽 눈에 안대가 씌워져 있는 걸 보았다. 아서스는 그들 모두에게 너무나도 다양하고 고통스러운 방식으로 상처를 주었다. 늘 활달하고 명랑했던 할두런도 나이를 천 살은 더 먹은 것 같았다.

마치 그녀에게 애원하던 리라스의 모습처럼—

실바나스는 그 기억을 무자비하게 밀쳐내고는 귀를 기울였다.

처음에는 무척이나 귀에 익은 소리만 들려왔다. 가죽이 삐걱거리는 소리, 화살의 노래, 그리고 그게 멀리 있는 과녁에 적중하며 희미하게 들리는 쿵 소리까지. 한참이 지나서야, 할두런은 활을 내렸다.

"정말 이상한 기분이오." 그는 조용한 목소리로 말했다. 언제나 유쾌한 감정이 묻어 있던 따스한 중음의 목소리가 지금은 감정 없이 차가웠다. "여기 영원노래 숲은 아무것도 변한 것 같지 않소. 하지만… *모든 게* 달라졌소. 서쪽과 남쪽으로 수 킬로미터에 이르는 지역까지…." 그는 입을 다물었지만, 다음 화살을 뽑아 들지는 않았다. "여기… 이렇게 나와있는 게 잘못된 일인 것 같소. 그냥 평범한 하루가 밝은 것처럼 연습이나 하고 있다니…."

"우리 열 명 중 여덟 명이 죽었는데?" 로르테마르가 작고 무거운 목소리로 대꾸했다. 실바나스는 이제 더 놀랄 일이 없다고 생각했었지만, 그 소식은 정말 충격적이었다. 많은 동포가 허무하게 죽어갔다는 건 익히 알고 있었지만, 로르테마르가 말한 숫자는 그야말로 받아들일 수가 없었다.

"잠깐이나마 *평범한* 것과 비슷한 시간을 보낼 수 있는 것도 오늘이 처음이오, 친구." 로르테마르가 말을 이었다. "영원처럼 느껴지는 시간 동안, 다들 하루 종일…."

"…사체를 모아 태우기만 했지. 나도 알고 있소."

실바나스는 앞서 보았던 고운 가루가 모두 아서스의 희생자들을 화장한 재였다는 걸 깨달았다. 쿠엘도레이는 사체가 되살아나는 것을 방지하기 위해 망자를 모두 태우고 있었다.

로르테마르는 활에 화살을 하나 더 걸고, 조준하고, 발사했다. "난 그들의 꿈을 꾸오." 그가 말했다. "사체들."

"누구 말이오?" 할두런이 물었다. 웃음기를 띤 목소리였지만, 음울하고, 잔혹하고, 아픈 말이었다. "우리가 화장한 이들? 매장한 이들? 아니면 두 번 베어 넘겨야 했던 이들?"

"아직도 죽음의 흉터에 남아 있는 이들." 로르테마르는 말했다. 그의 목소리는 원정순찰대 산장으로 오는 길에 실바나스를 스치던 공기처럼 스산했다.

가장 높은 가지 위에서, 실바나스는 로르테마르가 죽음의 흉터라고 부른 뒤틀린 땅의 흔적을 얼핏 볼 수 있었다. 생각하기도 싫은 것이었지만, 할두런의 말에 어쩔 수 없이 돌아보고 또 기억해야 했다. 아서스는 이곳을 떠나며 언데드를 모두 데려가지 않았다. 상당수가 여기저기 흩어져 남아있었으며, 이들의 유일한 목표는 산 자들을 공격하는 것이었다. 죽음의 흉터에는 다른 망자들도 보였다. 아직 소생하지는 않은, 산 자들이 안전하게 회수하지 못한 사체들이었다. 그들은 부패하여 흙으로 돌아가겠지만, 생명과 죽음, 부활의 순환으로부터 영원히 추방될 것이다. 그들에 대한 기억이 모두 사라지고 그들의 이름이 바람결에 흩어질 때까지 그들의 뼈는 그곳에 그대로 남아있을 것이다.

새롭게 샘솟은 증오가 실바나스를 가득 채우고, 그 강렬한 감정에 실바나스는 휩쓸려 갈 뻔했다. 지금 이 순간에도 아서스 메네실의 그림자가 그녀의 고향 땅을 뒤덮고 있었다. 그 어둠이 이 땅, 그리고 동족의 가슴과 영혼으로부터 완전히 물러나는 날이 찾아올 수 있을까. 실바나스는 확신할 수 없었다. 하지만 한 가지는 분명했다. 지금 아래쪽에서 공허한 목소리와 생기 없는 눈으로 평범한 삶을 그리워하고 있는 두 사람이라면, 모든 일의 원흉을 사냥하는 여정에 함께해주리라는 것.

완벽한 순간이 찾아왔다. 실바나스는 나뭇가지에서 뛰어내려 잘 준비해온 연설을 시작하려 했다. 그녀를 믿고 함께 증오스러운 아서스를 쓰러뜨리자고 두 사람을 설득하려 했다. 하지만 그 순간, 할두런의 말에 그녀는 얼어붙었다.

"내 악몽에 나오는 건 실바나스요. 도살자의 명령에 복종하던 그 *유령 같은 것.*" 그의 목소리가 거칠어졌다. "그게 무고한 사람들을 해치던 순간 말이오, 로르테마르. 그리고 그 끔찍한 비명. 그 더러운 괴물은 자기가 하는 짓에 고통을 받으면서도 명령을 거역하지 못하는 듯했지."

로르테마르는 할두런에게 다가가 그의 어깨에 손을 얹었다. "그래서 실바나스가 이제는 존재하지 않는다고 생각하는 거요, 옛 친구. 그녀라면 저항할 방법을 찾았겠지. 그로 인해 자신이 파괴되더라도 말이야. 악몽을 떨쳐낼 수 있을 거라고 말할 생각은 없소. 그럴 수 있었다면, 내 악몽부터 그리 했겠지. 하지만 이것 하나만큼은 분명하오. 그토록 많은 엘프를 살해한 그 괴물에게 우리 옛 친구는 조금도 남아 있지 않았소. 목숨을 바쳐 지켰던 이들을 도살하는데 자기 모습이 이용되었다는 걸 안다면, 분명 실바나스는 끔찍한 절망에 빠질 거라고 믿소."

"그녀가… 어떻게든 안식에 들었다고 생각하오?" 할두런은 희망에 찬 목소리로, 확답을 원하는 듯했다.

"그렇소. 그래야만 하오. 그녀는 이 세상을 떠났고, 솔직히 난 그게 다행이라고 생각하오. 우리 동족에게 어떤 운명이 주어졌는지 알았다면, 그녀는 울음을 그치지 못할 것이오. 그것만큼은 그대도 확신할 수 있겠지. 그 도살자가 되살린 자들은… 시간은 꽤 걸리겠지만, 언젠가 우리가 그들이 얻지 못한 영원한 안식을 찾아줄 것이오."

실바나스가 산 존재였다면, 살아 숨쉬는 폐가 그녀에게 남아있었다면, 실바나스는 숨을 멈췄을 것이다.

괴물.

그들은 그녀를 괴물이라 불렀다. 그녀를 그렇게 보았다. 지금 그녀가 모습을 드러내고 이야기하려 해도, 그들은 괴물로만 대할 것이다. 지금으로서는 그녀가 자기 의지에 반해 이용당하기만 했다고 그들을 설득할 방법이 없었다. 아무리 옛 친구들이라 해도, 그녀가 힘겹게 자기 의지를 되찾았다는 걸 믿지 않을 것이다. 그녀가 예전의 실바나스라는 것도. 어쩌면… 그들 생각이 맞는지도 몰랐다.

또 하나의 기억이 번뜩였다. 온전하지만 지금 이 순간까지 전혀 떠오르지 않았던 기억, 눈에 띄는 원정순찰대원 두 명에게 어린 소녀가 활을 자랑하던 모습.

제가 원정순찰대에 합류하면 다들 저에 대한 이야기를 하게 될 거예요, 그녀는 오래 전, 로르테마르에게 그렇게 말했었다. 분명히… 틀린 얘기는 아니었다.

먼 미래의 일이겠군. 그때의 할두런은 참 경박하고 가벼웠다.

그렇게 오래 걸리진 않을 거예요. 여러분도 그렇게 늙은 것 같지는 않으니까요.

그대가 졌소, 로르테마르는 그렇게 말했었다. 유쾌한 장난, 영광의 꿈.

숨죽인 흐느낌이 날카롭게 터져 나왔다. 다시 입을 연 할두런의 목소리는 떨리고 갈라졌다. "그녀가 그립소, 로르테마르."

"나도 그렇소. 하지만 그녀라면 우리가 슬퍼하는 걸 원치 않을 거요. 그녀가 바라는 대로 기억해줍시다. 재치있고, 찬란하고, 늘 생기와 열정이 넘치던 우리 친구로. *우리* 실바나스는 언제나 그런 모습일 것이오, 지금 그녀의 얼굴을 뒤집어쓴 그 괴물이 아니라."

더 이상 여기 머물러야 할 이유가 없었다. 실바나스는 답을 얻었다. 살아있던 때 그녀는 어리석었다. 원정순찰대가 이 세상의 잔혹함과 어둠으로부터 동족을 보호해주는 것이 고귀한 일이라고만 생각했다. 살아있지 않은 채 살고 있는 지금까지도 그런 순진한 생각은 계속되었고, 절대적인 사실 외에는 아무것도 이해하거나 받아들이지 못하고 있었다. 실바나스는 죽었지만, 아직은 죽지 않았다. 그리고 그녀를 뼛속 깊은 곳까지 알고 있던 이들은, 죽음의 흉터를 어슬렁거리는 자의식 없는 벌레들과 그녀를 구별하지 못했다.

이번에는 남동생에 대한 생각이 머릿속으로 스며들었고, 실바나스도 그것만큼은 막을 수 없었다. 리라스도 로르테마르나 할두런과 같은 생각을 했을지 궁금해졌다. 그라면 시체 속의 큰 달님을 알아볼 수 있었을까? 리라스라면 지금 같은 상황이라도 그녀의 말을 들어주고 그녀를 믿어줄 것이다.

세상이 달라졌어, 리라스는 말했다. *전에는 힘들 것 하나 없는 세상이었어. 포도주와 노래,* 가족의 *웃음으로 둘러싸인 채 특권을 누리던 세상이었지. 그 세상은 이제 사라졌어. 다시는 돌아오지 않을 거야.*

다른 사람은 몰라도, 누나만큼은 날 믿어줄 줄 알았어. 그렇진 않은 것 같네.

그녀에게 향했던 말, 그리고 그 기억이 가장 깊은 상처를 남겼다. 어쨌든 그는 죽었고, 모두 그녀의 책임이었다. 그의 무덤이 근처에 있었지만, 실바나스는 차마 그곳을 찾아갈 수가 없었다.

그녀는 조각난 이상주의와 편협한 마음의 친구들을 그대로 남겨두고, 왔을 때처럼 조용히 떠났다. 한때 그녀가 사랑했던 땅을 수의처럼 뒤덮은 망자의 가루는 거의 건드리지도 않았다.

*　*　*

아무리 애를 써도, 충직한 순찰자들에게까지 감정을 숨길 수는 없었다. 그들은 걱정스러운 표정으로 여군주를 향해 모여들었다.

"무슨 걱정이 있으십니까, 여군주님?"

실바나스는 예전의 동료 원정순찰대원들이 지금의 자신들을 어떻게 생각하고 있는지 차마 말할 수가 없어서, 그냥 언데드의 저주에 관해 이야기했다.

"자매들이여, 너희는 안 그런가?" 실바나스는 대답했다. "불과 며칠 전까지, 우리는 리치 왕의 노예였다. 우린 오직 그자의 이름으로 무고한 이들을 도살하기 위해 존재했다."

그녀는 묘한 울림이 더해진 자기 목소리에 담겨있는 슬픔과 좌절을 들을 수 있었다. 밴시들은 서로를 바라봤다. "이해할 수가 없군요, 여군주님. 우리 의지는 이제 우리 것입니다. 그게 우리가 싸운 이유 아니었습니까? 여군주님이라면 기뻐하실 줄 알았습니다."

그 말이 그녀를 더욱더 불쾌하게 했다. 되찾은 자유라는 것이 결국에는 자신의 고통을 온전히 이해할 수 있는 자유를 의미하는데 어떻게 기뻐할 수 있다는 말인가? 이제 어떻게 그 무엇에서든 기쁨을 찾을 수 있다는 말인가?

"저주받은 이 몸에 무슨 기쁨이 있겠는가? 우리는 여전히 언데드다, 자매여. 여전히… 괴물이다." 그녀는 자신의 청회색 팔을 내려다봤다. 죽은 팔을. 그녀는 육신을 되찾고, 잃어버렸던 자신의 일부와 다시 하나가 되기 위해 힘겨운 싸움을 했지만, 지금 되찾은 몸에서 아무런 기쁨도 느끼지 못했다. "우리는 뼈저린 고통의 노예가 아니더냐?"

그녀의 음울한 사색을 귀에 익은 소리가 중단시켰다. 기묘하게 윙윙거리며 메아리치는 소리, 악마의 차원문이 열리는 소리였다. 그녀가 경계하면서도 호기심 어린 눈빛으로 바라보는 가운데, 안으로부터 바리마트라스가 나타났다.

실바나스는 간사한 악마가 그녀와 '아서스를 폐위시키려는' 그녀의 노력에 유려한 칭찬을 늘어놓는 걸 한쪽 귀로 흘려들었다. 하지만 이 말에는 주의를 기울일 수밖에 없었다. "널 우리 새로운 연맹에 정식으로 초대하기 위해 왔다."

아니. 한때 그녀의 친구였던 사람들의 말이 그녀에게 깊은 상처를 줬지만, 그녀의 지혜까지 앗아간 건 아니었다. 실바나스는 아서스가 부여한 굴레에서 벗어나려고 막대한 노력을 기울였다. 그 모든 걸 버리고 다른 자의 졸개가 될 수는 없었다. 명백히 인위적인 예의가 짜증스러웠기에, 대답하는 그녀의 목소리는 무척이나 날카로웠다.

"바리마트라스," 그녀는 말을 듣지 않는 어린아이를 대하듯 냉철하고 명료한 목소리로 말했다. "내가 원하는 건 아서스를 죽이는 것뿐이다." *여전히* 그게 그녀의 유일한 목표였다. 생전에 그녀의 명령을 따랐던 이들에게 더는 의존할 수 없다는 사실 때문에, 더더욱 시급해진 목표였다. "너희 하찮은 정치나 권력 다툼 따위에 할애할 시간은 없어."

실바나스는 경멸하는 표정을 감추지 않았고, 바리마트라스는 그게 마음에 들지 않았다. 그는 긴 역관절 다리를 우아하게 움직여 앞으로 나섰다. 얼굴을 뒤덮었던 섬세한 표정은 어느새 사라지고 없었다.

"조심해라, 여왕." 그는 낮고 위협적인 목소리로 말했다. "우리 분노를 유발하는 건 어리석은 짓이야. 우리는…" 그는 잠시 주저한 후 말을 이었다. "이 역병지대의 미래다. 우리와 함께 지배자가 되거나, 아니면 그냥 밀려나야 할 거다."

공포의 군주는 자기들이 워낙 우월하다고 생각했고, 그녀 역시 그들이 그 사악한 내면만큼이나 강력하다는 사실을 알고 있었다. 그럼에도, 그녀는 쿠엘도레이의 하급 군주와 죽음의 기사, 악마들까지, 힘에 굶주린 자들의 행동이 그토록 서로 비슷하다는 사실에 깜짝 놀랐다.

그녀는 조금 지나치게 날카롭고 정제되지 않은 말투로 쏘아붙였다. "지금까지 노예로 살았던 것만으로도 충분하다, 공포의 군주. 다시 너희 멍청이들의 족쇄에 묶여 내 자유를 내버리지는 않겠어!"

바리마트라스는 격분했다. 그는 통제되지 않는 목소리로 내뱉었다. "마음대로 해라. 조만간 우리의 대답을 들을 수 있을 거다." 그는 실바나스를 쏘아보며 악마의 차원문을 통해 형제들에게 돌아갔다. 실바나스는 그들의 *대답이* 어떤 것일지 짐작할 수 있었다.

"그자의 제안을 받아들이는 게 낫지 않았겠습니까?" 샬린드라가 물었다.

"그게 현명한 일이라고 생각하는 자들도 있겠지." 실바나스도 동의했다. "하지만 난 어리석은 일이라고 본다."

다시는 누군가를 섬길 생각이 없었다. 지금 이 순간부터, 실바나스는 생전에 그랬던 것처럼 앞으로 나서서 지휘할 것이다. 그녀를 따를 이들을 찾을 것이다. 산 자들은 그녀를 경멸했고, 악마는 신뢰할 수 없었다. 그렇다면 달라진 그녀에게 어울리는 새로운 군대는 무엇으로 구성되어야 할까?

오직 죽음과 어둠의 세력뿐이었다. *우리는 이 역병지대의 미래다.* 바리마트라스가 꺼냈던 말이 의미하는 바는 분명했다. 아서스가 그랬던 것처럼, 악마들은 언데드를 통제하려 하는 것이다. 그리고 실바나스는 악마의 통제를 거부했다.

그녀처럼 한때 살아 숨 쉬고, 사랑했던 이들이 거주하는 도시가 있었다. 로데론의 불운한 그들 또한 지금껏 아서스에게 조종되었다.

또 하나의 원치 않는 기억이 그녀의 머릿속을 스쳤다.

아시다시피… 로데론에서는 하이 엘프야말로 이 세상 최고의 궁수들이라고 이야기합니다, 나타노스 매리스는 그렇게 말했었다.

뭐, 그건 사실이지.

그리고 로데론에서는 하이 엘프야말로 가장 잘난 척하고, 오만하고, 자기중심적이고, 허영심 많은 녀석들이라고도 이야기하죠.

양쪽 다 맞는 얘기야.

나타노스는 아서스가 나타나 그곳 주민들에게 잔혹한 혼돈을 선사했을 때 그 도시에 있지 않았을 것이다. 그의 가족 소유인 매리스 농장이 동쪽 숲, 아니, 이제는 동부 역병지대라 불리는 곳에 있었다. 아서스가 나타나기 전의 이름은 모두 사라졌다. 옛 이름, 예전의 삶…. 그런 건 이제 아무 의미도 없었다.

실바나스는 나타노스를 만나러 그 농장을 찾아갔던 적이 있었다. 그와 함께 작은 침대에 누워, 새가 지저귀는 소리에 잠을 깨고, 그의 품에 안겨 졸린 눈을 깜빡이던 때가 있었다. 소박하고, 달콤하고, 잔인한 기억이었다. 그때를 생각하니 온몸이 움츠러들 정도로 아팠다. 서로에게 말하진 못했지만, 그녀는 그를 사랑했었다. 하지만 이제는 너무 늦었다.

그때의 풍경과 냄새와 감각은 모두 기억할 수 있었지만, 그녀가 그것들을 어떻게 *느꼈는지*는 기억할 수가 없었다. 그녀의 감정은 섬세하게 움직였지만, 그 범위는 아직 제한적인 것 같았다.

나타노스도 죽었을까? 만약 죽었다면… 그도 실바나스처럼 지성을 되찾을 수 있었을까? 아니면 적을 물리쳤을까? 빛에 대한 사랑이나 재치 있는 순발력 때문에, 혹은 그냥 운이 좋아서 살아남아 탈출할 수 있었던 사람 중 한 명이 되진 않았을까?

그렇게 생각해 봐도 그리 기분이 좋지는 않았다. 나타노스가 아직 살아있다면, 그 또한 그녀의 친구들처럼 실바나스를 끔찍한 괴물이라고 생각할 것이다. 로르테마르와 할두런이 했던 말만으로도 충분히 아팠기 때문에, 그녀는 자신과 그렇게 가까웠던 사람에게서 그와 같은 경멸을 경험하고 싶지가 않았다. 아직 살아있다고 들었던 동생 베리사에게도,

실바나스는 지금 이 순간, 모든 게 아무 상관도 없다는 걸 깨달았다. 연인도, 친구도, 가족도 필요 없었다. 아서스는 그녀의 목숨을 빼앗는 순간, 그 모든 것도 함께 빼앗아갔다. 언젠가 아서스에게 모든 빚을 갚은 후라면, 다시 그 문제에 관해 생각해볼 수도 있을 것이다.

그녀의 동족은 한때 태양과 아름다움을 사랑하는 우아하고 화려한 엘프들이었다. 실바나스는 그중에서도 가혹한 공포와 위험을 맛본 명민한 이들을 이끌기도 했었다.

이제 그녀는 다시 순찰자를, 그녀의 밴시들을 바라봤다. 그리고 기꺼이 왕의 목숨을 구하려 했던 그 작은 그림자를 생각했다. 아서스가 직접 죽였는지, 아니면 그자의 스컬지가 그랬는지는 몰라도, 어쨌든 그 아이는 그들에게 살해되었다. 아이의 유령이 아서스를 섬기는 일은 없어야 했다.

그리고 해답은 친절하다고 할 수 있을 만큼 조용하고 쉽게 찾아왔다.

옛 친구들이 그녀가 괴물이라고 생각한다고? 실바나스는 모두에게 진정한 괴물이 무엇인지 보여줄 것이다. 그녀는 정복하고, 지휘할 것이다.

악마들이 그녀를 이용하려 한다고? 그녀가 악마들을 이용할 것이다. 그녀의 밴시들이 통제하는 충분히 강인한 군대라면 그들을 하나씩 차례대로 제압할 수 있었다. 그리고 결국엔, 그들이 *그녀*를 섬길 것이다.

그녀의 백성은 그녀가 도착하기만을 기다렸지만, 스스로 그 사실을 깨닫지 못했다. 그들은 그 꼬마 그림자처럼 길을 잃고 당황한 상태였다. 그들은 이제 더는 스컬지가 아니었고, 무언가 다른 존재가 되어있었다. 과거의 그녀가 그랬듯, 그 이상의 존재가 되어있었다. 산 자들뿐 아니라 그들을 만들어 낸 진짜 괴물에게까지 버림받은 존재들. 그녀는 같은 증오를 공유하는 그들과 함께 군대를 만들어갈 것이다.

그들은 포세이큰이었다.

조만간 그들이 필요해질 것이고, 그때는 모두 그녀의 것이 되리라.

제 15 장

실바나스는 한때 로데론이었던 곳의 알현실에 서 있었다. 누르께한 빛이 때 묻은 채광창을 통해 스며들어, 그녀의 발치에 있는 커다란 인장에 희미한 빛을 드리웠다.

생전에 그녀는 얼라이언스 왕국과 그들의 문장과 인장, 색상을 모두 배웠다. 넓은 세상을 사랑했던 아버지가 그녀에게 가르쳐준 것들이었다. 로데론의 거대한 인장은 눈에 익었다. 하지만 그녀의 세계, 나아가 이 세계 자체가 베라스 윈드러너가 딸에게 색상과 기호에 대한 질문을 하던 때와는 너무 달라져 있었다. 호드가 나타나고, 아서스가 나타났으며, 모든 것이 부서졌다. 실바나스는 한때 그의 것이었던 도시를 점령하기 위해 필사적으로 싸웠고, 그때 이후로 점점 더 많은 스컬지가 자아를 되찾으면서, 실바나스는 이 전당에서 무슨 일이 있었는지 알게 되었다. 아서스는 칼을 단 한 번 휘둘러 국왕과 아버지를 살해하는 두 가지 죄악을 저질렀다. 몰락한 로데론의 문장에 담긴 뒤틀린 역설을 생각하며 실바나스는 희미한 미소를 지었다.

알현실 바닥은 여전히 테레나스 국왕의 피로 얼룩져 있었다. 그때의 악행을 목격했던 포세이큰 중 하나는 왕관에도 피가 묻었다고 말했다. 실바나스가 발나자르를 처치하고 승전군의 선두에 서서, 주눅이 든 바리마트라스를 끌고 알현실로 당당히 들어섰을 때, 왕관은 없었다. 하지만 그런 건 상관없었다. 그녀는 죽은 인간의 왕관을 찾거나 그의 왕좌에 앉으러 온 게 아니었다.

이 도시를 차지하러 온 것 역시 아니었다. 적어도 지금의 모습은 원치 않았다. 아서스의 소행 중 실바나스가 기꺼이 수용할 수 있는 유일한 것은 이 폐허 아래에 도시를 건설한 것뿐이었다. 언더시티는 한때 그 위쪽 도시의 시민이었지만, 이제는 달라져 버린 모습으로 도시를 되찾은 이들에게 더 없이 어울리는 곳이었다.

이제 이 세상에서 우리만의 길을 찾아야 한다, 공포의 군주여, 그녀는 바리마트라스에게 이렇게 말했다. *앞을 가로막는 자들은 모두 없애버리면서 말이지.*

생전에 나타노스는 실바나스가 인간의 도시를 좋아하지 않을 거라고 말했고, 그의 말은 옳았다. 그녀는 고향의 허례허식과 아름다움을 무척이나 싫어했지만, 그래도 그 세계와 그 생활 방식의 후예였다. 예전의 자신과 정반대의 모습으로 이렇게 존재한다는 것이 얼마나 뒤틀린 운명의 장난인가.

장난이 많았던 엘프 소녀는 살데릴의 파티에서 자기가 장난을 쳤던 소년들이 독에 중독됐다고 생각했다는 사실을 리라스에게 듣고는, 공포에 질려 얼굴이 창백해졌었다. 지금 실바나스는 치유에 사용하는 약품으로 살상의 도구를 만들었다. 그녀는 한때 생명을 구하기 위해, 산 자를 지키기 위해 싸웠지만, 지금은 일말의 고민도 없이 너무나도 많은 사람을 죽음의 어둠으로 내몰았다.

배신, 악마와의 동맹, 존재들의 자유 의지를 거부하는 일. 그녀는 지금 걷고 있는 길이 태어났을 때부터 필연적으로 결정되어 있던 것일지도 모른다고 생각했다. 망자들과 동맹을 맺고 산 자들과 맞서는 운명. 처음부터 그런 생각을 할 사람은 거의 없겠지만, 양쪽을 모두 경험한 실바나스에게 이제 확신할 수 있는 건 아무것도 없었다.

어머니는 그녀가 순찰대 사령관이 되는 걸 원치 않았다. 어머니의 기대는 언제나 큰 태양님 알레리아의 몫이었다. 이제는 떠나버린 알레리아, 기억과 푸른 보석이 담긴 펜던트만 동생에게 남겨준 알레리아. 실바나스가 도살자의 손에 쓰러졌을 때, 목숨과 함께 그 장신구도 잃어버렸다.

이제야 알레리아가 실바나스를 어떻게 버렸는지 씁쓸하도록 명확하게 실감할 수 있었다. 언니는 가족의 의무를 무시하고 동생에게 모든 뒤치다꺼리를 맡겼으며, 어머니의 분노와 실망감을 홀로 감내하게 했다. 리라스는… 실바나스가 그에게 바랐던 안전한 삶을 거부하며 죽어갔다. 그리고 그녀가 보았던 친구들, 삼인조의 나머지 두 명은 그녀를 그저 괴물이라고만 생각했다.

실바나스는 친척들과는 그리 가깝지 않았다. 그들 대부분, 아니, 사실상 전부가 호드가 윈드러너 마을을 공격했던 그 끔찍한 날에 발생한 대학살의 희생자였다. 베리사와 실바나스, 이제 남은 건 두 사람뿐이었다. 그 끔찍한 날 이후, 작은 달님 때문에 남동생이 죽었다는 사실이 초래한 냉랭한 관계도 오랜 시간을 거치며 다소 녹아내리긴 했지만, 두 사람 사이의 균열은 아직 모두 메워지지 않았다. 이제는 영원히 그럴 일이 없을 것이다.

혹시 가능할까?

우울한 기분이 갑작스럽게 치솟은 분노에 사라졌다. 실바나스는 베리사조차 지금의 모습을 보면 자신을 피할 거라고 확신했다. 그래서 뱀을 피하려는 말처럼, 버려질 때의 검붉은 고통에서 멀어지려 했다.

그녀는 이제 순찰대 사령관도, 큰 달님도, 자매도, 딸도 아니었다. 그런 모든 정체성이 영혼과 함께 뜯겨나갔다. 그리고 갑자기 다른 하나의 칭호가 멋대로 떠올랐다.

밴시 여왕.

그녀는 포세이큰을 구원했다. 그들을 만들어내고 형성했다. 그들의 도시와 자부심을 되돌려주었고, 의지를 북돋아주었다. 그들은 감사를 표하며 실바나스를 종교적으로 숭배했다. 그 사실이 실바나스를 그나마 위로해줬지만, 그래도 생각을 털어놓을 사람이 단 한 명도 없다는 사실의 아픔을 달래 주지는 않았다. 그녀는 바리마트라스를 믿지 않았고, 포세이큰은 그녀를 강인하고 자신감 있는 지도자로 봐야 할 필요가 있었다. 그녀는 그런 지도자가 될 것이다.

하지만 아서스를 처치하는 데 실패한 이후로 계속 머릿속에 떠오르는 존재가 있었다. 아니, 솔직히 말하면 그 전부터였다. 가족은 아니지만 친구 이상이었던 존재. 실바나스는 계속해서 나타노스 매리스에 대한 생각을 밀어냈지만, 그 생각은 끊임없이 저항하며 돌아왔다.

그가 그녀에게 돌아올 가능성이 조금이라도 있다면, 그는 그가 필요했다. 절대 떠나지 않을 사람, 명민한 재치와 탁월한 전략적 감각이 있는 사람. 그녀와… 거의 같은 활 솜씨를 지닌 사람. 사실, 평생 어떻게든 그녀를 실망시키지 않은 사람은 나타노스뿐이었다. 분명 그 사람이라면 언데드가 되어서도 막강하고 우직한 병사가 되었을 것이다.

"한때 난 너희에게 날 여기로 데려오라 말했었다." 실바나스가 큰 소리로 말했다. "이제는 내가 너희를 로데론으로 이끌어야 할 것 같구나."

"여기에서 모든 게 시작되었습니다." 기분 좋게 울려 퍼지는 낮은 목소리가 들려왔다. "왕이 죽었고, 백성이 태어났습니다. 저 또한 여길 찾아와 상념에 젖으니 기분이 좋군요."

실바나스가 돌아섰다. 상념에 빠져 누군가가 다가오는 것조차 몰랐다는 사실이 무척이나 언짢았다. 눈앞에 서 있는 포세이큰을 알아볼 수가 없었다. 사실, 그를 다른 사체와 구분할 수 있는 특징 자체가 얼마 남아있지 않았다. 언데드로 변화하는 과정이 그에게는 특히 더 잔혹했던 것 같았다. 그의 얼굴 자체가 거의 남아있지 않았다. 가슴 속에서 희미한 연민의 감정이 차올라, 실바나스는 방해를 받은 것에 대한 언짢은 감정을 억눌렀다.

"넌 누구냐?" 그녀가 물었다.

"퓨트리스라고 불러주십시오, 폐하."

실바나스는 그 묘한 이름을 굳이 곱씹어 보지 않았다. 포세이큰이 된 후에 독특한 이름과 새로운 신분을 통해 예전의 삶과 거리를 두려 하는 이들도 많았다. 퓨트리스도 그런 이들 중 하나가 분명했다.

"퓨트리스, 뭔가 이유가 있어서 날 찾아온 거겠지." 실바나스가 말을 이었다.

그는 고개를 끄덕였다. "바리마트라스는 제게 당신을 만나지 말라고 했지만, 그가 제 얘기를 들어주지 않아서 이렇게 왔습니다."

다른 때 그런 이야기를 들었다면 화를 냈을 것이다. 하지만 지금은 그녀도 모르게 감탄하는 마음이 들었다. 이 포세이큰은 엄청난 자신감을 보여줬다. 바리마트라스라면 오직 상당한 가치가 있는 이야기만 끝까지 들어주고, 또 때때로 그것을 실바나스에게 소개해주기도 한다는 생각이 떠올랐지만, 굳이 입 밖에 꺼내지 않았다. 대부분의 경우 그 악마의 생각이 옳았지만, 실바나스는 연민이라는 감정이 단지 상대에게 상냥함을 보여주는 것 외에도 유용한 결과를 도출할 수도 있다는 사실을 기억해 냈다.

"대담하군." 그녀가 말했다.

"제 신념 때문에 대담해질 수 있었습니다." 퓨트리스가 대답했다.

"말해봐라."

그는 뒤틀린 척추를 최대한 곧게 폈다. "제 머릿속에서 지워진 게 아주 많지만, 제가 가장 열정적이었던 분야는 여전히 기억하고 있습니다. 실험과 창조, 발견이지요." 그는 한쪽 부분이 열려 있는 두개골을 가리켰다. "여기엔 벌레도 아주 많지만, 뛰어난 생각과 엄청난 지식도 남아있습니다."

"무슨 지식이지?"

그는 잠시 말을 멈췄다. "죽음과 고통입니다."

실바나스는 눈살을 찌푸렸다. "내 고통을 상기시켜주려고 온 건가?"

"우리 *적들에게* 선사할 죽음과 고통입니다, 여왕 폐하. 적을 모두 제거하고, 고통받게 할 최선의 방법입니다!"

아서스, 그리고 그녀가 놓쳐버린 기회가 머릿속을 스쳤다. 마음에 드는 얘기였다. 그녀는 고개를 끄덕여 말을 계속하라고 했다.

"살아있을 때, 전… 아무것도 아니었습니다. 전 사랑하던 사람의 얼굴을 그리워하느라 시간을 낭비할 필요가 없습니다. 좋든 싫든, 기억할 가치가 있는 것이 아무것도 없기에, 기억이 남긴 그림자에 제 실력이 가려질 일도 없습니다."

부럽구나, 실바나스는 생각했다. 그녀는 미모에 대한 남모를 자만심이, 실력에 대한 자부심이, 자신의 선택에 대한 오만함과 자신감이 넘쳤다. 물론 지금도 어느 정도 그런 성품이 남아있었다. 하지만 지금에 이르러서 보면 그 모든 건 애당초 없는 편이 더 좋지 않았을까?

"이렇게 새로운 존재가 되면서, 저는 새로운 기회를 얻었습니다. 여왕 폐하, *당신이* 제게 새로운 기회를 주셨습니다. 지금 이 몸에 남은 육신은 썩어가며 악취를 풍기고 있지만, 복수와 지식에 대한 갈망만큼은 여전히 환하게 타오릅니다. 감사하는 마음으로 당신을 섬기고 싶습니다. 제게 열정을 쫓을 도구를 주시면, 여왕 폐하와 포세이큰을 섬기는 일에 최선을 다하겠습니다."

"내가 그걸 허락한다면, 네가 만들려 하는 것이 무엇이냐? 무슨 일을 하려는 것이냐?"

"눈에는 눈입니다, 여왕 폐하. 우리를 만들어낸 역병을 길들여, 우리의 무기로 사용할 수 있게 하겠습니다."

"혹시… 치료제를 말하는 것이냐?"

그런 것이 가능하기는 한 걸까? 짧은 순간, 실바나스는 상상의 나래를 펼쳤다. 베리사와 진정으로 화해하고, 삼인조의 나머지 두 명과 다시 하나가 되는 날을 떠올렸다. 나타노스와 함께하는 날, 그녀의 밴시들을 원래의 몸으로 되돌려 주는 날, 자아 없는 스컬지가 되어야 했던 이들을… 다시 온전한 존재로 만들어주는 날을.

"그렇게 배은망덕한 짓은 할 수 없습니다!" 퓨트리스는 불쾌한 표정을 지었다. 얼굴에 남아있는 부분이 거의 없다는 걸 생각하면, 대단하다고도 할 수 있는 일이었다.

그의 말에 그녀가 한순간 품었던 어리석은 희망이 산산히 조각났다. 실바나스는 언데드가 된 자신을 믿어줄 만한 신념이 없는 이들에게 '받아들여질 만한' 존재가 되고 싶지는 않았다. 그녀가 언데드이든 산 자로 복원되든, 그들과는 어울리지 않았다. 실바나스는 그런 희망을 품지 않으리라 다짐했다. 지금 이대로의 모습이, 또 앞으로 변해갈 모습이 바로 그녀 자신이었다.

"그렇겠지." 그녀는 말했다. "그렇다면 무기인가?"

그는 고개를 끄덕였다. "네. 물론 아주 조심해서 취급해야 합니다. 그리고 수많은 시험을 거쳐야 합니다. 산 자들에게 시험해봐야 할 것 같습니다."

실바나스는 돌진해오는 곰에게 독을 바른 화살을 쐈던 기억을 떠올렸다. 상처나무와 다른 어둠의 독소와의 정확한 균형을 맞추기 위해 거쳐야 했던 시험들을 떠올렸다. 그녀가 살아있는 짐승을 이용한 실험을 했던 것 또한 그녀의 감정 중에서 가장 뜨겁고, 역설적이게도, 가장 *생기 넘치*는 것을 충족시키기 위한 것이었다. 그 감정은 바로 끝없는 복수에 대한 갈망이었다. 그건 그녀가 부정할 수 없는 진실이었지만, 언제나 마음 편히 받아들일 수 있는 건 아니었다.

하지만 벌레가 우글거리는 두뇌를 번득이며 자신의 '열정'에 대해 낮은 목소리로 즐겁게 이야기하는 이 포세이큰의 말이 옳았다. 한편으로 포세이큰은 살아있는 자들보다 강했고, 다른 한편으로는 여전히 취약했다. 특히 일반 시민들은 더더욱 그랬다.

아서스에 대한 생각이 그녀의 머릿속을 떠나는 일은 거의 없었고, 지금도 미소를 짓는 그의 창백한 얼굴이 떠올랐다. 바리마트라스는 독을 바른 리리사의 화살을 이용한 공격이 실패로 돌아간 후, 아서스가 노스렌드의 얼음왕관 성채로 달아났다고 말했다. 그곳에서 그는 리치 왕과 하나가 되어, 이제는 그 성채의 이름이 유래된 반투명 물질에 둘러싸인 채 왕좌에 앉아있다고 했다.

이제 실바나스는 그를 처치할 수 있을 만큼 강한 군대와 함께 그를 찾아가기만 하면 됐다.

실바나스는 결정을 내렸다. 자신의 백성을 포용하고 맹렬히 지킬 것이다. 그리고 위태로운 감정이 허락하는 한 최선을 다해 보살필 것이다. 그들에게 이런 짓을 한 원흉과, 그들이 막을 수 없었던 운명 때문에 그들을 외면한 자들 모두에게 복수할 수 있도록, 모두를 이끌고 공통의 적에게 나아갈 것이다.

"그래." 실바나스는 말했다. "산 자들은 우리를 혐오한다. 우리에게 영구적인 죽음을 선사하는 게 오히려 자비로운 일이라고 생각하는 자들도 있지. 그러나 우리의 가장 큰 적은 바로 아서스 메네실과 스컬지다."

"하지만… 언데드로서의 삶은 축복입니다." 그가 입을 열었다.

그러나 실바나스가 말을 잘랐다. "축복이든 저주든, 그게 *현실이다.* 그리고 스컬지가 되는 건 축복이라 할 수조차 없어. 네가 뭘 하려는 건지는 모르겠지만, 스컬지와 그들을 만들어낸 괴물을 저지할 방법을 찾아내는 것도 포함되어야 한다."

실바나스는 지금 퓨트리스에게 실험을 허락한 무기가 향후 많은 이들의 반발을 초래할 것임을 이미 알고 있었다. 스컬지와 산 자들을 모두 죽일 수 있는 무기라면 포세이큰에게도 위협이 될 수 있었다. "지금 이 순간부터, 내가 허락한 이 과업에 대한 이야기는 절대로 입에 올리지 마라. 우리만큼 지혜롭고 앞을 내다볼 줄 아는 자는 별로 없으니까. 자기들이 이해하지 못 하는 일이라면 오히려 두려워할 것이다."

그의 머리가 위아래로 흔들렸다.

"우리의 진정한 적에게 이 무기를 사용할 기회는 단 한 번밖에 없을지도 모른다. 그런 만큼 기회가 온다면, 절대 실패해서는 안 된다. 아서스는 반드시 죽어야 한다…. 그리고 그자를 처치하는 건 포세이큰의 몫이다."

"분부대로 따르겠습니다, 여왕이시여."

좋아.

"바리마트라스에게 가라. 그에게 지금 있었던 대화를 전해라. 그리고 이… 무기를 만드는 데 필요한 거라면 무엇이든, 아니, 누구든 사용해도 좋다고 내가 허락했다 말해라. 너는 이제부터 나의 대연금술사다."

"당신은 아무것도 아니던 저를 꿈조차 꿀 수 없던 자리에 앉혀주셨습니다. 지금 바로 가겠습니다. 감사합니다."

포세이큰의 구원자를 자처한 미치광이 퓨트리스는 깊이 고개 숙여 인사한 후 그녀의 곁을 떠났다.

그와의 대화는 실바나스를 동요시키는 동시에 차분하게 했다. 그녀 또한 퓨트리스처럼 지금의 모습에 대해 수치심을 느끼는 걸 거부하고, 이전으로 돌아가고자 하는 터무니없는 욕망을 버릴 생각이었다.

그런 대화를 마치고, 한때 어마어마한 힘의 권좌였지만 아무것도 남지 않은 폐허로 변해버린 이곳에 대한 상념에 잠겨있다 보니, 실바나스의 마음속에 무언가 자리 잡았다.

산 자들에게는 위로도, 용서도, 연민도 받지 않을 것이다. 그녀의 유일한 아군은 동족인 포세이큰뿐이다. 하지만 실바나스는 혼자이고 싶지 않았다. 아서스를 쓰러뜨리려면 용사가 곁에 있어야 했다.

그렇다면, 이제 그녀는 나타노스 매리스가 살아있지 않기를 바라야 했다.

* * *

일주일 뒤, 동부 역병지대를 샅샅이 수색하고 돌아온 실바나스는 분노와 좌절감을 느꼈다. 그 지역은 여전히 황폐하고 아무것도 없는 모습 그대로였다. 나타노스의 농장에도 살아있거나, 죽어있거나, 아니면 그사이 어딘가에 있을 그의 흔적은 눈에 띄지 않았다. 그는 온전한 정신을 되찾지 못해서 산 자와 언데드 모두가 혐오하는 존재가 되어있거나, 반대로 어딘가 다른 곳에서 얼라이언스와 함께 싸우며 역병을 피한 모양이었다.

실바나스가 상념에 잠겨 왕실로 향하고 있을 때, 누군가 그녀를 불렀다.

"여왕이시여! 알려드릴 소식이 있습니다." 순찰대원 클리아였다. 실바나스는 걸음을 멈추고 돌아서서 클리아가 다가오기를 기다렸다. 어둠 순찰자의 표정을 보니 좋은 소식은 아닌 것 같았다.

"말해라, 클리아."

"나타노스를 농장 인근에서 발견했습니다. 유감이지만… 그는 스컬지가 되었습니다."

갑작스러운 기억의 홍수가 실바나스를 덮쳐왔다. 궁술 대결. 첫 번째 입맞춤. 끊임없이 서로를 놀려대다가도, 결국엔 고통으로 가득한 세상의 문을 걸어 잠그고 잠깐이나마 둘만의 작은 세상을 만들었던 시간.

그 기억이 너무나도 강렬한 감정을 불러일으켰다. 그토록 유쾌한 재치와 독특한 지혜를 자랑하던 그가 이제 자의식을 잃은 괴물이 되어버렸다는 공포. 또 한 번 그녀의 삶에서 소중했던 무언가를 타락시켜버린 아서스에 대한 증오.

그리고 실바나스는 뒤늦게 누락된 감정을 떠올렸다. 갈망. 열정. 그녀에게 의미있던 존재를 잃었다는 슬픔.

사랑.

생전에도 그녀의 감정은 혼란스러웠던 만큼, 언데드의 삶을 견뎌내야 하는 지금 그런 애정이 존재하지 않는다는 건 그리 놀랄 일이 아니었다. 하지만 다른 감정들은… 그런 감정을 느꼈던 기억은 남아있었지만, 그게 돌아오지는 않았다. 한때나마 있었던 감정의 흔적만 남아있을 뿐이었다.

결정을 내려야 했다.

나타노스가 정말로 죽었다면, 그녀도 이제는 그를 보내줄 수밖에 없었다. 설사 그가 살아있다고 해도, 그가 언데드든… 스컬지든… 실바나스에겐 아무 의미도 없었다.

배신, 실망, 상처가 그녀의 언데드로서의 삶에 끊임없이 계속되었다. 불필요하게 그런 아픔을 다시 겪지 않는 게 현명한 처사일 것이다. 나타노스는 포세이큰이 아니었다. 그녀가 그를 찾아간다면, 그건 그의 목숨을 끊기 위해서였다.

사실 당연한 일이었다. 이 소식은 무시해야 했다. 상대가 누구든, 그저 날뛰는 야수처럼 죽여버리기 위해 굳이 찾아갈 이유는 없었다.

하지만 내가 그의 마음에 닿을 수 있다면 어떨까?

그녀가 아는 한 그런 건 애초에 불가능한 일이었다. 언데드는 그녀나 순찰대원들처럼 의지와 감각을 되찾지 못하면, 그저 정처 없이 걸음을 옮기며 눈앞의 상대를 도살하는 괴물로 남을 뿐이었다. 다른 운명은 없었다.

내가 그를 되살릴 수 있다면?

실바나스는 갑자기 자기 자신에게 화가 났다. 가능하지 않은 일을 바라는 건 어리석은 짓이었다. 나타노스는 사라졌다. 그녀가 사랑했던 사람들이 다들 각기 고유한 아픔을 남기고 떠나간 것처럼, 그는 이제 존재하지 않았다.

그러나 뭔가 다른 것이 놀랄 만한 힘으로 그런 단정에 저항했다. 지금 가진 그 무엇보다 더 깊은 관계에 대한 욕구…. 그리고 그 모든 고통과 약점을 무릅쓰고라도 다시 한번 진짜 *감정*을 느끼고 싶다는 욕망이었다.

나타노스는 고집스러웠다. 거의 그녀만큼이나 고집스러웠다. 그라면 되살릴 수 있을 것이다. 그리고 실바나스 윈드러너라면 아무리 불가능한 과업이라도 해낼 수 있을 것이다.

"고맙다, 클리아."

"희망하시던 결과가 아니라는 건 알고 있습니다."

희망. 이 세상에서 가장 비논리적이고, 기만적이고, 위험한 것. 실바나스는 자신의 계획이 '희망'이라는 생각을 거부했다. 그건 아주 단순한 논리였다. 생전의 그녀는 언제나 나타노스가 곁에 있을 때 최고의 실력을 발휘했다. 언데드인 지금도 마찬가지일 것이다. 나타노스는 그 누구보다 충직하게 그녀의 곁에 서고, 두 사람은 서로를 파괴한 괴물을 함께 파괴할 것이다.

그러면 만에 하나, 아서스가 두 사람 사이에 오갔던 것까지 모두 파괴하지는 못했다는 사실을 깨닫게 될지도 모른다.

"상관없다." 그녀는 클리아에게 말했다.

"원하신다면, 저희가 처리할 수—"

"아니. 안야를 찾아라. 그리고 비행 조련사 앞에서 만나자. 매리스 농장으로 가서 해야 할 일을 하자."

나는 내 용사와 함께 돌아오겠다.

제 16 장

생전에 가축을 사육하던 사람 중 일부가 이 지역에 서식하는 커다란 박쥐를 훈련해 명령에 따르게 했다. 실바나스가 박쥐의 등에 올라타자, 야수는 끽끽 소리를 내며 열정적으로 날개를 펄럭였다. 막으로 이루어진 날개가 펄럭이는 모습을 보니 용매를 타던 때가 떠올랐다. 그녀는 생각이 그쪽 방향으로 너무 멀리 흘러가지 못하게 잠시 멈췄다. 그 끝에는 고통스러운 기억만 남아있었다.

그녀와 안야, 클리아는 언더시티의 하수도를 통과하여 티리스팔 숲의 어슴푸레한 빛 속으로 들어섰고, 그대로 서쪽의 역병지대를 향해 날아갔다. 지면은 대부분 언데드로 구성된 잿빛 장막으로 뒤덮여있었지만, 군데군데 신록의 흔적이 남아있었다. 아래쪽으로 조금씩 드러나는 땅은 바싹 말라 죽어있었고, 수풀과 나무와 대부분의 짐승들이 역병에 희생된 상태였다. 살아남은 것들은 모두 변해있었다. 역병박쥐와 개를 닮은 생물들이 아래쪽에 배회하고 있었지만, 한때 인간이었던 자들은 흔적도 없었다. 갑작스레 기억이 깜빡였다. 잊어야 한다는 실바나스의 바람에도, 그 기억은 꿋꿋이 되살아났다. 용매를 탄 나타노스와 그 뒤를 바싹 따라가던 자신의 모습. 두 사람은 리리사와 베라스 윈드러너의 죽음을 조사하고 있었고, 나타노스는 동쪽 숲 깊은 곳으로 들어가면 추가 정보를 찾을 수 있을 거라고 했다. 그때의 그곳은 푸르렀다. 포근하고 편안했다. 초록색과 황금색 들판이 정갈한 사각형을 그리며 뻗어 나가고, 그중 일부에는 복슬복슬한 하얀색 양들이 군데군데 어슬렁거리고 있었다. 그 모든 건 이제 사라졌다. 아서스의 손길은 정말 멀리까지 미쳤다.

실바나스는 자신의 용사를 알아보지도 못하는 건 아닐까 생각했다. 하지만 그럴 리가 없었다. 클리아도 분명히 그를 알아보았다.

그리고… 매리스 농장의 윤곽이 서서히 드러났다.

전에는 매리스 농장이 그렇게 외딴곳에 있다는 사실이 반가웠다. 그 농장은 평온한 초원으로, 농가를 둘러싼 드넓은 들판이 사방으로 뻗어나갔다. 그녀와 나타노스는 괜한 소문과 수근거림에 대한 걱정 없이 그곳에서 만날 수 있었다. 그의 사촌 동생은… 이름이 뭐였더라…. 그래, 스테판. 그 동생도 여기에서 살았지만, 그녀가 나타노스와 함께 보내는 시간을 방해한 건 단 한 번뿐이었다. 두 눈이 초롱초롱하고 온몸에 생기가 넘치던 꼬마 스테판은 열정적으로 성기사가 되고 싶다는 이야기를 꺼내곤 했다.

스테판은 살아남았을까? 꿈을 이루었을까? 스컬지가 되었을까? 상관없었다. 실바나스에게 중요한 건 나타노스뿐이었다.

그녀와 두 순찰대원은 조금 떨어진 곳에서 착륙한 후 농장으로 다가갔다. 한때 아늑했던 농가는 주변 지역과 마찬가지로 엉망진창이 되어있었고, 어둡고 부서진 채 버려져 이제는 아무도 살지 않는 듯했다. 경계심을 늦추지 않고, 그들은 안으로 들어섰다. 가구는 모두 사라졌고, 창문은 깨지거나 판자로 막혀있었다. 그녀의 장화가 두껍게 쌓인 먼지 위에 발자국을 냈다. 나타노스가 이 지역에 남아있다면, 꽤 오랫동안 집으로 돌아오지 않은 게 분명했다. 어쩌면… 단 한 번도 여길 찾아오지 못했는지도 몰랐다.

"클리아." 실바나스가 말했다. "그게 정말로—"

그때 발톱으로 바닥을 긁는 소리와 낮게 으르렁거리는 소리가 들렸다. 그녀가 돌아서자마자 커다랗게 벌린 주둥이에서 맹독성 침을 뚝뚝 떨어뜨리며 거대한 사냥개가 달려들었다. 실바나스는 몸을 피하며 활로 공격을 막았다. 사냥개는 어색한 동작으로 착지한 후, 버둥거리며 일어서서는 정신이 없는지 머리를 흔들어댔다. 너무 가까워서 활을 쏠 수는 없었기에, 실바나스는 화살을 들고 그대로 야수의 목덜미에 꽂아 넣어 으르렁거리는 소리를 잠재웠다.

안야와 클리아도 공격받았지만, 역병사냥개 정도는 손쉽게 처리할 수 있었다. 하지만 묘하게 메아리치는 소리로 짖어대며 다른 사냥개들이 몰려드는 중이었다. 실바나스는 화가 나고 초조한 마음에 직접 공격에 나섰다.

전투는 금새 끝났고, 세 명은 꿈틀거리는 사체에서 화살을 회수했다. "여왕님, 아까 물어보신 말씀에 대답해 드리자면," 클리아는 말했다. "네, 나타노스였다고 확신합니다."

"그렇다면 어서 그를 찾아내자. 그리고," 실바나스는 그들에게 경고했다. "그에게 특별히 준비해온 화살을 사용하는 것을 잊지 마라. 너희가 화살을 잘못 고르기라도 한다면, 나도 쉽게 용서해주지 않을 것이다."

언덕 아래로 펼쳐진 옛 농지를 빠르게 훑어보자, 군데군데에서 아무런 의미 없이 휘청거리고 비틀거리는 스컬지 무리가 보였다. 여기부터는 실바나스조차 그들의 얼굴을, 특히 썩어가는 얼굴을 구분할 수가 없었다. *하나씩 모두 처리해야지,* 실바나스는 생각했다. *언제든 스컬지를 처치하는 건 헛된 일이 아니니까.*

실바나스는 스컬지가 모여있는 곳을 손으로 가리켰고, 이내 셋은 언덕을 내려가기 시작했다. 한때 인간이었던 생물들은 완전한 침묵에 잠겨 다가가는 그들에게 눈길조차 주지 않았다. 그들 중에 나타노스는 없었다. 그녀는 고개를 가로저었고, 순찰대원들은 고개를 끄덕인 후 화살을 시위에 걸고 발사했다.

그렇게 여러 무리를 조사해 봐도 어기적거리는 언데드밖에 찾아낼 수 없었고, 결국에는 의심스러운 마음이 스멀스멀 커졌다. *아니,* 그녀는 생각했다. *아무리 오랜 시간이 걸리더라도, 반드시 그를 찾아내겠어.*

세 사람이 해친 스컬지의 수를 더는 헤아릴 수 없을 때가 되었을 때쯤, 한 여인의 고통과 공포에 질린 비명이 그녀의 주의를 끌었다. 스컬지 중 하나가 누군가를 살해했다. 그러자 비명은 즉시 멈췄고 스컬지는 그 따뜻한 육신을 마구 뜯어먹기 시작했다. 잠시 후, 그 스컬지가 자리에서 일어나 돌처럼 뻣뻣하게 굳었다. 실바나스도 그의 얼굴을 똑똑히 볼 수 있었다.

나타노스.

그녀가 걱정했던 것보다 상태는 훨씬, 훨씬 더 심각했다. 그가 이제는 돌이킬 수 없게 부서져버렸다고 클리아가 생각했던 것도 이상하지 않았다. 아주 짧은 순간, 실바나스는 그를 보내줘야 할 것 같다는 생각이 들었다. 어쩌면 생전에 사랑이 가득한 손길로 그를 어루만지던 사람이 그에게 죽음의 자비를 선사해야 마땅한 건지도 몰랐다.

아니, 안 돼. 실바나스에게는 나타노스가 필요했다. 그는 그녀의 용사였고, 그녀는 그의 여군주였다. 호드와 아서스 메네실, 리치 왕 때문에 실바나스는 지금껏 사랑했던 모든 것, 그녀에게 의미 있었던 모든 것을 빼앗겨버렸다. 나타노스까지 그럴 수는 없었다.

내가 널 되살려주겠어.

그녀와 클리아, 안야는 조용히 앞으로 다가갔고, 살해당한 여자는 스컬지로 되살아나 나타노스를 바라봤다.

실바나스는 그 순간을 놓치지 않았다. 그녀가 주먹을 아래로 내렸고, 다른 두 순찰대원은 화살을 발사하여 새롭게 탄생한 스컬지를 쓰러뜨렸다. 언데드로서 그 여인의 삶은 단 몇 초 지속되었을 뿐이었다. 구부정하고 피투성이가 된 모습의 나타노스는, 원래도 잘생겼다고 하기는 힘들었지만 이제는 완전히 엉망진창이 된 얼굴로 그들을 노려보며 달려들었다.

"다리를 쏴라!" 실바나스는 외쳤다.

쏟아지는 화살이 그의 허벅지와 정강이에 맞았고, 나타노스는 비틀거리며 쓰러졌다. 바로 이때를 위해 준비한, 화살촉을 작은 금속 구체로 바꾼 화살이었다. 그를 해치지는 않으면서도 공격을 저지할 수 있는 효과적인 도구였다.

"나타노스!" 실바나스는 실버문에서 그토록 많은 어린아이와 선한 사람들, 예술가를 살해한 밴시의 힘을 담은 목소리로 그의 이름을 소리쳐 불렀다. 밴시의 힘이 주위를 가득 채웠다.

그는 가만히 누워있었다. 그녀의 안에서 희망이 피어났다…. 이렇게 쉽게 끝나는 걸까?

그리고 그는 힘겹게 으르렁거리며 일어서려고 버둥거렸다.

실바나스는 다시 그의 이름을 외쳤다. *기억해라. 너 자신을 기억해라.* 나를 *기억해라.* 그를 세 번째로 부를 때는 그녀의 고통이 피처럼 흘러 메아리치는 목소리에 스며들었고, 어느덧 그녀의 목소리 또한 나타노스처럼 갈라지기 시작했다.

그녀는 두건을 벗었다. 그가 그녀를 볼 수 있다면 혹시….

그의 두 눈에서 노란색 불꽃이 반짝였다. 그는 끔찍하게 부글거리는 소리를 냈고, 그러다 뭔가가 안에서 제자리를 찾아 들어갔는지, 말하는 방법을 찾아냈다.

"시, 실바나스?"

둘의 눈이 마주쳤고, 그러자 그는 고개를 숙이며 손을 들어 얼굴을 감췄다. 그녀에게 자기 얼굴을 보여주고 싶지 않은 듯했다. 낮고 희미한 신음 소리가 들려왔지만, 실바나스는 마음이 아플 새도 없이 극심한 분노를 느꼈다.

오, 아서스, 도살자여, 넌 이 대가를 치를 것이다. 아주 천천히 죽여 주마.

나중에, 실바나스는 자기가 무슨 말을 했는지 제대로 기억하지도 못했다. 그저 그녀는 그의 수치심을 도려냈고, 그가 누구였는지, 여전히 자신에게 어떤 존재가 될 수 있는지 상기시켰다. 죽음도 그들을 막을 수는 없었다. 마침내, 그가 자리에서 일어나 그에게 다가왔다.

"제 나날은 모두 당신 것입니다, 어둠의 여왕이시여."

하지만 탈것이 기다리는 곳으로 돌아가다가, 나타노스는 제자리에 얼어붙었다. 그러고는 으르렁거렸다. 자의식 없는 스컬지의 야성적인 소리가 아니라, 짜증스러운 마음의 발현이었다. 그는 주위를 두리번거렸다. 자기 농장이 불과 몇 미터 떨어진 곳에 있었는데도, 자기가 누구인지 생각하지 못하고 있는 듯했다.

안야와 클리아가 시선을 교환했다. "돌아가라." 실바나스는 그들에게 말했다. "나중에 따라가겠다. 어서 가라."

그녀는 비록 고통스럽더라도 빠른 해결책이 있기를 바랐다. 한때 나타노스는 자기가… *살아남았다*는 사실을 이해했었다. 아니, 그보다는 오히려 *견뎌냈다*는 게 더 정확할 것이다…. 그는 그녀가 당당히 백성들에게 돌아갈 때 함께할 준비가 되어있어야 했다.

하지만 그렇지 않았다.

실바나스는 마음을 다잡았다. 나타노스는 전에도 그녀에게 돌아왔었다. 이번에는 그녀가 그를 돌아오게 해줄 것이다.

한편으로는, 아서스가 나타노스에게 한 짓은 지금껏 그 죽음의 기사가 실바나스에게 가한 그 어떤 고문보다 더 고통스러웠다. 그녀는 강했다. 싸우고, 할퀴고, 동족 수만 명은 끝까지 회복하지 못했던 자아를 거센 *의지를 통해* 되찾았다. 실바나스는 언제나 스스로 자신에게 돌아올 길을 찾을 수 있다고 확신했다. 하지만 생전의 그녀는 때때로 다른 사람의 도움을 받았다. 생전의 나타노스를 알고 있던 사람이라고 해도, 그가 그녀에게 보여준 모습처럼 상냥한 사람이라고 생각하는 이는 많지 않을 것이다. 이제 아서스에 의해 그녀에게 필요했던 도움의 손길은 끊어지고 말았다. 그래도 나타노스는 가장 어두웠던 절망의 순간에도 그녀의 곁에 남아주었고, 그래서 실바나스도 그의 곁에 남아주겠다고 결심했다.

* * *

시간이 흘렀다. 나타노스의 파편이 그가 조금씩 내뱉는 말과 목소리에 돌아오기 시작했다. 하지만 그러다가도 마치 썰물처럼, 기억이 머릿속을 빠져나가곤 했다.

그녀는 두 사람이 함께 했던 모든 일을, 두 사람이 서로에게 어떤 존재였는지를 모두 이야기해주었다.

정신이 온전하게 유지되는 시간이 조금씩 길어지기 시작했다. 그건 분명히 반가운 징조였지만, 그녀의 분노에 찬 좌절감 또한 점점 더 커졌다. 어느새 어떻게 감당해야 할지 알 수 없는 기이한 공허함이 그녀의 가슴을 채우고 있었다.

어느 날… 사흘째인지, 열사흘째인지, 아니면 서른 날째인지 알 수 없었던 그 날, 사격과 사냥, 날아가는 화살에 대해 이야기하던 도중에 그의 타오르는 시선이 그녀의 활로 향했다.

"이걸 원하나?" 실바나스가 물었다.

나타노스가 고개를 끄덕였다. 그녀는 그의 왼손을 끌어다가 활의 손잡이를 감싸 주었다. 그의 해진 가죽 장갑을 뚫고 뼈가 튀어나와 있었다. 처음에는 가만히만 있던 그의 손가락이 서서히 활을 붙잡았다. 그는 구부정하고 불안한 자세로 자리에서 일어났고, 활을 정자세로 들어 올렸다. 그가 오른손을 들어 시위를 만지고, 손가락 사이에 줄을 끼운 후 당겨 남아있는 턱에 가져다 댔다. 그는 당긴 시위를 그대로 놓지 않고, 다시 느슨하게 풀어준 후 그녀에게 돌아서 한 손을 내밀었다.

그녀가 화살통을 건넸고, 그는 그 화살통을 구부정한 등에 멨다. 나타노스는 뼈가 다 드러난 손가락을 서툴게 놀리면서도 화살을 제대로 시위에 걸었다. 그는 그녀를 흘긋 보았다. 눈은 노랗게 빛났지만 분명히 그녀를 보고 있었다. 실바나스는 지금껏 가장 성공적이라 말할 수 있는 시간을 망쳐 놓으려

하는 광기에 대비하여 마음을 다잡았다.

그는 다시 고개를 돌리고, 자기가 예전에 살던 집의 옆면을 조준한 후 시위를 놓았다.

화살이 쿵, 오래된 나무에 박혔다.

그가 활을 쏘는 모습을 보며, 승리의 기쁨에 그녀는 가슴이 벅찼다. 처음의 화살 몇 발은 여기저기 흩어졌지만, 시위를 놓을 때마다 그의 조준은 정확해져 갔다. 마지막에는 화살이 모두 한곳에 모여 화살 사이에 손가락 하나 들어가지 않을 정도였다.

그는 천천히 활을 내리고, 한참 동안 그녀를 바라봤다. 그의 눈에 타오르던 불꽃이 깜빡였다.

"그게 최선인가?" 이번에야말로 그가 예전의 모습을 되찾아주기를 감히 바라면서도, 애써 대수롭지 않은 목소리로 그녀가 물었다.

"제가 전력을 다하는 모습을 볼 수 있는 사람은 많지 않습니다." 그가 말했다.

그토록 많은 기억이 사라졌는데 그 순간만큼은 남아있다니, 정말 이상한 일이었다.

그건 예상치 못한 선물이었고, 실바나스는 기꺼이 그 선물을 받아들였다.

* * *

나타노스는 무슨 일이 있었던 건지는 하나도 기억하지 못했고, 그저 어슬렁거리며 자신을 공격하는 사체들에게 화살통의 화살을 모두 비워낸 후 결국 사체에 뒤덮여 쓰러졌다고 말했다.

"그 생물들은 스컬지였다." 실바나스는 말했다. "너도 한동안 그런 상태였지. 하지만 이젠 아니다."

"모두 당신 덕분입니다." 그가 조용한 목소리로 말했다. "스컬지. 네…. 기억납니다. 그런 얘기를 들었지만… 그땐 믿기가 힘들었습니다. 당신, 그리고 난—"

"우리 의지는 강하다. 우리 정신은 우리 것이야. 우리는 포세이큰이다."

"혹시… 절 되살리는 게 오래 걸렸습니까?"

실바나스는 그가 제정신을 차리려는 듯하다가 다시 망각의 구렁텅이로 떨어지고 말았던 수많은 날을 생각했다. 그럴 때마다 얼마나 자신과 싸웠던가. 늘 당장이라도 그의 곁을 떠나려 하다가, 결국엔 돌아와 다시 시도하곤 했었다.

"아니," 거짓말이 어렵지 않아 그녀는 미소를 지었다. "그렇지 않았어. 넌 내 용사니까."

"당신에게 실망을 안기는 일은 생각하기도 싫습니다." 그는 안심한 목소리로 말했다.

"나타노스…. 우리에 관해 기억하고 있는 걸 말해봐라." 그녀가 말했다. 그는 천천히 입을 열었다. 그들은 아서스 이후 남겨진 자신들의 이야기 파편을 하나씩 맞췄다. 나타노스는 두 사람의 관계가 얼마나 치열하고, 열정적이고, 때로는 폭풍처럼 격렬했는지 떠올렸다. 실바나스는 그가 모든 사람에게 거칠었지만, 자신에게만은 상냥했다고 말했다. 그들은 해넘이 봉우리를 함께 올라가던 일과 실바나스가 생각하는 아름다움의 기준에 대해 이야기했다.

"뭐," 나타노스는 태연한 목소리로 말했다. "전 그 어느 때보다 못생긴 얼굴이 되었으니, 당신에게는 더 매력적으로 보이겠군요." 그의 특기라고 할 수 있는 비꼬는 말투였고, 실바나스는 그가 재치를 되찾은 것이 반가웠다. 하지만 그때 나타노스의 손이 자신의 턱으로 향했고, 그는 입을 다물었다. 해넘이 봉우리 꼭대기에서의 순간은 이제 기억으로만 남아, 영원히 돌아오지 않을 것이다.

한순간, 실바나스는 그 상실감을 도저히 감당할 수 없었다. 그녀는 나타노스에 대한 사랑을 기억했지만, 그 감정을 느낄 수는 없었다. 그녀는 기쁨을 기억했지만, 그걸 경험할 수는 없었다. 갑자기 분노와 결의가 치솟아 우울한 기분을 쫓아냈다.

"너는 여전히 내 용사다." 실바나스는 강인한 목소리로 말했다. "너는 그 어느 때보다 강해졌다. 네 생각보다 훨씬 더 강할 수도 있어. 나는 *절대로* 육신의 상태가 우리를 지배하게 두지 않겠다. 우린 *반드시* 예전의 우리로 되돌아갈 것이다. 내가 *기필코* 그렇게 하겠다."

"그런 일을 할 수 있는 건," 나타노스가 말했다. "당신뿐입니다, 여왕님."

그녀는 하려 했던 일을 끝마쳤다. 나타노스를 되찾았고, 이제 그녀의 용사는 그녀와 어깨를 나란히 하고 섰다. 모든 것이 가능하다고 느껴졌다.

아서스와 그의 하수인들은 상대도 되지 않을 것이다.

막간

“물론 나도 아서스 메네실에 대한 이야기는 익히 들었다.” 그녀가 이야기를 마치자 안두인이 말했다. “아니, 사실 언젠가 만난 적도 있다고 들었다. 우리 아버지는 아서스를 어릴 적부터 알고 있었고, 내가 아직 아기였을 때 그가 스톰윈드에 온 적이 있다고 했지. 아버지는… 그 모든 일이 일어났을 때 큰 충격을 받았다고 말씀하셨다. 그 아서스는, 그 죽음의 기사는 테레나스 국왕이 스톰윈드로 피신했을 때 우리 아버지의 친구가 되었던 소년이 아니야.”

실바나스는 한쪽 눈썹을 추켜세우며 심드렁하게 말했다. “사람은 변한다.”

“그래,” 안두인이 말했다. “그렇지.” 그의 푸른 눈이 차분하게 그녀의 눈을 들여다봤다.

“우리 중에는 변화가 강요된 이들도 있다.” 그녀는 말했다. “난 지금의 내가 되기를 바라지 않았어. 그건 분명히 말했던 것 같은데.”

“충분하고도 남게 말했지. 네 말이 옳아. 내 삶에서도 내가 원했던 변화는 별로 없으니까. 하지만 실바나스…. 우리는 적응하는 법을 배울 수 있다. 받아들이는 법을.”

그녀 안에서 분노가 번득였다. “내가 어떻게 했으면 좋았을까? 실체 없는 밴시인 것에 만족하면서, 그 미치광이가 내게 요구한 것을 절대적으로 받아들였어야 할까?"

"그런 말이 아니야! 하지만 우리 중에는 아무리 부당한 일이라도 대학살을 일으키지 않고 수용할 수 있는 이들도 있다. 자유 의지에 관해 열변을 토하는 걸 보니, 네 행동은 모두 네 의지에 의한 것이라 생각해야 할 것 같은데. 끝내 폭력과 잔혹성과 전쟁을 선택한 건 바로 너 자신이라고."

"몇 번이나 설명해야 하지?" 그녀는 쏘아붙였다. "우리에게 자유 의지 따위는 없었어!"

그는 웃음기 없이, 오히려 화를 내는 듯 웃었다. 평소답지 않게 미간을 잔뜩 찌푸린 표정이 자기 아버지를 많이 닮아 있었다. "적어도 네가 한 일에 대한 책임은 져야지!"

"쿠엘탈라스의 관문에서 무슨 일이 있었는지 듣지 못했나?"

그녀는 거의 소리치다시피 했다. 그녀가 그날의 일에 대해 이야기하는 경우는 거의 없었다. 특히나 깊이 신뢰하지 않는 상대에게 말하는 일은 절대 없었고, 그러다 보니 지금까지 그때의 일을 들은 건 나타노스뿐이었다. 한편으로는 퇴짜를 맞은 기분이었다. 자신의 약점까지 모두 드러냈지만, 결국에는 자의로 행했을 리가 없는 사악한 행위에 대한 비난만 받게 된 것 같았다.

하지만… 그건 사실이 아니잖아, 안 그래? 그녀는 생각했다.

안두인은 그녀의 목소리에, 혹은 그녀의 얼굴에 떠오른 무언가를 느끼고는 일그러졌던 얼굴을 폈다. "들었다." 어린 왕은 상냥하다고 할 만큼 조용한 목소리로 대답했다. "넌 내가 모르고 있던 이야기도 많이 해주었다. 그리고 네 이야기 속에 담긴 고통도 충분히 느낄 수 있어. 하지만…" 그는 얼굴을 문지르며 말을 골랐다. "네 말에서 아서스의 목소리가 들린다."

실바나스의 몸이 뻣뻣하게 굳었다. 한순간, 그녀는 말을 잇지 못했다. "모두가 널 과소평가했다, 새끼 사자. 나조차도 그랬지. 아니면, 혹시 우리가 널 과대평가했던 건가? 성스러운 빛에 헌신하는 자의 입에서 그토록 잔혹한 말이 나올 거라고는 생각조차 못 했는데."

"상처를 주고 싶은 생각은 없었지만, 잔인한 말이라는 건 알고 있다." 그는 말했다. "하지만 네가 지금까지 말한 모든 이야기에서, 네 얼굴에 떠오른 생생한 표정에서, 네가 부지불식간에 아서스의 유산을 짊어지고 나아가고 있다는 사실을 모르고 있다는 걸, 지금은 더더욱 그렇다는 걸 분명히 알 것 같다. 그를 보고 아무것도 깨닫지 못한 건가, 실바나스? 넌 다시 굴레를 썼다. 자기 나름의 목표를 위해 너를 고통과 역경의 사자로 이용하고 있는 자에게, 이번에는 자의로 굴복한 것이다!"

이토록 어린 것이, 어떻게 감히 그렇게 확신할까. 어떻게 감히 그녀를 재단하려 할까.

"물론 깨달았다," 그녀는 말했다. "그 일이 일어나던 때, 그리고 그 이후에도. 간수는 아서스가 무엇인지 설명해주었다. 그는 실패작에 불과했어. 아서스는 편협하면서도 옹졸했고, 그토록 무시무시한 만행을 저지르지 않았다면, 그저 비웃음의 대상이 되었을 것이다. 그자는 간수와 내가 본 것을 보지 못했다. 그럴 수도 없었고, 그러길 원하지도 않았다. 하지만 그의 실패가 우리가 나아갈 길을 닦아주었다. 간수와 나는 같은 생각을 공유한다. 그리고 나는 너 또한 그 생각을 받아들일 수 있을 거라고 생각한다. 나는 그의 동반자다. 함께 일하지. 그렇다면 아서스는?" 그녀는 콧방귀를 뀌었다. "유용한 도구일 뿐, 아무것도 아니다."

"나처럼 말이지." 안두인은 말했다. 부드러운 목소리였지만 위험하기도 했다. 진짜 사자가 상대를 위협하려 으르렁거리는 소리 같았다.

그녀가 그런 말을 했던가? 그런 투로 얘기했을 수도. *너는 우리가 목표를 달성하기 위한 무기다.*

좋아. 일전에 그런 말을 했다는 사실을 부정하진 않을 것이다. 하지만 그녀는 자기가 오랜 시간에 걸쳐 깨달은 것을 계속 그에게 보여줄 것이다. 그가 귀를 기울이기만 한다면.

"넌 그럴 필요가 없어." 그녀가 나직하게 말했다. "우리와 함께해라. 우리만이 아니라, 모두를 위한 정의를 실현하는 걸 도와라. 그게 바로 네가 원하던 것이 아니었더냐?"

안두인은 잔뜩 화가 나서 믿기지 않는다는 듯 고개를 가로저었다. "네가 그런 이야기를 할 때면, 네가 정말로 행동을 통해 드러난 것과는 다른 존재일 수 있겠다는 생각이 들기 시작한다. 하지만 그럴 때마다, 결국 난 네 진짜 모습을 보고 말았지."

"나는 네게 진실만을 말하겠다고 약속했고, 지금껏 그렇게 했다." 그녀는 말했다. "내가 한 일이 부끄럽지는 않아. 네게 동정을 사고 싶은 게 아니라, 네가 이해하기를 바라는 거다."

내가 왜 그런 일을 해야만 했는지… 그리고 지금껏 나도 모르게 무엇을 갈망해 왔는지 이해해 주기를 바라는 거야.

"내가 본 것을 네게도 보여주겠다." 그녀는 몸을 기울여 앞으로 바싹 다가가며 말했다. "그러면 내가 그랬던 것처럼, 너 또한 간수의 계획을 받아들일 수 있을 것이다."

제 17 장

실바나스는 언더시티의 수로를 따라 흐르는 초록빛의 강을 따라 걸었다. 앞서 그녀는 밴시 여왕이라는 칭호를 받아들이면서 언더시티의 한 구역을 자신의 왕실로 지정했다. 연금술사를 비롯한 다른 이들도 이 구역의 실험실에 각기 자리를 잡았다. 하지만 아직 조용하고 호젓한 길이 길게 남아있었고, 실바나스와 나타노스는 한때 영원노래 숲의 초원에서 그랬던 것처럼, 진득한 액체가 흐르는 그 길을 따라 함께 걸었다.

“유난히 말이 없구나, 나의 용사여.” 실바나스는 나타노스가 자기 마지막 질문에 대답하지 않자 다시 말했다.

그는 어깨를 으쓱했다. “당신이 더 큰 상처를 입는 걸 원치 않습니다, 여왕님.”

실바나스는 얼굴을 찌푸렸다. “고통은 이 존재의 일부다. 생전에는 그걸 벗어나 달아날 수 있었지만, 여기에도, 아제로스 어디에도 달아날 곳은 없다. 약을 찾을 곳도, 다른 생각을 할 곳도 없어. 원정순찰대가 우릴 받아주지 않겠다면, 얼라이언스라도 만나 봐야 할 것 같다. 우린, 어쨌든… 그들의 일원이니까. 여기 사람들에게는 아직 살아있는 친척들이 있다. 잃어버린 가족과 다시 하나가 되고 싶다는 열망이 그들의 지도부를 압박할 것이고, 결국에는 우리를 받아들일 수밖에 없을 거야."

그녀는 애써 태연한 목소리를 유지했다. 이제 그녀의 가족은 결코 하나가 되지 못할 것이다. 아버지와 어머니가 서로의 품에 안겨 춤을 추고, 아버지가 그들 모두에게 건배를 제안하며, 그녀가 언제나 외면하려 했지만 늘 반복되는 이야기를 했던 그 마지막 밤 이후, 그녀의 가족은 뿔뿔이 흩어지고 말았으니까. 영원히 지속되는 건 아무것도 없었다.

"아주 특별히 *관대한* 가족이라면 그렇겠지요. 원정순찰대 산장에서 직접 경험하시지 않았습니까."

실바나스는 이를 악물었다. "시간이 상처를 치유해주고, 기억을 달래줄 거다. 어쩌면 인간들도 사랑하는 이가 없는 것보다는, 조금 달라졌어도 곁에 있는 것이 낫다는 걸 알게 될 거야."

"저라면," 나타노스는 차분하게 말했다. "그들과 대화할 때는 그들을 '인간'으로 지칭하지 않을 겁니다. 우리 동족이 인간이 아니라는 걸 굳이 상기시킬 필요는 없으니까요."

"그러나 그게 사실이다." 그녀는 딱 잘라 말했다. "내가 어떻게 했으면 좋겠느냐? 호드에 의지할까? 내 가족을 살해한 그 괴물들에게?" 고통이 키워낸 분노로 그녀의 목소리가 커졌다. 어머니. 아버지. 남동생. 알레리아도 호드의 파괴를 저지하려고 차원문을 통해 미지의 세계로 떠나버렸다. 오크들은 많은 대가를 치러야만 할 것이다. "우리 동족을 지켜야 해! 우리는 육체적으로도 강하고 정말로 처치하기가 쉽지 않은, 절대 지치지 않는 병사를 아군에게 제공할 수 있다."

"당신 자신을 위해 합리화하시려는 것 같군요."

그녀는 한숨을 쉬었다. "네가 그 농장에서 그냥 썩어가게 내버려뒀어야 했는데."

나타노스는 끙, 소리를 냈다. 왠지 위험하리만큼 키들거리는 웃음에 가깝게 들렸다. "전 당신을 압니다, 실바나스. 어차피 지금 상황도 다를 건 없습니다. 게다가," 그는 마지못해 말했다. "당신 말씀이 옳은 것 같습니다."

"널 썩어가게 내버려뒀어야 한다고?"

"인간에게 손을 뻗어 보자는 것 말입니다. 해볼 만한 가치는 있겠습니다. 하지만 너무 큰 희망을 품지는 마십시오, 여왕님."

"아, 나의 용사여," 그녀는 말했다. "이제 내게 희망 따위는 없다."

그녀는 신중하게 사절을 선정했고, 결국 네 명으로 이루어진 작은 사절단을 파견했다. 사절들은 가장 온전한 외형을 유지하고 있는 언데드로, 차가운 육신을 살아 움직이게 하는 마법이 희미하게 빛나는 눈을 통해 드러나는 것만 제외하면, 얼핏 살아있는 인간처럼 보일 정도였다. 그들은 모두 예전의 병사들이었다. 한 명은 남녘해안, 두 명은 대도시 출신이었고, 마지막 한 명은 스톰윈드 출신인 사리아스 콜튼으로, 지금도 스톰윈드에 친척이 살고 있다고 했다. 살아 있던 때는 다들 눈에 띄고 존경받던 인물들이었던 만큼, 생전의 명성이 인간들에게 생각의 여지를 줄 수 있을 것 같았다. 그건 아주 섬세하고 위험한 임무였으며, 실바나스는 그들이 이용할 수 있는 건 모두 이용해야 한다는 사실을 알고 있었다. 실바나스는 이 용감한 옛 병사들이 적어도 논의가 시작될 문을 열어주기는 할 거라는 일말의 희망을 품고 있었다. 물론, 그것도 그들에게 입장을 밝힐 기회가 주어질 경우의 일이었다.

"너희는 무수히 많은 도전에 직면해야 한다." 실바나스는 경고했다. 그들은 차렷 자세로 최대한 척추를 꼿꼿이 펴고 서 있었고, 실바나스는 그들 앞에서 앞뒤로 오가며 말을 이었다. "얼라이언스, 특히 인간이 스컬지를 두려워하고 증오하는 것도 당연한 일이다. 우리 또한 그러니까. 모든 것은 포세이큰이 스컬지와 *다르다는* 사실을 너희가 바리안 국왕에게 납득시킬 수 있는지에 달려있다. 우리는 정말 끔찍한 고통을 겪었다. 비록 우리 외모는 이렇지만, 우리는 스컬지보다 스톰윈드의 거주민들에게 더 가깝다. 스톰윈드의 거주민들도 누구나 우리와 같은 운명을 겪을 수 있었다."

그녀는 잠시 말을 멈추고 그들을 번갈아 바라봤다. "너희는 우리 동족 중에서 내가 찾아낸 최고의 사절들이다. 너희라면 우리 입장을 성실하고 진실하게 대변해줄 거라고 믿는다. 우리가 누구이고, 또 어떤 존재인지 감추지 마라. 하지만 우리가 그 이상의 존재이며, 아주 강력한 아군이 될 수 있다는 사실을 그들에게 반드시 알려줘야 한다."

그들은 그녀를 향해 경례했다. 사리아스는 말했다. "여왕님, 영광입니다. 하지만 이번 임무에서 여왕님께서 수여해주신 가장 큰 선물은, 제게 언니를 다시 한번 만날 기회를 주신 겁니다."

사리아스는 진지한 태도로 말했다. 실바나스는 그녀가 그 말을 후회하는 날이 오지 않기를 바랐다. 산 자들에게 희망을 건다는 건 무모한 일이었지만, 그녀에게 남은 유일한 선택지였다.

그리고 그들은 돌아오지 않았다.

몇 주 후, 실바나스는 도시 외곽으로 정찰병을 보냈다. 그는 단 하나의 물품만 갖고 돌아왔다. 사리아스가 갖고 있던 그 주머니 안에는 편지 한 통, 젊은 여인의 초상화가 담겨있는 펜던트, 그리고 가족의 반지가 들어있었다.

실바나스는 그들이 눈에 띄자마자 살해당했을 거라고 짐작했다. 바리안은 그들이 자기를 찾아왔다는 사실조차 몰랐을 것이다.

원정순찰대가 그녀를 괴물이라고 생각했던 것처럼, 얼라이언스는 협상을 할 수 있는 거리까지 다가오지도 않을 것이다.

이제 실바나스에게 남은 방안은 하나뿐이었다. 호드와 동맹을 맺는 것.

언젠가 부모를 잃는다는 건 자연의 순리이기는 하지만, 그토록 잔인한 방식까지 순리라고 받아들일 순 없었다. 부모님이 살해당하면서 삶이 강요하는 어둠을 피할 수 있다는 기분 좋은 착각을 모두 박탈당했다. 삶이 자신에게 허락한 행복을 막 찾아내기 시작한 리라스마저도 잃었고, 그와 함께 베리사에 대한 절대적인 신뢰까지 잃어버리고 말았다.

오크들이 그 모든 것을 빼앗아갔다.

"그것들이 내게 한 짓을 어떻게 잊을 수 있을까? 포세이큰에 대한 지배권을 두 손에 피가 흥건한 자들에게 어떻게 맡길 수 있단 말인가?"

"그럴 필요 없습니다." 나타노스가 지적했다.

그때 모든 것이 분명해졌다. 나타노스는 객관적인 시선으로 실바나스가 증오와 분노 때문에 보지 못한 걸 보았다.

"네 말이 맞다, 용사여. 아무것도 포기할 필요 없지."

물론 그녀는 적당한 얘기를 할 것이다. 언뜻 순수한 선의 같은 행동도 해줄 것이다. 그녀의 동족이 이용해야 할 약점을 찾아내기 위해 귀를 기울일 것이다. 아버지가 뭐라고 말씀하셨던가?

정치가 뭐라고 생각하니? 사람들을 협상 테이블에 앉히지 못하면 아무것도 이룰 수 없어.

그녀의 아버지 또한 상대방이 협상을 받아들일 자세를 만드는 것의 중요성을 알고 있었다. 포세이큰은 저주받은 존재가 살아남을 수 있는 유일한 기회를 상징했고, 이를 보호하는 것이 그녀의 진정한 목적이라면, 실바나스에게는 해야만 하는 일이 있었다.

그녀는 호드에 대해 생각했다. 오크들. 그 덩치 큰 초록색 괴물들은 자기들의 세계를 파괴한 후 어둠의 문을 통해 아제로스로 쏟아져 들어왔다. 실바나스는 자세한 이야기를 모두 파악하지는 못했지만, 그들이 악마와 연합했다는 사실은 익히 들은 적이 있었다. 물론, 그건 그녀 또한 마찬가지였으니, 비판하고 싶진 않았다. 호드의 젊은 지도자는 노예를 뜻하는 스랄이라는 묘한 이름이었는데, 인간의 손에 길러졌지만 키워준 자를 배신하고 전쟁 이후 동족과 함께 갇힌 강제 수용소에서 오크들을 해방시켰다고 했다.

그를 비롯하여 새로운 호드는 대부분 머나먼 칼림도어 대륙에 머무르고 있었으며, 그들은 고대로부터 엘프의 적인 트롤과 연합하고 타우렌의 친구가 되었다.

사절을 보내는 대신, 실바나스는 얼라이언스에게 해야 했던 일을 했다. 첩자를 보낸 것이다. 그녀의 첩자들은 이 호드가 영원노래 숲을 불태운 자들과는 전혀 다르다고 알려왔다. 트롤들도 쿠엘도레이가 오랫동안 싸워 온 피에 굶주린 아마니와는 달랐다. 검은창 부족이라 하는 이들은 다른 트롤 종족의 잔혹성에 등을 돌린 자들이었다. 묘하게도, 호드 종족 중 가장 짐승에 가까운 외모를 지닌 타우렌이 가장 마음이 넓은 것 같았다. "그들은 엘프나 인간과 다툰 적이 없습니다." 부하들이 실바나스에게 말했다. "타우렌과 가장 먼저 접촉해보는 게 성공 확률이 높을 것 같습니다."

실바나스는 그렇게 했다. 그리고 이번에는 그녀가 보낸 사절이 모두 돌아왔다. 그들은 타우렌의 지도자이자, 이들 종족 역사상 최고의 전사로 성장한 온화한 성품의 황소인 케른 블러드후프 대부족장의 편지를 갖고 돌아왔다. 편지를 읽는 실바나스의 얼굴에 미소가 떠올랐다.

포세이큰이라 부르는 이들의 지도자인 여군주 실바나스 윈드러너에게, 대부족장 케른 블러드후프가 안부 인사를 전하며,

그대가 언데드의 끔찍한 역병으로 인해 겪어야 했던 비극에 대해 그대의 사절들에게 들었소. 그대의 동족까지 그대를 거부하여, 그대가 불필요하게 두 배의 슬픔을 경험해야 했음을 생각하니 나 또한 가슴이 아프오. 그토록 많은 것을 견뎌냈는데 또다시 거부당하기만 했으니, 얼마나 씁쓸할지.

우리 타우렌은 생명을 존중하고 대지모신을 섬기오. 언뜻 생명과 죽음의 자연스러운 순환을 거스르는 것을 보면 우린 불안감을 느끼기도 하오. 하지만 대지모신 또한 죽음을 맞이하고, 그 이후 부활했소. 어쩌면 그대의 동족 또한 그런 신성한 주기 안에 자리를 잡았고, 우리에게 가르쳐 줄 교훈이 있는 것인지도 모르겠소.

그대를 썬더 블러프로 초대하겠소. 나와 내 아들 바인, 우리 대드루이드 하뮬 룬토템을 비롯한 조언자들과 함께 이야기할 자리를 마련하고 싶소. 불모의 땅으로 오시오. 그곳에서부터 안전한 통행을 약속하겠소.

실바나스는 나타노스를 언더시티에 남겨 어둠 순찰자들을 훈련시키고 바리마트라스를 감시하는 임무를 맡겼다. "악마를 전적으로 믿을 수는 없어." 그녀는 말했다. 실바나스는 오래 자리를 비울 거라고 예상하지는 않았지만, 어떤 가능성도 지나칠 생각이 없었다.

언더시티의 음습한 악취 속에서 너무나도 오랫동안 머물렀던 탓인지, 멀고어의 광활한 평원과 구불거리는 언덕은 어딘가 마음이 불안했다. 하늘은 너무 넓게 트였고, 사방이 너무 노출되어 있었고, 두 달과 별 아래인데도 빛은 너무 밝았다. 그곳은 언더시티와는 전혀 다르게 *생명*을 부르짖고 있었다. 그리고 실바나스가 마음 한쪽 구석으로 밀어 넣고 깨우지 않으려 했던 무언가를 잡아끄는 듯했다.

물론, 이토록 무지한 평화는 지속되지 않았다. 그녀의 안내를 맡은 먼길잡이 페리스 스톰후프는 그녀의 태도가 바뀌는 것을 눈치채고는 걱정스러운 듯, 신경 쓰이는 게 있느냐고, 자기가 도울 수 없겠느냐고 물었다.

"내 동족은 도시 아래의 공간에서 살아간다." 실바나스는 말했다. "그곳을 벗어난 것도 너무 오랜만이고, 이렇게 광활한 곳을 거니는 건 더 오랜만이다. 그것뿐이야."

물론 그것뿐은 아니었다.

회담은 타우렌의 대도시, 아니, '도시'라는 명칭과는 다소 어울리지 않는 썬더 블러프에서 이루어질 예정이었다. 실바나스는 가장 높은 봉우리로 향했다. 거기에는 케른 블러드후프와 대드루이드 하뮬 룬토템, 기타 타우렌의 주요 인사들이 그들을 기다리고 있었다.

경비병 두 명이 대부족장의 공동 주택으로 보이는 거처의 문 양쪽에 서 있었다. "환영합니다, 실바나스 여군주님." 그들 중 한 명이 낮게 울리는 목소리로 말했다. "하지만 무기는 여기에 두시고, 순찰대원 여러분은 밖에서 기다려 주시기 바랍니다."

"이들은 나와 고락을 함께하는 자매다." 실바나스가 말했다.

"이해합니다. 하지만 그게 대부족장님의 규칙이고, 전 죽는 한이 있더라도 대부족장님께 실망을 안기고 싶지 않습니다."

실바나스가 눈을 가늘게 떴다. 이 오만한… 황소들이 감히…. 그녀는 어둠 순찰자 로랄렌과 보렐에게 기다리라며 고개를 끄덕였다. 그리고 화살통을 벗고 활을 내려놓았다. 커다란 거처의 문을 덮고 있는 가죽이 들리고 실바나스가 안으로 들어섰다.

사방으로 춤을 추는 그림자를 드리운 모닥불이 방을 따뜻하게 데우고 있었다. 아름답게 짜낸 융단과 깃발이 바닥과 벽을 장식했다. 쿠션이 원을 그리며 바닥에 놓여있었다. 그런 원 하나의 안에 나이가 지긋해 보이는 타우렌이 앉아있었다. 그의 땋은 수염과 머리카락이 가슴께까지 내려왔다. 그의 옆에는 다양한 기호가 그려진 조각된 통나무가 놓여있었다. 의식용 물품인 것 같기도 하고, 무기인 것 같기도 했다. 그리고—

"오크!"

"사과하겠소, 실바나스 여군주," 케른이 말했다. "스랄 대족장은 다른 용무로 오늘 아침에 도착했으나, 내가 남아달라고 부탁했소."

그녀는 사방을 둘러봤지만, 거짓된 의도를 감춘 흔적은 어디에도 없었다. 다들 느긋해 보였다. 어차피 여기까지 오는 도중에 그들은 언제든 그녀를 죽일 수 있었다. 그래도 이건 실바나스가 예상하지 못한 상황이었다. 그녀는 머릿속으로 다양한 길을 그려보면서도 고개를 끄덕였다.

"우린 어차피 만나야 했소, 대족장." 실바나스는 고개 숙여 인사하며 말했다. "다만 난 그저 지금이 그때가 될 거라고는 예상하지 못했소."

"많이 놀랐다는 건 알고 있소, 실바나스 여군주." 스랄이 말했다. 그는 주위의 다른 이들보다는 많이 젊어 보였고, 실바나스는 잠시 그를 뚫어져라 바라봤다. 그는 아주… 진실해 보였다. 그녀는 그가 대족장의 지위를 얻은 건 얼라이언스만이 아니라 강대한 악마들과도 싸워왔기 때문이라는 사실을 상기해야 했다. 불타는 군단을 물리친 건 단 하나의 군대도, 심지어 얼라이언스나 호드 어느 한쪽의 노력으로 이룬 것도 아니었다. 그건 여러 진영의 협력이 이루어낸 결과였다. 호드와 얼라이언스 또한 그렇게 협력해왔고, 그건 사실 제이나 프라우드무어 여군주와 이 젊은 오크 사이의 묘한 우정 덕분이었다. 그리고 칼림도어에는 쿠엘도레이의 선조이자 인간들이 나이트 엘프라 부르는 칼도레이가 다시 나타났다. 강대한 아키몬드에게 마지막 결정타를 날린 건 바로 죽은 후에도 동족을 지키기 위해 이 땅에 남은 칼도레이 망자들의 영혼, 위습이었다. 스랄은 겉으로 드러나는 것과는 많이 다른 인물일 게 분명했다.

"이 정도는 놀랄 일도 아니지." 그녀는 그렇게 말하고는 쿠션 하나에 우아하게 앉았다.

"부탁하겠소." 케른이 말했다. "그대는 참으로 특별한 사람이군. 그대의 이야기를 들려주시오."

그녀는 그렇게 했다. 모든 이야기를 머릿속에서 재구성하여, 그녀와 동족이 견뎌내야 했던 고통과 그들의 힘을 가장 잘 보여주는 이야기를 늘어놓았다. 실바나스는 호드의 공격이나 가족에 관한 이야기는 모두 생략하고, 생전의 이야기는 에둘러가며 아서스 메네실이라는 공포스럽고 사악한 존재에 집중했다. 그에게서 벗어나려 한 자신의 의지와, 그게 일반 도시의 평범한 사람들에겐 말할 것도 없고, 자신에게도 얼마나 고통스러운 과정이었는지 생생히 표현했다. 그녀는 지금껏 만나본 인간들의 잔혹함과, 사리아스의 소지품이 담겨있던 주머니를 찾았을 때의 슬픔을 이야기했다.

"평화를 그리며 품었던, 만남의 희망이 파괴되었소." 실바나스는 슬픈 듯 고개를 가로저었다. "아니, 우리가 얼라이언스와 가까워질 거라는 걱정은 할 필요 없소. 그자들은 우리를 어떻게 생각하는지 이미 충분히 보여줬으니까. 난 호드가 우리의 겉모습만이 아닌, 우리가 기여할 수 있는 힘을 봐주기를 바라고 있소. 현재 호드는 칼림도어에서만 후방 지원이 가능하오. 하지만 이 세계가 참으로 넓고, 위험이 언제 어디에서 닥칠지 모른다는 건 우리 모두 알고 있는 사실이오. 동부 왕국에도 그대들의 눈과 귀, 그리고 무기와 전사들이 있다면, 호드에게는 큰 도움이 될 것이오. 우리와 연합하면 그 즉시 다른 대륙의 영토와 아군을 확보할 수 있소."

"우리는 옛 호드가 아니오," 스랄이 말했다. "정복과 지배는 우리 목표가 아니오. 하지만 그대의 말은 옳소. 나는 내 백성이 안전하게 번영할 수 있는 길을 찾으려 하오. 호드는 남을 배척하거나 지금 상황에 만족해서는 안 되오. 분명히 포세이큰은 우리에게 큰 힘이 되어줄 것 같소."

케른은 엄숙하게 고개를 끄덕였다. "친구들이여," 그는 말했다. "지금부터 우리가 어떤 논의를 하든, 우리에게 이와 같은 제안을 한 그녀 앞에서 솔직히 이야기해야 하오. 그대들의 생각을 들려주시오."

하뮬은 이글거리는 불길 너머에서 그녀를 바라봤다. "그대는 리치 왕의 군대에 소속되어 있었소." 그는 말했다. "그를 섬기며, 많은 이들의 목숨을 빼앗았지."

"*섬겼다고?*" 실바나스는 경멸스럽다는 듯 웃었다. "아니, 나는 *노예였소*. 그자가 시킨 짓을 절대로 거부할 수 없었소. 나는 강제로 그자가 내게 수여한 힘을 사용하여 무고한 이들로 가득한 도시에서 학살을 자행했소. 그들 대부분 내가 생전에 사랑했던 이들이었소." 다소 과장된 이야기였지만, 그녀 목소리에 담긴 고통만큼은 진실했다. "스컬지는 대부분 자기 자신이나 자기 행동을 충분히 자각하지 못했소. 그중에는 제정신을 차린 후 돌아온 기억 때문에 공포에 질려 다시 이성을 잃어버린 자들도 있소."

하뮬은 고개를 끄덕이고는 케른과 스랄을 바라봤다. "이런 이야기는 들어본 적이 있지 않소, 대족장? 무언가에 지배된 이들이 끔찍한 만행을 저지르고, 그 힘으로부터 해방된 뒤에는 회한에 사로잡혔다는 이야기. 그 회한이 어찌나 강했던지, 그들의 지도자가 속죄를 위해 비옥한 고향을 떠나 척박한 땅 오그리마에 새로이 터를 잡았다는 이야기."

스랄은 고개를 끄덕였다. "난 악마의 피를 마신 이들이 어떻게 오염되는지 똑똑히 보았소. 그대와 그대의 동족에도 크나큰 연민을 느끼고 있소."

"저들의 수는 유한하오." 케른이 말했다. "우리가 돕지 않으면, 저들은 멸종하고 말 운명이오. 저들의 잘못은 아니지만, 저들은 끊임없이 산 자들 모두에게 사냥감이 되고, 미움받고, 경멸의 대상이 될 것이오."

"죽음이란 자연스러운 것 아니오?" 스랄이 말을 이었다. "이런 유형의 존재가… 옳은 것이오?"

"그것을 우리가 어찌 판단할 수 있겠소?" 하뮬이 말했다. "그대는 선조들에게 기도하오. 우리는 정령과 대화하오. 죽음은 끝이 아니오. 어쩌면 포세이큰도 이 세계의 아이들에게 공감의 능력을 가르치기 위해 만들어진 또 다른 상에 불과한 건지도 모르겠소. 그들에게는 자의식이 있고, 스스로 선택할 수도 있소. 우리가 저들을 거부한다면, 우리에게 연민의 마음이 있다고 주장할 수 있겠소?"

실바나스는 가까스로 분노를 억눌렀다. 산 자들은 어찌나 오만한가. *물론 포세이큰은 그들에게 깨우침을 주고, 그들이 좋은 기분을 느끼게 하기 위해 존재하는 것이다.* 이제 그들은 오늘 밤, 자기들이 '연민을 보이고 남을 도왔다'면서 마음 편히 잠을 청할 수 있을 것이다.

자존심 때문에 어서 일어나 여길 떠나고 싶었다. 하지만 순수한 의지의 힘으로 그녀는 가슴 속에 끓어오르는 분노를 전혀 내비치지 않은 채 조용히 가만히 앉아있었다. 그녀는 불쾌한 감정이 가득했지만, 대화에 잠깐 열린 기회를 포착하고는 바로 입을 열었다.

"대드루이드의 말이 옳소. 죽음은 끝이 아니오. 당신 말 또한 옳소, 대족장. 우리에게 행해진 일은 자연스러운 것이 아니었소. 우리 언더시티에서 가장 지혜로운 자들이 우리의… 현재 상황에 대해 자세히 알아내려고 쉬지 않고 연구에 매진하고 있소."

그 말은 사실이었다. 하지만 그녀의 진심 어린 어조는 마치 포세이큰이 치료법을 찾고 있다는 듯한 인상을 주었다. 그녀는 듣는 이들이 나름의 결론을 내리도록 할 생각이었다.

스랄은 잠시 그녀의 눈을 바라봤다. 실바나스는 그가 붉게 빛나는 눈동자의 심연에서 무엇을 볼지 궁금했다. 한참이 지나고, 그는 한숨을 쉬었다. "실바나스 여군주, 나는 아직 그대의 동족을 호드에 받아들여야 할지 확신하지 못하고 있소. 하지만 그대와 동족에게 그대들의 진심을 증명할 기회를 줄 생각이오."

아, 참으로 친절하기도 하셔라. "고맙소, 대족장."

"나는 타우렌을 신뢰하고, 그중에서도 내 친구 케른과 하뮬은 전적으로 믿고 있소. 그들은 호드의 그 누구보다도 생명과 자연에 가까운 이들이오. 그들이 당신에게서 무언가를 보고 받아들이기로 결정했다면, 나 또한 그렇게 하겠소." 그는 덧붙였다. "나도 오크의 잘못에 관해서는 잘 알고 있소. 악마의 피가 우릴 광기로 내몰았고, 그 강력한 독의 금단현상이 우리 의지를 무너뜨렸소. 하지만 오크는 다시 자아를 찾았고, 그대들 포세이큰 또한 그런 것 같군."

"우리도 그러길 바라오, 대족장." 그녀는 말했다. 거기서 입을 다물고 싶었지만, 그러기엔 이 말이 너무나 달콤했다. "당신의 선택을 후회하지 않을 거요."

그들은 밤늦게까지 오랫동안 이야기를 나누었고, 불은 계속해서 타오르며 미친 유령처럼 깜빡이는 그림자를 구석구석 비췄다. 마침내 합의가 이루어졌다. 실바나스는 동트기 전의 봉우리로 나와, 서서히 밝아오는 하늘을 올려다봤다. 이슬로 촉촉해진 대지에서 상쾌한 내음이 풍겨왔다.

"우리는 호드의 당당한 일원이다, 자매들아." 그녀는 엿듣는 이들의 귀에 또렷하게 들릴 목소리로 말했다. "오늘 포세이큰의 새로운 하루가 시작된다. 해야 할 일이 많다."

고향을 향해 돌아가며, 실바나스는 생각을 감추고 순찰대원들에게도 아무 얘기 하지 않았다. 아직은 안 된다.

포세이큰은 필요한 만큼 호드에 충성할 것이다. 그 대가로 호드의 지원과 보호를 받을 것이다. 그녀는 '밴시 여왕'으로서 계속 동족을 지배하며, 조만간 호드를 설득하여 아서스 메네실이 끔찍한 위협이라는 사실을 인지시키고, 그와 악의 세력을 영원히 제거해야 한다는 사실을 분명히 알려줄 것이다.

이제 모두가, *모든 것이* 무기가 되어 그녀가 원하는 때 조준되고 발사될 것이다. 호드와 그 지도자들은 물론이고, 포세이큰도 마찬가지였다. 실바나스는 세 가지 사실을 알고 있었다. 포세이큰은 그녀를 사랑했고, 그들 같은 존재에게 그 사랑은 순수하고 진실했다. 그리고 마지막 사실, 실바나스가 결코 드러낼 수 없는 그 진실은, 그녀가 포세이큰에게 일말의 연민을 느끼는 것도 그들이 그녀 자신의 야망에 도움이 된다는 조건하에서만 가능하다는 것이었다.

제 18 장

"운명은 반전을 좋아하지." 실바나스가 첩자들의 최신 보고를 들으며 요염한 목소리로 말했다. 그리 오래전 일이 아니었다. 불과 몇 년 전, 실바나스는 아직은 어색한 육신을 이끌고, 옛 친구들이라면 그녀가 견뎌내야 했던 운명 이면에 남아있는 기억 속 실바나스를 봐줄 거라는 어리석은 희망을 품은 채 고향으로 돌아갔었다. 친구들은 몰랐지만, 그녀는 도움을 구하러 그들을 찾아갔다. 그리고 그들은 자기도 모르는 사이, 그녀를 거부했다.

그녀의 옛 동족도 그간 형편이 좋지 못했다. 3차 대전쟁이 시작되고, 선왕 아나스테리안은 자신의 왕국을 얼라이언스로부터 고립시켰다. 그 이후 캘타스는 끔찍하게도 혐오스러운 인간의 손에 모욕을 당하고 수감된 상처에 시달리다가, 얼라이언스와 쿠엘도레이 사이의 모든 유대 관계를 파기했다. 가리토스라는 이름의 그 인간을 실바나스는 자기 목적을 위해 이용하다가, 끝내는 제거하라는 명령을 내리기도 했었다. 캘타스가 블러드 엘프라 이름 붙인 그들 일족은 아서스가 그들 자신과 태양샘, 그리고 아름답고 우아하던 그들의 세상에 저지른 만행에서 온전히 회복하지 못한 상태였다.

문득 생각이 하나 떠올랐다. 평생처럼 느껴지는 오랜 시간 전에 나타노스에게 이런 말을 한 적이 있었다. 그녀는 동족이 이 세계의 추악함을 보지 않게 해주기 위해서 싸웠다고. 이제 그들은 이 세상의 추악함과 공포를 충분히 지켜보고, 홀로 남았다. 그들이 얼라이언스에게 등을 돌렸기 때문에, 사실상 대륙 전체가 그들의 적으로 가득했다.

그녀는 자존심을 버리지는 않았지만 잘 숨겨둔 채, 원정순찰대와 얼라이언스, 호드에 다가갔다. 특별히 호드와 연대감을 느끼는 건 아니었지만, 마지못해서라도 그녀의 동족을 받아주는 곳이 있어서 다행이라는 생각이 들었다. 실바나스에게는 그들 모두가 그저 화살에 불과했다. 노스렌드의 증오스러운 적을 쓰러뜨릴 화살.

하지만 그 어떤 사냥꾼이 화살을 더 확보할 기회를 붙잡지 않는단 말인가?

아나스테리안은 마땅한 이유로 모든 이들의 사랑을 받았다. 실바나스와 마찬가지로, 그는 아서스 메네실의 앞을 막아서느라 죽임을 당했다. 그래도 아서스는 국왕이 영원한 안식을 취하게 해 주었다. 그를 모시던 순찰대 사령관에게와는 다르게.

그때 캘타스는 어디 있었을까? 실바나스와 순찰대원들이 쓰러져가고, 동족이 죽음과 부패로 내몰리는 동안에도 캘타스는 보라색 로브를 입고, 책과 마법의 보호를 받으며 달라란에서 빈둥거리고 있었다. 그가 뒤늦게 백성들을 이끌려 했을 때, 그들이 왕자를 두 팔 벌려 환영하지는 않았다고 첩자들은 말했다. 캘타스가 국왕이라는 칭호를 거부했다는 이야기도 들었다. 국왕은 자기가 아니라 아나스테리안이라고, 그는 아버지의 추도식에서 말했다. 그는 오래전 떠나간 아나스테리안의 영혼에게 쿠엘도레이의 다음 왕은 없을 거라고 맹세했다. 그 후 캘타스는 다시 한번 사라졌고, 이번에는 아제로스에서 아예 자취를 감췄다. 그는 태양샘의 오염으로 인해 마법에 중독되어버린 동족을 치유할 방법을 찾기 위해, 알레리아처럼 어둠의 문을 통과했다.

오만하고 나약했던 필멸자 한 명으로 인해 수없이 많은 반향이 일어나고 있었다. 실바나스는 그 충격파가 언제쯤 멈추게 될지, 아니, 정말 멈추기는 할지 궁금했다. 그러지 않을 수도 있을 것 같았다. 좋든 싫든 이 세상이 바뀌는 일은 벌어지기 마련이고, 그와 함께 변화하지 못하는 자들은 살아남을 수 없었다.

도움을 받지 못하면, 그녀가 한때 동족이라 불렀던 이들은 어슬렁거리는 스컬지나 대담해진 트롤에게 붙잡혀 목숨을 잃거나, 그만큼 극적이진 않더라도 기근이나 질병으로 인해 이 세상을 떠나고 말 것이다. 그들은 이미 나루의 마력을 빨아들이며 연명해가는 지경에까지 이르렀다. 나루라는 건 그녀도 아직 그 정체를 파악하지 못한, 빛으로부터 탄생한 수수께끼의 수정 생물이었다. 뭐가 되었든, 나머지도 결국엔 굴복할 것이다.

그녀가 돕지 않는다면.

"펜과 양피지를 가져와라." 실바나스가 경비병들에게 명령했다.

쿠엘탈라스의 섭정 로르테마르 테론에게, 포세이큰의 실바나스 윈드러너가 안부 인사를 전하며,

아서스 메네실이 쿠엘탈라스 왕국에 가한 만행에 대해, 당신과 당신이 이끄는 이들에게 진심으로 애도의 뜻을 전하고 싶다. 너무나도 많은 사람이 그자의 손에 희생되었고, 나 또한 예외는 아니었다. 하지만 나는 적응하고 변화했다. 나 자신의 운명을 지배하고 이 새로운 세계의 정당한 자리로 포세이큰을 이끌었다. 쿠엘도레이 또한 그럴 수 있을 거라 믿는다.

스컬지는 한때 아름다웠던 대지를 잠식하고 그 백성을 계속해서 공격한다. 우리의 오랜 적인 아마니 또한 지금의 어두운 상황을 이용하고 있다. 로르테마르, 당신이 대단히 현실적인 전략가라는 건 익히 알고 있다. 그러니 당신이라면 지금 두 개의 적대 세력을 밀어내지 못했다간 당신의 왕국이 정말로 지도상에서 지워질 수 있다는 사실을 알고 있을 거라고 믿는다.

또한 당신이 언데드를 아군으로 받아들이는 데 막대한 거부감을 느끼고 있을 거라는 사실도 충분히 짐작할 수 있다. 분명히 말하지만, 포세이큰은 스컬지가 아니다. 아서스의 괴

물들은 되살아난 사체일 뿐, 그 이상도 그 이하도 아니다. 우리는 너희와 마찬가지로 자의식과 목표, 꿈이 있는 사람이다. 이 사실을 증명할 기회를 주길 바란다.

당신이 이 편지를 읽고 있다면, 바리안 국왕과는 달리 내 사절들을 보자마자 처형한 건 아니겠지. 어떤 회신을 하든, 그들의 안전한 통행을 보장해주면 감사하겠다.

예전의 동료였던 당신에게, 난 이렇게 제안하고 싶다. 우리 최고의 포세이큰 투사들을 보내 실버문의 관문에서 스컬지를 몰아내는 걸 도와주겠다. 그들의 실력을 보면 당신도 깜짝 놀랄 것이다.

아직도 날 믿을 수 없다는 생각이 든다면, 아서스와 스컬지에 대한 나와 모든 포세이큰의 증오만을 믿어도 좋다. 포세이큰보다 그자들을 더 증오하는 이는 없으며, 조만간 당신도 그 사실을 체감하게 될 것이다.

긍정적인 대답을 기다리겠다.

그녀는 검은 잉크로 대담하게 '실바나스'라고만 서명했다. 그게 옳은 것 같았다. 사절들이 고개 숙여 인사하고 왕실을 떠나는 모습을 보며, 실바나스는 눈살을 찌푸렸다.

"무슨 문제라도 있나, 여왕?" 바리마트라스가 물었다.

"아니," 실바나스는 거짓말을 했다. "내 부하들이 목을 잃지 않고 돌아올 가능성을 계산해 보는 중이었다."

분명 뭔가 잘못된 게 있었지만, 그녀의 악마 시종에게 자세한 이야기를 할 생각은 없었다. 그녀의 일부가… 불안해하고 있었다. 사절들이 불안한 게 아니라, 그 편지가 어떻게 받아들여질지가 불안했다. 로르테마르가 편지를 찢어 버릴까? 거절할까? 쿠엘탈라스의 관문에서 그녀가 한 짓에 대해 통렬한 비난의 편지를 보내올까?

그게 무슨 상관일까? 어차피 그녀에겐 아무것도 아니었다. 그들과 한때 지나치게 아름다웠던 그들의 세상도, 지금의 그녀에게는 아무것도 아니었다. 신경이 쓰여야 하는 건 오히려 그들이 제안을 받아들인 뒤의 일이었다. 때가 되어, 아서스를 무릎 꿇릴 최후의 전투에서 그녀가 마지막 일격을 가하기 위해 그들을 이용해야 할 때가 걱정스러워야 마땅했다. 하지만 원치 않는 생각이 머리에 떠올랐다. 사냥과 전투의 모습, 부딪히는 칼날과 노래하는 화살, 웃음과 식사와 밤하늘 아래에서 청하는 잠, 양옆에 누운 친구들의 음악 같은 숨소리.

그녀는 이제 숨을 쉬지 않았고, 그들은 이제 친구가 아니었다.

뭔가 무거운 게 놓인 듯, 먹먹한 통증이 가슴을 짓눌렀다.

"퓨트리스를 데려와라." 실바나스가 명령했다. "역병의 개발 현황을 들어봐야겠다."

그 정도면 충분히 기분 전환이 될 것 같았다. 실바나스는 적을 쓰러뜨리기까지의 각 단계에 집중하며, 한때 친구가 필요했고, 그녀에게 친구가 있었다는 사실들을 잊을 것이다.

실바나스는 로르테마르의 대답을 듣기까지 몇 주는 걸릴 거라고 예상했다. 하지만 불과 2주 만에 응답이 도착했다.

실바나스 여왕—

그대의 서신을 받았소. 그대의 사절들에게는 충분히 예의를 갖추고 있으니, 마음 놓아도 좋소. 그대의 너그러운 제안에 감사하는 바요. 하지만 그보다는 리치 왕의 잔혹성에 희생된 그대와 다른 피해자들이 그자의 통제로부터 해방되었다는 소식이 더더욱 반갑소. 우리를 그토록 탁월하고 용맹하게 이끌었던 지도자가 그런 만행을 자의로 저지르지 않았다는 사실이 마음의 큰 짐을 덜어주었소. 우리도 그대가 이제 아서스와 함께하지 않는다는 소문은 익히 들었지만, 실버문에서 직접 그대의 모습을 보았던 만큼 그런 말을 쉽게 믿을 수는 없었다는 걸 그대도 이해해줄 거라 생각하오.

국왕 폐하가 승하하시고 왕자님까지 부재중인 상황에서, 왕국을 이끄는 책무를 짊어져야 했던 나와 모든 이들은 그대의 포세이큰 또한 우리와 마찬가지로 메네실의 만행이 만들어낸 희생자들이라는 사실을 알고 있소.

가까운 시일 내에, 우리 병사들과 그대의 병력이 공통의 목적을 위해 힘을 합치고, 쿠엘탈라스에서 스컬지를 몰아내는 데 성공했다는 소식을 전할 수 있기를 바라겠소.

—로르테마르 테론, 쿠엘탈라스의 섭정

스랄은 오그리마의 자기 왕좌에 앉아, 한 손으로 턱을 괴고 푸른 눈을 가늘게 뜨며 집중하여 듣고 있었다.

"트롤과 스컬지 사이에서, 쿠엘탈라스는 생존하기 위해 수많은 도전을 직면해야 했소." 실바나스는 말했다. "지금은 내게 의지하는 다른 자들이 있지만, 쿠엘도레이의 실력과 무기, 마법에 대한 지식은 호드에게 큰 도움이 될 거라고 단언하겠소. 지금 그들을 지원하지 않으면, 그들은 사멸하고 말 것이오."

"호드는 그대의 요청에 따라 포세이큰을 도왔소." 한참이 지나, 스랄이 입을 열었다. "그대의 백성은 호드에 큰 도움을 주었고, 나는 그런 기회를 준 것을 기쁘게 생각하고 있소. 하지만 그대가 그리 사랑하지 않는 이들을 위해 이런 제안까지 한다는 사실이 조금 이상하게 느껴지기는 하오. 그대는 포세이큰을 이끌고 그들을 찾아가려 하다가, 결국에는 호드로 돌아서야 했던 것 같은데."

"그건 사실이오." 그녀는 말했다. "내가 그런 희망을 품었다고 해서 누가 탓할 수 있겠소? 나도 한때 그들의 일원이었소. 하지만 얼라이언스는 한때 자기들을 거부한 종족과 다시 관계를 맺는 것에는 별로 관심이 없는 것 같더군."

"하지만 그대는 아닌가 보군." 대족장은 몸을 앞으로 기울이며 끈질기게 말을 이었다. "그대는 마음이 여린 사람은 아니었던 것 같은데, 실바나스. 그들에게는 왜 그러지?"

몇 가지 이유가 있었다. 그중에서 가장 중요한 건 호드에 또 하나의 유용한 아군을 합류시켜 자신의 지위를 강화하는 것이었다. 하지만 다른 이유도 있었다. 아직 명확히 뭐라고 말할 수 없는 감정이 그녀와 예전 동족의 관계를 끈끈이 묶고 있었다.

"대족장." 그녀는 말했다. "아서스가 쿠엘탈라스를 침공했을 때, 그자는 마구잡이로 그 왕국의 국민들을 도살했을 뿐 아니라, 왕국을 복원할 희망인 태양샘까지 빼앗았소. 태양샘은 수천 년 동안 쿠엘도레이에 양분을 주고 그들을 보호했소. 그들은 자기도 모르게 거기 의존하게 되었소. 처음 그 마법의 원천이 더럽혀지고, 이후 완전히 파괴되면서, 그들은 심각한 금단 현상을 경험했소. 그리고 그러한 증상은 앞으로도 계속될 거요."

스랄이 강인해보이는 이마를 잔뜩 찌푸렸다. 그는 조용히 고개를 끄덕였다. 그런 음울한 상황은 그에게도 익숙했다.

실바나스는 그 점을 압박했다. "당신이 지배를 벗어나 수용소를 해방하지 않았다면, 오크들은 지금 어떤 모습이겠소? 당신이 그들이 누구인지 일깨우고, 어떤 영광을 이룰 수 있는지 가르쳐주지 않았다면? 쿠엘도레이 또한 지금은 도와주고 믿어줄 누군가가 필요한 거요."

"그대는 그들을 믿소?" 그는 조용한 목소리로 물었다. 실바나스는 스랄이 그토록 막대한 힘을 지닌 존재치고는 놀랍도록 상냥하고 선한 마음의 소유자이긴 하나, 지금의 말에는 함정이 포함되어 있음을 깨달았다.

머릿속에서 예상치 못하게 아버지의 마지막 말이 떠올랐다. *딸아, 너 자신을 믿으렴. 아빠는 언제나 널 믿고 있단다.*

그녀는 절반의 진실을 말했다. "누구나 믿어줄 사람이 필요하지. 일단 자존심을 되찾을 수 있다면, 그들이 호드에게 진 빚을 수천 배로 되갚을 거라고 믿소. 그들은 당신이 기대하는 수준까지 성장할 것이오. 그러니, 대족장, 나는 그들이 상상할 수 있는 최고의 위업을 이룩할 수 있으리라고 생각하는 것이, 호드를 비롯한 모두에게 가장 좋은 결과를 보여줄 거라고 확신하오. 그들은 실망시키지 않을 것이오."

그녀는 롬매스의 기술을, 로르테마르와 할두런과 원정순찰대원들을, 쿠엘도레이 예술가의 솜씨를, 그리고 뭐든 손대는 것을 완벽하게 해내는 열정을 떠올리며, 자기도 모르게 미소를 지었다. 그녀가 다시 입을 열었을 때, 그녀에게서 나온 말은 온전한 진실이었다.

"절대로 실망시키지 않을 것이오."

* * *

하지만 엘프가 호드에 합류하는 문제에 대해 로르테마르 테론을 설득하는 건 스랄을 설득하는 것만큼 쉽지 않았다. 몇 가지 조건이 담긴 스랄의 편지를 그는 정중하게 거절했다. 실바나스의 요청 역시 다르지 않았다. 로르테마르는 그녀가 도와주는 건 고맙지만, 호드가 엘프에게 워낙 큰 해를 끼친 탓에 도저히 그들을 아군으로 생각할 수 없다고 말했다.

실바나스는 인내심만으로는 해낼 수 없는 일을 시간에 맡겼다. 몇 달이 지나고, 로르테마르는 호드의 소규모 사절단이 실버문으로 들어올 수 있게 허락해 주었다. 그들은 섭정과 만날 기회를 얻었지만, 약속된 건 아무것도 없었다. 그래도 그녀는 기다렸다. 아직 절박한 상황은 아니었다. 퓨트리스의 연구에는 조금씩 진전이 있었고, 실험에 성공할 때마다 그는 점점 더 오만하고 자기중심적이 되어갔지만, 그래도 실제로 사용할 수 있는 걸 만들기까지는 적잖은 시간이 더 필요했다. 리치 왕은 꿈쩍도 하지 않았고, 그래서 어둠의 여왕은 인내심을 키웠다.

마침내, 스랄에게 사절이 보내졌다. 로르테마르는 스랄의 조건에 동의했지만, 이에 대해 자신도 몇 가지 조건을 제시했다. 그중 하나는 그들이 오그리마가 아닌 쿠엘탈라스에서 만나야 한다는 것이었다. 또 하나는 각 종족의 참석자 수를 제한하겠다는 것이었다.

그래서 실바나스는 자기가 올라타는 걸 허락한 몇 안 되는 야수 중 하나인 해골 전투마에 타고 고향 땅의 입구에 섰다.

마지막으로 여기 왔던 때, 그녀는 아직 되찾은 몸에 적응하는 중이었다. 그런 몸을 이끌고 데솔름에서 원정순찰대 산장을 찾아왔지만, 로르테마르와 할두런의 대화를 듣고 쓸개즙처럼 씁쓸한 실망감만 느꼈을 뿐이었다. 그 전에는, 여기서 목소리만으로 수많은 엘프들을 살해한 적도 있었다. 이제는 그 목소리를 이용해서 모두를 협상 탁자에 앉혀야 했다.

그녀와 스랄, 케른, 그리고 검은창 트롤의 볼진이 아치문 안으로 들어섰다. 한때 하얀색과 금색, 빨간색으로 화려한 위용을 뽐냈던 그 관문은 이제 주위의 음울한 모습처럼 검고 슬프게만 보였다. 이제 문의 양쪽 모두에 절망만 내려앉아있었다. 영원노래 숲은 유령의 땅이 되었고, 신록의 농지는 역병 지대가 되었다.

한 무리의 원정순찰대원들이 산장으로 가는 나머지 길에서 그들을 호위하려고 모여서 기다리고 있었다. 그중에서 실바나스가 알아볼 수 있는 건 한 명뿐이었다.

"할두런 브라이트윙." 스랄이 말했다. "나는 호드의 대족장 스랄이오. 이쪽은 타우렌의 대부족장, 케른 블러드후프고. 그리고—"

"오, 우린 구면이오." 실바나스는 말했다. "잘 지내고 있는 것 같군, 순찰대 사령관."

"그렇소." 그는 말했다. 그의 짙은 금발은 여전히 헝클어져 있어서, 실바나스는 그 머리카락이 어떻게 눈을 찌르지 않는 건지 궁금해졌다. 하지만 그의 목소리는 깊고 조심스러웠고, 너무나도 엄숙해진 얼굴을 보면 그가 예전에는 사소한 농담 한 마디에도 웃음을 터뜨리던 사람이라는 것을 상상조차 할 수 없었다. *옛 친구여, 우리가 마지막으로 솔직한 웃음을 터뜨렸던 후 얼마나 오랫동안 암울한 시기를 견뎌내야 했던가?* 그녀는 생각했다.

"따라오시오." 할두런은 시선을 스랄과 볼진, 케른에게 돌리며 말했다. "수행원은 여기서 기다리게 하시오. 논의가 이루어지는 동안 우리가 잘 보살펴 주겠소."

케른은 그 얘기가 마음에 들지 않는지 눈을 가늘게 떴다. 스랄은 뭔가 말하려 했지만, 실바나스가 가로막았다.

"할두런은 명예를 아는 사람이오." 그녀는 할두런이 전투에서 이기기 위해서라면 기만적인 행동도 서슴지 않았던 사람이라는 기억은 신중하게 감추며 말했다.

할두런이 퍼뜩 고개를 돌렸다. 그의 얼굴에서 조심스러운 태도가 조금 누그러졌고, 그 대신 익숙한 놀람과 슬픔, 반감을 읽을 수 있었다.

"로르테마르 테론이 우릴 죽이려 했다면," 그녀는 말을 이었다. "우린 뭐에 당하는지도 모르고 이미 쓰러졌을 거요. 매복 같은 건 없소, 대부족장."

케른은 흥, 소리를 내며 고개를 숙였다. 타우렌 사이에서는 상대를 존중하는 표현이었지만, 실바나스는 늘 황소가 돌진하려는 모습 같다고 생각했다.

"엘프가 트롤을 믿기는 어렵다는 걸 알고 있네." 볼진이 말했다. "나와 내 동족은 받아들일 수 있어."

할두런이 이맛살을 찌푸렸다. 실바나스는 그를 워낙 잘 알고 있었기에, 그의 속마음을 읽을 수 있을 것 같았다. 과거, 끔찍했던 줄진을 직접 붙잡았지만 결국엔 놓치고 말았던 할두런은, 방금까지 그녀에게 그랬던 것처럼 볼진을 분석하며 그를 믿어도 좋을지 판단하고 있었다.

"물론 신뢰는 주어지는 게 아니고 얻어내야 하는 거겠지." 그는 볼진에게 말했다. "하지만 그간 많은 게 달라졌소. 대부분 최악의 상황이 되었지만… 나아진 것도 있었소."

그들은 새로운 순찰대 사령관을 따라 탈라시안 길을 걸었다. 실바나스가 아직 잠을 잘 수 있었다면, 꿈속에서도 걸을 수 있는 길이었다. 모든 것이 익숙했지만 한편으로 너무나도 낯설었다. 지난 몇 년 사이 그녀는 황금빛 잎 사이로 아른거리는 햇살과 새들의 노랫소리, 푸르르고 생생한 내음으로부터 멀어졌다.

우리는 고향의 아름다운 숲 이름을 따서 네 이름을 지었다.

한때 이 지역을 정찰하는 원정순찰대원들이 주둔한 가장 남쪽 기지였던 원정순찰대 초소는 이제 거의 텅 비어있었다. 위가 트여 있는 형태와 구불거리는 보행로 때문에, 그곳에서는 거대한 위압감이 느껴졌다. 그래도 중앙에서는 예전처럼 불이 타올랐고, 덕분에 실바나스는 묘한 안도감을 느꼈다. 그녀는 엘렌다르 호수를 바라보며, 그 푸르른 거울에 구름 한 점 없는 하늘이 비치던 풍경을 떠올렸다. 이제는 그 호수도 이 지역의 다른 곳처럼 탁하고 역겨운 색으로 물들어있었고, 실바나스는 가슴이 묘하게 아파왔다.

로르테마르, 지리, 살리사가 그들을 기다리고 있었다. 로르테마르의 엄숙한 태도에 비하면, 할두런도 생기 넘치는 수다쟁이 같았다. 섭정은 완벽하게 예의 바른 태도로, 마치 이방인에게 하듯 말했다. 공적이고, 정중하지만, 거리를 두는 듯한 모습이었다.

그런 모습이 협상의 분위기를 조성했다. 스랄과 로르테마르를 탁자에 앉힌 만큼, 실바나스는 협상의 세세한 조항에는 별로 관심이 없었다. 그래서 대화를 한 귀로 흘리며, 꼭 필요한 때만 논의를 거들고 그 외에는 입을 다물었다. 그녀와 세 형제자매가 부드러운 풀밭에 누워, 하늘에 뜬 하얗고 두리뭉실한 형체들을 가리키며 아무것도 아닌 것에서 의미를 찾으려 하던 어느 날의 오후, 그때 하늘을 오가던 구름처럼 이런저런 생각이 오갔다.

결국 그런 것이 모든 이의 본질이었던가? 태어나고, 죽고, 그 사이의 여정에서 의미를 찾는 것이? 사명이라는 게 없다면, 그들은 아무것도 아니었을까?

불쾌한 생각이었다. 그녀에게는 명확하고 단순한 사명이 있었고, 그걸 완수하는 것만으로도 의미는 충분했다.

회담장으로 음식이 들어왔고, 여전히 육신의 양분을 필요로 하는 자들은 식사를 시작했다. 스라소니 고기로 만든 전채 요리를 보니, 이제 몇 세기는 지나버린 것 같은 그 날의 일이 떠올랐다. 알레리아가 스라소니 싸움꾼에게 쫓기며 죽어라 달리던 모습이었다. 그때 그들은 얼마나 어렸던가. 한편, 음식과 관련된 또 다른 기억도 있었다. 그걸 아주 좋아하는 사람이 있었는데—

"살데릴 경." 그녀는 불현듯 말했다. 로르테마르가 음식을 씹던 걸 멈추고 날카로운 눈빛으로 그녀를 바라봤다.

"갑자기 무슨 얘기요?" 할두런이 물었다.

"그는 살아남았나?"

"그렇소." 로르테마르가 말했다. "아서스 메네실조차 그의 연회를 오랫동안 중단시킬 순 없었지. 그는 여전히 연회를 열고, 붓고 마시는 생활을 계속하고 있소. 그게 그 나름대로 온전한 정신을 붙잡으려는 방법인지, 아니면 피하려는 방법인지는 모르겠소."

"뭐," 실바나스는 말했다. "변하지 않는 것도 있어서 다행이군."

한순간, 그야말로 찰나의 한순간, 세 사람 사이에 따뜻한 기운이 맴돌았다. 그들은 음악과 와인, 솜사탕처럼 부드럽고 달콤하며 그만큼 여린 여름날의 기억을 함께 나누었다.

하지만 그 순간은 순식간에 사라져버렸고, 다시 돌아오지 않았다.

협상은 오래 걸리지 않았다. 가장 큰 장애물, 즉 블러드 엘프를 호드의 대표자들과 논의할 수 있는 자리에 앉히는 문제가 이미 해결되었기 때문이었다. 나머지는 그저 세부 사항에 불과했다. 서류가 완성되고, 서명과 인장이 찍히자 협상은 끝이 났다.

하지만 형식적인 절차는 계속되었다. 로르테마르는 대족장과 다른 일행 모두에게 그날 저녁은 실버문에 머물러도 좋다고 정중하게 제안했다. 스랄은 그만큼 정중하게 그 제안을 거절했지만, 그 유명한 도시를 둘러보는 것에는 동의했다. 그와 케른이 자리에서 일어나 기다리는 탈것을 향해 걷기 시작했을 때, 실바나스는 잠시 멈춰 서서 로르테마르를 돌아봤다.

"섭정," 그녀는 말했다. "당신은 이곳을 이제 유령의 땅이라 부르던데."

"그렇소," 그는 이렇게 덧붙였다. "이제 이곳에는 산 자보다 망자의 수가 더 많으니까." 그는 최선을 다해 날선 의미를 드러내지 않으려 했지만, 성공하지 못했다.

실바나스는 고개만 끄덕였다. "이렇게 먼 곳까지 왔으니, 우리 집을 다시 한번 보고 싶소. 거부하지 말아줬으면 좋겠는데."

설사 거부한다 해도 그렇게 말할 수는 없을 것이다. 이제 막 호드에 합류하기로 합의를 마친 상황에서, 마찬가지로 호드에 속한 한 종족의 지도자인 그녀의 의사를 섣불리 거부할 수는 없을 테니까.

"그럴 생각은 없소, 실바나스. 따로 안내인은 필요 없겠지."

"길은 이미 알고 있소."

제 19 장

유령들.

여기 그녀의 고향에 유령이 얼마나 많이 있을까? 실바나스가 고통과 죽음의 노래로 얼마나 많은 유령을 낳았을까?

실바나스는 윈드러너 첨탑으로 바로 가지 않았다. 대신 아주 오랫동안 길을 따라 걸으며 앞서 트랜퀼리엔으로 보낸 포세이큰에게 고개를 끄덕여 인사하고, 그 지역에서 비정상적인 공격성을 보이거나 끔찍하게 변형된 야생 동물들을 관찰하고, 죽음의 흉터 인근에서 어슬렁거리는 스컬지를 살폈다.

그녀는 동쪽으로 갈라지는 길을 지나 황금안개 마을로 향했다. 전에는 그곳에도 친구들이 있었다. 오크들이 나타나기 전, 그리고 아서스가 나타나기 전, 그 모든 일이 일어나기 전에는.

해골마는 묵묵히 그녀를 태우고 마을을 향해 다가갔지만, 그때 실바나스가 말을 멈춰 세웠다. 왕국 전체에서 사용되는 것과 같은 우아한 곡선으로 이루어진 건물들이 보였다. 그리고 창백하고 역겨운 빛 속에서 움직이는 형체들도 보였다. 나름의 묘한 빛을 발하며 움직이는 형체들은 반투명했지만 여전히 엘프의 모습을 하고 있었다.

실바나스가 길을 향해 돌아서려던 찰나, 무언가 그녀를 붙잡았다. 결코 멀어지지 않고 언제나 뜨겁게 타오르는 분노가 횃불처럼 그녀 안에서 이글거렸다. 이건 그녀가 자신의 전부를 바쳐 증오하는 *그자가* 만들어낸 결과물이었다. 그리고 *그녀* 또한 그자가 만들어낸 결과물이었다. 그녀도 그 사실은 바꿀 수 없었다. 하지만 한때 쿠엘도레이였던 이 유령들에게는 해줄 것이 있었다.

실바나스는 전쟁의 함성을 내지르며 돌진했고, 고삐를 놓고 한 손으로는 활을, 다른 손으로는 화살을 잡았다. 그녀는 물 흐르듯 유려한 움직임으로 조준하고 화살을 쐈다. 완벽하게 정확하고 우아한 사격이었다. 이제는 셀 수조차 없게 끝도 없이 반복해 온 일이었다. 그녀에게는 달리기처럼, 생전의 호흡처럼, 언데드로서의 삶에서는 증오처럼 자연스러운 행동이었다. 그녀는 작별 인사를 속삭일 아는 엘프가 없는지 찾았지만, 모두의 얼굴은 흐릿하게만 보였다. 그들은 아스라이 허공을 맴도는 듯한 존재였지만, 그래도 파괴할 수는 있었다. 그녀는 그들이 되돌아올 수 있을지, 아니면 절반의 삶을 견뎌내야 하는 여기보다는 더 나은 곳으로 갈 수 있을지 아무것도 확신하지 못한 채 그들을 하나둘 베어 넘겼다.

실바나스는 말에서 내려 화살을 회수했다. 거의 투명에 가까운 사체에 박힌 화살은 유난히 두드러져 보였다. 화살촉에 상대를 처치한 것을 확인할 수 있는 흔적 같은 건 없었다.

유령의 수가 많지 않아 그나마 다행이었다. 하지만 가슴이 저리기에는 충분했다. 해골마가 발굽을 달그락거리는 사이, 그녀는 거리를 오가며 모든 집을 확인했고, 눈에 띄는 유령은 모두 처분하면서 마을 전체를 수색했다.

그리고 다시 말에 올라 남쪽으로 향했다.

으스스한 두려움이 그녀에게 스며들었다. 어떻게 그런 일이 가능한 걸까? 그녀는 어둠의 여왕이자 밴시 여왕이었다. 아이들은 그녀의 이름만 들어도 겁에 질려 착하게 굴곤 했다. 그녀는 망자를 지배하고, 그 무엇도 두려워하지 않았다.

하지만, 아무래도 그건 사실이 아닌 것 같았다.

윈드러너 마을 외곽이 시야에 들어왔다. 아서스가 불러온 파멸이 이곳까지 점령한 모양이었다. 그녀의 기억 또한 음울하고 고통스러웠다. 한순간, 그녀 정신의 눈은 엘프와 오크의 사체가 흩어져 있던 것을 떠올려냈다. 하지만 그때는 초록빛 풀과 푸른 하늘이 있었다. 이제는 침묵 말고는 아무것도 남지 않은 것 같았다.

실바나스는 마음을 가라앉히고 말을 몰았다.

고요한 대기가 소란스러워지고, 회색 형체들이 날개를 펄럭이며 그녀를 향해 다가왔다. 가고일. 아서스가 이곳을 지키라고 남겨 놓은 애완동물이었다. 하지만 누구에게서 지켜야 한단 말인가? 쿠엘도레이는 사실상 멸망한 것이나 마찬가지였다.

그녀의 머릿속에 기억이 번득였다. 언데드 말에 탄 아서스를 마주한 순간이었다. *나는 실버문의 순찰대 사령관, 실바나스 윈드러너다. 지금 돌아서는 게 좋아.*

그가 거들먹댄 것처럼, 죽음이 그녀의 땅을 찾아왔고, 그녀에겐 막을 힘이 없었다. 그녀는 조준하고 시위를 놓았지만, 아서스는 그녀를 비롯한 수많은 이들의 목숨을 앗아간 룬검 서리한을 들고 화살을 반으로 갈랐다.

움직이는 회색 돌의 형태를 취한 죽음이 하늘에서 날아들어, 으르렁거리며 날카로운 손가락으로 보르아실을 붙잡았다. 그 엘프는 전설적인 일곱 화살의 전투를 비롯하여 수많은 전투에서 살아남았지만, 결국엔 괴물 조각상이 그에게 최후를 안겼다. 그의 피가 따뜻한 구릿빛 비처럼 그녀의 얼굴에 쏟아졌다. 그녀의 화살은 다시 한번 빗나갔고, 이번에는 돌에 맞아 쪼개졌다.

가고일은 보르아실의 목을 가른 후 장난감에 싫증이 난 아이처럼 그대로 떨어뜨려 버렸다.

그 괴물들은 당시 순찰대 사령관이었던 그녀에게도 얼마나 큰 두려움이었던가. 하지만 이제 그녀는 아무렇지도 않게 그것들을 쓰러뜨렸다. 그녀는 그들보다 강했다. 그 악몽 같던 날의 순찰대 사령관보다 훨씬 더 강했다.

하지만 적의 위협이 사라지자, 실바나스는 더는 자신이 강하다고 생각할 수 없었다. 그보다 더 오래되었지만 여전히 고통스러운 기억들이 기억의 표면으로 거칠게 떠올랐다. 여긴 포도주처럼 붉은 드레스를 입은 소녀가 쓰러졌던 곳이었다. 저쪽에서, 그녀는 벨라리아 살로나르를 발견했다. 조금 더 마을 중앙에 가까운 곳에서, 아라반과 렌드리스가 죽었다.

그리고 저곳에서….

그녀는 말에서 내려 가장 큰 아픔이 남은 곳으로, 지금껏 그녀의 발걸음을 뒤따라왔던 끔찍한 슬픔과 죄책감의 상처가 생겨난 곳으로 향했다.

실바나스는 그의 사체를 발견했던 곳에 섰다. 언제나 아름다운 모습으로, 눈부시고 따뜻하게 빛나던 작은 태양님이 살해당한 곳. 태양은 저물었지만, 그가 남겨두고 간 이들에게 여명은 없었다. 그는 사라졌다.

적어도, 그녀는 그가 사라졌기를 바랐다. 아니, 정말 그런 걸까?

그녀는 여기에서 유령을 보지 못했다. 고요한 침묵과 부자연스러운 황혼 속에서, 그녀는 그의 이름을 불렀다.

"…리라스?"

실바나스는 잔뜩 긴장한 채 기다렸다. 반투명한 유령으로 변해버렸다 해도 그의 얼굴을 보고 싶은 마음과 그로 인한 공포가 뒤섞였다.

하지만 주위는 고요했다. 천천히, 그녀는 긴장을 풀었다. 온몸이 기진맥진해졌다. 그녀는 동생의 죽음이 지금까지 그녀에게 얼마나 큰 영향을 주고 있는지 실감했다.

그녀의 남동생은 자신에게 어울리지 않는 끔찍한 비극을 경험한 끝에, 마침내 정당한 평온과 함께 진정한 안식을 취하고 있는 것 같았다.

조금이나마 차분해진 상태로, 실바나스는 그의 무덤이 있는 곳으로 말을 몰았다. 무덤은 여전히 영원노래 숲에 남아 있었고, 시든 풀이 사방을 뒤덮어 희미하게 솟아오른 봉분을 숨겨주었다. 아서스는 그를 되살리지 않았고, 그녀는 아서스가 부지불식간에 자비를 베풀어 천만다행이라 생각했다.

실바나스는 햇살에 따뜻해진 동생의 무덤 곁 풀밭에 앉아, 무릎을 세우고 두 팔을 얹었다.

"정말 미안해." 그녀는 나지막한 목소리로 말했다. "난 내가 옳은 일을 하고 있다고 생각했어. 걸음을 옮길 때마다 그렇게 생각했어. 그게 *사실이기도* 했고. 난 백성을 지키다가 죽었어. 내 자유를 위해 싸웠고, 친구들에게 손을 내밀며 그들이 나를—"

그녀는 잠시 입술을 깨문 후 다시 말을 이었다.

"난 나와 나를 닮은 이들이 살아남는데 필요한 일을 했어. 때로는 좋은 선택지가 없을 때도 어쩔 수 없이 선택해야 하는 경우가 있어." 그녀는 고개를 가로저었다. "그런 것도 선택이라 할 수 있을까? 글쎄, 산 자들이 이해해줄 거라 생각하진 않아. 어쩌면… 너라면 이해해주겠지."

그녀는 삶이 끝난 후에는 뭔가 편안하고 좋은 것이 기다리고 있음을 알았다. 그리고 그런 사후를 거의 손에 넣을 뻔했다. 이 세계가 진정 정의로운 곳이라면, 그런 장소가, 그런 감정이, 그런 포근함이 이제 리라스의 것이 되었을 것이다.

"우리가 함께 갔으면 좋았을 텐데, 작은 태양님." 실바나스는 속삭였다. "결국, 난 아무것도 이루지 못했어. 난 죽었고, 아서스를 멈추지도 못했고, 너무 오랫동안 그의 뜻에 따라 사람들에게 해를 끼치는 존재로만 살았지. 난 영웅이 아니야, 그냥 바보지."

그녀 자신의 귀에도 그 말에 담긴 지독한 고통과 자기 연민이 느껴져, 갑자기 화가 치밀었다. 애처롭게 아쉬워해 봐야 무슨 소용이 있단 말인가? 그녀가 과거에 엿봤던 온화한 세상은 이미 사라졌고, 지금은 그런 포근함이 그녀에게 아무 도움이 될 수 없었다. 지금 그녀의 세계에는 그런 감정이 있을 곳이 없었다. 그녀는 강인하게 집중하고, 어떤 대가를 치르더라도 자신의 사명을 따라야 했다. 리치 왕은 지금 얼음 속에 잠들어있었지만, 그게 영원할 순 없었다. 영원할 리가 없었다. 그리고 이 세계는 그가 두 번째로 초래할 파멸을 감당할 수가 없었다. 그 사실을 알지 못하는 건 그저 어리석은 일이었다.

그녀는 남동생의 영혼이 남아있는지 보고, 만약 그렇다면 안식을 찾아 주려고 여기까지 왔다. 하지만 아무래도 동생은 그녀보다 먼저 떠나간 듯 했다. 그럴 필요는 없었다. 그건 위로이기도, 아픔이기도 했다. 다시 해골마에 오르고, 말의 두개골을 남쪽으로 돌리면서, 실바나스는 예전에도 그랬고 지금도 그렇듯, 순찰대원답게 오래된 상처를 들쑤시는 건 그만두기로 했다.

* * *

실바나스는 연금술 실험실로 향했다. 최근 연락이 뜸했던 퓨트리스에게 사정을 물을 생각이었다. 그때 순찰대원 하나가 그녀를 불렀다.

"여왕이시여," 그녀는 말했다. "왕실에 손님이 찾아왔습니다. 여왕님을 뵙고 싶다고 합니다."

"내가 아는 자인가?"

"죄송하지만 확실하지 않습니다. 일단 여왕님께서 시간을 내주실 거라고만 얘기했습니다. 여왕님께 드릴 선물을 가져온 것 같습니다."

실바나스는 도시와 정부를 운영하는 데 있어 중요한 의미 없이 그저 예의를 차리기 위해 행해지는 일들에는 큰 관심이 없어서 그냥 콧방귀를 뀌었다. 선물을 가져온 모험가나 농부는커녕, 부관과 조언자들을 만날 시간도 부족했지만, 그렇다고 예의를 무시할 수는 없었다.

잔뜩 통명스러운 표정을 짓고 있는 그녀 앞에서, 상대는 어딘가 낯익은 보석을 꺼냈다. 실바나스는 상대의 손에서 그 목걸이를 빼앗은 후 깜짝 놀랐다.

아름답고 끔찍한 그 목걸이는 혼란스러운 감정을 불러일으켰다. 단단한 벽 뒤에 가둬 두었다고 생각한 기억들이 쏟아져 나와 그녀를 휩쓸었다.

실바나스에게, 언제나 널 사랑하는 언니, 알레리아가.

어머니의 바람에 따라, 어느 날 밤 딸들이 입은 옷의 색상에 따라 제작된 것. 알레리아가 자기를 부르는 넓은 세상으로 떠나던 때, 아버지와 어머니가 가족을 잊지 말라는 의미로 주었던 것. 그리고 가족의 장녀가 자매들에게 하나씩 나눠주었던 것.

"이럴 수가." 그녀는 속삭였다. "이토록 오랜 시간이 지났는데…. 다시는 못 찾을 것이라 생각했는데…."

서리한의 칼날에 쓰러지던 날, 그녀는 그 목걸이를 목에 걸고 있었다.

그녀는 쿠엘탈라스를 방문하여 옛 친구들과 억지로 격식 차린 대화를 하고, 예전에 알았던 이들의 유령과 싸우고, 동생의 무덤가에서 오랜 속내를 고백까지 하느라 이미 너무 지쳐있었다. 그 목걸이는 그녀의 마음을 어지럽혔다. 그녀는 자기가 좋은 일을 하고 있다고만 생각했던 불운한 여행자에게 분노를 쏟아냈다.

"이걸 주면 내가 *기뻐하리라* 생각했나?" 그녀는 침을 뱉듯 말했다. "포세이큰의 여왕이 되기 전의 시간을 내가 그리워할 것 같아?" 그녀는 한 걸음 앞으로 나서, 자신에게 보석 모양의 고통을 선물한 자를 오만한 눈빛으로 쏘아보았다. "*너와* 마찬가지로, 내게 아무런 의미가 없는 시간이다. 그리고 알레리아 윈드러너는 이미 오래전 기억에서 사라졌어!"

그녀는 손을 펼쳤고, 목걸이는 돌바닥에 떨어졌다.

"이제 내 눈앞에서 사라져라." 그녀는 말했고, 그들은 그 말에 따랐다.

그녀는 그들이 떠나는 모습을 지켜봤다. 두 손 모두 주먹을 움켜쥐고 있었다. 그녀는 누구와 싸우려고 한 걸까? 모험가? 알레리아? 운명?

실바나스는 아주 오랫동안 가만히 서 있었다. 그러고는 뻣뻣한 몸짓으로 아주 천천히 무릎을 꿇었다. 그리고 목걸이가 깨어질세라 조심스럽게 손가락으로 감싸며 집어 들었다.

그 어떤 기억도 오래전 죽어버리지 않았다는 걸, 그녀는 깨달았다. 모든 건 그녀가 무엇을 잃어버렸고, 최악의 순간에 누가 그녀를 버렸는지 상기시키려고 머릿속 깊은 곳에서 그냥 가만히 기다리고 있었다.

실바나스는 두 눈을 감고 주먹을 뛰지 않는 심장이 있던 곳에 가져다 댔다.

마지막으로 한 번만 듣고 싶었다.

그녀는 입을 열고 노래했다. 밴시들의 부드러운 목소리가 더해져, 스산하고 아프도록 아름다운 음성이 번져나갔다. 노래는 시야의 한쪽 구석에서 언뜻 엿보이는 안개처럼 텅 빈 방 안에 메아리쳤다. 실바나스는 리라스가 연주하는 하프 소리와, 그의 순수한 고음이 옛 노래를 청중에게 들려주는 소리를 들을 수 있었다.

그 노래를 부를 때, 그들은 어렸다. 그 가사 너머에 담긴 공포의 진정한 깊이를 전혀 모르는 어린아이들이었다. 이 세상과 그 너머에 무엇이 있는지 아무것도 모르는, 조만간 자기들을 산산이 조각내버릴 공포와 슬픔은 짐작도 하지 못하는 아이들이었다. 시간 속에 남겨진 실바나스를 위해, 아직 아름다움과 상냥함이 남아있던 세상에 불러진 노래. 그 노래는, 명가의 애가라는 그 이름처럼, 이미 세상을 떠나 영혼과 사체, 피의 후손이 된 이들을 그리워하는 애가였다.

실바나스는 두 눈을 감고 고개를 숙인 채 잠시 귀를 기울이다가, 부드러운 목소리로 노래했다.

신두 신도레이
신두 팔라 나
신도레이
아나랄라 벨로레
벨로레...

허공에 걸려있던 마지막 음계가 서서히 사라졌다. 실바나스는 노래를 하던 밴시들에게 아무런 주의를 기울이지 않았고, 그들은 자기들이 더는 필요치 않다는 사실을 깨닫자 그대로 뿔뿔이 흩어져갔다.

마지막으로 그 노래를 불렀을 때, 찬란한 햇살의 소년은 영원히 목소리를 잃고 그녀의 품 안에 차갑게 죽어있었다.

실바나스는 자기도 모르게 무릎을 꿇었다. 아무리 애를 써도 쏟아지는 감정을 주체할 수가 없었다.

왜 놓아버릴 수 없는 걸까?

제 20 장

아서스는 단 한 순간도 실바나스의 머릿속을 떠나지 않았다. 하지만 가끔은 그녀도 칼날처럼 예리한 정신을 잠시나마 다른 곳에 돌리곤 했다. 그런 부주의가 고통을 안기거나 일을 망치지는 않았다. 그리고 가끔은 그저 그 생각에 굴복해야 하는 때도 있었다. 그럴 때면 질벅질벅한 생각의 웅덩이로 가라앉아, 탁한 물이 자신을 감싸고, 증오로 달궈진 정의감이 온몸을 뒤덮는 걸 느껴야 했다.

모험가에게서 가슴 아픈 깜짝 선물을 받고 나서, 그녀는 잠시 마음을 추스른 후 다시 대연금술사를 만나러 갔다. 하지만 그녀는 퓨트리스의 종복인 수석 연금술사 파라넬과 대화해야 했다. 퓨트리스는 지금 실험에 몰두해있다고 파라넬은 설명했다. 하지만 실바나스 여군주가 실험이 성공하면 즉시 알리라고 했던 말은 기억하고 있었기에, 그가 파라넬을 보내 어둠의 여왕에게 시범을 보여주라고 했다는 것이다. 그리고 퓨트리스는 실험이 완료되는 즉시 왕실에 있는 실바나스에게 보고하겠다고 약속했다.

실바나스는 퓨트리스의 얼마 남지 않은 정신에서 여군주보다 우선하는 게 있다는 사실이 달갑지 않았다. 그녀는 무고한 파라넬에게 짜증스러운 마음을 쏟아내며, 그의 안내에 따라 주 작업대를 둘러봤다. 그곳에서는 사체가 절단된 후 다시 조립되고, 알 수 없는 물약 재료들이 고운 가루가 되고, 기타 혼합물이 작은 화로 위에서 부글부글 끓어오르고 있었다. 다양한 사체 일부가 갈고리에 걸려있었다. 두 사람은 그 곁을 지나쳐 옆방으로 들어갔다.

천장에 걸린 감금 우리가 부드럽게 흔들렸고, 그 안에 갇힌 자들은 나직이 신음 소리를 내거나, 희미하게 꿈틀거리거나, 혹은 가만히 누워있었다. 바닥에도 다른 우리가 있었다. 텅 빈 채 열려 있는 것도 있었지만, 그렇지 않은 것들도 있었다. 갇힌 자들은 인간과 포세이큰이었고, 모두 실험 대상이었다.

실바나스는 처음에 포세이큰을 이런 일에 이용한다는 생각을 거부했지만, 퓨트리스는 살아있는 스컬지를 붙잡는 일이 얼마나 어렵고 위험한지에 대해 상당히 설득력 있는 주장을 했다.

"제발," 그는 이렇게 주장했다. "단 하나의 피실험체를 붙잡기 위해 포세이큰이 얼마나 많이 죽어야 할지 생각해 보십시오!"

실바나스는 그의 생각에 동의했다. 단, 범죄자와 포세이큰에 충성하지 않는 자들만 피실험자로 이용해야 한다는 조건을 달았다. 퓨트리스는 그러겠다고 약속했고, 그녀는 그에 대해 더 신경 쓰지 않았다. 정말 많은 이들이 그 자리를 원했다. 병사들은 죽을 수 있다는 사실을 알면서도 전쟁에 참전했고, 그 죽음에는 이유가 있다고 믿었다. 지금 그녀가 보고 있는 포세이큰은 생각할 수 있는 최고의 목적을 위해 죽음을 선택했다. 바로 이 세계에서 아서스 메네실을 없애는 것이었다.

그녀 앞에 선 자는 이미 죽을 준비가 되어 있는 것 같았다. 저항도, 분노도, 애처로운 탄원도 찾아볼 수 없었다. 그는 그냥 거기 조용히 앉아 고개를 숙이고 죽음을 기다리고 있었다. 적극적인 희생이라 할 수는 없지만, 적어도 조용하기는 했다.

분명 번쩍이는 판금 갑옷을 차려입고 검을 휘두르는 자들과 동등한 영웅인데, 그런 태도를 취해야 한다는 게 이상했다.

실바나스는 다른 우리에 갇혀 흐느끼고 있는 인간 여성에게는 눈길 한 번 주지 않았다.

살아 있는 여자와 죽어 있는 남자를 위한 물약이 제조되었다. 실바나스는 팔짱을 끼고 기다렸다. 당연히 여린 인간이 먼저 죽었다. 이후 한참 시간이 흘렀고, 실바나스는 죽음을 맞는 게 여자뿐일 거라고 생각했다. 하지만 그때….

아, 목적이 실현되었다.

퓨트리스가 해냈다. 그는 살아있는 자와 스컬지를 *모두* 죽일 수 있는 물질을 만들어 냈다. 실바나스는 왕실로 돌아가는 길에 새어 나오는 웃음을 참지 못했다. 아서스와 그자를 만들어낸 존재는 모두 파괴될 것이다. 이제는 지성도 없고 아무것도 느끼지 못하는 사체들의 군대 뒤에 숨을 수가 없을 것이다.

커다란 체격의 바리마트라스 옆에서 함께 걸으며, 실바나스는 거대한 계획이 움직이기 시작할 때가 되었다고 생각했다. 물론 역병의 효능은 다소 조정해야 할 것이다. 조금 다르게, 더 범용적이고 분산 속도가 빠른 방식을 찾아내야 했다. 군대를 모아 보내야 했다—

그때, 피부에 느껴질 것처럼 강렬한 감각이 그녀를 찍어눌렀다.

그녀는 정신이 실제가 아님을 몸으로 느꼈다. 씁쓸한 겨울 바람이, 고통에 울부짖는 어린아이처럼, 서늘하게 그녀의 몸을 베었다.

어떻게 알 수 있는 건지는 몰랐지만, 그래도 실바나스는 알 수 있었다. 아서스, 리치 왕이 된 그가 지금 막 깨어났다.

그녀는 그 충격적인 사실에 비틀거리다가, 애써 몸의 균형을 되찾았다. 그녀는 분노와 저항을 상징하듯 장갑 낀 손으로 주먹을 번갈아 쥐었다 폈다. 자유 의지를 되찾았을 때 처음 했던 행동이었다. 그녀는 빠르게 주위를 둘러봤지만, 다른 포세이큰 중에서 그녀와 같은 경험을 한 사람은 없는 것 같았다.

"여왕?" 바리마트라스는 마음과는 달리 정말 걱정스러워하는 목소리였다. "무슨 일이지?"

"뭔가 일이 일어났다." 그녀가 으르렁거렸다. "리치 왕과 관련된 일이야.

계획을 서둘러야 한다. 아무래도 시간은 이제 값비싼 자원이 된 것 같구나."

* * *

예전에도 그랬듯이, 시작은 잔인하리만큼 단순했다. 독을 섞은 곡물 자루였다. 한때 비옥했던 농지에서 아무런 작물이 여물지 못하고 오랜 시간이 흐르자, 굶주린 농민들은 아무리 수상한 방식으로 나타난 식량이라도 별 의심 없이 먹어치웠다. 그리고 머지않아 그 오염된 곡물은 어둠의 마법을 마음껏 퍼뜨렸다. 곡물을 먹은 자는 그대로 목숨을 잃고, 도살하는 것 외에는 다른 방법이 없는 끔찍한 언데드 생물로 되살아났다.

혼돈의 시간이 시작되었고, 리치 왕은 죽음의 사원을 전 세계로 보내 그런 상황을 이용했다. 점점 더 많은 스컬지가 만들어지고, 온 세상을 공포에 떨게 했다.

마침내, 포세이큰의 시간이 도래했다. 포세이큰을 마지못해 받아들이고, 처음부터 전혀 신뢰하거나 좋아하지 않았던 호드가 재빨리 포세이큰에게 접촉해왔다는 사실 덕분에, 실바나스는 동족이 오명을 벗었다는 느낌을 받았다. 이제 미치광이 퓨트리스의 오랜 노고가 제대로 인정받기 시작했다.

"준비됐나?" 실바나스가 물었다.

"아직은 아니지만, 곧 될 겁니다." 퓨트리스가 그녀를 안심시켰다. "걱정하지 마십시오, 실바나스. 조만간 살아있는 우리의 적, 스컬지와 리치 왕이 고통에 몸부림치다가 결국 거기 삼켜지는 꼴을 볼 수 있을 겁니다.

"열정이 앞선다고 네 주제를 잊지는 마라, 대연금술사. 내게 말할 때는 예의를 갖춰라."

그는 고개를 숙였다. "물론이죠, 여왕 폐하. 송구스럽습니다."

"언제 행운의 여신이 우리에게 미소를 지을지 모른다. 최대한 빨리 준비를 마쳐야 한다. 잊지 마라. 어떤 상황에서도, 리치 왕을 제거할 기회가 있다면,

주저하지 말고 역병을 살포해라."

실바나스는 퓨트리스의 긴 가면 뒤에 숨겨진 그의 눈을 보는 일이 거의 없었다. 하지만 그때 그의 눈은 뭔가 각별히 흥미로운 얘기를 들은 것처럼 갑작스럽게 번득였다.

"두려워하지 않겠습니다, 어둠의 여왕님." 그는 깊이 고개 숙여 인사하며 말했다. "절대 잊지 않겠습니다."

아제로스의 대지를 휩쓰는 불타는 군단을 무찌르던 때 이후 처음으로 호드와 얼라이언스는 하나가 되었다. 과거와 현재의 원한은 잠시 잊혔다. 계획이 수립되고 공유되었다. 실바나스는 리치 왕의 지배에서 벗어난 언데드 죽음의 기사를 양 진영이 귀중한 자산으로 받아들이는 모습을 들뜬 마음으로 지켜봤다. 지금은 아서스를 저지하는 것보다 중요한 건 아무것도 없는 것 같았다. 그자가 실바나스를 영원한 종복으로 만들기 위해 강제로 이 세상에 끌어다 놓은 순간부터 줄곧 실바나스를 집어삼키고 있었던 강박을, 온 세계가 조금이나마 함께 느끼고 있었다.

아서스가 스톰윈드와 오그리마 양쪽에 대한 공격을 개시했을 때, 최후의 발판이 세워졌다. 호드는 노스렌드로 함대를 파견하고 전쟁노래 공격대를 앞세워 전쟁노래 요새라 부르는 거점을 구축했다. 그리고 얼라이언스는 그 뒤를 이어 용맹의 성채와 발가드에 기지를 세웠다.

한편, 포세이큰도 나름의 파견대를 보냈다. 아서스에게 반격할 기회를 원하는 병사들과 커다란 통에 가득 채운 퓨트리스의 최신 역병이 여러 비행선에 가득 실렸다. 실바나스는 그들을 전송하는 자리에 섰다. 도열한 전사들 앞에서 말을 타고 지나가는 장군처럼, 포세이큰 어둠의 여왕은 박쥐에 올라타고 출발을 기다리고 있는 함선들 사이를 힘차게 누볐다. 그녀는 희미한 밴시의 음성에 자기 목소리를 실어, 함선에 탄 모두가 들을 수 있게 말했다.

"내 충직한 백성들이여." 그녀의 말에 병사들은 거친 함성으로 답했다. "너희 하나하나가 얼마나 자랑스러운지, 말로는 표현할 수가 없구나. 솔직히 말해서, 너희가 부럽기까지 하다. 오늘, 너희는 이 세계가 알지 못했던 가장 위대한 전쟁에 나선다. 리치 왕 아서스 메네실을 굴복시키고, 그자의 더러운 피조물을 영원히 파괴하는 전쟁이다. 너희는 마침내 그토록 오랫동안 우리를 거부해 온 복수를 실현할 수 있을 것이다!"

전사들의 손상된 성대에서 쏟아져 나오는 우렁찬 환호성이 주위를 가득 채웠다. 실바나스는 박쥐의 머리를 돌려 다시 한번 북적거리는 비행선들 상공을 선회했다. 그리곤 오롯이 자기 덕분에, 파멸을 맞았던 이토록 많은 존재들이 구원되고, 거처를 얻고, 사명을 품게 되었다는 사실을 가만히 음미했다.

"스컬지를 경멸한다고 말하는 자들도 있다. 틀림없이 그럴 것이다. 하지만 그자들의 감정 따위, 우리 이글거리는 증오의 불길에 비하면 희미한 촛불에 불과하다!" 환호성이 더 커졌다. "그래서 나는 이제 우리 포세이큰 부대를… *복수의 대리인이라 명명하려 한다!*"

그녀는 자기도 모르게 미소를 지으며 병사들을 바라봤다. 그건 아서스가 쿠엘탈라스에 나타난 날 이후로 그녀가 경험한 모든 감정 중 가장 진정한 기쁨에 가까운 것이었다. 그자는 그 땅의 문화와 백성들을 파괴했다. 이제는 그들이 그에게 같은 대가를 물을 것이다. 그러면서 놀랍도록 사악한 기쁨을 느낄 것이다. 그녀도 그곳의 전장에서 이 모험을 함께하고 싶었지만… 그건 무척이나 비효율적인 일이었다.

자칭 리치 왕이 된 아서스가 병력을 집결시킨 얼음왕관 성채는 고대 신의 피가 굳어 형성된 극도로 강한 금속, 사로나이트로 만들어졌다. 그리고 분노의 관문 앙그라타르 또한 그 끔찍한 물질로 만들어져 있었다. 그곳을 돌파하려면 아주 긴 시간과 막대한 대가가 필요할 것이다. 실바나스는 얼음왕관으로 가는 길이 열릴 때까지 언더시티에서 기다릴 생각이었다. 길이 열리면… 그래, 그때가 되면…. 모든 것을 삼키는 복수에 대한 갈망을 너무나도 오랫동안 억눌러왔기 때문에, 그자를 처치하는 순간을 함께하지 않을 수는 없었다.

"복수의 대리인이여, *공격하라!*" 그녀는 외쳤다. "복수의 대리인이여, *짓*

밟아라! 복수의 대리인은 아서스와 그자의 추악한 부하들을 이 세계에서 제거할 것이다! 그러면 모두가 경탄의 눈빛으로 포세이큰을 우러러볼 것이다. 경외감 가득한 시선으로 우리의 힘과 신념, 의지를 지켜볼 것이다. 이제 순풍을 받으며 복수의 상륙지로 가라. 그리고 우리의 적에게 파멸을 안겨라!"

* * *

울부짖는 협만에 있는 복수의 상륙지에서, 포세이큰은 퓨트리스가 시작한 일을 계속했다. 리치 왕을 처치하고자 하는 호드 역시 힘을 보탰다. 승기를 잡은 호드와 얼라이언스는 얼음으로 뒤덮인 대륙 안쪽 더 깊은 곳으로 진출했고, 얼음왕관 성채 입구에서 리치 왕을 공격할 준비를 마쳤다.

마침내 때가 되었다. 호드와 얼라이언스 군대는 하나의 목표를 위해 분노의 관문 아래에 어깨를 맞대고 섰다. 하나가 된 힘으로 리치 왕에게 도전하고, 그자와 스컬지의 위협을 영원히 끝내고자 했다. 양 진영에서 명망 있는 전사들이 공격을 이끌었다. 얼라이언스에서는 존경받는 성기사 볼바르 폴드라곤이 나섰다. 그는 바리안 왕이 실종되고 어린 안두인이 잠시 동안 스톰윈드 역사상 최연소 왕이 되었던 때엔 섭정으로, 지금은 용맹의 원정대 고위사령관으로 스톰윈드를 섬기고 있었다. 이에 뒤질세라 호드의 선봉으로 선택된 용사는 드라노쉬 사울팽이었다. 그와 마찬가지로 여전히 호드를 위해 싸우고 있는, 칭송받는 전사 바로크 사울팽의 아들이었다.

언제나 침착하고 고요했던 실바나스도 지금은 바리마트라스의 재미 들린 시선에는 신경도 쓰지 않은 채 우리에 갇힌 고양이처럼 왕실을 이리저리 오가고 있었다.

"어둠의 여왕, 전투를 앞둔 밤의 네 모습은 전에도 본 적이 있지만, 이렇게 긴장하는 건 처음 보는 것 같은데." 악마는 말했다.

"그때는 나도 전장에 나서는 때였을 거다. 적어도 내 부하들을 지휘하는 자리에는 있었겠지." 그녀는 딱 잘라 말했다. "게다가 이렇게 많은 것이 걸린 전투는 지금껏 한 번도 없었다."

"그래, 아서스에 대한 네 증오는 나와 내 형제들은 물론 그 누구와도 견줄 수 없을 만큼 크니까."

실바나스는 굳이 대답하지 않았다. 당연한 얘기였다. 그들은 그녀처럼 리치 왕에게 뒤틀린 존재가 아니었다.

계속 걸으면서 언짢은 마음을 떨쳐내기로 한 그녀는 길을 나서며 바리마트라스에게 곧 돌아오겠다고 말했다. 수로를 따라 언더시티의 다양한 지구를 지나면서, 그녀는 도시 전체에 긴장감이 고조된 걸 느꼈다. 예상했던 대로였다. 전투가 곧 시작되거나, 이미 시작되었다는 걸 모두가 알고 있었다. 이미 승리했을 수도 있었다…. 아니면 혹여 패배했을까….

실바나스는 자기 자신에게 화를 내며 고개를 가로저었다. 아니, 호드와 얼라이언스는 너무나도 먼 길을 함께 걸어왔다. 물론 가끔 부적절한 공격이 이루어지기도 했다. 두 진영의 관계가 하루아침에 완전히 달라질 수는 없는 일이었다. 하지만 양측 지도자들은 모두 공통의 목표를 바탕으로 협력의 중요성을 인지하고 있었다. 아들 사울팽과 성기사 볼바르 사이에 일종의 우정이 생겨났다는 소문이 돌았다. 두 사람이 조화를 이뤄 실시하는 공격이 상황을 유리하게 이끌고 있었다. 실바나스는 그 어떤 군대도 명확하고도 개인적인 소명을 앞세운 지금의 그들보다 강할 수는 없을 거라고 생각했다. 그들은 분명 분노의 관문을 돌파할 것이다. 그리고 그때가 되면… 그녀는 노스렌드로 가서 오랫동안 기다려온 복수를 실행에 옮길 것이다.

조금이나마 차분해진 그녀는 왕실로 돌아갔고, 바리마트라스가 그곳에 없는 것을 보고는 눈살을 찌푸렸다. 실바나스는 분명히 곧 돌아오겠다고 말했고, 실제로도 산책을 금방 끝냈다. 누군가 전투에 관한 소식을 갖고 돌아올 수도 있으니, 그 악마는 그녀 대신 거기에서 기다리고 있어야 했다. 그렇게 생각하는 순간, 바리마트라스가 왕실로 들어왔다. 그리고 염소 다리로 성큼

성큼 뛰며 경사로를 올라 한달음에 단상에 다가왔다.

"여왕." 그는 말했다. "널 찾고 있었다. 퓨트리스가 보고서를 갖고 돌아왔다!"

"뭐라고?" 그녀는 격분했다. "왜 사람을 보내 날 찾지 않은 거지? 그는 지금 어디 있나?"

"그는 부상당했다." 악마는 솔직하게 말했다. "지금 연금술 실험실에서 치료를 받고 있다. 가자. 서둘러야 한다."

말도 안 되는 얘기였지만 악마는 이미 멀어져가고 있었고, 그녀도 걸음을 바삐 옮기며 그를 따라갔다. 왜 전장으로 나섰다가 바로 돌아온 걸까? 왜 전장에 남아 병사의 치유를 맡은 사제들에게 치료를 받지 않은 걸까? 그녀는 처음 만났을 때 그를 보고 느꼈던 감정을 떠올렸다. 그는 *자기가 직접* 자기 두뇌에 벌레가 우글거린다고 말했다. 지금은 그나마 좋은 소식이 있기를 바랄 수밖에 없었다.

그녀와 바리마트라스는 다급히 왕실을 빠져나갔고, 공포근위병들이 그 뒤를 따랐다. 백성들은 지나쳐 가는 그녀를 놀란 눈으로 바라봤고, 그녀는 또다시 묘한 긴장감을 느꼈다. 지금껏 그녀의 감각과 본능이 그녀와 동료들의 목숨을 수도 없이 구해주었고, 그래서 그녀는 지금이 단순히 전투의 결과를 걱정할 때가 아니라는 걸 알았다. *뭔가 잘못됐어. 바리마트라스가 너무 심각해 보여. 퓨트리스는 내가 그를 만나길 원한 왕실이 아니라 연금술 실험실에 있다.*

그녀는 아무도 모르게 오른쪽과 뒤쪽을 흘긋 살폈다. 공포근위병들은 평상시 복장을 하고, 늘 갖고 다니던 무기를 들고 있었다. 그리고 평상시의 두건을 쓰고…

…그 아래쪽을 끌어올려 얼굴을 대부분 감추고 있었다.

공포근위병들이 자기 신원을 감추려 하고 있었다.

"아!"

한 여자가 연금술 실험실 입구 앞에서 그녀와 충돌하며 외쳤다. 실바나스는 처음엔 화가 났지만, 이내 그 '사고'가 그런 성질의 것이 아니었음을 깨달았다. 그녀가 쓰러진 여자를 일으켜줄 때, 예상했던 대로 그녀의 손바닥에 작은 약병이 놓였다. 그녀가 허리를 숙이고 둘의 얼굴이 가까워졌을 때, 여자는 속삭였다. "서두르십시오. 오래가지는 않을 겁니다, 여왕님." 그리고 여자는 물러났다.

"정말 죄송합니다, 어둠의 여왕님. 오늘은 제 몸가짐이 영 서투네요." 그녀는 모두가 들을 수 있게 말했다. "발을 바꿨거든요." 그녀는 부끄러운 표정으로, 살아있는 젊은 여성이 구혼자에게 예쁜 발목을 언뜻 보여줄 때처럼 치마를 살짝 들어 올렸다.

"여왕 폐하를 방해하지 마라." 바리마트라스는 불필요하게 퉁명스러운 목소리로 말하며 그 포세이큰을 옆으로 밀어냈다. 이번에 여자는 정말로 비틀거렸고, 한순간 모두의 시선이 그녀에게로 쏠렸다. 실바나스는 코르크 마개를 열고 씁쓸한 액체를 삼킨 후 빈 약병을 허리띠에 꽂았다.

"지금은 조금 급한 용무가 있다." 실바나스는 적당히 짜증이 난 목소리로 말하고는 경쾌한 걸음을 옮겼다.

걸음, 표정, 말, 그 어느 것에서도 실바나스는 아무런 내색을 하지 않았다. 적에게 포위되어 있는 것이 분명했고, 그중 하나는 나스레짐이었다. 그 비좁은 통로에서, 그녀는 감히 달아나려 하지 않았다. 그녀가 알고 있는 퓨트리스와 바리마트라스라면 똑똑하게 그녀를 빨리 죽여 버리지는 않을 것이다. 그들이라면 분명히 그녀에게 보여주거나 말해주고 싶은 것이 있을 터였다. 그 덕분에 그녀는 소중한 시간을 몇 초라도 벌 수 있을 것이다. 앞쪽으로 동굴 같은 연금술 실험실이 나타났다. 피로 얼룩진 석판과 피험체들이 갇힌 우리, 부글거리는 물약, 천장에 매달린 갈고리에 꿰어 늘어져 있는 신체 일부분들이 눈에 들어왔다.

하지만 연금술사는 없었다.

아니, 그곳에는 아무도 없었다.

거기 있는 건 갈고리에 꿰어 매달린 채, 영구히 죽어버린 그녀의 공포근위병들이었다.

너무나도 익숙한 웃음이 공허하게 그 돌방 안에 메아리쳤다. "아, 어둠의 여왕님," 퓨트리스는 한껏 들뜬 목소리로 말했다. "역병은 아주 효과적이었습니다. 그리고 분부하신 대로, 전 기회를 놓치지 않고 그걸 사용했습니다."

그런 거였나. "아주 잘했군. 그렇다면 왜 이렇게 우스꽝스러운 짓을 하는 거지? 아서스를 네 역병으로 해치웠다면, 축제라도 벌여야 할 때 아닌가. 넌 호드의 영웅이 될 것이다."

그녀는 그렇게 말하며 방 주위를 둘러보고, 그다음 방도 최대한 엿봤다. 우리가 비어 있었다. 그중 하나가 그녀의 몫일까?

"아쉽지만 그건 조금… 어려울 것 같습니다." 퓨트리스는 말을 이었다. "그러니까… 유감스럽게도, 역병이 조금 유출됐습니다. 드라노쉬는 룬검에 불운한 사고를 겪었고, 볼바르는 기침이 심해졌지요…. 물론 그 외에도 수백 명에게 비슷한 증상이 나타났습니다…. 아, 아서스는 조금 일찍 파티를 떠났습니다."

무척이나 위험스러운 상황임에도, 서늘한 공포가 그녀에게 스며들었다.

"퓨트리스… 대체 무슨 짓을—"

"*우리가* 한 일이다." 바리마트라스가 그녀의 말을 잘랐다. "이제 언더시티는 *우리* 것이다. 주인님께 승리를 안기는 건 네가 아니라 내가 될 것이다!"

그 악마가 무슨 얘기를 하는 건지 생각해 볼 시간은 없었다. 높은 천장의 그림자 속에 숨겨놓은 검은 통이 언뜻 보였다. 그녀가 서 있는 곳이 바로 그 아래였다.

그녀는 행동을 개시했다. 최대한 멀리 떨어진 곳을 향해 용수철처럼 튀어 오른 후, 공중에서 몸을 뒤틀어 가짜 공포근위병 뒤에 착지했다. 그들은 즉시 돌아서서 땅에 내려선 그녀를 공격했고, 그들의 칼이 그녀를 향해 떨어져 내렸다.

공포근위병들의 칼은 그녀의 어깨와 팔, 상체를 가격했지만, 마치 돌을 때린 것처럼 그대로 튕겨 나갔다. 그녀의 피부에는 아무 흔적도 없었다.

실바나스는 웃으며 고개를 숙이고는 온 힘을 다해 가짜 공포근위병들을 향해 달려들었다. 바리마트라스는 거칠게 으르렁거리며 공중으로 도약했고, 공포근위병들이 내동댕이쳐지는 사이 박쥐 같은 날개를 펄럭이며 날아올랐다. 커다란 통이 지면으로 떨어졌다. 역한 초록색 가스가 퍼져 나와 빠르게 병사들을 감쌌다. 그들은 버둥거리며 몸부림쳤지만 결국 일어서지 못했다.

실바나스는 그 물약이 검을 막아준 것처럼 역병으로부터도 몸을 보호해줄까 생각했지만, 위험을 무릅쓸 생각은 없었다. 그녀는 복도를 따라 달렸고, 비명 소리를 들으며 끔찍한 공포의 현장으로 들어섰다.

역병 구름이 사방을 가득 채우고 있었다. 언더시티 시민들은 미친 듯이 사방으로 역병을 피해 달아났다. 그리고 실바나스는, 그사이에 재빠른 적들이 날뛰고 있다는 걸 깨달았다. 사방이 혼돈에 휩싸였고, 악마들이 도시를 가득 채우고 있었다.

뭔가 커다랗고 무거운 것이 그녀의 어깨를 짓눌렀다. 공포마귀였다. 그 날개 달린 악마는 커다란 발톱을 구부려 그녀의 어깨를 파고들려 했으나, 그녀의 매끈한 어깨는 뚫리지 않았다. 발톱은 미끄러졌고, 악마는 잔뜩 화가 난 듯 으르렁거렸다.

여길 벗어나야 했다. 실바나스는 그 도시와 백성을 버리고 싶진 않았지만, 지금은 수적으로 불리했다. 처음에는 상업 지구 쪽으로 가려고 했지만, 이미 달아나는 포세이큰들이 계단을 가득 채우고 서로를 이리저리 밀치며 발버둥 치고 있었다.

그렇다면 하수도를 통과해야 했다. 제때 거기까지 갈 수 있을까?

아니, 실바나스는 하수도에서 멀리 떨어진 구역에 있었다.

뭔가 실바나스 곁을 스쳐 날아갔고, 그녀는 본능적으로 칼을 뻗었다. 하지만 마지막 순간 그녀는 가까스로 팔을 거두었다. 그건 하늘을 나는 악마가 아니라 그녀처럼 당황한 채 빠져나갈 길을 찾아 헤매는 박쥐였다. 그 박쥐가 다시 한번 다가왔을 때, 실바나스는 풀쩍 뛰어올라 박쥐의 등에 타고 단단히 붙잡았다.

실바나스는 박쥐를 동쪽으로 몰아 수로 위를 지나가면서, 언더시티 내에 폭력이 번지고 있는 모습을 보았다. 평상시에는 충직한 하인처럼 굴기만 했던 누더기골렘들이 시민들을 공격하고 있었다. 악마들은 놀이라도 하듯 그녀의 백성들을 공중으로 끌어올린 후 수로에 떨어뜨렸다.

퓨트리스와 바리마트라스는 쿠데타를 일으켰고, 단 하나의 끔찍한 행동으로 전쟁을 시작했다. 실바나스는 동요했다. 한순간에, 지금껏 그녀가 이룩해왔고 앞으로도 이룩해 가려 했던 모든 것들을 빼앗겨버린 듯했다. 순진한 아이가 아무것도 모른 채 장난감을 빼앗겨버린 꼴이었다.

아서스는 달아났다.

그녀에게 가장 만족스러운 최고의 순간이 되어야 했던 시간은 도둑맞은 채 뒤틀려 그녀와 호드, 얼라이언스 모두를 공격하는 순간이 되었다. 이 단 한 번의 행동으로, 퓨트리스는 아서스를 죽일 수 있었던 유일한 무기로 그를 처치하지 않고, 대신 함께 힘을 합쳐 싸우기를 선택한 호드와 얼라이언스의 병사들을 살해했다.

퓨트리스가 정말로 아서스를 처치하는 데 성공했다면, 실바나스는 분노의 관문에서 많은 이들의 목숨이 희생된 가치가 있다고 생각했을 것이다. 아서스를 저지하는 일에는 희생이 따라야 했다. 그녀는 오늘 죽은 이들도 그런 희생을 감내할 가치가 있다고 생각했을 거라 믿었다. 양측 군대의 모든 병사들은 리치 왕을 막기 위해서라면 얼마든지 목숨을 바칠 수 있었다.

하지만 역병은 헛되이 낭비되었고, 완벽하게 궁지에 몰린 목표를 완전하게 놓쳐버렸다. 대신 역병은 리치 왕의 적들을 살해했고, 잠깐 동안 잠들어 있던 갈등에 다시 불을 지폈다. 퓨트리스는 그녀에게 반항했다. 기억을 잃고 부서진 사체를 포세이큰 내에서 가장 높은 지위까지 격상시켜준 그녀를 배신했다. 그녀는 그들이 마지막으로 만나던 때의 일들을 떠올리며, 그때의 징후들을 눈치채지 못한 것이 너무나도 어리석은 일이었음을 깨달았다. 점점 무례해지던 그의 모습과 의기양양한 자신감까지. 어차피 그녀가 온전히 믿지 못했던 바리마트라스의 배신은 그리 놀랄 일은 아니었지만, 그래도 그녀의 목표에 치명적인 타격을 주었다.

하지만 그녀의 탈출을 막지 못한 건 분명 어리석은 짓이었다. 그들이 왕실에서 간단히 그녀를 막아섰다면, 그녀는 손쉽게 역병에 굴복했을 것이다. 자기들이 얼마나 똑똑하고 위험한 존재인지 그녀에게 보여주고 싶다는 오만한 허영심 때문에, 그들은 결국 파국에 이를 것이다.

실바나스는 오그리마로 가서 스랄에게 사건의 내막을 설명하고, 호드의 힘을 빌려 도시를 되찾을 것이다.

* * *

물론 바리안은 그녀를 거칠게 비난했다. 실바나스는 자기가 아무 관련이 없다고 주장했지만, 예상했던 대로 그는 그 기회를 놓치지 않고 전쟁을 선포했다. 호드 중에도 그녀와 포세이큰을 매우 회의적인 시선으로 보는 자들이 있었다. 이건 분명히 그녀가 그토록 열심히 추구해왔던 결과는 아니었다.

다행히 스랄만큼은 그녀의 말을 믿었다. *참으로 이상하군,* 실바나스는 생각했다. *내 곁에 서서 날 믿어주고 도와주는 게 내 가족을 살해한 자들과 같은 종족의 지도자라니.*

오랜 시간에 걸쳐, 그녀는 부모님이 전쟁에서 전사했다는 사실을 받아들이게 되었다. 군인에게는 일어날 수 있는 일이었다. 하지만 지금도, 실바나스는 리라스의 죽음만은 용서할 수가 없었다. 실바나스가 그 끔찍한 내막을 자세히 이야기하진 않았지만, 스랄은 그 일을 알고 있었다. 가까스로 소년을 벗어난 그녀의 작은 태양님이 군인 흉내를 내고 있을 때, 한 오크가 그 아이의 등에 도끼를 꽂아 넣었다는 사실을.

아니, 그녀와 포세이큰이 트롤이나 타우렌, 오크와 한 가족이 된 기분을 느낄 일은 결코 없을 것 같았다. 그들은 외부인이었고, 언제까지나 그럴 것이다. 그녀도 한때는 사정이 다를 거라 생각한 적도 있었지만, 전부 착각에 불과했다.

볼진이 그녀의 오른쪽에, 스랄은 왼쪽에 있었다. 대족장은 전투의 함성을 내질렀다. "곧 아군은 빼앗긴 우리 도시로 진격하여 되찾을 것이다! 호드를 위하여!" 그는 외쳤다.

아니, 호드를 위해서가 아니다.

포세이큰을 위해서… 그리고 그녀를 위해서였다.

* * *

실바나스에게 전쟁은 아직 끝이 아니었다. 아서스도 마찬가지였다.

언더시티를 되찾은 후, 실바나스는 아서스를 처치하는 개인적인 승리가 부정된 것을 거부하며 혼자서 얼음왕관 성채로 갔다. 하지만 그녀는 그 더러운 켈투자드가 마지막 순간에 그녀의 승리를 가로챘던 그 날 이후 한 번도 아서스를 만나지 못했다. 그때 이후로 그는 리치 왕이 되었고, 그리고 마침내 실바나스가 그의 앞에 섰을 때, 지배의 투구 안에서 형형히 빛나는 두 눈과 함께 성난 목소리로 으르렁거리는 그를 마주했을 때, 그제야 그녀는 아서스가 얼마나 강해졌는지 깨달을 수 있었다.

그녀는 어쩔 수 없이 퇴각하며, 돌아올 거라는 말만 남겨야 했다.

그리고 그럴 기회는 사라져버렸다. 무언가 그 무기를 파괴했고, 그와 함께 리치 왕도 사라졌다. 다른 자들이 그녀보다 먼저 아서스를 찾아가, 그녀 몫의 복수를 빼앗아버렸다.

실바나스 윈드러너가 아서스를 죽인다는 일념으로 오랫동안 간직해온 순간은 허무하게 거부되었다.

그녀는 그 더러운 검이 산산이 깨어지는 순간을 느꼈다. 거기 그녀가 있었어야 했다. 하지만 그러지 못했고, 그래서 아주 오랫동안 여기 오지 않는 것을 택했었다.

그 기간 동안, 이 세계 또한 여러 면에서 산산이 깨어지고 말았다. 물리적으로는, 데스윙이라 알려진 용이 대지를 벗어나 온 세상을 깨뜨리고 세계와 그 안의 생물들을 모두 바꿔 놓았다. 그의 끔찍한 부활을 앞두고, 아제로스의 정령들은 앞으로 다가올 일들을 느끼며 엄청난 고통을 받았다. 전사인 동시에 주술사이기도 한 스랄은 자신의 고향 드레노어로 가서 그곳의 정령들을 조사했고, 그렇게 그들은 부서진 세계에서 살아남았다. 어쩌면 그들이라면 대격변이라 불리울 사건 이후 남겨질 아제로스를 도울 수 있을지도 몰랐다.

그는 대족장의 책무를 리치 왕과의 전쟁에서 활약한 영웅 중 한 명에게 물려주었다. 바로 가로쉬 헬스크림이었다.

그리고 그건 끔찍한 실수였다. 최고의 전사라고 해서 반드시 좋은 지도자가 될 수 있는 건 아니었고, 스랄의 결정으로 인해 호드는 오래 지속될 고통을 겪기 시작했다.

얼라이언스 또한 흔들렸다. 가뜩이나 불안하던 얼라이언스와 길니아스 국왕 겐 그레이메인의 관계는 2차 대전쟁 이후 완전히 망가지고 말았다. 길니아스는 내부에 집중했고, 심지어 그레이메인 성벽을 세워 전쟁뿐 아니라 스컬지와 다른 인간까지, 왕국에 해를 끼칠 수 있는 것이라면 뭐든 차단하며 외부 세계와 단절됐다. 하지만 공포에 질린 대자연은 하찮은 인간의 성벽 따위에는 조금도 개의치 않았고, 비밀스러운 동시에 취약했던 길니아스인들은 거친 지진이 계속되는 과정에서 결국 이 세상으로 다시 밀려나고 말았다. 가로쉬는 그 기회를 놓치지 않았고, 퓨트리스의 공격 이후 포세이큰이 면밀한 감시를 받던 도중, 실바나스에게 겐의 왕국을 차지하고 그 지역에 호드가 이용할 수 있는 항구를 확보하는 임무를 맡겼다.

그것이 의미하는 바는 명확했다. 실바나스와 포세이큰은 호드에 복종해야 했다.

세계는 다음 전쟁, 다음 도전을 향해 움직이고 있었다. 하지만 실바나스는 벗어날 수 없는 과거의 수렁에 빠져있었다. 리치 왕은 죽었지만, 그녀는 여전히 완전한 자유를 찾지 못했다.

겐 그레이메인의 왕국에 대한 침공이 본격적으로 시작되기 전, 실바나스는 자신의 영원한 숙적이 마침내 소멸했던 곳을 찾아가보기로 했다. 그녀 나름의 순례였다.

그녀는 얼어붙은 눈밭 위에 홀로 서서, 그 끔찍했던 룬검 서리한의 남겨진 조각들을 물끄러미 바라봤다. 그녀가 그 검의 서늘한 푸른색 빛을 보았던 그 많은 순간들이 모두 밀물처럼 돌아왔다. 아서스의 손에 들린 그 검이, 그녀의 동족을 살해하던 그 순간들. 그녀의 목숨도 빼앗고, 그녀를 죽음의 기사에게 결속했던 순간들. 투영의 전당에서 마주한 리치 왕의 손에서 그 검을 다시 한 번 보았던 순간.

그녀는 눈 위에서 무릎을 꿇고, 그 어떤 육체적 아픔보다 더 큰 고통이 온몸을 덮쳐오는 것을 느끼며, 부끄러운 줄도 모르고 목놓아 비명을 질렀다. 실바나스는 감정이 무뎌졌다고, 이제 남은 건 분노뿐이라고 생각했었다. 하지만 지금 그녀는 모든 것을 다시 느꼈고, 이번에는 그 수많은 감정의 날을 무디게 해줄 수 있는 게 아무것도 없었다. 그리고 생전의 시간과는 달리 그 충격을 완화해줄 기쁨과 포근함 따위는 없었다. 지금 그녀에게 존재하는 건 어둠과 거친 색조로 칠해진 감정뿐이었다. 그녀의 마음 한구석에서 광기가 날뛰었고, 그녀는 그에 굴복하고 싶었다.

그녀는 이를 악물고, 주먹을 움켜쥐고, 자리에서 일어섰다. 아니, 이제 와서 흔들릴 수는 없었다. 어쩌면 그 괴물 안에 희미한 빛이 남아있을지도 몰랐다. 그녀의 손으로 마침내 꺼트릴 수 있는, 작디작은 불꽃이 남아있을지도 몰랐다.

또 한 번의 실망. 얼어붙은 갑옷. 눈에 흩뿌려진 피. 하지만 아서스도, 리치 왕도 없었다. 그저 그녀가 그토록 힘겹게 싸워온 전투의 승리가 이제는 불가능해졌음을 깨달았을 뿐이었다.

아서스는 죽었고, 대리인에 의한 승리조차 이루어질 수 없었다. 또 다른 리치 왕이 얼어붙은 왕좌에 앉아있었다.

그녀는 그토록 치열하게 찾아 헤맸던 것을 하나도 이루지 못했다. 오직 지긋지긋한 고집만으로 계속 목숨을 부지하며 존재하는 것 외에는 아무것도 해내지 못했다. 이제 그런 존재를 계속해야 할 이유가 없었다. 복수를 위해 부질없이 영원한 밤을 지연시켜야 할 필요가 없었다.

실바나스는 죽고 나면 평화를 얻을 수 있다는 걸, 안식을 취할 수 있다는 걸 알고 있었다. 다른 이들을 구하기 위해 자유롭고 용감하게 자신의 목숨을 희생한 보상이었다.

하지만 그건 순찰대 사령관의 운명이지, 밴시 여왕의 운명이 아니라는 걸, 실바나스는 이제야 너무 늦게 깨달았다.

실바나스가 얼음왕관 성채의 봉우리 꼭대기에 서자, 발키르 아홉 명이 공중에 떠올라 말없이 다가왔다. 그들은 그녀의 머릿속 기억을 끄집어내 그녀를 괴롭히려 했지만, 실바나스에게는 마지막 저항의 수단이 남아있었다.

물러나라. 그리고 내 머릿속에서 꺼져!

실바나스 윈드러너는 이 세상이든 다른 어떤 세상이든, 결코 부서지지 않는 그녀가 확실한 죽음을 택할 수 있는 곳을 향해 스스로 뛰어내렸다. 그리고 기나긴 추락의 끝에, 신의 피로 만들어진 가시에 자신의 몸을 꿰뚫었다.

막간

실바나스는 잠시 말을 멈추고 이야기를 거기에서 끝내기로 했다. 안두인에게 이야기를 해주는 것 외에도 신경 쓸 것이 많았다. 언데드로서의 삶 속 그 순간을 돌아보는 것이, 묘하게도 어린 왕에게 털어놓은 그 어떤 이야기보다 더 힘겨운 일이었다. 게다가 안두인이 그녀가 어떻게 목숨을 부지할 수 있었는지 궁금해하도록 내버려두는 것도 재미있을 것 같았다.

안두인은 당황한 듯했다. "나는… 네가 스스로 목숨을 끊으려 했다는 사실은 전혀 몰랐다." 그는 말했다. 안두인은 그녀가 그 사건을 이야기하는 게 얼마나 어려운 일인지 감지한 것처럼, 지금껏 보았던 그 어느 때보다 솔직한 태도가 되어있었다. 어쩌면 드디어 그녀의 설득이 효과를 발휘하기 시작한 것일지도 몰랐다.

"시도한 게 아니야." 그녀는 그의 말을 바로잡았다. "성공했다. 난 성공했어."

그는 애써 감추려 했지만, 그 담대한 선언은 그에게 충격을 주었다. 하지만, 그는 실바나스가 곧 드러내고자 했던 나머지 이야기를 묻지는 않고, 그녀가 의도치 않게 깜짝 놀랄 말을 했다.

"하지만… 넌 잘못 생각했어."

그녀는 눈을 가늘게 떴다. "말조심해라, 새끼 사자," 그녀는 경고했다. "네게 날 재단할 자격 따위는 없어."

"그런 게 아니다. 네게 아무것도 남지 않았다고 했었지. 그러나 그건 사실이 아니었어. 네가 아서스를 직접 죽이지는 못했다고 해도, 그는 사라졌다. 죽었어. 다시는 어느 누구도 해치지 못했을 테지. 그게 네가 원하던 것이 아닌가?"

"나는 사냥꾼이다, 안두인. 누군가 내 사냥감을 훔쳐갔다."

"그럼 넌 그가 죽기를 원한 게 아니었군. 그저 그에게 고통을 가하고 싶었을 뿐이야."

소년이 미끼를 던지고 있었다. 의도적으로 둔감한 말을 하고 있었다. 그게 아니라면, 그는 놀랄 만큼 뛰어난 변호사인지도 몰랐다. 하지만 실바나스가 미처 대답하기 전에, 그가 먼저 말을 이었다.

"네게 모든 것을 빚진 이들이 한 도시를 가득 채우고 있었다. 그들은 네 아래에 있었어. 널 따라서라면 세상 어디라도 갔을 거다. 아제로스의 모든 지도자가 그렇게 헌신적인 백성을 부러워했을 거라는 생각은 한 적 없나?"

거짓말을 하고 있는 걸까? 그는 분명히 확신에 찬 이야기를 하고 있었다. "네겐 나타노스가 있었다. 네 용사. 지금까지의 얘기를 들어보니, 그는 온 마음을 다해 널 사랑했던 게 분명해. 그리고 너도, 쉽게 그를 포기할 수 있었지만 그러지 않았다. 그런 사랑을 아는 사람을 많지 않아, 실바나스. 그는 여전히 네 곁에 있었다. 죽어서도 그 마음은 변하지 않았어. 그런 게 얼마나 보기 힘든 일인지 알고 있어? 그에 대해 생각해보기라도 했나?"

빌어먹을 녀석.

"아무것도 모르면서 멋대로 이야기하는구나."

"아무것도 모르는 건 오히려 너인 것 같은데. 너희 자매들도 있잖아. 그들에게 먼저 연락하기라도 했다면—"

"닥쳐!" 그녀는 소리쳤다. "그런 건 아무 상관도 없어. 모르겠나? 내가 진짜로 소유했던 건, 오직 나만의 것이었던 건, 내 증오뿐이었다. 밴시가 된 순간부터 나를 이 세상에 붙잡아두고, 내가 절망과 광기에 굴복하지 않게 해 준 게 그런 증오였다. 그게 내 모든 행동과 생각, 지금의 나를 만들어 낸 원동력이었다. 복수가 내겐 모든 것이었다. 내 가족, 내 동족, 내 왕국… 내 목숨까지… 내게 있었던 너무나도 많은 일들이 전부 끔찍한 방식으로 끝나고 말았다. 아서스를 내 손으로 죽이는 것만이, 지금껏 나를 괴롭혀온 이 세상에서 실현할 수 있는 최소한의 정의였다. 난 그런 승리의 순간을 누릴 자격이 있었지만, 결국엔 빼앗기고 말았다. 난 내 평생 가해진 폭력을 위로해 줄 깨끗한 죽음과 영원한 안식을 누릴 자격이 있었다. 그리고 난, 그런 끝만큼은 내가 원하는 대로 누릴 수 있을 거라고 생각했다. 내가 이미 한 번 맛봤던 끝이었다. 그게 거기서 날 기다리고 있었다. 그래서 나는 받아들였다."

그는 아무 말도 하지 않고, 그녀의 한 마디 한 마디에 집중하고 있었다.

실바나스도 지금 물러설 수는 없었다. 그녀가 어떤 경험을 했는지, 그가 알아야 했다.

"하지만 죽었을 때… 내겐 아무것도 주어지지 않았다. 그리고 그때… 간수가 내게 주었다."

무엇을 주었던가? 그녀가 마음 가장 깊은 곳에서 원했던 것보다 더 큰 것, 그녀가 지금껏 바라고 꿈꾸었던 것보다 훨씬 더 많은 것이었다. 그녀, 그리고 지금껏 존재해 왔고 앞으로도 존재할 모든 존재의 마지막 고통의 실이. 지금껏 단 한 번도 가능하지 않았던 기쁨과 공정함의 융단에 하나로 엮여 들어갈 것이다.

안두인은 그녀의 말에 귀를 기울였다. 그녀가 입을 다물고 다음 말을 고르고 있을 때, 그는 나지막이 말했다. "무엇을 주었지, 실바나스? 그가 대체 무엇을 주었기에, 넌 그토록 큰 대가를 합리화할 수 있었나?"

그녀는 고개를 돌려 그를 바라봤다.

"모든 것이다."

제4부

우리는 똑같다, 실바나스 윈드러너. 우리는 우리보다 큰 것을 위해 싸우고, 그로 인해 고통받는다. 우리 둘 다 각자의 저주에 뒤틀린 채 남겨진 박제에 불과한 것이다.

— 간수

제 21 장

죽음을 맞이한 후에도, 발키르는 실바나스 곁을 떠나지 않았다. 그들은 그녀를 붙잡고 예지를 보여주었다. 포세이큰의 종말이었다. 거대한 전투가 벌어지고, 균열을 통해 그녀의 백성들이 수도 없이 쏟아져 나왔지만, 대포와 머스킷 사격 앞에 수십 명씩 서로 뒤엉키며 쓰러질 뿐이었다. 파도처럼 밀려드는 포세이큰이 계속해서 쓰러져갔다. 실바나스는 적의 모습을 보았다. 그건 인간이 아니었다. 반은 늑대이고 반은 인간인, 늑대인간이라 불리는 야수였다. 그녀가 보고 있는 건 길니아스의 침공이었다. 꿈에서 보는 광경처럼 소리는 먹먹했고 왜곡되어 있었지만, 실바나스는 그게 꿈처럼 무해한 게 아니라는 걸 알고 있었다. 그래도, 그녀는 그게 현실이 아니라고 생각했다.

환영은 계속되었다. 그녀의 동족은 모든 시나리오에서 호드에게 이용당하고 희생되어 더 '가치 있고' 살아 있는 구성원들에게 승리를 안겼다. 그들을 지켜줄 그녀도 없었기에, 포세이큰은 유한한 자원처럼 마지막 한 명까지 모두 이용되고 죽어갔다.

멸망하라지! 이제는 상관없는 자들이다!

발키르는 그녀가 찾던 망각을 선사했지만, 그건 그녀가 예전에 잠시 맛보았던 것과는 전혀 달랐다.

실바나스는 평생 얼마나 어리석었던가. 자신의 죽음이 누구에게든 도움이 될 거라 생각했다니, 얼마나 순진했던가. 복수가 만족스러울 거라 믿었다니, 얼마나 멍청했던가. 그리고 다른 무엇보다, 그녀의 행동에 아무런 결과가 뒤따르지 않을 거라고 생각했다니, 이 얼마나 오만했던가.

그녀는 어둠만을 보았지만, 그건 텅 비어 있지 않았고, 진정한 망각이 아니었다. 그건 잔혹한 깨달음이었다. 그녀에겐 실질적인 감정을 느낄 육체가 없었지만, 그 대신 고통스러운 이해가 찾아왔다. 고통과 공포, 후회가 인식의 내면으로부터 그녀를 갈가리 찢었다.

그런 감정들은 필멸자의 고문 담당자가 집게와 갈퀴, 가위로 육체를 고문하는 것과 마찬가지로, 그녀 주위의 *것들이* 영혼을 고문하는 데 사용하는 무기들이었다. 하지만 육체에 행하는 고문에는 축복과도 같은 반가운 한계가 있었다. 무의식. 죽음. 끝.

이건 그렇지 않았다. 신이 나서 오직 하나의 대상을 향해 날뛰는 고통에는 영원히 끝이 없었다. 고통에 무감각해지는 것도, 육체에서 분리되는 것도 불가능했다. 그녀와 고통 사이에는 아무것도 없었고, 이야기가 뒤틀리고 진실이 드러날 때마다 고통은 점점 더 강해져만 갔다.

실바나스는 비명을 지르려 했지만, 그녀에겐 입이 없었다.

침묵하는 고통의 불협화음 속에서 한마디 말이 천둥처럼 울려 퍼졌다.

그만.

그러자 고통이 멈췄다. 그러나 기억은, 그 끔찍한 기억은 계속되었다.

눈이 없는데 어떻게 볼 수 있는 걸까? 몸이 없는데 어떻게 움직일 수 있는 걸까?

네가 이곳을 인지하는 건 내 의지가 그러하기 때문이다.

그녀가 말을 할 수 있을까?

그래.

"그렇다면 모습을 드러내라!"

어둠이 조금이나마 걷혔다. 완전한 흑색이 아른거리며 그림자 같은 암녹색으로 변화했다. 그녀 앞에는 거대한 형체가 솟아올라 있었다. 단순히 큰 게 아니라, 그야말로 *광대한* 형체였다. 강력한 힘이 엿보이는 건장한 육체는 인간을 닮아있었지만 그 크기가 가늠조차 되지 않았다. 그의 주위로는 수갑과 부서진 사슬이 돌바닥 위에 여기저기 흩어져 있었다. 사슬은 고리 하나가 그녀의 키보다 클 정도로 거대했다. 활짝 펼친 두 팔과 허리, 그리고 얼굴을 따라 흐르는 흐릿한 룬 문자의 빛을 제외하면, 그 존재는 어둠에 둘러싸여 있었다. 그는 맨발에 상체도 알몸이었지만, 한때 갑주였던 것의 잔류물이 아래팔과 허리, 목 부위에 남아 있었다. 그의 몸에는 여전히 사슬의 일부가 묶여있었고, 그 끝은 마법으로 밝게 빛나고 있었다. 실바나스는 그의 주위와 내면에 엮인 영원을 감지했다.

"여기는 나락이다. 도저히 구원받을 수 없는 자들만이 이곳에 추방된다. 그리고 여기에서, 그들은 영원히 고통받는다."

실바나스는 그 형체를 바라봤다. 고통이 잦아들자, 그녀는 적어도 끓어오르는 감정을 억제하고 그 존재에 집중할 수 있었다.

"넌 포로였군." 그녀는 말했다.

"지금도 그렇다."

"그렇다면 누가 이… 나락을 지배하는 거지?"

"내가 이곳의 간수다."

그의 말은 수수께끼 같았다. 그녀는 그를 압박하기로 결정했다. "넌 스스로를 포로이자 간수라고 자칭하는구나. 참으로 기이한 운명을 선택한 모양이지."

굵은 목소리에 씁쓸한 기운이 번졌다. "여기 있기를 선택한 자는 아무도 없다, 실바나스 윈드러너."

그는 그녀를 알고 있었다.

"내 결정이 날 여기로 데려온 거라면, 네가 여기 온 것도 마찬가지 아닐까?" 실바나스가 물었다.

"네 필멸자로서의 정신은 아직 이해하지 못하는 것 같군." 그는 지친 목소리였지만 참을성 있게 대답했다. "창조주의 가장 지독한 기만은 우리가 이 존재의 어떤 측면이라도 선택할 수 있다는 거짓 믿음을 우리에게 수여한 것이었다."

충격적인 말이었다. 그러나 그 말에서 진실함이 느껴졌다. "네가 내 선택에 관해 뭘 알고 있지?" 가까이 다가가 보니 그의 피부는 그녀와 같은 회색 조였다. 그래도 그의 피부에 각인된 룬 문자가 여전히 눈에 들어왔다.

"너는 자유를 위해, 자신의 의지를 되찾기 위해 너무나도 치열하게 싸웠다, 실바나스 윈드러너. 나 또한 그런 싸움을 해왔고, 지금껏 헤아릴 수 없을 만큼 많은 싸움을 지켜봐왔다. 그리고 그 모든 전투는, 용감한 것이었든 어리석은 것이었든, 전부 아무런 의미가 없다."

"나는 싸움을 통해 자유 의지를 *얻어냈다*, 간수." 실바나스는 쏘아붙였다. "그런 일이 가능해진 순간, 나는 내게 고통을 주던 자로부터 내 의지를 되찾았다. 나는 내가 *원할 때*, 내가 *원하는 자*를 죽였다. 그리고 내가 원하던 복수가 날 거부했을 때, 나는 *원하는 대로* 내 삶을 끝냈다."

그는 한숨을 쉬었고, 그의 다음 말에는 연민에 가까운 감정이 희미하게 어렸다. "나는 조바알이다. 이곳의 간수가 되기 전, 나는 영원의 끝자락에서 죽음의 영역을 지배했다. 나는 찰나의 순간 동안 깜빡이던 생명의 불씨가 꺼져버린 모든 필멸의 영혼 앞에 심판관으로 섰다. 한순간이면 나는 그들의 존재에 대한 모든 걸 알아낼 수 있었다. 그리고 몇 번이고 심판이 반복되는 사이, 내가 무엇을 봤는지 아느냐? 운명의 변덕에 내던져진 연약한 존재들이었다. 그들의 세계, 그들의 친족. 그들이 지혜롭든 어리석든, 건강하든 병약하든, 그런 운명은 그들에게 강제되었다. 그들이 처음 숨을 들이쉬는 순간부터 마지막 숨을 내뱉은 순간까지, 선택은 한 번도 그들의 몫이 아니었다. 그리고 그들의 삶이 끝났을 때, 영원까지 계속될 그들 영혼의 운명을 결정하는 것이 내 사명이었다."

실바나스 자신의 삶, 그녀를 위해 이루어졌던 결정을 떠올리자 분노가 끓어올랐다. "아니. 그런 헛소리를 믿진 않겠다."

"다들 부정하지. 일부는 결국 그 사실을 받아들이지만, 그 누구도 거기에서 벗어날 순 없다. 운명을 벗어나는 건 애초에 조물주의 장대한 설계에 포함되어 있지 않았다. 나락이나, 필멸의 영혼을 결속하기 위해 벼려지는 무한의 사후 세계에서 벗어날 수 있는 자는 *아무도 없다.* 구상부터 실현, 그리고 지금껏 발생했고 지금도 일어나고 있는 모든 것들에 이르기까지, 그 설계에는 심각하고 잔혹한, 그리고 그 무엇보다, *무관심으로 인한* 결함이 있다."

아서스가 그녀를 쓰러뜨렸을 때, 실바나스는 단 한 순간, 그녀를 기다리던 평화를 느꼈다. 그것도 이… 결함이 있는 설계의 일부였을까? 그녀의 상황이, 아서스의 손과 서리한의 칼날로 실현된 죽음이, 어떻게 필연적인 일이 될 수 있다는 말인가? 앞서 견뎌내야 했던 말도 안 되는 이야기의 충격에서 벗어나지 못한 그녀의 정신은 그 모든 걸 아직 받아들일 수 없었고, 그래서 그녀는 다른 것에 집중해보기로 했다.

"넌 여기 왜 온 거지?" 실바나스는 물었다. 신경이 쓰이는 사항은 아니었지만, 그가 그녀에게 말을 하는 동안에는 고통이 멈췄다. 그 사실만큼은 크게 신경이 쓰였다. "네가 지은 죄는 무엇이냐?"

"나는 감히 창조주의 의지에 저항했다. 나는 그들의 결함 있는 설계를 파괴하고, 더 나은 것으로 대체하려 했다. 그리고 그로 인해, 내 동족이 나를 이 불공정한 운명에 던져 넣었다. 내가 감독하는 저주받고 부서진 영혼들과 함께해야 하는 운명."

다시 한번, 실바나스는 산 자로서, 또 언데드로서 견뎌내야 했던 모든 것을 생각했다. 눈먼 고통으로 사그라들었던 분노가 다시 스멀스멀 밀려들었다.

"많은 면에서, 네 이야기는 나 자신의 것과 같다." 간수는 말을 이었다. "우리는 모두 배신당했고… 부서졌다. 나 또한 갈가리 찢겼고, 아프도록 영원한 불완전함을 느끼는 게 어떤 기분인지 잘 알고 있다."

그는 회색 민머리를 들어 올렸다. 코 양쪽을 따라 룬 문자가 흘러내렸고, 이마 중앙에 박혀있는 룬과 동일한 푸른빛으로 그의 두 눈이 형형히 빛났다. 그녀의 시선은 그의 가슴에 뚫린 구멍 안쪽으로 향했다.

깊고 원시적인 공포를 유발하는 그 광경에 실바나스 안의 무언가가 공포에 질렸다. 그녀에게 육신의 손이 있었다면, 생명을 잃은 자신의 심장을 움켜쥐었을 것이다. 자신의 가슴에 심장이 없다는 생각을 얼마나 많이 했던가?

실바나스는 자신의 죽음을 생각했다. 아서스의 증오와 심술이 그녀가 손에 넣을 뻔했던 행복을 앗아갔던 때를 떠올렸다. 그녀가 언데드의 눈으로 바라본 세상은 기억 속에 유령처럼 남아 있는 세상의 그림자 같았다.

"그들이 네 심장을 뜯어냈군." 그녀는 중얼거렸다.

"그뿐이 아니다." 간수는 말했다. "나는 모두의 운명을 바꾸려 했고, 그로 인해 둘로 찢어졌다. 그들은 내 힘의 정수를 빼앗아, 장대한 설계를 거역할 의지가 없는 새로운 심판관을 만들었다. 그리고 나의 형제는 내 육신에 나를 영원히 결속할 룬을 새겼다."

실바나스의 눈은 반짝이는 기호에 초점을 맞췄고, 그러자 흐릿했던 형체가 수정처럼 명료하게 굳어졌다. 그리고 그 순간, 그녀는 밴시의 비명을 내질러 분노로 어둠을 산산이 조각냈다.

"*서리한!* 네게는 내 목숨을 빼앗은 칼날의 징표가 박혀있구나!"

그녀의 외침에도 간수의 목소리는 여전히 냉정하고 무감각했다. "내 형제가 원하던 복수가 만들어 낸 검이다. 지배의 말을 사용해서 날 결속한 그 형제 말이야."

그녀의 머릿속이 바삐 움직였다. 그의 말이 사실일까? 아서스 메네실의 손에 의해 그녀의 세계에 가해진 모든 파괴와 고통 또한 이 간수를 만들어 낸 잔혹한 존재가 구축한 것일까? 그 생각에 그녀의 영혼은 불길처럼 타올랐다.

"이제야 알겠나?" 간수의 말에는 씁쓸한 감정이 가득했다. "우리는 똑같다, 실바나스 윈드러너. 우리는 우리보다 큰 것을 위해 싸웠고, 그로 인해 고통받았다. 우리 둘 다 각자의 저주에 뒤틀린 채 남겨진 *박제*에 불과한 것이다."

나 자신의 저주에 뒤틀린 박제. 아, 지금의 존재가 그녀를 얼마나 꽉 움켜쥐고 있던가. 아서스가 그녀에게 한 짓이었다. 그녀를 낚아채서 가장 차가운 검으로 그녀의 영혼을 흡수하고, 그녀가 자기 목소리를 가장 어두운 방식으로 높여 무고한 이들을 살해하게 만들었다. 그리고 그로 인해, 그녀는 파멸을 맞이했다.

그 생각을 하면서도, 그녀는 희미한 근질거림을 느꼈다. 무언가 그녀의 정신 뒤편을 슬며시 쓰다듬는 느낌이었다.

그가 여기 있었다. 나락 안 어딘가에. 당연한 일이었다. 아서스 메네실, 유혹에 굴복하여 가장 찬란하던 빛에서 가장 짙은 어둠이 된 자. 하지만 이곳에 있는 그는 그 역겨운 미소의 사디스트적인 지배자가 아니었다. 그저 혼자서 길을 잃고 당황한 어린 소년이었다.

"너라면 그의 기척을 느낄 줄 알았다." 간수는 말했다.

"어찌 안 그럴 수 있겠나?" 그녀는 대답했다. "그의 목소리를 머릿속에서 너무 오래 들었다."

"그가 여기, 벗어날 수 없는 어둠 속에 갇혀 있다는 사실이 기쁜가?"

실바나스는 탐욕스럽게 아서스를 처치할 계획을 세우던 그 오랜 시간을 떠올렸다. 그녀는 사냥꾼이었고, 붙잡은 사냥감의 가죽을 벗기고 내장을 제거하는 방법을 잘 알고 있었다. 그녀는 아서스가 고통받기를 원했고, 실제로 지금 이곳에서 고통받고 있었다.

그런데도….

"이것도 내게 기쁨을 주진 않는구나." 그녀가 나지막한 목소리로 말했다.

"그 무엇도 네게 기쁨을 주진 않을 것이다." 그는 말했다. "여기는 나락이다."

그 말은 실제로 뒤통수를 얻어맞는 듯한 충격을 주었다. 간수가 옳았다. 이런 곳에는 고통밖에 없을 것이다.

불현듯 한 가지 생각이 떠올랐다. "간수," 그녀는 말했다. "내가 고통을 감내해야 하는 운명이었다면, 왜 나를 건져낸 거지?"

"그 무엇도 나락에서 도망칠 순 없다…. *단 하나의 경우만 제외하고.*"

그의 말이 남긴 둔중한 충격이 실바나스를 휩쓸었다.

"넌 여길 벗어날 방법을 알고 있군."

"내 사슬을 깨뜨릴 힘을 비축하기까지, 가늠할 수 없는 영겁의 세월이 흘렀다. 나를 결속한 룬 문자를 내 무기로 바꿔놓기까지, 또다시 영겁의 세월이 필요했다. 비록 나락을 벗어날 수는 없지만, 나는 이 감옥 너머까지 내 의지를 연장할 수 있는 수단을 찾아냈고, 이루어져야 하는 일에 대해 나와 같은 시각을 공유하는 아군을 찾아냈다."

"무슨 뜻이지?"

"이제 끝나야 한다. 생명, 죽음, 그 모든 것이. 나는 이 굴레를 깨뜨리는 방법을 알고 있다. 그리고 그걸 재건하기 위해 가야만 하는 곳도 알고 있다."

"그리고 그렇게 헤아릴 수 없는 세월 동안 구축하고 연마해온 네 계획이 성공하려면 나 같은 아군의 도움이 필요하다는 건가?" 그녀는 콧방귀를 뀌었다. "그런 말을 믿을 것 같나."

"회의적으로 생각하는 것이 현명하겠지." 간수가 대답했다. "하지만 네가 믿지 않는다고 해서 진실이 아닌 건 아니다. 심판관으로서, 난 네가 상상조차 할 수 없는 세계에서 온 수많은 필멸자의 영혼을 심판했다. 그리고 그 기간 내내, 너희 아제로스에서 온 필멸자들의 잠재력을 뛰어넘는 존재는 단 하나도 없었다. 너희는 의지가 치열한 존재들이다. 그리고 그중에서도 너는 내가 지금껏 접한 그 누구보다도 치열하다."

"아부라도 하는 건가." 그녀는 거대한 존재를 향해 알 수 없는 분노를 느끼며 쏘아붙였다. "내가 그런 말에 흔들릴 거라 생각했나?"

그의 목소리가 달라졌다. 애원하거나 듣기 좋은 말로 구슬리는 게 아니었다. 결코 도움을 구걸할 자가 아니라는 걸, 그녀도 알 수 있었다. 지금 그의 목소리는 진실했다. 그리고 놀란 듯했다. "너는 네가 도달할 수 있는 위대함의 경지를 보지 못하는구나. 너는 과소평가되었다. 인정받지 못했다. 하지만 넌 그 누구도 실망시키지 않았다."

리라스, 그녀는 생각했지만 입 밖으로 내뱉지는 않았다.

"너는 네 도움을 원치 않는 이들을 포함하여 정말 많은 이들을 구원했다. 네 도움을 받을 자격이 없는 자도 있었지만, 넌 개의치 않고 그들의 목숨을 구했다."

그녀는 쿠엘탈라스의 관문에서 울부짖던 때를 생각했다. 너무나도 많은 이들이 제자리에서 쓰러져 죽어가던 모습을 떠올렸다. 간수의 말이 옳기만 했다면 얼마나 좋았을까.

"어둠땅의 가짜 심판관 또한 그 사실을 알았지만, *그럼에도* 너를 여기로 보냈다. 네가 벗어나야 하는 건 아서스가 아니다. 너 자신의 필멸성이다. 우리 길에 연민과 후회, 산 자에 대한 죄책감이 놓일 자리는 없다. 그와 마찬가지로 산 자들의 도덕성이 놓일 자리도 없다. 도덕성이란 죽음의 과정과 마찬가지로 본질적인 결함이 있으니까. 그 결함은… 이 세계에 공정한 것이 존재한다는 믿음이다."

그녀는 아무 말도 하지 않았다. 너무나도 많은 것이 *불공정했고*, 그것이야말로 고통스러운 진실이었다. 하지만 그것이 이런 규모의 숙명이라고?

"*나는*… 네가 그저 내가 가장 듣고 싶어 하는 말을 하고 있을 뿐이라고 생각한다. 내가 알기로, 아서스와 그의 검을 벼려낸 건 바로 네 손이었으니까."

"네게 맹목적인 신뢰를 기대하는 건 아니다. 그런 의미에서, 두 가지 선물을 주겠다. 첫 번째는 지식, 두 번째는 선택이다."

"왜지?" 그녀는 도전적인 말투로 대꾸했다. "네 의지를 따르게 강제할 수도 있을 텐데, 왜 내게 선물을 주려는 거지?"

"난 노예를 원하는 게 아니다, 실바나스 윈드러너. 아군이 필요하다. 명민한 정신으로 내 목적을 이해하고, 강인한 힘으로 어떤 대가를 치르더라도 그 목표를 완수하는 자. 가치 있는 것에 대가가 따르지 않는 경우는 없다. 내가 지금껏 어떤 일을 했는지 모두 이해하고, 자의로 날 돕는 걸 선택해라. 너 자신을 위해, 그리고 지금껏 살았고 또 앞으로 살고 죽어갈 모든 것들을 위해."

"우리의 모든 선택은 이미 이루어졌다고 말한 것 같은데." 실바나스가 대답했다.

"삶에서도… 죽음에서도 그러하다." 그는 동의했다. "하지만, 실바나스, 지금 이 순간에, 이 장소에서, 나와 함께라면 너는 그렇지 않다. 이건 진정으로 너만의 것인 첫 번째 선택이다."

그녀에게 몸이 있었다면, 온몸이 부들부들 떨렸을 것이다. 자유 의지라는 것이 존재하지 않는다는 생각은 그야말로 터무니없었다. 하지만, 돌이켜 생각해 보면, 궁금해졌다.

"날 철저히 연구한 모양이구나, 내가 가장 귀하게 여기는 것으로 날 유혹하는 걸 보니." 실바나스가 대답했다. "그렇다면 네가 약속한 지식을 내놓아라. 그러면 내가… 선택을 하겠다."

간수는 눈도 깜빡이지 않고 한참 동안 그녀를 바라보다가 마침내 입을 열었다.

"내 형제가 만든 한의 검은 막대한 힘을 지닌 물체였다. 서리한은 영혼의 수확기로, 채울 수 없는 굶주림이 주입되었다. 그런 굶주림을 나는 내 목적에 이용하기로 했다."

"뭐, 뭐라고…? 어떻게?"

"내가 그 검을 만든 건 아니었지만, 그 금속에 벼려진 룬 문자를 내 의지에 응답하게 할 수 있었다." 그의 말이 계속해서 망치처럼 그녀와 그녀의 정신에 고통스러운 타격을 주었다. "나는 비밀 동맹을 이용하여 검과 투구를 내가 원하는 길로 이끌었다. 처음에는 무능한 불타는 군단의 손으로 이끌었고, 악마들을 꼬드겨 그게 사용할 수 있는 무기라고 생각하게 했다. 지배의 도구는 죽음의 힘을 너희 세계 아제로스에 붙잡아 둘 닻이 되어야 했다. 하지만 그 검과 투구는 넬줄에게 전해졌다. 그 의지가 약한 오크는 자기 손으로 조각낸 세계만큼 정신도 무너져 있었다. 그는 자신을 제자인 아서스 메네실의 육신에 결속하려 했지만, 그 전투에서 승리한 건 어린 왕자였다. 그래서 나는 이 새로운 리치 왕을 이용하여 내가 도래할 것임을 알리게 하려 했지만, 그자는 이기적인 정복욕으로 내게 저항했다."

"너," 그녀는 순수한 증오로 뒤틀린 얼굴로 말을 뱉었다. "*너였구나!* 리치 왕이 아니라, 아서스가 아니라, *네놈이었어.* 알고 있느냐, *네가 내게 무슨 짓을 했는지* 알고 있느냐?"

"아서스는 서리한으로 네 필멸의 삶을 끝냈지만, 그건 내 명령에 의한 게 아니었다. 그는 한의 검의 잠재력을 모두 익히기엔 너무 약했다. 결국, 그는 지배의 도구를 자신의 이기적인 힘의 욕망을 추구하는 데 사용했다. 그는 모든 것을 배신했다. 그의 맹세, 그의 가족, 그의 친구, 자기 자신까지도. 그래서 네가 모든 힘을 잃고 겁에 질린 그의 기척을 여기에서 느낄 수 있는 것이다. 약해진 그자를." 간수는 말을 이었다. "하지만 그의 실패가 남긴 잿더미에서 무언가 살아남았다. 바로 *너다.* 검을 통해, 나는 너를 알고 이해하게 되었다. 너는 살아 있을 때도 강했지만, 실바나스, 지금은 더 강하다. 그리고 네겐 모든 걸 이해할 수 있는 지성과 해야만 하는 일을 볼 수 있는 눈이 있다."

"네 말은 이제 듣고 싶지 않아." 실바나스는 으르렁거렸다. "네 말에서는 거짓의 악취가 풍긴다! 나는 죽었고, 너 때문에 *이렇게* 되었다! 내가 왜 너를 돕겠느냐?"

"아서스가 너를 베어 쓰러뜨렸다. 나라면 너를 일으켜 주었을 것이다. 내 의지로 인해, 널 괴롭히던 고통은 지금 멀리 물러났다. 내 말이 거짓이라면, 오직 더 큰 고통만이 널 기다리고 있을 뿐이다." 그는 말했다. "내 말을 믿지 못한다면, 네 인식이 진실을 드러내게 해라. 어둠땅은 무한하다. 그 안에 거주하는 수많은 영혼처럼 다채로워 보일 수도 있겠지만, 전부 다 창조자들이 부여한 억압의 굴레에 묶여있을 뿐이다. 내 발키르가 내 말이 모두 사실임을 증명해줄 것이다."

간수의 말에 답하듯 발키르들이 나타나 공중에 떠올랐다. 커다란 날개를 천천히 펄럭이는 그들의 당당한 얼굴은 아름답고, 강인하고, 또 결의가 가득했다.

"내 제안을 거절하기 전에, 내가 주려 하는 것을 기억해라. 우리는 모든 것을… 다시 만들 것이다. 생명. 죽음. 너는 내 곁에서 모든 걸음을 함께할 것이다. 우리가 함께 모든 영혼에게 그들의 삶과 그들을 기다리는 영원이 감옥에 불과하다는 사실을 보여줄 것이다. 그리고 그들에게 진정한 자유를 선사할 것이다."

제 22 장

실바나스는 강대한 여인들을 바라봤다. 쉬지 않고 펄럭이는 그들의 날개가 나락의 고요한 대기를 움직였고, 바람은 위로, 또 위로 올라가 간수의 얼굴에 닿았다.

분노가 끓어올랐지만, 실바나스가 그의 제안을 이용한다 해도 잃을 것은 없었다. 이 거대한 상대가 그녀가 자신과 연합하는 것을 고려하고 있다고 생각하기만 하면, 그녀는 고통을 피할 수 있었다. 그녀는 지금 이 순간, 자기가 지금껏 사냥한 모든 사냥감, 어쩌면 가장 단순하고 원시적인 야수와도 같은 욕망을 느끼고 있다는 사실에 일말의 수치심을 느꼈다. 그건 바로 고통 없이 존재하고 싶다는 욕구였다.

물론 실바나스는 그의 말을 믿지 않았다. 욕망을 이루어주겠다고 장담하는 자의 말이라면 일단 경계해야 한다는 사실을 그녀는 어렵게 배웠다. 그런 경계를 늦출 수 있는 건 나타노스와 함께할 때뿐이었다. 그는 거짓말로 고통에서 벗어날 수 있다는 사실을 알고 있으면서도, 결코 그런 장난을 치지 않았다. 이 간수라는 자의 설명은 너무나도 거창하고 화려해서 절대 진실일 수 없었다. 그가 가능하다고 한 일을 할 수 있는 자는 *아무도 없었다.*

하지만 그녀는 벗어날 수 없는 감옥 안에 있었다. 물론, 그것조차 그의 말이 진실이라고 가정했을 때 그렇다는 말이었다. 그녀를 붙잡은 자들의 경계와 한계를 알아보는 것은 해가 될 일이 아니라 오히려 현명한 선택지가 분명했다.

"실바나스 여왕," 아가타가 말했다. "네 지시를 기다리고 있다."

실바나스는 주저했다. 간수의 입술이 비틀려 미소가 되었다. 그는 거대한 손을 살짝 들어올렸고, 발키르는 위로 날아올라 그가 이야기하는 말에 귀를 기울였다. 그는 다시 한번 실바나스에게 시선을 던졌고, 고개를 숙인 후 돌아서서 멀어져갔다. 그의 육중한 발이 땅에 닿을 때마다 지면이 흔들렸다. 그녀는 발키르와 함께 남겨졌다.

그녀는 발키르를 향해 시선을 돌렸다. "간수는 자기 얘기가 사실이라는 걸 너희가 증명해줄 거라고 하던데."

"노력해보겠다. 하지만 앞으로 보는 것이 진실인지 아닌지 결정할 수 있는 건 너뿐이다."

좋아. "얼마나 많은 어둠땅이 너희에게 열려있나? 내가 몇 개의 내세를 경험할 수 있지?"

"내세는 끝이 없으며, 심판관의 심판에 따라 새로운 내세가 생겨나기도 한다." 아라드네가 말했다. "우리 또한 조심해야 한다. 어둠땅 성약의 단은 간수가 무력한 포로라고 생각한다. 그들이 우리가 죽음의 영역에서 움직이고 있음을 인지한다면, 주인님의 계획이 위태로워질 수 있다. 그분이 널 신뢰하고 있기 때문에, 그분의 굽히지 않는 의지에 따라 우리가 네게 무엇이든 보여주려 하는 것이다."

실바나스도 그 말이 일리가 있는 것 같다고 생각하긴 했지만, 한편으론 너무 편리한 핑계라는 생각을 떨칠 수가 없었다. 그 강대한 존재가 발키르에게 무슨 이야기를 속삭였을지 궁금했다.

"무엇을 보고 싶은가?"

아가타가 물어야 할 질문은 그게 아니었다.

'무엇'이 아니라 '누구'인지를 물어야 했다.

그녀는 리라스가 보고 싶었다. 그와 이야기하고, 그를 포옹하고, 할 수만 있다면 그의 아름답고 친절한 눈을 들여다보며 그가 이렇게 말하는 걸 듣고 싶었다. *괜찮아, 큰 달님. 난 괜찮아. 정말이야.*

혹시 실바나스를 믿어주었던 아버지를 만날 수 있을까? 아버지라면 이제부터 그녀가 해야만 하는 끔찍한 선택들을 이해해줄까? 아버지라면 그녀가 나락에 떨어질 운명이었다고 생각할까? 어머니라면?

그녀의 일부는 그 생각을 외면하고, 그녀에 대한 남동생의 변치 않는 사랑이라는 안전한 안식처로 돌아가려 했다. 실바나스는 뭔가 물으려고 입을 열었지만, 곧 다시 다물었다.

그녀는 간수가 자기를 이용하는 데 사용할 수 있는 무기를 주지 않으리라 다짐했다. 리라스의 영혼이 어디에 있는지 아직 알 수 없는 만큼, 그의 이름을 말하지는 않을 것이다.

적어도 지금은 그래야 했다.

일단은 누군가를 만날 수 있는 가능성이 있다는 사실만으로도 기분이 좋았다.

"내가 만나고 싶은 사람이 있다면, 너희가 날 그 사람에게 데려다줄 수 있는 건가?"

"그렇다. 우리 힘으로 그 영역을 방문할 수 있다면, 누구든 이름만 얘기하면 된다."

그 말이 실바나스의 허점을 찔렀다. 그녀는 리라스가 자신에게 얼마나 큰 의미인지를 간수가 알아챈다면, 그녀의 부탁이 결국엔 자신을 노리는 무기가 될 것임을 알고 있었다. 그녀의 본심을 내보이지 않고, 이들에게도 믿음을 줄 수 있는 상대가 누가 있을까?

수천 년 동안 그녀의 동족을 도살해 온 자들의 지도자.

"줄진." 그녀는 말했다. 그녀는 트롤들에게 고통받은 로르테마르나 그 피에 굶주리고 교활한 트롤 지도자를 붙잡았던 할두런을 떠올렸다. 그 트롤은 덫에 걸린 미치광이 야수처럼 자기 팔을 잘라내고 달아났었다. "아마니 트롤의 줄진이 여기 있나?"

"지시에 따르겠다. 그는 레벤드레스라 불리는 영역에 있다."

실바나스는 눈살을 조금 찌푸렸다. 그녀는 이미 간수의 말이 무슨 뜻인지 이해할 수 있을 것 같았다. "줄진이 나락에 있지 않다면," 실바나스는 말했다. "심판관이 보기에 *나*는 구원을 받을 수 없지만, *그자*는 그럴 수 있다는 건가."

그게 어떻게 공정한 일일 수 있을까? 그녀는 평생 오직 선한 일만 해왔고, 진정한 해악은 끼친 일이 없었다. 그녀는 동족을 지키기 위해 목숨을 바쳤다. 되살아나는 것, 언데드로서 살아가는 것은 그녀가 원했던 것이 아니었다. 그리고 의지를 되찾은 후, 그녀는 자신과 같은 처지에 있는 자들을 위해 싸웠다. 그들을 지키고 보호했다. 그녀에게서 그토록 많은 것을 빼앗아간 호드의 후예들과도 연합했다. 그녀를 괴물이라고 생각하는 자들이라도 도움이 필요한 때는 도왔다. 가장 잔혹한 방식으로 그녀의 동족을 학살한 줄진이 다른 이들을 구하기 위해 말 그대로 목숨을 바친 그녀보다 더 가치 있다는 평가를 받았다는 게 말이나 되는 이야기일까?

"그래," 실바나스는 말을 뱉었다. "그러면 레벤드레스는 끝없는 피와 폭력, 승리의 장소인가? 쾌락의 궁전이겠군?"

"두고 보면 알 것이다." 브리냐가 말했다.

바람을 일으키는 날개, 스치는 깃털. 그녀 주위의 강인한 팔들. 감은 두 눈에 빛과 열기가 밀려들었다. 눈을 떴을 때, 그녀는 깜빡거리는 붉은 촛불과 이글거리는 횃불, 그리고 악마처럼 보이는 야수들의 마법으로만 밝혀진 차가운 석실에 서 있었다.

여긴 쾌락의 궁전은 아니었다. 그런 게 가능하기는 한 건지 모르겠지만, 겉보기엔 나락보다 더 섬뜩한 곳 같았다. 실바나스는 화살을 향해 손을 뻗었지만, 지금의 그녀에겐 활도 화살통도 없었다.

아가타의 손이 그녀의 어깨에 얹혔다. "가만히 있어라. 여기서 우린 그저 관찰자에 불과하다. 우린 피해를 입을 수도, 무언가를 바꿀 수도 없다."

실바나스는 고개를 끄덕이며 지금 보고 있는 것을 정확히 이해하려 노력했다. 붉은 핏빛의 무언가가 허공에 떠 있었고, 굶주린 영혼으로 보이는 것들이 사방에서 그 형체를 향해 몰려들었다. 거대한 사슬이 악마들의 놀잇감이 된 그를 구속하고 있었다. 영혼들은 기쁜 듯 고통을 찾으며 밝은 푸른빛으로 깜빡였다.

"저 녀석 주위에서 소용돌이치는 진홍색 띠는 뭐지?" 실바나스가 물었다. 그 형체는 흐릿한 안개처럼 흐르는 붉은 마력의 장막에 휩싸여 있었다.

"령," 아투라가 말했다. "어둠땅을 움직이는 힘이다. 필멸자의 영혼은 생전에 령을 누적하고, 영원의 영역을 지탱하기 위해 그것을 바친다. 아니, 빼앗긴다고 하는 게 맞겠군. 여기 레벤드레스에서는 구원을 원하는 교만한 영혼에게서 령이 뽑혀 나온다. 이건… 쾌락과는 아무 상관이 없는 과정이다."

"그래도 나락보다는 나은 운명 아닌가." 실바나스는 으르렁거리는 소리에 가깝게 말했다. "그는—"

고통과 분노의 포효가 메아리치며 그녀의 말을 잘랐다. "난 너희를 증오한다!" 그는 온몸을 구속한 사슬을 잡아당기며 울부짖었다. "너희 모두를 증오한다! 너희는 결코 날 무너뜨리지 못한다! 난 *영원까지* 싸울 것이다!"

실바나스는 이제 그의 형체를 알아볼 수 있었다. 그는 가뜩이나 덩치가 큰 대부분의 트롤들보다 훨씬 더 컸다. 나이도 많았지만, 그래도 여전히 강력했다.

그리고 그는 한쪽 팔과… 한쪽 눈이 없었다.

"정말 그자로군." 그녀가 말했다. "그리고 지금 이… 피의 강을 만들어내는 것이… 그가 구원을 받을 기회를 준다는 말인가?"

"그렇다."

실바나스는 믿을 수가 없었다. 그녀는 트롤 전쟁군주가 계속해서 몸부림치고, 저항의 말을 외치고, 진홍색 띠가 그것을 모두 삼키는 걸 지켜봤다. 분명 기분 좋은 과정은 아니었다. 하지만 그렇다고 해도… 지금 그녀와 그의 상황은 끔찍하리만큼 불공평했다.

"여기 레벤드레스에 내 세계에서 온 다른 영혼이 또 있나?" 그녀가 물었다.

"오, 아주 많다." 그들은 비밀스러운 농담이 우습다는 듯한 목소리로 말했다.

실바나스는 나락으로 갔어야 하는 자 중에서 여기로 보내진 자가 또 누가 있을까 생각했다. "그들 중 하나에게 데려다 다오." 그녀가 말했다.

날개들이 그녀의 얼굴에 부드럽게 속삭이고, 실바나스는 다시 눈을 떴다.

사슬에 묶인 유령 같은 형체에서, 령이 흘러나오고 다시 보충되었다. 하지만… 뭔가 이상했다. 그 과정은 어딘가 달랐다.

그 형체는 고통에 울부짖었다. 아니, 그건 분노였다. 서늘한 소름이 실바나스를 휩쓸었다. 그건 그녀가 알고 있는 목소리였지만, 그 주인이 그런 소리를 내는 걸 들은 적은 없었다. 실바나스가 기억하는 목소리는 언제나 세련되고 교양있는 음색을 유지했다.

너도 전도유망한 외교관이 되고 있다고 아버지가 말씀하시던데.

"캘타스." 실바나스는 말했다. 자기 귀에도 잘 들리지 않는 목소리였다. "그도 줄진이 여기 있다는 걸 알고 있나?"

"우리가 알기로는 그렇지 않다."

안타까운 일이군. 각기 증오하는 종족의 지도자가 자기들 곁에서 함께 고통받고 있다는 사실을 알면 두 영혼의 고통이 훨씬 더 가중될 텐데.

"그의 상황은 줄진과는 좀 다른 것 같은데. 어떻게 된 거지?"

"레벤드레스의 대영주가 특별한 계획을 준비했다." 아가타가 자신의 창으로 가리켰다. "잘 봐라. 그의 령은 감쇠하는 게 아니라 커지고 있다. 자신의 죄를 용서받는 게 아니라, 다른 자들의 죄악까지 그에게 몰리고 있다."

진홍색 고치 안에서, 태양왕 캘타스 선스트라이더는 거대한 석판에 붙어 흐느끼고 분노하고 새하얀 몸을 뒤틀었다. 하얀색 머리카락이 그의 몸 주위를 떠다녔고, 가슴은 한껏 부풀어 사슬을 벗어나려 애를 쓰고 있었다.

실바나스는 애초에 그를 좋아하지 않았다. 그리고 지금껏 이야기를 들어본 바로는, 그는 이제 단순히 오만한 왕족이 아니라, 악마와 결탁하여 중독과 고통으로 쿠엘도레이에게 저주를 내린 진정한 악한이 되었다고 했다.

하지만 그는 리라스에게 상냥했다—

아무리 그렇다고 해도, 그의 죄는 충분하고도 남았다. "그 '대영주'가 캘타스를 위해 어떤 계획을 세워두었는지 몰라도, 저 몰락한 왕자는 충분히 고통을 받아야 한다." 실바나스는 말했다.

"그렇다면 지금 저자의 상황이 반갑기도 하겠군." 대숲라가 말했다.

"하지만 진정으로 불공정한 건, 그와 줄진은 여기로 보내져 또 한 번의 기회를 얻었고, 나는 그런 기회조차 거부되었다는 사실이다."

"네 말이 옳다. 네게 새로운 기회는 분명히 거부되었을 것이다. 간수가 네 영혼을 나락의 손아귀에서 가로채지 않았다면 말이야."

실바나스는 조바알이 자신의 처벌을 언제까지 유예해 줄 것인지 생각했다. 상당히 불안한 생각이었다.

갑자기 왕자의 고통을 더 보고 싶은 생각이 사라졌다. "다른 내세가 어떤 형태가 될지 모르겠지만," 그녀는 발키르에게 말했다. "간수는 죽음 또한 삶과 똑같이 불공정하다고 했다. 이런 장소의 처벌에 따르는 보상을 보여다오. 그리고 불공정한 것을 보여다오. 그런 부당함을 내가 직접 볼 수 있도록."

* * *

깃털과 바람이 스치고, 실바나스는 감은 눈꺼풀 뒤에서 강렬한 빛을 보았다. 눈을 뜨자 그곳은 불지옥이었다.

그녀와 일행은, 물론 실제는 아니었지만, 불과 녹아내린 대지의 바다에 가라앉아있었다. 이곳은 분명 처벌의 공간이었다. 너무나도 노골적으로 위험하고 고통스러운 그곳에서, 갑자기 구불거리는 검고 긴 형체가 나타나 실바나스는 깜짝 놀랐다. 그 형체는 물속을 쉽게 누비는 뱀처럼, 그 끈적한 액체 사이를 빠르게 미끄러지듯 움직였다. 그녀가 지켜보는 가운데, 그 뱀 같은 생물은 몸통에서 작은 다리 여러 개를 뻗어낸 후 몸을 구부려 아래로 내려갔다.

그 또한 고문의 일부였을까? 불길에 휩싸인 불행한 영혼들의 목을 조른 것이었을까? 하지만 여기 있는 건 그 생물 하나뿐이었고, 전혀 고통스러워 보이지 않았다. 그녀는 혼란스러웠다.

"저… 개체가 뭘 한 거지?" 그녀는 물었다.

"짝을 산 채로 잡아먹었다." 발키르가 대답했다.

"그건… 확실히 처벌이라 할 수 있을 것 같은데." 실바나스는 조금 놀란 목소리로 말했다.

"오, 아니." 아가타가 말했다. "짝이 고통받다 못해 죽음에 가까워졌기 때문에 삼킨 것이다. 이 의식은 그녀의 동족 사이에서는 지고의 사랑을 상징하는 행위이다." 아가타는 고갯짓으로 장어를 닮은 야수를 가리켰다. "에일들에게, 여긴 완벽한 낙원이다. 그들은 불 안에서 살아가니까."

실바나스는 그 생물을 바라봤다. 그 본질을 이해하고 나니, 에일이라는 길쭉한 생물의 아름다움을 느낄 수 있었다. 그때 불현듯 한 가지 생각이 떠올랐다.

"그녀의 짝이 여기에서 기다리고 있었나?"

"아니," 카이라가 대답했다. "심판관은 여기가 그에게 완벽한 내세라고 판단하지 않았다. 그는 다른 곳으로 보내졌다."

"하지만… 그녀가 그토록 깊은 사랑을 한 보상이 이 목가적인 장소인데," 실바나스는 말했다. "그녀의 짝이 여기 없다면, 어떻게 이곳이 정말 완벽한 곳이 될 수 있는 거지?"

이번에는 발키르도 아무 말이 없었다.

"이건 말이 안 돼," 실바나스는 중얼거리며 그 유려한 야수를 다시 바라봤다. "사랑의 보상으로, 사랑하는 자와 영혼의 재결합을 부정하다니? 이건 그야말로…." 깨달음의 충격에 그녀의 목소리가 잦아들었다.

그녀는 *불공정한* 일이라고 말하려 했지만, 그 말만으로는 이 끔찍하게 그릇된 일을 제대로 표현할 수 없었다. 이건 불공정한 것 *이상이었다.* 그 심판에 악의는 없었기 때문에, 증오에 의한 것이라고 할 수도 없었다. 그건 사랑이나 증오, 필멸자를 필멸자답게 만드는 그 어떤 것도 이해하지 못하는 심판관의 판결이었다. 물론, 이 경우에는 그 필멸자가 불 속에서 꿈틀거리며 살아가는 필멸자였지만 말이다. 살고, 사랑하고, 증오해본 경험이 전혀 없기 때문에, 그런 감정을 이해하는 것이 *불가능한* 것이다.

간수의 말이 떠올랐다. *그 설계에는 심각하고 잔혹한, 그리고 그 무엇보다 무관심으로 인한 결함이 있다.*

실바나스 내면의 무언가가 차갑게 식어갔다. 한 가지 질문이 생겨났다. 답을 듣고 싶지 않은 질문이었다. 하지만 그녀는 물어야 했다.

"어떤 내세에서든… 가족이 다시 모이는 경우가 있나?"

"그 질문에 명확한 대답을 할 수는 없다. 내세란 건—"

"그래, 그래, 나도 알고 있다. 무한하기 때문에 모든 곳을 가볼 수는 없겠지. 하지만 지금까지 너희가 보고 경험한 바로는, 사랑하던 이들을 다시 만난 영혼이 있었나?"

아가타의 강인하고 아름다운 얼굴은 심각하게 굳어지고, 그 위에 슬픔이 새겨졌다. "실바나스 여왕, 지금까지 우리가 경험한 바로는 없다."

실바나스 윈드러너는 이제 갑작스럽게 덮쳐오는 슬픔의 충격을 느낄 일은 없을 것이라 생각했었다. 하지만 그렇지 않았다. 그녀의 정신은 여기에서 고독한 에일을 지켜보고 있지도, 발키르와 함께 있지도 않았다. 말로는 표현할 수 없이 머나먼 곳, 오래전의 영원노래 숲에 있었다. 그녀는 미소를 지으며 나무에 기대앉아 부모님이 서로와 그녀의 자매들만을 바라보고 웃으며 춤을 추는 모습을, 그리고 찬란하게 빛나던 작은 태양님 주위에서 자매들이 각자 나름의 방식으로 빙빙 돌며 웃고 떠들던 모습을 바라보고만 있었다.

안 돼.

그리고, 실바나스가 마지막 숨결을 내쉬었던 때 이후로 늘 그래왔던 것처럼, 슬픔은 마음을 달래주는 정화의 눈물로 이어지지 않고, 오히려 가슴 속에 불길을 지피는 분노로 이어졌다.

"더 보여다오," 그녀는 요구했고, 그들은 그녀의 말을 따랐다.

그 이후로 발키르와 함께 얼마나 돌아다녔는지 짐작도 할 수가 없었다. 밤과 낮도 없고, 시간을 표시하는 것도 없고, 심지어 공간을 가로지르는 물리적 육체조차 없으니, 실바나스는 오직 분노에만 의존해야 했다.

더 보여다오. 더 보여다오. 더 보여다오.

행복한 순간도 있었지만, 심판관이 그들에게 관심이 없다는 사실이 너무나도 명백했기 때문에, 그런 순간들조차 전부 뒤틀리고 불만족스럽기만 했다. 모든 것이 경이로울 만큼 단순하고 합리적인 상황에서, 말도 안 되게 복잡한 내세의 보상과 처벌 때문에 고통받고 있는 영혼들과 그들의 색다른 풍경을 하나씩 지켜볼 때마다 그런 느낌은 조금씩 짙어져만 갔다.

수많은 장소를 보고, 수많은 운명을 지켜본 후, 실바나스는 결론을 내렸다. 그녀는 리라스에게라면 당연히 평온한 영원이 주어졌을 거라고 믿으며, 잠깐이나마 그를 찾겠다는 희망을 품기도 했었다. 이제는 진실을 알아보고 싶지가 않았다. 심판관이 그 지독한 공평성과 무관심으로 남동생에게 끔찍한 운명을 선고했을지도 모른다는 사실이 두려웠다. 그녀가 아무리 강인하고 경험이 많다 해도… 그것까지는 도저히 견뎌낼 수가 없었다.

하지만 간수의 말이 옳다면… 만약, 함께 그들이 *정의를 실현할* 수 있다면… 어쩌면 그녀는 모든 것이 괜찮을 거라는 확신을 갖고 남동생을 찾을 수 있을지도 몰랐다.

실바나스는 간수에게 돌아가겠다고 말했다.

그녀는 고개를 뒤로 젖혀, 간수의 거대한 얼굴과 그녀를 내려다보는 그의 빛나는 눈동자를 올려다봤다. 그는 그녀의 말을 기다렸다.

"네 발키르에게 많은 곳을 보여달라고 요청했다." 실바나스는 말했다. 목소리의 떨림을 감출 수가 없었다. 그녀는 너무 오랫동안 너무 많은 것에 노출되었고, 그래서인지 말이 그냥 쏟아져 나왔다. "네가 나보고 보게 될 거라고 했던 걸 보았다. 고통과 부당함, 그리고 필멸자들이 생전에 잃어버렸던 정의를 바로잡을 수 있다고 그토록 오랫동안 믿었던 곳의 불균형과 불합리함을 보았다."

"이제 이해하겠군." 그는 말했다.

"그렇다. 하지만 난… 신중해야 하겠다. 조심해야 하겠어. 난 쉽게 남을 믿는 편이 아니고, 아직 널 신뢰하지 않아." 그녀는 말했다.

"아군 사이의 신뢰는 노력을 통해 얻어내야 하는 것이다." 간수도 동의했다. "하지만 네 눈으로 직접 보고도 확신을 얻지 못했다면, 이제 무엇이 필요한지 알겠다. 지금까지 목격한 것의 진실을 부정할 수는 없으므로 결국 네가 나를 신뢰하게 될 것임을 알고 있지만, 계속 머뭇거린다면 위험할 수 있다. 어둠땅에서의 시간은 필멸자의 세계와는 다르게 흐른다. 예측할 수 없지. 네 육신으로 돌아갔을 때 찰나의 시간만 흘렀을 수도 있지만… 네게 남은 것이 해골뿐일 수도 있다."

실바나스는 압박을 받는 게 달갑지는 않았지만, 진정한 시간이라는 것이 없는 곳에서 시간이 얼마나 크게 달라질 수 있는지는 알 것 같았다. 그녀는 육신을 되찾기 위해 얼마나 치열하게 싸웠는지를 떠올렸다. 행동하지 않음으로써 자신이 다시 부정되는 걸 허락할 수는 없었다.

"다시 한번 말하겠다. 나는 동반자를 원한다. 설계의 결함을 보고 이해할 수 있는 자, 그리고 나처럼 정의의 실현을 열망하는 자다. 환각과 아첨에 흔들리지 않고, 어떤 대가를 치르더라도 주어진 길을 벗어나지 않을 용기가 있는 자다."

아서스에게 분명히 그런 자질은 없었다. 그는 힘을 갈망했고, 그 힘을 하찮게 이용하여 저항할 수 없는 이들을 괴롭히는 걸 즐겼다. 그녀가 간수와 함께 한다면, 자신에게 고통을 주었던 자의 실수를 되풀이하지는 않을 것이다. 그렇다고 해도….

"네가 나에 대해 알고 있다면," 그녀는 부드러운 목소리로 말했다. "내가 누군가를 섬기는 일은 없다는 것도 알고 있겠지."

"나락에는 내가 강제로 나를 섬기게 할 수 있는 영혼이 헤아릴 수도 없이 많다, 실바나스." 간수는 말했다. 그는 거의… 지친 듯한 목소리로 말했다. 복종이라는 개념 자체에 아무런 관심이 없는 듯했다. "그러나 그들에겐 아무런 가치가 없다. 나는 나와 협력하고, 내가 바위를 옮길 때 함께 어깨를 맞댈 수 있는 자가 필요하다. 내가 가지 못하는 곳으로 가고, 내가 할 수 없는 일을 하는 자가 필요하다. 그리고 신뢰란," 그는 덧붙였다, "모두가 함께할 수 있어야 한다. 나 또한 내가 신뢰했던 내 친족과 그 밖의 여럿에게 배신당한 경험이 있다. 넌 그들과는 다르다, 실바나스. 넌 나와 같다."

그녀는 그가 앞서 했던 말을 기억했다. *우리 길에 연민과 후회, 산 자에 대한 죄책감이 놓일 자리는 없다. 그와 마찬가지로 산 자들의 도덕성이 놓일 자리도 없다. 도덕성이란 죽음의 과정과 마찬가지로 본질적인 결함이 있으니까. 그 결함은… 이 세계에 공정한 것이 존재한다는 믿음이다.*

"따뜻한 마음을 품을 시간은, 연민을 느낄 시간은 따로 있을 것이다." 간수가 단언했다. "모든 과정이 다시 만들어진 후겠지. 하지만 그때까진, 네가 가져온 사슬을 깨뜨리는 일에 전념해야 한다. 생명의 잔재라는 사슬은 이미 널 실망하게 했고, 언젠가 또다시 널 실망시킬 것이다. 내가 약속할 수 있는 게 하나 있다면, 넌 몇 번이고 갈림길에 설 것이다. 그곳에서, 옳은 것, 우리가 목표를 달성하기 위해 해야만 하는 것은, 선한 일과는 상반되는 지점에 있을 것이다. 오직 강인한 심장만이 잔학해 보이는 행위를 지시받았을 때 견딜 수 있다. 오직 냉철한 심장만이, 온 세계가 하나의 목소리로 멈추라는 비명을 지를 때, 한 걸음 한 걸음을 내디딜 수 있다. 오직 무정한 정신만이, 희망이라는 최악의 환각이 담겨있는 덫을 무시할 수 있다. 때로는 좋은 선택지가 없을 때에도 어쩔 수 없이 선택을 해야 하는 경우가 있다. 결과는 그 수단의 가치에 좌우된다, 실바나스. 끝이란 모든 고통과 상실의 순간이 진정으로 영원히 *끝나*는 시점이니까."

실바나스는 부모님과 자매들, 그리고 그녀의 세계에서 가장 밝은 빛이었지만 전쟁과 폭력과 잔혹성 앞에 스러졌던 소년을 생각했다. 예전의 원정순찰대원과 실버문의 영광을 생각했다. 별을 보며 희망을 품고, 꿈을 꾸고, 소원을 빌었던, 그리고 달빛의 사랑을 받았던 바보들을 생각했다.

모든 게 거짓이었다. 유일하게 진실인 건 희망이란 무력한 자들이 스스로 만들어 내는 꿈에 불과한 세상에서 존재함으로 인해 초래되는 고통이었다.

"나는 아주 오래전에 희망을 잃어버렸다." 실바나스는 작은 목소리로 말했다. "나는 상냥함과 사랑을 포기했다. 그리고… 이제 고통과 분노를 놓아주는 방법을 배울 준비가 됐다."

"그렇다면 가라," 간수가 말했다. "선택을 마치면 발키르를 내게 보내라. 그리고 답이 긍정인 경우, 피의 후손을 찾아라. 네 새로운 직관과 함께라면, 모든 곳에 부당함이 존재하고 공정함이란 없다는 걸 알 수 있을 것이다. 지금부터 말하는 다섯 가지 징후를 살피고, 내 말이 진실이라는 걸 기억해라. 불타는 어둠이 돌아올 것이다. 너는 어둠을 벗어나 이끌어야 한다. 검이 세계의 심장을 꿰뚫을 것이다. 그리고 넌 상처에서 흐르는 피를 붙잡아 그 힘을 느껴야 한다. 그리고 마지막으로… 왕을 실각시키고 하늘 그 자체를 산산이 깨뜨려야 한다."

* * *

돌아가는 길에는 간수의 발키르와 함께해야 했지만, 우선 거래부터 확정해야 했다.

그녀가 그랬던 것처럼, 발키르 아홉은 리치 왕에게 결속되어 아마도 영원까지 얼음왕관에 남아있을 운명이었다. 하지만 이제 그들과 실바나스의 요구가 하나로 맞춰졌고… 간수의 장대한 목적에 부합하는 것이 되었다.

"매개체가 필요하다," 안힐드가 말했다. "우리와 같은 전쟁의 자매. 강인하고, 생명과 죽음을 이해하고, 빛과 어둠을 보았으며, 생명과 죽음을 지배하는 힘을 누릴 자격이 있는 자. 내 자매들은 자유롭겠지만, 그들의 영혼은 네게 결속될 것이다. 넌 다시 산 자들 곁을 걸을 수 있을 것이다. 내 자매들이 살아 있는 한, 너 또한 그럴 것이다. 자유, 생명… 죽음을 지배하는 힘. 이게 우리의 맹약이다. 우리 선물을 받아들이겠느냐?"

실바나스는 처음엔 안힐드의 말을 이해하지 못했지만, 잠시 후 조금씩 그 의미를 알게 되었다. *내 자매들이 살아 있는 한.* 거래는 모든 발키르를 대상으로 하는 것이 아니었다.

실바나스는 외부의 조력으로 나락의 고통에서 벗어났다. 균형은 유지되어야 했다. 간수도 다른 누군가에게 자기가 한 일이 발각되는 위험을 감수할 순 없었다. 실바나스가 주인을 도울 수 있도록, 누군가 그녀의 자리를 대신하고 그녀 대신 고통을 받아야 했다. 그게 안힐드 몫이었다.

실바나스는 자신에 의해 불공정한 처벌을 받은 이들의 끝없는 목록에 또 하나의 존재를 더해야 했다. 간수와 그녀가 목적을 달성하면, 안힐드뿐 아니라 이 우주의 모든 이들이 그 누구의 정의도 실현하지 못하는 결함 있는 체계에서 벗어나 자유를 찾을 수 있을 것이다.

"좋다." 실바나스는 말했다. "맹약을 맺겠다."

여기에서 말한 것보다 훨씬 더 많은 것들을 위해. 그리고 분명히 맹세하건대, 나는 반드시 약속을 지키겠다.

제 23 장

실바나스는 산 자들과 살아있지 않은 자들의 세계로 돌아왔다. 그녀에게는 지금 늘 그렇듯 열정과 신중함의 조화를 통해 단련된 막강한 힘이 흘러넘치고 있었다. 그녀는 심판관의 판결이 초래하는 불공정함을 직접 보았고, 한때 무시무시한 죽음의 기사였지만 지금은 겁먹은 어린아이에 불과한 자의 정수를 느꼈다. 그 지식을, 그녀는 믿기로 했다. 간수의 예언과 존재에 대한 그의 시각이 옳은 것으로 판명된다면, 그녀가 꿈꿨던 것보다 훨씬 더 많은 것이 가능했다.

그녀는 지금까지 오직 아서스를 파괴한다는 단 한 가지 목표를 위해 존재해왔다. 이제야 그 목표가 얼마나 작고 하찮은 것인지 알 수 있었다. *아서스라*는 존재가 얼마나 하찮은지도 알게 되었다. 아직 그녀가 잃어버리고 견뎌내야 했던 모든 것에 대해 감사할 순 없었지만, 적어도 그에 대한 새로운 이해가 자리 잡았다. 그리고 앞으로 펼쳐질 일과 거기에 걸려 있는 대가의 광대함을 제대로 파악하기 시작하자, 복수만을 쫓던 시절엔 없었던 세 가지가 그녀를 가득 채웠다.

공정함.

정당성.

그리고 그녀가 직접 목격한 모습을 통해 간수의 말을 확인했듯, 운명을 바꿀 힘이었다. 그것도 그녀만의 운명이 아니라, 모두의 운명이었다.

그녀는 처음 그때와 마찬가지로 언데드로서의 삶의 새로운 단계를 시작할 것이다. 그것도 가로쉬가 '내 창의 창날'이라 부른 포세이큰과 함께. 그녀는 발키르를 이끌고 보루를 향해 말을 몰았다. 언데드 군마의 발굽 아래에서 진흙이 튀어 오르고, 회색 장막 같은 비가 온 세상을 뒤덮었다.

"*돌격!*" 가로쉬가 외쳤다.

"당장 멈춰라!"

간수는 그녀에게 직감과 관점 이상의 것을 주었다. 그는 자신의 힘 일부를 그녀에게 수여했다. 물질적인 형체를 갖추고 있을 때에도 그녀는 언제나 밴시의 목소리를 끌어낼 수 있었다. 하지만 지금은 거기에 그 이상의 힘이 더해졌다. 단순히 고통을 초래하는 것이 아니라, 뭔가 강인한 것이 담겨 있었다. 그리고 그녀는 이제 자기 것이 된 새로운 능력들을 아직 자세히 살펴보지도 않았다.

모두가 즉시 반응했다. 실바나스는 전장의 모든 시선을 한 몸에 받았고, 그녀의 포세이큰은 어느새 무릎을 꿇고 고개를 조아렸다.

가로쉬도 지금은 그녀만을 바라보고 있었지만, 다가오는 그의 표정에는 거친 격노만이 가득했다. *어찌 감히,* 분명히 그렇게 생각하고 있을 것이다.

오, 그러나 그녀는 *감히* 도전했고, 앞으로도 계속 그럴 생각이었다.

"헬스크림. 길니아스는 무너질 것이오. 그리고 호드는 원하던 보상을 받을 것이오. 하지만 당신이 내 백성을 이용하려 한다면, 이 전쟁은 내 방식대로 해야겠소."

그리고 그들은 그렇게 했다.

처음부터 모든 것이 계획대로 흘러갔다. 실바나스는 발키르가 보여준 환영을 통해, 그레이메인 성벽 뒤에서 많은 길니아스인들이 늑대인간이라는 야수로 변신해있다는 사실을 알았다. 그들의 저주가 호드에게는 꽤 요긴했다. 늑대인간은 분노에 눈이 멀어서 자기네 동족을 적처럼 공격하곤 했다. 흉포한 이들 반인반수의 괴물들 외에도, 인간의 여러 진영 사이에도 다툼이 있었다. 숙련된 사냥꾼으로서, 실바나스는 분열된 사냥감 무리의 약점을 훤히 꿰고 있었다.

그때, 놀랍게도, 모든 것이 달라지기 시작했다.

미처 대응할 새도 없이, 여러 진영이 협력하기 시작했다. 그리고 늑대인간들까지도 피의 욕망을 다스리는 것처럼 보였다. 그중에는 길니아스의 국왕, 겐 그레이메인까지 포함되어 있었다.

실바나스는 삼면이 둘러싸인 도시의 중심부에 있었고, 그레이메인은 난투의 한가운데에서 날뛰고 있었다.

길니아스인들은 다들 열정적이고 오만했지만, 그중에서도 국왕이 가장 심했다. 참 얄궂은 운명이었다. 다른 인간들과 동맹을 맺는다는 생각을 비웃으며 도시를 둘러싸는 장벽을 건설하기로 했던 자가, 지금은 절박한 상황에 내몰려 그런 결정을 후회하고 있었다. 이제 오만한 길니아스인들은 반백의 군주가 아닌 어둠의 여왕을 섬기게 될 것이다.

늑대인간은 대부분의 인간보다 훨씬 더 까다로운 상대였지만, 그녀를 닮은 분노로 인해 변신한 겐은 실바나스에게 더욱더 막강한 상대였다. 민병대가 흩뿌리는 탄환 같은 건 그녀에게 아무런 영향도 주지 못했지만, 하얀 털가죽과 송곳니를 드러내고 새하얀 격노를 뜨겁게 불태우는 겐은 그야말로 무자비하게 달려들었고, 평범한 사람이라면 두 손으로도 들어 올리지 못할 검을 한 손에 들고 아무렇지도 않게 휘둘렀다.

실바나스는 검을 두 개 들고 있었고, 어렵지 않게 회피하고, 공격하고, 적의 공격을 검으로 막았다. 그레이메인은 인간 모습일 때처럼 무기를 기민하게 휘두르진 않았지만, 그 위력만큼은 훨씬 강해서 검을 맞부딪히는 실바나스의 어깨가 조금 불편할 정도였다. 겐은 그녀에게 가까이 접근했고, 송곳니를 드러낸 주둥이에서 침이 뚝뚝 떨어졌다. 실바나스의 얼굴에 뜨거운 숨결이 느껴졌고, 겐의 두 눈이 번득이며 순수한 증오의 빛을 내비쳤다.

실바나스는 아서스에게서 무기력하게 누워있는 사냥감을 지켜보는 기쁨을 배웠다. 하지만 한편으로, 그레이메인은 그녀와 비슷한 존재였다. 그 사실을 깨닫자, 거대한 털복숭이 상대와 장난을 치고있는 것이 그리 유쾌하지만은 않았다. 겐을 고통스럽게 죽이느라 시간을 낭비하고 싶진 않았지만, 그래도 실바나스는 그가 살아남지 못하게 해야 할 필요가 있었다.

그런 생각만으로도 기분이 좋아졌다. 어차피 그녀의 화살이 빗나갈 일은 없었다.

실바나스는 잠시 멈췄다. 한 가지 생각이 떠올랐다. 사냥감을 가지고 놀 더 효과적인 방법이 있었다. 자신이 무적이라는 사실과 새롭게 찾아낸 방법론에 도취되어, 실바나스는 즉흥적으로 전장의 균형을 되찾겠다는 결정을 내렸다. 전황을 더욱더 공정하게 조정할 생각이었다.

"그만!" 그녀는 외쳤다. 그 목소리에는 밴시의 힘이 실려 있었기에, 깜짝 놀란 왕은 몇 미터 뒤로 날아갔다. 그리고 굉음과 함께 땅에 떨어진 그는, 헐떡이고 으르렁거리면서 일어섰다.

"네놈들의 용감한 지도자 없이도 길니아스인이 승리할지 두고 보겠다!" 실바나스는 말했다. 실바나스는 눈을 감고는 손의 감각만으로 적당한 화살을 꺼내 시위에 걸고 상대를 조준했다. 시각을 제외한 모든 감각이 하나로 집중되었다. 냄새와 소리, 얼굴에 닿는 바람까지—

오른쪽 어딘가에서 젊은 남성의 고통스러운 외침이 들려왔다. "아버지!"

찰나의 순간, 실바나스 윈드러너는 주저했다.

네 행동을 결정한 건 사랑과 용기였어.

그건 그저 과거의 속삭임일 뿐, 아무것도 아니었다. 그녀의 아버지는 사라졌다. 실바나스는 이제 삶에 대한 너무 많은 것을 알았기에 망자를 애도하거나, 지나치게 짧게 끝나버린 그들의 삶에 애통함을 느낄 수가 없었다. 간수의 말이 옳다면, 그리고 그가 약속한 일을 할 수 있다면…. 이제 그 누구도 죽음을 슬퍼하거나 두려워할 필요가 없었다. 그녀는 오른손의 손가락 두 개만 펴서 죽음을 놓아 보냈다.

"*리암!* 안 돼!"

실바나스의 두 눈이 번쩍 뜨였다. 화살은 겐 그레이메인이 아니라 건장하고 강인한 체격에 적갈색 머리카락을 지닌 한 청년의 가슴에 박혀 있었다. 희미한 불빛 속에서도, 그의 얼굴이 창백해지고 몸이 무너져내리는 모습을 볼 수 있었다. 그리고 그 청년을 품에 끌어안고 있는 게 강대한 겐 그레이메인이었다. 그는 위압적이고 흉포한 몸짓으로 어둑어둑해지는 회색 하늘을 향해 순수한 슬픔의 포효를 내질렀고, 호흡의 끝에서는 거칠게 울부짖었다.

실바나스는 천천히 활을 내렸다. 그녀의 빗나갈 수 없는 화살이… 빗나갔다.

이건… 말도 안 돼.

리암 그레이메인이 아버지 앞에 몸을 던졌고, 실바나스가 그를 죽였다. 젊음으로 환하게 타오르던 또 하나의 불꽃을 그녀가 꺼뜨려버렸다. 그 저주받은 노래로 실버문의 관문에서 그랬던 것처럼.

리라스에게 그랬던 것처럼.

그녀는 믿음직스러운 분노의 힘을 이용해서 그 감정을 밀어냈다. 이 멍청한 꼬마가 아니라 겐 그레이메인이 죽었어야 했다. 그리고 그녀는, '공정한 전장'을 만들겠다는 어리석은 변덕 때문에 흔치 않은 기회를 망쳐버렸다. 공정한 건 아무것도 없었다.

그녀가 활을 움켜쥐었다.

"화살만 낭비했군." 머릿속에서 호랑이가 서로 싸우듯 여러 감정이 마구 뒤엉키는 사이, 그녀의 목소리에는 경멸의 감정이 묻어났다. "네놈의 피붙이나 잡으려고 쏜 독화살이 아니었는데."

천천히, 겐은 하얀 늑대 머리를 들었다. 그의 눈에는 눈물이 가득했다. 아니, 눈물과 증오가 가득했다. *좋아.* 그녀는 자신의 실수를 그에게 돌리고 싶었다. 그래서 생각해낼 수 있는 가장 잔인한 말을 끄집어내, 화살로는 꿰뚫을 수 없었던 상대를 날카로운 언어의 검으로 찌른 것이다. 전투의 흐름이 바뀌었다. 이제 퇴각할 시간이었다. "다음을 기약하지, 그레이메인."

그녀는 말의 고삐를 당겼고, 짐승은 고분고분하게 걸음을 옮겼다. 하지만 실바나스는 생각을 떨칠 수가 없었다.

그녀라면, 리암이 그랬던 것처럼 아버지를 위해 몸을 던질 수 있었을까? 아버지를 위해 목숨을 바칠 수 있었을까?

그 질문에 대한 답을 알고 싶지는 않았다. 하지만 한 가지만은 확실했다. 생명을 위한 투쟁이라는 것이 얼마나 허무한 것인지 알게 된 지금, 그런 짓을 할 생각은 없었다. 지금 있었던 일은 그저 하나의 교훈에 불과하다는 생각이 들었다. 그녀가 직접 체득해야 하는 가르침이었다. 거기에는 조바알이 말한 것과 그녀가 직접 나락에서 목격한 것이 그대로 담겨 있었다.

기억에 대한 집착. 젊은이의 죽음에 대한 회한. 지금 심장 속에서 불타오르고 있는 것 이상의 무언가를 경험할 수 있다는 생각. 그런 건 아무런 쓸모가 없었다. 아니, 어쩌면 그보다 더 심각하게 위험할 수 있었다.

이제는 전부 버려야 했다. 어쩌면 저주받은 자들의 간수가 정말로 옳은 얘기를 한 건지도 몰랐다.

시간이 지나면 알게 되겠지, 그녀는 생각했다.

* * *

그녀는 다음 단계에 집중했다. 가로쉬는 가식적이고 공격적인 태도를 보였지만, 실은 분노의 관문에서 아서스까지 쓰러뜨릴 뻔했던 그 역병을 꽤나 두려워하고 있었다. 그게 어지간히도 두려웠는지, 대족장은 역병의 사용을 금지시켰다. 그리고 워하울 장군을 보내 실바나스에게 그 사실을 상기시키고 협박하려 했다.

그건 춤을 추는 것이나 마찬가지였다. 상대가 아무리 서툰 오크라 해도, 실바나스는 수많은 연습을 통해 몸에 익은 스텝으로 능숙하게 발을 옮겼다. 먼저 워하울은 실바나스가 길니아스에 대한 '통제력을 잃고 있다고' 비난했고, 가로쉬가 이번 작전에서 실바나스를 제외시킬 수 있다는 뜻을 넌지시 비쳤다.

어디 그럴 수 있나 한번 보고 싶군, 그녀는 생각했다.

두 번째 스텝을 밟아야 했다. 실바나스는 물론 솔직한 태도로 현재 사소한 차질이 발생했을 뿐이며, 승리는 확실하다고 사절에게 단언했다.

밤이 지나면 아침이 오듯, 워하울은 실바나스에게 가로쉬가 역병을 사용하는 걸 철저히 금지했다고 거듭 말했다. 그녀는 격렬하게 그럴 가능성은 없다고 부인했고, 그 무기를 더는 만들지도 않고 있다고까지 말했다. 설령 만들어지고 있다고 해도, 가로쉬의 승인 없이 사용하는 일은 *절대로* 없을 거라고 강조했다.

워하울이 검은 구슬 같은 눈을 가늘게 뜨고 그녀를 바라봐, 실바나스는 한순간 자기가 너무 많은 패를 낸 건 아닐까 생각했다. 하지만 잠시 후 그는 고개를 끄덕이고는 작별 인사를 했다. 그렇게 실바나스는 춤을 마무리했다. 자신의 연기력에 만족한 그녀는 머릿속에서 자신의 활을 들어 보였다. "명예롭게 싸워라, 장군!"

그녀의 연기가 어찌나 설득력이 있었는지, 고위집행관 크렌쇼가 당황한 표정으로 그녀를 바라보며 계획했던 역병 생산을 중단시켜야 하는 거냐고 물었다.

어리석은 질문이었다. *당연히* 그들은 역병을 사용할 것이다. 실바나스는 가로쉬를 괴롭힐 수 있는 거라면 뭐든 좋았다. 게다가 그걸로 길니아스의 문제까지 해결할 수 있을 것이다. "길니아스 놈들이 하찮은 승리를 만끽하도록 놓아두어라. 내일이면 뼈도 못 추릴 테니까."

그레이메인, 그녀는 생각했다, *이건 내가 네게 주는 선물이나 마찬가지다. 너와 왕비는 이제 곧 아들의 죽음이라는 고통을 안고 살아가지 않아도 될 테*

니까.

새벽이 오면 역병과 함께 길니아스 전투도 끝을 맞이할 것이다. 그러면 발키르가 바삐 움직이며 쓰러진 인간 길니아스인들을 그녀의 백성 포세이큰으로 되살릴 것이다. 그자들은 자신들이 가장 경멸하던 존재로 부활하리라. 늑대인간의 사체는 그들의 희생을 기릴 비석도 기념비도 없이 그 자리에 그냥 버려둘 것이다.

실바나스는 그 모든 모습을 만족스럽게 바라볼 것이다. 그녀의 앞길에 어떤 일이 펼쳐지든, 적어도 이것만큼은 승리에 가까웠다. 그리고 이는 간수가 약속한 것 중 적어도 한 가지는 지키고 있음을 보여주는 증거일 것이다.

지금은, 그것으로 족했다.

* * *

가로쉬는 시간이 지나도 지도자로서의 덕망을 갖추지 못했다.

그는 점점 더 자신의 오만과 권력에 침잠했다. 그는 수단과 방법을 가리지 않고 끝없는 정복욕을 표출했다. 명예에 그토록 집착하는 종족 속에서, 가로쉬 헬스크림만큼은 원하는 결과만 달성할 수 있다면 그 어떤 비겁한 행위라도 거리낌 없이 수행했다. 실바나스에게는 가로쉬가 테라모어의 파괴를 비롯한 자신의 만행에 저항해 보라며 호드를 부추기는 것처럼 보였다.

테라모어가 얼라이언스의 영토인 건 사실이었고, 가로쉬는 얼라이언스의 가장 강한 장군과 제독들을 그곳에 집결시키기까지 했다. 그러나 그곳에 떨어진 마나 폭탄이 그 도시의 거주민 전부를 보랏빛 잿더미로 만들어 버렸다. 그곳은 스랄과 함께 3차 대전쟁을 승리로 이끌고, 썬더 블러프에 쿠데타가 일어났을 때 바인을 도와줬던 제이나 프라우드무어가 수장으로 있던 도시였다.

실바나스는 그 사건에 관해 듣자마자, 자기 곁에 간수의 거대한 형체가 함께하는 것 같은 느낌을 받았다. 그가 무슨 말을 할지도 알 것만 같았다. *평화를 원*

하던, 언제나 상냥했던 여자. 도움이 필요한 이들을 지원했던 여자. 그녀에게 일어난 끔찍한 일이 어떤 측면에서든 공정했다고 말할 수는 없을 거다.

판다리아가 발견되자, 호드와 얼라이언스 모두 이 대륙을 두고 치열하게 다퉜다. 그리고 당연하게도 가로쉬는 판다리아의 아름다움을 그저 정복하여 자신의 것으로 만들어야 하는 것으로만 보았다. 자신의 힘에 타락되어야 하는 것으로 보았다. 호드에게 있어, 심지어 종족의 유산에 대한 자긍심으로 그를 사랑했던 오크에게조차, 이제 가로쉬는 저지해야 할 대상으로 보였다. 다시 한번, 두 진영은 괴물을 막기 위해 힘을 합쳤고, 가로쉬 헬스크림의 거센 저항도 이들을 막을 순 없었다. 그는 체포되었고, 그의 전쟁 범죄에 대한 재판이 열렸다. 판다렌의 위대한 천신회가 그를 심판했다. 스랄이 대족장의 책무를 이어가는 걸 거부했을 때, 그 다음 대족장을 맡게 된 자는 검은창 트롤의 볼진이었다. 아무도 예상치 못한 결과였다. 실바나스는 그게 양측에 현명한 결정이라고 생각했지만, 호드의 정치 따위는 이제 그녀의 우선순위가 아니었다.

아제로스 전체가 재판의 결과를 기다리고 있는 것 같았다. 실바나스는 확실히 그랬다. 모든 것이 불공정하다는 간수의 주장이 거짓과 사실 중 어느 쪽으로 드러날까? 가로쉬는 받아 마땅한 처벌인 사형에 처해질까, 아니면 '달라지고 속죄할' 기회를 얻게 될까? 그게 궁금했다. 목격자의 증언에 반전이나 깜짝 놀랄 만한 정보가 있을 때는 꽤 흥미롭기도 했다. 예를 들어, 호드와 얼라이언스 사이의 모든 전쟁에 참전했고, 분노의 관문에서 아들을 잃은 늙은 오크 바로크 사울팽의 경우가 그랬다. 사울팽은 가로쉬가 어둠의 길을 걷는다면 자기 손으로 죽여 버리겠다고 약속했었지만, 지금은 그의 처형을 원치 않는다고 분명히 말했다. 그 얘기에 실바나스는 깜짝 놀랐지만, 사울팽이 가로쉬에게 오크의 명예를 건 전투, 막고라를 신청하겠다는 이야기를 듣자 그의 뜻을 이해할 수 있었다.

그는 자기 손으로 직접 가로쉬를 처치할 기회를 원하고 있었다. 실바나스가 자기 손으로 아서스를 죽이고 싶었던 것과 마찬가지였다. 한 가지 생각이 떠올랐다. 언뜻 보기엔 사울팽과 그녀에게 공통점이 아무것도 없을 것 같았지만, 사실 둘 다 지독하게 폭력적인 누군가를 증오하고, 사랑하는 사람을 잃었다는 공통점이 있었다. 너무나도 많은 것을 목격한 그와 같은 사람은 간수가 만들어 내려 하는 새로운 현실에 관심이 있을지도 모른다.

아들을 잃은 이후 반쯤은 죽음과 사랑에 빠져 있구나. 그 점을 이용할 수 있겠는데.

하지만 결국, 가장 놀라운 건 그녀조차 예상할 수 없었던 것, 바로 전령의 손으로 그녀에게 전해진 두루마리와 작은 상자였다.

실바나스는 호기심이 앞섰지만 조심스럽게 백호사에서 차원문을 통과하여 언더시티로 이동했고, 개인적인 공간인 왕실에서 상자를 열 준비를 했다. 그곳은 실바나스의 많지 않은 소유물이 모여 있는 공간이었다. 자리에 누워 생각에 잠기고 싶을 때 필요한 침대. 벽을 따라 책과 다양한 무기를 보관하고 싶을 때 필요한 선반. 촛불과 필기구를 놓아두고, 서랍 안에는 개인적인 물품 몇 가지를 보관해 둔 책상. 수십 년 전의 편지, 어머니의 품에 안긴 여섯 명의 가족 구성원을 그려 돌돌 말아놓은 캔버스. 악보 몇 장.

그리고 *'실바나스에게, 언제나 널 사랑하는 언니, 알레리아가'*, 따뜻한 글귀가 각인된 사파이어 목걸이가 담겨 있는 작은 상자.

지금 손에 쥔 것은 그 목걸이의 자매와도 같은 것이었다. 전령에게 받은 상자에서 꺼낸 건, *'베리사에게, 사랑을 담아, 알레리아가'*, 따뜻한 글귀가 새겨진 루비 목걸이였다. 이토록 오랜 시간이 지났는데, 두 자매가 한자리에 모인 게 증오 때문이라니 정말 묘한 일이었다.

실바나스가 아서스 메네실에게 저항하며 거칠게 울부짖었을 때, 그들 사이의 균열은 모두 치유되지 않았었다. 시간이 흐르며 조금씩 나아지긴 했지만, 여전히 어느 정도 거리감은 있었다. 이제는 큰 달님도 작은 달님도 없었다. 그들은 이제 성인이 되어 자기 운명을 직접 선택했고, 가끔은 그런 선택이 엄청난 결과를 초래하기도 했다.

하지만 헬스크림을 살해하겠다는 열망과 함께 어둠의 여왕에게 접근한 사람은 바로 평화주의자 동생이었다. 그 괴물은 베리사를 과부로 만들었다. 그녀의 남편이었던 인간 마법사 로닌은 목숨을 희생해서 테라모어에 떨어진 마나 폭탄의 위력을 감소시켰다. 알레리아의 시험을 보고 싶다며 안달하던 아이, 자신이 사랑하는 사람들이 서로 다툰다는 이유만으로 눈물을 흘리던 윈드러너 자매의 막내는 이미 사라지고 없었다. 베리사도 나이가 들었고, 그만큼 강해졌다. 그녀의 부드럽고 열린 마음은 너무 아픈 상처를 받았다. 죽음이 언니에게 흔적을 남겼듯, 삶이 베리사에게 흔적을 남겼다.

두 사람은 함께 모의하고 사냥했다. 실바나스는 나타노스 외에도 믿고 의지할 수 있는 사람이 있다는 사실을 새삼 실감했다. 실바나스처럼 이상과 꿈과 희망을 모두 잃은 사람. 언더시티로 와서 언니를 도와 실바나스와 조바알이 더 나은 우주를 실현하는 과정에 함께할 수 있는 사람.

"위험합니다, 실바나스." 나타노스는 경고했다. "아시다시피 당신이 하겠다면 전 돕겠습니다. 하지만 아무 소용이 없는 게 아닐까 두렵습니다."

"날 믿어라, 나의 용사여." 실바나스는 베리사의 분노와 고통을 떠올리며 말했다. "그 아이는 네가 생각하는 것보다 우리와 더 가까우니까."

"그분이 고통을 겪었다는 건 알겠습니다." 그는 말했다. "하지만 그녀는 우리처럼 생각하지 않고, 우리처럼 *느끼지* 않습니다. 그녀에게는 아직…" 그는 힘겹게 말을 골랐다. "빛이, 희망이, 웃음이, 기쁨이 남아 있습니다. 베리사는 아직 살아있습니다."

계속 그래야 할 필요는 없지, 실바나스는 생각했다.

이 일의 끝에는, 그런 건 어차피 상관없었다. 리라스가 죽었을 때는 실바나스가 베리사를 외면했다. 하지만 이번에는, 그녀가 실바나스를 거부했다.

왜 자꾸 애착을 갖는 걸까? 어차피 아무 소용 없는데. 의식적이든 무의식적이든, 그녀는 *언제나* 배신을 당했다. 그 상대가 신념이든 다른 사람이든,

아니면 예상치 못한 세계의 변화든 끝내 결과는 배신이었다.

사랑받을 수 있다는 생각은 광기였다. 한 번은 허락할 수 있을지 몰라도, 지금은 그럴 수 없었다.

간수의 말이 옳았다. 이 가련한 애착의 잔재를 벗어 던져야 했다. 소위 타인과의 관계라는 건 결국 그녀를 구속하는 사슬에 불과했다. 그녀는 마음을 돌덩이처럼 굳혀, 아무것도 아닌 것으로 만들 것이다.

하지만 우선은… 분노해야 했다.

* * *

"베리사는… 언더시티로 오지 않는 모양이군요."

늘 그렇듯, 은빛소나무 숲 밖에 있던 그녀를 찾아온 건 나타노스였다. 실바나스는 아무 말 없이 고개만 가로저었다.

그녀는 시간 감각을 모두 잃어버렸다. 시간의 흐름을 보여주는 건 손과 옷에 튄 피가 말라가는 것과, 머리가 잘린 채 앞에 널브러져 있는 늑대 사체가 부풀어오르는 모습뿐이었다.

나타노스는 그녀 옆에서 나무 밑동에 기대앉았다. 주위에서 파리떼가 윙윙거렸다. "그 끔찍한 재판도 마침내 재미있어졌습니다. 재미있는 걸 놓치신 것 같아 안타깝군요." 어색한 침묵을 깨뜨리고 싶었는지, 나타나스가 말했다.

실바나스는 대답하지 않았다. 그녀는 고통과 증오의 완벽한 고요함 속에 깊이 빠져들었고, 학살로 자신의 감정을 없애려 했던 때처럼 지금 그 감정들에 갇혀 있었다. 그녀는 재판 과정이나 그 결과에 아무런 관심도 없었다.

"가로쉬는, 예상하고 계시겠지만, 아무것도 후회하지 않았습니다. 게다가 한 쌍의 용들이 그를 시간 속 어딘가로 데려가 버렸습니다. 어느 시간의 어디로 갔는지는 아무도 모릅니다. 아, 진짜 재미있는 건 지금부터입니다. 그 모든 게 위장이었습니다. 위대한 천신회가 이번 재판을 시작한 건, 가로쉬를 심판하기 위해서가 아니었습니다. 그 기간 내내 그들은 *우리*를 심판하고 있었습니다."

어떻게 감히. 그녀의 마음과 관계없는 분노가 꿈틀거리며 실바나스의 온몸을 관통했다. *심판관이 결정한다. 천신회가 결정한다. 베리사는 나를 향해 손을 내밀었지만, 내가 미처 붙잡기 전에 거두어들였다. 그 어느 곳에도, 진정 자유로운 건 아무것도 없었다.*

"그 오만한 생물들은 처음부터 그자를 살려주려고 마음먹고 있었습니다. 그 녀석들은 늘 구원에 대해서 이야기하는데, 죽은 후에는 구원받을 수 없으니까요."

그 말에 레벤드레스, 그리고 줄진과 캘타스의 서로 다른 얼굴에서 본 서로 비슷한 고통의 표정이 떠올라, 그녀는 하마터면 씁쓸한 미소를 지을 뻔했다. 그렇다면 그토록 '위대한' 천신회도 필멸자들이 생각하는 것만큼 그렇게 전지적이지는 않거나, 그게 아니면 정말 뛰어난 거짓말쟁이들인 모양이었다.

간수와 그의 직설적이고 무심한 태도를 떠올리자, 마치 뜨겁게 열이 오른 이마에 서늘한 수건을 올린 것처럼 마음이 차분해졌다.

베리사는 아주 잔인하게 그녀를 실망시켰다. 하지만… 어쩌면 그게 최선의 결과가 아닐까? 옛 삶과 옛 걱정거리, 옛 사명감과 기쁨… 왜 그런 것들로 되돌아가는 걸까? 왜 자꾸, 어떻게든 이번엔, 이 사람은, 이 순간은 다를 거라고 생각하는 걸까?

해방이란 기존의 존재 안에서 살아가려 버둥거리는 것이 아니라, 모든 것을 파괴하는 것에서 찾을 수 있다. 그녀는 생각했다.

이 세계에 공존하려면 치러야 하는 대가가 있고, 이제는 그 값을 치르는 게 지긋지긋하다.

나타노스가 어찌나 조용한지, 그녀는 그가 곁에 있다는 사실조차 잊고 있었다. 이제 그녀는 그를 올려다봤다. 그가 경고했었지만, 그녀는 무시했다. 하지만 그는 그 일로 그녀를 책망하지 않았고, 그녀를 괴롭히는 게 무엇인지 언제나 알고 있었다. 그에게는 의무감을 느낄 필요도, 성가실 일도 없었다. 예전의 관계로 돌아가자는 약속은 지키지 못했지만, 그들 사이엔 아직 뭔가 남아 있었다. 간수가 그녀의 도움을 원한다면, 믿을만한 사람 없이 필요한 일을 모두 할 수 없다는 건 알고 있을 것이다. 그녀는 나타노스를 *신뢰했다.*

그리고 나 혼자 이 짐을 짊어지는 것에 이제는 지쳤다.

그녀는 베리사라면 믿을 수 있을 거라고 생각했었다. 이제야 깨달았지만, 부끄럽게도 그러길 바랐었다. 하지만 나타노스만은 그 누구와도 다른 방식으로 완전히 그녀의 것이었다.

"내가 발키르를 어떻게 거느리게 되었는지는 묻지 않는구나." 실바나스는 말했다.

"제가 알아야 했다면 직접 말씀하셨을 테니까요."

"이제 말해주마," 그녀는 말했다. "아마 미친 소리처럼 들릴 것이다. 하지만 지금부터 하는 얘기와… 내가 지금껏 알아낸 모든 것은… 현존하는 것 중에서 가장 중요한 진실이라고 약속하겠다."

그는 조용히 그녀의 말에 귀를 기울였다. 실바나스는 아무것도 감추지 않았다. 그녀는 서리한 조각을 보았을 때 느꼈던 어마어마한 상실감에 대해 이야기했다. 포세이큰을 버리고 사로나이트 쐐기를 향해 뛰어내려 죽었던 일을 이야기했다. 간수와 그의 역경에 대해 이야기했다. 그리고 언제나 그러는 것처럼, 이야기는 다시 아서스와 영원으로, 생명과 죽음, 그리고 그사이 모든 것의 끔찍한 불공정으로 돌아왔다.

아주 오랫동안, 나타노스는 아무 말도 하지 않았다. 그녀는 기다렸다. 한참이 지나서야 그는 입을 열었고, 그의 말에서 실바나스는 처음으로 비난의 흔적을 읽었다.

"여왕님," 그는 거칠게 속삭였다. "당신을 잃는 건, 제겐 종말이나 마찬가지입니다."

"그런가?" 그가 뭐라고 대답하기 전에, 그녀가 다시 말했다. "너나 내가, 다른 사람에 대해 그런 감정을 느낄 수는 있는 것일까? 분노나 자기 연민 같은 건 너도 느낄 수 있다고 믿는다. 하지만 진정한 비통함은 아닐 거야."

그녀는 베리사에 대해 생각했고, 그녀가 두 사람 모두에게 거짓말을 하는 건 아닐까 생각했다.

그는 반박하지 않았지만, 그렇다고 동의하지도 않았다. "사실을 확인하진 않아도 돼서 정말 다행이군요. 그 간수라는 자를… 믿으십니까?"

"난 내가 본 것을 믿는다," 그녀는 말했다. "자기가 암묵적으로 내 고통에 대한 책임이 있음을 밝힌 후에 왜 거짓을 말하겠느냐? 나를 속인다 해도 그는 얻을 게 없어. 그는 약속을 지켰고, 나는 이 존재에 대한 그의 통찰이 사실이라는 걸 눈으로 확인했다. 내겐 발키르가 있어. 나는 아직 마지막 걸음을 내딛고 이 대의에 힘을 보태야 할지 확신하지 못하고 있다. 하지만 네가 알아주기를 바랐어."

그녀는 그의 차가운 볼에 손을 대고, 예전에 거기 있었던 수염을 떠올렸다. 산봉우리에서 따듯하게 내리쬐는 햇살을 느끼며 그녀의 입술에 닿았던 입술을 기억했다. "나는 널 찾았다. 네가 이성을 유지하기 위해 싸울 때, 네 곁에서 함께 싸웠다. 이 길을 가려면, 내 용사가 필요하다."

"용사는 언제나 당신 곁에 있을 것입니다."

정말 그럴까? 이제 그녀는 가족 모두를 더는 볼 수 없는 눈으로 그를 바라봤다. 그 눈이 눈물을 흘릴 수 있었다면, 지금쯤 흐느끼고 있었을 것이다. 그 눈은 지금껏 견뎌내야 했던 일들 때문에 더욱더 날카로워졌다.

나타노스가 무너져내리고 있다는 것이, 이제야 보였다.

그들의 육신을 되살린 마법이 죽음의 부패를 지연시키긴 했지만, 그렇다고 그 육신이 손상되지 않는 건 아니었다. 아무리 작은 상처라도 천 개가 모이면 검에 맞은 것과 같은 깊은 상처가 될 수 있었다. 교체할 수는 있었지만, 거기에도 나름의 어려움은 있었다. 게다가 그의 육체는 이미 너무 많은 부분이 교체되거나 보수되었다.

그녀는 손을 뻗어 그의 어깨에 얹었다. 장갑에 묻어있던 피가 바싹 말라 부스러져 떨어졌다.

그의 빛나는 눈이 그 움직임을 쫓다가, 그녀의 시선과 마주쳤다.

삶에서도, 죽음과 그 너머에서도, 그는 언제나 그녀 곁에 있어주었다. 실바나스는 두 사람이 이 세상에서 가장 이상한 한 쌍이라고 종종 생각했지만, 정말 이상하게도, 그 관계는 견뎌주었다. 그녀는 서서히 부스러지는 육신 때문에 그를 잃고 싶진 않았다. 그녀에게는 언제나 곁에 있어줄 거라고 믿을 수 있는 누군가가 필요했다. 그녀의 생각이 발키르에게 미쳤다. 그들은 이미 한 번 이상 그녀를 언데드로 되돌려 주었다. 간수의 힘을 이용해서 그녀의 용사를 구할 수 있을까?

마음 한구석에서, 그녀는 자기가 뭘 하고 있는지 알았다. 필멸의 세계에서 나뭇잎이 떨어지듯, 충성심이라는 건 원래 합리적이거나 만족스러운 이유 없이 떨어져 사라지는 것이었다. 그녀를 움직이는 사물과 사람의 범위는 계속해서 좁아지기만 했다. 오늘 그녀를 실망시킨 건 단 한 명뿐이었지만, 베리사는 정말 큰 상처를 남겨놓았다. 그 공허함을 채워야 했다. 그래서 실바나스 윈드러너는 마지막까지 남아 있는 단 한 명의 사람, 나타노스에게 매달렸다.

오랜 시간이 지난 후, 실바나스는 매리스 농장에서 나타노스와 그의 사촌동생 스테판과 함께 보낸 시간을 떠올렸다. 그리고 성인이 된 스테판을 찾아내, 나타노스의 존재를 연장하기 위해 그를 희생하는 것이 가장 가치 있는 대의를 위해 꼭 필요한 일임을 확신했다. 길든 짧든, 스테판의 삶은, 다른 모두의 삶처럼, 찰나의 반짝임에 불과했다.

제 24 장

실바나스는 그롬마쉬 요새에서 생각에 잠긴 채 백발의 인간 마법사를 바라보고 있었다. 카드가라는 그 마법사는 커다란 까마귀의 모습으로 요새를 찾아왔다.

익히 알고 있던 이름이었다. 몇 해 전, 그는 어둠의 문을 통과하여 오크의 고향 행성을 찾아갔었다. 그와 함께했던 이들 중에는 성기사 투랄리온과… 알레리아도 포함되어 있었다. 카드가는 돌아왔지만, 알레리아는 함께 오지 않았고, 그녀 소식조차 들을 수 없었다.

실바나스에겐 아무 상관 없었다. 알레리아와 그녀가 자기 동족을 버리고 선택한 성기사가 역사와 시간 속에 사라져버리는 것도 좋았다. 그 악명 높은 문은 계속해서 간헐적으로 문제를 일으켰지만, 실바나스는 그 문과 까마귀로 변신할 수 있는 마법사에 대해 거의 완전히 잊어버리고 있었다.

그녀와 로르테마르, 재스터 갤리윅스, 스랄, 그리고 아버지의 사망 이후 대부족장이 된 바인은 '극도로 시급하고 중차대한' 문제 때문에 볼진 대족장의 소환을 받아 한자리에 모였다. 아무래도 볼진의 말은 과장이 아니었던 모양이었다.

"이 세계가 듣고 싶어 하지 않는 소식을 전해야 할 것 같아 유감이군." 카드가는 침착한 푸른 눈으로 그들을 한 명씩 바라보며 말했다. "불타는 군단이 다시 돌아왔소."

공포와 분노의 외침이 요새를 가득 채웠다. 악마 군단은 죽은 자와 산 자 모두를 위협하는 흔치 않은 존재였고, 심지어 이 세계를 위협하는 세력이기도 했다. 리치 왕은 지성이 없는 괴물들로 아제로스를 뒤덮었지만, 불타는 군단이 승리하면 그들은 이 세계를 삼킬 것이다.

실바나스도 물론 공포에 질렸지만, 가장 두드러진 감정은 충격이었다.

하지만 충격 이후에는… 놀라운 기쁨과 만족감이 천천히 피어올랐다.

불타는 어둠이 돌아올 것이다.

간수의 첫 번째 예언이었다. 군단이 불타는 어둠이 아니라면 무엇이라는 말인가?

그녀는 간수에게 말했던 것처럼 계속 지켜보며 관찰해 왔다. 그리고 거의 모든 존재의 양상에서 불의와 불공정을 보았다. 게다가 이제는… 이런 일까지. 조금씩, 그의 말이 진실로 드러나고 있었다.

볼진은 손을 내저어 그들을 모두 침묵시킨 후, 고개를 가로저었다. "숨 쉴 틈이 찾아왔다고 생각하자마자, 문제가 발생하는군."

"지금 우리 상황이 얼마나 위태로운 것인지 굳이 설명할 필요는 없겠지." 카드가는 말했다. "바리안 린 국왕을 비롯한 얼라이언스의 지도자들과도 이야기했소. 그들은 전쟁 의회에서 호드 대표자들과 만나는 것에 합의했소."

"회담 장소로는 내 아방궁을 기꺼이 내어드리겠습니다!" 갤리윅스가 말했다. "모든 분들을 두 팔 벌려 환영합죠! 참석하신 모든 분들께는 무료 음료를 *두 잔까지* 내어드리고, 단체 디스코 파티를—"

"갤리윅스," 바인의 굵은 목소리가 들려왔다. 평상시 평온했던 그 목소리에 날이 서 있었다. "적당히 하시오."

놀랍게도 갤리윅스는 바인에게 부루퉁한 시선을 던지며 입을 다물었다.

카드가는 말을 이었다. "무역왕 갤리윅스의, 어, 아방궁은 적절한 장소는 아닐 것 같지만, 그는 분명히 옳은 말을 하나 했소." 카드가는 말했다. "모두가 환영받아야 하오. 따라서 이번 회담은 중립 지역에서 열려야 하니, 달라란에서 모이는 게 좋겠소."

"달라란?" 갤리윅스가 콧방귀를 뀌며 볼진을 향해 말했다. "대족장! 그 공중 도시는 물가가 너무 비쌉니다."

"불과 얼마 전, 달라란에서 우리 마법사들이 여럿 살해당했소." 로르테마르는 말했다. "블러드 엘프에게는 그리 *중립적이지* 않은 지역일 것 같은데."

"의심하는 마음은 이해하오," 카드가는 거의 상냥하다고도 할 수 있는 목소리로 말했다. "하지만 아제로스에서 폭력의 역사를 겪지 않은 곳은 거의 없고, 전 세계 지도자들이 모두 모인다면, 틀림없이 군단의 첩자들 눈길도 끌 거요. 달라란이라면 방어 수단이 끝도 없이 완비되어 있으니, 지금 같은 상황에서 가장 안전한 곳이겠지. 반드시 참석해야 한다고 강요할 수는 없겠지만, 이것 하나만큼은 말해두고 싶소. 다들 이미 경험했다시피, 모두가 협력하고… 서로 신뢰하지 않으면, 불타는 군단을 막을 수 없소."

볼진은 카드가를 바라보며 말을 골랐다. "자네와 로르테마르 둘 다 진실을 말하고 있네. 군단은 호드와 얼라이언스를 구분하지 않아. 그리고 우리가 그들을 물리치려면… 우리 또한 그래야 하겠지. 그러니 자네를 믿겠네, 카드가. 호드도 거기 참석하겠어."

볼진은 약속을 지키는 트롤이었다. 이틀도 채 지나지 않아, 호드와 얼라이언스의 모든 지도자는 공중 도시 달라란에 모였다. 실바나스는 혼자 참석했고, 다른 지도자들도 마찬가지였다. 물론 혹시라도 필요한 경우 발키르는 마음대로 소환할 수 있었다. 언더시티에 남은 나타노스는 얼라이언스가 공격을 준비하고 있는 경우에 대비하여 한시도 경계를 늦추지 않았고, 포세이큰이 적의 꾐에 넘어갔다고만 생각했다. 그녀는 볼진처럼 카드가를 믿었지만, 그 믿음엔 한계가 있었다.

세상을 떠난 블러드 엘프의 왕자는 아제로스에서 가장 저명한 마법사들의 고향인 반짝이는 보랏빛 도시에서 유년 시절의 대부분을 보냈다. 실바나스도 캘타스가 이 도시에 끌렸던 이유를 알 것 같았다. 그곳은 사치스럽고 호화로운 도시였으며, 캘타스에게 어울리는 엘리트주의적 느낌이 가득했다. 그래서 그녀는 그곳을 별로 좋아하지 않았다.

실바나스는 차원문을 벗어나 커다란 광장으로 나섰다. 젊은 블러드 엘프 마법사가 고개를 숙여 인사하고, 성채 상층으로 올라가는 넓은 석조 계단을 가리켰다. 계단을 올라가는 사이, 다른 이들의 대화가 조금씩 들려왔다. 다른 사람들은 이미 도착한 모양이었다. 그래서 좋았다. 기다리는 건 싫었으니까.

두 경비병이 높다란 나무문 옆에 서 있었다. 그녀가 다가가자, 경비병은 각각 양쪽의 문을 열었다. 안에는 마치 동굴 같은 커다란 방이 있었다. 벽은 마치 하늘을 표현하려 한 듯, 아래쪽에서 밝은 푸른색으로 시작하여 천장의 검은색까지 점차 어두워지게 칠해져 있었다. 하지만 별들은 벽에 칠해져 있지 않았고, 작은 입체 별들이 공중에 떠올라 별자리를 구성하며 깜빡거렸다. 달들과 태양들이 모여든 외교관들 위에 동동 떠 있었다. 거기에 있는 세계들 중 그녀가 알아볼 수 있는 건 자신의 세계 하나뿐이었다. 아제로스는 천천히 회전했고, 그 곁에는 두 개의 달이 함께했다.

벽에는 그림 대신 지도가 줄지어 걸려 있었는데, 그 지도 자체가 예술품이라 할 만했다. 실바나스는 방으로 들어서는 찰나의 순간 그 모든 것을 파악했고, 그 후 방 안의 사람들에게 시선을 돌렸다. 당연히 스랄과 볼진, 바인이 와 있었다. 갤리윅스도… 어딘가에서 누군가를 괴롭히고 있을 게 분명했다. 로르테마르의 하얀 머리카락이 언뜻 보였지만, 그와 시선을 마주치지는 않았다.

대신, 그녀는 자기도 모르게 겐 그레이메인을 바라봤다.

실바나스가 인간 모습의 겐을 보는 건 흔한 일이 아니었다. 그녀가 어둠땅에 대한 기억을 머릿속에 생생히 담은 채 나락에서 벗어났을 때, 맞서 싸우고 갖고 놀았던 상대는 늑대인간의 모습이었다. 왕이라면 다들 역사적으로 어느 정도 중요한 인물이었지만, 겐은… 완전히 다른 존재였다. 그 무뚝뚝한 지도자는 안전한 고립을 택하여 조국을 봉쇄했지만, 결국에는 자기가 보호하고 다스리려 했던 왕국과 왕이 아닌 아버지로서 사랑하던 아들에게 파멸을 안기고 말았다. 그는 나이트 엘프의 지도자 말퓨리온 스톰레이지와 티란데 위스퍼윈드에게 무어라 말하고 있었지만, 그녀의 기척을 느끼고, 아니, 냄새를 맡고 고개를 들었다.

아, 눈빛만으로 살인할 수도 있겠는데. 물론 그가 그녀를 해칠 수는 없었다. 이제는, 더는 그럴 수 없었다. 그녀는 계속 그의 눈을 바라봤다. 야수들은 보통 그걸 위협으로 해석했다. 하지만 그러려는 건 아니었다. 적어도 여기에선 그랬다. 하지만 실바나스는 자기가 그를 위협으로 생각하지 않는다는 걸 알려주고 싶었다.

"겐." 누군가의 목소리가 들렸다. 그녀의 시선이 다른 인간, 다른 왕에게 향했다…. 바리안 린. 그는 직접적이든 간접적이든, 그녀의 사절들을 보는 즉시 처치하라는 명령을 내렸다. 그리고 바리마트라스와 퓨트리스가 그녀를 배신했을 때, 그녀의 목을 노리고 그녀의 도시에 쳐들어오기도 했다.

린은 한때 검투사로 살았고, 그 후로도 계속 막강한 전사의 실력을 유지했다. 희끗희끗한 곳이 하나도 없는 검은 머리카락은 상투를 틀듯 묶었고, 오래전 전투에서 남겨진 흉터가 그의 얼굴을 가로질렀다. 첩자들의 말에 따르면, 바리안도 세월이 흐르면서 불같고 거친 성격은 어느 정도 잦아들어 집중력이 뛰어난 지도자가 되었다고 했다. 그는 입을 굳게 다물고 있었지만, 무례하지 않을 정도로 아주 조금 고개를 숙였다.

인간 국왕 옆에는 새끼 사자, 안두인 레인 린 왕자가 서 있었다.

그녀는 아이들이 얼마나 빨리 자라는지 잊고 있었다. 안두인은 판다리아에서 마지막으로 만난 이후 잡초처럼 훌쩍 자라 있었다. 머리카락도 많이 길어, 어느새 언뜻 아버지를 닮은 포니테일로 묶은 모습이었다. 서로 이야기를 나눈 적은 없었지만, 실바나스는 판다리아에서 그를 보았고, 가로쉬의 재판에서 했던 그의 진술을 들었다. 그때만 해도 안두인은 소년 같았지만, 이제는 여리여리하긴 해도 아버지와 키가 비슷했다.

바리안의 자식도 그녀의 기척을 느끼고는 고개를 돌려 그녀와 눈을 마주쳤다.

그는 공포나 거부감 없이 차분한 눈빛으로 그녀를 바라봤고, 살짝 고개를 숙여 인사했다. 그녀는 눈을 가늘게 뜨며 역시 고개를 살짝 숙여 인사한 후, 당면한 문제에 주의를 돌렸다.

"휴전의 깃발 아래 다들 모여줘서 정말 고맙소." 카드가가 말했다. "지금 우리는 영토나 자원, 옛 원한에 대한 이야기를 하려는 게 아니오. 우리 모두가, 그리고 이 세계가 계속 존재할 수 있게 하려는 거요. 부디, 다들 자리에 앉아 주시오. 내가 아는 걸 모두 얘기할 테니까."

아무도 움직이지 않는 걸 보며 실바나스는 웃었다. 모두의 본능적인 반응을 그녀는 이해했다. 자리에 앉으면 취약해질 뿐이었고, 서 있을 때는, 무슨 일이 일어나든 더 빠르게 대응할 수 있었다. 카드가가 아무리 번드르르한 말을 하더라도, 그 누구도 경계를 늦추려 하지 않았다. 그때, 끼익, 의자를 끄는 소리가 들렸다.

실바나스가 고개를 돌려보니, 다름 아닌 안두인이 상류층 특유의 몸에 밴 듯 우아한 몸놀림으로 자리에 앉았다. 호리호리한 그의 몸 어디에서도 불편하거나 불안한 기색은 느껴지지 않았다.

아비 사자는 눈을 부라리지만, 새끼 사자는 아주 편안하군, 그녀는 생각했다. 그녀는 그런 자신감이 다른 이들에게 어떻게 보일지를 그가 알고 있는 걸까 생각했다. 글쎄. 아무리 호기로운 약속이 오간다 해도, 지금 이 장소에서 폭력 사태가 벌어질 가능성은 얼마든지 있다는 걸 그가 모를 것 같지는 않았다. 살아오며 그런 건 충분히 배웠을 것이다. 실바나스도 아버지가 그런 교훈을 가르쳐주시던 때가 기억났다. 아무래도 안두인이 그녀보다 훨씬 더 나은 제자인 것 같았다.

실바나스는 더는 아버지 생각을 하고 싶지 않았다. 그래서 모두의 놀란 시선을 한 몸에 받으며 자리에 앉았다. 다들 한쪽 눈썹을 추켜올리며 두리번거리고만 있었다.

"자," 그녀는 말했다. "다들 멍하니 서서 군단이 우릴 없애버려도 되겠냐고 정중하게 물어올 때까지 기다리려는 거요?"

바리안은 날 선 반박을 억누르려는 듯 입을 꾹 닫고는 의자를 당겨 털썩 주저앉았다. 실바나스가 그의 아들을 돌아보니, 아이는 희미한 미소를 짓고 있었다. 나타노스는 재판에서 형이 선고되기 전, 가로쉬 헬스크림이 다른 시간과 장소로 탈출하고 말았다고 실바나스에게 말했다. 그 시간과 장소는 오크의 고향 행성인 드레노어의 다른 역사로, 오크들이 강력한 악마 만노로스의 피를 마시기 직전이었다. 실바나스도 그 상황에 대응하고자, 어둠 순찰자 벨로나라를 필두로 많은 병력을 그 다른 시간의 드레노어로 보냈다. 가로쉬는 결국 막고라 끝에 스랄의 손에 최후를 맞았다. 때가 됐다고 실바나스는 생각했지만, 문제가 끝난 것 같지는 않았다. 어떻게 된 일인지, 가로쉬는 죽어서도 계속 골치 아픈 문제를 일으켰다. 다사다난했던 오크의 역사 속에서도 그야말로 최악의 오크 중 하나인 굴단이 그 다른 드레노어에서 바로 이 아제로스로 건너왔고, 그와 함께 발굽과 뿔, 지옥 마력의 악취를 풍기는 군단의 친구들 모두가 이 세계를 침공했다.

모두가 믿음을 공유하는 것 같았지만, 모두가 다른 계획을 염두에 두고 있다는 사실이 놀랍도록 빨리 드러났다. 병력 징집부터 달라란의 위치를 옮기고, 기타 자원을 오랫동안 악마 생물들의 지배를 받아 온 요새로 이동시키는 문제까지, 회담 참가자들은 사사건건 서로를 모욕하고 주먹으로 탁자를 내리쳤다.

회담이 진행되는 도중, 그레이메인은 독기가 뚝뚝 떨어지는 목소리로 말했다. "포세이큰을 가장 위험한 곳으로 보내는 게 어때? 어차피 다들 시체들 아닌가." 실바나스는 참고 있을 수가 없었다.

"당신들 늑대인간은 양이나 치러 가는 게 어때? 어차피 다들 그냥 늑대 아닌가!" *'내가 리암의 시체를 끌고 같이 가 주지.'* 그녀가 그렇게 덧붙이려는 순간, 예상치 못한 젊은 테너 목소리가 왁자지껄한 불협화음을 뚫고 들려왔다.

"그만두세요!" 모두가 깜짝 놀라 입을 다물고는 안두인 왕자를 바라봤다.

그는 이마를 잔뜩 찌푸리고는 형형한 푸른 눈으로 다른 이들을 노려보고 있었다. "다들, 거친 말에 끌려 들어가지 마세요. 여기서 비극을 겪지 *않은* 사람이 누가 있나요?"

그는 적갈색 머리카락을 머리 양쪽으로 둥글게 묶은 여자 드워프를 향해 말했다. "모이라, 아이언포지를 지배하려 했던 때를 기억하세요? 그리고 아버지, 그 때문에 그녀를 살해하려 했던 때를 기억하세요?"

실바나스는 말없이 아들을 쏘아보는 바리안을 흘긋 본 후, 다시 안두인에게 시선을 돌렸다. 안두인의 강렬한 시선이 실바나스에게 향했고, 놀랍게도 그녀를 바라보는 그의 시선은 연민으로 부드럽게 누그러졌다. 그는 바리안을 향해 말을 이었다.

"포세이큰도 한때 얼라이언스의 구성원이었어요. 스톰윈드에도 그들의 친구와 가족이 많이 있죠. 그런데도 아버지는 그들이 살아남기 위해 도움을 청했을 때 거절하셨죠. 그건 끔찍한 잘못이었어요."

실바나스는 성인이 된 이후 줄곧 감정을 다스리며 살아왔지만, 지금만큼은 받은 충격을 감추지 못했다. 지금껏 그녀가 인간이나 심지어 하이 엘프들에게서 본 것은 경멸과 혐오, 그리고 포세이큰이라는 '비정상적인' 생물들을 이 세계에서 지워버리려는 열망뿐이었다. 그런데 여기 이 아이가 자기보다 훨씬 더 나이 많은 성인들을 꾸짖고 있었다. 그녀는 단순히 안두인의 흔한 열정이 아니라, 그의 직관, 그리고 얼라이언스와 심지어 자기 아버지까지 호드 같은 잘못을 할 수 있음을 인정하는 마음에 마지못해 감탄했다.

안두인은 어린 얼굴에 진심을 가득 담고, 새롭게 주조한 동전처럼 반짝이는 머리카락을 흩날리며 계속 말을 이었다. 그의 목소리에서 느껴지는 따뜻한 온기에 실바나스는 누군가를 떠올렸다—

깨달음이 물리적 충격처럼 그녀를 강타했다.

거기 우리 큰 달님 아니세요?

거긴 우리 작은 태양님 아니세요?

왜 그걸 아직까지 몰랐을까? 판다리아에서는 멀리서나마 몇 번이고 왕자를 본 일이 있었다. 하지만 지금 이 순간, 그 닮은 모습을 부인할 수는 없었다.

신체적으로도 비슷한 면이 많았지만, 중요한 건 목소리였다. 그의 내면에 담긴 온화함이었다. 그녀가 지금껏 만나온 거의 모든 사람에게서 찾아볼 수 없었던 상냥함이었다.

머릿속에 리라스가 떠오를 때마다, 실바나스는 억지로 그 생각을 밀어냈다. 가끔은 마지못해, 가끔은 화를 내면서, 언제나 굳건히 밀어내기만 했다. 하지만 지금은 도저히 동생에 대한 생각을 떨쳐낼 수가 없었다. 그녀가 영원노래 숲에서 그토록 만나고 싶었던 유령이 전쟁 의회의 한가운데에서 실체화되어 나타난 것만 같았다.

전쟁 의회. 이 소년은 아버지와는 전혀 달랐다.

리라스가 우리 어머니와 달랐던 것처럼….

실바나스는 애써 얼굴 표정을 지우고, 안두인이 말을 마무리하는 것에 집중했다. "우리가 이 탁자를 둘러싼 이들의 지혜와 기술, 경험과 지식을 이용하지 못하고 서로 다투기만 한다는 사실을 군단이 알아챈다면, 우리 모두 손쉬운 먹잇감이 되고 말 거예요. 우리가 힘을 합치면, 늘 군단을 물리칠 수 있었어요. *언제나 그랬죠.* 다른 세계는 수도 없이 무너져 갔지만, 우리만은 승리했어요. 우린 행동해야 해요. 진정성 있고 신뢰할 수 있게 행동해야 한다고요. 그러지 못하면 조만간 이 세계엔 말다툼할 상대조차 남지 않을 거예요."

안두인이 뭔가 깊은 통찰력을 보여주었거나, 협력하라는 그의 애원이 깨달음을 준 건 아니었다. 하지만 그는 주의를 기울였고, 자신이 본 것과 알고 있는 것을 활용해서 모두를 설득하는 방법을 알고 있었다. 바리안 린은 다른 무엇보다도 뛰어난 전사라 할 수 있었지만, 그의 아들은 아주 훌륭한 외교관이었다.

아버지가 그랬던 것처럼….

“새끼 사자 말이 옳다, 바리안.” 미처 생각을 끝내기도 전에, 실바나스의 입에서 그런 말이 흘러나왔다. “군단을 상대로 꺼내들어야 할 무기가 잔뜩 있다. 그걸 연마하는 방법에 관해 이야기하자.”

시야 한쪽 구석에서, 안두인이 그녀를 향해 미소 짓고 있는 모습이 보였다.

* * *

아무래도 실바나스가 너무 오래 언더시티에 머물렀던 모양이었다. 다시 몸을 움직이고 싸우기 시작하니 기분이 좋았다. 전략과 기술과 피와 죽음과 승리, 그녀는 그 모든 걸 그리워하고 있었다. 하지만 그 달콤한 맛은 생명으로만 사들일 수 있었다.

실바나스는 추락하는 비행선에서 얼라이언스 국왕의 목숨을 구하고, 그와 힘을 합쳐 싸웠다. 그녀가 이끄는 병사들은 솜씨 좋고 전투에 익숙했으며, 거대한 생물들이 포효하며 무기를 휘두를 때도 두려움을 몰랐다. 물론 사상자는 있었다. 하지만 어떤 싸움에서든 사상자는 언제나 생기는 법이었고, 어쨌든 해일처럼 밀려드는 지옥의 생물들 앞에서도 호드와 얼라이언스의 연합군은 확실히 전진하는 중이었다. 마침내 해일의 방향이 바뀌기 시작했다.

바리안은 병사들을 이끌고 굴단을 향해 돌진했다. 그 흑마법사의 손은 어찌나 많은 우주의 피로 물들었는지, 실바나스 자신의 손이 깨끗해 보일 지경이었다. 동족을 악마의 손아귀로 이끈 굴단. 어떤 역경에서도 탈출하여 다른 시간의 길에 숨거나, 누구도 잡을 수 없도록 미꾸라지처럼 빠져나가기만 하는 굴단.

실바나스는 호드 병력을 이끌고 언덕 위로 올라갔다. 악마 지원군이 하늘에서 날아들었고, 그녀의 궁수와 전사들은 바리안의 반짝이는 상투를 망가뜨리려고 밀려드는 적들을 차례대로 제거했다.

그녀는 진심으로 바리안에게 행운을 빌었다. 서로 차이는 있었지만, 두 사람은 훌륭한 한 팀이었고, 놀랍게도 그녀는 그에 대한 존경심까지 품게 되었다. 실바나스는 바리안이 살아남아 스톰윈드에서 아버지의 왕좌를 지키고 있는 왕자를 기쁘게 해주길 바랐다.

협력이 효과가 있었다. 아래쪽에서는 얼라이언스가 거센 진격을 계속했다. 그들은 살아있지 않은 자들과 같은 끈기로 적을 도살했고, 공포의 군주와 지옥절단기, 지옥의 군주가 악몽의 고향으로 쫓겨날 때마다 실바나스는 기운이 솟았다. 바리안은 비행포격선의 지원을 요청했고, 거대한 전투함은 전장을 향해 천천히 움직이고 있었다. 길이 열릴 것이고, 굴단과 군단의 최후가 뒤따를 것이다.

그때 그 일이 일어났다.

마루 꼭대기에 있던 호드 뒤쪽에 차원문이 열렸다. 악마들이 차원문에서 쏟아져 나왔다. 스랄은 쓰러지고, 바인이 그를 돕고, 볼진은 심각한 부상을 당했다.

"오늘 호드가 죽어선 안 되네." 대족장은 힘겹게 말을 마쳤다.

선택지가 있었지만, 실제로는 선택할 수 있는 것이 아니었다. 여기 남아서 아래에서 싸우는 얼라이언스를 엄호한다면, 그들 *모두가* 죽고 말 것이다. 여기서 퇴각한다면, 얼라이언스는 죽겠지만 적어도 호드는 살아남아 다시 싸울 수 있었다.

우리가 마루에서 측면을 엄호하겠다, 그녀는 말했었다.

실바나스…. 고맙다, 이제 파멸에 이른 얼라이언스의 국왕은 그렇게 대답했었다.

행운을 빈다, 바리안.

그쪽도.

행운 같은 건 없었다. 호드에도, 얼라이언스에도. 애초에 운이라는 건 없고, 간수가 설명한 필연적인 운명만이 존재할 뿐이었다.

실바나스는 뿔피리를 불었다. 발키르가 날아 내려와 퇴각을 도왔다. 이상하게도, 머릿속에 곧 고아가 될 안두인이 떠올랐다. 바리안은 전에도 실종되었다가 돌아온 적이 있었다. 하지만 이번만큼은, 안두인에게 국왕이라는 칭호가 영원히 계승될 거라는 느낌이 들었다.

대족장은 가까스로 고향에 돌아왔지만, 남은 건 죽음을 맞이하는 것뿐이었다. 평소 푸르던 그의 피부가 기묘한 잿빛으로 변하고, 팔과 상체에 검은 거미 같은 표식이 드러나고, 치명적인 상처에서는 칭칭 감은 붕대로도 감출 수 없는 역한 초록색 물질이 흘러나오는 것을 보니 상황을 대충 알 것 같았다.

"죽음은…" 실바나스는 나직하게 말했다. "우리 모두를 데려가지."

단 한 번에 복부를 꿰뚫은 창. 볼진은 왜 그걸 보지 못했을까? 그는 수많은 전쟁을 거친 베테랑이자 트롤의 어둠과 빛 마법에 통달한 어둠사냥꾼이었다. 도무지 말이 안 되는, 불가능한 일이었다.

공정하지 않았다.

볼진은 화를 내며 혼란스러워했고, 실바나스도 그를 탓할 순 없었다. "난 자넬 믿지 않았어." 그는 헐떡였다. "상상도 못했지, 최악의 어둠 속에서… 자네가… 우릴 구원하게 될 줄은."

그녀는 힘껏 당긴 활시위처럼 온몸을 긴장한 채, 미동도 없이 다음 말을 기다렸다.

로아가 죽어가는 어둠사냥꾼에게 환영을 보여주고, 이름을 가르쳐주었다. "모두가 받아들이진 못할 걸세." 그는 점점 약해져만 가는 목소리로 말했다. "그래도 자넨… 어둠을 벗어나… 호드를 이끌게."

그 말. 바로 그 말. 틀림없이 그 말이었다.

"자네가 우리의… 대족장이야." 볼진은 그 말을 마지막으로 더는 입을 열지 못했다.

이제 실바나스는 그롬마쉬 요새에 두 발을 딛고 서서 점점 뜨거워지는 낮의 열기와 저녁의 서늘함을 지나 밤늦은 시간까지, 사망한 대족장의 뒤처리와 권력이 이양되는 과정을 묵묵히 견뎌냈다. 마침내 쉴 새 없이 몰려들던 인파가 잦아들고, 그녀는 홀로 남아 텅 빈 왕좌를 바라봤다. 오늘 아침에만 해도 상상도 할 수 없었던 두 가지 일이 바로 그 위에서 일어났다.

볼진이 죽었고, 그녀는 대족장으로 지명되었다.

조바알의 두 번째 예언. 불타는 군단에 관한 첫 번째 예언은, 회의적인 사람이라면 그저 운 좋게 맞혔을 뿐이라고 생각할 수도 있었다. 하지만 이건… 조바알이 자기가 준비가 되면 사용하겠다고 했던 말과 그야말로 똑같았다.

지금은 숨을 쉬던 때에 비해 몇 시간 동안 움직이지 않고 서 있는 것도 어렵지 않았다. 실바나스는 서리한에 베여 쓰러졌던 때 이후로 알아낸 사실을 모두 되새겨 보았다. 어둠땅에서 본 모든 것들, 조바알이 말해 준 모든 것들, 그리고 이 세계에서 그녀가 목격한 모든 것들까지.

이제 실바나스 윈드러너가 진정으로 자신만의 선택을 할 때가 되었다.

그녀는 오랫동안 굳어 있던 다리를 움직였다. 달리 불편한 느낌은 없었다. 지금 느껴지는 건 차분한 확신과 조심스러운… 희망뿐이었다.

실바나스는 발키르를 소환했다. "네 주인에게 내가 전갈을 받았다고…. 내가 수락한다고 전해라. 함께 그가 약속한 대로 이 망가진 체계를 붕괴시키자고 전해라. 우리만이 아니라… 이 세계의 모두를 위해. 모든 세계를 위해. 그에게… 내가 진정한 정의를 기대하고 있겠다고 전해라."

시그니는 웃었다. "그분이 기뻐할 것이다, 여왕. 엄청난 위업이 네 앞길에 기다리고 있다."

그 어느 때보다 자신의 결정에 확신한 실바나스는 돌아서서 방을 떠났다.

볼진은 어느새 단정하게 정비되어 장례식을 치를 준비를 마친 상태였다. 그녀는 그를 바라보며, 그가 이런 운명을 맞을 존재는 아니었다는 생각을 떠올렸다. 다들 그랬다. 하지만 시간이 지나면, 그녀로 인해, 모두의 운명이 더 나아질 수 있을 것이다.

실바나스는 횃불을 들고 화장대에 불을 붙였다. 불길이 밤하늘을 향해 솟아오르며 열기와 빛을 쏟아냈다. 모두를 불러모았다. 그녀는 돌아서서 바다처럼 모여든 조문객들을 바라봤다. 인파는 화장대의 불빛이 미치는 범위 밖으로도 이어지고, 그들 모두가 거대하고 검은 덩어리로 보일 지경이었다.

"볼진은 죽었다." 그녀는 강인한 목소리로 말했다. "누가 나와 함께 복수를 하겠느냐?"

우렁찬 함성에 귀가 먹먹해졌다. 그 말에 담긴 또 하나의 의미를 이해하는 건 그녀 자신뿐이었다. 백성들은 겉으로 드러난 의미, 더욱더 흉포하게 군단을 공격하자는 결의만을 이해했다. 하지만 그녀는 볼진의 복수라는 것이 훨씬 더 복잡하고 섬세하며 힘겨운 과업이 될 것임을 알았고, 완전히 준비가 되어 있었다.

이제 그녀는 어둠을 벗어나 이끌 것이다.

막간

"이해한다." 안두인이 조용한 목소리로 말했다.

"그래?" 지금 상황과는 어울리지 않는 안도감이 실바나스를 휩쓸었다. "다행이군. 간수의 계획을 밝히고, 또 그가 그 가치를 증명해주었다는 이야기를 하면, 너도 동의할 거라 생각하고 있었다."

그는 희미하게 웃었다. 슬프고도 상냥한 그 웃음에, 실바나스는 기쁨이 잦아드는 걸 느꼈다. "내 말은, 지금껏 네가 듣고 보고 경험하고 믿게 된 것이 모두 사실로 드러났으니, 간수의 대의에 함께하겠다는 결정을 할 수밖에 없었다는 걸 이해한다는 거다. 네겐 죽은 뒤에도 고향이 없었어. 내게 남은 선택지가 영원한 고통뿐이었다면, 나 또한 사실이라고 생각되는 다른 길을 찾았을 것이다. 죽음의 과정을 재구축하는 것이 네가 누려야 할 삶을 되찾을 수 있는 유일한 방법이었을 테니, 당연히 그 말을 믿고 싶었겠지."

안두인은 말을 이었다. "그는 네게 희망을 주었다. 희망은 다른 모든 것이 무너져 내렸을 때 남는 거다. 희망이 있다면 회복될 수 있어. 모든 걸 해낼 수도 있고. 불가능한 일들까지도."

분노와 모욕감이 그녀의 뱃속에서 차갑고 단단한 얼음 조각처럼 맺혔다.

"내가 속았다고 생각하는 거냐." 실바나스의 말투에서는 독기가 뚝뚝 떨어졌다. "내가 어리석다고 말하려는 것이겠지. 다가오는 죽음을 피하려고 공포에 질려 허둥대며 민간요법에 의존하는 노파처럼 말이야."

"난 네가 어리석다고 생각하진 않아, 실바나스. 나라도 같은 선택을 했을 테니까."

그녀는 회의적인 태도를 누그러뜨리며 그를 바라봤다. "정말이야." 안두인은 말했다. "이런 일과 맞닥뜨렸을 때, 어떤 것을 고를지는 아무도 모른다."

"뭔가 속셈이 있어 친절한 말을 하는 것 같은데, 새끼 사자." 실바나스가 말했다.

"그런 게 있다고 해서 날 탓할 수 있겠어?" 그는 물었다.

"아니. 없다고 하면 실망했을 거다. 그래, 내가 어리석다고 생각하지 않는다면, 내가 욕망과 공포에 눈이 멀었다고 생각하겠지."

"내 생각에," 안두인은 차분하게 말했다. "간수는 영겁의 세월 동안 설득의 기술을 연마했다. 그는 아주 기민한 관찰자야. 사람들이 무엇을 원하는지를 알고, 그걸 얻을 수 있다고 설득하는 방법도 알고 있는 거지." 그는 잠시 주저한 후 고개를 가로저었다.

"당장 말해라. 아니면 내가 말하게 만들어줄 테니까." 실바나스가 말했다.

그는 대답하지 않았다. 실바나스가 앞서의 위협을 실행할까 생각하는 순간, 그가 고개를 들어 그녀를 바라봤다. "그가 처음 접촉한 게 네가 아니었다는 건 이미 알고 있겠지." 그는 말했다.

"물론 알고 있다. 그가 가장 먼저 했던 이야기 중 하나가 그거였으니까."

"아서스가 네게 한 짓도 모두 그의 소행이라는 걸 네가 알았다면, 그와 함께할 일은 없었을 테니까."

실바나스는 바로 대답하지 않았다. "네가 강하지 않다고는 말하지 않겠어," 국왕은 말했다. "네가 똑똑하지 않다고도 말하지 않겠다. 사실, 아주 지혜로운 사람이지. 하지만 너는 이 일에 실제로 관여하고 있기 때문에, 그가 네게는 아무 관심이 없다는 걸 보지 못하고 있어. 내게도 마찬가지고. 그가 원하는 걸 손에 넣고 나면, 우리 둘을 살려둘 이유가 있을까?"

의혹이 고양이처럼 슬며시 그녀의 머릿속을 파고들었다. 실바나스는 즉시 그 생각을 떨쳐냈다. 간수는 겨우 스무 해 남짓 살아온 이 소년이 결코 이해할 수 없는 방식으로 그녀를 이해했다.

"넌 전체 그림을 보지 못한다." 그녀는 말했다. "그의 참을성은 당장이라도 바닥날 수 있어. 난 네가 이 계획을 이해하고 받아들이게 만들어야 한다. 그러지 못하면, 결국 넌 아서스의 손에 쓰러졌을 때의 나와 같은 고통스러운 운명을 겪게 될 뿐이다."

안두인이 눈을 가늘게 뜨고 그녀를 바라봤다. "그게 왜 그렇게 중요한 거지? 난 네게 아무것도 아니야, 실바나스. 왜 나를 설득해야만 하는 거지?"

그녀는 그에 대한 답을 알고 있었다. 하지만 그 말을 할 수가 없었다.

제 25 장

대족장의 책무를 수락하기로 결정하면서, 실바나스 윈드러너는 조바알의 제안도 함께 받아들였다. 그리고 그의 대의에 함께하기로 결심했다. 백성을 보호하고, 자유를 되찾고, 복수를 하기까지… 그녀는 언제나 사명에 이끌리는 여자였다. 돌이켜 생각해보면, 그런 '사명'은 우스꽝스러울 만큼 하찮기만 했다. 수명이 아무리 긴 종족이라 해도, 삶은 짧고 고통과 공포, 외로움으로 가득했다. 그렇다면 사후에는? 침체, 강직. '심판관'이라는 이름 자체도 냉정하고 비인간적이기만 했다.

그녀 궁극의 사명이 실바나스가 그 누구보다 증오할 거라고 생각했던 자에게서 드러나다니, 참 이상한 일이었다. 조바알이 의도치 않게 그녀의 죽음과 속박에 관여하긴 했지만, 실바나스가 살아 숨 쉬고 있을 때라면 그녀는 그가 말한 진실의 깊이를 받아들이지 못했을 것이다. 실바나스의 정신은 가장 잔인한 방식으로 열렸고, 여린 감정의 굴레에서 벗어난 그녀는 이해와 결의를 바탕으로 나아갈 수 있었다.

그녀의 모든 행동과 생각, 감정은 지금 그녀 안에 타오르고 있는 위대한 사명, 간수의 계획을 실현하며 그 모든 과정을 그와 함께하는 것에 비하면 그저 부차적인 것에 불과했다. 불완전한 죽음의 기계를 재구축해야만 한다. 한때, 사소한 것들이 그녀를 귀찮게 했다. 그녀는 복수를 갈망하고, 적들이 고통을 겪기를 바라고, 완전하게 지배하려 했다. 하지만 더는 개인적인 복수심이나 귀찮은 두 번째 기회 따위로 더 큰 목적을 희생할 수 없었다.

그녀는 의도하지 않은 움직임은 하지 않았다. 여흥이나 고통 때문에 생명을 구하거나 희생하지도 않았다. 모든 것에는 이유가 있었다. 누가 고통을 받든, 그녀가 어떤 원치 않는 일을 해야 하든, 모두의 고통을 끝내는 것이 목적이었다. 사랑이 가득하고 안전했던 어린 시절에 그녀가 무지의 축복을 누렸던 것처럼, 지금 무슨 일이 벌어지고 있는지 아무것도 모르는 이들까지 구원해야만 했다. 찰나의 불꽃과도 같은 그들의 삶이 고통 속에 끝난다고 해도, 더 공정한 영원을 일궈내기 위해서라면 어떤 대가라도 치를 수 있었다. 지금껏 지나온 모든 시간과 앞으로 다가올 모든 미래까지, 이토록 큰 위험과 이토록 큰 보상은 처음이자 마지막이었다.

* * *

실바나스는 집중을 방해할 뿐인 하찮은 전쟁에서 호드를 이끄느라 소중한 시간을 낭비할 생각이 없었다.

물론 호드가 장애물이 되지 않을 만큼은 적절히 관리할 생각이었다. 도시를 불태우고 아내와 아들까지 잃은 노병 바로크 사울팽에게 생각이 미쳤다. 실바나스는 삶의 잔혹한 불공정성을 이토록 많이 맛본 그라면 언젠가는 간수의 말에 귀를 기울일 거라고 생각했다. 아직은 아니겠지만, 언젠가는 그럴 것이다. 바리안이 목숨을 잃은 부서진 해변에서, 사울팽도 큰 부상을 당했고 아직은 최전선에 돌아올 준비가 되지 않았다. 실바나스는 사울팽에게 오그리마 방어를 맡기고, 군단을 물리치는 데 도움이 될 희귀한 유물을 찾아 나타노스를 함선 몇 척과 함께 스톰하임으로 보냈다.

한편, 실바나스도 조바알의 정의를 찾는 여정에 함께하기로 했을 때 간수가 맡긴 임무를 완료하러 떠났다. 아제로스에 있는 조바알의 다른 아군을 찾아 어떤 물품을 확보하는 것이었다.

승리로 이어졌어야 하는 일이었다.

하지만 안타깝게도 완전한 참사로 끝나고 말았다.

* * *

실바나스와 그녀의 용사는 한동안 떨어져 있었고, 마침내 두 사람이 아쉴의 만에 있는 드레드웨이크의 상륙지에서 만났을 때, 실바나스는 개인 천막 안에서 분에 겨워 씩씩대고 있었다. 그녀는 나타노스가 그런 분노의 이유이기라도 한 것처럼, 뜨겁게 타오르는 눈을 그에게 돌렸다.

"네 임무가 내 것보다는 잘 풀렸어야 할 텐데." 그녀는 말했다.

"네, 그레이메인과 7군단의 공격으로부터 살아남았습니다. 걱정해주셔서 참 고맙군요."

그녀는 손을 내저어 그의 말을 잘랐다. "네가 살아남지 못했다면 놀랐을 거다. 하지만 그자를 내게 보낸 건 바람직하지 않았어."

갑자기 나타노스의 표정이 심각해졌다. "괜찮으시면 말씀해주십시오. 무슨 일로 가셨던 겁니까?"

"헬리아에게서 유물을 회수하는 일이었을 뿐이다."

그는 눈을 깜박였다. "티탄이 벼려낸 감시자도 간수의 아군이었던 겁니까? 높은 자리에 친구들이 있었던 모양이군요. 아니, 이 경우엔 낮은 자리라고 해야겠습니다만." 그는 말했다. 고대의 존재 헬리아는 자신의 존재만큼이나 오래된 원한을 다스리고 있었다. 그녀는 간수와 마찬가지로 어둠의 영역의 군주였다. 그녀의 세계는 불명예스럽게 죽은 자들이 영원히 싸우고 패배하는 형벌에 처해지는 곳이었다. "무슨 유물이었습니까?"

"간수는 그걸 영혼우리라고 불렀다. 헬리아도 그걸 놓치긴 싫어했지만, 그게 간수뿐 아니라 그녀에게도 큰 도움을 줄 거라는 사실을 내가 지적했다. 난 그걸 사용해서 발키르의 지도자를 지배하고, 그녀가 조종하는 강대한 영혼들을 헬리아에게 보내라는 지시를 받았다. 헬리아가 그 영혼들을 우리 목적을 위해 사용하게 하려는 계획이었지."

나타노스는 놀란 표정이었다. "발키르는 정말이지 장대한 영혼입니다. 찬란하고 아름답지요. 그 모든 령이 나락으로 쇄도한다면…."

그녀의 성난 눈빛에 그는 입을 꾹 다물었다. "그 빌어먹을 늙은 늑대가 방해하지 않았다면 좋았겠지."

"죄송합니다. 진작 길니아스 국왕으로 멋진 모자와 망토나 만들 걸 그랬습니다."

"난 에이르를 찾아냈다," 실바나스는 그의 농담을 무시하고 말했다. "영혼우리는 별 것 아닌 것처럼 보였고, 난 솔직히 그 힘으로는 부족할 것 같다고 생각했다. 그건 단순한 등불 같아 보였지만, 그걸 들어올리며 에이르에게 복종을 요구하자, 영혼우리가 그녀에게 고통을 주고 있음이 명백히 드러났지."

그때의 기억은 그녀의 머릿속에 각인되어 있었다. 그녀는 작았지만, 등불의 푸른 빛이 그 거대한 형체를 결속하는 걸 보면, 영혼우리는 무척이나 강했다.

"어리석은 자가 모든 걸 망치기 마련이지. 몇 초만 더 있었더라면, 에이르가 내 것이 되었을 텐데," 그녀는 말했다.

"그자가 영혼우리를 훔쳤습니까?"

"그걸 *박살 냈다.*"

그레이메인의 얼굴에 떠올랐던 그 교활한 승리의 표정. 그 유물을 차가운 돌바닥에 내리치던 때의 그 차가운 만족감. 유리가 깨어지고, 결국 흐릿해지던 빛.

넌 내 아들의 미래를 앗아갔어. 그래서 네 미래를 없앴다.

실바나스는 겐이 날뛰도록 내버려뒀고, 늑대는 애초에 그녀를 처치하려 하지 않았다. 왜 그런 일들이 일어나야 했는지, 그녀는 알지 못했다. 그들 사이에 말하지 않은 얘기가 남은 것 같았다. 하지만 실바나스는 거기 돌과 하나가 된 듯 서서, 황금빛으로 아름답게 빛나는 에이르가 하늘로 날아올라 자유를 향해 사라지는 모습을 지켜봤다. 모든 노력이 수포로 돌아갔다.

그리고 씁쓸한 생각이 떠올랐다. 다행히 간수가 경고했던 감정을 향해 그녀가 흘러갈 때 대개 그렇듯, 분노가 그녀를 구원했다. 겐은 알지 못했지만, 그의 모든 노력 또한 수포로 돌아간 셈이었다.

미래가 없어진 건 바로 겐 자신이었다.

심판관이 리암을 어디로 보낼지 누가 알까? 겐과 그의 가족을 어디로 보낼지 누가 알까? 가능성은 말 그대로 무한했다. 하지만 그들이 모두 함께하게 될 가능성은?

발키르의 말에 따르면, 그럴 가능성은 전혀 없었다.

"어리석은 자 같으니," 실바나스가 속삭였다. "늙고, 슬프고, 어리석기만 하구나."

* * *

전투는 계속됐다. 호드와 얼라이언스는 함께 싸울 아군을 찾았다. 군단은 다시 한번 패배했다. 왠지 몰라도, 그롬마쉬 요새에서 열린 축하 연회에서, 실바나스는 자기도 모르게 이 전쟁이 어떻게 끝난 건지 생각에 잠겼다.

시작은 부서진 해변을 향해 날아가던 함선 위에서였다. 한 척에는 바리안이, 다른 한 척에는 실바나스가 탑승하고, 빠르고 강력한 공격으로 승리를 차지하러 하늘을 날았다. 그때 그들은 진정한 아군이었다. 현명하게 서로를 존중했고, 결의에 차 있었다. 그리고 그때 그녀는 선택 아닌 선택을 해야 했다. 그 아군 곁에서 어차피 질 전투를 계속하다가 모두를 희생시키거나, 아군을 배신하고 호드를 지켜야 했다.

자유 의지라는 건 없었다. 그때도, 앞으로도 없었다.

역시 하늘 위에 떠 있는 함선에서였다. 별들 사이의 어둠 위에 떠올라, 군단의 창조자이자 지도자인 광기 어린 티탄 살게라스의 손아귀에서 가까스로 벗어난 끝에 불타는 군단의 위협은 종식되었다. 하지만 대가가 없지는 않았다. 아직 육신이 남아 있었다면, 생각만 해도 소름이 돋을 대가였다.

살게라스는 아제로스를 파괴하려는 욕망에 가까이 다가갔다. 너무 가까이 다가갔다.

검이 세계의 심장을 꿰뚫을 것이다.

그게 조바알의 세 번째 예언이었고, 당연하게도, 살게라스는 상상할 수 없을 정도로 거대하고 부정한 검을 아제로스에 깊이 찔러 넣었다.

아마도 그녀가 가장 싫어하는 자, 재스터 갤리윅스가 상념을 깨뜨렸다.

"대족장님, 잠깐 실례 좀?"

"빨리 끝내라." 그녀는 말했다.

물론 그는 빨리 끝내지 않았고, 케잔 섬에서 '진정으로 경이롭고 독특한' 물질을 찾아낸 이야기를 장황하게 늘어놓았다. 갤리윅스는 그 물질이 어찌나 마음에 들었는지, 그걸로 지팡이 장식을 만들기까지 했다. 그런데 이번에 그 물질을 더 발견했다고 했다. 그것도 양이 훨씬 더 많았다.

살게라스의 검이 꽂힌 곳에서, 그 물질이 지상으로 흘러나왔다.

그리고 넌 상처에서 흐르는 피를 붙잡아 그 힘을 느껴야 한다. 조바알의 네 번째 예언이 세 번째를 바짝 따라왔다.

실바나스는 지팡이를 받아들고 위쪽을 장식한 황금빛 보주에 손을 댔다.

나중에 그녀는 나타노스에게 그때 어떤 경험을 했는지 말하려 했지만, 어떤 말로도 표현할 수가 없었다. 갑자기 모든 것이 가능해졌다. 간수가 약속한 그대로였다. 실바나스는 도시와 문화, 어쩌면 세계까지도 세우고 붕괴시킬 듯한 힘을 느꼈다. 창조하고 파괴하고 다시 창조할 수 있는 힘이었다. 힘과 생각, 예리하고 명민하고 탁월한 생각들이 온몸을 휩쓸었다.

그 물질이 모든 것을 바꾸리라.

불타는 군단과의 전쟁은 시작과 함께 끝이 났다. 하지만 이번에는 간수의 예언이 하나도 아닌 두 가지나 실현되었다.

* * *

편지에는 간략히 용건만 적혀 있었다.

내일,

우리가 가장 좋아했던 그곳에서 만나.

보낸 사람은 'A'라고만 간단히 적혀 있었다.

알레리아답다고, 실바나스는 생각했다. 언니는 언제나 직설적이었고, 무조건 상대가 동의할 거라 생각했다. 그런 직설적인 면은 혹시나 누군가 편지를 가로채더라도, 작성자를 특정하지 못하게 할 필요가 있기 때문이기도 했다. 하지만 자기가 부탁했다는 이유만으로 실바나스가 나올 거라고 생각하는 걸 보면, 수천 년을 악마와 싸웠어도 알레리아는 예전 그대로인 모양이었다.

실바나스는 처음엔 가장 가까이에 있는 촛대로 가서 편지를 불태워 버리고 싶다는 본능적인 욕구를 느꼈다. 하지만 잠시 후….

그 요청을 거부해야 할 명확한 이유가 잔뜩 있었다.

물론 두려울 건 없었다. 그녀는 이제 그 어느 때보다 강해졌다. 자매들과 만나서 뭔가 가치 있는 걸 알아낼 수 있을까? 자매들을 그녀의 목적에 함께하도록 설득할 수 있을까? 베리사에게 했던 시도는 실패했었지만, 어쨌든 지금 자매들을 만나면 얻을 것이 있을 것 같았다. 적어도 그녀의 결의와 간수의 대의에 대한 헌신을 시험해 볼 수는 있을 것이다.

"여왕님, 이름을 밝히지 않는 손님이 찾아왔습니다. 자기를 '피의 후손'이라고만 소개해달라고 하는군요." 나타노스가 새롭게 번듯해진 얼굴을 잔뜩 찌푸렸다. "뭔가 이상한 구석이 있습니다. 왠지 믿을 수가 없습니다."

실바나스의 눈이 휘둥그레지고, 머릿속에는 이미 여러 번 그랬던 것처럼 간수와의 대화가 떠올랐다.

선택을 마치면, 발키르를 내게 보내라. 그러면 내가 피의 후손을 보내겠다.

그녀는 편지를 돌돌 말아 허리띠에 밀어 넣었다. "왕실로 보내라." 그녀는 말했다. 그곳은 언더시티 전체에서 가장 개인적인 장소였다. 그것만큼은 분명히 알고 있었다. 잠은 이미 오래전 포기했기에, 그녀는 홀로 있는 시간을 현명하게 사용했다.

나타노스의 언짢고 당황한 표정을 보며, 그녀는 말했다. "아주 중요한 전갈이 있는 것 같다. 날 믿어라, 나의 용사여."

실바나스는 왕실의 문을 열어두고 '피의 후손'을 기다렸다. 왕실에 들어온 것도 꽤 오랜만이었다. 사실 요즘은 자기 방은커녕 언더시티에 오는 일도 거의 없었다.

"여왕님." 나타노스는 경멸이 가득한 목소리로 말했다. "손님입니다." 그는 고개 숙여 인사하고 '손님'을 마지막으로 흘긋 바라본 후 떠났다.

그는 실바나스가 살아서도 죽어서도 만나 본 적 없는 사람이었다. 블러드 엘프는 대부분 완벽한 용모를 뽐냈지만, 그의 외모는 그야말로 완벽했다. 그의 숱 많은 검은색 머리카락은 한 가닥 흐트러진 곳이 없었다. 나타노스의 직감이 옳았다. 이자에게는 어딘가 이상한 구석이 있었다.

"아, 실바나스 여왕," 그는 말했다. "마침내 이렇게 만날 수 있어 정말 기쁘군." 그는 그녀의 거처를 둘러봤다. "여긴 너무 좁은데."

실바나스는 당황했다. "뭐가 좁다는 거지?"

엘프는 턱을 당겨 고개를 숙이며 그녀를 올려다봤다. 너무 완벽한 얼굴에 천천히 미소가 번졌다. 입이 넓게, 더 넓게, *너무 넓게* 벌어졌다—

이방인의 말이 옳았다.

그녀의 거처는 너무 좁았다.

그자가 지옥의 악취를 어떻게 감출 수 있었는지, 실바나스는 알 수 없었다. 하지만 다시 생각해 보면, '보이지 않는 손님들'은 원래 변장의 달인이었다. 뭉게뭉게 연기가 피어오르고, 그녀 앞에는 어느새 신도레이가 아닌 공포의 군주가 서 있었다. 갈라진 발굽이 차가운 돌바닥을 단단히 딛고, 뿔은 천장을 긁을 듯 높이 솟고, 날개는 어느새 비좁아진 방 안에서 잔뜩 움츠려 접혀 있었다. 실바나스가 정신을 차리고 공격할 준비를 하는 순간, 그자는 그녀를 달래려는 듯 손바닥을 위로 한 손을 내밀었다.

"그가 네게 피의 후손을 찾으라고 하지 않았나?" 굵은 목소리가 울려 퍼졌다.

실바나스는 두 눈을 깜빡였다. "그게 너인가?" 그녀는 믿기지 않는다는 투로 뱉었다.

"추방당한 자가 날 보냈다." 악마가 말을 이었다. "난 말가니스다." 두꺼운 회색 입술이 뒤틀려 잔인한 웃음이 되었다. "내 이름은 알고 있겠지."

오, 물론 그랬다. 아서스는 불만이 가득 차거나 화가 잔뜩 났을 때면 아주 오랫동안 그에 관해 투덜거리곤 했다.

"그러면 우리가 같이 아는 존재가 두 명인 셈인가." 그녀는 말했다.

"그래, 우리 주인과 그 실패한 하수인."

"간수는 내 주인이 아니다, 악마." 그녀는 말했다. "너야 그의 심부름을 하려고 날 찾아왔으니 그렇겠지만." 그녀는 다시 웃었다.

이번에 악마는 웃지 않았다. 반사적으로 날개를 펴려 했지만, 방이 워낙 좁아서 움직일 수조차 없었다. "조금 넓은 데서 이야기하는 게 좋지 않을까."

"여긴 내 왕국에서 가장 안전한 곳이다. 여기서 이야기해라." 아무리 강한 사명감을 느끼는 그녀라도, 오만한 자의 콧대를 꺾는 일에서 느껴지는 기쁨을 마다할 수는 없었다.

그는 무력하게 으르렁거린 후 마음을 가라앉혔다. "추방당한 자의 목표에 대한 이야기는 이미 들었겠지. 이제 네 가치를 증명했으니, 그의 자세한 계획을 알 때가 되었다."

"나라도 아군의 신뢰성이 증명되기 전까지는 자세한 정보를 감췄을 것이다." 실바나스는 냉랭한 목소리로 대꾸했다.

말가니스가 그 또한 언짢아하는 듯해서, 실바나스는 조금 더 의기양양해졌다. 일이 점점 더 재미있어졌다.

"심판관에 대해서는 이미 알고 있겠지. 그리고 그녀와 간수가 각기 전체의 일부라는 것도." 악마는 말했다. 그녀는 고개를 끄덕였고, 그는 말을 이었다. "필멸자 영혼의 정수인 령이 어둠땅을 움직이는 연료라는 것도. 령이 곧 *전부다.*"

"그래." 실바나스는 대답했다. "계속 그렇게 어린아이를 가르치려는 것처럼 굴겠다면, 더는 네 이야기를 들어줄 시간이 없을 것 같은데."

"아니, 실바나스 여왕, 그러지 않는 게 좋아." 공포의 군주가 대답했다. "네 사명을 그의 것과 일치시켜야 한다. 지금 그에게 가장 먼저 필요한 것은 힘과 자원이다."

"이제야 쓸 만한 이야기가 나오는군. 이제 어떻게 하면 되는지 얘기할 생각이겠지?"

"령은 곧 전부다." 그는 다시 한번 반복했다. "그리고 우리가 심판관을 제거했으니, 어둠땅으로 들어가는 모든 영혼이 나락으로 흘러 들어가고 있다."

그는 아주 만족스러운 표정이었다. 그럴 만도 했다. 실바나스도 새로운 깨달음에 깜짝 놀랐다. 그녀는 농담을 그만두고 악마에게 물었다. "어떻게 한 거지?"

"선하든 악하든, 상냥하든 잔혹하든, 위대한 영혼에는 령이 더 많다. 평범한 영혼에는 적고. 그렇다면, 실바나스 윈드러너, 세계의 영혼에는, 티탄의 영혼에는 얼마나 큰 힘이 담겨 있을지 상상할 수 있겠나?"

"어떻게 한 거냐고 물었다, 악마. 끝없는 헛소리는 거기까지만 해라."

공포의 군주는 쯧, 혀를 찼다. "넌 필멸자고, 육신이 영혼을 구속하고 있다. 하지만 우린 마법의 존재고, 마법의 본질은… 충분한 노력과 인내심이 뒷받침된다면 변화할 수 있다. 네가 날 악마라 부르는 건 우리가 그걸 원했기 때문이었다. 수천 년에 걸쳐 우리가 너희를 속였기 때문이다. 하지만 사실 나스레짐은 레벤드레스의 데나트리우스 대영주가 만들어낸 존재요, 네가 가늠할 수 없을 만큼 오래전부터 간수의 대의에 함께해 온 진정한 아군이다."

도저히 믿을 수가 없는 말이었다. 하지만… 실바나스는 그 말이 믿겨졌다. 조바알이 소유한 힘은 지금도 그녀가 생각하는 '광대하다'는 개념으로는 충분히 이해할 수 없을 정도였다. 그가 얼마나 오랫동안 존재해왔는지, 얼마나 참을성 있게 기다렸는지, 수천 년 동안 자라날 씨앗을 뿌리기 위해 얼마나 많은 것을 예견했을지 생각만 해도 진저리가 날 정도였다.

"그리고 내 동족이 우리 자신의 본성을 변형하여 우주의 모든 차원에 침입하는 방법을 익히는 사이, 우리는 미친 티탄의 공허에 대한 공포를 이용하여 그가 우리의 진정한 목적을 보지 못하게 했다. 뒤틀린 황천에서 쓰러진 악마들이 깨어나는 데 시간이 너무 오래 걸린다며 화를 냈을 때, 우린 그의 병사들이 한 순간에 깨어나게 할 수 있는 부활의 동력기계를 벼려내 줄 수 있다고 말했다. 거기에 필요한 건 오직 죽음의 힘이 주입된 세계의 영혼이라는 연료뿐이라고도 했다."

실바나스의 머릿속에 군단을 상대로 펼쳐진 최근의 전쟁이 스쳤다. 부서진 해변. 살게라스의 무덤. 그리고…

"아르거스." 그녀는 깨달았다.

공포의 군주는 똑똑한 제자를 바라볼 때처럼 미소를 지었다. "심판관은 필멸의 영혼을 심판하기 위해 만들어졌다. 부서진 세계의 증오로 가득 찬 미치광이 정수를 심판하는 존재가 아니었다. 하지만 아르거스에게 죽음의 마법을 주입함으로써, 우리는 티탄 판테온의 힘으로 강화된 필멸자들이 그를 쓰러뜨렸을 때, 아르거스의 영혼이 화살처럼 거짓 심판관의 심장을 꿰뚫을 수 있도록 했다. 이제 모든 필멸자의 영혼과, 무의미한 존재에서 마지막 한 방울까지 짜낸 령을 이용하여, 추방당한 자는 현실을 재구축하는 일에 한 걸음씩 가까워지고 있다."

한 순간, 익숙한 생각이 그녀를 파고들었다. 수많은 행성을 파괴한 불타는 군단이 여러 차례 아제로스를 공격하고 이 행성의 거주민들 손에 격퇴된 것도 모두 간수의 소행이었음을 깨닫자, 갑작스레 분노가 치밀었다.

안 돼, 그녀는 자신을 타일렀다. *이제 우린 한 편이야. 우리가 함께 이룩할 수 있는 일들에 비하면 그건 아무것도 아니다.*

실바나스는 대족장이 된 후 조바알의 제안을 수락하긴 했지만, 마음속에는 여전히 드문드문 의혹이 남아 있었다. 그런 의혹이 빠르게 사그라들었다.

"네가 얼마나 똑똑한지 거들먹거리는 게 즐거워 보이긴 한다만, 그 이유 하나로 여기까지 온 건 아닐 텐데, 말가니스." 그녀가 말했다. "앞으로 내가 해야 할 역할이 있는 거겠지."

나스레짐은 콧방귀를 뀌며 고개를 끄덕였다. "그래. 이제 모든 필멸자의 영혼이 나락으로 흘러가고 있는 만큼, 간수는 네가 가장 잘하는 일을 해 주기만을 바라고 있다. *죽여라.* 네 세계에 지금껏 실현된 적 없는 규모의 죽음을 초래해라. 네 손에 비명을 지르며 내세로 내던져지는 모든 영혼이 추방당한 자를 강하게 만들어 줄 거다. 그리고 때가 되면, 데나트리우스 대영주가 나락에 힘을 공급하기 위해 조용히 비축해 온 령의 격류를 방출할 것이다. 어둠땅 성약의 단은 계속해서 가뭄과 혼란에 시들어갈 것이고, 조만간 우리에게 저항할 자들이 남지 않을 것이다."

"그러고 나면 간수는 자유롭게 죽음의 기계를 재구축할 수 있겠군."

말가니스는 어린아이를 타이르듯 발톱이 달린 손을 들어 올렸다. "자유는 필멸자의 욕망이다. 추방당한 자는 단순히 나락에의 구속에서 벗어나려 하는 것이 아니다. 그는 어둠땅을 지배하는 무궁한 존재들조차 알지 못하는 금지된 영역을 찾아내려 한다. 그 안에 있는 매장터에는 우주 그 자체를 형성한 자들의 비밀이 담겨있다. 추방당한 자는 그 신성한 장소로부터 존재하는 모든 것과 존재할 수 있는 모든 것을 다시 만들어 내려 한다."

실바나스가 눈을 가늘게 떴다. "내게는 간수의 대의에 함께해야 할 이유가 있다, 말가니스. 그런데 넌 그와 협력해서 얻으려 하는 게 뭐지?"

악마는 미소를 지었다. "죽음이 이 세계의 영혼을 찾아왔다, 밴시 여왕. 간수가 성공하고 모든 현실이 새롭게 태어나면, 충직하게 섬긴 자들은 그에 합당한 보상을 받을 것이다."

"다른 건 없나?" 조바알의 아군이건 아니건, 말가니스는 필요한 것 이상의 시간을 함께하고 싶은 상대는 아니었다.

공포의 군주는 웃었다. "방금 네게 가장 좋아하는 일을 하라고 했다, 실바나스 여왕. 거기에 덧붙일 건 따로 생각나지 않는구나."

"그럼 사라져라," 그녀는 말했다, "그리고 내 *동반자*에게는 내가 최선을 다해 우리 계획이 순조롭게 진행되게 하겠다고 말해라."

그녀의 퉁명스러운 반응에 악마의 얼굴에서 웃음이 사라졌다. 언짢았는지, 악마는 고개만 끄덕였다. 역한 연두색 지옥 마법이 커다란 몸 주위를 맴돌고, 이내 악마는 사라졌다.

실바나스는 바로 방을 나서지 않았다. 악마의 말이 어딘가 따끔한 여운을 남겼다. 그녀는 미끼를 물지 않아야 했다. 악마는 타인을 조종하는 일에 워낙 능숙했다.

정말 죽이는 것이 그녀가 가장 좋아하는 일일까? 불쾌한 생각이었다. 그 말은 스컬지를, 아서스를 떠올리게 했다. *나는 자의식 없는 살인자가 아니야,* 그녀는 생각했다. 그녀는 사냥꾼으로 태어나고 길러졌다. 물론 죽이는 방법은 확실히 알고 있었다. 하지만 그녀가 죽이는 건 필요할 때뿐이었고, 살아 있던 때엔 생존을 위해서였다. 그 과정에 간혹 즐거움이 느껴졌다면, 그건 그 행위가 어딘가 만족스럽기 때문이었다. 그녀는 괴물이 아니었다.

실바나스는 허리띠에서 편지를 꺼내 다시 읽은 후, 촛대로 가져가 불태웠다. 어차피 내용은 간단했기에 바로 암기할 수 있었고, 이 서신이 눈에 띄면 좋은 일이 없을 것이다. 예전의 관계가 여전히 그녀를 옭아매고 있다는 사실을 간수가 알게 되면 그리 기뻐하지 않을 게 분명했다.

그녀는 자매들을 만나러 가겠지만… 혼자 가지는 않을 것이다. 실바나스는 자매들을 평가하고, 자신 안에 남아있는 무른 감정에 도전할 것이다. 이제 그 감정을 정리하고, 자매들 또한 그래야 했다.

그때까지, 실바나스는 기분 전환이 필요했다. 그녀는 나타노스를 찾아간 후, 공포의 군주와 함께 논의한 계획을 실행했다. 령을 더 많이 나락으로 보내는 방법을 찾았다. 스톰윈드부터 시작하는 게 좋을 것이다.

간수가 영혼의 강이 흘러오기를 바라고 있다고?

실바나스 윈드러너는 그에게 *바다*를 선사할 것이다.

제 26 장

"돌아오지 않겠다고 했었는데," 아름답고 푸른 하늘 아래 부드러운 바람에 황금빛 잎사귀들이 흩날리는 영원노래 숲에서 실바나스는 말했다. 무덤가에서 하는 말을 망자가 듣지는 못한다는 건 이미 잘 알고 있었지만, 그래도 이야기를 계속했다. 어쩌면 자매들과의 혼란스럽고 고통스러웠던 재회 이후, 생각을 입 밖으로 내놓아야 정리할 수 있을 것 같았는지도 몰랐다.

리라스의 무덤은 무성한 풀로 뒤덮였고, 소복하게 솟아오른 봉분은 시간이 지남에 따라 조금씩 부드럽고 평탄해지고 있었다. 이제 육신은 모두 부패했을까? 남동생을 되살릴 수 있을까? 리라스가 베리사 대신 그녀와 함께 남을 수 있을까?

그녀는 장갑을 벗고 생기 넘치고 부드럽게 자란 풀을 쓰다듬었다. 그런 풀밭 위에 누워 구름이 흘러가는 하늘을 올려다보던 때가 떠올랐다. 어리고 더 순진했던 세계. 그리고 슬픔과 죽음에 절망하지 않았던 어리고 더 순진했던 자신.

여긴 대지의 품에서 삶을 제대로 맛보기도 전에 죽어간 젊은이의 사체가 잠든 무덤이었지만, 언더시티에서 보내는 하루만큼 슬픔이 만연해 있지는 않았다. 포세이큰의 지도자로 살아가면서도, 실바나스는 누구도 그런 운명으로 살아가서는 안 된다고 생각했다. 알레리아도 베리사도, 리라스도 안 됐다.

"작은 태양님, 네가 알아야 하는 고통은 죽음뿐이야." 실바나스는 말했다. "더는 고통을 가하지 않겠어."

그녀는 얼굴을 들어 태양을 바라보고, 눈을 감으며 지나간 그 순간들을 떠올렸다. "오늘 우리 자매들을 만났어. 우리 모두 예전의 나날에서 건져낼 게 있는지 보고 싶었던 것 같아. 나도 알아야 했어. 어떤 면에선, 예전과 똑같더라. 하지만 대부분은 그렇지 않았지. 알레리아도 새로운 힘을 얻었어. 어떤 면에선 나와 같다고 할까. 언니의 힘은 공허의 힘이야. 나는—" 그녀는 장갑 낀 손을 들어 올렸다. 그리고 눈을 떠서 실체가 없는 뱀처럼 손 주위를 맴도는 검보라색 연기를 지켜봤다. "—죽음의 힘이고. 베리사의 유일한 힘은 언제나 그 아이가 갖고 있던, 평화주의자의 힘이야. 베리사는… 이제 더 강해졌어. 하지만 여전히 가족에는 행복이 함께해야 한다고 생각하는 것 같아." 실바나스는 잠시 입을 굳게 다물었다. "더는 불가능한 일이겠지."

그녀는 손을 들어 한때 사파이어가 걸렸던 목 아래를 쓰다듬었다. "우린 바다를 바라보는 발코니에서 우리 목걸이를 바다로 보냈어."

실바나스가 리라스의 사체라고 생각했던 것을 향해 헤엄쳐 가던 때 머릿속에서 교차하던 사랑과 공포, 그리고 리라스가 장난에 성공했다며 환한 눈빛으로 웃음을 터뜨렸던 때의 기억.

"네가 그리워." 그녀는 속삭였다. "하지만 왠지 오늘도 넌 우리와 함께했던 것 같아. 삶과 죽음, 수 세기의 세월…. 그 모든 것이 우리를 갈라놓아도… 지금까지 의미 있는 건 오직 너뿐이었어. 넌 우리가 노력이라도 해 보기를 바랐다는 거 알아. 지금까지의 내 모습을 보았다면, 너도 분명히 기뻐했을 거야." 실바나스는 말했다. 실바나스는 어둠 순찰자를 몇 명 데려갔다. 그들은 몸을 숨기고, 알레리아와 베리사를 죽이라는 명령을 기다렸다. 하지만 실바나스는 명령을 내리지 않았다. "그래도… 궁금하긴 하다, 동생아. 내가 내린 다른 결정에 대해 넌 어떻게 생각할지."

그녀는 충동에 굴복하여 햇살로 따스하게 데워진 풀밭 위에 길게 누웠다. "만약, 아니, 언젠가 간수와 내가 성공하면, 모든 게 달라질 거야. 어머니와 아버지를 다시 만날 수도 있어. 우리가 다시 만날 수도 있고. 널 어둠땅에서 찾을 수 없었어. 찾고 싶었는데…." 그녀의 목소리가 잦아들었다.

리라스도 그걸 원했을 것이다. 살아 있던 때 그랬던 것처럼, 리라스라면 아무도 그녀를 이해하지 못할 때에도 그녀를 이해해주었을 거라고, 실바나스는 생각하고 싶었다.

삶은 너무나도 많은 순간들로 구성되지, 그녀는 생각했다. *즐거운 순간, 평범한 순간… 치명적인 순간.*

실바나스는 오래전 보았던 알레리아를 떠올렸다. 화살이 바닥나고, 스라소니 싸움꾼의 숨결을 느끼며 살아남기 위해 안전한 나무 위로 달려가던 때의 모습을. 춤을 추던 부모님의 눈빛, 그리고 두 사람 모두가 살해당했다는 소식을 들었던 순간을. 베리사의 거절, 그리고 더는 부서지지 않을 거라 생각했던 심장이 산산이 조각나던 때의 놀라웠던 고통을. 갓 태어난 리라스를 처음 안았을 때, 아기의 부드러운 손이 그녀의 손가락을 감싸 쥐던 때의 느낌을.

사랑과 용기로, 아버지는 그녀에게 그렇게 말했다. 그녀는 그 말을 용맹한 심장 깊이 새겨 두었다. 그 말이 젊은 시절의 그녀를 인도했고, 그녀는 그 말에 의미가 있다고 믿으며 마지막 숨을 내쉬었다.

하지만 그런 감정은 이제 너무나도 멀게만 느껴졌고, 그 말들은 공허하기만 했다.

"적어도 난 이렇게 생각해." 그녀는 아무도 듣지 않을 말을 나직하게 속삭였다. "사랑과 용기는 멀리 있지도, 공허하지도 않다고. 멍청한 생각이지, 동생아. 아니, 간수가 알게 된다면 위험한 생각이기도 해…. 하지만 내 안의 고집스럽고 어리석은 마음이 절대 놓아주지 않으려 하네." 하지만 결국엔, 그 모든 게 아무 상관이 없었다. 이미 그녀 자신도 휘말린 해일이었다. 막아내려 해 봐야 아무 소용없었다. 가족이든 전통이든, 필멸자의 세계는 이제 아무런 희망이 없었다.

"사랑도, 용기도 의미 없어."

실바나스는 천천히 몸을 일으켜 앉으며, 그녀의 어린 시절 고향 위를 방황하는 언데드 존재들에 대해 생각했다. 그녀는 자매들과 함께 그들을 처치했다. 하지만 지금쯤이면, 더 많은 존재들이 그 자리를 차지했으리라는 걸 실바나스는 알고 있었다.

그녀는 천 번이라도 그것들을 처치할 수 있지만, 그 존재들 또한 끝없이 나타날 것이다. *이 얼마나 허무한 싸움이란 말인가,* 그녀는 생각했다. 뭐든 붙잡고, 한동안 그 손길을 유지할 수 있다고 해도, 영원한 건 아무것도 없었다.

실바나스는 자리에서 일어섰다. 자매들은 필요 없었다. 그녀는 자신의 사명을 제외하고는 그 무엇도, 그 누구도 필요하지 않았다. 앞으로 있을 모든 일들, 보상, 영광, 진정한 정의의 평화까지, 그 모든 것들의 이유는 전부 그녀였다.

그녀가 어둠땅을 방랑하며 이 교훈을 자신의 눈으로 직접 배울 수 있게 해준 간수는 영리했다. 그녀가 지금껏 무슨 일을 했든, 다른 자들이 무엇을 했든, 지금 그녀 눈에 보이는 목표를 제외하고는 그 무엇도 중요치 않았다.

제 27 장

실바나스는 포세이큰을 향한 자신의 헌신이 순전히 이타적인 이유에서 비롯된 거라고 자신을 기만하지는 않았다. 하지만 그녀와 포세이큰 사이에 강한 연결 고리가 있다는 건 부인할 수 없는 사실이었다. 그들 모두 각자의 정신을 되찾고, 이제 사체에 불과한 육신이라도 다시 통제할 수 있는 방법을 알아낸 후, 그들은 서로가 생존할 수 있게 도왔다. 그들은 서로에게 사명감을 주기도 했다. 그게 계속 나아가야 할 이유였다. 과거에 순찰대 사령관을 맡았던 자로서는 아주 익숙한 역할이었다. 백성을 보살피고, 섬기고, 보호하는 일은 사실상 실바나스가 어머니 뱃속에 있을 때부터 그녀에게 주어진 의무였다.

백성들을 보호해준 게 전부가 아니었다. 리치 왕과 이 세계가 거부했던 그들에게 그녀는 자유 의지와 소속감을 되찾아주었다. 그 결속은 강인하고 순수했다…. 그래서 실바나스에게 도움이 되었다.

그들은 사랑하는 밴시 여왕이자 경애하는 포세이큰 어둠의 여왕에게 충성을 바쳤다. 실바나스에게는 생전에 사랑했던 이들에게 거부당한 이후 쓰린 상처가 남았지만, 포세이큰의 숭배에 가까운 감정들이 그런 옛 아픔을 달래는 데 도움이 되었다.

하지만 이제는 그 모든 게 달라지는 듯했다. 실바나스는 두 번째 죽음을 겪은 후 이 세계에는 단 한 번도 알려지지 않은 지식을 얻었다. 그녀는 새로워진 눈으로 세상을 보았고, 간수가 일어날 거라고 확언한 일들이 모두 실현되는 것을 목도한 후, 간수 자신과 그녀만이 아니라, 세상 모든 이들을 위해 간수가 꿈꾸는 해방에 믿음을 갖게 되었다.

그리하여 그녀의 세상은 변화했다. 이 세상의 모든 건 그저 일시적인 것에 불과하다는 사실이 확인된 진실이 되어 밝게 타올랐다. 그 진실은 단순히 오류를 바로잡는 것이 아니라, 균형을 복원했다. 부서지고, 미미하고, 잔혹한 것을 삭제하고, 공정하고 모든 것을 아우르는 질서로 그 자리를 대체했다. 어떤 영혼도 다른 생의 기약이 없는 내세에 붙잡혀 옴짝달싹못하는 일은 없을 것이다. 어떤 영혼도 영원토록 방황해야 하는 일은 없을 것이다. *아버지는 어디 계실까? 어머니를 다시 만날 수 있을까? 두 분은 행복하실까?*

그녀가 유령을 찾아 나서는 일은 없을 것이다.

이제는 이게 그녀의 목표였다. 더는 그녀가 이끌고 그녀를 사랑하는 호드를 돌보는 일에 관심이 가지 않았다. 게다가 어둠의 여왕이 달라진 것처럼, 그들 또한 달라진 것 같았다. 실바나스가 전쟁에서 돌아오자, 지성을 지닌 채 언데드로서의 삶을 살아갈 수 있도록 해 주는 그녀의 선물을 거부하고, 되살아나는 것보다 영원한 죽음을 선택하는 자들이 나타났다.

그리고 스톰윈드의 새로운 국왕이 '가족'과 '재회'라는 미명으로 양 진영의 회합을 제안하자, 모든 것을 잃은 그녀는 따귀를 맞은 것만 같은 기분이었다. 이 예상치 못한 전개와 함께, 하필 그녀와 간수가 목적을 달성하기 위해 모든 구성원의 무조건적인 복종이 필요할 때, 포세이큰이 그녀가 생각했던 것만큼 단합된 조직은 아니라는 사실이 드러났다.

결국, 실바나스는 포세이큰을 살아있는 가족과 다시 만나게 하자는 계획에 동의했다. 단 하나 분명한 게 있다면, 그건 산 자들이 필연적으로 그들을 거부할 거라는 사실이었다. 산 자들은 *언제나* 그들을 거부했다. 호드 내에서도 마찬가지였다. 포세이큰은 상처 입고 화를 낼 것이다. 종족 전체에 분노가 끓어오를지도 모른다. 그때, 서로를 이해하고 신뢰할 수 있는 건 오직 동족뿐이라는 사실을 실바나스가 상기시켜줄 것이다.

실바나스가 그 순진했던 충동을 후회하게 되기까지 오랜 시간은 필요하지 않았다. 불과 몇 시간 후, 그녀는 관문에 서서 얼라이언스 성채를 향해 달아나는 포세이큰을 바라보고 있었다. 그곳에서 칼리아 메네실이—

—그 이름을 생각하는 것만으로도 갑작스러운 분노의 섬광이 그녀를 꿰뚫었다—

—포세이큰에게 어둠의 여왕과 그들이 오랜 투쟁을 통해 되찾은 그들의 유산을 모두 버리고 얼라이언스에 투항하라며 소리치고 있었다.

여왕님! 지시를 내려 주십시오.

이번에도 간수의 말이 옳았다. 다시 한번, 그녀는 어쩔 수 없이 행동해야 했다. 다시 한번, 그녀는 배신당했다. 버려졌다. 감정이 너무 앞서도록 내버려 두었다.

대체 언제까지 이 증오스러운 무력감을 경험하고 난 후에야 행동할 수 있는 걸까?

하지만 지금은 행동할 수 있었다.

그녀는 활을 들어 올렸다.

* * *

"소식이 시민들에게 전해지기 시작했습니다," 나타노스가 말했다. "다들 바깥에 모여들어서, 설명을 요구하고 있습니다." *무슨 이유든 빨리 말해줘야 합니다,* 그는 굳이 덧붙이지 않았고, 사실 그럴 필요도 없었다.

"좋아," 실바나스는 말했다. "경비병들을 보내 모든 시민을 지상으로 올려 보내라. 그들을 모두 수용할 수 있는 곳은 거기밖에 없을 거다. 그리고 나타노스, 돌아온 자들을 내게 데려와라."

나타노스는 그녀의 말을 따랐고, 경비병들은 그의 말을, 포세이큰은 경비병들의 말을 따랐다. 당연히 그래야만 했다. 실바나스는 '자유 의지'라는 게 환상에 불과하다는 걸 알고 있었지만, 그녀와 간수가 성공하려면 그 환상이 유지되어야만 했다. 지금은 반란을 감당할 수 없었다. 이유가 무엇이었든, 사실 전장에 있던 포세이큰을 살해한 건 안두인 린이 아니라 실바나스였다. 사람들은 단순하고, 명확하고, 쉽게 이해할 수 있는 일을 좋아했다. 정치의 뉘앙스를 이해하는 이는 거의 없었다. 썩어가는 뇌를 극복하는 것이 가장 까다로운 도전인 포세이큰의 경우에는 더더욱 그랬다. 하지만 실바나스는 아버지에게 때로는 수백만 명의 운명이 옳거나 그른 말 몇 마디 때문에 달라질 수 있다고 배웠다.

그래서 백성들에게 이해하기 쉬운 말을 해줄 생각이었다. 그 안에는 진실이 희미하게 느껴질 만큼의 사실만 담을 것이다. 나타노스는 산 자들에 대한 환상이 깨어진 채 회합에서 일찍 돌아온 이들을 찾아내는 데 성공했다. 그들 또한 갑작스러운 사건의 전개에 충격을 받은 듯했다. 개중에는 실바나스를 멀리하려 하는 자들도 있었다.

그렇지 않은 자가 하나 있었다. 애니 랜싱은 자신의 모습을 본 상대방이 공포를 느끼지 않게 하려고, 향주머니와 활짝 핀 꽃을 들고, 목도리를 두르고 회합의 현장에 나섰다. 애니는 어머니가 너무 일찍 빼앗겨 버린 딸, 그녀 자신의 진짜 모습을 봐 주기를 바랐다. 하지만 인간이 볼 수 있는 건 부서지고 썩어가는 육신뿐이었다.

"어둠의 여왕님 말을 들었어야 했어요. 우리 생각이 끔찍하게 틀렸어요."

네 생각이 틀렸지, 실바나스는 생각했다. *이제는 알겠지.*

실바나스는 군중의 목소리에 잠시 흔들렸다. 흐느끼는 자들과 분노하는 자들이 있었다. 심지어 무기를 든 자들도 있었다. 모두가 답을 원했고, 그녀는 그 답을 줄 생각이었다.

그녀는 관문 위에서 자리를 잡았다. 그녀 곁에는 애니가 섰고, 군중 위로는 그녀의 발키르가 떠올랐다. 실바나스는 모두가 들을 수 있도록 밴시의 능력을 이용해서 목소리를 크고 명료하게 증폭했다.

"포세이큰! 내 백성들아! 내 말을 들어라!"

다양한 부패의 과정을 보여주는 얼굴들이 그녀에게 향했다. 말소리들도 잦아들었지만, 전부는 아니었다.

"오늘 아라시에서 정확히 무슨 일이 있었는지 말해주겠다. 소문은 익히 들었을 것이다. 아마 불안해하는 자들에게서 전해진 거겠지. 다들 혼란스러워하는 마음은 이해한다. 상처를 받았겠지. 너희는 내 백성이고, 답을 들을 자격이 있다."

이제 모두가 실바나스를 주목했다. 의심 많은 자들도 가만히 그녀를 지켜보고 있었다. 그녀의 시선이 발키르에게 향했다.

"포세이큰이 내게 얼마나 소중한지는 알고 있겠지. 난 너희를 찾아냈고, 너희를 하나로 모았고, 너희 고향과 이 세상에 있을 곳을 찾아주었다. 너희를 보호할 아군을 찾아주었고, 최근에는…" 실바나스는 하늘을 가리켰다. "우리가 멸종하지 않을 방법을 찾았고, 그 해법을 발키르에게서 알아냈다. 나는 계속해서 너희를, 내 백성을 지킬 방법을 찾고 있다. 그래서 얼라이언스의 어린 국왕이 했던 제안에 그렇게 큰 우려를 보였던 거다."

발키르는 계속해서 군중 위를 맴돌며, 모두를 보호하겠다는 약속이라도 하듯 이따금 아래로 강하했다. 그들은 여군주가 뭘 하려 하는지 정확히 알고 있었다.

"실망하게 될 거라고 분명히 경고하지 않았더냐. 애니… 부탁한다. 네 어미가 얼마나 냉담했는지, 네 진짜 가족인 언데드에게 얘기해라."

실바나스는 한 걸음 물러서고, 애니가 앞으로 나섰다. 그녀가 스카프를 둘러 변형된 육체를 숨기고, 꽃다발을 들어 산 자들을 불쾌하게 할 체취를 감추려 했다는 이야기를 하는 사이, 밴시 여왕의 시선은 군중을 살폈다. 눈에 띄는 자가 하나 있었다. 다른 사람 두 명에게 뭔가 끊임없이 이야기하는 자였다. 나타노스에게, 실바나스는 조용히 말했다. "저기 세 명, 시민들이 해산하면 저들을 데려와 심문해라."

나타노스는 고개를 끄덕이고는 여왕의 지시를 따르고자 슬쩍 사라졌다.

실바나스는 다시 군중을 향해 시선을 돌렸다. "나는 그 모든 게 휴전의 기치 아래에서 우리를 공격하려는 계획이 아닐까 두려웠다. 결국 내 두려움은 사실로 드러났지. 얼라이언스의 국왕은 여사제를 회합의 현장으로 보냈다. 말로는 혹시라도 부상자가 발생할 경우 치유를 돕겠다고 했었지. 그 여사제가 다름 아닌 칼리아 메네실이었다, *메네실!*"

그녀는 혐오감을 목소리에 한껏 담았고, 그 증오스러운 이름은 그녀가 원하던 반응을 끌어냈다.

군중은 분노의 포효를 내뱉고, 망가진 얼굴을 혐오감으로 뒤틀며 뼈가 드러난 주먹을 허공에 흔들었다. 그녀는 그 거친 감정이 정점에 이르렀다가 잦아들기를 기다린 후 말을 이었다.

"그 여자는 우리를 궤멸시키려 했다! 고향과 진정한 가족의 곁을 떠나, 결국 모두의 미움과 공격을 받게 될 인간의 땅으로 우리를 데려가려 했다. 진짜 가족이라면 그런 짓을 하겠느냐? 소속감을 느끼는 곳에서 끌어내 흉측한 *괴물들에게* 둘러싸인 곳에서 구경거리로 만들려 하겠느냐?"

'괴물'이라는 말에 그녀의 목소리가 희미하게 갈라졌다. 실바나스는 지금도 필요한 때라면 언제든 고통과 아픔, 상실과 배신의 웅덩이에 빠져들 수 있었다. 그녀의 목소리가 갈라진 건 진실한 감정의 발현이었으며, 군중도 그 소리를 듣고 적절히 응답했다.

내 악몽에 나오는 건 실바나스요, 할두런은 그렇게 말했었다. *도살자의 명령에 복종하던 그 유령 같은 것.*

그래서 실바나스가 이제는 존재하지 않는다고 생각하는 거요, 옛 친구, 로

르테마르는 그렇게 대답했었다.

안 돼! 그럴 순 없습니다! 군중 사이에서 거센 외침이 피어올랐다. 다시 한 번, 배신자들을 처형하겠다는 말을 하면 끝이 날 것이다.

"돌아오려는 이들을 당신이 해쳤습니다!"

앞쪽에서 들려온 목소리에 실바나스는 입을 다물었다. 그리고 누가 그런 말을 했는지 찾았다. 모두가 보고 있는 가운데 그자를 끌어낼 수는 없겠지만, 누구인지는 찾아내야 했다. 아, 거기 있구나.

"칼리아 메네실의 공허한 약속을 믿은 자들이 무고한 이들을 위험에 내몰았다. 그때 돌아오던 자들의 충성심을 확신할 수가 없었다. 사실은 달아나려 했던 자들이지만 마지막 순간에 용기를 잃은 거라면 어땠을까? 그자들이 지위가 높아진 후 우리에게 불가능한 약속을 속삭이려 했던 거라면?"

실바나스는 아래를 내려다봤다. "나는 포세이큰을 지키는 데 필요한 결정을 내렸다. 우리에게 완전한 충성을 바치지 않는 자는 절대로 우리 고향에 받아들일 수 없었다. 나는 어리석은 희망에서 초래된 그 역겨운 질병으로부터 내 백성과 내게 진정으로 충성하는 이들을 보호해야 했다. 가끔은 사지를 잃더라도 몸을 보호해야 할 때가 있다. 독은 잘라내야 한다. 지금 이 순간 이후로는, 절대 회합에 관한 이야기는 용납하지 않겠다. 나는 개인적으로 어떤 대가를 치른다 해도, 포세이큰을 지켜낼 것이다. 너희를 지켜내고, 너희를 위해 싸울 것이다. 그러니 내게 충성을 바치겠느냐?"

이번에는 환호성이 더 컸다. 손상된 목청으로 낼 수 있는 한 가장 큰 소리였다. 시위대는 아무 말도 하지 않았다. 그걸로 됐다. 실바나스는 일어섰다. 바람이 머리카락을 흩날렸고, 활을 붙잡은 손을 하늘로 들어올리며 그들의 경의를 받아들였다.

그녀는 회합이 열린 것이 결과적으론 다행이라고 생각했다. 그걸 통해 향후 문제를 일으킬 수 있는 자들을 솎아낼 수 있었다. 실바나스는 백성을 위한 장기적인 계획을 세우는 건 이미 오래전 그만뒀지만, 백성들이 그런 사실까지 알 필요는 없었다. 이제 그녀에게 시간은 완전히 다른 방식으로 흘러갔다.

제거해야 할 일부 예외를 제외하면, 아래에 있는 자들은 그녀가 어디로 가든 뒤따를 준비가 되어 있었다. 그들은 그녀의 전쟁에서 자기도 모르게 병사가 되었고, 좋은 장군이라면 늘 그렇듯, 그녀는 대의를 가장 크게 전진시킬 수 있는 곳에 병사들을 배치할 것이다.

후회의 감정이 언뜻 떠올랐지만, 실바나스는 바로 밀어냈다. 그녀는 최선을 다해 포세이큰을 이끌었다. 마음속 갈등에 휘말려 있을 시간은 없었다.

지금 이 순간 이후, 포세이큰은 그녀에게 충성하거나… 령이 될 것이다.

제 28 장

실바나스는 머릿속을 복잡하게 하는 가족과 포세이큰에게서 눈을 떼고 자신의 진정한 사명을 바라봤다. 이미 나타노스와는 이야기를 시작하고 있었다. 전쟁은 일석이조의 기회였다. 물론 그녀의 백성도 많이 죽을 것이다. 전쟁에 대가가 따르지 않는 경우는 없었다. 하지만 결국, 사상자는 모두 새로운 현실을 실현하는 궁극의 목표가 가까워지게 해줄 것이다. 그들은 가능한 최선의 대의를 위해 목숨을 바치는 병사가 될 테지만, 아쉽게도 그 사실을 모르고 죽어가야 할 것이다.

이제 양쪽 모두에 집중해야 할 이유가 생겼다. 증오하고, 무모해져야 할 이유가 생겼다. 평화는 실바나스가 몸을 바친 과정을 재촉해주진 않을 것이다.

그녀는 전략을 수립하는 문제에 있어서는 그녀 못지않게 예리한 감각을 자랑하는 대군주 바로크 사울팽과 접촉하여 공격 계획을 수립할 것이다.

실바나스는 자신의 목표가 사울팽을 위해 준비한 이야기와는 크게 다르다는 걸 알고 있었다. 그러나 스톰윈드를 직접 공격하는 것이 아니라 다르나서스를 점령하여 인질로 이용하는 것으로 전략을 변경하는 것이, 오크의 전쟁 계획과 그녀의 훨씬 더 복잡한 계획을 모두 다 만족시킬 수 있다고 보았다.

두 사람은 매일 만나 전술을 가다듬었다. 그러던 어느 날, 세계 지도를 내려다보며 서 있던 실바나스는 지독한 피로감이 온몸을 휩쓰는 것을 느꼈다. 그녀는 죽기 전에는 전략의 달인이었고, 죽은 후에는 기만의 달인이었다. 하지만 아무리 뛰어난 계획이라 해도, 예상치 못한 일 하나가 모든 걸 망칠 수 있었다. 이제 호드에 대한 애정이 있는 것처럼 위장하는 것이 지긋지긋했다. 솔직히 말해, 더는 포세이큰에 대한 애정조차 남아있지 않았다. 어서 이 감옥을 버리고 떠나고 싶었다. 그녀를 가둔 것에서 벗어나, 모든 걸 붕괴시키고 싶었다. 오직 옳고 공정한 걸음만으로 모든 걸 재건하고 싶었다.

사울팽의 계획에 따른다면, 스톰윈드로 향하는 길을 몇 년은 더 걸어야 할 것이다. 실바나스는 언데드였다. 몇 년 정도는 기다릴 수 있었다. 조바알은 사실상 시간이 존재하기 전부터 존재해왔던 만큼, 조금 더 기다리는 건 문제가 되지 않을 것이다. 조급해한다는 건 필멸자에게나 어울리는 감정이었지만, 그녀는 자신이 조급해하고 있음을 부인하지 못했다.

간수를 해방시키는 것이 궁극적인 목적이라면, 그녀와 사울팽이 일궈낸 계획에는 결함이 있었다. 너무 오래 걸릴 것이다. 사울팽에게 그녀의 *진정한* 목표를 달성할 수 있는 계획을 맡기려면, 그에게 모든 걸 털어놓아야 한다는 사실을 실바나스는 깨달았다. 그녀는 초조한 마음을 억누르고 일단은… 아무 말도 하지 않았다.

"아무래도 우리 대군주는 당신과 제가 생각하는 목표를 제대로 이해하지 못하는 것 같습니다." 그날 오후 나타노스가 말했다. 그들은 불모의 땅에서 각자 언데드 군마를 타고 함께 걸었다. 머리 위 맑은 밤하늘에는 별들이 잔뜩 흩뿌려져 있었다. 그들의 목표는 대화요, 취미는 살육이었다. 그들은 가시덩굴 우리의 가시투성이 심장부로 뛰어들었고, 그곳에서 끝없이 몰려드는 흉포한 가시멧돼지들을 쓰러뜨려 사체를 높이 쌓았다. 간수의 군대에 더할 령이었다.

"그토록 명백하고," 그녀는 말했다. "그토록 분명한데. 그는 크나큰 상실을 경험했다. 전쟁을 거치며 지독한 일들을 저지르기도 했지. 그라면 공정한 존재의 용사가 되기를 갈망할 것이다."

그녀는 잠시 멈춰 활을 조준하고, 으르렁거리며 온몸의 털을 곤두세운 가시멧돼지를 쓰러뜨렸다. "퓨트리스는 역병으로 드라노쉬를 해쳤다. 아서스는 그 사체를 되살려서 사울팽과 아들이 사랑했던 호드와 싸우게 했지. 우리가 성공한다면… 사울팽은 다시 아들과 아내와 함께할 수 있을 것이다."

"그는 그게 사실이라고 믿습니다." 나타노스가 말했다. 야수의 소리가 들리고, 나타노스는 화살을 발사했다. "오크들은 주술사가 선조들과 대화한다고 믿는데, 그게 사실이라는 증거가 충분한 것 같습니다. 오크를 완전히 없애버리는 행운이 따르진 않을 것 같습니다."

"그는 그렇게 믿고 있지만, *알지*는 못하지." 실바나스가 지적했다. "나는 알고 있다."

"네, 당신은 간수를 만나봤으니까요. 장막 너머에 무엇이 있는지 직접 봤으니까요." 그는 돌아서서 어둠 속에서 형형히 빛나는 눈으로 그녀를 바라봤다. "전 만나보지 못했지만, 당신을 알고 있기에 당신의 말을 믿습니다. 당신이 그걸 봤다고 말씀하신다면, 분명히 보셨을 테니까요."

"목적에 도움이 되기만 한다면, 내가 너에게라도 거짓말을 할 수 있다고 생각하지 않나?"

"물론 그렇겠지요. 하지만 여왕님, 당신도 *저*를 알고 계시지 않습니까. 그리고 제게 거짓말을 하는 게 대체로 당신 목적에 도움이 되지 않을 거란 것도 알고 계시겠지요."

"그건 네 말이 맞는 것도 같구나." 그녀는 대답했다. "두 가지 다 말이야." 그녀는 덧붙였다. "사울팽은 나를 좋아하지도, 신뢰하지도 않는다. 그저 내 명령을 수행할 뿐, 그는 명예를 중시하고 호드를 사랑하지. 내가 대군주인 그에게 명령을 내리면, 그는 복종할 것이다. 하지만… 그가 나를 신뢰하게 할 방법은 모르겠구나."

나타노스는 영리하게도 아무 대답도 하지 않았다. 아마 그의 말이 옳을 것이다. 바로크 사울팽은 전략가이긴 했지만, 이건 그 오크 노익장의 머리를 한참 벗어난 과업이었다. 그렇다고 해도… 나타노스와 함께 사울팽을 곁에 둔다면, 아무것도 모르는 상태로 그녀가 그저 가족을 다시 만나게 해줄 일을 하고 있다고만 생각할 백성들 앞에서 그가 그녀의 깃발을 들게 한다면, 일이 상당히 수월해질 것 같았다.

실바나스는 내일 그 오크와 다시 만날 것이다. 그리고 이번에는 대화를 평소와는 다른 방향으로 이끌 것이다. 그녀는 사울팽이 자신과 같은 것을 볼 수 있을지 시험해 볼 것이다. 만약 그럴 수 있다면….

실바나스는 희미한 미소를 지었다. "그대를 본 사람이 있소?" 실바나스는 요새로 들어서는 사울팽에게 물었다.

"물론이오," 그는 대답했다. "첩자들이 점점 더 대담해지고 있소."

"그럴 수 있을 때 마음껏 대담하게 굴라고 하시오." 실바나스가 말했다. 사울팽은 전략 회의실 중앙에 있는 탁자를 향해 다가갔다. 실바나스는 그 뒤를 따랐다.

"시작하기 전에," 그녀는 말했다, "궁금한 게 있소."

그는 흠, 소리를 내며 계속 말해보라는 뜻을 비췄다.

"우리 둘은 지금 모든 전쟁을 끝낼 전쟁의 계획과 전략을 수립하고 있는데, 그대가 아무런 얘기도 하지 않는다는 게 조금 이상하지 않소. 예컨대, 최근의 내 행동으로 인해 전쟁이 훨씬 더 빨리 시작될 수도 있었다는 얘기 같은 것 말이오."

사울팽은 한숨을 쉬고는 탁자에서 돌아서 그녀를 똑바로 바라봤다. "회합 얘기를 하는 거겠지."

"아, 예의를 차려줘서 고맙군. 그걸 도살장이라 부르는 이들도 있던데." 사실 그런 사람은 없었다. 감히 그럴 수 있을 리가. 하지만 실바나스는 눈앞에 있는 전사의 반응을 보고 싶었다.

"그건 당신 백성이 얽힌 문제였고, 당신의 영토 근처에서 일어났고, 결국, 전쟁을 초래하진 않았소. 굳이 그때 일을 언급할 이유는 없소."

"내 손으로 내 백성을 죽였소. 그게 불편하지 않단 말이오?"

"그럴 만한 이유가 있었을 테지." 그는 말했다. "실제로 탈주를 시도한 자들이 많았으니까."

"하지만 아닌 자들도 있었지." 그녀가 말했다. "그게… 명예로운 일일까?"

"대족장." 그는 말했다. "날이 저물고 있소. 이제는—"

그녀는 고개를 가로저었다. "아니. 대군주에게 의견을 물었으니, 대답을 듣고 말 것이오."

그는 작고 낮은 소리로 으르렁거렸고, 그가 다시 입을 열자 꽤 날카로운 목소리가 흘러나왔다. "다 끝났소, 대족장. 내가 어떻게 생각하는지는 중요하지 않소."

실바나스는 이제 경계 태세를 취하며, 우아한 모습으로 천천히 그를 향해 다가갔다. "아니, 중요하오. 대답하시오."

"굳이 그렇게 명령하겠다면…." 사울팽이 말했다. "대족장의 결정에 따라, 배신자를 처단하는 건 적절한 일이오. 예전 역사가와 농장의 마차 경비를 위해 고용된 용병 몇 명 정도가 호드의 정보에 큰 위협이 되었을 것 같진 않지만, 어쨌든 그들은 현장에서 달아나지 말았어야 했소."

"그들이 그저 가족과 함께 있고 싶었을 뿐이라 해도?" 실바나스는 사울팽이 자기를 '명예를 아는' 존재라고 생각하는지 아닌지는 아무 관심도 없었다. 이미 그럴 단계는 한참 전에 지나가버렸다는 암묵적인 합의가 있었다. 그리고 아무 말 없이 상황을 받아들이는 건 왠지 불가능할 것 같았다. 실바나스는 그가 명예와 불명예 사이의 선을 어디에 그었는지, 또 사랑하는 이들과의 재회에 관해 어떤 입장에서 생각하고 있는지 알아내려고 그를 자극했다.

"그렇다고 해도 다르진 않소." 사울팽은 말했다. "그대와 포세이큰, 호드에 대한 충성심은…." 그는 고개를 가로저었다. 머리 양쪽으로 땋아서 내린 하얀 머리카락이 그의 움직임에 따라 흔들거렸다. “오랫동안 살아가려면, 고통스러운 선택을 피할 수는 없소. 그들은 선택했고, 그 대가를 치렀지.”

“하지만 돌아오는 이들은 그런 게 아니었을 텐데.” 그녀는 사울팽을 압박했다.

“그대가 어떻게 *생각했든*, 그것만으로 백성을 처형할 수는 없소, 대족장.”

그녀는 대답하지 않았다. 잠시 생각이 다른 곳으로 떠나 있던 사울팽이 말을 이었다. “내 가족은… 드라노쉬는 전사로 죽었소. 그 아이의 모든 악행은 자신의 책임이 아니었소. 리치 왕이 드라노쉬의 의지를 빼앗았지. 내 아들이 선택할 수 있는 건 없었소.”

“우리 역사의 얼마나 많은 부분이 선택과 선택의 부재로 인해 이루어지는지 생각해 본 적 있소?” 실바나스는 말했다. 부드럽고 나긋나긋한 목소리로, 그녀는 대화를 시도했다. “자유 의지를 위해 싸우고… 거부되고. 선택하고, 그 선택을 위해 죽고. 자기가 그런 선택을 하지 않았거나, 다른 선택을 했는데도 죽어야 하고. 그 모든 게 끔찍하리만큼 불공정하게 보이는 때도 있소. 공정하지 않아 보이는 때가. 무고한 이들은 죽고, 살인자들은 떵떵거리며 살아가지. 그대가 무언가 바꿀 수 있다면, 바로크, 아들을 건강하고 온전한 모습으로 되찾을 수 있다면, 아니, 존재를 재건할 수 있다면, 그렇게 하겠소?”

사울팽은 탁자를 바라봤다. 그의 시선이 스톰윈드로, 오그리마로, 다르나서스로 옮겨졌다. 그리고 노스렌드에 머물렀다. 아들이 죽고 리치 왕의 손에 되살아난 곳.

“그 누구도 그런 힘을 가져서는 안 되오.” 사울팽이 말했다. “아무리 그 힘을 좋은 곳에 쓴다고 해도… 무엇이 최선이고 옳고 그른지 내가 어찌 감히, 아니 그 누군들 결정할 수 있겠소? 내가 모든 끝을 볼 수는 없고, 그건 그대도 그렇소, 실바나스.” 그제야 그는 그 작고 검은 눈으로 그녀를 바라봤다. 엄니 주위로 입술이 둥글게 구부러지고, 그는 씁쓸한 웃음을 지었다. “걱정하지 마시오. 당신이 걱정하는 것처럼 비밀스럽게 반란을 모의하거나 하지는 않으니까."

그렇다면, 그녀는 그를 속이진 못한 모양이었다. 그는 이 대화 이면에 무언가 감춰져있다는 걸 알아채긴 했지만, 아직 진실을 짐작하고 있지는 않았다. *좋아.*

실바나스도 그를 따라 씁쓸한 미소를 지었다. "너무 뻔하게 굴었던 모양이군. 내 질문에 대답해줘서 고맙소. 지금은 워낙 많은 것이 걸려있기에, 내 비밀을 이야기할 사람을 정말로 믿어도 좋을지 확신이 필요했소."

"우리의 목표는 가치 있는 것이오, 대족장."

아, 사울팽, 넌 상상도 못 할 거다.

* * *

누구나 언젠가는 그러듯, 그 또한 그녀를 실망시켰다.

사울팽은 나이트 엘프 대드루이드 말퓨리온 스톰레이지를 처치하라는 그녀의 명령을 거역했다. 마지막 일격을 '명예롭지 못한' 것이라 여겼다.

실바나스의 머릿속에 명예롭고 명예롭지 않은 일 같은 건 없었다. 이제는 궁극의 대의에 가까워질 수 있는 것과 그걸 방해하는 것만 있을 뿐이었다. 사울팽은 방해를 했다. 그녀는 그를 주시할 것이다.

실바나스가 예상했던 일이었다. 그들은 잿빛 골짜기를 뒤덮고 텔드랏실에 도착하여 점령하려 했다. 그녀는 불길이 사방에서 날뛰는 현장에서 명령을 내리고 있었다. 부상자들의 비명이 매캐한 연기로 가득한 주위에 울려 퍼졌다.

그때, 그 지독한 불협화음 속에서, 죽어가는 칼도레이의 희미한 목소리가 그녀의 주의를 끌었다. "어째서지?" 어린 여사냥꾼이 속삭였다. 거칠고 빠른 호흡을 하는 사이, 온몸에서 피가 쏟아져 나왔다. "나무에 남은 건 무고한 이들뿐이야."

"이건 전쟁이다." 실바나스는 서늘하고 딱 부러지는 목소리로 말했다.

"아니." 나이트 엘프는 힘겨운 숨을 내쉬며 고집스럽게 말했다. "이건 원한과… 증오일 뿐…. 윈드러너, 넌 한때 백성의 수호자였잖아!"

옛 생각이 예상치 못하게 따끔했다. 사실이었다. 그녀도 한때 이 엘프와 같았다. 사랑하는 고향을 파괴하려는 침략자로부터 그 땅을 지키기 위해 발버둥 치며 죽어갔다.

"그때의 난… 어리석었지." 그녀가 말했다. 그녀는 어리석었다. 지금 그 순찰대 사령관은 어찌나 작아 보이고, 그녀가 집중했던 목표는 어찌나 편협한가. 삶이라는 함정에 대해 알지 못했고, 일생을 통틀어 발버둥 치면서 단 한 번도 이기지 못했다.

"삶은 고통이고," 실바나스는 엘프에게 말했다. 암울하고 무의미하고 쓸모없는 고통. 아무 의미도 이유도 없는, 최악의 종류였다. "희망은 사라지는 법." 그러했다. 그래야 했다. 희망은 판단력과 이해력을 흐리게 했다.

오직 무정한 정신만이, 희망이라는 최악의 환각이 담긴 덫을 무시할 수 있다.

놀랍게도, 칼도레이의 눈에 눈물이 차올라 아른거리며 푸르게 빛났다.

실바나스는 충동적으로 눈물을 닦아주었다. "오, 가여운 것…." 그녀는 말했다. 그리고 그녀는 약속을 했다. 지금은 그 나이트 엘프가 이해하지 못하겠지만, 언젠가는 이해하게 될 약속이었다. "곧 사랑하는 이들을 만나게 될 거야."

모든 생명은 언젠가 끝나기 마련이었다. 모든 영혼은 뜻밖의 사건으로 필멸자의 세계에 묶이지 않는 한, 언젠가는 어디에서든 내세로 가야 했다. 그리고 어떤 면에서 보자면, 간수가 실바나스에게 가져오라 했던 목숨은 위협을 끝내는 일에 사용되는 것이었다. 창조자들이 존재하는 모든 것에 가한 끔찍한 잘못을 바로잡는 일에 사용되는 것이었다.

어쨌든 전쟁이란 모두 이상을 위한 싸움이었다. 그저 죽이기 위해 전쟁을 하는 자는 없었고, 그건 실바나스도 마찬가지였다. 그녀는 영원한 불공정과 냉담함을 상대로 전쟁을 선포했다. 그보다 훨씬 하찮은 돈과 땅, 국가, 출생의 서열 따위를 놓고 전투에 뛰어들고 목숨을 잃는 병사들도 많았다….

고통이 따를 것이다. 슬픔과 상실, 피와 죽음이 아주 많이 따라올 것이다.

그리고 죽음 이후에는 한동안 끔찍한 고통을 경험해야 할 것이다. 이 어린 사냥꾼도 곧 그 고통을 맛보아야 할 것이다.

하지만 모든 것에는 끝이 있기 마련이고, 얼마 후면 나락의 존재 또한 끝날 것이다.

"모든 생명을 상대로 전쟁을 벌였으니 이길 턱이 없겠지." 칼도레이는 속삭였다. 하지만 그녀는 생명이 *모두를 상대로* 전쟁을 벌였다는 건 모르고 있었다. 이 엘프는 진실을 아직 이해하지 못했지만, 실바나스는 생명이라는 것이 죽음과 마찬가지로 저항해야 할 적이라는 걸 알았다. 순찰대원의 말과는 달리, 양쪽 모두 싸워서 승리할 수 있었고, 실바나스는 그렇게 할 생각이었다.

"희망마저 없앨 순 없다." 엘프의 목소리는 사그라들고 있었다.

하지만 실바나스는 그럴 수 있었다. 그렇게 하는 것이 더 낫고 어찌 보면 더 친절한 행위였다. 담대하게 움직이는 편이 나았다.

실바나스의 생명을 빼앗은 검처럼 여전히 날카롭고 잔인한 아서스의 목소리가 그녀에게 흘러들었다. *무고한 자들을 먼저 죽여라.*

처음으로, 실바나스는 그 생각을 떠올려도 몸이 굳지 않았다. 유용한 것이 어디에서 오는지는 상관할 필요가 없었다. 그저 유용하기만 하면 되는 일이었다. 아서스의 말이 옳았다. 하지만 그는 실패했다. 그는 결국 약한 매개체였을 뿐이었고, 실바나스와 조바알은 리치 왕이 하지 못한 일을 성공시킬 것이다.

그렇게 고통은 유한하고 모두를 기다리는 기쁨은 무한하다는 지식을 확신하며, 실바나스 윈드러너는 세계수를 불태우라는 명령을 내렸다. 헤아릴 수 없이 많은 영혼들이 나락으로, 간수에게로, 진정한 자유를 향해 날아갔다.

비명은 잦아들고 불은 꺼질 테지만, 목표는 그 어느 때보다 가까워져 있었다. "결국에는, 이 또한 가치 있는 일이 될 것이다." 그녀는 아무도 들을 수 없게 속삭인 후, 돌아서서 혼란과 격노로 고통받고 있는 바로크 사울팽을 바라봤다. 그는 진실을 알지 못했고, 알려는 의지도 없었다.

결국, 그녀가 볼진에게 말했듯, 죽음이 그들 모두를 데려갈 것이다.

그리고 그녀와 조바알이 그들을 다시 만들어 낼 것이다.

제 29 장

호드와 얼라이언스 사이의 전투가 뜨겁게 타올랐고, 실바나스는 4차 대전쟁의 모든 전장에서 오직 자신의 목적에만 집중했다. 그녀는 자신의 도시에 역병을 채웠다. 하지만 어리석게도, 그곳의 백성들을 죽이고 싶지는 않은 마음에 그들이 탈출할 수 있게 해 주었다. 그녀는 로데론의 알현실에서 리라스를 닮았지만 적이라는 사실은 달라지지 않는 어린 국왕을 마주했다. 여러 대륙이 전투에 합류했고, 수많은 사상자가 발생하며 간수가 받아들이는 령의 양이 폭증했다. 실바나스가 예상했듯이, 사울팽은 그녀를 배신하고 안두인이 이끄는 얼라이언스와 동맹을 맺었다.

실바나스는 충성주의자들이 자신에게 보여주는 믿음이 고마웠다. 그들은 그녀의 계획에 대해 알지 못했지만, 그래도 실바나스를 따랐다. 그녀의 행위가 무의미한 대학살 같고, 그저 여흥을 위해 서슴지 않고 잔혹한 행위를 일삼는 것으로 보였을 것이 분명한 때에도 모든 걸 믿어 주었다.

실바나스는 자기 죄악의 목록이 끝없이 길어졌다는 사실을 잘 알았다. 텔드랏실의 일은 말할 것도 없이 화약통에 불을 붙인 불꽃이었다. 죽음을 위한 죽음, 혹은 악의에 의한 죽음, 혹은 그저 그럴 수 있다는 이유로 그 거대한 나무를 불태워 버린 만행. 분명히 그렇게 보일 것이다. 실험실이라고 불리는 도살장이자 고문실에서 만들어낸 퓨트리스의 역병을 적과 자기 백성들에게 쏟아부었다는 건 지금까지는 생각조차 할 수 없는 일이었다. 그런데도 그들은 그녀를 따랐다.

목표에 가까워지면서, 실바나스는 점점 더 대담해졌다. 객관적으로 보면 그녀의 행동은 점점 더 어두워졌고, 피의 욕망과 무분별한 잔혹성이 강해져만 갔다. 그녀는 이 세계의 나머지 존재들이 자신에 대해 얼마나 큰 반감을 품을지 알았다. 실바나스가 그들 입장이었다면, 아마 그들과 똑같은 생각을 했을 것이다.

하지만 그녀는 그런 입장이 아니었다.

그리고 이제, 사태는 새로운 국면에 접어들었다. 얼라이언스와 호드 반란군이 하나가 되어 오그리마를 향해 진격했다. 마침내 전쟁이 그녀를 찾아왔다.

반란군의 규모는 걱정했던 것만큼 크지 않았다. 배신자들 또한 그렇게 많지는 않다는 얘기가 들렸다. 상관없었다. 어차피 병사들의 목표는 싸우는 것이 아니었다. 죽는 것이었다. 상대적으로 적은 수만 남았다는 건, 실바나스가 조바알과의 거래에서 자기 몫을 아주 오랫동안 충실히 수행해 왔다는 의미일 뿐이었다. 생명이 하나 사라진다는 것, 특히 위대한 영혼이 목숨을 잃는다는 것은, 더 많은 령이, 더 많은 연료가 마련된다는 의미였고, 그만큼 그들의 목표가 가까워진다는 뜻이었다. 오늘은 위대한 영혼을 아주 많이 나락으로 보낼 수 있을 것이다.

관문 위에 선 실바나스와 나타노스는 다가오는 반란군을 볼 수 있었다. 이들은 강대한 무기와 방어구, 기술과 힘을 지닌 자랑스러운 과거 호드의 전사들이 아니었다. 결국엔 실바나스와 조바알의 승리로 끝날 피의 경합에 마지막 남은 잔재들일 뿐이었다. 다들 먼지투성이에 지친 기색이 역력했다. 호드와 얼라이언스의 깃발은 곳곳이 해지고, 언뜻 눈에 띄는 방어구들은 대부분 찌그러지거나 손상되어 있었다. 주위에서 실바나스 충성주의자들이 적을 손쉽게 학살할 수 있겠다고 중얼거리는 소리가 들렸다.

"과연 이 끝에 무엇이 남을까요." 나타노스가 혼잣말을 하듯 웅얼거렸다.

"모든 게 계획대로 이루어진다면, 너와 부하들이 쉽게 정리할 수 있을 것이다."

그들은 계획을 이미 여러 번 검토했다. 실바나스는 나타노스가 뒤에 남으라는 지시에 만족하지 않는다는 걸 알고 있었지만, 어쩔 수 없었다. 아제로스에서 그토록 오랜 고행을 버텨낸 후, 이제 간수의 세계로 떠나기 전에 마지막으로 한 가지 엄청난 일을 해내야 했다. 지금 그녀가 믿는 건 나타노스 하나뿐이었다. 여기에서 그녀를 도울 수 있는 건 오직 나타노스뿐이었다.

탄탄하고 좋은 계획이었다. 그런데도… 불안한 기분이 들었다. 공허한 기분. 승리가 이런 기분일 수는 없었다.

"사울팽이 우리와 함께했더라면 훨씬 쉬웠을 텐데." 그녀는 말했다.

"저는 잘 모르겠습니다," 나타노스는 말했다. "그는 어쨌든 지금까지 나름 도움이 됐고, 이제부터는 더 큰 도움이 될 겁니다." 그는 다가오는 군대를 향해 손짓했다.

이제 진격의 북소리와 수천 명이 발을 구르는 소리까지 들려왔다. 그의 말이 옳았다.

바람이 몰아쳐 포세이큰과 호드의 깃발을 펄럭였다. 열기가 식어갔다. 그들은 침묵했다.

"여왕님." 나타노스는 유달리 부드럽고 자신 없는 목소리로 말했다. "간수가 말한 것과는 달리, 우리가 가진 게 하나 있습니다."

"그게 뭐지?"

"선택입니다." 그는 이제 그녀를 향해 돌아서서, 이마는 잔뜩 찌푸리고 붉은 눈을 활활 불태우고 있었다. "우리가 여기 머물러야 할 필요는 없습니다." 나타노스는 다가오는 병사들을 향해 초조한 듯 손짓했다. "저들끼리 싸우게 하십시오. 간수는 영혼이나 마음대로 가져가라고 하십시오. 당분간 영혼이 부족할 일은 없을 겁니다. 스랄과 사울팽, 바인, 제이나, 안두인, 그레이메인, 그리고 그들의 용감하고 원기 왕성한 추종자들까지. 그에게 필요한 마지막 일만 해 주고 나면… 모든 게 *끝날* 수 있습니다."

실바나스는 그를 바라봤다. 화를 내야 할지 당황해야 할지 알 수 없었다. 그래서 둘 다 하기로 했다. "무슨 소리냐? 우린 당연히 여기 남아야 한다! 난 당연히 조바알과 함께할 거다. 이게 우리가 지금껏 노력해온 목적이다. 지금까지 내 말을 듣지 않은 것이냐? 오늘 여기에서 이루어지는 일은 내일도, 모레도 계속된다. 우리가 목표를 달성하면, 이 세계가, 모든 세계가 기쁨을 만끽할 것이다!"

"여왕님." 그의 강인하고 당당하고 신랄했던 목소리가 희미하게 떨렸다. "*당신이*… 제 세계입니다."

예상치 못한 대답에, 실바나스는 말없이 그를 바라봤다.

"전 생명도, 내세도 관심 없습니다. 제게 필요한 건 여기 다 있습니다. 이 작은 세계는 오직 우리만의 것입니다. 우린 이대로 멀어져 사라지고, 잊힐 수 있습니다. 함께할 수 있습니다."

"그리고 행복하자고?"

잔인한 말이었다. 두 사람 다 자신과 같은 존재에게 행복은 불가능하다는 걸 알고 있었다. 그런 순간들은 손에 잡힐 듯 다가오면 늘 재로 변해 분노와 절망의 파도, 때로는 절대적인 감정의 부재에 휩쓸려 사라져 갔다.

실바나스는 살아있는 육체가 포옹을 하며 함께 나눌 수 있는 온기를 생각했다. 입맞춤의 부드러움, 함께 나눈 웃음과 비밀의 짜릿함, 사랑하는 사람의 심장 박동과 함께 묵직하고 씁쓸한 슬픔이 누그러지는 느낌.

이상하게도, 그런 감정은 실제로 갖고 있을 때는 그리 중요하게 생각되지 않았다.

우리는… 나는… 선택할 수 없다, 그녀는 그렇게 말하고 싶었지만 그러지 못했다.

"실바나스 윈드러너!"

분노와 정의감이 가득한, 낮고 우르릉거리는 목소리가 그들 사이의 침묵을 갈랐다. 그리고 잠깐의 순간은, 설사 존재했다 해도, 어느새 사라지고 없었다.

실바나스는 오그리마의 관문 앞에 선 노병 바로크 사울팽을 바라봤다. 이토록 멀리서 보니, 그는 너무나도 작았다. 그래도 목소리는 강건했다.

"*막고라*를 신청한다!" 사울팽이 외쳤다.

이제는 돌이킬 수 없었다.

* * *

몇 시간 후, 실바나스는 머리카락을 휘날리는 얼음장 같은 바람을 느끼며 두껍게 쌓인 눈 속으로 들어섰다. 그리고 자신이라는 지금의 존재가 어떻게 끝났는지 회상했다.

그녀는 손을 들어 아직 아름다운 얼굴에 남은 자신의 상처를 어루만졌다. 샬라메인의 흔적. 한때 그녀에게 너무나도 씁쓸하고 잔인한 증오의 말을 내뱉었던 바리안 린의 양날검. 전쟁 의회에 참석해서, 서로를 신뢰하고 함께 세계를 지켜내는 것에 동의했던 자.

그녀가 그 국왕의 무기를 다시 본 건, 황금빛으로 반짝이는 방어구를 착용하고 로데론으로 들어서서 잔혹한 현실을 마주한 소년의 손에서였다. 오래전 같은 문을 통과해 들어온 금발의 아들에게 목숨을 잃은 또 다른 왕의 피가 쏟아졌던 알현실 바닥에, 그 양날검은 다시 피를 떨어뜨리고 있었다. 거친 죽음과 상실의 패턴이 끝없이 반복되었다. 그녀는 묘한 분노를 느꼈다. 그 상냥한 영혼은 어쩔 수 없이 피를 쏟아야 했다. 자신을 위험에 내던져야 했다.

새끼 사자가 노병에게 선물했던 샬라메인의 여정이 계속되고 있었다. 막고라를 요구한 건 사울팽이었고, 실바나스는 어렵지 않게 그를 꺾을 수 있었다. 하지만 마지막 순간까지 단 한 번도 그녀에게 닿지 않던 그 검을 사울팽이 두 개로 분리한 후, 비록 하나는 빗나갔지만…

다른 하나는….

실바나스는 오그리마의 관문 밖에서 솟구쳤던 분노와 좌절을 다시 한번 느꼈다. 지금까지 존재해온 거의 모든 순간, 그녀는 도우려고 했다. 구원하려고 했다. 갈기발 스라소니에게 쫓기던 알레리아. 순진함과 이상론이 치명적인 결과로 이어졌던 리라스. 쿠엘도레이, 포세이큰. 이제 그녀는 존재하는 모든 세계에서 걷고, 헤엄치고, 날고, 기는 모든 무지하고 가련한 생물을 구하려 하고 있었다.

그들은 그녀를 미쳤다고 할 것이다. 거짓말을 한다고 비난할 것이다. 어리석게 속아 넘어갔다고 비판할 것이다. 하지만 그들은 실바나스가 본 것을 보지 못했고, 그녀가 아는 것을 알지 못했다.

호드, 사울팽은 그녀를 향해 몇 번이고 소리쳤다. *호드.* 거기에 무슨 중요한 의미라도 있다는 듯이. 바라는 바를 소리치면 그게 현실이 될 수 있다는 듯이.

아무것도 아니었다. *호드는 아무것도 아니다!* 샬라메인이 물어뜯은 자리에서 이글거리는 고통을 느끼며, 실바나스는 그렇게 말했다.

한순간, 승리하기라도 한 것처럼 흡족해하는 사울팽을 보며, 마치 어리석은 결투에서 이기면 무언가 가치 있는 것을 구원할 수 있다는 듯한 그 모습을 보며, 실바나스는 자기가 뱉은 말을 되돌리고 싶었다. 아직 다음 단계를 수행할 준비가 되지 않았지만, 오크 노병 때문에 어쩔 수가 없었다.

실바나스는 모든 것이 지긋지긋했다. 모든 존재에게 예정된 것보다 더 나은 운명을 얻어내는 것 이외의 일에 관심이 있는 척하는 것도, 간수가 수여한 어둠의 힘을 사용하려는 욕망을 억누르는 것도 모두 지긋지긋했다. 아제로스가 지긋지긋했다.

그녀는 몸을 꼿꼿이 펴고 모두에게 쓰디쓴 진실을 말했다. *너희들은 아무*

것도 아니라고!

그렇지만, 실바나스는 지금 눈보라가 소용돌이치는 한가운데에서 이렇게 생각했다, *그럼에도, 나는 우리 모두를 구할 것이다. 너희도 마침내 무언가가 될 수 있도록. 영원이 걸린 문제라면 그 어떤 대가도 아깝지 않다. 우리 일이 끝나고 나면, 너희도 이해하고 우리에게 고마워할 것이다.*

그녀는 검푸른 연기를 닮은 어둠의 형상으로 사울팽에게 분노를 쏟아내며 조금이나마 만족감을 느꼈다. 그게 바로 간수의 선물이었다. 그리고 호드와 얼라이언스 모두의 편협한 사고와 무지를 비난하는 말을 경멸조로 쏟아내면서, 그녀는 억눌렸던 감정을 표출하고 자신을 정당화했다. 그들은 오늘 살아남겠지만, 그 또한 찰나의 깜빡임에 불과했다. 모든 사람과 모든 이상, 모든 산과 강과 하늘까지, 모든 것에 끝이 있다는 걸 실바나스보다 잘 아는 이는 없었다. 영원한 건 부당함뿐이었다.

사실 끝내지 못한 일은 없었다. 굳이 꼽자면 얼마간의 세속적인 일들과, 잠자는 티탄보다 큰 사건들에 슬며시 스며든 우려스러운 것들의 흔적 정도뿐.

세계가 눈이 멀어도 좋았다. 그들을 기다리는 운명과, 모든 영혼이 그런 운명을 벗어날 수 있도록 그녀가 지금껏 해오고 앞으로도 해나갈 일들을 알지 못한 채 그녀에 대해 적대적이어도 좋았다. 모두가 살아있는 동안 실바나스라는 이름을 말할 땐 분노와 증오를 담게 된다고 해도 좋았다…. 어차피 그 모든 건 그녀가 맞서 싸우는 영원한 정의 앞에선 그저 찰나에 불과할 뿐이니까.

아제로스에서 그녀가 할 일은 끝났다. 이제 그녀는 진정한 정의를 찾는 여정이 시작된 장소로 돌아왔다.

얼음왕관.

마지막으로 여기 왔을 때, 실바나스는 암울한 절망의 바다에 휩쓸린 채, 아무런 목적도 정처도 없이 표류하고 있었다. 지금은 모든 게 달랐다.

간수는 그녀를 여기로 보내 리치 왕을 물리치고 끔찍한 지배의 투구를 들어… 찢어버리게 했었다. 그 모든 게 계획의 일부였고, 그로 인해 수많은 가능성이 새롭게 열렸다. 지금부터 실바나스는 간수의 곁에 서서, 함께 힘겨운 싸움을 계속할 것이다.

실바나스는 다음 단계를 어서 빨리 시작하길 원하면서도, 다른 한편으로는 말없이 기뻐하고 있었다. 비록 아서스를 죽이지는 못했지만, 그녀, 실바나스 윈드러너는 리치 왕에게 영원한 최후를 선사하는 존재가 될 것이다. 한편으로는, 그게 나았다. 가르침은 잔혹했고, 그녀도 자의로 그런 고통을 다시 견뎌내고 싶은 생각은 없었지만, 그래도 옳은 일을 한다는 확신과 함께 여기 설 수 있어서 그녀는 기뻤다.

그녀는 간수의 다른 이야기들에 관해 생각했다. 간수는 그녀의 도움을 받아 진심으로, 사심 없이, 마음에서 우러나 섬길 수 있는 위대하지만 겸손한 영혼을 찾아야 했다. 자신의 사명을 그 무엇보다 앞세우는 자가 필요했다. 그런 영혼에 맡겨야 할 아주 특별한 과업이 기다리고 있었고, 간수는 그 영혼의 선정을 그녀에게 일임했다.

누가 그런 존재가 될 수 있을까? 나이트 엘프의 흉포한 여사제 티란데 위스퍼윈드? 실바나스를 거부했던 바인? 인간의 손에 키워진 오크였지만 결국엔 이질적인 종족들을 하나의 기치 아래 연합시켰던 스랄? 개인적으로는 너무나도 큰 고통을 견뎌내야 했지만, 그걸 극복하고 결국 이 세계에서 가장 강력한 마법사 중 하나로 성장한 제이나?

이렇게든 저렇게든, 그들 모두 섬길 것이다.

앞쪽에서 소용돌이치는 눈보라 속 얼음 왕관의 검고 거대한 형체를 보며, 그녀는 미소를 지었다.

미래의 길을 찢어 열 때가 되었다.

막간

"나머지 얘기는 나도 알고 있다." 안두인은 말했다. 실바나스는 그의 표정을 읽을 수 없었다. "넌 발키르를 우리에게 보냈어. 무기로 사용할 영혼을 찾으려고 우릴 시험했지. 선택된 건 나였고."

실바나스는 고개를 끄덕였다.

"어차피 처음부터 나였겠지, 안 그래? 물론 사실은 내가 아니었겠지만."

"무슨 뜻이지?"

"군단과 맞서 싸우려던 전쟁 의회," 그는 말했다. "네게 날 죽일 기회는 많았다. 알현실에서, 넌 이렇게 말했지. '전쟁놀이 중인 꼬마시군.' 난 네가 날 자극해서 집중력을 떨어뜨리게 하려는 거라고만 생각했다. 하지만 그게 아니었어."

실바나스는 갑자기 감옥에 갇힌 게 자기 자신인 것 같은 생각이 들었다. 그가 다음에 할 말을 듣고 싶지 않았다.

"넌 다른 사람을 생각하고 있었다. 나를 닮았고, 나와 같은 생각을 했던 사람. 전쟁놀이를 하기를 바라지 않았던 사람."

"아니," 그녀는 말했다. "아냐."

"이제야 알겠다. 간수가 그걸 원했다면, 그냥 지배의 마법을 사용해서 날 조종하지 않을 이유는 없었다. 그런데도… 넌 직접 여기까지 와서 지금껏 아무에게도 하지 않은 이야기를 하고 있구나…. 내 목숨을 구하기 위해서겠지. 넌 내게서 그를 본다, 실바나스. 리라스를 보는 거야."

실바나스는 주먹을 움켜쥐었다. 고작 그게 전부였다. 안두인은 지금껏 두 사람이 함께한 시간 동안, 자기 멋대로 뒤틀어 실바나스를 조종하고 목숨을 부지하는 데 쓸 수단만을 찾았을 뿐이었다.

"넌 네가 우리 아버지를 배신하지 않았다는 걸 내게 알려주려 했다." 그는 그녀에게 말할 기회를 주지 않고 계속했다. 이제 안두인은 격해진 감정으로 판금 갑옷을 찰그랑거리며 서성이고 있었다. "뭐라고 했었지? '바리안 린의 운명은 결정되어 있었다, 꼬마 사자야.' 정말로 그렇다고 믿기 때문이었어. 자유 의지라는 건 없다고."

"네게 그런—"

그는 아주 잠깐 껄껄 웃었다. "나를 뭐라고 *불렀나,* 실바나스. 꼬마 사자? 새끼 사자? 그럴 때마다 네 작은 태양님을 생각했던 거겠지."

실바나스는 도무지 믿고 싶지가 않았다. 그녀는 모든 패를 펼쳐 보였다. 최선을 다해 그가 옳은 선택을 하게 이끌었다. 하지만 한 가지만은 안두인의 말이 옳았다. 실바나스는 리라스에게는 허락하지 않았던 걸 안두인에게 허락했다. 그녀는 안두인에게 솔직했다. 옳은 길을 걸을 수 있는 지혜를 주었다. 그녀는 잔혹한 운명을 피할 수 있게 리라스를 훈련시켜 주지 않았기에, 적어도 안두인만큼은 그를 기다리는 쓰디쓴 미래를 피할 수 있기를 바랐다.

"나는 네 동생이 아니다, 실바나스." 안두인은 마법진의 경계에 최대한 가까이 다가서며 말했다. "그래도 아직은 널 도울 수 있어. 동생에 대해, 아니, 나에 대해 그토록 강한 감정을 느낀다면, 필멸자의 본성이 아직 네게 남아있는 거다. 전에는 네가 길을 잃었다고 생각했었다. 하지만 이제는 달라졌어."

그녀는 억지로 고개를 들어, 여전히 믿기지 않는다는 눈빛으로 그와 시선을 마주했다.

"날 보내다오. 함께 여길 떠나자. 내가 도와주겠다. 네 목표는 분명 가치가 있어. 하지만 간수가 달성하려는 방법은 용납할 수 없다. 그렇게는 절대로 안 돼."

그녀 안의 무언가가 산산이 깨어졌다. "넌 바보다, 안두인 린. 결국 나까지 바보로 만들었구나. 지금까지 내 연민을 얻어내려 했던 것이었느냐? 널 풀어줄 수 있게 날 속이려고? 내가 잘못된 곳을 바라보고 있다는 생각이 들게 하려고? 네 얼굴이 내가 한때 사랑했던 아이를 닮았다는 이유만으로 내가 간수를 배신하게 하려고?"

그녀는 잔뜩 화가 나서 고개를 가로저었다. "이제 끝이다." 그녀는 말했다. "모든 게 끝이야. 너를 네 운명에 맡기겠다, 안두인."

거기 우리 큰 달님 아니세요?

거긴 우리 작은 태양님 아니세요?

그녀는 분노로 온몸을 떨었다. 그리고 분노에 떠밀려 성큼성큼 그 자리를 떠났다. 안두인이 그녀를 불렀지만, 실바나스는 멈추지 않았다. 돌아보지도 않았다.

만일 그랬다면, 자신의 모든 것이 산산이 조각날 것만 같았다.

에필로그

실바나스 윈드러너는 나락의 중심에 서서 마지막 사냥감을 바라보던 시선을 들었다.

그곳은 끔찍하리만큼 낯이 익은 곳이었다. 이곳에서 잔혹한 일을 얼마나 많이 목도하고 또 직접 수행했던가. 하지만 나락이 고통을 주는 장소인 시간도 이제는 끝났다. 이제 그 어떤 영혼도 구원이 불가능하다고 판단되지는 않을 것이다…. 이런 그녀의 영혼조차도 마찬가지다.

실바나스 윈드러너는 나이트 엘프의 지도자 티란데 위스퍼윈드를 향해 돌아서며, 그녀의 심판을 기다렸다. 그게 아무리 잔혹한 것이라 해도, 티란데의 처벌은 공정할 것이다. 정말 그랬다.

가혹한 분노에 단단히 결박된 티란데는 실바나스를 나락의 가장자리로 이끌었다. 바로 그 장소에서, 티란데는 속죄가 시작될 거라고 선포했다. *심연에 파묻히고, 배반당하고, 비난받은 영혼들을 모두 찾아 심판관께 보내라.*

두 여자 모두 그 과업이 사실상 불가능하다는 걸 알고 있었다. 영혼의 기계가 창조된 이래로 셀 수 없는 영혼들이 나락으로 쏟아져 들어갔다. 티란데는 실바나스의 얼굴에 떠오른 깨달음의 빛을 보고는 차가운 미소를 지었다.

그곳에서 고역을 치르거라. 대여사제는 한 마디 한 마디를 음미하며 말했다. *어두컴컴한 변두리까지 샅샅이 뒤져, 마지막 영혼까지 해방되고, 너 하나만이 남았을 때까지 말이다. 그렇게… 너에게 피해 입은 자들에게 소생을 안겨주거라. 내 동포들에게도.*

아무리 오래 걸려도, 실바나스는 대답했다. *그렇게 하겠다.*

심판 이후 우울하고 수치스러웠던 순간에도, 실바나스에게 깊은 감명을 준 순간은 있었다. 그녀는 알레리아와 베리사에게 작별 인사를 할 수 있었다. 비록 온전하지는 않지만, 이제는 조금이나마 예전의 모습을 되찾은 실바나스는 그들 사이에 아직 사랑이 남아있다는 걸 알 수 있었다. 어색하고 이질적인 감정이지만, 그래도 소중했다. 이제 간수가 제거되고 어둠땅 성약의 단이 다시 협력하기 시작한 만큼, 언젠가 그녀가 부모님과… 리라스를 다시 만날 가능성은 미약하게나마 남아있었다.

실바나스는 남동생의 기억이 어떻게 그녀를 이 세상에 묶어주었는지 솔직히 모르고 있었다. 그 모든 역경에도 불구하고, 그녀를 단순한 필멸성이 아니라, 선하고 진실한 모든 것과 어떻게 결속해 줬는지 의식하지 못했다. 하지만 그 끈질긴 기억은 실바나스 자신도 모르는 사이 그녀를 예전 그녀에게 연결해 주고 있었다. 리라스는 살아있던 때 그랬던 것처럼, 죽어서도 그녀를 도왔고 사랑했다. 절대 잊을 수 없었던 남동생은 가장 큰 고통의 근원이었지만, 이제 그녀는 고통스러웠던 그 모든 순간에 열렬히 감사했다.

그녀는 간수의 진정한 모습을 그가 드러내기 전까진 보지 못했다. 그녀는 살아가고 죽어가는 모든 존재의 정의를 원한다고 스스로 타일렀지만, 마음속 깊은 곳에서 진정으로 원하는 건 아주 기본적이고 소박한 바람이었다. 바로 그녀를 기다리는 어둠을 피해 사랑하는 이들과 함께하는 것이었다. 하지만… 사실 모든 이들이 그런 욕망을 품고 살지 않을까? 그건 죄악이 아니었다. 안두인이 말했던 것처럼, 죄악이란 그녀가 그 욕망을 실현하기 위해 해왔던 일들이었다.

안두인. 그는 실바나스보다 훨씬 더 빨리 그 사실을 깨달았다. 가늠할 수 없는 고통의 깊이와, 교감에 대한 갈망이 그녀를 취약하게 만들었다. 조바알은 그녀의 그런 약점을 이용했고, 자기를 섬기는 걸 거부한 그녀를 처벌하는 의미에서, 잃어버렸던 영혼의 조각을 그녀에게 돌려주었다.

실바나스는 손을 들어, 더는 뛰지 않는 심장이 남아있는 가슴에 얹었다.

다시… *하나가 된* 실바나스는 이제 후회를 느꼈다. 씁쓸했다.

간수는 그녀의 얼굴을 벤 검, 바리안의 검 샬라메인을 가져가 서리한보다도 더 강한 한의 검으로 벼려냈다. 그리고 *사자한*이라고 이름 붙였다. 타락한 왕들의 검으로, 실바나스는 아서스가 자신에게 주었던 것과 같은 운명을 안두인에게 부여했다. 실바나스는 그의 자유 의지를 빼앗고, 그것이 조금씩 조금씩 사라져가는 모습을 지켜봤다. 그녀는 간수에게 너무 강하게 속박되어 있어 그런 운명을 막지 못했고, 필멸자의 정신이 너무 많이 남아있어 상처를 피하지 못했다. 그리고 어리석은 생각이었지만, 그녀는 지금도 안두인과 자신의 고통이 결국에는 끔찍한 대가를 치를 가치가 있었을 거라는 희망에 애처롭게 매달려있었다.

후회가 너무 많았다. 그녀가 초래한 크나큰 부당함뿐 아니라, 사소한 행위들 하나하나가 각기 나름의 방식으로 똑같이 고통스러웠다. 생전에 그녀와 나타노스가 공유했던 것들이 두 사람을 행복하게 해준다는 사실을 깨닫지 못했던 것도 마찬가지였다. 나타노스는 이미 알고 있었다. 양심과 상냥함을 되찾은 실바나스도 이제는 알 수 있었다. 그녀의 용사는 여기, 끝이 없어 보이는 나락 어딘가에, 그녀가 간수와의 거래를 위해 끌고 온 수많은 영혼들과 함께 있었다. 실바나스는 그를 찾을 것이다. 그녀는 언제나 그를 찾았다.

새끼 사자와 작은 태양님은… 실바나스가 본 안두인 린은 그 자신이 아니라, 그녀가 바라던 그의 모습이었다. 안두인과 남동생 모두 그릇된 길로 나아가게 했던 실바나스의 바람이었다. 이젠 그렇지 않았다. 그녀의 방어구와 무기, 칭호가 그랬던 것처럼, 모든 환각과 핑계가 떨어져 나갔다. 순찰대 사령관도, 밴시 여왕도, 어둠의 여왕도 이제는 없었다. 여기, 나락에서는 그랬다. 그저 실바나스 윈드러너…. 지금의 그녀뿐이었다.

그녀의 마음이 주어진 사명의 현실로 되돌아왔다. 그녀는 당당한 목소리로 아서스와 간수에게 절대 섬기지 않겠다고 말했었다. 하지만 이제는 사랑했던 이들을 섬기는 것이 옳다는 생각이 들었고, 그렇게 달라진 태도가 다행스러웠다.

그녀는 어깨를 똑바로 폈다. *아무리 오랜 시간이 걸리더라도,* 그녀는 티란데에게 말했다. *이제 시작하자.*

하지만 실바나스가 다시 광대한 나락을 향해 걸음을 내딛기 전, 소리가 들렸다. 귀에 익지만, 전혀 예상치 못한 소리.

찰그랑거리는 갑옷 소리였다.

안두인은 그녀에게 말했었다. *희망은 다른 모든 것이 무너져내렸을 때 남는 거다. 희망이 있다면 회복될 수 있어. 모든 걸 해낼 수도 있고. 불가능한 일들까지도.*

실바나스는 가슴 속에 피어나는 희망을 느꼈고, 너무나도 오랜만에 그것을 기꺼이 받아들였다.

감사의 말

짐작하시다시피, 실바나스 윈드러너의 길고 복잡한 역사를 정리하여 기록한다는 건 그야말로 부담스러운 작업이었습니다. 그리고 어찌 보면 당연한 일이겠지만, 이 책을 집필하는 동안 삶이 제게 몇 가지 어려움을 더해주었습니다. 실바나스를 구상하는 것부터 시작하여 결실을 맺기까지, 막후에서 뛰어난 실력과 경험을 지닌 전문가로서, 또 개인적인 친구로서 도움을 주신 많은 분들에게 정말 큰 빚을 졌습니다. 모든 책은 어느 정도 공동 작업이 필요한 결과물이고, 미디어 타이 인 작품은 더더욱 그러하기에, 이번 책에 도움을 주신 동료들에게 진심으로 감사하고 있습니다.

먼저 우리 모두가 정말로 사랑하는 이 판타지 세계에서 지난 20여 년에 걸쳐 저와 제 작품을 사랑해주시는 워크래프트 커뮤니티 여러분께 감사 인사를 드리고 싶습니다. 정말이지 너무나도 감사한 일이며, 이번 책도 우리 순찰대 사령관과 어둠의 여왕에게 어울리는 작품이었기를 바랍니다.

델 레이에서는 제 뛰어난 편집자이자 친구인 톰 홀러에게 감사하고 싶습니다. 저와 이미 많은 프로젝트를 함께해 온 톰은 이번에도 역시 단단한 바위처럼 절 지탱해 주었습니다. 이 책을 완성하기까지 쉬지 않고 노력해주신 델 레이 팀의 나머지 분들께도 감사드립니다. 우리 훌륭한 표지 아티스트 에빈 퐁에게, 전 '우와'라는 감탄사만 외칠 수 있을 뿐입니다. 책이 표지만으로 판단되는 일이 적지 않은 세상에서, 이보다 더 멋진 표지를 누릴 수 있는 작가는 또 없을 겁니다.

블리자드 편집자 클로이 프라보니와 우리 환상적인 퍼블리싱 팀에 감사드립니다. 클로이는 통찰력 있고 예리한 시선으로 무질서하게 흩어질 수 있었던 이야기를 조밀하고 페이스가 빠르면서도 깊이 있는 내용으로 다듬어주었습니다. 오랫동안 블리자드에서 근무해온 저스틴 파커는 우리가 제 길을 걸으며 워크래프트의 역사에서 너무 멀리 벗어나지 않게 해주었고, 우리 뛰어난 프로듀서 브리 메시나는 다른 유형의 길에서 우리가 옳은 방향을 찾을 수 있게 도와주었습니다. 벳시 페테르슈미트는 멋진 표지의 아트 디렉팅을 맡아주었고, 바이런 파넬과 데렉 로젠버그는 퍼블리싱과 마케팅의 모든 업무를 조율하는 과정을 든든히 지원해주었습니다. 이분들에게 책을 맡길 수 있어 정말 다행이었습니다.

*월드 오브 워크래프트*팀의 내러티브 리드 스티브 대뉴저는 정말 훌륭한 파트너였습니다. 우리는 같은 시선으로 우리 캐릭터를 바라봤고, 그가 다양한 제안으로 영감을 준 덕분에 이 책에 그만큼 강렬한 내용을 담을 수 있었습니다. 그와 함께 일하는 건 정말 큰 기쁨이었습니다. 오랜 친구였다가 이제는 직장 동료가 된 앤 스티크니도 날카로운 눈썰미와 따뜻한 마음으로 이 프로젝트에 값진 도움을 주었습니다.

놀라운 열정으로 열심히 일하고 있는 팀 전체에 진심으로 감사하고 싶습니다.

마지막으로, 지난 5년간 함께 근무한 테란 그레고리와는 이 흥미로운 캐릭터에 관해 논의하면서 정말 행복하고, 생각을 가다듬을 수 있으면서도 강렬한 시간을 보냈습니다. 그의 놀라운 직관과 관찰력, 영감에 진심으로 감사하고 싶습니다. 고마워요, 친구.

아제로스를 위하여!